Richelle Mead vit à Seattle, aux États-Unis. Passionnée de littérature, elle a toujours été attirée par la mythologie et le folklore. Quand elle parvient à lâcher ses livres (ceux qu'elle lit autant que ceux qu'elle écrit), elle aime regarder de mauvais films, voyager, tester de nouvelles recettes et s'acheter des robes (trop).

Vampire Academy est sa première série de romans pour jeunes adultes. Sa deuxième série, *Bloodlines*, se déroule dans le même univers et est également disponible chez Castelmore.

Sacrifice ultime

Du même auteur, chez Castelmore :

Vampire Academy :
1. *Sœurs de sang*
2. *Morsure de glace*
3. *Baiser de l'ombre*
4. *Promesse de sang*
5. *Lien de l'esprit*
6. *Sacrifice ultime*

Bloodlines :
1. *Bloodlines*

Venez visiter
www.vampire-academy.fr

www.castelmore.fr

Richelle Mead

SACRIFICE ULTIME

Vampire Academy – tome 6

Traduit de l'anglais (États-Unis)
par Karen Degrave

CASTELMORE

Titre original : *Last Sacrifice*

Loi nº 49-956 du 16 juillet 1949 sur les publications destinées à la jeunesse

Dépôt légal : septembre 2013

1re édition : janvier 2012
2e édition : septembre 2013

ISBN : 978-2-36231-086-7

CASTELMORE
60-62, rue d'Hauteville – 75010 Paris
E-mail : info@castelmore.fr
Site Internet : www.castelmore.fr

Ce roman est dédié à Rich Bailey et Alan Doty, les professeurs qui ont eu la plus grande influence sur mon écriture, ainsi qu'à tous mes amis enseignants qui aident aujourd'hui les jeunes auteurs. Continuez à vous battre pour la bonne cause !

Remerciements

Avant tout, merci aux lecteurs loyaux et enthousiastes du monde entier qui nous ont accompagnées, Rose et moi, tout au long de cette série. Je n'aurais pas pu faire ce voyage sans vous, et j'espère que vous aimerez autant les prochaines aventures qui attendent les Moroï et les dhampirs.

Je remercie aussi ma famille et les amis qui m'ont soutenue, et particulièrement mon mari, qui m'émerveille toujours par sa patience, son amour et son aptitude à partager les hauts et les bas d'une « artiste ». Je dois aussi un grand merci à Jesse McGatha pour m'avoir fourni l'énigme de la forêt, que je n'aurais jamais pu inventer et encore moins résoudre.

Comme toujours, je suis également reconnaissante envers tous ceux qui travaillent dans les coulisses pour faire exister ces livres : Jim McCarthy – qui, en plus d'être mon agent, me sert à l'occasion de thérapeute et défend ma cause sans relâche ; Lauren Abramo, qui ne cesse de trouver des pays dont je n'ai jamais entendu parler pour y envoyer Rose ; Jessica Rothenberg et Ben Schrank, d'exceptionnels éditeurs que je soupçonne de s'être passés de nourriture et de sommeil pour parfaire ces romans ; ainsi que mon attachée de presse Casey McIntyre, qui organise mes tournées et mes interviews en prenant grand soin de ne pas me faire rater un rendez-vous chez le coiffeur.

Pour finir, je remercie tous ceux qui ont travaillé sur cette série chez Penguin Books et chez Dystel & Goderich Literary Management, ainsi que mes éditeurs internationaux. Vous êtes bien trop nombreux pour que je vous cite tous, mais c'est grâce à vous que l'histoire de Rose se fait connaître. Merci.

Chapitre premier

J'ai toujours eu horreur des cages.

Je déteste même aller au zoo. La première fois que j'en ai visité un, j'ai failli faire une crise de claustrophobie en voyant ces pauvres animaux. Je n'arrive pas à concevoir qu'une créature puisse vivre de cette manière. Parfois, j'éprouve même un peu de pitié à l'égard des criminels condamnés à finir leurs jours dans une cellule. Et je n'ai assurément jamais songé à y finir les miens.

Mais la vie semblait s'ingénier à me placer dans des situations inattendues, ces derniers temps – parce que j'étais bel et bien derrière les barreaux.

— Hé ! hurlai-je en agrippant les barres d'acier qui me séparaient du monde extérieur. Combien de temps allez-vous me garder ici ? Quand mon procès aura-t-il lieu ? Vous ne pouvez pas m'enfermer dans ce cachot pour toujours !

D'accord : ce n'était pas exactement un cachot au sens médiéval du terme, c'est-à-dire un endroit obscur avec des chaînes fixées aux murs. C'était une petite cellule aux murs et au sol uniformément blancs, où rien n'accrochait le regard. La pièce était immaculée, stérile, glaciale. À vrai dire, c'était bien plus déprimant qu'aucun cachot moisi n'aurait pu l'être. Les barreaux étaient froids et désespérément rigides sous mes doigts. Le reflet des néons sur le métal me faisait mal aux yeux. J'apercevais l'épaule du garde posté avec raideur près de la porte de ma cellule, et je savais que quatre autres surveillaient le couloir, hors de mon champ visuel. Je savais aussi qu'aucun d'eux ne répondrait à mes questions, mais cela ne m'empêchait pas de les harceler depuis deux jours.

Lorsque le silence habituel succéda à mes hurlements, je poussai un profond soupir et m'affalai sur la couchette qui occupait un coin de la cellule, et était aussi austère et incolore que tous les éléments de mon nouveau foyer. Oui... Je commençais vraiment à regretter de ne pas être enfermée dans un véritable cachot. Les rats et les toiles d'araignées m'auraient au moins fourni une source de distraction. Je rivai mon regard au plafond et éprouvai aussitôt la sensation oppressante qui me torturait depuis mon arrivée : l'impression que les murs et le plafond se rapprochaient pour m'étouffer, qu'ils allaient réduire mon espace jusqu'à en chasser tout l'air respirable.

Je me redressai subitement, le souffle court. *Ne regarde pas les murs et le plafond, Rose*, me morigénai-je. À la place, je focalisai mon attention sur mes mains jointes et m'efforçai de comprendre comment j'avais pu me retrouver dans ce pétrin.

Une première réponse s'imposait : quelqu'un m'avait piégée en me faisant accuser d'un crime que je n'avais pas commis. Et il ne s'agissait pas d'un délit mineur, mais d'un assassinat. On avait eu l'audace de me faire accuser du pire crime qu'un Moroï ou un dhampir puissent commettre. Je ne prétends cependant pas n'avoir jamais tué. Je l'ai fait. J'ai aussi transgressé un bon nombre de règles – et même de lois. Mais le meurtre de sang-froid m'est totalement étranger, et encore plus lorsqu'il s'agit de celui d'une reine.

Bien sûr, la reine Tatiana n'était pas mon amie. C'était la souveraine froide et calculatrice des Moroï, une race de vampires vivants, doués de pouvoirs magiques, qui ne tuent pas les humains dont ils boivent le sang. Tatiana et moi avions eu une relation tumultueuse pour diverses raisons. D'une part, je sortais avec son petit-neveu Adrian. D'autre part, je n'approuvais pas sa politique concernant la manière de combattre les Strigoï – les vampires non-morts et maléfiques qui menaçaient notre existence à tous. Tatiana m'avait joué plusieurs mauvais tours, mais je n'avais jamais désiré sa mort pour autant. Quelqu'un d'autre l'avait souhaitée, en revanche, et cette personne avait laissé une piste d'indices qui menait droit à moi, parmi lesquels le plus grave : on avait retrouvé mes empreintes sur le pieu en argent qui avait servi à la tuer. Il était pourtant bien normal qu'il soit couvert de mes empreintes, puisqu'il m'appartenait. Sauf que personne ne semblait trouver cet argument pertinent.

Je soupirai encore et tirai de ma poche un morceau de papier froissé ; ma seule lecture disponible. Je le serrai entre mes doigts. Il était inutile que je relise le message, que j'avais mémorisé depuis longtemps. Sa teneur m'avait fait remettre en cause ce que je croyais savoir sur Tatiana. Elle m'avait fait remettre en cause beaucoup de choses.

Lassée de mon environnement déprimant, je m'en échappai en me glissant dans celui de quelqu'un d'autre : ma meilleure amie, Lissa. Lissa était une Moroï avec qui j'étais liée psychiquement, ce qui me permettait de m'introduire dans son esprit et de voir le monde à travers ses yeux. Tous les Moroï maîtrisaient l'une des formes de magie élémentaire. Lissa était une spécialiste de l'esprit, un élément psychique qui la dotait d'un pouvoir de guérison. C'était très rare parmi les Moroï, qui maîtrisaient en général des éléments plus physiques, et nous ne comprenions encore que partiellement les dons incroyables que générait l'esprit. Elle s'était servie de sa magie pour me ramener d'entre les morts, quelques années plus tôt, et c'était de là que venait notre lien.

Me glisser dans son esprit me libéra de ma cage, mais ne m'aida guère à résoudre mon problème.

Lissa s'efforçait de prouver mon innocence depuis l'audition au cours de laquelle on avait présenté toutes les preuves à charge contre moi. Le fait que mon pieu soit l'arme du crime ne constituait qu'un début. Mes adversaires s'étaient empressés d'évoquer mes relations conflictuelles avec la reine, et avaient même déniché un témoin affirmant que j'étais seule à l'heure du crime, ce qui me laissait sans alibi. Le Conseil avait estimé les preuves suffisantes pour justifier la tenue d'un procès en bonne et due forme. C'était le verdict qui serait alors prononcé qui allait décider de mon sort.

Lissa tentait désespérément d'attirer l'attention des gens et de les convaincre qu'on m'avait piégée. Mais comme la Cour était en effervescence à cause des préparatifs des funérailles de Tatiana, mon amie avait beaucoup de mal à se faire entendre. La mort d'un monarque était un événement important. Des Moroï et des dhampirs, des demi-vampires comme moi, arrivaient tous les jours des quatre coins du monde pour assister à la cérémonie. On avait vu les choses en grand en matière de nourriture, de fleurs et de décorations. On avait même prévu des musiciens. Les noces de Tatiana, si elle s'était mariée, n'auraient peut-être pas été si minutieusement orchestrées. Les préparatifs étaient si fébriles que personne ne se souciait de moi. De l'avis général, j'avais été mise hors d'état de commettre un nouveau crime. On avait trouvé l'assassin de Tatiana. Justice était faite. L'affaire était classée.

Une soudaine agitation dans la prison m'extirpa de l'esprit de Lissa avant que j'aie vraiment pris conscience de son environnement. Quelqu'un était entré dans le couloir et discutait avec les gardes en demandant à me voir. C'était mon premier visiteur depuis mon incarcération. Le cœur affolé, je me jetai contre les barreaux en espérant qu'on venait m'annoncer que toute cette histoire n'était qu'une regrettable erreur.

Mais mon visiteur n'était pas exactement celui que j'espérais.

— Le vieillard, l'accueillis-je sans entrain. Que fais-tu là ?

Abe Mazur se planta devant moi. Comme toujours, il était impressionnant à voir. Nous étions au cœur de l'été – un été chaud et humide, puisque la Cour était située dans la campagne pennsylvanienne –, mais cela ne l'empêchait pas de porter un costume. C'était un vêtement voyant, coupé sur mesure, agrémenté d'une cravate en soie violette ainsi que d'une écharpe assortie, trop excessif pour être de bon goût. Ses bijoux en or étincelaient sur sa peau mate et sa courte barbe noire semblait avoir été taillée récemment. Abe était un Moroï. Il n'était pas de sang royal mais avait tant d'influence que cela revenait au même.

Fortuitement, c'était aussi mon père.

— Je suis ton avocat ! répondit-il joyeusement. Je suis venu te prodiguer mes conseils, évidemment.

— Tu n'es pas avocat, lui rappelai-je. Et tes derniers conseils n'ont pas donné beaucoup de résultats.

C'était mesquin de ma part. Même s'il n'avait aucune formation en droit, Abe m'avait défendue pendant mon audition. Puisqu'on m'avait enfermée et qu'on s'apprêtait à me juger, celle-ci ne s'était pas déroulée pour le mieux. Mais la solitude m'avait donné l'occasion de réfléchir, et Abe avait eu raison lorsqu'il m'avait dit qu'aucun avocat, si doué soit-il, n'aurait pu m'épargner le procès. Je devais au moins lui accorder qu'il s'était lancé dans un combat perdu d'avance, même si je comprenais mal pourquoi, vu la superficialité de notre relation. Je lui supposais deux motivations : une méfiance à l'égard de la noblesse et un sentiment de devoir paternel – dans cet ordre.

— Ma prestation était parfaite, protesta-t-il, alors que ton discours éloquent qui commençait par « Si j'étais la meurtrière... » ne nous a pas beaucoup aidés. Il aurait mieux valu que tu t'abstiennes de donner cette image de toi au juge.

Je ne relevai pas la pique et croisai les bras.

— Alors, qu'est-ce que tu fais là ? Je sais qu'il ne s'agit pas d'une simple visite de courtoisie. Tu ne fais jamais rien sans une bonne raison.

— Évidemment ! À quoi bon faire quelque chose sans raison ?

— N'essaie pas de m'entraîner dans ta logique absurde.

— Ne sois pas jalouse, répliqua-t-il en me décochant un clin d'œil. Si tu t'en donnes la peine, tu finiras peut-être par hériter de mes brillantes facultés intellectuelles.

— Abe ! grognai-je. Viens-en au fait.

— D'accord, d'accord… Je suis venu t'informer que la date de ton procès allait peut-être être avancée.

— Quoi ? C'est une excellente nouvelle !

À mon avis, du moins. Son expression suggérait le contraire. Aux dernières nouvelles, mon procès ne devait se tenir que dans plusieurs mois. La seule pensée de rester enfermée dans cette cellule si longtemps réveillait ma claustrophobie.

— Rose… As-tu bien conscience que ton procès ressemblera beaucoup à ton audition ? On y présentera les mêmes pièces à conviction et on te déclarera coupable.

— Peut-être… mais on peut encore découvrir la preuve de mon innocence d'ici là. (Je compris subitement ce qui l'inquiétait.) Que veux-tu dire au juste par « avancer » ?

— Ils aimeraient te juger immédiatement après l'élection du nouveau monarque, pour faire de ton procès une sorte de cérémonie de clôture du couronnement.

Je soutins son regard brun. Malgré son ton désinvolte, la gravité de la nouvelle m'apparut. Mon esprit s'affola.

— Les funérailles de Tatiana auront lieu cette semaine, et l'élection du nouveau monarque suivra juste après ! Es-tu en train de dire qu'on pourrait me juger dans… deux semaines ?

Abe acquiesça.

Je me jetai contre les barreaux, le cœur tambourinant dans la poitrine.

— Deux semaines ? Tu plaisantes ?

Lorsqu'il m'avait annoncé qu'on avançait mon procès, j'avais imaginé qu'il aurait lieu seulement un mois plus tôt, ce qui me laissait le temps d'enquêter pour établir mon innocence. Bien sûr, je ne savais pas vraiment comment je m'y serais prise. Mais deux semaines ne suffiraient pas, surtout avec l'agitation qui régnait à la Cour. Quelques instants auparavant, j'étais terrifiée par l'emprisonnement interminable qui me menaçait. C'était désormais le manque de temps qui m'angoissait, et la question que je m'apprêtais à poser risquait d'aggraver mon malaise.

— Quand le verdict aura été rendu..., demandai-je en tâchant de maîtriser le tremblement de ma voix, combien de temps attendront-ils avant d'exécuter la sentence ?

Même si j'ignorais encore dans quelle mesure j'avais hérité du caractère d'Abe, nous avions au moins un trait en commun : l'art d'annoncer les mauvaises nouvelles sans détours.

— Elle sera sûrement exécutée aussitôt.

— Aussitôt... (Je reculai, faillis m'asseoir sur la couchette, puis subis une nouvelle poussée d'adrénaline.) Aussitôt ? Deux semaines ! Dans deux semaines, je pourrais être... morte.

Parce que telle était bien la menace qui planait au-dessus de ma tête depuis qu'on m'avait piégée. Les régicides n'allaient pas en prison : ils étaient exécutés. Dans le monde des Moroï et des dhampirs, peu de crimes étaient punis de la peine capitale. Nous nous efforcions d'appliquer une justice civilisée pour prouver que nous valions mieux que les Strigoï assoiffés de sang. Néanmoins, nous estimions que certaines personnes méritaient la mort... et en pratique cela englobait les traîtres régicides. Je tremblai en prenant soudain conscience du sort terrible qui m'attendait et retins à grand-peine mes larmes.

— Ce n'est pas juste ! m'écriai-je. Ce n'est pas juste et tu le sais très bien !

— Mon opinion n'a aucune importance, répondit-il calmement. Je suis seulement venu t'apprendre la nouvelle.

— Deux semaines, répétai-je. Que peut-on faire en deux semaines ? Je veux dire… Tu as bien une piste, n'est-ce pas ? Ou… tu peux en trouver une d'ici là ? C'est ta spécialité…

Je disais n'importe quoi en sachant parfaitement que j'avais l'air désespérée et hystérique. De fait, j'étais désespérée et hystérique.

— Notre champ d'action est limité, m'expliqua-t-il. La Cour ne s'intéresse qu'aux funérailles et à l'élection. La confusion règne, ce qui est à la fois bon et mauvais pour nous.

Je m'étais rendu compte de l'ampleur des préparatifs et de la frénésie qu'ils suscitaient lorsque j'avais regardé à travers les yeux de Lissa. Enquêter au milieu de ce chaos risquait de s'avérer tout bonnement impossible.

Deux semaines. Je peux mourir dans deux semaines.

— Je ne peux pas…, dis-je à Abe d'une voix brisée. Je ne suis pas… destinée à mourir de cette manière.

— Ah non ? répondit-il en haussant un sourcil. Parce que tu sais de quelle façon tu es censée mourir ?

— Au combat.

Je m'empressai d'essuyer la larme qui avait réussi à m'échapper. Je m'étais toujours efforcée d'affronter la vie avec bravoure. Il était hors de question que je m'effondre alors que ma force morale m'était plus nécessaire que jamais…

— En me battant. En défendant ceux que j'aime. Pas… à l'issue d'une exécution planifiée.

— Un procès est un genre de combat, commenta-t-il. Même s'il n'est pas physique. Deux semaines, c'est toujours ça. Est-ce une mauvaise nouvelle ? Oui, mais c'est toujours mieux que si ton procès avait lieu la semaine prochaine. Et rien n'est impossible.

De nouvelles preuves seront peut-être découvertes d'ici là. Tu dois seulement attendre de voir quelle tournure prendront les événements.

— Je déteste attendre. Cette cellule est si… petite. J'étouffe. La prison me tuera avant que je sois exécutée.

— J'en doute fort. (Abe avait conservé une expression impassible qui ne trahissait pas la moindre sympathie. Son affection paternelle ne donnait pas dans la tendresse.) Tu as affronté sans crainte des bandes de Strigoï et tu ne supporterais pas d'être enfermée dans une petite pièce ?

— Il ne s'agit pas que de ça ! Je vais devoir passer mes journées dans ce trou en sachant que l'heure de mon exécution approche, et sans rien pouvoir faire !

— Il arrive que les plus grandes épreuves que nous ayons à endurer ne soient pas les plus manifestement dangereuses. Parfois, rien n'est plus difficile que simplement survivre.

— Non. Non ! m'écriai-je en me mettant à tourner en rond dans ma cellule. Épargne-moi ces foutaises moralisatrices ! Ça me rappelle les leçons de sagesse de Dimitri…

— Il a survécu à l'emprisonnement, lui… ainsi qu'à bien d'autres épreuves.

Dimitri.

Je pris une profonde inspiration pour me calmer avant de répondre. Jusqu'à cette accusation de meurtre, Dimitri était le plus grand problème de ma vie. L'année précédente – même si j'avais l'impression qu'une éternité s'était écoulée depuis –, il avait été mon professeur à l'académie où j'étudiais pour devenir gardienne et protéger les Moroï. Il m'avait admirablement formée… entre autres choses. Nous étions tombés amoureux l'un de l'autre, ce qui était interdit. Nous nous étions débrouillés tant bien que mal et avions même fini par trouver un moyen d'être ensemble. Cet espoir s'était évanoui lorsqu'il avait été mordu et transformé en Strigoï. J'avais vécu un vrai cauchemar.

Puis, grâce à un miracle que personne n'avait cru possible, Lissa l'avait retransformé en dhampir en se servant des pouvoirs de l'esprit. Malheureusement, les choses n'étaient pas redevenues ce qu'elles étaient avant l'attaque des Strigoï.

Je jetai un regard furieux à Abe.

— Dimitri a peut-être survécu, mais il était affreusement déprimé ! Il l'est toujours... Il s'en veut pour tout.

Les atrocités qu'il avait commises lorsqu'il était un Strigoï hantaient Dimitri. Il n'arrivait pas à se pardonner ses actes et prétendait ne plus être capable d'aimer personne. La relation amoureuse que j'avais entamée avec Adrian n'avait rien arrangé. Après de multiples et vaines tentatives pour le faire changer d'avis, j'avais fini par accepter l'idée que notre amour était de l'histoire ancienne. Désormais, je songeais à l'avenir et espérais vraiment vivre quelque chose de sérieux avec Adrian.

— C'est vrai, répliqua sèchement Abe. Il est déprimé alors que toi, tu es une vivante allégorie du bonheur.

Je soupirai.

— Parfois, ta conversation est aussi exaspérante que mes propres ruminations. Y a-t-il une autre raison à ta visite ou n'es-tu venu que pour m'annoncer la mauvaise nouvelle ? J'aurais été plus heureuse si j'étais restée dans l'ignorance.

Je ne suis pas destinée à mourir de cette manière, en voyant le coup venir. Ma mort n'est pas censée être planifiée.

Il haussa les épaules.

— Je voulais simplement te parler et voir comment tu étais installée.

De fait, je pris subitement conscience que, depuis son arrivée, il avait observé mon environnement avec soin. Il m'avait toujours regardée dans les yeux en me parlant et m'avait accordé une réelle attention. Notre conversation n'avait pas eu de quoi inquiéter les gardes. Néanmoins, de temps à autre, Abe avait jeté des regards dans le couloir, dans les recoins de ma cellule, et remarqué tous les détails qui pouvaient lui sembler intéressants. Abe n'avait pas gagné son surnom de Zmey – le serpent – pour rien. Il passait son temps à échafauder des plans et cherchait à tourner toutes les situations à son avantage. Ma propre tendance à élaborer des plans insensés semblait être un héritage familial.

— Je voulais aussi t'aider à passer le temps. (Avec un sourire, il tira quelques magazines et un livre de sous son bras et me les tendit à travers les barreaux.) Voilà qui améliorera peut-être un peu ta condition.

Je doutais sérieusement qu'il existe un divertissement susceptible de rendre supportable le compte à rebours pour ma mort. Les magazines traitaient de mode et de beauté, et le livre était *Le Comte de Monte-Cristo*. Je les pris en éprouvant le besoin soudain de plaisanter, afin de rendre ma situation moins réelle.

— J'ai vu le film. Ton symbolisme subtil ne l'est donc absolument pas… à moins que tu n'aies caché une lime à l'intérieur.

— Les livres sont toujours meilleurs que leurs adaptations au cinéma, répliqua-t-il en commençant à s'éloigner. Peut-être aurons-nous une discussion littéraire, la prochaine fois.

— Attends ! (Je jetai le tout sur la couchette.) Avant que tu partes… Avec tout ce qui s'est passé, personne n'a même songé à se demander qui avait vraiment tué Tatiana. (Comme Abe tardait à me répondre, je lui adressai un regard sévère.) Parce que tu me crois innocente, n'est-ce pas ?

D'après ce que je savais du personnage, il aurait très bien pu me croire coupable et vouloir m'aider quand même.

— Je crois ma douce fille capable d'un meurtre, finit-il par répondre, mais je pense qu'elle n'a pas commis celui-là.

— Alors qui ?

— J'y travaille, répondit-il avant de s'éloigner.

— Mais tu viens juste de dire que nous manquions de temps ! Abe ! (Je ne voulais pas le voir partir et me retrouver seule avec ma peur.) C'est un problème que tu ne peux pas résoudre !

— Souviens-toi de ce que je t'ai dit dans la salle d'audience ! me lança-t-il.

Je le perdis de vue et allai m'asseoir sur la couchette en repensant à cette journée au tribunal. À la fin de l'audition, il m'avait assuré, presque avec véhémence, que je ne serais pas exécutée et n'irais pas non plus au procès. Abe Mazur n'était pas le genre d'homme à faire des promesses en l'air, mais je commençais à penser que même lui avait des limites, surtout avec un timing si serré.

Je sortis de nouveau le morceau de papier froissé de ma poche et le dépliai. Lui aussi provenait de la salle d'audience. Il m'avait été remis en cachette par Ambrose, le serviteur et l'objet sexuel de Tatiana.

« Rose,

Si vous lisez ceci, c'est que quelque chose de terrible s'est produit. Vous me détestez sans doute et je ne peux pas vous le reprocher. Je veux seulement que vous sachiez que le décret que j'ai fait voter est préférable à ce que d'autres avaient projeté, concernant votre espèce. Certains Moroï voulaient forcer tous les dhampirs sans exception à entrer à notre service en se servant de la suggestion. Le décret a calmé provisoirement cette faction.

Je vous ai écrit ce message pour vous confier un secret que vous devez partager avec le moins de gens possible. Il faut que Vasilisa occupe le siège de sa famille au Conseil, et il existe un moyen. Elle n'est pas la dernière Dragomir. Il y en a un autre : l'enfant illégitime d'Éric Dragomir. Je ne sais rien de plus à son sujet mais, si vous pouvez le retrouver, vous offrirez à Vasilisa le pouvoir qu'elle mérite. Peu importent vos fautes et votre tempérament, vous êtes la seule que je croie capable d'accomplir cette mission. Ne perdez pas de temps.

Tatiana Ivashkov. »

Ces mêmes mots, que j'avais déjà lus cent fois, suscitaient toujours les mêmes questions. S'agissait-il d'un faux ? Tatiana avait-elle vraiment écrit ce message ? En dépit de l'apparente hostilité qu'elle me témoignait, avait-elle assez confiance en moi pour me confier ce dangereux secret ? Toutes les décisions importantes chez les Moroï étaient prises par un Conseil où siégeait un membre de chacune des douze familles royales. Mais en réalité les choses se passaient comme s'il n'y en avait que onze. Lissa était la dernière de sa lignée et la loi lui interdisait de siéger au Conseil tant que sa famille ne se composait que d'elle. Certains avaient tiré profit de cette situation pour faire passer des lois terribles et, si le message disait vrai, d'autres suivraient. Lissa n'aurait pas manqué de s'opposer à ces lois, au risque de déplaire à certaines personnes, dont une avait déjà prouvé qu'elle était prête à tuer.

Un autre Dragomir.

S'il existait un autre Dragomir, Lissa pourrait voter. Et une voix supplémentaire ferait une immense différence. Elle pourrait changer le monde des Moroï et le mien, en faisant pencher le vote en faveur de mon innocence, par exemple. Et cela ne manquerait pas de changer le monde de Lissa. Elle s'était crue seule pendant si longtemps. Mais je ne pouvais m'empêcher de me demander avec une certaine inquiétude comment elle prendrait la nouvelle. Si j'avais accepté l'idée que mon père était un gangster, Lissa avait toujours placé le sien sur un piédestal. Cette nouvelle la bouleverserait. Je m'étais préparée toute ma vie à la protéger des dangers physiques, mais je commençais à comprendre que d'autres choses encore la menaçaient.

Avant tout, je devais connaître la vérité. Pour cela, je devais savoir si ce message était bien de la main de Tatiana. J'étais presque certaine de pouvoir le découvrir, mais cela impliquait que je me livre à un exercice que je détestais.

Mais pourquoi pas ? Je n'avais rien d'autre à faire, après tout.

Je me levai, tournai le dos aux barreaux et focalisai mon regard sur un point du mur. Je rassemblai mon courage, me répétai que j'étais assez forte pour conserver la maîtrise de la situation et fis tomber les barrières mentales que je maintenais toujours inconsciemment autour de mon esprit. J'eus l'impression d'être libérée d'une grande pression, comme un ballon qui se viderait de son air.

Alors les fantômes se pressèrent autour de moi.

Chapitre 2

C'était aussi perturbant que d'habitude. Des visages et des crânes translucides et phosphorescents flottaient dans ma cellule. Ils se pressaient autour de moi, comme s'ils cherchaient tous désespérément à me dire quelque chose, ce qui était sans doute le cas. Les fantômes qui s'attardaient dans le monde des vivants étaient des âmes qui ne parvenaient pas à trouver la paix pour une raison ou une autre, ce qui les empêchait de poursuivre leur voyage. J'avais conservé un lien avec leur monde quand Lissa m'avait ramenée à la vie, et il m'avait fallu beaucoup de travail et de concentration pour apprendre à faire abstraction de leur présence. Les protections magiques de la Cour tenaient la plupart des fantômes à distance, mais à présent je voulais les voir apparaître, même si c'était… dangereux.

J'avais l'intuition que l'âme d'une reine assassinée dans son lit devait avoir quelque difficulté à trouver la paix. Je n'aperçus aucun visage familier parmi ceux qui m'entouraient mais ne perdis pas espoir.

— Tatiana, murmurai-je en me concentrant sur les traits de la défunte. Venez à moi, Tatiana.

Quand mon ami Mason s'était fait tuer par des Strigoï, j'étais parvenue assez facilement à faire apparaître son fantôme. Or Tatiana et moi avions certainement un lien, même si nous n'étions pas aussi proches que Mason et moi l'avions été. Pendant quelques instants, il ne se passa rien. La même masse confuse de visages inconnus continuait à tourbillonner dans ma cellule. Alors que je commençais à désespérer, Tatiana apparut subitement.

Elle était vêtue comme on l'avait retrouvée, d'une chemise de nuit et d'une robe de chambre couvertes de sang. Son image était pâle et vacillait par intermittence, comme une image sur l'écran d'une télévision mal réglée. Néanmoins, son attitude altière et la couronne qu'elle portait lui donnaient le même air majestueux que dans mon souvenir. Une fois matérialisée, elle ne prononça pas un mot et ne fit strictement rien. Elle se contenta de river son regard perçant sur moi, ce qui me donna l'impression qu'elle pouvait voir jusqu'au fond de mon âme. Des émotions contradictoires, parmi lesquelles la colère et la rancune que j'éprouvais toujours en sa présence, s'éveillèrent en moi. Mais je fus surprise de ressentir aussi une vague de compassion. Personne ne méritait de mourir de cette manière.

Craignant d'être entendue par les gardes, j'eus un instant d'hésitation. Mais le volume de ma voix n'avait guère d'importance, puisque aucun d'eux ne pouvait voir ce que je voyais. Je montrai le message à Tatiana.

— Avez-vous écrit ça ? murmurai-je. Cette histoire est-elle vraie ?

Elle ne m'avait pas quittée du regard. Le fantôme de Mason s'était comporté de la même manière. Il ne suffisait pas de faire apparaître les spectres : encore fallait-il trouver un moyen de communiquer avec eux.

— J'ai besoin d'en être sûre. S'il existe un autre Dragomir, je le trouverai. (J'estimai inutile d'attirer l'attention sur le fait que je n'étais pas en mesure de chercher qui que ce soit pour le moment.) Vous devez me répondre. Avez-vous écrit ce message ? Cette histoire est-elle vraie ?

Pour toute réponse, elle continua à m'infliger son regard fixe exaspérant. Je perdais patience et la pression à laquelle me soumettait la présence de tous ces fantômes commençait à me donner la migraine. Tatiana était aussi agaçante morte que vivante.

J'étais sur le point de chasser les spectres en rétablissant mes barrières mentales lorsqu'elle fit un mouvement infime. Elle hocha la tête de manière presque imperceptible, puis baissa les yeux vers le message et disparut subitement.

J'employai aussitôt toute ma volonté à rétablir mes barrières mentales, ce qui fit disparaître les fantômes, à défaut de mon mal de tête. Je m'effondrai sur la couchette et regardai le message sans le voir. Ce n'était pas un faux. Il était bien de la main de Tatiana. Je voyais mal quelle raison son fantôme aurait eue de mentir.

Je m'allongeai complètement, posai la tête sur l'oreiller et attendis que ma migraine se dissipe. Je fermai les yeux et me servis du lien pour retourner voir où en était Lissa.

Comme elle n'avait pas cessé de plaider en ma faveur depuis mon arrestation, je m'attendais à la trouver occupée à ça. Sauf qu'elle… faisait du shopping.

J'étais sur le point de m'offenser de la frivolité de ma meilleure amie lorsque je compris qu'elle cherchait une robe d'enterrement. Elle se trouvait dans l'une des boutiques discrètes de la Cour que fréquentait l'élite. Je fus surprise de la voir en compagnie d'Adrian, dont le beau visage familier m'apporta un certain réconfort. Je sondai brièvement l'esprit de Lissa et découvris qu'elle l'avait convaincu de l'accompagner pour ne pas le laisser seul.

Il n'était guère difficile de comprendre pourquoi : il était complètement soûl. C'était un miracle qu'il tienne encore debout, et je suspectai fortement le mur contre lequel il s'appuyait d'y être pour beaucoup. Ses cheveux châtains étaient ébouriffés, et pas de la manière savante dont il les coiffait chaque matin. Ses yeux d'un vert profond étaient injectés de sang. Adrian était un spécialiste de l'esprit, comme Lissa. Il possédait un pouvoir qu'elle n'avait pas encore réussi à développer : celui de s'introduire dans les rêves des gens. Je m'étais étonnée qu'il ne visite pas les miens depuis mon arrestation et comprenais à présent pourquoi. L'alcool engourdissait les pouvoirs de l'esprit. En un sens, c'était une bonne chose, puisque l'usage de l'esprit générait des ténèbres qui menaient lentement vers la folie. Mais s'enivrer du matin au soir n'était pas particulièrement sain non plus.

Le voir à travers les yeux de Lissa éveilla en moi une confusion émotionnelle presque aussi intense que celle que j'avais éprouvée devant le fantôme de Tatiana. Je ne pus m'empêcher de compatir à sa détresse. Il s'inquiétait visiblement pour moi et les événements de la dernière semaine l'avaient autant ébranlé que nous tous. Qui plus est, il avait perdu sa grand-tante, pour qui il éprouvait de l'affection malgré ses manières brusques.

Mais je ne pus m'empêcher de ressentir aussi... du mépris. J'étais peut-être injuste à son égard, mais c'était plus fort que moi. J'éprouvais beaucoup de tendresse pour lui et comprenais très bien son chagrin, mais j'étais convaincue qu'il y avait de meilleures manières d'affronter un deuil. C'était presque lâche de sa part. Il se voilait la face en noyant ses problèmes dans l'alcool, un comportement à l'opposé de la façon dont je réagissais, moi. Jamais je ne me laissais vaincre par l'adversité sans combattre.

— Du velours, déclara la gérante de la boutique à Lissa avec assurance. (La vieille Moroï présenta à Lissa une volumineuse robe à manches longues.) Les membres du cortège royal portent traditionnellement du velours.

Le cercueil de Tatiana allait être à la fois précédé par une fanfare et escorté par un membre de chacune des douze familles royales jusqu'à son tombeau. Personne ne semblait voir d'inconvénient à ce que Lissa représente officiellement sa famille à cette occasion. Lui accorder le droit de voter était une tout autre affaire.

Lissa examina la robe, qui ressemblait davantage à un costume d'Halloween qu'à un vêtement d'enterrement.

— Il fait plus de trente degrés dehors, fit-elle remarquer à la gérante. Et l'air est humide.

— La tradition exige des sacrifices, répondit la Moroï avec emphase. Tout comme les tragédies…

Adrian ouvrit la bouche. Il s'apprêtait sûrement à émettre un commentaire déplacé et sarcastique, mais Lissa secoua sèchement la tête pour l'en empêcher.

— N'en auriez-vous pas une autre… sans manches ?

La gérante écarquilla les yeux.

— Personne n'a jamais porté une robe à bretelles à un enterrement ! Ce serait scandaleux.

— Et un short ? intervint Adrian. Est-ce acceptable si on le porte avec une cravate ? Parce que c'est ce que j'ai prévu…

La Moroï s'étrangla d'indignation. Lissa jeta un regard dédaigneux à Adrian. Ce n'était pas tant dû à sa plaisanterie, qu'elle ne trouvait que modérément amusante, que parce qu'elle commençait à en avoir assez de son perpétuel état d'ébriété.

— Dans la mesure où on ne me considère pas pleinement comme la représentante officielle d'une des familles royales, je ne vois pas pourquoi j'agirais comme telle, conclut Lissa en se tournant vers le portant chargé de robes. Montrez-moi vos robes à manches courtes et à bretelles.

La gérante obtempéra en grimaçant. Même si elle prodiguait à ses clientes de la noblesse ses conseils vestimentaires avec assurance, elle n'aurait jamais osé leur imposer de porter un vêtement plutôt qu'un autre. L'ordre social de notre monde exigeait qu'elle s'incline devant leur choix.

Le petit ami de Lissa et sa tante entrèrent dans la boutique alors que la gérante se dirigeait vers un autre portant.

L'attitude de Christian Ozéra était exactement celle que j'aurais aimé voir Adrian adopter. Il était stupéfiant qu'une idée pareille me traverse l'esprit. Les temps avaient vraiment changé si j'érigeais désormais Christian en modèle. Pourtant, c'était bien le cas. Je l'observais depuis une semaine à travers les yeux de Lissa et je l'avais vu la soutenir avec une détermination sans faille dans la tourmente qu'avaient provoquée la mort de Tatiana et mon arrestation. À en juger d'après son expression, il avait quelque chose d'important à lui dire.

Sa tante, Tasha Ozéra, était elle aussi un modèle de force et d'élégance face à l'adversité. Elle s'occupait de Christian depuis que ses parents s'étaient volontairement transformés en Strigoï – et l'avaient attaquée, ce qui lui avait laissé de vilaines cicatrices sur un côté du visage. Les Moroï s'étaient toujours reposés sur les gardiens pour les protéger, mais cette tragédie avait décidé Tasha à s'occuper elle-même de sa propre défense. Elle avait appris diverses techniques de combat et s'était entraînée à manier toutes sortes d'armes. C'était devenu une véritable dure à cuire et, depuis, elle passait son temps à inciter les autres Moroï à l'imiter.

Lissa délaissa la robe qu'elle regardait pour accueillir Christian avec joie. Il était celui en qui elle avait le plus confiance après moi et il lui offrait le soutien d'un roc dans cette débâcle.

Il parcourut la boutique des yeux sans paraître enthousiasmé par son vaste choix de robes.

— Vous faites du shopping ? demanda-t-il en regardant tour à tour Lissa et Adrian. Une sortie entre filles ?

— Tu sais que tu gagnerais à changer de garde-robe, riposta Adrian. Je suis sûr que tu aurais fière allure dans un débardeur.

Lissa méprisa leur joute verbale pour concentrer son attention sur les Ozéra.

— Alors ? Qu'avez-vous découvert ?

— Ils ont décidé de ne pas prendre de mesures, répondit Christian avec une moue dédaigneuse. Du moins pas de mesures punitives.

Tasha acquiesça.

— Nous essayons de faire admettre l'idée qu'il est intervenu sans comprendre ce qui se passait, parce qu'il croyait Rose en danger.

Mon cœur manqua un battement. Dimitri. Ils parlaient de Dimitri.

Soudain, je ne fus plus ni avec Lissa ni dans ma cellule. Je revis le jour de mon arrestation. Je me disputais avec Dimitri dans un café. Je lui reprochais de ne plus vouloir m'adresser la parole, sans aborder son refus de reprendre notre relation amoureuse. Je venais d'estimer que j'en avais assez. Je m'étais résignée à l'idée que tout était fini entre nous et refusais de le laisser me briser le cœur plus longtemps. C'était à ce moment-là que les gardiens étaient intervenus. Malgré l'insistance avec laquelle Dimitri m'avait répété que l'expérience de sa transformation en Strigoï le rendait désormais incapable d'aimer, il avait instantanément pris ma défense. Même si le grand nombre de nos assaillants nous interdisait tout espoir de l'emporter, cela n'avait eu aucune importance à ses yeux. Son expression et la compréhension intuitive que j'avais de lui m'avaient confirmé ce que je savais déjà : puisque j'étais menacée, il ne pouvait que me défendre.

Et il m'avait défendue. Il s'était battu comme le dieu qu'il était à l'académie de Saint-Vladimir, où il m'avait appris à affronter les Strigoï. Aucun autre homme n'aurait pu vaincre à lui seul tous les gardiens qu'il avait mis hors d'état de nuire dans ce café. J'étais bien certaine qu'il m'aurait défendue jusqu'à son dernier souffle si je n'étais pas intervenue pour mettre un terme au combat. À ce moment-là, j'ignorais encore pourquoi une armée de gardiens voulait m'arrêter. Mais j'avais soudain compris que Dimitri risquait de compromettre grandement la fragile tolérance que lui avait accordée la Cour. Aucun Strigoï n'avait jamais recouvré sa nature initiale et nombreux étaient ceux qui se méfiaient encore de lui. Davantage inquiète de son sort que du mien, je l'avais supplié de cesser de se battre. J'étais loin de deviner ce qui m'attendait.

Il avait assisté – sous bonne garde – à mon audition, mais ni Lissa ni moi ne l'avions revu depuis. Lissa, qui craignait qu'on ne l'enferme de nouveau, avait fait tout son possible pour persuader les autorités que son ancienne nature de Strigoï n'était pour rien dans cet acte de rébellion. Pour ma part, je tâchais de ne pas trop réfléchir à ce qui l'avait poussé à agir ainsi. Mon arrestation et mon exécution potentielle étaient des problèmes plus urgents. Mais je ne pouvais m'empêcher de m'interroger... Pourquoi avait-il fait cela ? Pourquoi avait-il risqué sa vie pour défendre la mienne ? Était-ce une simple réaction instinctive face au danger ? Avait-il agi par égard pour Lissa, à qui il avait offert sa loyauté après qu'elle l'eut sauvé ? Ou m'avait-il défendue parce qu'il éprouvait encore des sentiments pour moi ?

Je n'en savais vraiment rien, mais cette résurrection du Dimitri de mon passé avait réveillé en moi les sentiments que j'avais désespérément tenté d'étouffer. Je ne cessais de me répéter qu'il fallait du temps pour se remettre d'une rupture amoureuse. Il était normal que les sentiments persistent quelque temps encore. Malheureusement, ils duraient plus longtemps lorsque celui qui vous les inspirait se jetait au-devant du danger pour vous protéger.

Dans tous les cas, les paroles de Christian et Tasha me rassurèrent un peu sur le sort de Dimitri. Je n'étais pas la seule dont la vie ne tenait qu'à un fil, après tout. Ceux qui s'obstinaient à considérer Dimitri comme un Strigoï voulaient qu'on lui plante un pieu dans le cœur.

— Il est de nouveau enfermé, mais pas dans une cellule, expliqua Christian. On l'a seulement contraint à rester dans sa chambre sous la surveillance de quelques gardiens. On préfère ne pas le voir se promener librement tant que les choses ne se seront pas calmées.

— C'est toujours mieux que la prison, reconnut Lissa.

— C'est quand même absurde, commenta Tasha, davantage pour elle-même que pour les autres.

Dimitri et elle étaient proches depuis des années et, un temps, elle avait même espéré faire évoluer leur relation à un autre stade. Elle s'était finalement contentée d'être son amie et l'injustice dont il était victime la scandalisait autant que nous.

— On aurait dû le laisser tranquille dès qu'on a compris qu'il était redevenu un dhampir. Quand on en aura fini avec cette élection, je vais m'assurer qu'on le laisse libre d'aller et venir.

— Ce qui est étrange, ajouta Christian d'un air pensif, c'est qu'il semblerait que Tatiana, avant qu'on…

Christian hésita à poursuivre et jeta un coup d'œil gêné à Adrian. Comme il était ordinairement d'une grande franchise, sa pudeur me surprit.

— … avant qu'on l'assassine, acheva Adrian d'une voix neutre sans regarder personne.

Christian déglutit.

— C'est ça. Il semblerait donc qu'elle ait dit à certains – pas de manière officielle, évidemment – qu'elle croyait vraiment que Dimitri était redevenu un dhampir. Elle aurait projeté d'aider à sa réinsertion quand l'autre affaire se serait calmée.

« L'autre affaire » en question était le décret que mentionnait le message de Tatiana et qui faisait passer de dix-huit à seize ans l'âge où les dhampirs devenaient gardiens et commençaient à protéger les Moroï. Ce décret m'avait mise hors de moi mais, comme bien d'autres choses ces derniers temps, je l'avais fait passer au second plan.

Adrian émit un son étrange en se raclant la gorge.

— C'est faux.

Christian haussa les épaules.

— D'après la rumeur, c'est ce que soutiendraient plusieurs de ses conseillers.

— Moi aussi, j'ai du mal à le croire, dit Tasha à Adrian.

Elle n'avait jamais approuvé la politique de Tatiana et l'avait exprimé avec véhémence à de nombreuses reprises. Mais le scepticisme d'Adrian n'avait rien de politique : il découlait de l'opinion qu'il se faisait de sa tante. Elle ne lui avait jamais laissé entendre qu'elle voulait aider Dimitri à recouvrer son ancien statut de gardien.

Adrian n'ajouta rien, mais je sentis que cela avait réveillé sa jalousie. Je lui avais assuré que ma relation avec Dimitri était de l'histoire ancienne, mais il devait s'interroger autant que moi sur la raison pour laquelle Dimitri m'avait défendue de manière si chevaleresque.

Lissa s'apprêtait à discuter du meilleur moyen de rendre sa liberté à Dimitri quand la gérante revint, les bras chargés de robes qui lui inspiraient une moue réprobatrice. Lissa se tut en se mordant la lèvre et remit à plus tard ses suggestions concernant la situation de Dimitri. À la place, elle se prépara avec lassitude à faire des essayages et à jouer le rôle de la petite princesse modèle.

La vue des robes fit sortir Adrian de son hébétude.

— Est-ce qu'il y a des dos nus dans le tas ?

Je regagnai ma cellule en ressassant les problèmes qui semblaient prendre un malin plaisir à se multiplier. Je m'inquiétais à la fois pour Adrian et pour Dimitri. Je m'inquiétais pour moi-même, et aussi pour ce Dragomir prétendument perdu. Je commençais à croire qu'il existait vraiment, mais je ne pouvais strictement rien faire, ce qui m'agaçait. Dès qu'il s'agissait d'aider Lissa, j'avais besoin d'agir sans attendre. Dans son message, Tatiana m'avait recommandé de ne divulguer ce secret qu'avec prudence. Devais-je confier cette mission à quelqu'un ? J'aurais voulu m'en charger personnellement, mais les barreaux de ma cellule et les murs qui m'étouffaient allaient m'empêcher de me charger de quoi que ce soit pendant quelque temps, y compris de ma propre vie.

Deux semaines.

La nécessité de me distraire me fit ouvrir le livre d'Abe, dont j'entamai la lecture. C'était exactement l'histoire d'un emprisonnement injuste à laquelle je m'étais attendue. Le roman était effectivement bon et m'apprit que simuler ma propre mort ne se révélerait pas un très bon plan d'évasion. Il réveilla aussi, de manière inattendue, de vieux souvenirs. Je sentis un frisson me parcourir le dos lorsque ma dernière rencontre avec une Moroï nommée Rhonda me revint à l'esprit. C'était la tante d'Ambrose et une diseuse de bonne aventure. Lorsqu'elle m'avait tiré les cartes, l'une d'elles représentait une femme attachée à des épées. « *Un emprisonnement injuste. Des accusations. Des calomnies.* » Merde. Je commençais vraiment à détester ces cartes de tarot. Même si j'avais toujours tenu cela pour une escroquerie, les prédictions qu'on m'avait faites avaient eu une fâcheuse tendance à se réaliser. Rhonda m'avait également annoncé que j'allais faire un voyage, mais pour aller où ? Dans une véritable prison ? Devant mon peloton d'exécution ?

Encore des questions sans réponses. Bienvenue dans mon monde. Ne sachant plus que faire, je finis par essayer de me reposer. Je m'étendis sur la couchette et m'efforçai de chasser de mon esprit les craintes qui m'obsédaient. C'était difficile. Chaque fois que je fermais les yeux, je voyais un juge abattre son marteau pour me condamner à mort. Ou bien je découvrais mon nom cité dans les livres d'histoire non comme celui d'une héroïne, mais comme celui d'une traîtresse.

Immobile et tétanisée par ma propre terreur, je songeai soudain à Dimitri. Je vis son regard calme et l'entendis presque me faire la morale. « *Cesse de t'inquiéter à propos de choses que tu ne peux pas changer. Repose-toi pour être prête à livrer les batailles qui t'attendent.* » Ses conseils imaginaires m'apaisèrent assez pour que je sombre dans un profond sommeil. Ce repos véritable venait à point après les nuits agitées que j'avais passées cette dernière semaine.

Puis je me réveillai en sursaut.

Je me redressai brutalement, le cœur affolé, et scrutai mon environnement à la recherche du danger, de la menace qui m'avait tirée d'un si profond sommeil. Mais il n'y avait rien d'autre que l'obscurité et le silence. Le léger grincement d'une chaise, au bout du couloir, m'informa que les gardes étaient à leur poste.

Je compris tout à coup qu'il s'agissait du lien. C'était lui qui m'avait réveillée. J'avais ressenti comme une explosion de… quoi ? de tension ? d'angoisse ? Une poussée d'adrénaline ? En proie à la panique, je plongeai profondément dans l'esprit de Lissa pour tâcher de comprendre ce qui s'était passé.

Mais je ne découvris rien.

Le lien avait disparu.

Chapitre 3

À vrai dire, il n'avait pas complètement disparu.

Il était engourdi, un peu comme cela s'était produit quand Lissa avait retransformé Dimitri en dhampir. La magie qu'elle avait alors utilisée avait été si puissante qu'elle avait provisoirement « grillé » notre lien. Sauf qu'aucune explosion magique ne venait de se produire. C'était comme si Lissa avait intentionnellement érigé un mur mental entre nous. Comme toujours, j'avais une perception minimale de son existence : elle était en vie et allait bien. Alors, qu'est-ce qui m'empêchait de ressentir ses émotions ? Elle ne dormait pas, puisque je percevais une conscience sur le qui-vive de l'autre côté de ce mur. L'esprit me la dissimulait… et c'était elle qui l'avait décidé.

Que se passait-il donc ? C'était un fait acquis que notre lien ne fonctionnait que dans un sens. Je pouvais ressentir ce qu'elle ressentait, tandis que l'inverse n'était pas possible. En outre, je pouvais choisir les moments où je m'insinuais dans son esprit. J'essayais en général de m'en abstenir (quand je n'étais pas en prison) pour lui laisser un peu d'intimité. Lissa, quant à elle, ne pouvait décider de rien, et cette vulnérabilité la contrariait parfois. De temps à autre néanmoins, elle se servait de sa magie pour se cacher de moi, mais c'était rare et cela lui demandait un effort considérable. Elle s'en donnait la peine à cet instant, et je sentais toute l'énergie qu'elle déployait pour faire persister cet état. Il ne lui était pas facile de m'interdire l'accès à son esprit, mais elle y parvenait. Évidemment, je me moquais du « comment » : c'était le « pourquoi » qui m'intéressait.

Ce fut sûrement ma pire journée en prison. M'inquiéter pour moi était une chose. Mais pour elle ? C'était une torture. Si j'avais dû choisir entre sa vie et la mienne, j'aurais accepté mon exécution sans hésiter. Je devais savoir ce qui se passait. Avait-elle appris quelque chose ? Le Conseil avait-il décidé d'annuler mon procès pour m'exécuter immédiatement ? Essayait-elle de me protéger de cette nouvelle ? L'usage de l'esprit était dangereux pour elle, et cette barrière mentale requérait une grande quantité de magie. Pourquoi prenait-elle ce risque ?

À cet instant, je compris à quel point avec stupeur je me reposais sur notre lien pour veiller sur elle. Bien sûr, je n'appréciais pas toujours que les pensées d'une autre envahissent mon esprit. Malgré la maîtrise du phénomène que j'avais acquise, il arrivait encore que ses émotions déferlent en moi alors qu'elle vivait des expériences que j'aurais préféré ne pas partager. Mais tout cela n'avait aucune importance à cet instant : seule sa sécurité comptait pour moi. L'engourdissement du lien me donnait l'impression d'être amputée d'un membre.

Je passai toute la journée à essayer de me glisser dans sa tête pour en être refoulée chaque fois. C'était exaspérant. Je n'eus aucun visiteur, et le livre et les magazines d'Abe avaient perdu tout attrait pour moi depuis longtemps. L'impression d'être un animal en cage réveilla de nouveau ma fureur et je passai encore un long moment à hurler après les gardes sans aucun résultat. Les funérailles de Tatiana auraient lieu le lendemain et mon procès suivrait peu de temps après.

Lorsque vint l'heure de se coucher, la barrière mentale disparut enfin… parce que Lissa s'était endormie. Notre lien fut de nouveau clair, mais son esprit se dérobait à moi dans le sommeil. Je n'allais y trouver aucune réponse. Ne pouvant rien faire d'autre, je me couchai à mon tour en me demandant si elle me tiendrait encore à l'écart le lendemain.

Ce ne fut pas le cas. Notre lien était bel et bien restauré et je pus de nouveau voir le monde à travers ses yeux. Lissa se réveilla tôt et se prépara pour les funérailles. Je ne vis ni ne ressentis rien qui me permette de comprendre pourquoi j'avais été tenue à l'écart la veille. Lissa me laissa m'introduire dans son esprit comme d'habitude et j'en vins presque à croire que je l'avais imaginée ériger sa barrière mentale.

Non… Il y avait bien quelque chose, même si c'était à peine perceptible. Elle me cachait certaines de ses pensées. Elles étaient insaisissables, m'échappaient chaque fois que je croyais pouvoir les saisir. Je fus surprise qu'elle ait encore l'énergie de maintenir cet écran après son effort de la veille, mais cela me confirma dans l'idée qu'elle m'avait volontairement tenue à l'écart de son esprit. Que se passait-il ? Pourquoi éprouvait-elle le besoin de me cacher quelque chose ? Qu'aurais-je pu faire, enfermée dans ce trou à rats ? Mon malaise s'intensifia. Quelle horrible chose ignorais-je donc ?

J'observai Lissa se préparer sans rien remarquer d'inhabituel. La robe qu'elle avait fini par choisir avait des manches courtes et lui arrivait au genou. Elle était noire, évidemment. Même si elle n'avait rien d'une robe de soirée, elle allait en faire grimacer plus d'un. En d'autres circonstances, cela m'aurait ravie. Elle décida de porter ses cheveux détachés. Leur couleur blond platine tranchait nettement sur le noir de sa robe lorsqu'elle vérifia son reflet dans la glace.

Christian l'attendait dehors. Je dus reconnaître qu'il s'était fait beau. Il portait une chemise élégante et une cravate, ce qui était rare. Il n'était pas allé jusqu'à enfiler une veste et affichait une expression où se mêlaient la nervosité, le mystère et son insolence habituelle. Dès qu'il aperçut Lissa, son visage se transforma l'espace d'un instant : il rayonna tandis qu'il lui jetait un regard émerveillé. Puis il lui offrit un petit sourire et la prit brièvement dans ses bras, ce qui apaisa un peu son anxiété. Ils venaient de se remettre ensemble après une rupture qui avait été un calvaire pour tous les deux.

— Tout va bien se passer, murmura-t-il alors qu'il reprenait son air inquiet. Ça va marcher. Nous pouvons le faire.

Elle ne répondit rien mais le serra plus fort avant de s'écarter, puis ils se dirigèrent en silence vers le point de départ du cortège funèbre. Cela me parut louche. Lissa lui prit la main et puisa des forces à ce contact.

Le déroulement des obsèques des monarques moroï n'avait pas changé depuis des siècles et l'époque où la Cour se trouvait en Roumanie et non en Pennsylvanie. Les Moroï étaient ainsi : ils mêlaient la modernité et la tradition, la magie et la technologie. Le cercueil de la reine serait porté hors du palais et conduit en grande pompe à travers la Cour jusqu'à son immense église. Seul un public trié sur le volet assisterait à la messe. Après l'office, Tatiana serait enterrée dans le cimetière de l'église auprès de ses prédécesseurs et de certains Moroï de haut rang.

Le trajet du cortège était facile à repérer. Des bannières noir et rouge flottaient de part et d'autre et le sol avait été recouvert de pétales de roses. Les gens s'y pressaient dans l'espoir d'apercevoir celle qui avait été leur reine. Beaucoup de Moroï venaient de très loin, certains pour rendre un dernier hommage à Tatiana, d'autres pour assister à l'élection du nouveau monarque qui se déroulerait au cours des deux semaines suivantes.

Les membres du cortège royal, parmi lesquels la plupart des femmes portaient des robes en velours noir que la gérante de la boutique aurait approuvées, entraient déjà dans le palais. Lissa s'arrêta avant de les suivre pour dire au revoir à Christian, dont personne n'attendait qu'il représente sa famille lors d'un événement de ce genre. De nouveau, elle le serra fort contre elle, puis lui donna un rapide baiser. Lorsqu'il s'écarta, une lueur complice fit briller ses yeux bleus, due au secret qu'ils me cachaient.

Lissa se faufila dans la foule jusqu'à l'entrée du palais qui servait de point de départ du cortège. L'édifice ne ressemblait pas aux châteaux européens. Avec ses façades en pierre et ses hautes fenêtres, il ressemblait à tous les autres bâtiments de la Cour. Néanmoins, il s'en distinguait par quelques particularités comme sa hauteur et l'escalier en marbre qui permettait d'y accéder.

Quelqu'un força Lissa à s'arrêter en l'attrapant par le bras, ce qui faillit lui faire bousculer un vieux Moroï.

— Vasilisa ?

C'était Daniella Ivashkov, la mère d'Adrian. Daniella était plutôt sympathique pour une Moroï de sang royal et avait accepté ma relation avec Adrian – du moins elle l'acceptait avant qu'on m'accuse de meurtre. Sa tolérance provenait surtout de sa certitude qu'Adrian et moi nous séparerions dès qu'on m'aurait attribué un poste. Daniella avait aussi demandé à l'un de ses cousins, Damon Tarus, d'être mon avocat, mais j'avais décliné son offre en choisissant Abe pour me représenter. Je n'étais toujours pas certaine d'avoir pris la bonne décision, mais cela avait sans doute terni la considération que me portait Daniella, ce que je regrettais.

Lissa lui offrit un sourire nerveux. Elle était impatiente de prendre place dans le cortège et d'en finir avec la cérémonie.

— Bonjour, lui dit-elle.

Daniella portait une longue robe en velours noir et ses cheveux bruns étaient relevés grâce à de petites barrettes en diamant. Son joli visage était creusé par l'inquiétude.

— As-tu vu Adrian ? Je ne l'ai trouvé nulle part, même pas dans sa chambre.

Lissa soupira en détournant la tête.

— Je ne sais pas où il est, mais je l'ai vu hier soir. Il revenait d'une quelconque fête. (Lissa hésita, comme si cela l'embarrassait de poursuivre.) Il était… vraiment soûl. Je ne l'avais jamais vu dans cet état. Il allait je ne sais où avec des filles. Je suis désolée, madame Ivashkov. Il est sûrement évanoui quelque part.

Daniella se tordit les mains et je compris sa consternation.

— J'espère que personne ne le remarquera. Nous pourrions dire… qu'il était terrassé par le chagrin. Il s'est passé tant de choses. Pourquoi s'apercevrait-on de son absence ? Tu leur diras à quel point il était bouleversé, n'est-ce pas ?

J'aimais bien Daniella, mais son obsession de noble à toujours vouloir préserver les apparences commençait à vraiment m'agacer. Je savais qu'elle adorait son fils, mais elle semblait s'inquiéter davantage de ce que les autres penseraient d'une violation du protocole que du repos de l'âme de Tatiana.

— Bien sûr, répondit Lissa. Je ne voudrais pas que les gens… Je n'aimerais pas que ça se sache.

— Merci. Maintenant, vas-y ! dit-elle en lui montrant les portes, sans que l'inquiétude disparaisse de son visage pour autant. Tu dois aller prendre ta place. (À la surprise de Lissa, Daniella lui tapota gentiment le bras.) Et ne sois pas nerveuse. Tu vas très bien t'en sortir. Garde la tête haute !

Les gardiens postés aux portes reconnurent Lissa et la laissèrent passer. Le cercueil de Tatiana se trouvait dans l'entrée. Lissa se figea, éblouie, et faillit en oublier pourquoi elle était là.

Le cercueil en lui-même était une œuvre d'art. Il était fait d'un bois noir qu'on avait poli jusqu'à le rendre brillant. Ses deux côtés étaient ornés de scènes champêtres réalisées avec des peintures métallisées de toutes les teintes. Il y avait de l'or partout. Même les bâtons destinés aux porteurs en étaient recouverts. On y avait également enroulé des guirlandes de roses mauves, ce qui compliquerait sans doute leur prise en main – mais il faudrait s'en contenter.

La reine reposait dans le cercueil ouvert, au milieu d'autres roses mauves. J'eus une impression étrange. Je passais mon temps à voir des cadavres. J'en semais moi-même sur mon chemin. Pourtant, le corps embaumé de Tatiana gisant paisiblement au milieu des fleurs me donna la chair de poule. Ce spectacle perturba également Lissa, d'autant plus qu'elle n'avait pas eu aussi souvent affaire à la mort que moi. Tatiana était vêtue d'une lumineuse robe de soie violette – la couleur traditionnelle des funérailles royales – dont les longues manches étaient ornées d'un entrelacs de perles. J'avais souvent vu Tatiana porter du rouge, la couleur des Ivashkov, et je me réjouis que la tradition l'ait revêtue de violet. Une robe rouge m'aurait beaucoup trop rappelé les photos de son corps ensanglanté que j'avais vues lors de mon audition et que j'essayais d'oublier.

On avait mis des rivières de pierres précieuses et des colliers de perles autour de son cou, ainsi qu'une couronne ornée de diamants et d'améthystes sur ses cheveux grisonnants. Celui qui l'avait maquillée avait fait du bon travail, mais cela ne suffisait pas à masquer sa lividité. Les Moroï étant naturellement pâles, leur peau prenait une couleur crayeuse… après la mort, la couleur de celle des Strigoï. Cette vision frappa Lissa si vivement qu'elle vacilla légèrement et dut détourner les yeux. Malgré le parfum entêtant des roses, une légère odeur de putréfaction flottait dans l'air.

L'organisatrice des funérailles repéra Lissa et lui ordonna de prendre place dans le cortège après avoir déploré son choix vestimentaire. Ramenée à la réalité par ces vifs reproches, Lissa alla se placer à droite du cercueil, où se trouvaient déjà cinq autres nobles, et détourna les yeux pour ne plus voir la dépouille de la reine. Les porteurs firent leur apparition peu après, se saisirent des bâtons décorés de guirlandes de roses et hissèrent le cercueil sur leurs épaules pour l'emporter lentement vers la foule qui attendait dehors. C'étaient tous des dhampirs. Leurs costumes de cérémonie me déroutèrent un instant, mais je compris vite qu'il s'agissait des gardiens de la Cour… à l'exception d'un seul : Ambrose. Il était aussi beau que d'habitude et marchait en regardant droit devant lui, le visage impassible.

Je me demandai à quel point la mort de Tatiana l'avait affecté. Mes propres problèmes avaient tendance à me faire oublier qu'une vie s'était achevée, celle de quelqu'un que beaucoup aimaient. Ambrose avait défendu Tatiana quand j'avais critiqué son dernier décret. En le voyant à travers les yeux de Lissa, je me pris à regretter de ne pas être là en personne pour lui parler. Il devait bien savoir quelque chose de plus au sujet de la lettre qu'il m'avait transmise. Je ne pouvais croire qu'il n'ait fait que jouer les messagers.

La mise en branle du cortège me tira de mes réflexions. Le cercueil était précédé par une autre procession, constituée de nobles en costume d'apparat qui attiraient le regard, et de gardiens en uniforme qui portaient des bannières. Un groupe de flûtistes fermait la marche en jouant un air funèbre. Lissa, qui était très douée pour les apparitions publiques, suivait l'allure lente et régulière du cortège avec grâce et élégance, sans cesser de regarder droit devant elle. Je ne pouvais la voir de l'extérieur, évidemment, mais il m'était facile d'imaginer le spectacle qu'elle offrait à la foule. Elle était belle, altière et méritait d'hériter des droits des Dragomir. Il fallait espérer que les gens seraient de plus en plus nombreux à s'en apercevoir. Si quelqu'un avait eu l'idée de changer la loi relative au droit de vote, il nous aurait épargné bien des tracas en nous dispensant de nous lancer à la recherche de son frère – ou de sa sœur – perdu.

Le trajet du cortège jusqu'à l'église prit du temps. La chaleur humide persista, même lorsque le soleil entama sa descente vers l'horizon. Lissa commença à transpirer, mais elle savait que son inconfort était peu de chose en comparaison de celui des porteurs. La foule, pour sa part, ne semblait pas souffrir de la chaleur. Les gens à l'arrière tendaient le cou pour tenter d'apercevoir le cortège. Si Lissa ne prêtait guère attention aux spectateurs, je voyais bien qu'eux ne s'intéressaient pas qu'au cercueil. Ils l'observaient, elle. La nouvelle de ce qu'elle avait fait pour Dimitri s'était répandue dans le monde des Moroï et ceux qui croyaient à ses pouvoirs de guérison étaient désormais aussi nombreux que les sceptiques. En voyant les expressions émerveillées ou fascinées de certains, je me demandai un instant qui, de Lissa ou de Tatiana, ils étaient réellement venus voir.

L'église apparut enfin au bout du chemin, ce qui était une bonne nouvelle pour Lissa. Même si le soleil n'était fatal qu'aux Strigoï, sa chaleur et sa lumière gênaient tous les vampires. Puisque Lissa était autorisée à assister au service funèbre, elle allait bientôt profiter de l'air conditionné.

En observant son environnement, je ne pus m'empêcher de trouver ma vie passablement ironique. Deux immenses statues d'anciens monarques moroï trônaient au milieu des jardins qui s'étendaient de part et d'autre de l'église. Elles représentaient un roi et une reine devenus légendaires pour avoir contribué à rendre le monde des Moroï prospère. Même si elles étaient situées à bonne distance de l'église, les statues surplombaient les environs de manière inquiétante, comme si elles surveillaient tout. Je connaissais bien le jardin qui s'étendait autour de la statue de la reine. On m'y avait fait travailler pour me punir de m'être enfuie à Las Vegas. Le véritable but de ce voyage, que tout le monde ignorait, avait été de faire évader Victor Dashkov de prison. Victor était un ennemi de longue date, mais son frère, Robert, un spécialiste de l'esprit, pouvait nous expliquer comment sauver Dimitri. Si les gardiens avaient découvert que j'étais à l'origine de l'évasion de Victor, que j'avais laissé s'échapper par la suite, ils ne se seraient sûrement pas contentés de me faire faire du classement et du jardinage… Au moins, j'avais réalisé du bon travail dans ce jardin, songeai-je avec amertume. Si on m'exécutait, je laisserais quand même mon empreinte sur la Cour.

Le regard de Lissa s'attarda longuement sur l'une des statues avant de revenir se poser sur l'église. Elle transpirait de plus en plus, et je finis par comprendre que ce n'était pas seulement à cause de la chaleur. Elle était tendue. Mais pourquoi ? Pourquoi était-elle si nerveuse ? Ce n'était qu'une cérémonie ; elle n'avait qu'à suivre le mouvement général. Pourtant… C'était bien là. Quelque chose d'autre la tracassait. Elle me cachait toujours un ensemble de pensées, mais son inquiétude en laissa échapper quelques-unes :

On est trop près… On va trop vite…

Trop vite ? Ce n'était vraiment pas mon impression. Je n'aurais jamais pu marcher si lentement et éprouvais beaucoup de compassion à l'égard des porteurs. À leur place, j'aurais envoyé les convenances au diable et me serais mise à courir vers l'église. Bien sûr, cela aurait sans doute un peu secoué le corps. Étant donné que l'organisatrice des funérailles avait été contrariée par la robe de Lissa, j'osais à peine imaginer sa réaction si Tatiana était tombée de son cercueil.

On distinguait de mieux en mieux l'église, dont les dômes éclairés par la lumière du soleil couchant jetaient des reflets ambrés et orangés. Lissa se trouvait encore à plusieurs centaines de mètres de l'édifice, mais le prêtre qui attendait sur le parvis était bien visible. Sa longue chasuble de brocart doré était presque aveuglante tant elle brillait, et il portait une coiffe cylindrique surmontée d'une croix, elle aussi dorée. Je trouvais de mauvais goût qu'il ait choisi un costume plus éblouissant que celui de la reine, mais sans doute les prêtres s'habillaient-ils toujours ainsi lors des grandes occasions. Peut-être était-ce pour attirer l'attention de Dieu. Le prêtre déploya sa riche chasuble en levant les bras pour accueillir le cortège. La foule et moi ne pûmes qu'écarquiller les yeux devant tant de splendeur.

Imaginez donc notre surprise lorsque les statues explosèrent.

Chapitre 4

Et quand je dis qu'elles explosèrent, je l'entends au sens propre du terme.

Des flammes et de la fumée se déployèrent en corolle comme les pétales d'une fleur fraîchement éclose autour de ces pauvres monarques, avant qu'ils volent en éclats. Durant quelques secondes, je restai abasourdie. J'avais l'impression de regarder un film d'action. L'explosion résonna comme un coup de tonnerre et fit trembler le sol. Mais, grâce à ma formation de gardienne, je repris vite le dessus et entrepris d'examiner les dégâts afin d'analyser la situation. Je remarquai immédiatement que les statues avaient explosé vers l'extérieur des jardins. Aucun bloc de pierre n'était retombé sur le cortège funèbre, seulement des gravats et de la poussière, si bien que personne n'avait été blessé. Présumant que les statues ne s'étaient pas désintégrées spontanément, j'en déduisis que ceux qui avaient provoqué l'explosion lui avaient donné une orientation précise.

Mais la question technique mise à part, d'immenses colonnes de flammes sont toujours effrayantes. Tout le monde voulut s'enfuir dans le plus grand désordre. Comme chacun prit une direction différente, des collisions et des bousculades se produisirent. Même les porteurs déposèrent leur précieux fardeau pour s'enfuir. Ambrose fut le dernier à quitter son poste.

Il regarda Tatiana pendant quelques instants, la bouche ouverte et les yeux écarquillés, mais finit par disparaître au milieu des spectateurs après avoir jeté un dernier coup d'œil aux statues. Quelques gardiens tentèrent de maintenir l'ordre et d'orienter la foule vers le chemin par où le cortège était arrivé, mais sans grand résultat. Les gens ne songeaient qu'à sauver leur peau et étaient bien trop terrifiés et paniqués pour se rendre à la raison.

Tout le monde, sauf Lissa.

À ma grande surprise, elle n'était pas étonnée.

Elle s'attendait à cette explosion.

Malgré les gens qui la poussaient sans ménagement de tous côtés, elle ne se mit pas aussitôt à courir. Elle resta plantée là où elle se trouvait au moment de l'explosion et observa les dégâts que celle-ci avait causés. Elle semblait particulièrement inquiète à l'idée que quelqu'un ait pu être touché par un bloc de pierre… mais ça n'était pas arrivé. Comme je l'avais déjà observé, l'explosion n'avait fait aucun blessé. S'il devait y en avoir, ce serait à cause de la bousculade.

Satisfaite, Lissa se retourna et commença à marcher avec les autres. (Plutôt : elle marchait alors que les autres couraient.) Elle n'avait fait que quelques pas lorsqu'elle vit un imposant groupe de gardiens au visage sévère courir en direction de l'église. Certains s'arrêtèrent pour aider ceux qui fuyaient la catastrophe, mais la plupart poursuivirent leur route vers le site de l'explosion pour voir ce qui s'était passé.

Lissa s'arrêta encore et sentit à peine celui qui la suivait lui heurter le dos. Elle observa attentivement les gardiens, évalua leur nombre et reprit sa route. Ses pensées secrètes commençaient à se dévoiler, ce qui me permit de découvrir des parties du plan qu'elle m'avait caché. Elle était contente. Nerveuse, aussi. Mais ce qu'elle ressentait surtout, c'était…

Du bruit dans le couloir me fit immédiatement réintégrer mon propre esprit. Des grognements et des exclamations troublaient le silence habituel de la prison. Je bondis de ma couchette et me pressai contre les barreaux pour tâcher de voir ce qui se passait. Le bâtiment était-il sur le point d'exploser, lui aussi ? Ma cellule faisait face à un mur, de sorte que je n'apercevais qu'une partie du couloir et non l'entrée. Néanmoins, je vis les gardiens qui étaient postés tout au fond passer en courant devant ma cellule pour intervenir dans ce qui ressemblait manifestement à une altercation.

Comme j'ignorais ce que cela signifiait pour moi, je me tins prête à tout. Il pouvait s'agir d'amis comme d'ennemis. Peut-être un groupe d'extrémistes attaquait-il la Cour pour imposer ses exigences au gouvernement moroï. Je scrutai ma cellule du regard sans rien trouver pour me défendre et jurai mentalement. C'était le livre d'Abe qui s'approchait le plus d'une arme, mais il n'allait pas être très efficace. Si mon père avait été le dur à cuire qu'il prétendait être, il aurait vraiment glissé une lime à l'intérieur... ou m'aurait apporté un livre plus gros, comme *Guerre et Paix*.

La bagarre cessa, et j'entendis un bruit de course venir dans ma direction. Je serrai les poings, reculai de quelques pas et me préparai à me défendre contre n'importe qui.

« N'importe qui » se révéla être Eddie Castile et Mikhail Tanner.

Je ne m'attendais pas à voir des visages amicaux. Eddie était un ami de longue date rencontré à Saint-Vladimir, un gardien fraîchement diplômé, tout comme moi, et qui m'avait accompagnée dans un grand nombre d'entreprises hasardeuses, y compris l'évasion de Victor Dashkov. Mikhail, quant à lui, était plus âgé que nous. Il devait avoir dans les vingt-cinq ans et nous avait aidés à sauver Dimitri dans l'espoir que Sonya Karp, une femme qu'il avait aimée et qui s'était transformée en Strigoï, puisse l'être aussi. Je les dévisageai à tour de rôle.

— Que se passe-t-il ? demandai-je.

— Nous aussi, nous sommes contents de te voir, répondit Eddie.

Il transpirait et semblait encore surexcité par la fièvre du combat. Quelques marques rouges sur son visage attestaient qu'il s'était effectivement battu. Il tenait une arme que j'avais déjà vue dans l'arsenal des gardiens : une sorte de matraque qui permettait de neutraliser les gens sans les tuer. Mais Mikhail avait quelque chose de bien plus précieux : les deux clés – électronique et mécanique – qui ouvraient ma cellule.

Mes amis avaient organisé mon évasion. C'était incroyable. D'habitude, les plans délirants étaient ma spécialité.

— Avez-vous... ?

Je fronçai les sourcils. L'idée de m'évader m'emplissait de joie, mais la logistique que cela impliquait tempéra mon enthousiasme. Ils avaient visiblement provoqué l'altercation que j'avais entendue... mais, avant cela, il n'avait pas dû leur être facile d'atteindre le couloir.

— Avez-vous neutralisé tous les gardiens du bâtiment ?

Mikhail acheva d'ouvrir la porte de ma cellule, d'où je sortis sans perdre de temps. Après avoir eu la sensation d'étouffer pendant des jours, j'eus l'impression de me trouver au sommet d'une montagne, environnée par un espace infini et le visage fouetté par le vent.

— Il n'y avait plus aucun gardien dans le bâtiment, Rose... ou peut-être un... en dehors de ceux-là.

Eddie indiqua d'un geste l'extrémité du couloir, où l'affrontement avait eu lieu et où mes gardes se trouvaient évanouis, puisque mes amis avaient sans aucun doute veillé à ne tuer personne.

— Les autres gardiens se sont rendus sur le lieu de l'explosion, compris-je. (Les éléments commençaient à s'assembler dans mon esprit, y compris le fait que l'explosion n'avait pas surpris Lissa.)

Oh non !… Vous avez incité Christian à détruire des œuvres d'art moroï.

— Bien sûr que non ! s'écria Eddie, qui semblait scandalisé par l'atrocité de ma suggestion. D'autres spécialistes du feu auraient pu comprendre qu'il l'avait fait.

— C'est déjà ça, répondis-je en prenant conscience que j'aurais dû faire plus confiance à leur bon sens.

Mais peut-être pas…

— Nous avons employé du C4, expliqua Mikhail.

— Mais où donc avez-vous… ?

Je perdis la voix en découvrant qui attendait à l'extrémité du couloir. Dimitri.

J'avais souffert de ne pas savoir ce qui lui arrivait pendant mon incarcération, et les quelques informations que Christian et Tasha avaient livrées à Lissa à son sujet n'avaient fait qu'aiguiser ma frustration. La réponse se tenait devant moi. Dimitri était planté au bout du couloir, dans toute la gloire de ses deux mètres de haut. Il était aussi impérieux et aussi intimidant qu'un dieu. Son regard vif enregistrait tout à chaque instant, et son corps mince et puissant était prêt à réagir à n'importe quelle menace. Son expression était si intense et si passionnée qu'il m'était impossible de comprendre comment on pouvait encore le prendre pour un Strigoï. Dimitri débordait de vie et d'énergie. La manière dont il m'avait défendue lors de mon arrestation me revint à l'esprit dès que je posai les yeux sur lui. Son expression était la même. À vrai dire, c'était une expression que j'avais vue d'innombrables fois : celle que les gens craignaient et admiraient… et celle que j'avais aimée.

— Tu es là aussi ? (Je tâchai de garder à l'esprit que ma vie amoureuse embrouillée n'était pas, pour une fois, la chose la plus importante du monde.) Je te croyais assigné à domicile.

— Il s'est échappé, expliqua Eddie d'un air narquois. (Je compris aisément ce que cela signifiait : Mikhail et lui l'avaient aidé à s'échapper.) Les gens n'en attendent pas moins de la part d'un type violent qui est sans doute encore un Strigoï, n'est-ce pas ?

— Ils ne seront pas non plus surpris qu'il soit venu te délivrer, ajouta Mikhail en entrant dans le jeu. Surtout après t'avoir défendue comme il l'a fait la semaine dernière. À vrai dire, tout le monde va penser qu'il t'a fait évader tout seul, sans l'aide de personne.

Dimitri ne dit rien. Sans cesser de surveiller attentivement les alentours, il m'observa pour s'assurer que j'allais bien et parut soulagé.

— Allons-y ! finit-il par lancer. Nous n'avons pas beaucoup de temps.

Ce constat était un euphémisme, mais quelque chose me chiffonnait dans le plan « brillant » échafaudé par mes amis.

— Les gens ne croiront jamais qu'il a fait ça tout seul ! m'écriai-je en comprenant où Mikhail voulait en venir. (Ils espéraient qu'on attribuerait à Dimitri l'entière responsabilité de mon évasion. Je désignai les gardes inconscients à nos pieds.) Ils ont vu votre visage !

— Pas vraiment, intervint une nouvelle voix. Pas après une légère amnésie provoquée par l'esprit. À leur réveil, ils ne se souviendront que de ce Russe instable – sans vouloir t'offenser.

— Il n'y a pas de mal, répondit Dimitri tandis qu'Adrian apparaissait dans l'embrasure de la porte.

J'écarquillai les yeux en tâchant de garder la bouche fermée. Les deux hommes de ma vie se trouvaient côte à côte. Même si Adrian ne semblait guère capable de se battre à coups de poing, il était aussi sérieux et aussi vigilant que les combattants qui l'entouraient. Son regard était clair et pétillait d'intelligence. Alors l'évidence me frappa : il était parfaitement sobre. L'état dans lequel je l'avais vu quelques jours plus tôt n'était-il qu'une ruse ? Ou s'était-il forcé à reprendre le dessus ? Quoi qu'il en soit, je sentis un sourire s'épanouir sur mon visage.

— Lissa a menti à ta mère, tout à l'heure, lui fis-je remarquer. Tu es censé être ivre mort quelque part.

Il me répondit par un sourire ironique.

— Eh bien… Ce serait sans doute la chose la plus intelligente et la plus agréable que je pourrais faire à cet instant. Avec un peu de chance, c'est ce que tout le monde croira.

— Nous devons y aller, insista Dimitri, de plus en plus nerveux.

Nous cessâmes aussitôt de plaisanter et nous tournâmes vers lui. L'attitude de Dimitri qui m'avait frappée, celle qui donnait l'impression qu'il était capable de tout et mènerait toujours à la victoire, incitait les gens à lui offrir leur soutien inconditionnel. À en juger par leurs expressions, c'était exactement ce qu'éprouvaient Eddie et Mikhail, qui avaient recouvré tout leur sérieux. Cette confiance aveugle m'était aussi naturelle qu'à eux. À cet instant, même Adrian semblait croire en Dimitri. Je ne pus m'empêcher d'admirer l'effort qu'il avait fait pour surmonter sa jalousie, ainsi que les risques qu'il avait pris, et ce d'autant plus qu'Adrian avait répété à de nombreuses reprises qu'il refusait de participer à une entreprise dangereuse ou de se servir de l'esprit à des fins illégales. À Las Vegas, par exemple, il nous avait simplement accompagnés et s'était cantonné à un rôle d'observateur. Bien sûr, il s'était enivré la plupart du temps, mais s'il avait été sobre cela n'aurait sans doute rien changé.

Lorsque je voulus avancer, Adrian m'arrêta en tendant la main.

— Attends ! Il y a quelque chose que tu dois savoir avant de nous suivre. (Dimitri, dont le regard brillait d'impatience, s'apprêta à protester.) Il le faut, insista Adrian en soutenant son regard sans ciller. Rose… Ton évasion… va plus ou moins passer pour un aveu de culpabilité. Tu vas devenir une fugitive. Si les gardiens te trouvent, ils n'auront pas besoin du verdict d'un procès pour te tuer.

Quatre paires d'yeux me dévisagèrent tandis que j'assimilais le sens de ses paroles. Si je m'enfuyais maintenant et qu'on me retrouve, j'étais certaine d'y passer. Si je restais, je conservais la chance infime qu'on découvre la preuve de mon innocence durant le bref laps de temps qui me séparait de mon procès. Ce n'était pas impossible. Mais, si on ne découvrait rien, j'étais tout aussi sûrement condamnée. Je devais choisir entre deux paris, et mes chances de survie étaient minces dans un cas comme dans l'autre.

Adrian semblait aussi partagé que moi. Nous savions tous deux qu'aucune des solutions n'était la bonne. Il s'inquiétait simplement pour moi et voulait que j'aie conscience des risques que je courais. Pour Dimitri, en revanche… la question ne se posait pas. Son expression était éloquente. C'était un partisan de la loi et du devoir. Mais dans ce cas-là ? Dans une situation si désespérée ? Pour lui, mieux valait vivre en fugitif et mourir en combattant, si telle devait être l'issue.

Ma mort n'est pas censée être planifiée.

— Allons-y ! déclarai-je.

Nous nous précipitâmes hors de la zone de détention, en ayant hâte de passer à la suite du plan.

— Tu as dû employer une grande quantité d'esprit pour tromper les gardiens, ne puis-je m'empêcher de faire remarquer à Adrian.

— C'est vrai, reconnut-il. Et mes pouvoirs limités ne me permettent pas de le faire très longtemps. Lissa serait sûrement capable de faire croire à une dizaine de gardiens qu'ils ont vu des fantômes. Moi ? Je peux à peine faire oublier à quelques-uns qu'ils ont vu Eddie et Mikhail. C'est pourquoi nous avions besoin de quelqu'un qui attire l'attention. Dimitri était le parfait bouc émissaire.

— Merci, alors.

Je lui pressai doucement la main, dont la chaleur se communiqua à la mienne, et renonçai à ajouter que je n'étais pas encore tirée d'affaire. Cela aurait amoindri son héroïsme. Même s'il nous restait encore de nombreux obstacles à franchir, j'appréciai qu'il se soit ainsi impliqué et qu'il ait respecté mon choix de m'évader.

Adrian me jeta un regard oblique.

— Eh bien… Je suis censé être fou, non ? (Son regard se mit à briller d'affection.) Et il n'y a pas grand-chose que je refuserais de faire pour toi. Plus c'est stupide, mieux ça vaut…

Lorsque nous atteignîmes le rez-de-chaussée, je pus constater qu'Eddie n'avait pas exagéré en disant qu'il n'y avait plus aucun gardien dans le bâtiment. Les bureaux et les couloirs étaient déserts. Nous nous précipitâmes dehors sans un regard en arrière et l'air frais me rendit toute mon énergie.

— Et maintenant ? demandai-je à mes sauveurs.

— Maintenant, nous t'accompagnons jusqu'à la voiture dans laquelle tu vas t'enfuir.

Les garages n'étaient pas très loin, mais ils n'étaient pas non plus tout proches.

— Il y a beaucoup d'espace découvert à parcourir, leur fis-je remarquer sans mentionner le problème qui devait être évident pour tous : les gardiens n'hésiteraient pas à m'abattre s'ils me voyaient.

— Je vais me servir de l'esprit pour nous faire passer inaperçus, répondit Adrian. (Il ne supporterait plus très longtemps de puiser dans son pouvoir.) Les gens ne nous reconnaîtront pas à moins de s'arrêter et de nous dévisager.

— Ce qu'ils ne feront sans doute pas, ajouta Mikhail. Ils ne nous remarqueront sûrement même pas. Dans un tel chaos, chacun se soucie trop de soi-même pour faire attention aux autres.

J'observai les environs et constatai la justesse de sa remarque. Le bâtiment de la prison se trouvait loin de l'église, mais les gens qui fuyaient l'explosion avaient déjà atteint cette partie de la Cour. Certains couraient se réfugier chez eux, d'autres cherchaient des gardiens des yeux dans l'espoir qu'ils les protègent, d'autres encore… allaient dans la même direction que nous : vers les garages.

— Les gens sont assez terrifiés pour vouloir quitter la Cour, compris-je. (Nous nous déplacions aussi vite que cela nous était possible sans distancer Adrian, qui ne tenait pas la même forme physique que les dhampirs.) Les garages vont être pris d'assaut.

Les véhicules officiels de la Cour et les voitures des visiteurs étaient garés au même endroit.

— Tant mieux, commenta Mikhail. Le chaos est notre allié.

Les aléas de ma fuite m'empêchaient de me concentrer suffisamment pour que je puisse plonger tout à fait dans l'esprit de Lissa. Je me contentai d'effleurer notre lien et sentis qu'elle se trouvait, saine et sauve, au palais.

— Et que fait Lissa pendant ce temps ? demandai-je.

J'étais ravie qu'elle ne soit pas directement impliquée dans mon évasion insensée, croyez-moi. Néanmoins, comme Adrian l'avait fait remarquer, le pouvoir de suggestion de Lissa était plus développé que le sien et nous aurait été bien utile à cet instant. De plus, avec le recul, il me semblait désormais évident qu'elle était au courant de ce plan depuis le début. C'était cela qu'elle m'avait caché.

— Lissa doit rester vierge de tout soupçon, répondit Dimitri sans détourner les yeux de son but. Il ne doit y avoir aucun lien entre l'explosion ou ton évasion et elle. (Son ton était ferme. Il la considérait encore comme son sauveur.) Il faut qu'elle soit vue au milieu des autres nobles, de même que Christian. (Il faillit sourire mais se retint.) Tous deux seraient mes deux premiers suspects si quelque chose explosait.

— Mais les gardiens ne les soupçonneront plus après avoir constaté que l'explosion n'a pas été provoquée par magie, commentai-je. (L'explication que Mikhail m'avait donnée un peu plus tôt me revint à l'esprit.) Où avez-vous trouvé du C4, d'ailleurs ? L'usage d'explosifs militaires est un peu extrême, même pour vous.

Personne ne me répondit, car trois gardiens venaient soudain de nous barrer la route. Ils n'étaient donc pas tous à l'église. Dimitri et moi nous plaçâmes immédiatement en tête de notre groupe d'un même mouvement, comme nous l'avions toujours fait lorsque nous nous battions ensemble. D'après Adrian, son illusion ne fonctionnerait plus si l'on nous dévisageait. Je voulais donc m'assurer d'être en première ligne avec Dimitri dans l'espoir que ceux qui nous suivaient échapperaient à l'attention de ces trois gardiens. Mes réflexes défensifs prirent le dessus et je me jetai instinctivement dans la bataille sans hésiter mais, quelques fractions de seconde plus tard, j'eus pleinement conscience de ce que je faisais.

Je m'étais déjà battue contre des gardiens et en avais chaque fois éprouvé du remords. J'avais neutralisé les gardes de la prison de Tarasov, ainsi que quelques-uns des gardiens de la reine venus m'arrêter. Pourtant, je ne connaissais aucun d'entre eux. Le seul fait de savoir qu'ils étaient mes collègues était assez perturbant. Et là ? Là, je me retrouvai face à l'un des plus grands défis de mon existence, si dérisoire qu'il puisse paraître. Après tout, ces trois gardiens ne faisaient pas le poids contre Dimitri et moi. Le problème était que je les connaissais. J'avais rencontré deux d'entre eux peu après l'obtention de mon diplôme. Ils travaillaient à la Cour et s'étaient toujours montrés aimables envers moi.

Le troisième gardien n'était pas seulement quelqu'un que je connaissais. C'était une amie, Meredith, l'une des rares filles de ma classe à Saint-Vladimir. Je perçus dans son regard un léger malaise, semblable au mien. Elle aussi trouvait cette situation anormale. Mais c'était une gardienne, à présent. Elle avait reçu la même formation que moi et on lui avait inculqué le sens du devoir toute sa vie. Elle me prenait pour une criminelle, et me découvrait libre et prête à l'attaquer. La procédure officielle lui ordonnait de me neutraliser et je n'en attendais pas moins de sa part. C'est ce que moi-même j'aurais fait si les rôles avaient été inversés. Ainsi allait la vie.

Dimitri attaqua les deux garçons aussi rapidement et aussi brutalement que d'habitude. Meredith et moi nous fîmes face. Elle commença par essayer de me plaquer au sol de tout son poids en espérant sans doute m'immobiliser le temps de recevoir des renforts. Sauf que j'étais plus forte qu'elle. Elle aurait pourtant dû le savoir. Combien de fois nous étions-nous entraînées ensemble en cours de sport ? J'avais presque toujours gagné… et il ne s'agissait plus d'un entraînement. Je repoussai son attaque et lui assenai un coup de poing dans la mâchoire en priant pour ne rien lui casser. Elle resta concentrée malgré la douleur, mais je pris encore l'ascendant. Je la renversai en l'agrippant par l'épaule. Sa tête heurta violemment le sol sans qu'elle perde conscience. Je ne parvins pas à décider si je devais m'en réjouir ou non. Je changeai aussitôt de prise pour l'étouffer et attendis que ses yeux se ferment. Dès que je fus certaine qu'elle s'était évanouie, je la relâchai, le cœur gros.

Je tournai les yeux vers Dimitri, qui venait de neutraliser ses deux adversaires. Nous nous remîmes en route comme si rien ne s'était passé, mais je ne pus m'empêcher de jeter un coup d'œil à Eddie en sachant que mon visage devait trahir mon chagrin. Lui aussi semblait peiné, mais il tenta de me rassurer tandis que nous poursuivions notre course vers les garages.

— Tu as fait ce que tu devais faire, me dit-il. Ça va aller pour elle. Elle aura une bosse, mais rien de grave.

— Je n'y suis pas allée de main morte…

— Les médecins sauront s'occuper de sa commotion. Combien de fois cela nous est-il arrivé à l'entraînement ?

J'espérais qu'il disait vrai. La frontière entre le bien et le mal commençait à me paraître un peu floue. Avec un peu de chance, il y avait un bon côté à cette mésaventure : Meredith avait peut-être été assez surprise de me voir pour ne pas avoir remarqué Eddie et les autres. Ils n'avaient pas participé à l'affrontement et j'espérais que l'illusion d'Adrian avait continué à fonctionner sur eux, tandis que Dimitri et moi attirions l'attention sur nous.

Nous atteignîmes enfin les garages, plus fréquentés que d'habitude. Quelques Moroï étaient déjà partis. Une noble faisait une crise d'hystérie parce que son chauffeur avait les clés de sa voiture et qu'elle ignorait où il était. Elle interpellait tous ceux qui passaient pour leur demander s'ils pouvaient faire démarrer son véhicule en manipulant les fils de contact.

Dimitri nous fit fendre la foule sans ralentir. Il savait exactement où nous allions et je compris que toute l'opération avait été soigneusement planifiée, probablement la veille. Pourquoi Lissa me l'avait-elle caché ? N'aurait-il pas mieux valu que j'aie une idée de ce qui se tramait ?

Nous nous frayâmes un chemin jusqu'au garage le plus excentré. Une Honda Civic d'un gris terne était garée juste devant, et semblait prête à partir. Un homme examinait le pare-brise, les bras croisés. Il se retourna en nous entendant approcher.

— Abe ! m'écriai-je.

Mon illustre père se tourna vers moi et m'offrit l'un de ses sourires charmeurs qui menaient les gens naïfs à leur perte.

— Que faites-vous ici ? lui demanda Dimitri. Vous serez ajouté à la liste des suspects ! Vous étiez censé rester avec les autres.

Abe haussa les épaules. L'expression furieuse de Dimitri semblait le laisser étonnamment froid. Pour ma part, je n'aurais pas voulu voir cette fureur dirigée contre moi.

— Vasilisa va faire en sorte que quelques personnes du palais soient prêtes à jurer m'avoir vu aux heures suspectes. (Il tourna son regard brun vers moi.) Je ne pouvais quand même pas te laisser partir sans te dire au revoir, n'est-ce pas ?

Je secouai la tête avec agacement.

— Tout cela fait-il partie de ta stratégie d'avocat ? Je ne crois pas me souvenir qu'on enseigne le montage des évasions à l'explosif en fac de droit.

— En tout cas, je suis certain qu'on ne l'a pas enseigné à Damon Tarus, répliqua Abe sans cesser de sourire. Je te l'ai dit, Rose : tu ne seras jamais exécutée… ni même jugée si je peux empêcher cela. (Il s'interrompit un instant.) Et c'est évidemment en mon pouvoir.

J'hésitai et jetai un coup d'œil à la voiture, près de laquelle Dimitri s'impatientait, un trousseau de clés à la main. Les paroles d'Adrian me revinrent à l'esprit.

— J'aurai l'air encore plus coupable si je m'enfuis.

— On te croit déjà coupable, me fit remarquer Abe. Le fait que tu perdes ton temps dans cette cellule n'y changera rien. Grâce à cette évasion, nous allons gagner le temps dont nous avons besoin sans être pressés par l'imminence de ton exécution.

— Et que comptez-vous faire, exactement ?

— Prouver ton innocence, répondit Adrian. Du moins prouver que tu n'as pas tué ma tante. Je sais depuis longtemps que tu n'es pas si innocente que ça.

— Avez-vous l'intention de détruire les preuves qui m'accusent ? demandai-je en m'abstenant de relever sa pique.

— Non, intervint Eddie. Nous devons trouver le véritable assassin.

— Vous ne devriez plus vous occuper de cette histoire, maintenant que je suis libre. C'est mon problème. Ne m'avez-vous pas fait évader pour ça ?

— C'est un problème que tu ne peux pas résoudre tant que tu resteras à la Cour, déclara Abe. Nous avons besoin de te savoir à l'abri et en sécurité.

— Oui, mais…

— Nous perdons du temps à discuter, trancha Dimitri.

Il tourna les yeux vers les autres garages. Le chaos y régnait toujours ; les gens, toujours en proie à la panique, ne nous avaient pas encore remarqués. Dimitri n'en était pas moins inquiet pour autant. Il me tendit un pieu en argent sans que je songe à lui demander pourquoi. C'était une arme, quelque chose que je ne pouvais pas refuser.

— Je sais que le désordre semble régner partout, mais vous seriez stupéfaits de voir à quelle vitesse les gardiens vont reprendre les choses en main. Dès que ce sera fait, ils boucleront tout le périmètre.

— Ce ne sera même pas nécessaire, commentai-je lentement tandis que mon esprit s'affolait. Nous allons déjà avoir un mal fou à sortir de la Cour. On nous arrêtera… si même on parvient à atteindre le portail. Il va y avoir des kilomètres de bouchon !

— Eh bien…, répondit Abe en examinant ses doigts. Je sais de source sûre qu'un nouveau « portail » va s'ouvrir incessamment dans la partie sud du mur d'enceinte.

La vérité me frappa.

— Mon Dieu… C'est toi qui as fourni le C4.

— Ça paraît si simple, dans ta bouche, répondit-il en fronçant les sourcils. Il est très difficile de s'en procurer.

Dimitri était à bout de patience.

— Écoutez-moi, vous tous : Rose doit partir tout de suite. Elle est en danger. Je l'entraînerai par la force, s'il le faut.

— Rien ne t'oblige à m'accompagner, répliquai-je, vaguement offensée par sa suggestion. (Le souvenir de nos récentes disputes me revint à l'esprit. Il prétendait alors ne plus pouvoir m'aimer, ni même vouloir de moi pour amie.) Je peux me débrouiller toute seule. Il n'y a pas de raison que quelqu'un ait des ennuis à cause de moi. Donne-moi les clés.

À la place, Dimitri me décocha un regard affligé qui signifiait que mon idée lui semblait complètement ridicule. J'eus l'impression de me retrouver en cours, à Saint-Vladimir.

— Rose… Je pourrais difficilement avoir plus d'ennuis que je n'en ai déjà. Il fallait que quelqu'un soit responsable de ton évasion et j'étais le meilleur candidat.

Je n'en étais pas si sûre. Cette folle équipée allait ruiner tous les efforts que Tatiana avait pu faire pour persuader les gens que Dimitri n'était plus une menace.

— Vas-y ! ordonna Eddie en me serrant dans ses bras par surprise. Nous resterons en contact par l'intermédiaire de Lissa.

Je compris alors que la bataille que je livrais était perdue d'avance. Il était vraiment temps que je m'en aille.

J'étreignis ensuite Mikhail.

— Merci, lui murmurai-je à l'oreille. Merci infiniment de ton aide. Je te jure que nous la retrouverons. Nous retrouverons Sonya.

Il m'offrit son habituel sourire triste et ne répondit rien.

Adrian fut celui de qui j'eus le plus de mal à me séparer. Même s'il affichait un sourire décontracté, je savais que c'était difficile pour lui aussi. Il ne pouvait pas se réjouir de me voir m'enfuir avec Dimitri. Je le serrai dans mes bras un peu plus longtemps que les autres et il m'embrassa rapidement sur les lèvres. Je faillis pleurer en repensant au courage dont il avait fait preuve. J'aurais aimé qu'il m'accompagne, mais il serait plus en sécurité à la Cour.

— Adrian, merci de…

Il leva la main pour m'interrompre.

— Ce ne sont pas des adieux, petite dhampir. Je viendrai te rendre visite dans tes rêves.

— Si tu es assez sobre.

— Pour toi, j'en serai peut-être capable, répliqua-t-il en me décochant un clin d'œil.

Nous fûmes interrompus par le bruit d'une puissante explosion qui s'accompagna d'un éclair lumineux sur ma droite. Les gens attroupés près des autres garages se mirent à hurler.

— Tu vois ? me demanda Abe, très satisfait de lui. Un nouveau portail… Parfaitement dans les temps.

Je le serrai dans mes bras à son tour, quoique avec réticence, et fus surprise qu'il ne me repousse pas. Il me sourit avec… tendresse.

— Ah ! ma fille ! soupira-t-il. À peine dix-huit ans, et tu as déjà été accusée de meurtre, tu as déjà apporté ton aide à des criminels et tué plus de Strigoï que la plupart des gardiens en verront dans toute leur vie. (Il marqua une pause.) Je ne pourrais pas être plus fier.

Je levai les yeux au ciel.

— Au revoir, vieillard, et merci.

Je ne pris pas la peine de l'interroger sur la partie relative aux « criminels ». Abe n'était pas stupide. En découvrant que la prison sur laquelle je l'avais interrogé avait été attaquée peu de temps après, il avait dû comprendre qui avait organisé l'évasion de Victor Dashkov.

Sur ce, Dimitri et moi nous retrouvâmes dans la voiture en train de foncer vers le « nouveau portail » d'Abe. Je regrettais de ne pas avoir pu dire au revoir à Lissa. Grâce à notre lien, nous n'étions jamais tout à fait séparées, mais cela ne remplaçait pas une discussion en tête à tête. Néanmoins, cela en valait la peine parce que, ainsi, rien ne relierait Lissa à mon évasion. Je l'espérais, du moins.

Comme toujours, Dimitri avait pris le volant, ce que je trouvais encore parfaitement injuste. Je pouvais le comprendre quand j'étais son élève, mais à présent ? Lâcherait-il donc un jour les commandes ? Néanmoins, le moment semblait mal choisi pour en discuter, surtout que je prévoyais de ne pas rester en sa compagnie très longtemps.

Quelques curieux s'étaient approchés de l'endroit où le mur d'enceinte avait explosé, mais aucun officiel n'était encore sur les lieux. Dimitri franchit la brèche avec autant de témérité qu'Eddie avait défoncé la barrière de la prison de Tarasov, à ce détail près que la Honda supportait moins bien de rouler sur un terrain cahoteux que notre voiture de location en Alaska. Les sorties artisanales présentent l'inconvénient de ne pas être livrées avec une route. Les pouvoirs d'Abe ne s'étendaient pas jusque-là.

— Pourquoi faut-il qu'on s'enfuie à bord d'une Civic ? m'écriai-je. Ce n'est pas vraiment un tout-terrain.

Dimitri poursuivit sa progression vers une zone plus carrossable sans prendre la peine de me regarder.

— Parce que c'est l'un des modèles les plus répandus dans le pays : elle n'attirera donc pas l'attention. Et on ne devrait plus quitter les routes goudronnées après ça. Dès que nous aurons atteint une autoroute, nous mettrons le plus de distance possible entre la Cour et nous… avant d'abandonner la voiture, évidemment.

— Abandonner… (Je renonçai à l'interroger davantage et secouai la tête. Nous atteignîmes un chemin de terre qui me parut la surface la plus lisse du monde après ce démarrage mouvementé.) Écoute… Maintenant que nous sommes sortis, je veux que tu saches que j'étais sincère : il n'est pas nécessaire que tu m'accompagnes. J'apprécie ton aide dans mon évasion. Vraiment… Mais il n'est pas dans ton intérêt de rester avec moi. Je vais être plus recherchée que toi. Si tu pars de ton côté, tu pourras te mêler aux humains qui ne te traiteront pas comme un rat de laboratoire. Tu pourrais peut-être même retourner discrètement à la Cour. Tasha serait prête à se battre pour t'aider.

Dimitri resta un long moment sans répondre, ce qui me rendit folle. Je supportais mal le silence. Il me donnait envie de dire n'importe quoi pour combler le vide. De surcroît, plus je passais de temps dans cette voiture, plus j'avais conscience de me trouver seule avec Dimitri – vraiment seule avec lui, pour la première fois depuis qu'il était redevenu un dhampir. Je me sentais stupide mais, malgré les risques que nous courions actuellement, sa présence me bouleversait toujours autant. Il se dégageait de lui comme un charme puissant. Je le trouvais attirant alors même qu'il me rendait furieuse. La colère me brouillait peut-être l'esprit.

Quoi qu'il en soit, ce n'était pas seulement son apparence physique qui me captivait, même si elle avait certainement de quoi. Ses cheveux, son visage, son parfum, notre proximité... Je ressentais tout cela intensément et brûlais de désir. Mais la personne qu'il était, le Dimitri qui venait de me faire évader à la tête d'une petite armée, me captivait tout autant. Il me fallut un moment pour comprendre pourquoi il suscitait en moi une impression si forte : j'avais retrouvé l'ancien Dimitri, celui dont j'avais craint qu'il n'eût disparu pour toujours. Ce n'était pas le cas. Il était de retour.

— On ne se sépare pas, répondit-il finalement. Aucun argument à la Rose ne marchera, et je te retrouverai si tu essaies de m'échapper.

Je l'en savais capable, ce qui rendait la situation encore plus perturbante.

— Mais pourquoi ? Je ne veux pas de toi.

Je ressentais un reste d'attirance pour lui, soit, mais cela n'empêchait pas qu'il m'avait blessée en mettant un terme à toute relation entre nous. Puisqu'il m'avait rejetée, je devais m'endurcir, surtout si j'essayais de construire quelque chose de sérieux avec Adrian. Visiblement, j'avais un long chemin à parcourir avant d'être reconnue innocente et de recouvrer une vie normale, mais je voulais pouvoir retrouver Adrian avec un élan sincère, si cela se produisait.

— Ce que tu veux n'a aucune importance, répondit-il. Pas plus que ce que je pourrais vouloir. (Aïe.) Lissa m'a demandé de te protéger.

— Eh ! je n'ai pas besoin qu'on…

— Et, poursuivit-il, je pensais sincèrement ce que je lui ai dit. Je lui ai fait le serment de consacrer le reste de ma vie à la servir, quoi qu'elle puisse me demander. Si elle veut que je te serve de garde du corps, je le ferai. (Il me jeta un regard menaçant.) Tu n'es pas près de te débarrasser de moi.

Chapitre 5

Ce n'était pas seulement à cause de notre passé romantique tumultueux que je voulais me séparer de Dimitri. J'étais sincère en disant que je ne voulais pas lui attirer de problèmes. Si les gardiens me retrouvaient, mon sort ne différerait guère de celui qui m'attendait avant l'évasion. Mais Dimitri avançait à petits pas vers la réinsertion. Bien sûr, il venait sans doute de ruiner tous les progrès accomplis jusque-là, mais il lui restait une chance de refaire sa vie. S'il ne voulait vivre ni à la Cour ni parmi les humains, il pouvait encore retourner auprès de sa famille, en Sibérie. Là-bas, au milieu de nulle part, il lui serait facile de disparaître, et cette communauté était si soudée que tout le monde se donnerait beaucoup de mal pour le cacher si on le pourchassait. Sans aucun doute, il avait tort de vouloir rester avec moi. Il fallait seulement que j'arrive à l'en convaincre.

— Je sais à quoi tu penses, me dit Dimitri après environ une heure de route.

Nous n'avions pas beaucoup parlé et chacun de nous était plongé dans ses pensées. Après avoir emprunté quelques routes de campagne, nous avions atteint une autoroute et roulions désormais à vive allure vers une destination que j'ignorais.

Je regardais par la vitre en songeant aux désastres qui me cernaient, et à la manière dont j'allais pouvoir m'en sortir toute seule.

— Hein ? demandai-je en me tournant vers lui.

Je crus deviner un infime sourire sur ses lèvres, ce qui semblait absurde, puisqu'il se trouvait dans la pire situation qu'il ait connue depuis qu'on l'avait délivré de son état de Strigoï.

— Ça ne marchera pas, dit-il. Tu réfléchis à la manière de me fausser compagnie. Tu comptes sans doute agir quand nous nous arrêterons pour prendre de l'essence. Tu crois que tu auras peut-être une chance de t'enfuir à ce moment-là.

Ce qui était fou, c'était que je réfléchissais vraiment à ce genre de choses. L'ancien Dimitri était certes un compagnon de route agréable, mais je retrouvais sans enthousiasme son aptitude à lire dans mes pensées.

— C'est une perte de temps, dis-je en indiquant la voiture d'un geste.

— Ah oui ? Tu as mieux à faire que de fuir ceux qui veulent t'enfermer et t'exécuter ? Je t'en prie : ne me répète pas que c'est trop dangereux pour moi.

Je lui jetai un regard furieux.

— Il ne s'agit pas que de toi ! Fuir ne devrait pas être ma seule préoccupation. Je devrais aider à prouver mon innocence, et non me cacher dans le trou perdu où tu m'emmènes certainement. Les réponses que je cherche se trouvent à la Cour.

— Et tu as plein d'amis à la Cour qui vont s'en occuper. Te savoir en sécurité leur facilitera les choses.

— Ce que j'aimerais savoir, c'est pourquoi personne ne m'a tenue informée de ce plan. Je veux dire : pourquoi Lissa ne l'a-t-elle pas fait ? Pourquoi m'a-t-elle caché vos projets ? Ne crois-tu pas que j'aurais été plus utile si je m'étais préparée ?

— C'était à nous de nous battre, pas à toi, répondit Dimitri. Nous avions peur que tu éveilles les soupçons si tu étais mise au courant.

— Je n'aurais jamais rien dit !

— Pas volontairement, évidemment. Mais si tu t'étais montrée tendue ou anxieuse, tes gardiens auraient pu le remarquer.

— Eh bien, maintenant que nous sommes dehors, peux-tu me dire où nous allons ? Est-ce que j'ai raison ? S'agit-il d'un trou perdu ?

Il ne répondit rien.

— Je déteste ne pas être dans le coup, insistai-je en plissant les yeux.

Son infime sourire s'accentua un peu.

— Disons que j'ai une théorie personnelle : moins tu en sauras, plus ta curiosité t'incitera à rester avec moi.

— C'est ridicule, répliquai-je, même si sa théorie n'avait rien d'absurde. (Je soupirai.) Quand la situation m'a-t-elle donc échappé ? Quand avez-vous commencé à jouer les cerveaux ? C'est moi, d'habitude, qui échafaude les plans impossibles et farfelus. Je suis censée être le général de nos troupes, et voilà désormais que je suis à peine un lieutenant.

Il s'apprêtait à répondre, mais il resta pétrifié pendant quelques secondes. Son visage avait instantanément recouvré son expression attentive et redoutable de gardien. Il jura en russe.

— Que se passe-t-il ? m'inquiétai-je.

Son attitude sérieuse était contagieuse et j'oubliai aussitôt tous mes projets déments de fuite.

À la lumière intermittente des phares des véhicules roulant en sens inverse, je le vis jeter des coups d'œil insistants dans le rétroviseur.

— Nous sommes suivis. Je ne pensais pas qu'on nous retrouverait si vite.

— Tu en es sûr ?

La nuit était tombée et le trafic avait sensiblement augmenté sur l'autoroute. Il ne me semblait pas possible de repérer une voiture suspecte parmi tant d'autres mais… c'était Dimitri.

Il poussa un nouveau juron puis, exécutant une manœuvre qui m'obligea à m'agripper au tableau de bord, il changea brutalement de file pour se rabattre sur la dernière à droite, en évitant de justesse un minicar dont le conducteur exprima sa contrariété à grands coups de Klaxon. Une sortie était indiquée à cet endroit, qu'il parvint à prendre de justesse sans heurter la glissière de sécurité. De nouveaux coups de Klaxon me firent tourner la tête et je vis qu'une voiture venait de réussir la même folle manœuvre pour nous suivre.

— La Cour n'a pas perdu de temps pour diffuser le signalement de notre voiture. Ils surveillent déjà les autoroutes.

— On aurait peut-être dû rester sur des routes secondaires.

Il secoua la tête.

— On aurait perdu trop de temps. Nous aurions pu échapper à leur surveillance dès lors que nous aurions changé de voiture, mais ils nous ont trouvés trop vite. Nous allons devoir nous en procurer une nouvelle ici. C'est la dernière grande ville avant de franchir la frontière du Maryland.

Un panneau m'apprit que nous entrions dans Harrisburg, en Pennsylvanie. La voiture qui nous filait imita toutes nos manœuvres tandis que Dimitri se faufilait avec adresse dans une rue commerçante très encombrée.

— Et comment comptes-tu nous procurer une nouvelle voiture, au juste ? lui demandai-je avec méfiance.

— Écoute-moi attentivement, répondit-il sans répondre à ma question. Il est très, très important que tu fasses exactement ce que je vais te dire. Pas d'improvisation. Pas de discussion. Il y a des gardiens dans cette voiture. À l'instant où nous parlons, ils ont déjà prévenu tous les gardiens des environs, et peut-être même la police humaine.

— Si la police nous attrape, ça risque de poser quelques problèmes, non ?

— Dans ce cas, les alchimistes prendraient l'affaire en main et s'assureraient que nous soyons remis aux Moroï.

Les alchimistes. J'aurais dû me douter que tôt ou tard ils joueraient un rôle dans cette histoire. C'était une société secrète humaine qui protégeait les intérêts des Moroï et des dhampirs en cachant leur existence au reste des humains. Bien sûr, ils n'agissaient pas par pure bonté d'âme. Ils nous voyaient comme des êtres maléfiques et contre nature, et aspiraient surtout à nous maintenir en marge de leur société. Une « criminelle » en fuite dans mon genre posait un problème qu'ils se feraient un plaisir d'aider les Moroï à résoudre.

Dimitri poursuivit d'une voix dure et autoritaire sans me regarder, trop occupé qu'il était à scruter les trottoirs :

— Peu importe ce que tu penses des choix que nous avons faits pour toi, peu importe que cette situation te déplaise, tu sais – et je sais que tu sais – que je te n'ai jamais fait défaut quand nos vies étaient en jeu. Tu avais confiance en moi autrefois. Fais-moi confiance maintenant.

J'avais envie de lui rappeler que ce n'était pas tout à fait vrai. Il m'avait fait défaut par le passé. Quand il s'était laissé vaincre par un Strigoï, quand il avait prouvé qu'il n'était pas parfait, il m'avait trahie en faisant voler en éclats l'image divine et impossible que j'avais de lui. Mais s'agissant de ma vie ? C'était vrai : il l'avait toujours préservée. Je n'étais toujours pas certaine qu'il aurait été capable de me tuer lorsqu'il était un Strigoï.

La nuit de l'attaque de l'académie, juste avant qu'il soit transformé, il m'avait aussi demandé de lui obéir sans poser de questions. Il avait voulu que je le laisse affronter les Strigoï tout seul, et je l'avais fait.

— Très bien, répondis-je calmement. Je ferai tout ce que tu veux. Fais-moi seulement le plaisir de ne pas me prendre de haut. Je ne suis plus ton élève. Nous sommes égaux, à présent.

Il quitta le trottoir des yeux le temps de me jeter un regard surpris.

— Tu as toujours été mon égale, Roza.

L'emploi de l'affectueux surnom russe qu'il m'avait donné me rendit trop stupide pour répondre, mais c'était sans importance. Quelques instants plus tard, il ne se souciait déjà plus que de notre problème.

— Là ! Vois-tu l'enseigne de ce cinéma ?

Je scrutai la rue. Elle comptait tant de restaurants et de boutiques que leurs enseignes formaient un brouillard lumineux dans la nuit. Je finis par repérer ce dont il parlait : *Westland Cinema*.

— Oui.

— Voilà notre point de rendez-vous.

Nous nous séparions ? Je voulais effectivement continuer seule, mais pas de cette manière. À présent que nous étions confrontés au danger, l'idée de partir chacun de notre côté me semblait tout à coup très mauvaise. Mais je lui avais promis de ne pas discuter ses ordres, et continuai donc à écouter.

— Si je ne suis pas revenu dans une demi-heure, appelle ce numéro et pars sans moi.

Dimitri me tendit un morceau de papier qu'il tira de la poche de sa veste. Un numéro de téléphone que je ne reconnus pas y était griffonné.

« Si je ne suis pas revenu dans une demi-heure. » Cette phrase était si révoltante que je ne pus m'empêcher de protester :

— Que veux-tu dire par là ?... Ah !

Dimitri exécuta soudain un virage à angle droit qui lui fit brûler un feu rouge et frôler un grand nombre de voitures. De nouveaux coups de Klaxon retentirent, mais le changement de direction avait été trop subit pour que nos poursuivants réussissent à nous imiter. Je les vis continuer tout droit et freiner brusquement à la recherche d'un moyen de faire demi-tour.

Dimitri entra sur le parking bondé d'un centre commercial. Je consultai l'horloge du tableau de bord pour me situer dans les horaires humains : il était 8 heures du soir. Cela correspondait au début de la journée chez les Moroï, mais c'était un moment de loisir pour la plupart des humains. Dimitri dépassa plusieurs portes du centre commercial avant d'en choisir une, devant laquelle il se gara sur une place pour handicapé. Il sortit de la voiture d'un mouvement fluide et je l'imitai sans perdre un instant.

— C'est ici qu'on se sépare, dit-il en se précipitant vers la porte. Déplace-toi rapidement, mais ne cours pas tant que tu seras à l'intérieur. N'attire pas l'attention sur toi. Fonds-toi dans la foule et déambule dans les boutiques pendant quelque temps, puis ressors par n'importe quelle porte sauf celle-ci. Après ça, arrange-toi pour marcher à proximité d'un groupe d'humains et va m'attendre devant le cinéma. (Nous pénétrâmes dans le centre commercial.) Va !

Craignant peut-être que je reste figée là, il me poussa légèrement en direction d'un Escalator avant de s'éloigner de son côté. Une part de moi, abasourdie de se trouver tout à coup au milieu de la foule, des lumières et de l'activité, me dicta en effet de ne plus bouger. Je m'empressai de me secouer et grimpai les marches de l'Escalator. On m'avait appris à avoir des réflexes rapides et à agir instinctivement, talents que j'avais ensuite perfectionnés à l'académie, au cours de mes voyages et auprès de Dimitri.

Tout ce qu'on m'avait enseigné sur l'art d'échapper à une filature me revint à l'esprit. Je mourais d'envie de scruter les environs pour voir si j'étais suivie, mais cela n'aurait pas manqué d'attirer l'attention. Je supposais que nous avions tout au plus cinq minutes d'avance sur nos poursuivants. Le temps pour eux de faire demi-tour, de comprendre que nous étions entrés dans le centre commercial et d'inspecter le parking pour repérer notre voiture. La communauté moroï d'Harrisburg ne devait pas être assez importante pour que les gardiens puissent appeler beaucoup de renforts en si peu de temps. Ceux qui se trouvaient déjà là allaient sans doute se séparer, certains se chargeant de fouiller le centre commercial et d'autres d'en surveiller les sorties. Mais ces dernières étaient nombreuses, sûrement trop pour être toutes gardées. J'allais donc devoir compter sur la chance pour choisir celle que j'allais emprunter.

Je marchai aussi vite que je pouvais me le permettre en me faufilant entre des couples, des familles avec des poussettes et des adolescents rieurs. Je ne pus m'empêcher d'envier ces derniers. Leur vie semblait si simple comparée à la mienne… Je passai devant les habituelles boutiques de marques qu'on trouve dans tout centre commercial en les remarquant à peine. Je me dirigeais vers le centre du complexe, d'où partaient plusieurs allées. J'allais bientôt devoir faire un choix.

En passant devant un magasin d'accessoires, je décidai d'y pénétrer et fis mine de m'intéresser aux bandeaux à cheveux. Ce faisant, j'observai discrètement l'allée centrale, sans rien repérer d'anormal. Personne ne s'était arrêté; personne ne m'avait suivie dans la boutique. Derrière le présentoir se trouvait une caisse remplie d'objets en solde qui méritaient visiblement d'avoir atterri là. J'en tirai une casquette de base-ball « pour fille », d'un rose criard, ornée d'une étoile dont le strass déclinait les couleurs de l'arc-en-ciel. Elle était affreuse.

Je l'achetai en me réjouissant que les gardiens m'aient laissé le peu d'argent que j'avais en poche lors de mon arrestation. Sans doute avaient-ils estimé la somme trop dérisoire pour me permettre de corrompre qui que ce soit. J'achetai également un élastique fantaisie sans quitter des yeux la porte du magasin.

Avant de ressortir, je me relevai les cheveux en queue-de-cheval grâce à l'élastique et me coiffai de la casquette. Je me sentais un peu ridicule d'en être réduite à me déguiser ainsi, mais mes cheveux me rendaient facilement identifiable. Ils étaient brun foncé, presque noirs, et je ne les avais pas coupés depuis un certain temps, de sorte qu'ils m'arrivaient au milieu du dos. En fait, la stature de géant de Dimitri et ma chevelure auraient fait de nous un couple aisément repérable si nous étions restés ensemble.

Je me mêlai de nouveau aux chalands et atteignis l'intersection des allées. Ne voulant pas me rendre suspecte en donnant l'impression d'hésiter, je tournai résolument à gauche en direction d'un magasin réputé. La casquette m'embarrassait un peu et je me mis à regretter de ne pas avoir pris le temps d'en choisir une plus discrète. Mais, quelques minutes plus tard, lorsque je repérai un gardien, je me réjouis au contraire de mon choix hâtif.

Il se tenait près de l'un de ces kiosques que l'on voit toujours au cœur des galeries marchandes et faisait semblant de regarder des étuis de téléphone portable. Je l'identifiai à sa posture et à la manière dont il parvenait à avoir l'air de s'intéresser à un étui zébré tout en observant les environs. De plus, les dhampirs savaient distinguer leurs congénères des humains, lorsqu'ils y mettaient un peu d'attention. Même si les deux races étaient presque identiques, je pouvais repérer un de mes semblables.

Je pris bien garde de ne pas croiser son regard et le sentis glisser sur moi. Puisque je ne l'avais jamais vu, il ne devait pas me connaître non plus. On lui avait sans doute montré une photo de moi et il devait compter sur mes cheveux pour me trahir. Je m'efforçai d'avoir l'air aussi décontractée que possible et le dépassai d'un pas nonchalant en regardant les vitrines, ce qui me permit de lui tourner le dos tout du long sans ressembler à une fugitive. Mon cœur battait la chamade. Les gardiens étaient autorisés à tirer à vue s'ils me repéraient. Oseraient-ils le faire en plein milieu d'un centre commercial ? Je n'avais aucune envie de le savoir.

J'accélérai un peu après avoir dépassé le kiosque. La boutique que je visais devait disposer d'une sortie indépendante. Le moment était venu de découvrir si j'avais eu raison de prendre cette direction. J'entrai dans le magasin, empruntai un Escalator pour redescendre au rez-de-chaussée et me dirigeai vers la sortie en passant devant une très jolie collection de bérets et de chapeaux. Je m'arrêtai devant non parce que j'avais l'intention d'améliorer ma coiffure, mais parce que cela me permit d'emboîter le pas à un groupe de filles qui sortait également.

Nous quittâmes le magasin en même temps. Mes yeux s'adaptèrent rapidement au changement de luminosité. Il y avait beaucoup de monde alentour mais je ne remarquai rien de menaçant. Le groupe de filles s'arrêta pour discuter, ce qui m'offrit l'occasion de m'orienter sans avoir l'air complètement perdue. Sur ma droite, je repérai la rue passante par laquelle nous étions arrivés. De là, je n'allais avoir aucun mal à retrouver le cinéma. Je soupirai de soulagement et entrepris de traverser le parking bondé, sans relâcher ma vigilance.

Les voitures garées étaient de moins en moins nombreuses à mesure que je m'éloignais du centre commercial. Quelques lampadaires luttaient contre l'obscurité, mais le silence croissant générait une atmosphère inquiétante. Je fus d'abord tentée de gagner la rue et d'en suivre le trottoir animé et bien éclairé jusqu'au cinéma. Mais, un instant plus tard, je craignis de me rendre trop visible. Par ailleurs, j'étais presque certaine de pouvoir atteindre le cinéma plus rapidement en coupant par le parking.

J'avais raison… en un sens. J'avais le cinéma en vue lorsque je me rendis compte qu'on m'avait suivie, finalement. Un lampadaire situé un peu plus loin devant moi projetait une ombre trop large. Quelqu'un était caché derrière. Il me semblait peu probable qu'un gardien se soit posté à cet endroit au hasard, dans l'espoir que Dimitri ou moi passerions par là. Il s'agissait sans doute d'un éclaireur qui m'avait repérée, puis contournée pour me tendre une embuscade.

Je poursuivis ma progression en tâchant de ne pas ralentir trop visiblement, les muscles déjà tendus par l'imminence du combat. Je devais attaquer la première. Je devais maîtriser la situation. Je saisis ma chance quelques instants avant celui que mon adversaire aurait sans doute choisi pour attaquer. Je bondis et projetai ce qui se révéla être un dhampir que je ne connaissais pas contre une voiture voisine. Oui, je l'avais bel et bien surpris. Mais nous fûmes tous les deux surpris quand l'alarme de la voiture se déclencha et hurla dans la nuit. Je grimaçai, tâchai de faire abstraction du bruit strident et décochai un coup de poing dans la mâchoire du gardien, sur le côté gauche. Je devais en profiter le plus possible tant que je le tenais.

Sous l'impact de mon poing, sa tête vint cogner contre la voiture, mais il encaissa admirablement le coup et commença à se débattre pour essayer de se libérer. Il était plus fort que moi et me fit vaciller, mais je parvins à conserver l'équilibre. Je compensai la force qui me manquait par la vitesse. J'esquivai toutes ses attaques, sauf que cela ne m'avançait pas à grand-chose. Cette stupide alarme, qui continuait à hurler, allait finir par attirer l'attention des autres gardiens ou des autorités humaines.

Soudain, je me mis à courir autour de la voiture. Il s'élança à ma poursuite, puis s'arrêta lorsque nous nous retrouvâmes de part et d'autre du véhicule. Nous étions comme deux gamins jouant à cache-cache. Nous faisions les mêmes mouvements en miroir tandis qu'il essayait de deviner la direction vers laquelle j'allais partir. Malgré la faible lumière, j'aperçus quelque chose qui me surprit glissé dans sa ceinture : un revolver. Mon sang se figea dans mes veines. Les gardiens savaient manier les armes à feu mais en portaient rarement. Notre arme de prédilection était le pieu. Après tout, notre travail consistait à tuer des Strigoï, et les armes à feu n'avaient aucun effet sur eux... Mais sur moi ? Oh oui !... Son revolver pouvait grandement lui faciliter les choses, mais j'avais l'intuition qu'il hésiterait à s'en servir. Si l'alarme pouvait avoir été accidentellement déclenchée par un passant, un coup de feu ne manquerait pas d'attirer la police. Ce type ne tirerait pas s'il pouvait l'éviter... mais ne manquerait pas de le faire en dernier recours. Je devais en finir vite.

Je m'élançai vers l'avant de la voiture. Alors qu'il essayait de m'intercepter, je parvins à le surprendre en bondissant sur le capot. (Au point où nous en étions, l'alarme ne pouvait pas hurler plus fort.) J'employai ma fraction de seconde d'avance à lui sauter dessus pour le plaquer au sol. J'atterris sur son estomac et lui serrai la gorge en le maintenant immobile de tout mon poids. Il se débattit pour me repousser et faillit y parvenir, mais la privation d'air finit par avoir raison de lui. Il cessa de se débattre et perdit conscience. Je le lâchai aussitôt.

Un bref instant, je me souvins d'avoir employé cette même technique contre Meredith lors de notre évasion de la Cour. Je la revis inerte sur le sol et sentis renaître ma culpabilité. Mais je m'empressai de me ressaisir. Meredith allait bien. Elle n'était même pas là. Surtout, rien de tout cela n'avait d'importance pour le moment. Une seule chose comptait : ce type était évanoui et je devais déguerpir. Immédiatement.

Je m'élançai en direction du cinéma sans même regarder si d'autres gardiens arrivaient, puis me cachai derrière une voiture dès que je me fus un peu éloignée de celle dont l'alarme hurlait toujours. Personne ne s'était approché de ma victime, mais il régnait une certaine agitation à l'autre bout du parking, près du centre commercial. Je ne m'attardai pas à tenter de comprendre ce qui se passait : quoi que ce soit, cela ne pouvait pas être bon pour moi.

J'avais le souffle court en atteignant le cinéma quelques minutes plus tard, mais c'était davantage dû à la peur qu'à la fatigue. Je devais à Dimitri d'avoir beaucoup développé mon endurance. Mais où se trouvait-il donc ?

Quelques spectateurs, qui faisaient la queue pour acheter des tickets ou qui discutaient du film qu'ils venaient de voir, parurent surpris par l'état de mes vêtements. Dimitri n'était pas parmi eux.

Je n'avais pas de montre. Combien de temps s'était-il écoulé depuis que nous nous étions séparés ? Sûrement pas une demi-heure. Je déambulai autour du cinéma en prenant soin de me fondre dans la foule, et tâchai de repérer Dimitri ou mes poursuivants. Je ne vis personne. Plusieurs minutes s'écoulèrent. Je glissai ma main dans ma poche avec réticence et effleurai le morceau de papier où figurait le numéro de téléphone que Dimitri m'avait donné. Il m'avait dit d'appeler et de partir. Je n'avais pas de portable, évidemment, mais c'était le cadet de mes soucis pour le moment.

— Rose !

Une voiture s'arrêta au bord du trottoir parmi d'autres d'où descendaient des passagers. En voyant Dimitri se pencher par la fenêtre du conducteur, je faillis m'effondrer de soulagement. Enfin… presque. En réalité, je courus vers lui sans perdre un instant et me jetai sur le siège du passager. Il appuya sur l'accélérateur sans un mot pour nous éloigner du cinéma et nous faire reprendre la rue principale.

Nous restâmes d'abord silencieux. Dimitri était si inquiet et si tendu que je craignais de le voir exploser à la moindre provocation. Il roulait aussi vite que c'était possible sans attirer l'attention de la police, tout en gardant les yeux braqués sur le rétroviseur.

— Sommes-nous de nouveau suivis ? finis-je par demander lorsqu'il s'engagea sur l'autoroute.

— Je n'en ai pas l'impression. Il va leur falloir du temps pour comprendre dans quelle voiture nous sommes.

Je n'avais pas fait très attention en m'y engouffrant, mais nous nous trouvions à bord d'une Honda Accord, une autre voiture ordinaire. Je remarquai soudain qu'il n'y avait pas de clé sur le contact.

— As-tu fait démarrer cette voiture en trafiquant l'allumage ? (Je reformulai ma question.) As-tu volé cette voiture ?

— Tu as un curieux sens moral, me fit-il remarquer. T'évader de prison ne te pose aucun problème, mais voler une voiture te scandalise.

— Je suis moins scandalisée que surprise, répliquai-je en m'enfonçant dans mon siège. (Je soupirai.) J'ai eu une de ces frayeurs. Pendant un instant, sur le trottoir, j'ai eu peur que tu ne reviennes pas. Qu'ils ne t'aient attrapé ou je ne sais quoi.

— Non. J'ai occupé presque tout mon temps à chercher une voiture convenable.

Nous nous tûmes pendant quelques minutes.

— Tu ne m'as pas demandé ce qui m'était arrivé, lui fis-je remarquer, un peu vexée.

— Inutile. Tu es là : c'est tout ce qui compte.

— Je me suis battue.

— Je l'avais deviné. Ta manche est déchirée.

Je baissai les yeux. C'était vrai. J'avais aussi perdu la casquette dans ma course folle. Ce n'était pas une grande perte.

— Tu ne veux vraiment pas connaître les détails de mon combat ?

— Je sais déjà tout, répondit-il sans quitter la route des yeux. Tu as neutralisé ton adversaire. Tu l'as fait vite et proprement, parce que tu es douée.

Je réfléchis à ses mots durant quelques instants. Son commentaire, pourtant simple et professionnel, me fit esquisser un sourire.

— Très bien. Que faisons-nous maintenant, mon général ? Ne vont-ils pas passer en revue les déclarations de vol de voiture et retrouver notre numéro d'immatriculation ?

— Probablement. Mais nous aurons une nouvelle voiture d'ici là... une voiture qu'ils n'auront aucun moyen d'identifier comme étant la nôtre, cette fois.

Je fronçai les sourcils.

— Comment comptes-tu t'y prendre ?

— Nous avons un rendez-vous dans quelques heures.

— Merde. Je déteste vraiment être la dernière informée.

Après « quelques heures » de route, nous arrivâmes à Roanoke en Virginie. Notre trajet s'était déroulé sans incident. Lorsque la ville apparut à l'horizon, je vis Dimitri commencer à scruter les panneaux à la recherche de la sortie qu'il devait prendre. Lorsqu'il quitta l'autoroute, il vérifia de nouveau la présence d'éventuels poursuivants dans le rétroviseur, mais ne repéra rien. Nous atteignîmes une nouvelle rue commerçante et nous dirigeâmes vers un McDonald's situé à l'écart des autres magasins.

— Je suppose qu'il ne s'agit pas d'une pause casse-croûte ? hasardai-je.

— C'est ici que nous allons récupérer notre prochain véhicule, répondit-il.

Il fit le tour du parking en cherchant quelqu'un ou quelque chose des yeux. Je repérai son objectif une fraction de seconde avant lui. Une femme dont je n'apercevais que le dos était appuyée contre une voiture sombre. Je ne distinguais pas grand-chose d'elle, hormis qu'elle portait un chemisier noir et que ses cheveux blonds et emmêlés lui arrivaient presque jusqu'aux épaules.

Dimitri se gara à côté d'elle et je bondis hors de la voiture sitôt qu'elle fut à l'arrêt. J'avais reconnu la personne qui nous attendait avant même qu'elle se retourne.

— Sydney ?

Son prénom résonna dans ma bouche comme une question mais j'étais bien certaine qu'il s'agissait d'elle.

Elle tourna vers moi un visage humain et familier dont les yeux se teintaient d'ambre à la lumière du soleil. Un discret tatouage doré ornait une de ses joues.

— Salut, Rose ! me lança-t-elle en esquissant un petit sourire triste. (Elle me tendit un sac de hamburgers.) J'ai pensé que tu aurais faim.

Chapitre 6

À la réflexion, l'apparition de Sydney n'était guère plus étrange que la moitié des aventures qui m'arrivaient régulièrement. Sydney était une alchimiste que j'avais rencontrée en Russie quand je cherchais Dimitri pour le tuer. Elle avait mon âge et n'était pas du tout ravie d'avoir été assignée là-bas, ce qui ne m'avait cependant pas empêchée d'apprécier son aide. Comme Dimitri me l'avait fait remarquer un peu plus tôt, les alchimistes ne manqueraient pas d'aider les Moroï à me capturer. Pourtant, à en juger d'après la tension qui régnait dans la voiture, il était évident que Sydney se rendait complice de mon évasion.

Au prix d'un violent effort, je remis mes questions à plus tard. Nous étions toujours des fugitifs et, qui plus est, sans doute encore poursuivis. La voiture de Sydney était une Honda CR-V flambant neuve, immatriculée en Louisiane et qui portait un autocollant d'agence de location.

— Qu'est-ce que ça veut dire, tout ça ? Que notre audacieuse évasion a été sponsorisée par Honda ? (N'obtenant pas de réponse, je passai à l'autre question qui s'imposait.) Est-ce que nous allons à La Nouvelle-Orléans ?

C'était là désormais que travaillait Sydney. Faire du tourisme était bien la dernière chose que j'avais en tête… mais, quitte à fuir, autant aller se réfugier dans un endroit agréable.

— Non, répondit-elle en quittant sa place de parking. Nous allons en Virginie-Occidentale.

Je dévisageai Dimitri qui s'était installé sur la banquette arrière, en espérant qu'il la contredirait. Il n'en fit rien.

— Par « Virginie-Occidentale », j'imagine que tu veux dire « Hawaii » ou un autre endroit excitant.

— Sincèrement, je crois que tu ferais mieux d'éviter toute source d'excitation pendant quelque temps, commenta Sydney. (Le GPS de la voiture lui indiqua qu'elle devait tourner, ce qui nous fit reprendre la direction de l'autoroute.) Et la Virginie-Occidentale a vraiment beaucoup de charme.

Je me souvins qu'elle était originaire de l'Utah et ne devait probablement rien connaître de mieux. Comme j'avais abandonné depuis longtemps tout espoir de diriger ce plan d'évasion, je passai à la série de questions suivante :

— Pourquoi nous aides-tu ?

J'eus l'impression de la voir grimacer dans la pénombre.

— À ton avis ?

— Abe.

Elle soupira.

— Je commence vraiment à me demander si La Nouvelle-Orléans en valait la peine.

J'avais appris peu de temps auparavant qu'Abe avait fait jouer ses relations aussi mystérieuses qu'étendues pour lui faire quitter la Russie. J'ignorais comment il s'y était pris. Ce que je savais, en revanche, c'était qu'il avait conclu avec Sydney un marché des plus flous sur lequel il ne cessait de s'appuyer pour obliger la jeune femme à lui rendre des services. Il m'arrivait de me demander si ce marché concernait seulement la mutation de Sydney et s'il ne cachait pas autre chose dont ils ne m'auraient parlé ni l'un ni l'autre. Dans tous les cas, je fus tentée de lui répéter qu'il fallait s'attendre à rencontrer ce genre de problèmes quand on concluait un pacte avec le diable, mais jugeai finalement plus sage de m'abstenir. Mieux valait sans doute que j'évite d'énerver quelqu'un qui m'aidait alors que nous avions les gardiens aux trousses. J'optai donc pour une autre question :

— Très bien. Pourquoi allons-nous en Virginie-Occidentale ?

Sydney ouvrit la bouche pour me répondre mais Dimitri l'en empêcha :

— Pas encore.

Je me retournai pour lui décocher un regard furieux.

— J'en ai assez ! Ça fait six heures qu'on est en fuite et je ne connais toujours pas les détails du plan ! J'ai bien compris que nous évitions les gardiens, mais allons-nous vraiment en Virginie-Occidentale ? Allons-nous établir notre base d'opérations dans une cabane à flanc de montagne, sans eau courante ni électricité ?

Sydney poussa l'un des soupirs exaspérés dont elle avait le secret.

— Connais-tu vraiment quelque chose de cette région ?

Je n'aimais pas voir Dimitri et elle s'allier pour me laisser dans l'ignorance. Bien sûr, les réticences de Sydney pouvaient avoir d'innombrables causes. Abe pouvait lui avoir donné des ordres… ou peut-être ne voulait-elle pas me parler, tout simplement. Étant donné que la plupart des alchimistes considéraient les dhampirs et les vampires comme des rejetons de l'enfer, ils se montraient rarement amicaux envers nous. Mais le fait d'avoir passé du temps avec moi en Sibérie lui avait fait changer de point de vue. Du moins je l'espérais. Il m'arrivait de penser qu'elle était simplement asociale.

— Tu sais qu'il s'agit d'un coup monté ? lui demandai-je. Nous n'avons rien fait. Ils prétendent que j'ai tué la reine, mais…

— Je sais, m'interrompit Sydney. J'en ai entendu parler, comme tous les alchimistes. Vous êtes en tête de la liste des personnes recherchées, tous les deux.

Elle s'efforça de garder un ton professionnel sans vraiment parvenir à dissimuler son malaise. J'avais l'impression que Dimitri la perturbait plus que moi… ce qui était compréhensible, puisqu'il perturbait même des gens de notre propre espèce.

— Je ne l'ai pas fait, insistai-je.

Sans que je comprenne bien pourquoi, c'était important pour moi qu'elle le sache.

Sydney ne commenta pas ma déclaration.

— Tu devrais manger, dit-elle à la place. Tes hamburgers refroidissent. Nous en avons pour un peu plus de trois heures de route et nous ne nous arrêterons que pour prendre de l'essence.

Je reconnus son ton catégorique et compris ce qu'il signifiait. Elle n'avait plus envie de parler. Le sac contenait trois cheeseburgers et deux grandes portions de frites. De toute évidence, elle me connaissait bien. Je dus mobiliser toute ma volonté pour ne pas me fourrer immédiatement des frites plein la bouche et offris à la place un cheeseburger à Dimitri.

— Tu en veux un ? Tu dois reprendre des forces.

Il hésita plusieurs secondes avant de l'accepter. En le voyant observer le sandwich avec une sorte d'émerveillement, je me rendis compte que la nourriture ne lui était pas encore redevenue banale. Le régime alimentaire des Strigoï n'était constitué que de sang. Je lui tendis aussi quelques frites, avant de me retourner pour dévorer le reste. Je ne pris pas la peine de proposer quelque chose à Sydney. Son manque d'appétit était notoire et elle avait sans doute eu l'occasion de manger en nous attendant.

— Je crois que c'est pour toi, annonça Dimitri en me tendant un petit sac à dos.

J'y découvris quelques vêtements de rechange et des articles de toilette de base. J'examinai les vêtements plus attentivement.

— Des shorts, des jupes et une robe. Je ne peux pas me battre là-dedans. Il me faut un jean.

Je devais reconnaître que la robe était jolie. Elle était longue et faite dans un imprimé léger noir, gris et blanc. Mais elle n'était vraiment pas pratique.

— Quelle gratitude, répondit Sydney. J'ai dû faire vite. C'est tout ce que j'ai pu rassembler en si peu de temps.

Je jetai un coup d'œil à Dimitri qui ouvrait son propre sac. Celui-ci contenait des vêtements de rechange, comme le mien, ainsi que…

— Une veste de cow-boy ? m'écriai-je en le regardant déplier le long manteau en cuir, qui ne pouvait tenir dans le sac qu'au mépris des lois de la physique. Tu as réussi à lui dénicher une veste de cow-boy et tu n'as pas pu me trouver un jean ?

Mon indignation ne sembla guère émouvoir Sydney.

— Abe a dit que c'était important. De plus, tu n'auras pas besoin de te battre si tout se passe comme prévu.

Je n'aimais pas ce que ces paroles sous-entendaient. *Un endroit sûr et isolé.*

Comme je devais avoir les compagnons de route les plus silencieux du monde, je ne m'attendais pas à converser beaucoup pendant les trois heures suivantes. C'était sans doute aussi bien, car cela me permit de prendre des nouvelles de Lissa. J'étais encore trop tendue pour m'attarder dans sa tête et me contentai d'évaluer la situation à la Cour.

Comme Dimitri l'avait prédit, les gardiens avaient très vite rétabli l'ordre. La Cour avait été bouclée et tous ceux qui avaient un lien avec moi étaient longuement interrogés. Tous avaient un alibi. Tout le monde avait vu mes alliés aux funérailles ou, dans le cas d'Abe, croyait l'y avoir vu. Deux filles avaient juré s'être trouvées avec Adrian, et je ne doutai pas que c'était encore grâce à l'usage de la suggestion. Je sentis la satisfaction de Lissa à travers notre lien tandis que la frustration des gardiens allait croissant.

Elle m'envoya un message mental, même si elle ignorait à quel moment je me glisserais dans sa tête. *Ne t'inquiète pas, Rose. Je m'occupe de tout. Nous allons te laver de tout soupçon.*

Je m'enfonçai dans mon siège sans trop savoir ce que cette situation m'inspirait. J'avais veillé sur elle toute ma vie et n'avais reculé devant aucune extrémité pour la protéger des menaces qui pesaient sur elle. Or voilà que les rôles étaient inversés. Elle avait couru des risques pour moi en sauvant Dimitri et mon sort était désormais entre ses mains – ou plutôt entre celles de tout le monde, selon toute apparence. Cela allait à l'encontre de mon instinct et me perturbait beaucoup. Je n'avais pas l'habitude d'être protégée, et encore moins par elle.

Les interrogatoires se poursuivaient et celui de Lissa n'avait pas encore eu lieu, mais j'avais l'intuition que mes amis se tireraient tous d'affaire. Ils ne seraient pas punis pour m'avoir fait évader. J'étais la seule en danger pour le moment, et cela me paraissait préférable.

La Virginie-Occidentale avait peut-être autant de charme que Sydney le prétendait, mais il me fut impossible de le vérifier puisque nous arrivâmes de nuit. J'eus surtout la sensation que nous abordions une région montagneuse avec des côtes, des descentes, des lacets et des tunnels. Après presque exactement trois heures de route, nous entrâmes dans un trou perdu qui disposait d'un lampadaire et d'un restaurant sobrement baptisé *Restaurant*. Mais le plus important était que nous n'avions croisé aucune voiture depuis au moins une heure. Nous n'avions donc pas été suivis.

Sydney se dirigea vers un bâtiment dont l'enseigne indiquait : *Motel*. Cette ville aimait apparemment s'en tenir à l'essentiel concernant le nom de ses établissements. Je n'aurais pas été surprise qu'elle s'appelle simplement Ville. Lorsque nous traversâmes le parking du motel, je fus surprise de ressentir des courbatures dans mes jambes. J'avais mal partout et n'aspirais plus qu'à dormir. Cela faisait plus de douze heures que cette aventure avait commencé.

Sydney nous inscrivit sous de faux noms et le veilleur de nuit ensommeillé ne posa aucune question. Nous empruntâmes un couloir qui, sans être vraiment crasseux, n'était pas non plus le genre d'endroit où un noble aurait mis les pieds. Un chariot d'entretien était poussé contre un mur, comme si quelqu'un l'avait abandonné là. Je compris que Sydney n'allait pas dormir dans la même chambre que nous lorsqu'elle s'arrêta brusquement devant une porte et nous tendit une clé.

— Nous ne restons pas tous ensemble ? m'étonnai-je.

— Je n'ai aucune envie d'être dans le coin si vous êtes arrêtés, me répondit-elle en souriant. (J'avais aussi l'impression qu'elle ne voulait pas dormir dans la même pièce que des « créatures maléfiques de la nuit ».) Mais je ne serai pas loin. Nous nous reverrons demain matin.

Cela me fit prendre conscience d'autre chose et je me tournai vers Dimitri.

— Nous dormons dans la même chambre ?

Sydney haussa les épaules.

— C'est mieux pour vous défendre en cas d'attaque.

Elle nous quitta avec sa brusquerie habituelle, puis Dimitri et moi échangeâmes un regard avant d'entrer dans la chambre. Comme le reste du motel, celle-ci ferait l'affaire, sans avoir rien d'attrayant. La moquette était usée mais propre, et j'appréciai l'effort de décoration que constituait un tableau représentant des poires. Il y avait une petite fenêtre déprimante et un seul lit.

Dimitri poussa le verrou, fixa la chaîne de sécurité, puis alla s'asseoir dans le seul fauteuil de la pièce. Celui-ci était en bois avec un dossier bien droit, ce qui n'empêcha pas Dimitri de s'y installer comme si c'était le siège le plus confortable du monde. Je sentais qu'il était épuisé même s'il était aussi vigilant que d'habitude. La nuit avait été longue pour lui aussi.

— Et maintenant ? demandai-je en m'asseyant au bord du lit.

— Maintenant, nous attendons.

— Quoi ?

— Que Lissa et les autres aient découvert le véritable meurtrier de la reine et t'aient lavée de tout soupçon.

Alors que j'escomptais recevoir des explications, je n'eus droit qu'à son silence. L'incrédulité s'empara de moi. Je m'étais montrée aussi patiente que possible jusque-là parce que j'avais imaginé que Dimitri et moi aurions une mystérieuse mission à accomplir, qui nous aiderait à élucider le meurtre de Tatiana. En déclarant que nous allions attendre, il ne voulait quand même pas dire que nous ne ferions vraiment qu'attendre ?

— Mais qu'allons-nous faire ? insistai-je. Comment allons-nous les aider ?

— Nous te l'avons déjà dit tout à l'heure : tu peux difficilement chercher des indices à la Cour. Tu dois te tenir à l'écart, en sécurité.

J'en restai bouche bée.

— Alors c'est ça ? demandai-je en désignant d'un mouvement ample la chambre déprimante. C'est ici que vous comptez me cacher ? Je croyais qu'on allait chercher quelque chose dans le coin... quelque chose qui pourrait nous aider.

— Ça nous aide, répondit-il sans se départir de son calme insupportable. Sydney et Abe ont déniché cet endroit et l'ont estimé assez calme pour échapper à la surveillance des gardiens.

Je bondis sur mes pieds.

— Très bien, camarade. J'ai un sérieux problème avec ta logique. Vous agissez tous comme s'il était préférable que je sois tenue à l'écart.

— Le vrai problème est que nous ayons encore besoin de reprendre cette conversation. Les indices qui permettront de démasquer le meurtrier de Tatiana se trouvent à la Cour, ainsi que tes amis. Ils vont se charger de démêler la situation.

— Je ne me suis pas laissé entraîner dans une course-poursuite et je n'ai pas traversé plusieurs États pour me retrouver dans un motel sordide ! Combien de temps prévois-tu que nous « restions à l'écart » ici ?

Dimitri croisa les bras sur son torse.

— Aussi longtemps qu'il le faudra. Nous avons assez d'argent pour rester ici indéfiniment.

— J'ai sûrement moi-même assez de monnaie dans ma poche pour rester ici indéfiniment ! Mais il n'en est pas question. J'ai besoin de me rendre utile. Je ne vais pas faire le choix de la facilité et rester assise à me tourner les pouces.

— Survivre n'est pas aussi facile que tu le crois.

— Mon Dieu, grommelai-je. Tu as fréquenté Abe ces derniers temps, n'est-ce pas ? Je ne sais pas si tu t'en souviens, mais tu m'as recommandé de l'éviter quand tu étais un Strigoï. Tu ferais peut-être bien de suivre ton propre conseil.

Je regrettai aussitôt d'avoir prononcé ces mots lorsque je vis dans son regard le mal qu'ils lui avaient fait. Même s'il se comportait comme l'ancien Dimitri depuis le début de notre fuite, il était encore tourmenté par son passé de Strigoï.

— Je suis désolée. Je ne voulais pas…

— La discussion est close, me coupa-t-il sèchement. Lissa veut que nous restions ici, nous resterons donc ici.

La colère eut raison de mon sentiment de culpabilité.

— Alors, voilà pourquoi tu fais tout ça ? Parce que Lissa te l'a demandé ?

— Bien sûr. J'ai fait le serment de l'aider et de la servir.

Je perdis toute maîtrise de moi-même à cet instant. La situation avait déjà été assez éprouvante quand Dimitri avait cru pouvoir passer tout son temps auprès de Lissa après qu'elle l'avait retransformé en dhampir, tout en m'évitant soigneusement. C'était pourtant moi qui m'étais rendue en Sibérie, et moi encore qui avais appris que Robert, le frère de Victor, savait comment ramener un Strigoï à son état originel. Mais toutes ces choses semblaient n'avoir aucune importance aux yeux de Dimitri. Seule Lissa, qui avait manié le pieu pour le sauver, comptait pour lui. Il la voyait désormais comme une sorte de déesse bienveillante à laquelle il avait prêté un serment archaïque et chevaleresque.

— N'y compte pas, déclarai-je. Il n'est pas question que je reste ici.

J'atteignis la porte en trois pas et parvins à détacher la chaîne, mais il ne fallut que quelques secondes à Dimitri pour bondir de son fauteuil et me plaquer contre le mur. C'était un temps de réaction assez médiocre de sa part : je m'étais attendue à ce qu'il m'intercepte avant le troisième pas.

— Tu vas rester ici, que ça te plaise ou non, répliqua-t-il d'une voix égale en me tenant par les poignets.

Je n'avais pas beaucoup d'options. Je pouvais rester là, bien sûr. Je pouvais passer des jours, voire des mois, dans ce motel en attendant que Lissa prouve mon innocence. Cela exigeait seulement que Lissa réussisse et que je ne meure pas empoisonnée par la nourriture du *Restaurant*. C'était l'option la plus sûre, mais également la plus déprimante.

Je pouvais aussi essayer d'échapper à Dimitri. Cette option n'était ni la plus sûre, ni la plus facile. Elle était aussi particulièrement délicate, puisque je devrais alors trouver un moyen de le neutraliser sans le tuer et sans que l'un de nous deux reçoive un mauvais coup.

À moins que je n'envoie simplement la prudence au diable et ne jette toutes mes forces dans la bataille. Ce type avait affronté des Strigoï et la moitié des gardiens de la Cour, après tout. Il pouvait encaisser mes coups. Nous nous étions livrés à quelques rudes combats, à Saint-Vladimir. Réussirais-je à lui échapper si je donnais tout ce que j'avais ? Il était temps de le découvrir.

Je lui assenai un coup de genou dans l'estomac auquel il ne s'attendait visiblement pas. Ses yeux s'écarquillèrent sous l'effet de la surprise – et un peu de la douleur –, ce qui m'offrit l'occasion de m'arracher à sa poigne. Ce petit préambule me permit seulement de tirer le verrou; Dimitri me tomba dessus avant que j'aie posé la main sur la poignée de la porte. Il m'agrippa brutalement, me projeta à plat ventre sur le lit et m'immobilisa de tout son poids pour m'empêcher de lui infliger un autre coup de pied. C'était toujours mon principal problème dans un combat: mes adversaires, généralement des hommes, étaient plus lourds et plus forts que moi. La vitesse constituait d'habitude mon meilleur atout, mais le fait d'être immobilisée rendait toute fuite et toute esquive impossibles. Je me débattis quand même, et il eut du mal à me maintenir.

—Arrête! me souffla-t-il à l'oreille, qu'il effleurait presque de ses lèvres. Sois raisonnable, pour une fois. Tu n'arriveras pas à m'échapper.

Son corps était puissant et chaud contre le mien, et je me promis de sévèrement réprimander ce dernier un peu plus tard.

Oublie-le, songeai-je. *Concentre-toi sur le moyen de sortir de là, non sur ce que tu éprouves à son contact.*

—Ce n'est pas moi qui suis déraisonnable, grognai-je en essayant de tourner mon visage vers lui. C'est toi qui t'estimes tenu par une promesse qui n'a aucun sens. Et je sais que tu n'aimes pas plus l'inaction que moi. Aide-moi… Aide-moi à trouver le meurtrier et à me rendre utile.

Je cessai de me débattre et feignis d'être distraite par notre discussion.

—Je n'aime pas l'inaction, mais je n'aime pas non plus me précipiter dans des situations impossibles.

—Les situations impossibles sont notre spécialité, lui fis-je remarquer.

Je tâchai d'évaluer la fermeté de sa prise tout en parlant. Il ne s'était pas détendu, mais j'espérais que notre conversation le déconcentrerait. Bien sûr, en temps normal, Dimitri était trop fort pour se laisser déconcentrer. Mais je le savais fatigué. Sans oublier qu'il était peut-être un peu moins vigilant parce qu'il s'agissait de moi, et non d'un Strigoï.

Mais non.

Je ruai brutalement pour tenter de lui échapper, mais ne parvins qu'à rouler sur moi-même avant qu'il m'immobilise de nouveau, ce qui nous plaça face à face. J'étais si près de lui, de son visage, de ses lèvres... Sa peau était si chaude contre la mienne... Très bien. De toute évidence, je n'avais réussi qu'à me placer dans une position encore plus désavantageuse. Dimitri affichait toujours son habituelle expression résolue et ne semblait pas troublé par la proximité de nos corps. J'avais beau savoir que c'était stupide de ma part, que le fait qu'il soit allongé sur moi n'aurait pas dû me déstabiliser ainsi... j'étais quand même émue.

— Une journée, dit-il. Ne pouvais-tu attendre ne serait-ce qu'une journée ?

— J'aurais peut-être réussi si nous étions descendus dans un meilleur hôtel... équipé du câble.

— Ce n'est pas le moment de plaisanter, Rose.

— Alors laisse-moi faire quelque chose... n'importe quoi.

— Je ne peux pas.

Il lui en coûta visiblement de prononcer ces mots, et cela me fit prendre conscience de quelque chose. Je lui en voulais terriblement d'essayer de me forcer à rester cachée sans rien faire, mais cette situation lui déplaisait autant qu'à moi. Comment avais-je pu oublier à quel point nous étions semblables ? Nous avions tous les deux besoin d'action. Nous voulions tous les deux nous rendre utiles et veiller sur ceux que nous aimions. Dimitri n'avait accepté de jouer ce rôle de nounou que parce qu'il s'était promis d'aider Lissa. Même s'il avait prétendu que j'étais folle de vouloir retourner à la Cour, j'avais l'impression que c'était ce qu'il aurait fait lui-même s'il n'avait pas été responsable de moi – ou plutôt cru qu'il l'était.

J'observai son regard et son expression déterminés qu'adoucissaient quelques mèches brunes échappées de sa queue-de-cheval. Elles encadraient son visage et frôlaient presque le mien. Je pouvais encore tenter de fuir, mais je commençais à désespérer d'y parvenir. Il était trop fort et trop acharné à veiller sur ma sécurité. Lui faire remarquer que je le soupçonnais d'avoir autant envie que moi de retourner à la Cour ne servirait sans doute à rien. Que ce soit vrai ou non, il s'attendait à m'entendre argumenter selon un raisonnement à la Rose. C'était Dimitri, après tout. Il s'attendait à tout de ma part.

Enfin, presque à tout.

Une idée me frappa si subitement que je ne pris pas le temps d'y réfléchir et me contentai de la mettre à exécution. Si mon corps était immobilisé, ma tête, elle, avait la liberté de se soulever… pour me permettre de l'embrasser.

Je découvris un certain nombre de choses en pressant mes lèvres contre les siennes. Tout d'abord, qu'il était possible de le prendre complètement par surprise. Abasourdi par la tournure inattendue des événements, il resta tétanisé pendant quelques secondes. Je m'aperçus également qu'il embrassait aussi bien que dans mon souvenir. Notre dernier baiser remontait à l'époque où il était un Strigoï. Même si cette expérience avait eu quelque chose d'étrangement excitant, il lui avait manqué la chaleur de la vie. À cet instant, ses lèvres étaient aussi douces et aussi avides que lorsque nous nous étions embrassés à Saint-Vladimir. Tout mon corps s'électrisa lorsqu'il me rendit mon baiser, ce que je trouvai à la fois réconfortant et grisant.

Et ce fut là ma troisième découverte : il me rendait mon baiser. Peut-être n'était-il pas aussi sûr de sa décision qu'il le prétendait... Malgré sa culpabilité et sa certitude de ne plus être capable d'aimer, peut-être me désirait-il encore. J'aurais tué pour le savoir... mais je n'avais pas le temps.

Au lieu de cela, je lui décochai un coup de poing.

Pour être honnête, ce n'était pas la première fois que je donnais un coup de poing à un garçon qui était en train de m'embrasser, mais je n'avais jamais frappé un garçon que je voulais continuer à embrasser. Même si Dimitri me tenait toujours fermement, mon baiser l'avait suffisamment ébranlé pour lui faire baisser sa garde. Mon poing l'atteignit sur le côté du visage. Je le repoussai de toutes mes forces sans perdre un instant, bondis hors du lit et me précipitai vers la sortie. J'entendis Dimitri se relever au moment où j'ouvrai la porte, et la claquai derrière moi sans attendre de voir ce qu'il comptait faire. C'était inutile : il allait me poursuivre.

Sans hésiter un instant, je poussai le chariot de nettoyage devant le battant et m'élançai dans le couloir. La porte s'ouvrit quelques secondes plus tard et j'entendis un grognement de contrariété suivi d'un juron en russe lorsque Dimitri heurta le chariot. L'écarter de son chemin ne lui prendrait que quelques instants, mais je n'avais pas besoin de davantage. Je dévalai l'escalier qui menait à la petite entrée où le veilleur de nuit lisait un livre pour tromper son ennui. Il faillit bondir de sa chaise en me voyant surgir.

— Il y a un type qui me poursuit ! lui lançai-je en courant vers la porte.

L'employé ne semblait pas du genre à essayer d'intercepter Dimitri, et celui-ci ne s'arrêterait sans doute pas même s'il le lui demandait. Au pire, le réceptionniste appellerait la police, qui, dans une ville de cette importance, se réduisait probablement à un homme et un chien.

Dans tous les cas, ce n'était plus mon problème. Je m'étais échappée du motel et me retrouvais au beau milieu d'une bourgade de montagne endormie, dont les rues étaient plongées dans l'obscurité. Dimitri était peut-être juste derrière moi, mais je sus en pénétrant dans la forêt toute proche qu'il me serait facile de le semer dans la nuit.

Chapitre 7

Le problème, bien sûr, fut que je me perdis rapidement dans la nuit.

Ayant vécu dans le Montana, je savais pourtant à quel point l'obscurité peut tout engloutir dès lors qu'on s'éloigne, même de manière infime, de la civilisation. J'avais également l'habitude de me promener au hasard des chemins sinueux d'une forêt obscure. Mais les environs de Saint-Vladimir m'étaient familiers. Les bois de la Virginie-Occidentale, en revanche, m'étaient inconnus, et je ne tardai pas à m'y égarer.

Dès que j'estimai m'être assez éloignée du motel, je m'arrêtai pour observer les environs. Des insectes nocturnes chantaient et bourdonnaient autour de moi dans une chaleur humide et oppressante. Je levai la tête et découvris derrière la voûte végétale un ciel étoilé vierge de toute pollution lumineuse. Je l'étudiai avec la sensation d'être une survivante perdue dans une contrée hostile, finis par repérer la Grande Ourse et en déduisis la direction du nord. Je n'avais aucun intérêt à partir vers l'est, où s'élevaient les montagnes que nous avions traversées en arrivant. Si je me dirigeais vers le nord, je finirais sans doute par croiser une route. Il ne me resterait plus alors qu'à faire du stop ou à la suivre à pied jusqu'à une zone habitée. Ce n'était pas un plan dont la réussite était garantie, mais ce n'était pas non plus, et de loin, le pire que j'avais pu suivre.

Je n'étais pas vraiment habillée pour faire de la randonnée, mais mes yeux s'adaptèrent rapidement à l'obscurité et je parvins à éviter la plupart des arbres et des obstacles. Il m'aurait été plus facile de suivre la petite route qui partait de la ville, mais c'était un chemin que Dimitri devait s'attendre à me voir prendre.

J'adoptai bientôt un rythme régulier et machinal dans ma progression vers le nord. Puisque j'avais du temps devant moi et qu'aucun gardien ne me poursuivait, le moment me parut idéal pour prendre des nouvelles de Lissa. Je me glissai dans son esprit et la découvris dans les profondeurs du quartier général des gardiens, assise sur l'une des chaises qui s'alignaient contre le mur d'un couloir. D'autres Moroï, dont Christian et Tasha, occupaient les sièges voisins.

— Ils ne vous ménageront pas, murmura Tasha. Surtout toi. (Cela s'adressait à Christian.) Tu serais mon premier suspect en cas d'explosion criminelle.

Cela semblait être l'avis de tout le monde. À voir l'air inquiet de Tasha, je compris que mon évasion l'avait autant surprise que moi. Même si mes amis ne l'avaient pas encore informée des détails de l'opération, elle en avait sans doute deviné les grandes lignes et connaissait au moins l'identité des coupables.

Christian lui offrit son sourire le plus charmant, comme un enfant le ferait pour tenter d'échapper à une punition.

— Les gardiens savent déjà que l'explosion n'a pas été provoquée par la magie. À l'heure qu'il est, ils ont sans doute examiné les moindres débris de ces statues.

Il évita d'en dire davantage en public, mais Lissa pensait la même chose que lui. Les gardiens devaient déjà savoir que l'explosion n'était pas d'origine magique. Même si les autorités suspectaient mes amis, il allait leur être encore plus difficile qu'à moi de comprendre comment des adolescents avaient pu se procurer du C4.

Lissa acquiesça et posa sa main sur celle de Christian.

— Tout va bien se passer, lui dit-elle.

Elle se demanda ensuite si Dimitri et moi nous en étions sortis comme prévu. Elle avait besoin de nous savoir en sécurité pour se concentrer sur la recherche du meurtrier de Tatiana. La décision de me faire évader l'avait plongée dans le même cas de conscience que moi : je courais plus de risques en fuite qu'en prison. Je la sentais tendue, irritable, et ses émotions étaient plus intenses que je ne l'aurais souhaité. *C'est à cause de l'esprit*, songeai-je. *Elle s'en sert beaucoup trop.* Quand nous étions à l'académie, elle en avait neutralisé les effets secondaires grâce à la prise de calmants avant d'apprendre à les maîtriser. Mais elle avait pratiqué la magie de plus en plus souvent à mesure que notre situation s'était compliquée. Ces derniers temps, elle avait abondamment puisé dans son élément et nous avions fini par trouver cela normal. Mais les conséquences de l'usage de l'esprit allaient la... nous rattraper tôt ou tard.

— Princesse ? (Un gardien venait d'ouvrir la porte devant laquelle Lissa était assise et avait passé sa tête par l'entrebâillement.) Nous sommes prêts à vous entendre.

Alors que le gardien s'effaçait, une voix familière lui parvint de l'intérieur du bureau :

— C'est toujours un plaisir de bavarder avec vous, Hans. Nous devrions le faire plus souvent.

Sur ces mots, Abe quitta la pièce en se pavanant comme à son habitude. Il passa fièrement devant le gardien qui se tenait à la porte, décocha un sourire triomphant aux Ozéra et à Lissa, les dépassa sans leur adresser la parole et se dirigea vers la sortie comme si tout allait pour le mieux dans le meilleur des mondes.

Lissa retint un sourire et se força à garder son sérieux pour entrer dans le bureau avec ses amis. La porte se referma derrière eux, et Lissa se retrouva face à trois gardiens assis derrière une table. J'avais déjà vu l'un d'eux sans jamais lui parler et croyais me souvenir qu'il s'appelait Steele. En revanche, je connaissais très bien les deux autres. L'un était Hans Croft, qui supervisait l'activité des gardiens de la Cour, l'autre – à ma grande surprise – était Alberta, la responsable des gardiens et des novices de Saint-Vladimir.

— Charmant, grommela Hans. Vous vous êtes déplacée avec votre cour...

Christian avait insisté pour être présent durant l'interrogatoire de Lissa, et Tasha durant celui de Christian. Si elle avait connu l'heure de la convocation, ma mère n'aurait sans doute pas manqué de se joindre au groupe... Hans ne se rendait pas compte qu'il avait échappé de peu à une réunion de famille.

Lissa, Christian et Tasha s'assirent en face des gardiens.

— Que faites-vous ici, gardienne Petrov ? demanda Lissa, sans relever la remarque désobligeante de Hans.

Alberta offrit un bref sourire à Lissa et garda une attitude professionnelle.

— J'étais venue pour les funérailles et le gardien Croft a souhaité bénéficier d'un avis extérieur dans cette enquête.

— Ainsi que de l'avis de quelqu'un connaissant bien Hathaway et ses... complices, ajouta Hans.

Hans était du genre à aller droit au but. Il m'agaçait souvent. C'était la réaction habituelle que suscitaient chez moi la plupart des figures d'autorité, mais je respectais sa manière de diriger les opérations à la Cour.

— C'était une convocation individuelle, princesse.

— Nous ne dirons pas un mot, intervint Christian.

Lissa hocha la tête avec calme et politesse, mais parla d'une voix légèrement tremblante :

— Je veux vous aider. Je suis si... je ne sais pas... Ce qui s'est passé m'a bouleversée.

— J'en suis certain, répondit sèchement Hans. Où étiez-vous quand les statues ont explosé ?

— J'étais dans le cortège officiel.

— C'est vrai, confirma Steele, qui avait une pile de documents devant lui. De nombreux témoignages le confirment.

— Comme c'est pratique. Et après ? insista Hans. Où êtes-vous allée quand la foule a paniqué ?

— Je suis retournée dans le bâtiment du Conseil. Cela m'a paru être l'endroit le plus sûr, et les autres se dirigeaient par là. (Je ne pouvais pas voir son visage, mais je sentis qu'elle essayait d'avoir l'air apeurée.) Les explosions m'avaient terrifiée...

— Là encore, des témoignages le confirment, déclara Steele.

Hans se mit à pianoter sur la table.

— Saviez-vous que quelque chose allait se produire ? Les explosions ? L'évasion d'Hathaway ?

— Non ! s'écria Lissa en secouant la tête. Je n'étais au courant de rien. J'ignorais même qu'il était possible de s'évader de la prison. Je croyais la sécurité de la Cour à toute épreuve.

Hans ne releva pas la dernière remarque qui mettait implicitement en cause ses compétences.

— Vous partagez bien ce lien avec elle, n'est-ce pas ? Cela ne vous a-t-il donc livré aucun indice ?

— Je ne lis pas ses pensées, lui expliqua Lissa. C'est elle qui peut se glisser dans mon esprit, pas le contraire.

— C'est la vérité, confirma Alberta, qui intervenait enfin.

Hans ne la contredit pas, mais il était évident qu'il ne croyait toujours pas à l'innocence de mes amis.

— Vous aurez des ennuis presque aussi graves que les siens si nous découvrons que vous l'aidez ou que vous nous cachez des informations. J'espère que vous en avez bien conscience. C'est valable pour vous tous. Être membre d'une famille royale ne confère aucune immunité en cas de trahison.

Lissa baissa les yeux comme si sa menace l'avait effrayée.

— Je n'arrive pas à croire... Je n'arrive pas à croire qu'elle ait fait ça. C'était mon amie... Je croyais la connaître. Je ne la pensais pas capable de tous ces crimes… Jamais je n'aurais imaginé qu'elle puisse assassiner quelqu'un.

J'aurais pu me sentir insultée si notre lien ne m'avait révélé ses véritables sentiments. Mais je savais qu'elle jouait la comédie. Elle voulait avoir l'air de prendre ses distances vis-à-vis de moi. La petite maligne…

— Vraiment ? Il y a peu de temps encore, vous juriez de son innocence.

Lissa releva la tête et écarquilla les yeux.

— Je croyais qu'elle l'était ! Mais depuis… j'ai entendu parler de ce qu'elle a fait à ces gardiens pendant son évasion.

Son désarroi n'était pas entièrement simulé, cette fois. Même si elle faisait toujours semblant de me croire coupable, elle avait appris que j'avais attaqué Meredith et cette nouvelle l'avait ébranlée. Nous étions deux. Mais au moins, je savais à présent que Meredith allait bien.

Le revirement de Lissa semblait laisser Hans sceptique mais il n'insista pas.

— Et Belikov ? Vous juriez qu'il n'était plus un Strigoï, mais on dirait que quelque chose a mal tourné de ce côté-là aussi.

Christian s'agita avec nervosité près de Lissa. Comme tous ceux qui plaidaient la cause de Dimitri, il avait du mal à supporter les soupçons et les accusations dont celui-ci était victime. Lissa s'empressa de répondre avant qu'il le fasse :

— Ce n'est plus un Strigoï !

La fougue avec laquelle elle avait toujours défendu Dimitri lui fit oublier le remords qu'elle était censée éprouver à cause de moi. C'était une question à laquelle elle ne s'attendait pas. Lissa ne s'était préparée qu'à défendre son alibi et parler de moi. Hans parut se réjouir de sa réaction et l'observa attentivement.

— Alors comment expliquez-vous son implication dans cette affaire ?

— En tout cas, il n'a pas agi ainsi parce qu'il était un Strigoï, répondit-elle en s'efforçant de recouvrer son calme malgré son cœur qui battait à tout rompre. Il est redevenu un dhampir. Il n'y a plus la moindre trace de Strigoï en lui.

— Sauf qu'il a attaqué de nombreux gardiens... et ce à plusieurs reprises.

Tasha eut l'air de vouloir intervenir pour défendre Dimitri et se mordit la lèvre. Elle faisait preuve d'un sang-froid remarquable en la circonstance. Les Ozéra aimaient exposer le fond de leur pensée et ne prenaient pas toujours soin de le faire avec tact.

— Il n'a pas fait ça parce qu'il était un Strigoï, répéta Lissa. D'ailleurs il n'a tué aucun de ces gardiens. Pas un seul. Rose a commis ce qu'elle a commis... Je ne sais pas pourquoi. Je suppose qu'elle détestait Tatiana. C'était de notoriété publique. Mais Dimitri... Je vous assure que cela n'a rien à voir avec son passé de Strigoï. Il l'a aidée parce qu'il a été son professeur et qu'il la croyait en danger.

— Voilà une initiative un peu extrême de la part d'un professeur, surtout pour quelqu'un qui avait la réputation d'être calme et raisonnable... avant de devenir un Strigoï.

— Oui, sauf qu'il n'était pas raisonnable parce que...

Soudain consciente d'aborder un terrain glissant, Lissa s'interrompit net.

Hans semblait avoir rapidement compris que si Lissa était impliquée dans les récents événements – ce dont il n'était pas encore sûr – elle avait un alibi en béton. Néanmoins, son interrogatoire lui avait offert l'occasion d'examiner un autre point obscur de mon évasion : l'implication de Dimitri. Dimitri s'était sacrifié et avait accepté de porter le chapeau au risque de ne plus inspirer confiance à personne. Lissa espérait faire croire qu'il avait volé au secours d'une ancienne élève, mais cette version ne semblait pas convaincre tout le monde.

— Il n'était pas raisonnable parce que…, lui souffla Hans en rivant sur elle son regard perçant.

Avant le meurtre de Tatiana, Hans avait vraiment cru que Dimitri était redevenu un dhampir. J'avais l'impression qu'il y croyait encore, mais il avait senti qu'il venait de mettre le doigt sur quelque chose.

Lissa garda le silence. Elle ne voulait pas qu'on prenne Dimitri pour un Strigoï. Elle voulait que les gens croient en son pouvoir de ramener les non-morts à la vie. Si la version sur laquelle elle comptait n'était pas convaincante, les doutes des gens dont elle avait cru triompher risquaient de refaire surface.

Elle jeta un bref coup d'œil à ceux qui l'interrogeaient et intercepta soudain le regard d'Alberta. Celle-ci resta coite. Elle arborait l'expression neutre et attentive propre à tous les gardiens. Mais une indéniable sagesse émanait également d'elle, et Lissa se permit d'observer brièvement son aura, qui avait des couleurs stables et positives. Lissa crut percevoir une lueur de complicité dans son regard et se sentit encouragée.

Parlez, semblait lui dire Alberta. *Les problèmes que cela générera seront moins graves que ceux que vous avez en ce moment.*

Lissa soutint son regard en se demandant si elle ne faisait pas qu'y projeter ses propres pensées. Mais peu importait de qui venait l'idée ; elle la savait bonne.

— Dimitri a aidé Rose parce que… parce qu'ils avaient une relation.

Comme je m'y attendais, Alberta ne fut pas surprise et parut même soulagée que la vérité soit enfin révélée. Hans et Steele, par contre, furent très surpris – et j'avais rarement vu Hans pris de court.

— Quand vous dites qu'ils avaient une « relation »… (il s'interrompit pour chercher ses mots) vous parlez bien d'une relation amoureuse ?

Lissa acquiesça en se sentant terriblement mal à l'aise. Elle venait de révéler un grand secret qu'elle m'avait juré de garder, mais je ne lui en voulais pas. Pas dans cette situation. J'espérais que le fait d'avoir agi par amour serait favorable à Dimitri.

— Il l'aime, reprit Lissa. Et elle l'aime aussi. S'il l'a aidée à s'évader…

— Il l'a aidée à s'évader, l'interrompit Hans. Il a attaqué des gardiens et fait sauter des statues très anciennes et d'une valeur inestimable qui venaient d'Europe !

Lissa haussa les épaules.

— Eh bien… Comme je vous l'ai dit : il n'était pas raisonnable. Il la croyait sûrement innocente et voulait l'aider. Il aurait fait n'importe quoi pour elle… et cela n'a rien à voir avec son passé de Strigoï.

— L'amour ne justifie pas tout.

De toute évidence, Hans n'était pas un romantique.

— C'est un détournement de mineure ! s'écria Steele, à qui cet aspect du problème n'avait pas échappé.

— Elle a dix-huit ans, le corrigea Lissa.

Hans lui jeta un regard sévère.

— Je sais compter, princesse, lui fit-il remarquer. À moins qu'il ne s'agisse d'un émouvant coup de foudre datant de ces dernières semaines, qu'il a presque entièrement passées en isolement, cela signifie que des choses se sont passées dans votre académie… des choses qui auraient dû nous être signalées.

Lissa ne répondit rien et observa Christian et Tasha du coin de l'œil. Ils s'efforçaient de rester impassibles, mais il était évident qu'ils étaient déjà au courant – ce qui ne devait pas manquer de confirmer Hans dans ses soupçons qu'une relation illicite avait bien existé entre Dimitri et moi. Je ne m'étais pas rendu compte que Tasha connaissait la véritable nature de mes rapports avec Dimitri, et j'éprouvai un léger malaise en le découvrant.

Savait-elle que c'était en partie à cause de moi s'il avait repoussé ses avances ? Et si Tasha était au courant, qui d'autre encore l'était ? Christian avait sûrement dû laisser échapper des indices devant elle, mais j'avais l'impression qu'elle n'était pas la seule à avoir deviné. À vrai dire, mon comportement après l'attaque de l'académie avait largement trahi les sentiments que j'éprouvais pour Dimitri. Finalement, ce n'était peut-être pas si grave d'avoir tout révélé à Hans. Ce secret n'en serait sans doute plus resté un très longtemps.

Alberta s'éclaircit la voix avant de prendre enfin la parole :

— Je pense que nous avons des problèmes plus importants à résoudre que celui de déterminer à quelle époque cette relation a commencé.

Steele lui jeta un regard incrédule et abattit son poing sur la table.

— Mais c'est très grave ! Vous étiez au courant ?

— Tout ce que je sais, c'est que nous nous éloignons du sujet, répliqua-t-elle en évitant de répondre à sa question. (Alberta, qui avait une vingtaine d'années de plus que Steele, le regarda comme un enfant qui lui ferait perdre son temps.) Je croyais que nous étions là pour déterminer si Mlle Hathaway avait des complices, non pour fouiller dans son passé. À ce stade de l'enquête, nous ne sommes certains que de la complicité de Belikov, qu'une affection irrationnelle a poussé à agir ainsi. Cela fait de lui un fugitif et un imbécile, mais pas un Strigoï.

Je n'avais jamais considéré ma relation avec Dimitri comme une « affection irrationnelle », mais Alberta avait atteint son but. Les grimaces de Hans et de Steele me donnèrent l'impression que le monde entier allait bientôt être au courant, mais ce n'était rien comparé à une accusation de meurtre. Et si cela épargnait à Dimitri d'être pris pour un Strigoï, il pourrait espérer finir en prison plutôt qu'avec un pieu enfoncé dans le cœur dans l'hypothèse où on nous capturerait. C'était une mince consolation…

L'interrogatoire de Lissa se poursuivit encore quelque temps avant que les gardiens estiment qu'elle n'avait rien à voir avec mon évasion (ou du moins qu'ils ne pouvaient rien prouver). Lissa joua la surprise et l'embarras avec talent jusqu'au bout, et parvint même à verser quelques larmes en se lamentant de m'avoir si mal jugée. Elle mêla aussi un peu de suggestion à sa comédie. Ce n'était pas assez pour laver le cerveau de ceux qui l'interrogeaient, mais cela suffit pour muer l'indignation de Steele en sympathie. L'expression de Hans était plus difficile à déchiffrer. Lorsque mes amis s'apprêtèrent à sortir, il rappela à Christian et à Tasha qu'il comptait les interroger plus tard, seuls de préférence.

Pour le moment, le prochain à passer sur le grill attendait dans le couloir : c'était Eddie. Lissa lui adressa un sourire amical qui ne permettait pas de deviner qu'ils étaient de mèche dans cette conspiration. Eddie lui répondit par un signe de tête tandis qu'on l'appelait pour être interrogé. Lissa s'inquiétait un peu pour lui, mais j'étais certaine qu'il s'en tiendrait à la version sur laquelle ils s'étaient mis d'accord, grâce à sa parfaite maîtrise de lui-même. Il n'allait sans doute pas pousser le zèle jusqu'aux larmes, mais il se comporterait comme si ma « trahison » l'avait ébranlé autant qu'elle.

Tasha quitta Lissa et Christian dès qu'ils furent sortis, mais elle prit d'abord soin de les mettre en garde :

— Faites attention. Vous vous en êtes tirés jusqu'ici, mais j'ai l'impression que les gardiens ne croient pas encore à votre innocence… surtout Hans.

— Eh ! je suis assez grand pour m'occuper de moi ! s'offusqua Christian.

Tasha leva les yeux au ciel.

— Mais bien sûr. On voit où ça mène…

—Arrête de faire la tête parce qu'on ne t'a rien dit ! s'écria-t-il. On a manqué de temps et on voulait impliquer le moins de monde possible. Et puis tu n'es pas la dernière à concevoir des plans insensés.

—C'est vrai, reconnut Tasha. (Elle n'offrait pas un très bon exemple en matière de respect des lois.) C'est seulement que tout est devenu si compliqué. Rose est en fuite et Dimitri…

Elle n'eut pas besoin de finir sa phrase pour que je devine ce qu'elle pensait. La tristesse que je lus dans son regard me donna mauvaise conscience. Comme nous tous, Tasha désirait que Dimitri recouvre sa place dans notre société. Mais il avait sérieusement compromis ses chances de réinsertion en aidant la meurtrière présumée de la reine à s'évader. Je regrettais vraiment qu'il s'en soit mêlé et espérais l'avoir aidé en lui échappant.

—Tout va bien se passer, lui assura Christian. Tu verras.

Mais il ne semblait pas aussi confiant qu'il voulait le faire croire et Tasha esquissa un sourire amusé.

—Contentez-vous d'être prudents, s'il vous plaît. Je n'aimerais pas que vous vous retrouviez en prison, vous aussi. Je n'aurais pas le temps d'aller vous rendre visite, avec tout ce qui se passe. (Son ton de plaisanterie céda vite la place à son franc-parler de militante politique.) Les membres de notre famille se ridiculisent, vous savez. Croirez-vous qu'ils songent sérieusement à présenter Esmond ? Mon Dieu ! les tragédies se succèdent. Essayons tout de même de sauver quelque chose de ce désastre.

—Je ne pense pas connaître Esmond, commenta Christian.

—Quel crétin…, répondit prosaïquement Tasha. Je parle de lui, pas de toi. Il faut que quelqu'un se charge de leur faire recouvrer un peu de bon sens avant qu'ils s'humilient.

Christian lui décocha un grand sourire.

—Laisse-moi deviner : ce sera toi.

—Bien sûr, répliqua-t-elle avec un éclat malicieux dans le regard. J'ai déjà établi une liste de candidats idéaux. Nos parents ont seulement besoin qu'on les aide à comprendre à quel point ils sont idéaux.

— J'aurais presque de la compassion pour eux s'ils ne persistaient pas à se comporter comme des salauds envers nous, conclut Christian en regardant sa tante s'éloigner.

L'infamie que constituait la transformation volontaire de ses parents en Strigoï persistait encore, même bien des années après. En dépit de ses plaintes, Tasha acceptait de meilleure grâce que lui cette stigmatisation, ne serait-ce que pour participer aux réunions de famille les plus importantes. Christian, pour sa part, ne faisait aucun effort de sociabilité. C'était déjà bien assez difficile d'être méprisé par les autres Moroï et de se voir refuser les gardiens auxquels tous les nobles avaient droit. Le mépris des membres de sa propre famille était encore plus cruel et il ne voulait pas faire semblant de trouver cela acceptable.

— Ils finiront par changer, lui assura Lissa avec plus d'optimisme qu'elle n'en éprouvait.

Christian n'eut pas le temps de répondre, car quelqu'un les avait rejoints : mon père. Son apparition soudaine, si elle fit sursauter mes deux amis, ne me surprit pas. Comme il savait que l'interrogatoire de Lissa avait lieu après le sien, il l'avait sans doute attendue dehors pour lui parler.

— C'est charmant, par ici, déclara-t-il d'une voix aimable, comme si tous trois se promenaient à travers la Cour pour admirer les arbres et les parterres de fleurs. Mais il fera très chaud dès que le soleil se lèvera.

L'obscurité qui me causait tant de souci dans les bois de la Virginie-Occidentale créait d'agréables conditions atmosphériques pour ce qui constituait l'« après-midi » selon les horaires des vampires. Lissa jeta un regard oblique à Abe. Dotée d'une excellente vision nocturne, elle avait remarqué sans peine l'éclatante chemise vert canard qu'il portait sous sa veste beige. Mais même un aveugle aurait sans doute vu cette couleur.

Lissa coupa court à sa fausse conversation anodine. Elle lui connaissait cette habitude de parler de la pluie et du beau temps avant de passer à des sujets plus graves.

— Vous ne nous avez pas rejoints pour parler de la météo.

— J'essayais simplement de me montrer courtois. (Ils croisèrent deux filles moroï et Abe se tut pendant quelques instants.) J'imagine que votre petite réunion s'est bien passée ? ajouta-t-il lorsqu'elles se furent éloignées.

— Très bien, répondit Lissa sans prendre la peine de mentionner la partie concernant les « affections irrationnelles ».

Elle savait bien qu'Abe ne s'intéressait qu'à une chose : que tous leurs complices restent hors de cause.

— Les gardiens sont en train d'interroger Eddie et ils veulent m'entendre un peu plus tard, mais je crois qu'ils s'arrêteront là, précisa Christian.

Lissa poussa un soupir.

— À vrai dire, j'ai l'impression que l'interrogatoire était la partie facile quand je songe à ce qui nous attend.

Elle parlait de la mission de découvrir le véritable meurtrier de Tatiana.

— Chaque chose en son temps, murmura Abe. Nous devons commencer par le début sans nous laisser décourager par l'ampleur de la tâche.

— C'est bien ça le problème, grommela Lissa en donnant un coup de pied dans une branche tombée au milieu du chemin pavé sur lequel ils marchaient. Je ne sais absolument pas par où commencer. Le meurtrier de Tatiana s'est bien débrouillé pour effacer ses traces et détourner l'attention sur Rose.

— Chaque chose en son temps, répéta Abe.

Il parlait avec le ton rusé qui m'agaçait parfois. À cet instant, Lissa le trouva horripilant. Mon évasion et l'urgence de me faire conduire en lieu sûr avaient mobilisé son attention jusque-là.

Elle y avait consacré tous ses efforts et cela lui avait épargné de se préoccuper de ce qu'elle ferait ensuite.

À présent que l'excitation générale était un peu retombée, les responsabilités qu'elle avait prises commençaient à lui paraître écrasantes. Christian, qui avait senti son désarroi, passa son bras autour de ses épaules, puis se tourna vers Abe et lui parla avec un sérieux inhabituel :

— Avez-vous une idée ? lui demanda-t-il. Nous ne disposons d'aucun indice.

— Nous pouvons partir d'hypothèses raisonnables, répondit Abe. Par exemple, le meurtrier de Tatiana devait avoir accès à ses appartements. Ça réduit considérablement la liste des suspects.

— Cela en fait quand même un certain nombre, lui fit remarquer Lissa avant de les énumérer en comptant sur ses doigts. Il y a les membres de sa garde, ses amis, ses parents. Et nous devons espérer que personne n'aura falsifié le registre des visites. Elles ne devaient pas être toutes consignées, d'ailleurs. Je suis sûre que Tatiana passait son temps à organiser des réunions secrètes.

— Mais il est peu probable qu'elle en organisait dans sa chambre et en chemise de nuit, commenta Abe. À moins bien sûr qu'il ne s'agisse de réunions d'un genre spécial…

Lissa trébucha soudain, sous le coup d'une idée.

— Ambrose.

— Qui est-ce ?

— C'est un dhampir… vraiment mignon. Tatiana et lui avaient…

— … une liaison ? lui souffla Christian en esquissant un sourire.

Abe s'arrêta brusquement. Lissa en fit autant et croisa son regard.

— Je l'ai déjà vu, déclara-t-il. J'avais remarqué son physique de maître nageur.

— Il avait sûrement accès à sa chambre, reprit Lissa. Sauf que… je ne sais pas… Je ne l'imagine pas faire ça.

— Les apparences sont parfois trompeuses, commenta Abe. Il s'intéressait beaucoup à Rose, dans la salle d'audience.

Ce fut une surprise pour Lissa.

— De quoi parlez-vous ?

Abe se gratta le menton avec un air diabolique.

— Il lui a parlé… ou lui a envoyé un signe. Je n'ai pas bien compris ce dont il s'agissait, mais il s'est passé quelque chose entre eux.

Décidément, Abe ne cessait jamais d'être rusé et attentif. Même si le geste précis lui avait échappé, il n'avait pas manqué de remarquer Ambrose lorsque celui-ci m'avait transmis le message de Tatiana.

— Nous devrions lui parler, déclara Christian.

Lissa acquiesça, en proie à des sentiments contradictoires. Elle était aussi excitée d'avoir une piste que contrariée de devoir considérer Ambrose comme un suspect.

— Je vais m'en occuper, annonça Abe avec désinvolture.

Je sentis Lissa le fusiller du regard. Je ne pouvais voir son expression, mais je vis Abe reculer d'un pas par réflexe, une infime lueur de surprise dans le regard. Même Christian tressaillit.

— Je tiens à être présente, exigea-t-elle d'une voix dure. Ne vous avisez pas de torturer quelqu'un dans mon dos.

— Tu veux assister aux séances de torture ? lui demanda Abe, qui avait recouvré ses esprits.

— Il n'y en aura pas. Nous allons interroger Ambrose comme des personnes civilisées, c'est bien compris ?

Elle recommença à dévisager Abe, qui finit par accepter avec un haussement d'épaules, comme si le fait de céder devant une femme deux fois plus jeune que lui n'avait aucune importance.

— Très bien. Nous l'interrogerons ensemble. (Sa bonne volonté éveilla les soupçons de Lissa et il s'en rendit compte.)

C'est promis ! ajouta-t-il en se remettant en route. C'est un bon moment – pas plus mauvais qu'un autre, du moins – pour mener une enquête. Le chaos va régner pendant toute la durée de l'élection. Tout le monde sera occupé et les Moroï qui vivent ailleurs vont affluer à la Cour.

Un courant d'air lourd et humide souleva les cheveux de Lissa. Il annonçait la chaleur qu'Abe prévoyait pour le lever du jour. C'était un temps à aller se coucher tôt.

— Quand l'élection débutera-t-elle ?

— Dès qu'ils auront mis en terre cette pauvre Tatiana. Ces choses-là ne traînent pas. Nous avons besoin de quelqu'un à la tête du gouvernement. Elle sera inhumée demain, à l'église. Elle aura droit à une cérémonie et à un service funèbre, mais on a renoncé au cortège. Les gardiens préfèrent rester prudents.

J'éprouvai quelque remords à l'idée que Tatiana ne soit pas enterrée avec tous les honneurs dus à son rang. Mais peut-être aurait-elle préféré que les choses se passent de cette manière si cela permettait de démasquer son véritable meurtrier.

— L'élection commencera aussitôt après, poursuivit Abe. Les familles royales qui veulent présenter un candidat à la couronne le feront à ce moment-là. Bien entendu, elles le voudront toutes. Vous n'avez jamais assisté à l'élection d'un nouveau monarque, n'est-ce pas ? C'est assez spectaculaire. Évidemment, le vote n'interviendra que lorsque tous les candidats auront été mis à l'épreuve.

La manière dont il prononça le mot « épreuve » avait quelque chose de sinistre mais Lissa, qui avait la tête ailleurs, ne s'en aperçut pas. Elle n'avait pas connu d'autre reine que Tatiana et les conséquences que pouvait avoir un changement de monarque lui paraissaient vertigineuses.

— Un nouveau roi ou une nouvelle reine pourrait modifier complètement la situation… pour le meilleur ou pour le pire. J'espère que ce sera quelqu'un de bien. Un Ozéra, peut-être…

Quelqu'un qui partage les opinions de Tasha… (Elle jeta un regard plein d'espoir à Christian qui se contenta de hausser les épaules.) Ou bien Ariana Szelsky. Je l'aime bien… même si ce que je pense n'a aucune importance, vu que je n'ai pas le droit de voter, ajouta-t-elle avec amertume.

Puisque c'était au Conseil qu'il revenait d'élire le nouveau monarque, elle se trouvait encore exclue de cette procédure.

— L'étape des nominations est délicate, expliqua Abe, sans prêter attention à sa dernière remarque. Chaque famille va essayer de trouver le candidat qui défendra au mieux ses intérêts tout en ayant une chance de…

— Ouch !

Je fus brutalement – et très douloureusement – arrachée aux stratégies politiques du monde des Moroï pour me retrouver dans les bois de Virginie-Occidentale. Je venais d'être plaquée au sol par quelque chose de lourd et de déterminé, et je m'étais écorché les bras et le visage contre des branches tombées par terre. Des mains puissantes m'immobilisèrent, puis la voix de Dimitri résonna à mon oreille :

— Tu aurais dû te cacher en ville, me fit-il remarquer avec une pointe d'amusement. C'est là que je t'aurais cherchée en dernier. (Son poids et notre position ne me laissaient aucune marge de manœuvre.) Mais je savais exactement ce que tu allais faire.

— Peu importe, grognai-je entre mes dents en essayant de me dégager. Arrête de faire le malin.

Merde. Il était malin… et notre proximité me perturbait une fois de plus. Elle semblait l'avoir troublé lui aussi un peu plus tôt, mais il avait bien appris la leçon.

— Tu as eu de la chance, c'est tout.

— Je n'ai pas besoin de chance, Roza. Je te retrouverai toujours. C'est donc à toi de voir. À quel point tiens-tu à ce que cette situation soit pénible ? (Il parlait presque sur le ton d'une conversation anodine, ce que notre position rendait encore plus absurde.) Nous pouvons passer notre temps à jouer à ça, ou bien tu peux te montrer raisonnable et rester tranquille avec Sydney et moi.

— Ça n'a rien de raisonnable ! C'est une perte de temps !

Il transpirait à cause de la chaleur et parce qu'il lui avait sans doute fallu courir pour me rattraper. Adrian portait une eau de Cologne qui m'étourdissait, mais l'odeur naturelle de la peau de Dimitri avait aussi quelque chose d'entêtant. Comment pouvais-je encore remarquer ces détails – et les laisser me troubler – alors que je lui en voulais – et j'étais dans mon bon droit – de me retenir captive ? Peut-être la colère avait-elle un effet aphrodisiaque sur moi.

— Combien de fois vais-je devoir t'expliquer les raisons qui nous poussent à agir ainsi ? me demanda-t-il, exaspéré.

— Jusqu'à ce que tu abandonnes.

Je tentai encore de le repousser mais ne parvins qu'à nous coller davantage l'un à l'autre. Quelque chose me disait que le coup du baiser ne marcherait pas une deuxième fois.

Il me força à me relever en me tenant les bras derrière le dos. J'avais un peu plus de marge de manœuvre qu'au sol, mais toujours pas assez pour lui échapper. Alors il commença à m'entraîner péniblement dans la direction d'où je venais.

— Il n'est pas question que Sydney et toi preniez des risques pour moi ! m'écriai-je en traînant des pieds au sens littéral. Je peux veiller sur moi, alors lâche-moi !

Comme nous passions près d'un arbuste au tronc étroit, je tendis la jambe pour m'y accrocher et forcer Dimitri à s'arrêter.

Il poussa un grognement et changea de prise pour me décrocher de l'arbre. Cela faillit m'offrir une occasion de lui échapper, mais je ne fis que deux pas avant qu'il me rattrape.

— Tu ne peux pas gagner, Rose, me dit-il d'une voix lasse.

— Comment va ta joue ? lui demandai-je.

Même si je ne voyais rien dans l'obscurité, j'étais bien certaine que mon coup de poing allait lui laisser un bleu. Je trouvais vraiment dommage d'avoir abîmé son visage de cette manière, mais il allait guérir et cela lui apprendrait peut-être à respecter Rose Hathaway.

Ou peut-être pas.

— Je suis à deux doigts de te jeter sur mon épaule, me prévint-il en recommençant à m'entraîner.

— Essaie donc...

— Qu'éprouverait Lissa si tu te faisais tuer, à ton avis ?

Ses doigts se crispèrent, soit parce qu'il était sur le point de mettre sa menace à exécution, soit parce qu'il avait envie de me secouer. Je l'avais vraiment énervé.

— Imagines-tu ce que ça lui ferait de te perdre ?

Je me trouvai à court de répliques spirituelles pendant quelques instants. Je n'avais pas envie de mourir, mais risquer ma vie n'était rien de plus que cela : risquer ma vie. Je ne mettais personne d'autre en danger. Pourtant, je savais qu'il avait raison. Lissa serait anéantie s'il m'arrivait quelque chose. Sauf que... c'était un risque que je devais courir.

— Aie un peu la foi, camarade, répliquai-je avec obstination. Je ne vais pas me faire tuer. Je saurai rester en vie.

Ce n'était pas la réponse qu'il voulait entendre. Il changea de prise.

— Il existe d'autres manières de te rendre utile que le projet insensé que tu as en tête.

Je me détendis d'un coup et fis trébucher Dimitri qui ne s'attendait pas à me voir abandonner toute résistance.

— Que se passe-t-il ? me demanda-t-il avec un mélange de perplexité et de méfiance.

Je laissai mon regard se perdre dans la nuit et revis Lissa et Abe à la Cour. Je me souvins du sentiment d'impuissance de Lissa et de son amertume à l'idée qu'elle ne pourrait pas voter.

Le message de Tatiana me revint à l'esprit et je crus entendre sa voix résonner dans ma tête. *« Elle n'est pas la dernière Dragomir. Il en existe un autre. »*

— Tu as raison, finis-je par lui répondre.

— À quel propos ?

Il était complètement perdu, ce qui arrivait souvent à mes interlocuteurs quand je me rendais à la raison.

— Ça n'aidera pas Lissa que je retourne à la Cour.

Il y eut un silence. Je distinguais mal son expression mais je l'imaginais stupéfait.

— Je vais rentrer au motel avec toi et je n'irai pas à la Cour. (Un autre Dragomir. Il fallait trouver l'autre Dragomir. J'inspirai profondément.) Mais je ne vais pas non plus rester assise à me tourner les pouces. Je vais faire quelque chose pour Lissa… et Sydney et toi allez m'aider.

Chapitre 8

Il s'avéra que je m'étais trompée : la police locale ne se réduisait pas à un homme et un chien. Quand Dimitri et moi approchâmes du motel, nous découvrîmes les lumières de gyrophares sur le parking et quelques curieux qui essayaient de voir ce qui se passait.

— Tous les gens du coin sont de sortie, on dirait, commentai-je.

Dimitri soupira.

— Tu n'as pas pu t'empêcher d'alerter le veilleur de nuit, n'est-ce pas ?

Nous nous arrêtâmes à quelque distance, dans l'ombre d'un bâtiment désaffecté.

— J'espérais que ça te ralentirait.

— Ça va nous ralentir. (Il observa la scène à la lumière clignotante des gyrophares et en analysa chaque détail.) La voiture de Sydney n'est plus là. C'est déjà ça.

Cette nouvelle me déstabilisa.

— Vraiment ? Mais alors, nous avons perdu notre moyen de transport !

— Elle ne va pas nous abandonner, mais elle a été assez maligne pour s'esquiver avant que la police vienne frapper à sa porte. (Il se retourna pour observer la rue principale de la ville.) Viens ! Elle ne doit pas être bien loin, et les policiers vont sans doute fouiller les environs s'ils croient qu'une fille sans défense est poursuivie par un pervers.

La manière dont il prononça l'expression « sans défense » en disait long.

Dimitri décida, sans me consulter, de reprendre la route par laquelle nous étions arrivés en ville. Il supposait que Sydney allait vouloir repartir au plus vite, à présent que je nous avais fait perdre notre planque. Même si l'intervention de la police générait des complications, je regrettais à peine ce que j'avais fait. Le plan qui m'était venu dans les bois m'enthousiasmait et je brûlais, comme toujours, de le mettre à exécution. Alors tant mieux si ma manœuvre nous forçait à quitter au plus vite ce trou perdu.

Dimitri ne s'était pas trompé sur les intentions de Sydney. À quelques centaines de mètres de la ville, nous repérâmes une CR-V garée sur le bas-côté de la route. Le moteur et les phares étaient éteints, mais je distinguai parfaitement les plaques de Louisiane. J'allai frapper à la portière du conducteur et fis sursauter Sydney, qui baissa la vitre avec un regard incrédule.

— Mais qu'est-ce que tu as fait ? Peu importe... Ne me dis rien. Contente-toi de monter.

Dimitri et moi obtempérâmes. Le regard réprobateur que Sydney avait posé sur moi m'avait donné l'impression d'être une petite fille désobéissante. Elle démarra la voiture sans dire un mot et reprit la même route par laquelle nous étions arrivés, mais en sens inverse. Nous atteignîmes bientôt la nationale qui menait à l'autoroute, ce qui me parut prometteur. Sauf que Sydney la quitta quelques kilomètres plus loin pour s'engager sur une route dépourvue d'éclairage qu'aucun panneau ne signalait.

Elle s'arrêta, coupa le moteur et se tourna vers l'arrière pour me dévisager.

— Tu t'es enfuie, c'est ça ?

— Oui, mais j'ai eu...

Sydney leva une main pour me faire taire.

— Non. Pas encore. J'aurais préféré que tu t'enfuies sans attirer l'attention des autorités, tu sais.

— Moi aussi, intervint Dimitri.

Je les fusillai tous les deux du regard.

— Eh ! je suis revenue, non ? (Dimitri, qui semblait mettre en doute ma bonne volonté dans cette affaire, haussa un sourcil.) Et maintenant je sais ce que nous allons faire pour aider Lissa.

— Ce que nous allons faire, c'est trouver un nouvel endroit sûr où nous cacher, répliqua Sydney.

— Contente-toi de regagner la civilisation et de choisir un hôtel au hasard. Un qui propose un service d'étage. Nous en ferons notre base d'opérations le temps de mettre au point la suite du plan.

— Nous avions spécialement choisi cette ville ! s'écria-t-elle. Nous ne pouvons pas nous arrêter au hasard. Du moins pas dans les environs. Je ne crois pas que quelqu'un ait relevé notre numéro d'immatriculation, mais la police peut lancer un avis de recherche avec la description de la voiture. S'ils donnent aussi notre signalement, et si cela remonte jusqu'à la police de l'État, les alchimistes le découvriront et alors…

— Du calme, l'interrompit Dimitri en posant sa main sur son bras.

Même si son geste n'avait rien d'intime, je ne pus m'empêcher d'être jalouse – surtout si je le comparais à la brutalité avec laquelle il m'avait traînée dans les bois.

— Rien de tout ça ne va se produire. Pourquoi ne pas appeler Abe, tout simplement ?

— C'est ça, répondit-elle d'une voix sinistre. Je meurs d'envie de lui dire que j'ai ruiné le plan en moins de vingt-quatre heures.

— Si ça peut te consoler, intervins-je, le plan allait changer, de toute façon.

— Tais-toi ! s'écria-t-elle. Taisez-vous tous les deux ! J'ai besoin de réfléchir.

Dimitri et moi échangeâmes un regard surpris mais gardâmes le silence. Je l'avais intrigué en lui disant que je connaissais un moyen d'aider Lissa. Il voulait sans doute que je lui fournisse des détails, mais nous devions attendre que Sydney soit dans de meilleures dispositions.

Elle alluma le plafonnier et déplia une carte de l'État. Après l'avoir étudiée pendant une minute, elle la replia et regarda droit devant elle. Je ne voyais pas son visage mais je la suspectais de froncer les sourcils. Finalement, elle poussa l'un de ses soupirs affligés, éteignit le plafonnier et redémarra la voiture. Je la regardai entrer notre nouvelle destination dans le GPS : Altswood, en Virginie-Occidentale.

— Qu'y a-t-il à Altswood ? demandai-je, déçue de ne pas avoir lu quelque chose comme Atlantic City.

— Rien, répondit-elle en reprenant la route. Mais le GPS ne connaît pas de destination plus proche de l'endroit où nous allons.

Une voiture qui passait éclaira brièvement le visage de Dimitri, qui exprimait autant de curiosité que j'en éprouvais. Bien. Je n'étais donc plus la seule en dehors du coup. Le GPS indiquait qu'il allait nous falloir une heure et demie pour atteindre notre destination. Dimitri ne prit pas la peine d'interroger Sydney sur son choix et se tourna vers moi.

— Alors ? Qu'y a-t-il concernant Lissa ? Quel est ce fameux plan ? (Il se tourna vers Sydney.) Rose prétend que nous avons quelque chose d'important à faire.

— J'avais compris, répondit-elle sèchement.

Dimitri se tourna de nouveau vers moi, impatient d'en apprendre davantage.

Je pris une profonde inspiration. Le moment était venu de révéler le secret que je gardais depuis mon audition.

— Eh bien… Il se trouve que Lissa a un frère ou une sœur. Je crois que nous devrions le ou la retrouver.

Je parvins à conserver une voix calme alors que mon cœur tambourinait dans ma poitrine. Même si j'avais longuement analysé le message de Tatiana, le fait d'en énoncer le contenu à voix haute lui conférait soudain une réalité dont je n'avais pas eu conscience avant. Je fus frappée par la gravité de cette information, qui remettait en cause tout ce que nous pensions savoir.

Bien sûr, ma stupeur ne fut rien en comparaison de celle des autres. Rose et l'effet de surprise venaient de marquer un point. Sydney en resta bouche bée et n'essaya pas de dissimuler son étonnement. Même Dimitri semblait pris de court.

Je les vis s'apprêter à protester dès qu'ils se furent remis de leur stupeur. Ils allaient me demander de prouver ce que j'avançais, ou bien rétorquer que c'était absurde. Mon passage à l'acte les prit de vitesse. Je tirai le message de Tatiana de ma poche, le lus à voix haute, puis le tendis à Dimitri pour qu'il l'examine. Je leur parlai de ma rencontre avec le fantôme de Tatiana, qui m'avait incitée à croire le message authentique. Malgré tous mes efforts, mes compagnons restèrent sceptiques.

— Rien ne prouve que ce message soit bien de la main de Tatiana, me fit remarquer Dimitri.

— Les alchimistes n'ont aucun dossier concernant un autre Dragomir, commenta Sydney.

Chacun d'eux avait dit exactement ce à quoi je m'attendais. Dimitri, qui était méfiant par nature, doutait de tout tant qu'il ne disposait pas de preuves solides. Sydney vivait dans un monde de faits consignés dans des dossiers et avait une confiance aveugle dans les informations collectées par les alchimistes. Ce que les alchimistes pensaient, elle le pensait aussi. Le témoignage d'un fantôme ne pouvait convaincre ni l'un ni l'autre.

— Je ne vois pas pourquoi le fantôme de Tatiana m'aurait menti, arguai-je. Et les alchimistes ne sont pas omniscients.

D'après le message, ce secret a été jalousement gardé, même parmi les Moroï. Il paraît logique que les alchimistes l'ignorent.

Sydney – sans doute agacée par mon commentaire sur l'omniscience – soupira avec dédain mais ne répondit rien. Ce fut Dimitri qui insista. Il ne voulait rien prendre pour argent comptant.

— Tu m'as dit que les fantômes ne s'exprimaient pas toujours clairement, me rappela-t-il. Peut-être l'as-tu mal comprise.

— Je ne sais pas…, reconnus-je en me rappelant le visage translucide et solennel de Tatiana. Je crois que c'est bien elle qui a écrit ce message. Je le sens… (Je dévisageai Dimitri en plissant les yeux.) Tu sais que j'ai déjà eu de bonnes intuitions. Veux-tu bien me faire confiance sur celle-ci ?

Il m'observa pendant de longues secondes et je soutins fermement son regard. Grâce à notre étrange complicité, je devinais sans peine ce qu'il pensait. Cette piste lui semblait farfelue, mais il savait que j'avais raison à propos de mes intuitions. Elles s'étaient souvent révélées justes. Malgré toutes les épreuves qu'il avait traversées et nos désaccords actuels, il me connaissait encore assez bien pour faire confiance à mon instinct.

Il acquiesça lentement, presque à contrecœur.

— Mais nous ne pourrons pas nous lancer à la recherche de cette personne sans aller à l'encontre des consignes de Lissa, commenta-t-il.

— Tu crois à l'authenticité de ce message ? s'écria Sydney à mon intention. Tu envisages sérieusement de faire ce qui y est demandé ?

Je sentis la colère s'éveiller en moi et m'efforçai de le cacher. Évidemment. J'aurais dû m'attendre à voir surgir ce nouvel obstacle : l'incapacité de Dimitri à désobéir aux ordres de Lissa. Sydney avait peur d'Abe, ce que je pouvais comprendre, mais seul le serment chevaleresque que Dimitri avait prêté à

Lissa le retenait d'agir. J'inspirai profondément. Je n'allais pas servir ma cause si je lui disais que je trouvais son comportement ridicule.

— Concrètement, oui. Nous l'aiderions beaucoup si nous arrivions à prouver qu'elle n'est pas la dernière de sa lignée. Nous ne pouvons pas laisser passer cette chance. Si vous m'épargnez d'avoir des ennuis pendant ce temps-là… (je tâchai de ne pas grimacer en prononçant ces mots) il ne devrait pas y avoir de problème.

Dimitri y réfléchit. Il me connaissait bien et savait que je n'hésiterais pas à employer les arguments les plus tordus pour parvenir à mes fins.

— D'accord, finit-il par répondre. (Je vis son expression changer : il avait pris sa décision et allait s'y tenir.) Mais par où commencer ? Ce message mystérieux est notre seul indice.

J'eus une impression de déjà-vu et repensai à la conversation que Christian et Lissa avaient eue avec Abe quand ils se demandaient par où commencer leur enquête. Lissa et moi semblions destinées à mener des existences parallèles. Nous devions toutes les deux résoudre une énigme lourde d'enjeux en suivant des pistes hasardeuses. Je me souvins de la discussion de mes amis et tâchai d'appliquer le conseil d'Abe : en l'absence d'indices, nous devions nous fonder sur ce qui semblait évident.

— Nous savons que c'est un secret, récapitulai-je. Un très gros secret. Ceux qui le gardent n'ont pas hésité à voler des dossiers pour empêcher les Dragomir de recouvrer leur place au Conseil.

Quelqu'un s'était introduit par effraction dans les archives des alchimistes pour voler des documents qui prouvaient qu'Éric Dragomir avait versé de l'argent à une mystérieuse femme. Je fis remarquer à mes compagnons qu'il était très probable que cette inconnue soit la mère de l'enfant.

— Tu pourrais te pencher plus attentivement sur cette affaire.

J'avais adressé ces derniers mots à Sydney. Même si l'existence d'un autre Dragomir lui importait peu, les alchimistes cherchaient toujours à découvrir qui avait volé leurs dossiers.

— Eh ! s'écria-t-elle. Comment se fait-il que je n'aie pas voix au chapitre ?

Elle n'avait pas encore digéré que nous nous soyons lancés dans cette conversation sans elle, et la manière dont la nuit s'était déroulée jusqu'à présent ne devait guère lui donner envie d'être intégrée à l'un de mes plans.

— Désobéir à Lissa n'est peut-être pas un problème pour vous, mais moi, c'est à Abe que j'ai affaire ! Je doute qu'il se montre très indulgent si j'enfreins ses ordres.

Elle marquait un point.

— Je lui demanderai de faire une faveur à sa fille, lui promis-je. Et puis le vieillard adore les secrets. Crois-moi : il va s'intéresser à celui-là. De plus, on a déjà trouvé notre meilleur indice. Je veux dire : si Éric versait de l'argent à une inconnue, de qui pourrait-il s'agir d'autre, sinon de la mère de son enfant ?

— « Inconnue » est le mot juste, me fit remarquer Sydney, qui semblait encore sceptique concernant l'« indulgence » de Zmey. Si ton hypothèse est vraie – et c'est déjà beaucoup t'accorder – il reste que nous n'avons aucune idée de qui est cette femme. Les documents volés ne précisaient pas son identité.

— Existe-t-il d'autres dossiers qui aient un rapport avec ceux-là ? Ne peux-tu enquêter auprès de la banque qui envoyait les versements ?

Les alchimistes étaient surtout contrariés qu'on ait dérobé des exemplaires papier de certains de leurs dossiers. Les collègues de Sydney avaient identifié les documents dont il s'agissait, mais n'avaient pas prêté grande attention à leur contenu. J'aurais parié qu'ils n'avaient même pas vérifié s'ils possédaient d'autres dossiers sur le même sujet. Sydney confirma mon hypothèse.

— Tu n'as aucune idée de ce que signifie « rechercher des dossiers », n'est-ce pas ? répliqua-t-elle. Ce n'est pas si simple. Ça peut être long.

— Dans ce cas… C'est une excellente chose que nous allions dans un endroit sûr, non ?

En prenant soudain conscience du temps que risquait de prendre la prochaine étape de notre plan, je compris mieux les inconvénients que présentait la perte de notre planque à l'écart du monde.

— Un endroit sûr… (Elle secoua la tête.) Nous verrons bien. J'espère que je n'ai pas eu une idée stupide.

Ces paroles de mauvais augure furent suivies d'un silence. J'avais envie de l'interroger sur notre destination mais jugeai préférable de ne pas insister après la petite victoire que je venais de remporter. Ou plutôt que je croyais avoir remportée. Je n'étais pas certaine que Sydney me soutenait à cent pour cent, mais je pensais avoir au moins convaincu Dimitri. Mieux valait ne pas énerver Sydney pour le moment. Je baissai les yeux vers le GPS et vis qu'il restait presque une heure de route. C'était assez pour prendre des nouvelles de Lissa.

Il me fallut une minute pour comprendre où elle était, sans doute parce que je m'attendais à la trouver dans sa chambre. Mais non. Elle était dans une maison où je n'étais entrée qu'une fois : celle des parents d'Adrian. Cela me surprit. Mais j'en découvris vite la raison dans son esprit. La suite qu'elle occupait se trouvait dans un bâtiment réservé au logement des Moroï de passage à la Cour. À cause de la panique qu'avait provoquée mon évasion, tout le monde cherchait à fuir et le chaos y régnait. La maison des Ivashkov était située dans un quartier de résidants permanents qui était un peu plus calme, même s'il y avait bien quelques voisins qui essayaient de partir.

Adrian s'était installé dans un fauteuil et avait posé ses pieds avec prudence sur une table basse que sa mère avait dû acheter sur les conseils d'un décorateur d'intérieur. Lissa venait tout juste d'arriver avec Christian. L'odeur de tabac qui flottait dans l'air l'incita à penser qu'Adrian s'était adonné à ses vices quelques minutes auparavant.

— Si nous avons de la chance, leur disait-il, mes entités parentales seront occupées pendant un bon moment et nous laisseront tranquilles. Votre interrogatoire a-t-il été pénible ?

Lissa, qui était assise à côté de Christian sur un canapé plus élégant que confortable, se blottit contre lui en soupirant.

— Pas tant que ça, répondit-elle. Je ne les crois pas pleinement convaincus que nous n'ayons rien à voir avec l'évasion de Rose… mais ils ne peuvent rien prouver.

— J'ai peur que tante Tasha nous pose plus de problèmes, ajouta Christian. Elle était franchement contrariée de ne pas avoir été mise au courant. J'imagine qu'elle aurait préféré faire sauter les statues elle-même.

— Je crois que c'est l'implication de Dimitri qui la contrarie le plus, expliqua Lissa. Elle pense que nous avons gâché ses chances de se réinsérer.

— Elle a raison, déclara Adrian. (Il ramassa une télécommande, alluma l'écran plasma, coupa le son et se mit à zapper.) Mais personne ne l'y a forcé.

Lissa acquiesça tout en se demandant si elle n'avait pas fait pression sur lui sans le vouloir. Le serment qu'il lui avait prêté n'était un secret pour personne. Christian parut deviner ce qui l'inquiétait.

— Eh ! il n'aurait jamais…

Il fut interrompu par des coups frappés à la porte.

— Merde, grommela Adrian en se levant. C'en est fini de la tranquillité.

— Tes parents ne frapperaient pas, lui fit remarquer Christian.

— C'est vrai. Ce doit être un de leurs amis qui a envie de siroter du porto en se plaignant de la jeunesse actuelle.

Lissa entendit la porte d'entrée s'ouvrir et le son d'une conversation étouffée. Quelques instants plus tard, Adrian réapparut avec un jeune Moroï qu'elle ne connaissait pas.

— Je peux revenir plus tard, vous savez, disait-il à Adrian en jetant des regards nerveux autour de lui.

Il se figea en découvrant Christian et Lissa.

— Mais non, mais non, répondit Adrian, qui était si vite passé de grognon à aimable qu'on aurait cru que quelqu'un avait appuyé sur un interrupteur. Je suis sûr qu'elle ne va pas tarder à revenir. Vous connaissez-vous, mes amis ?

Le Moroï regarda Lissa et Christian en hochant la tête.

— Bien sûr.

— Mais je ne vous connais pas, s'étonna Lissa en fronçant les sourcils.

Adrian ne cessa pas un instant de sourire, mais Lissa comprit vite qu'il se passait quelque chose d'important.

— Je vous présente Joe, déclara-t-il. Joe est l'agent d'entretien qui m'a aidé en témoignant que je n'étais pas avec Rose à l'heure où tante Tatiana a été tuée. Il travaillait dans le bâtiment où elle logeait.

Lissa et Christian se redressèrent d'un même élan.

— C'est une chance que vous vous soyez manifesté avant l'audition, commenta prudemment Christian.

Pendant quelque temps, on avait craint qu'Adrian ne soit impliqué dans le meurtre à cause de moi. Heureusement pour lui, Joe était intervenu juste à temps pour témoigner de l'heure à laquelle il nous avait vus ensemble dans le bâtiment où se trouvait ma chambre.

Joe recula de quelques pas en direction de l'entrée.

— Je ferais mieux de partir. Dites seulement à Mme Ivashkov que je suis passé et que je quitte la Cour… mais que tout est arrangé.

— Qu'est-ce qui est arrangé ? lui demanda Lissa en se levant lentement.

— Elle… comprendra.

J'étais bien placée pour savoir que Lissa n'avait pas un physique intimidant. Elle était charmante, mince et jolie… mais, à en juger par l'expression de terreur qui apparut alors sur le visage de Joe, son regard devait avoir quelque chose d'effrayant à cet instant. Cela me rappela sa confrontation avec Abe, quelques heures auparavant.

— Je crois vraiment que je ferais mieux de partir.

Alors qu'il se dirigeait vers la porte, je sentis une vague de magie se soulever en Lissa. Joe s'arrêta net.

— De quoi vouliez-vous parler à Mme Ivashkov ? lui demanda-t-elle en le rejoignant.

— Du calme, cousine, murmura Adrian. Tu n'as pas besoin d'employer autant d'esprit pour obtenir des réponses.

La suggestion de Lissa était si puissante que Joe n'était plus qu'un pantin entre ses mains.

— L'argent…, balbutia-t-il, les yeux exorbités. C'est arrangé pour l'argent.

— Quel argent ? l'interrogea-t-elle.

Joe hésita comme s'il essayait de lui résister mais capitula vite. Il lui était impossible de lutter contre la suggestion, surtout lorsque celui qui s'en servait était un spécialiste de l'esprit.

— L'argent… L'argent pour témoigner… de l'endroit où il était, répondit Joe en désignant Adrian d'un brusque mouvement de tête.

L'expression aimable d'Adrian vacilla légèrement.

— De quoi parles-tu ? De l'endroit où je me trouvais la nuit où ma tante a été tuée ? Veux-tu dire que… ?

Christian vint en aide à Adrian, qui ne put finir sa phrase.

— Mme Ivashkov vous a-t-elle payé pour dire que vous aviez vu Adrian ?

— Je l'ai vraiment vu ! s'écria Joe, qui transpirait à grosses gouttes. (Adrian avait raison : Lissa y allait trop fort, au point d'altérer son métabolisme.) Seulement… je ne sais pas à quel moment exactement. Je ne me souviens pas de l'heure. C'est aussi ce que j'ai dit à l'autre homme. Mme Ivashkov m'a payé pour dire à quelle heure vous vous trouviez là-bas.

Adrian n'aimait pas du tout cela, mais il eut le mérite de rester calme.

— Qui est « l'autre homme » dont tu parles ?

— Qui était-ce ? insista Lissa. Qui était cet « autre homme » avec elle ?

— Personne ! Mme Ivashkov voulait seulement s'assurer que son fils serait mis hors de cause. J'ai menti sur les détails pour lui rendre service. C'est l'autre homme… celui qui est venu plus tard… qui voulait savoir quand Hathaway se trouvait là.

Un bruit de clé dans la serrure se fit entendre, puis la porte d'entrée s'ouvrit. Lissa se rapprocha de Joe et augmenta encore la dose de suggestion.

— Qui était-il ? Que voulait-il ?

— J'ignore qui c'était ! Je ne l'avais jamais vu. C'était un Moroï. Il voulait seulement que je précise à quelle heure j'avais vu Hathaway. Il m'a donné encore plus d'argent que Mme Ivashkov. Il n'y avait rien de mal à leur rendre service à tous les deux…, ajouta-t-il en jetant un regard désespéré à Lissa. D'autant moins qu'Hathaway est coupable.

— Adrian ? appela Daniella du bout du couloir. Tu es là ?

— Arrête ça, chuchota nerveusement Adrian à Lissa.

Mais Lissa garda les yeux rivés sur Joe et continua en se mettant à chuchoter aussi.

— À quoi ressemblait ce Moroï ? Décrivez-le.

Des talons aiguilles résonnèrent sur le parquet du couloir.

— Il n'avait rien de particulier ! s'écria Joe. Je vous le jure ! Il était parfaitement banal… à part sa main… Laissez-moi partir, s'il vous plaît…

Adrian poussa Lissa sur le côté pour rompre le contact. Joe faillit s'effondrer sur le sol, puis se raidit en croisant le regard d'Adrian. Il lui fallut encaisser une nouvelle dose de suggestion – mais moins forte que celle de Lissa, cette fois.

— Oublie tout cela, murmura Adrian. Cette conversation n'a jamais eu lieu.

— Adrian, qu'est-ce que… ?

Daniella s'arrêta net sur le seuil du salon et surprit l'étrange scène. Christian était toujours sur le canapé, mais Adrian et Lissa n'étaient qu'à quelques centimètres de Joe, dont la chemise était trempée de sueur.

— Mais que se passe-t-il ici ? s'exclama-t-elle.

Adrian s'écarta de Joe et offrit à sa mère l'un de ces charmants sourires qui captivaient tant les femmes.

— Cette personne voulait te voir, maman. Nous lui avons tenu compagnie jusqu'à ton retour. Nous allons partir, maintenant.

Daniella dévisagea tour à tour Joe et son fils. Elle était un peu perdue et l'explication de son fils la mettait visiblement mal à l'aise. Lissa fut surprise d'entendre Adrian annoncer leur départ mais suivit sa directive. Christian en fit autant.

— J'ai été ravie de vous voir, dit Lissa à Daniella en essayant de lui décocher un sourire aussi charmant que celui d'Adrian.

Joe semblait complètement abasourdi. Après la suggestion d'Adrian, il ne devait même plus se rappeler comment il avait atterri chez les Ivashkov.

Adrian s'empressa d'entraîner tout le monde dehors sans laisser à sa mère le temps de réagir.

— Qu'est-ce que c'est que cette histoire ? s'écria Christian dès qu'ils eurent quitté la maison sans que je comprenne s'il parlait de la suggestion terrifiante de Lissa ou des révélations de Joe.

— Je n'en sais trop rien, répondit Adrian, qui avait perdu son sourire joyeux. Mais nous devrions en parler à Mikhail.

— Rose...

La voix de Dimitri me ramena doucement à lui, Sydney et la voiture. Il avait sûrement reconnu mon expression et savait où je me trouvais.

— Est-ce que tout se passe bien, là-bas ?

Je savais que « là-bas » désignait la Cour, et non la banquette arrière. J'acquiesçai même si « bien se passer » ne décrivait pas idéalement la situation, après la scène à laquelle je venais d'assister. De quoi s'agissait-il, au juste ? D'un aveu de faux témoignage... qui remettait en cause certains des éléments qui m'accusaient. Je me moquais bien que Joe ait menti pour protéger Adrian. Celui-ci n'avait rien à voir avec la mort de Tatiana et je ne voulais pas qu'il soit inquiété. Mais qu'en était-il de l'autre homme ? Qui était ce Moroï « banal » qui avait payé Joe pour mentir sur l'heure à laquelle il m'avait vue, ce qui m'avait laissée sans alibi au moment du crime ?

Je me rendis compte que la voiture s'était arrêtée avant d'approfondir ces réflexions. Je rangeai les révélations de Joe dans un coin de ma tête et tâchai de m'adapter à notre nouvelle situation. À l'avant, Sydney consultait son ordinateur portable.

— Où sommes-nous ?

Je regardai par la vitre et découvris une station-service triste et fermée.

— Altswood, répondit Dimitri.

D'après ce que je pouvais voir, il n'y avait rien d'autre que la station.

— La ville où nous étions ressemble à New York, si on la compare à ça.

Sydney referma son ordinateur et me le tendit. Je le posai à côté de moi, près des sacs à dos qu'elle avait miraculeusement pensé à récupérer avant de quitter le motel. Elle démarra la voiture et sortit du parking. Je m'aperçus que l'autoroute n'était pas très loin et espérai la voir partir de ce côté, mais Sydney prit la direction opposée et dépassa la station-service pour s'enfoncer dans les ténèbres. Comme la région précédente, celle-ci était boisée et montagneuse. Nous roulâmes à une allure d'escargot jusqu'à ce que Sydney repère un chemin gravillonné qui s'enfonçait dans les bois. Il n'était pas assez large pour que deux voitures s'y croisent, mais quelque chose me disait qu'il n'était pas très fréquenté. Un autre chemin de même nature nous permit de nous enfoncer encore plus profondément dans la forêt. Je ne pouvais pas voir le visage de Sydney, mais sa tension était palpable.

Plusieurs minutes qui me parurent des heures s'écoulèrent avant que nous débouchions sur une clairière boueuse. D'autres véhicules, qui paraissaient anciens, y étaient garés. Ce parking me sembla curieusement situé, puisqu'il n'y avait que la forêt autour de nous. Sydney coupa le moteur.

— Allons-nous dans un camping ?

Elle ne me répondit pas et se tourna vers Dimitri.

— Es-tu aussi doué qu'on le prétend ?

— Quoi ? s'écria-t-il, surpris.

— Pour te battre… Tout le monde dit que tu es redoutable. Est-ce que c'est vrai ? Es-tu aussi doué que ça ?

Dimitri y réfléchit quelques instants.

— Je suis assez doué.

Je pouffai.

— Il est extrêmement doué.

— J'espère que ça suffira, conclut Sydney en posant la main sur la poignée de sa portière.

— Tu ne me poses pas la même question ? m'étonnai-je en ouvrant aussi ma portière.

— Je sais déjà que tu es redoutable. Je l'ai vu.

Son compliment ne m'apporta qu'un mince réconfort, tandis que nous traversions ce parking rural.

— Pourquoi nous sommes-nous arrêtés ?

— Parce que nous devons continuer à pied.

Elle alluma une lampe de poche, éclaira les environs et finit par repérer un sentier qui serpentait entre les arbres. Celui-ci était étroit et difficile à voir à cause des mauvaises herbes qui l'envahissaient.

— Par ici.

Elle commença à s'y engager.

— Attends ! ordonna Dimitri.

Il la dépassa pour ouvrir la marche et je me plaçai aussitôt derrière Sydney. C'était une formation courante chez les gardiens. Nous l'encadrions de la même manière que nous l'aurions fait pour protéger un Moroï. Je cessai complètement de penser à Lissa pour me concentrer sur la situation présente. Tous mes sens étaient en alerte et je sentais Dimitri aussi vigilant que moi. Nous avions tous les deux dégainé nos pieux.

— Où allons-nous ? demandai-je tandis que nous nous efforcions d'éviter les ornières et les racines du sentier.

Des branches m'éraflèrent les bras.

— Chez des gens qui ne vous dénonceront pas, je peux vous le garantir, répondit-elle d'une voix sinistre.

J'étais sur le point de poser d'autres questions lorsque je fus éblouie par une vive lumière. C'était un changement trop brutal pour mes yeux habitués à l'obscurité. J'entendis un bruissement dans les arbres, puis je sentis qu'on nous encerclait. Lorsque je recouvrai la vue, il y avait des vampires partout.

Chapitre 9

Par chance, c'étaient des Moroï.

Cela ne m'empêcha pas de me rapprocher de Sydney en brandissant mon pieu. Aucun d'eux ne nous avait encore attaqués, mais je conservai ma posture défensive, même si cela ne servait probablement à rien. Un examen plus attentif de la scène me révéla que nous étions encerclés par une dizaine de personnes. Nous avions dit à Sydney que nous étions doués, et c'était vrai : Dimitri et moi serions sans doute capables d'avoir le dessus sur ce groupe, même si la configuration du terrain allait nous compliquer la tâche. Je découvris aussi qu'il n'y avait pas que des Moroï dans ce groupe. Les gens les plus proches de nous en étaient, mais ils étaient entourés par des dhampirs. Par ailleurs, la lumière que j'avais cru être celle d'une torche émanait en réalité d'une boule de feu que l'une des Moroï tenait au creux de sa main.

Un autre, qui portait une épaisse barbe brune et devait avoir l'âge d'Abe, s'approcha avec un pieu en argent à la main. Je remarquai aussitôt que celui-ci était de facture grossière en comparaison du mien, mais il n'était pas moins dangereux pour autant. L'homme nous observa d'abord attentivement, Dimitri et moi, puis baissa son pieu. Il examina ensuite Sydney et fit soudain mine de l'agripper. Dimitri et moi voulûmes l'en empêcher, mais d'autres bras surgirent pour nous immobiliser. J'aurais pu me débattre, mais me figeai en entendant Sydney émettre un son étranglé.

— Attendez…

Le Moroï barbu lui prit le menton et lui fit tourner la tête de façon que la lumière éclaire le tatouage doré qu'elle portait sur la joue. Il la lâcha aussitôt et recula.

— Une fille aux Fleurs, grommela-t-il.

Les autres se détendirent légèrement, mais ils gardèrent leurs pieux levés et semblaient toujours prêts à bondir à la moindre provocation. Le chef reporta son attention sur Dimitri et moi.

— Êtes-vous venus vous joindre à nous ? demanda-t-il avec méfiance.

— Nous avons besoin d'un endroit où nous cacher, répondit Sydney en portant la main à sa gorge. Ils sont poursuivis par… par les Corrompus.

La Moroï qui tenait la boule de feu parut sceptique.

— Ils m'ont plutôt l'air d'être des espions des Corrompus.

— La reine est morte. Les Corrompus l'accusent de l'avoir tuée, expliqua Sydney en me désignant du menton.

Ma curiosité brûlait de se manifester mais je la réprimai aussitôt, certaine qu'il valait mieux laisser Sydney gérer seule cette étrange situation. Quand elle avait dit que les Corrompus nous poursuivaient, j'avais d'abord cru qu'elle voulait faire croire à ces gens que nous étions traqués par des Strigoï. Mais l'allusion à la reine me faisait à présent douter d'avoir bien compris. Par ailleurs, je doutais également qu'il soit judicieux de me désigner comme une meurtrière potentielle. Barbe-Brune allait sans doute me dénoncer dans l'espoir de toucher une récompense. Si j'en jugeais d'après l'état de ses vêtements, il en avait bien besoin.

À ma grande surprise, la nouvelle le fit sourire.

— Ainsi, un nouvel usurpateur a rendu l'âme… Lui ont-ils déjà trouvé un successeur ?

—Non, répondit Sydney. L'élection pour le choisir aura bientôt lieu.

Les sourires qui avaient fleuri sur le visage des autres vampires cédèrent la place à des expressions dédaigneuses, et ils émirent des murmures réprobateurs concernant l'élection. Je ne pus retenir ma langue.

—De quelle autre manière pourraient-ils désigner un nouveau monarque ? m'écriai-je.

—De la seule manière authentique, me répondit un dhampir qui se trouvait près de moi. Comme on le faisait autrefois : par un combat à mort.

Persuadée qu'il s'agissait d'une blague, j'attendis la chute pendant quelques instants, mais ce gars ne plaisantait vraiment pas. J'eus envie de demander à Sydney chez quels tordus elle nous avait entraînés, mais nous venions apparemment de réussir notre entretien. Le chef nous tourna le dos et repartit par le sentier. Le reste du groupe le suivit et nous leur emboîtâmes le pas. Je ne pus m'empêcher de froncer les sourcils en écoutant les conversations, et pas seulement parce que notre vie était en jeu. L'accent de ces gens m'intriguait. Le veilleur de nuit du motel avait un accent du Sud très prononcé, comme on pouvait s'y attendre dans cette région. Les membres de ce groupe parlaient un peu de la même façon, mais il s'y mêlait d'autres prononciations qui me rappelaient presque l'accent de Dimitri.

J'étais si tendue que je ne parvins pas à évaluer la durée du trajet. Finalement, le sentier déboucha sur quelque chose qui ressemblait à un campement très bien caché. D'autres gens étaient rassemblés autour d'un grand feu de camp dans une clairière. Quelques cabanes étaient éparpillées dans les bois qui bordaient le sentier désormais élargi. On ne pouvait pas le qualifier de route, mais il donnait l'impression qu'on se trouvait dans une ville, ou du moins un village. Les constructions étaient petites et branlantes mais semblaient permanentes.

De l'autre côté de la clairière, le terrain s'élevait abruptement vers les Appalaches qui empêchaient de voir les étoiles. À la lueur vacillante du feu, je distinguai un flanc de montagne rocheux percé çà et là de trous obscurs, sur lequel poussaient quelques arbres.

Je reportai mon attention sur les êtres vivants. Les gens rassemblés autour du feu – une vingtaine de personnes – se turent à notre arrivée. Je ne relevai d'abord que leur nombre. La guerrière en moi comptait ses adversaires et planifiait son attaque. Comme cela s'était produit sur le sentier, les visages m'apparurent dans un second temps. C'étaient encore des Moroï et des dhampirs, mais je fus stupéfaite de découvrir aussi des humains parmi eux.

Ce n'étaient pas des sources, du moins pas dans le sens où je l'entendais. Je devinais des traces de morsure sur le cou de certains malgré la pénombre, mais leurs expressions curieuses prouvaient qu'ils ne donnaient pas leur sang régulièrement. Ils ne planaient pas, et se mêlaient aux Moroï et aux dhampirs, avec lesquels ils discutaient, assis ou debout, très naturellement. Le groupe tout entier formait visiblement une communauté. Ces humains avaient-ils, comme les alchimistes, une sorte de relation d'affaires avec mon espèce ?

Notre escorte se dispersa et je me rapprochai de Sydney.

— Mais qui sont-ils, nom de Dieu ?

— Ce sont les Purs, chuchota-t-elle.

— « Les Purs » ? Qu'est-ce que ça veut dire ?

— Ça veut dire que nous respectons les anciennes coutumes, contrairement à votre peuple, répondit le Moroï barbu. Nous vivons comme nous sommes censés vivre.

J'observai ces Purs aux vêtements usés et leurs enfants sales qui allaient pieds nus. En me fondant sur la distance qui nous séparait de la civilisation et l'obscurité qui régnait à l'écart du feu, j'étais prête à parier qu'ils n'avaient pas l'électricité. Je fus sur le point de lui faire remarquer que personne ne devrait vivre de cette manière, mais la désinvolture avec laquelle ces gens avaient parlé de combats à mort me revint à l'esprit et je gardai mon opinion pour moi.

— Que font-ils ici, Raymond ? demanda une femme assise près du feu.

Elle était humaine, mais s'était adressée au Moroï barbu de manière parfaitement naturelle et familière. Cela n'avait rien à voir avec les propos évaporés qu'adressaient habituellement les sources aux Moroï, et cela ne ressemblait pas non plus aux discussions froides que les dhampirs échangeaient avec les alchimistes.

— Vont-ils se joindre à nous ?

Raymond secoua la tête.

— Non. Les Corrompus les pourchassent parce qu'ils ont tué leur reine.

Sydney me donna un coup de coude pour m'empêcher de protester. Je serrai donc les dents et attendis des réactions d'hostilité. Au lieu de cela, je fus surprise de voir ces gens me dévisager avec un mélange de stupeur et d'admiration, exactement comme l'avaient fait les membres de notre comité d'accueil.

— Nous allons leur donner asile.

Il nous décocha un sourire radieux sans que je comprenne s'il approuvait le fait que nous soyons des meurtriers ou s'il se réjouissait de l'attention que notre présence attirait sur lui.

— Néanmoins, nous vous accueillerons avec joie si vous souhaitez vous joindre à nous et rester vivre ici. Nous avons de la place dans les grottes.

Les grottes ? Je tournai vivement la tête vers le flanc de la montagne et compris ce qu'étaient ces trous obscurs. J'aperçus même quelques personnes, qui allaient sans doute se coucher, escalader la roche et disparaître dans les profondeurs du massif.

Ce fut Sydney qui répondit, tandis que je m'efforçais de ne pas écarquiller les yeux avec horreur.

— Nous n'aurons besoin de rester… (elle hésita, ce qui n'était guère étonnant, vu l'inconsistance de notre plan) que deux ou trois jours, probablement.

— Je vais vous accueillir sous mon toit, répondit Raymond. Même vous.

Ces derniers mots s'adressaient à Sydney à qui le Moroï barbu semblait considérer qu'il faisait une faveur.

— Merci, répliqua-t-elle. Nous vous sommes reconnaissants d'accepter de nous loger dans votre maison.

Je me rendis compte qu'elle avait accentué le dernier mot à mon intention. Les cabanes en bois qui bordaient le sentier poussiéreux n'avaient vraiment rien de luxueux, mais je les préférais de beaucoup à n'importe quelle grotte.

Notre arrivée enthousiasma ce village, cette communauté ou quoi que ce soit d'autre. On nous bombarda de questions. Ces gens nous demandèrent d'abord des informations banales, comme nos prénoms, mais très vite, ils voulurent connaître les détails sur la manière dont j'avais tué Tatiana.

L'humaine qui avait interrogé Raymond un peu plus tôt m'épargna d'avoir à y répondre en venant chasser mes tourmenteurs.

— Ça suffit ! les gronda-t-elle. Il se fait tard et je suis sûre que nos invités ont faim.

Je mourais de faim, en effet, mais pas au point de manger du ragoût d'opossum ou n'importe quelle autre chose considérée comme de la nourriture dans cette contrée. L'intervention de la femme suscita une vague de déception, mais elle assura aux autres qu'ils pourraient nous parler le lendemain. En observant le ciel, je vis une mince bande virer au pourpre du côté qui devait être l'est. Le soleil allait bientôt se lever. Un groupe de Moroï déterminés à respecter un mode de vie « traditionnel » devait avoir des horaires nocturnes, ce qui signifiait que tout le monde serait sans doute couché dans peu de temps.

La femme déclara s'appeler Sarah et nous entraîna sur le sentier poussiéreux. En nous voyant partir, Raymond nous héla pour nous informer qu'il nous rejoindrait bientôt. Tandis que nous marchions, je vis d'autres gens près des cabanes branlantes, qui allaient se coucher ; à moins qu'ils n'aient été réveillés par toute cette agitation. Sarah se tourna vers Sydney.

— Nous as-tu apporté quelque chose ?

— Non, répondit Sydney. Je ne fais que les escorter.

Sarah eut l'air déçue mais hocha la tête.

— C'est une tâche importante, lui dit-elle.

Sydney fronça les sourcils et parut plus mal à l'aise.

— À quand remonte le dernier passage de mes collègues ?

— À quelques mois, répondit Sarah après un instant de réflexion.

L'humeur de Sydney s'assombrit encore mais elle garda le silence.

Finalement, Sarah nous fit entrer dans la plus grande et la plus jolie des cabanes, même si elle était faite de simples planches de bois brut, comme les autres. Il faisait noir comme dans un four à l'intérieur et nous attendîmes que Sarah allume de vieilles lanternes. J'avais raison : ils n'avaient pas l'électricité. Je me demandai soudain s'ils disposaient de l'eau courante.

Le plancher, fait du même bois que les murs, était couvert de tapis aux motifs multicolores. Nous nous trouvions dans ce qui semblait être une pièce hybride, tenant lieu à la fois de cuisine, de salle à manger et de salon. Une grande cheminée au centre partageait la pièce en deux : une table en bois et des chaises occupaient l'un des côtés, tandis que des coussins qui devaient servir de canapé étaient installés de l'autre. Des bottes d'herbe sèche suspendues près de la cheminée dégageaient une odeur épicée qui se mêlait à celle du feu de bois. Le mur du fond était percé de trois portes.

— Vous pouvez dormir dans la chambre des filles, nous dit Sarah en désignant l'une d'elles.

— Merci, répondis-je sans être certaine d'avoir envie de savoir à quoi elle ressemblait.

Le motel qui s'appelait *Motel* me manquait déjà. Je me mis à observer Sarah avec curiosité. Elle devait avoir l'âge de Raymond et portait une robe bleue unie qui lui arrivait au genou. Ses cheveux blonds étaient attachés en queue-de-cheval et elle me paraissait petite, comme tous les humains.

— Êtes-vous la gouvernante de Raymond ?

C'était le seul rôle que j'étais parvenue à lui attribuer. Il y avait bien quelques marques de morsure sur sa gorge, mais ce n'était visiblement pas une source, du moins pas à plein-temps. Peut-être que dans cette communauté les sources se chargeaient aussi des tâches domestiques.

— Je suis sa femme, déclara-t-elle en souriant.

Je fis preuve d'une grande maîtrise de moi-même en parvenant à formuler une réponse :

— Oh !

Sydney me jeta un regard sévère en guise d'avertissement, afin que je m'abstienne de tout commentaire. Je serrai de nouveau les mâchoires et hochai brièvement la tête pour lui signaler que j'avais compris.

Sauf que je n'y comprenais rien. Les dhampirs et les Moroï passaient leur temps à sortir ensemble. C'était une nécessité pour les dhampirs. Si une de leurs liaisons tendait à durer, on la jugeait scandaleuse, même si ce n'était pas du domaine de l'impossible.

Mais une relation entre un Moroï et un humain ? C'était incompréhensible. Ces deux espèces ne s'étaient pas mêlées depuis des siècles. Leur croisement avait produit les dhampirs, mais les Moroï avaient progressivement cessé de fréquenter intimement les humains à mesure que leur monde s'était modernisé. Bien sûr, nous vivions parmi eux. Des Moroï et des dhampirs travaillaient aux côtés d'humains, achetaient des maisons voisines des leurs, et avaient apparemment des arrangements bizarres avec des sociétés secrètes comme celle des alchimistes. Par ailleurs, il fallait évidemment ajouter que les Moroï se nourrissaient des humains… et c'était bien là le problème. Un humain vivant parmi les Moroï était une source. Leur intimité s'arrêtait là. Les humains n'étaient rien d'autre que de la nourriture. Les Moroï traitaient bien leur nourriture, mais ne se liaient pas d'amitié avec elle. Qu'un Moroï couche avec un dhampir était déjà considéré comme quelque chose d'osé. Le fait qu'il boive en même temps son sang relevait de la pornographie et de l'humiliation. Mais le fait qu'un Moroï couche avec un humain – qu'il boive ou non son sang – était incompréhensible.

Peu de choses me scandalisaient. J'avais des opinions assez libérales en matière d'amour, mais l'idée d'un mariage entre une humaine et un Moroï me sidérait. Peu importait que l'humaine en question soit une sorte de source, ce que semblait être Sarah, ou une personne « au-dessus de cela » comme Sydney. Les humains et les Moroï ne se mélangeaient pas. C'était mal et archaïque – raison pour laquelle cela ne se pratiquait plus. Du moins, pas là d'où je venais.

« Nous respectons les anciennes coutumes, contrairement à votre peuple. »

Ce qui était étrange, c'était que Sydney aurait dû être encore plus scandalisée que moi à cause de tous ses préjugés sur les vampires. Elle devait s'y être préparée pour parvenir à rester si impassible. Elle n'était pas tombée des nues, comme Dimitri et moi, parce que j'étais bien certaine que la stupeur de Dimitri valait la mienne. Il était seulement plus doué que moi pour la dissimuler.

Un bruit de voix devant la porte me tira de ma stupeur. Raymond venait d'arriver et il n'était pas seul. Il portait un petit dhampir d'environ huit ans sur ses épaules, et une Moroï du même âge trottinait à côté de lui. Il était suivi par une jolie Moroï qui approchait de la trentaine et par un dhampir très mignon qui ne devait avoir que quelques années de plus que moi, s'il n'avait pas exactement mon âge.

On fit les présentations. Les enfants s'appelaient Phil et Molly, et la Moroï adulte Paulette. Ils semblaient tous vivre là même si leurs relations m'échappaient. Je compris seulement que le dhampir de mon âge, qui s'appelait Joshua, était le fils de Raymond et Sarah. Il ne demandait qu'à nous sourire – surtout à Sydney et moi – et ses yeux d'un bleu cristallin me rappelèrent ceux des Ozéra. En revanche, il n'était pas brun comme la plupart des membres de la famille de Christian. Ses cheveux étaient d'un blond foncé rehaussé de mèches dorées. Je devais reconnaître que le tout constituait un tableau attrayant. Mais la part de mon esprit qui ne s'était pas encore remise de sa stupeur me rappela qu'il était le fils d'un Moroï et d'une humaine, non d'un Moroï et d'une dhampir comme moi. Le résultat était le même, mais le moyen pour l'obtenir était bizarre.

— Je vais les installer dans votre chambre, annonça Sarah à Paulette. Vous n'aurez qu'à vous partager le grenier.

Il me fallut quelques instants pour comprendre que le « vous » désignait Paulette, Joshua, Molly et Phil. Je levai les yeux et m'aperçus qu'il y avait effectivement une sorte de mezzanine. Elle occupait la moitié de la superficie de la maison et ne semblait pas pouvoir accueillir quatre personnes.

— Nous ne voulons pas vous déranger, intervint Dimitri, qui pensait sans doute la même chose que moi. Nous serons très bien dehors.

Il n'avait presque rien dit depuis le début de cette aventure forestière, sans doute pour économiser son énergie en vue du moment où il nous faudrait agir.

— Ne vous en faites pas, répondit Joshua en me décochant un nouveau sourire charmant. Ça ne nous dérange pas. Et ça ne dérangera pas non plus Angeline.

— Qui ? demandai-je.

— Ma sœur.

Je réprimai une grimace. Ils allaient s'entasser à cinq là-haut pour que nous ayons une chambre.

— Merci, répéta Sydney. C'est très gentil à vous. Et je vous promets que nous ne resterons pas longtemps.

Si l'on faisait abstraction de leur aversion pour les vampires, les alchimistes pouvaient se montrer polis et charmants quand ils s'en donnaient la peine.

— Dommage, commenta Joshua.

— Arrête de draguer, Josh, intervint Sarah. Voulez-vous manger quelque chose avant de dormir, vous trois ? Je peux vous réchauffer du ragoût. Nous en avons mangé tout à l'heure, avec du pain de Paulette.

Le mot « ragoût » réveilla ma crainte de manger de l'opossum.

— Inutile, m'empressai-je de répondre. Le pain suffira.

— Pour moi aussi, déclara Dimitri.

Je ne pus m'empêcher de me demander s'il voulait leur épargner des efforts ou s'il partageait ma méfiance, mais la seconde hypothèse était peu probable. Dimitri semblait être le genre d'homme qui aurait pu manger n'importe quoi s'il le fallait pour survivre dans une contrée sauvage.

Paulette avait apparemment fait cuire une grande fournée de pain, puisqu'ils nous donnèrent une miche entière avec un bol de beurre que Sarah avait sans doute battu elle-même. Nous improvisâmes un pique-nique dans notre petite chambre. Elle était à peu près de la même taille que celle de mon dortoir à Saint-Vladimir. Il y avait deux matelas posés sur le sol sous des couvertures soigneusement pliées qui n'avaient pas dû servir depuis des mois avec ces températures. J'y laissai courir ma main en mâchant un morceau de pain qui me parut étonnamment bon.

— Ça me rappelle des motifs russes.

Dimitri examina les couvertures.

— Ils s'en rapprochent, mais ne sont pas tout à fait identiques.

— C'est à cause de l'évolution de la culture, expliqua Sydney. (Elle était fatiguée, mais pas assez pour renoncer à nous faire un cours.) Les motifs traditionnels qui viennent de Russie ont évolué et fusionné avec ceux des *patchworks* américains.

Eh bien…

— C'est bon à savoir, commentai-je.

La famille nous avait laissés seuls pendant qu'ils se préparaient à dormir et je jetai un regard inquiet à la porte entrebâillée. Il était peu probable qu'on nous entende, vu l'agitation qui régnait dans la pièce principale, mais je pris tout de même soin de baisser la voix :

— Es-tu enfin disposée à nous expliquer qui sont ces gens ?

Elle haussa les épaules.

— Les Purs.

— Ça, j'avais compris. Et nous sommes les Corrompus, même si le terme me paraîtrait mieux convenir aux Strigoï.

— Non, répondit Sydney en s'adossant au mur. Les Strigoï sont les Perdus. Vous êtes des Corrompus parce que vous vous êtes intégrés au monde moderne et avez abandonné les anciennes traditions pour les remplacer par vos propres coutumes farfelues.

— Eh ! m'offusquai-je. Ce n'est pas nous qui jouons du banjo en salopette !

— Rose, intervint Dimitri en posant un regard insistant sur la porte. Fais attention à ce que tu dis. Et en plus, nous n'avons vu qu'une seule personne en salopette.

— Si ça peut te consoler, je trouve que vos coutumes valent mieux, ajouta Sydney. Quand je vois des humains au milieu de tous ces… (Elle avait perdu le masque poli et professionnel qu'elle avait affiché devant les Purs et recouvré tout son tranchant naturel.) Ça me dégoûte. Sans vouloir vous offenser.

— Aucun problème, répondis-je en frémissant. Ça me fait exactement le même effet. Je n'arrive pas à croire… qu'ils vivent comme ça.

Elle acquiesça en paraissant soulagée que je partage son opinion.

— Je préfère que vous restiez entre vous. Sauf que…

— Sauf que quoi ? la relançai-je.

Elle prit un air penaud.

— Même si vous n'épousez pas d'humains, vous interagissez avec eux et vivez dans leurs villes… Pas eux.

— Et les alchimistes préfèrent cela, compléta Dimitri. Vous n'approuvez pas les coutumes de ce groupe, mais vous appréciez le fait qu'il reste en marge de la société.

Sydney acquiesça.

— Plus ils sont nombreux à vivre en autarcie dans les bois, mieux ça vaut, même si leur mode de vie est aberrant. Ces gens ne se mêlent pas des affaires des autres… et les tiennent à l'écart de leurs campements.

— En se montrant hostiles ?

Nous avions été accueillis par un véritable commando et elle s'y attendait. Tous étaient prêts à se battre : aussi bien les Moroï que les dhampirs et les humains.

— Espérons qu'ils ne se montrent pas trop hostiles, répondit-elle évasivement.

— Ils nous ont accueillis, rappela Dimitri. Et ils connaissent les alchimistes. Pourquoi Sarah t'a-t-elle demandé si tu avais apporté quelque chose ?

— Parce que nous avons l'habitude de le faire. Nous rendons visite de temps à autre aux groupes comme celui-ci. Nous leur laissons des provisions : des vivres pour tout le monde et des médicaments pour les humains. (Elle avait dit cela avec son ironie habituelle, mais celle-ci céda vite la place à l'inquiétude.) Malheureusement, si ce que Sarah m'a dit est vrai, ils pourraient bientôt recevoir la visite d'un alchimiste. Ce ne serait vraiment pas de chance qu'on soit présents juste à ce moment-là.

Alors que je m'apprêtais à la rassurer en lui rappelant que nous n'allions rester que quelques jours, une partie de son explication me revint à l'esprit.

— Attends… Tu as parlé de « groupes comme celui-ci ». Combien existe-t-il de communautés de ce genre ? (Je me tournai vers Dimitri.) Ce ne serait pas comme pour les alchimistes, dis-moi ? Une chose dont seulement certains d'entre vous seraient informés et que vous cacheriez aux autres ?

Il secoua la tête.

— Je suis aussi stupéfait que toi de découvrir leur existence.

— Certains de vos dirigeants en ont sans doute entendu parler, précisa Sydney. Mais ils ne disposent que d'informations sommaires et ignorent les emplacements des communautés. Ces gens sont très doués pour se cacher et ils peuvent déplacer leurs campements en un rien de temps. Ils vous évitent. Ils ne vous aiment pas.

Je soupirai.

— Voilà pourquoi ils ne nous dénonceront pas et pourquoi l'idée que j'aie pu tuer Tatiana les met autant en joie. Merci, au fait…

Sydney ne prit pas la peine de s'excuser.

— Cette situation nous offre une protection qui vaut ce qu'elle vaut. (Elle réprima un bâillement.) Je suis épuisée, après tout ça… Je ne pourrai plus suivre les plans insensés de personne, les tiens ou ceux d'Abe, tant que je n'aurai pas dormi.

Je la savais fatiguée, mais je ne compris à quel point qu'à cet instant. Sydney n'était pas comme nous. Nous avions besoin de dormir, mais notre endurance nous permettait de nous en passer si c'était nécessaire. Elle était restée debout toute la nuit et s'était retrouvée dans des situations pour le moins inconfortables. Elle semblait sur le point de s'assoupir contre le mur à l'instant même. Je me tournai vers Dimitri, qui me regardait déjà.

— On met en place des tours de garde ? lui demandai-je.

Je savais qu'il n'était pas plus disposé que moi à rester sans protection dans cet endroit, même si on était censé nous voir comme des héros pourfendeurs de l'usurpatrice.

Il acquiesça.

— Tu prends le premier tour et je…

La porte s'ouvrit brutalement et Dimitri et moi faillîmes bondir sur l'intrus. Une dhampir se planta devant nous pour nous fusiller du regard. Elle était un peu plus jeune que moi, sans doute du même âge que mon amie Jill Mastrano, une Moroï de Saint-Vladimir qui apprenait à se battre. Si j'en jugeais par l'agressivité de sa posture, cette fille voulait se battre elle aussi. Elle était mince et robuste, comme la plupart des dhampirs, et semblait prête à se jeter sur nous. Ses cheveux raides, qui lui arrivaient à la taille, étaient d'un roux foncé auquel le soleil avait donné des reflets blonds et cuivrés. Ses yeux étaient du même bleu que ceux de Joshua.

— Voilà donc les héros qui me prennent ma chambre, nous lança-t-elle.

— Angeline ? hasardai-je en me souvenant d'avoir entendu Joshua mentionner sa sœur.

Elle plissa les yeux, visiblement contrariée que je connaisse son identité.

— Oui.

Elle m'observa sans ciller et ce qu'elle découvrit parut lui déplaire. Son regard acéré se posa ensuite sur Dimitri. Je m'attendis à la voir s'adoucir et à la sentir tomber sous le charme de ce dernier, comme la plupart des femmes… mais non. Lui aussi eut droit à sa méfiance. Elle reporta ensuite son attention sur moi.

— Je n'y crois pas, déclara-t-elle. Tu es trop civilisée, trop propre sur toi.

Propre sur moi ? Vraiment ? Ce n'était pas l'impression que j'avais dans mon jean et mon tee-shirt qui avaient souffert de mes précédents combats. Mais je compris vaguement son point de vue en observant les vêtements qu'elle portait. Ils étaient propres, mais son jean, qui paraissait assez ancien, était usé jusqu'à la corde aux deux genoux. Son haut simple et uni donnait l'impression d'être fait main. Je n'aurais su dire s'il avait un jour été blanc. J'étais peut-être propre sur moi en comparaison. Mais si quelqu'un méritait cette qualification, c'était Sydney. Ses vêtements n'auraient pas détonné dans une réunion d'affaires et elle ne s'était ni battue ni évadée de prison récemment.

Pourtant, Angeline lui avait à peine accordé un regard. Je commençais à avoir l'impression que les Purs plaçaient les alchimistes dans une catégorie d'humains à part, les considérant comme très différents de ceux qu'ils épousaient. Les alchimistes apportaient des provisions et repartaient. Les Purs les voyaient presque comme des sources. Cette idée me perturbait, car je me rendais compte qu'ils avaient plus de respect pour les humains que, pour sa part, ma propre culture méprisait le plus.

Indépendamment de ces considérations, je ne sus quoi répondre à Angeline. Je n'aimais pas qu'on m'accuse d'être propre sur moi ni qu'on remette en cause ma vaillance. Je sentis la colère s'éveiller en moi mais je ne voulais pas nous attirer des ennuis en me battant avec la fille de nos hôtes. Il n'était pas non plus question que je lui donne des détails fantaisistes sur le meurtre de Tatiana. Je me contentai donc de hausser les épaules.

— Les apparences sont parfois trompeuses.

— Oui, répondit Angeline. Elles le sont. (Elle se dirigea vers un petit coffre posé dans un coin et en tira ce qui ressemblait à une chemise de nuit.) Tu as intérêt à ne pas déranger mon lit, me menaça-t-elle. (Elle se tourna vers Sydney, qui s'était assise sur l'autre matelas.) Mais je me moque de celui de Paulette.

— Paulette est ta sœur? lui demandai-je en essayant de comprendre l'organisation de cette famille.

Je semblais condamnée à l'offenser, quoi que je dise.

— Bien sûr que non, répondit-elle avant de partir en claquant la porte.

J'écarquillai les yeux, stupéfaite.

Sydney s'étendit sur son lit en bâillant.

— Paulette est probablement la maîtresse ou la concubine de Raymond.

— Quoi? m'écriai-je.

Un Moroï marié à une humaine et ayant une liaison avec une Moroï? Je n'étais pas sûre de pouvoir en supporter davantage.

— Et elle vit avec eux?

— Ne me demande pas de t'expliquer. Je n'ai pas envie d'en savoir plus que le strict nécessaire sur vos coutumes perverses.

— Ce ne sont pas mes coutumes, répliquai-je.

Quelques instants plus tard, Sarah vint nous présenter ses excuses pour la conduite d'Angeline et nous demander si nous avions besoin de quelque chose. Nous lui assurâmes que nous n'avions besoin de rien et la remerciâmes chaleureusement de son hospitalité. Après son départ, Dimitri et moi nous attribuâmes les tours de garde. J'aurais préféré que nous restions tous les deux en alerte, d'autant plus qu'Angeline me semblait bien capable d'égorger quelqu'un dans son sommeil. Mais nous avions besoin de repos et savions l'un et l'autre réagir vite en cas d'alerte.

Je laissai donc Dimitri prendre le premier tour de garde et me glissai dans le lit d'Angeline en tâchant de ne pas trop le « déranger ». Il me parut étonnamment confortable, mais peut-être était-ce seulement dû à la fatigue. Je parvins à oublier mes inquiétudes en matière d'exécutions, d'enfants cachés et de vampires des bois. Je plongeai bientôt dans un profond sommeil et me mis à rêver… sauf qu'il ne s'agissait pas de n'importe quel rêve. Mon univers intérieur se modifia et me donna l'impression d'être à la fois dans la réalité et en dehors. J'étais entraînée dans le rêve d'un spécialiste de l'esprit.

Adrian!

Cette perspective me réjouit. Il m'avait manqué et j'étais impatiente de parler directement à quelqu'un après tout ce qui s'était passé à la Cour. Je n'avais pas eu le temps de discuter avec lui pendant mon évasion et j'avais bien besoin d'un peu de civilisation et de normalité pour compenser la bizarrerie de la communauté primitive dans laquelle j'étais tombée.

L'environnement du rêve se matérialisa peu à peu autour de moi. C'était un endroit que je ne connaissais pas : un salon de réception meublé de fauteuils et de divans recouverts de coussins lavande à motif cachemire. Il y avait des tableaux anciens aux murs et une grande harpe posée dans un coin. J'avais renoncé depuis longtemps à tenter de deviner l'endroit où Adrian me conduirait et la manière dont il m'habillerait. Par chance, cette fois-là, je portais un jean, un tee-shirt et mon nazar bleu en pendentif.

Impatiente de me jeter dans ses bras, je me retournai et le cherchai du regard. Sauf que le visage que je découvris ne fut pas celui d'Adrian… mais celui de Robert Doru.

Et Victor Dashkov l'accompagnait.

Chapitre 10

Quand votre petit ami a le pouvoir de visiter les rêves, vous finissez par acquérir quelques connaissances sur le sujet. Une des plus importantes était que chaque action entreprise dans le rêve provoquait exactement les mêmes sensations que dans la réalité. C'était le cas par exemple lorsqu'on embrassait quelqu'un. Adrian et moi nous étions déjà embrassés un bon nombre de fois avec assez d'intensité pour que mon corps ait envie de quelque chose de plus. Même si je n'avais encore jamais attaqué personne dans un rêve, j'étais prête à parier qu'un coup de poing y serait aussi douloureux qu'un vrai.

Sans la moindre hésitation, je me jetai sur Victor en me demandant si j'allais le frapper ou l'étrangler. Les deux idées me semblaient également bonnes. En définitive, je ne fis ni l'un ni l'autre puisque je me heurtai violemment à un mur invisible avant d'avoir atteint ma cible. Celui-ci protégea Victor de moi et me fit rebondir sous l'impact. Je trébuchai, tentai de recouvrer mon équilibre, mais tombai douloureusement par terre. Oui, les sensations qu'on éprouvait en rêve étaient parfaitement réalistes.

Je fusillai Robert du regard, en ressentant à la fois un mélange de colère et d'inquiétude, même si je m'efforçai de dissimuler cette dernière.

— Vous êtes capable de télékinésie ?

Nous savions que certains spécialistes de l'esprit avaient ce pouvoir, mais ni Lissa ni Adrian ne l'avaient encore développé. Je détestais l'idée que Robert soit capable de faire voler des objets et de créer des barrières invisibles. C'était un désavantage dont nous aurions pu nous passer.

— Je contrôle le rêve, répondit-il évasivement.

Victor me toisa de toute sa hauteur, avec l'expression arrogante et calculatrice qui le caractérisait. Je pris soudain conscience de la position humiliante dans laquelle je me trouvais et bondis sur mes pieds. Je me mis en garde, prête à attaquer de nouveau, et me demandai si Robert allait maintenir sa barrière en permanence.

— Ta crise de rage est-elle passée ? me lança Victor. Notre conversation sera beaucoup plus agréable si nous nous comportons comme des personnes civilisées.

— Je ne vois pas pourquoi je vous parlerais, ripostai-je. Une seule chose m'intéresse : vous traquer dans le monde réel et vous livrer aux autorités.

— C'est charmant, commenta Victor. Nous pourrons nous partager une cellule. (Je grimaçai.) Oui, poursuivit-il. Je suis au courant de tout ce qui est arrivé. Pauvre Tatiana… C'est une telle tragédie, une telle perte…

Son ton faussement attristé fit tout à coup germer une idée inquiétante dans mon esprit.

— Vous… n'avez rien à voir avec son meurtre, dites-moi ?

L'évasion de Victor avait provoqué une vague de paranoïa parmi les Moroï. Ils étaient convaincus qu'il allait revenir pour tous les massacrer. Comme j'étais bien placée pour savoir qu'il ne s'était pas évadé dans cette intention, j'avais supposé qu'il se tiendrait tranquille et n'avais pas prêté attention à ces rumeurs. En me rappelant subitement qu'il avait autrefois voulu déclencher une révolution parmi les Moroï, je ne pus m'empêcher de me demander si le meurtrier de la reine n'était pas, tout simplement, l'être le plus démoniaque que nous connaissions.

Victor ricana.

— Bien sûr que non.

Il plaça ses mains dans son dos et se mit à arpenter la pièce en faisant semblant d'en contempler les tableaux, ce qui m'incita à me demander jusqu'où s'étendait le bouclier de Robert.

— J'emploie des méthodes beaucoup plus sophistiquées pour atteindre mes objectifs. Je ne m'abaisserais jamais à un acte de ce genre… et toi non plus.

Alors que j'étais sur le point de lui faire remarquer que manipuler et torturer Lissa n'avait rien eu de sophistiqué, ses derniers mots captèrent mon attention.

— Vous me croyez innocente ?

Il se détourna d'un tableau représentant un homme en haut-de-forme avec une canne, pour me regarder.

— Bien sûr. Tu es incapable de faire quelque chose exigeant autant de réflexion en amont. Et si ce que j'ai entendu dire est vrai, tu n'aurais jamais laissé autant d'indices sur le lieu du crime.

Sa réponse contenait à la fois une insulte et un compliment.

— Eh bien… Merci de votre confiance. Je m'inquiétais de l'opinion que vous aviez de moi. (Cela me valut un sourire. Je croisai mes bras sur la poitrine.) D'ailleurs, comment se fait-il que vous sachiez ce qui se passe à la Cour ? Avez-vous des espions là-bas ?

— Ce genre d'information se répand rapidement dans le monde des Moroï, répondit Victor. Je ne suis pas isolé à ce point. J'ai su presque tout de suite que Tatiana s'était fait tuer, et il en a été de même pour ton impressionnante évasion.

Même si je réservais l'essentiel de mon attention à Victor, je jetai un rapide coup d'œil à Robert. Il ne disait rien et son air perdu m'incita à me demander s'il comprenait quelque chose à la discussion qui se déroulait devant lui. Sa présence me faisait toujours frémir. Il offrait un parfait exemple des ravages que pouvait causer l'esprit.

— Qu'est-ce que ça peut vous faire ? ripostai-je. Et pourquoi venez-vous me déranger dans mes rêves ?

Victor reprit sa promenade et s'arrêta devant la harpe pour en caresser le bois poli du bout des doigts.

— Parce que la politique moroï m'intéresse beaucoup. J'aimerais savoir qui a commis ce meurtre et ce qu'il cherche.

J'esquissai un sourire narquois.

— J'ai surtout l'impression que vous êtes jaloux parce que quelqu'un d'autre que vous tire les ficelles, pour une fois.

Sa main s'éloigna de la harpe ; il revint vers moi et me dévisagea de ses yeux du même vert pâle que ceux de Lissa.

— Ta remarque spirituelle ne te mènera nulle part. Tu vas devoir te décider : veux-tu de notre aide, oui ou non ?

— Vous êtes bien les dernières personnes à qui je demanderais de l'aide, et puis je n'en ai pas besoin.

— C'est évident. Les choses ont l'air de très bien aller pour toi maintenant que tu es une fugitive recherchée, en cavale avec un dhampir que beaucoup prennent encore pour un Strigoï. (Victor s'interrompit pour jouir de son effet.) Bien sûr, j'imagine que cette compagnie ne te dérange pas. Tu sais… Si je vous mettais la main dessus, il me suffirait sans doute de vous abattre pour être accueilli à la Cour en héros.

— Ne pariez pas là-dessus. (J'étais folle de rage, à la fois à cause de son insinuation et parce qu'il nous avait déjà beaucoup nui, à Dimitri et moi, par le passé.) C'est moi qui vais vous mettre la main dessus, ajoutai-je d'une voix que je réussis à rendre menaçante au prix d'un grand effort de volonté. Et vous ne vivrez sans doute pas assez longtemps pour être confronté aux autorités.

— Nous avons déjà établi que tu n'étais pas capable de commettre un meurtre.

Victor s'installa confortablement dans l'un des fauteuils capitonnés. Robert resta debout et conserva son expression absente.

—Avant tout, nous devons comprendre pourquoi quelqu'un a voulu tuer notre regrettée reine. Sa personnalité revêche peut difficilement être considérée comme un mobile, même si elle n'a pas dû arranger les choses. Les gens agissent ainsi par soif de pouvoir et pour servir leurs intérêts. D'après ce que j'ai entendu dire, sa dernière décision controversée est ce fameux décret abaissant l'âge du diplôme des novices… Oui : ce décret qui te fait froncer les sourcils. Il serait logique que son meurtrier y soit opposé.

Je n'avais aucune envie de donner raison à Victor, ni même d'avoir une discussion sensée avec lui. Ce que je voulais, c'était découvrir un indice sur l'endroit où il se trouvait dans la réalité, et également courir le risque de me heurter au mur invisible une seconde fois. Cela pouvait valoir le coup si j'arrivais à lui faire un peu mal. Je fus donc presque surprise de m'entendre lui répondre :

—Ou bien alors son meurtrier était partisan de mesures bien plus radicales, qui auraient pesé plus lourdement sur les dhampirs. Il trouvait peut-être son décret trop mou.

Soit : prendre Victor de court constituait l'un des grands plaisirs de ma vie, or j'eus la joie de le voir écarquiller les yeux de stupeur. Il n'était pas facile de suggérer une idée neuve à un cerveau aussi machiavélique et aussi rusé que le sien.

—Intéressant, finit-il par commenter. Je t'ai peut-être sous-estimée, Rose. C'est une brillante déduction.

—Eh bien… Elle ne vient pas vraiment de moi.

Victor attendit avec impatience que je m'explique et même Robert sortit de sa rêverie pour poser les yeux sur moi, ce qui me fit frémir.

—Elle vient de Tatiana. Je veux dire : ce n'est pas une déduction qu'elle a faite… elle l'a suggéré, tout simplement. Enfin… dans le message qu'elle m'a laissé.

Pourquoi me mettais-je à divaguer ainsi devant ces deux-là ? J'eus au moins le plaisir de surprendre encore Victor.

— Tatiana Ivashkov t'a laissé un message contenant des informations secrètes ? Pour quoi faire ?

Je me mordis la lèvre et tournai les yeux vers l'un des tableaux. Il représentait une Moroï élégante qui avait les fameux yeux vert jade communs aux Dashkov et aux Dragomir. L'idée me vint tout à coup que Robert avait peut-être tiré le décor de ce rêve d'une maison de leur enfance. Un mouvement entraperçu du coin de l'œil me fit reporter mon attention sur les deux frères.

Victor se leva et fit quelques pas vers moi. La curiosité le dévorait.

— Ce n'est pas tout. Que t'a-t-elle révélé d'autre ? Elle se savait en danger. Elle savait que ce décret était lourd d'enjeux… mais il y a autre chose, n'est-ce pas ?

Je ne répondis rien, mais une idée insensée commença à germer dans mon esprit. J'étais bel et bien en train d'envisager que Victor pourrait m'aider. Bien sûr, rétrospectivement, cette idée n'était pas si insensée, puisque je l'avais déjà sorti de prison pour obtenir son aide.

— Tatiana m'a révélé…

Devais-je le dire ? Devais-je lui livrer ce secret que j'avais caché même à Lissa ? Si Victor apprenait l'existence d'un autre Dragomir, il y avait des risques pour qu'il se serve de cette information pour ourdir l'un de ses complots. J'avais du mal à imaginer de quelle façon, mais je savais depuis longtemps que je devais m'attendre à tout de sa part. D'un autre côté… Victor connaissait beaucoup de secrets. J'aurais adoré le voir se mesurer à Abe. Et j'étais certaine qu'un grand nombre des secrets qu'il détenait concernaient les Dragomir et les Dashkov. Je déglutis.

— Tatiana m'a révélé qu'il y avait un autre Dragomir. D'après elle, le père de Lissa aurait eu une liaison et il me suffirait de retrouver cet enfant pour permettre à Lissa de siéger au Conseil.

En voyant Robert et Victor se regarder avec stupeur, je compris que ma stratégie s'était retournée contre moi. Victor n'allait me fournir aucune information. Je venais au contraire de lui livrer un atout majeur. Merde, merde, merde…

Il posa sur moi son regard redevenu calculateur.

— Éric Dragomir n'était donc pas le saint qu'il prétendait être.

Je serrai les poings.

— Ne salissez pas la mémoire de son père.

— Je n'en ai pas l'intention. J'aimais infiniment Éric. Néanmoins… si c'est vrai, Tatiana a raison. Vasilisa disposerait donc du quorum dont elle a besoin pour siéger au Conseil, et ses opinions libérales risqueraient d'entrer en conflit avec celles des autres membres, qui semblent bien incapables d'évoluer. (Il pouffa.) Oui… Il y a là de quoi contrarier beaucoup de gens, y compris un meurtrier qui voudrait opprimer les dhampirs. Je me doute que la personne en question n'avait guère envie que cette information soit rendue publique.

— Quelqu'un a déjà essayé de détruire des dossiers qui reliaient le père de Lissa à sa maîtresse.

J'avais encore parlé sans réfléchir et je m'en voulus terriblement. Je ne tenais ni à livrer la moindre information supplémentaire aux deux frères ni à me comporter comme si nous étions dans le même camp.

— Laisse-moi deviner, répondit Victor. C'est ce que tu essaies de faire, n'est-ce pas ? Tu cherches le bâtard d'Éric !

— Eh ! ne…

— Ce n'est qu'une façon de parler, m'interrompit-il. Si je vous connais bien – et je crois que c'est le cas –, Lissa fait tout ce qu'elle peut pour prouver ton innocence à la Cour pendant que Belikov et toi vous êtes lancés dans une aventure chargée de tension érotique sur les traces du frère ou de la sœur perdue de Lissa.

— Vous ignorez ce que nous faisons, grognai-je.

« Une aventure chargée de tension érotique », c'était certain…

Il haussa les épaules.

— Il n'y a qu'à te regarder pour le savoir. Et ce n'est pas une mauvaise idée, d'ailleurs. On ne peut pas dire qu'elle soit formidable… mais elle n'est pas mauvaise non plus. Si les Dragomir atteignent le quorum, tu auras une avocate au Conseil. Je suppose que tu n'as pas de piste ?

— On y travaille, répondis-je évasivement.

Victor se tourna vers Robert. Même si je les savais incapables de télépathie, j'eus l'impression qu'ils pensaient à la même chose et se le confirmaient mutuellement du regard. Victor finit par hocher la tête avant de se retourner vers moi.

— Très bien, nous allons t'aider, conclut-il comme s'il se résignait à me rendre un immense service.

— Je n'ai pas besoin de votre aide !

— Bien sûr que si. Cette situation te dépasse, Rose. Tu t'aventures dans les eaux troubles de la politique et tu n'y connais rien. Il n'y a aucune honte à le reconnaître ; tout comme je reconnais que tu me battrais certainement dans un combat à mains nues impulsif et irrationnel.

C'était encore un compliment douteux.

— Nous nous en sortons très bien. Nous avons l'aide d'une alchimiste.

Voilà. Il allait enfin comprendre qu'il était dépassé par plus fort que lui. Il faut porter à mon crédit qu'il eut l'air légèrement impressionné… mais juste légèrement.

— C'est mieux que ce à quoi je m'attendais. Ton alchimiste a-t-elle déjà localisé l'enfant ou trouvé une piste ?

— Elle y travaille, répétai-je.

Il poussa un soupir de frustration.

— Nous allons avoir besoin de temps, dans ce cas… à la fois pour que Lissa enquête à la Cour et pour que tu retrouves la trace de cet enfant.

— Puisque vous avez toujours l'air de tout savoir, je m'attendais à ce que vous ayez quelque chose à m'apprendre à son sujet, lui fis-je remarquer.

— Malheureusement, non. (Victor ne semblait pas aussi chagriné qu'il le prétendait.) Mais je pourrai dévider l'écheveau si tu me trouves un fil. (Il se dirigea vers Robert et lui tapota le bras d'un geste réconfortant, ce qui lui valut un regard empreint de dévotion.) Nous reviendrons bientôt te visiter en rêve. Préviens-nous si tu découvres quelque chose d'utile. Nous viendrions alors te rejoindre.

J'écarquillai les yeux.

— Il n'est pas question que…

J'hésitai. J'avais laissé Victor s'échapper à Las Vegas, et voilà qu'il proposait spontanément de venir me rejoindre. Cela allait peut-être m'offrir l'occasion de corriger mon erreur et de mettre mes menaces à exécution. Je m'empressai de rattraper le coup.

— Qu'est-ce qui me prouve que je peux vous faire confiance ?

— Rien, répondit-il sans détours. Tu vas devoir te fier à l'adage qui affirme que l'ennemi de ton ennemi est ton ami.

— J'ai toujours détesté ce proverbe et vous serez toujours mon ennemi.

Je fus un peu surprise de voir Robert revenir à la vie. Il me jeta un regard furieux et avança vers moi.

— Mon frère est un homme bon, fille de l'Ombre ! s'écria-t-il. Si tu lui fais du mal… je te le ferai payer. Et tu n'en reviendras pas, la prochaine fois. Le royaume des morts ne te laissera pas lui échapper deux fois !

Même si je n'avais pas l'intention de prendre au sérieux les menaces d'un fou, je ne pus m'empêcher de frémir.

— Votre frère est un psycho…

— Ça suffit ! intervint Victor en tapotant de nouveau le bras de son frère.

Le cadet des Dashkov recula, mais il me dévisageait toujours avec colère et j'étais prête à parier que sa barrière invisible était bien en place.

— Ces querelles ne servent à rien et nous font perdre du temps… or nous en manquons. Il nous en faudrait davantage… L'élection du nouveau monarque va bientôt commencer, et le meurtrier de Tatiana va sans doute y jouer un rôle, si un complot se trame. Nous devons ralentir la procédure, à la fois pour contrecarrer les manœuvres du meurtrier et pour nous laisser le temps d'accomplir nos tâches.

Je commençais à en avoir assez.

— Ah oui ? Et que suggérez-vous ?

Victor esquissa un sourire.

— Nous allons présenter Vasilisa à l'élection.

Puisque j'avais affaire à Victor Dashkov, rien de ce qu'il pouvait dire n'aurait dû me surprendre. Néanmoins, il parvint encore à me prendre de court, ce qui prouvait le niveau de sa démence.

— C'est impossible, déclarai-je

— Pas vraiment, répondit-il.

J'écartai les bras avec exaspération.

— N'avez-vous rien retenu de notre conversation ? Notre but est de permettre à Lissa de représenter sa famille au Conseil des Moroï. Pour l'instant, elle n'a pas le droit de voter ! Comment pourrait-elle se présenter à l'élection ?

— À vrai dire, la loi l'y autorise. La procédure des nominations permet à chaque famille royale de présenter un candidat à l'élection. Il n'y a pas de restriction particulière. Un membre de chaque famille a le droit de participer. Contrairement à son droit de siéger au Conseil, aucun quorum n'est exigé dans ce cas. Elle a seulement besoin de recevoir le soutien de trois personnes, et la loi ne dit pas qu'elles doivent faire partie de sa famille.

Victor fournissait tant de détails qu'il donnait l'impression de réciter le texte de la loi. Les avait-il toutes apprises par cœur ? Mais il était logique que quelqu'un qui passait son temps à les enfreindre les connaisse assez bien.

— Celui qui a édicté cette loi supposait sans doute que les candidats auraient une famille, arguai-je. Il ne s'est simplement pas donné la peine de le spécifier, c'est tout. Voilà ce que diront les gens si Lissa présente sa candidature. Ils s'y opposeront.

— Qu'ils s'y opposent donc autant qu'ils veulent. Ceux qui lui refusent sa place au Conseil s'appuient sur un détail de la loi, qui exige que sa famille compte d'autres membres qu'elle. Selon leur propre argumentation, chaque détail a son importance. Ils devront appliquer la même logique aux lois relatives à l'élection qui, comme je viens de le dire, ne mentionnent pas de quorum. C'est la beauté de ce vide juridique. Ses opposants ne peuvent gagner sur les deux tableaux. (Le sourire que Victor esquissa prouvait qu'il était absolument sûr de lui.) Je te jure que rien dans la formulation de la loi n'empêche Lissa de se présenter.

— Et son âge ? m'inquiétai-je. Les princes et princesses qui ont été élus jusqu'ici étaient tous beaucoup plus vieux qu'elle.

Le titre de prince ou de princesse revenait au membre le plus âgé de chaque famille, et c'était souvent lui qui se présentait en cas d'élection. Les familles avaient le droit de choisir un candidat qu'elles estimaient meilleur mais – à ma connaissance – il s'agissait toujours de quelqu'un de plus âgé et de plus expérimenté que ne l'était Lissa.

— La seule exigence d'âge est qu'elle soit majeure, répondit Victor. C'est bien le cas. Elle peut donc se présenter. Les autres familles disposent d'un plus grand vivier, ce qui leur permet de choisir un candidat qui leur semble plus expérimenté. Mais les Dragomir n'ont pas ce luxe, n'est-ce pas ? Par ailleurs, elle ne serait pas la première jeune reine de notre histoire. L'une des plus célèbres, Alexandra, n'avait que quelques années de plus que Vasilisa. Elle a accompli des choses extraordinaires et son peuple l'adorait. Elle a sa statue près de l'église de la Cour.

Je m'agitai nerveusement.

— À vrai dire… elle ne l'a plus. La statue a… explosé.

Victor écarquilla les yeux. Il avait peut-être entendu parler de mon évasion, mais il n'en connaissait apparemment pas tous les détails.

— Peu importe, m'empressai-je d'ajouter en éprouvant quelque remords à l'idée d'être indirectement responsable de l'explosion d'une reine célèbre. Cette idée de présenter Lissa est ridicule.

— Tu ne seras pas la seule à le penser, reconnut Victor. Cela suscitera des débats. Les gens s'y opposeront, mais la loi finira par prévaloir. Ils devront la laisser participer à l'élection. Elle passera et réussira sûrement les épreuves. Puis, lorsque viendra le moment de voter, la loi requerra la présence d'un autre membre de sa famille à ses côtés.

Je sentis un vertige me gagner. Tous ces vides juridiques et toutes ces procédures m'épuisaient mentalement.

— Venez-en au fait et traduisez-moi ça en langage simple, exigeai-je.

— Quand on en arrivera au vote, elle ne pourra pas être élue. Elle n'a aucun parent pour remplir le rôle qui serait alors dévolu à celui-ci pendant l'élection. En d'autres termes, la loi l'autorise à se présenter et à passer les épreuves, mais personne ne pourra voter pour elle, puisqu'elle est le seul membre de sa famille.

— C'est… débile.

— Je suis d'accord.

Il se tut quelques instants, sans doute parce qu'il était aussi surpris que moi que nous soyons du même avis sur quelque chose.

— Lissa va détester cette idée. Elle n'a aucune envie de devenir reine.

— N'as-tu rien compris ? s'écria Victor. Elle ne va pas devenir reine. Elle ne le peut pas. Il s'agit d'une loi mal rédigée qui n'avait pas prévu cette situation. C'est un imbroglio juridique qui va nous permettre de perturber l'élection le temps de découvrir qui a tué Tatiana et de retrouver le frère ou la sœur de Lissa.

— Eh ! je vous l'ai déjà dit : il n'y a pas de « nous » qui tienne. Il n'est pas question que je…

Victor et Robert se regardèrent.

— Fais en sorte que Lissa se présente à l'élection, m'ordonna abruptement Victor. Nous te recontacterons bientôt. Tu nous diras où nous pourrons te rejoindre pour chercher ce Dragomir.

— Il n'est pas…

Je me réveillai.

Ma première impulsion fut de jurer, mais je m'en abstins en reprenant conscience de l'endroit où je me trouvais. Je devinai la silhouette de Dimitri dans un coin de la chambre. Il était sur ses gardes et je ne voulais pas qu'il comprenne que je m'étais réveillée. Je fermai les yeux, trouvai une position plus confortable et espérai me rendormir d'un vrai sommeil d'où seraient absents les frères Dashkov et leurs stratégies grotesques. Que Lissa se présente à l'élection ? C'était absurde. Sauf que… ce n'était guère plus insensé que la plupart des choses que je faisais habituellement.

Je rangeai cette idée dans un coin de ma tête, me détendis et sentis le sommeil commencer à me gagner. « Commencer » était bien le terme juste, parce qu'un autre rêve généré par l'esprit se matérialisa autour de moi.

Apparemment, cette nuit allait être bien remplie.

Chapitre 11

Je m'attendais à voir les frères Dashkov réapparaître avec un « conseil » de dernière minute, mais je découvris...

— Adrian !

Je traversai en courant le jardin dans lequel j'étais apparue et me jetai dans ses bras. Il m'étreignit avec la même force et me souleva de terre.

— Petite dhampir, dit-il en me reposant, mais sans lâcher sa prise sur ma taille. Tu m'as manqué.

— Toi aussi.

J'étais sincère. Les événements bizarres de ces derniers jours m'avaient complètement déstabilisée et sa présence me réconfortait, même s'il ne s'agissait que d'un rêve. Je me hissai sur la pointe des pieds et l'embrassai en m'abandonnant à la chaleur de ses lèvres pendant quelques instants.

— Est-ce que ça va ? me demanda-t-il lorsque je m'écartai. Personne ne m'a vraiment donné de tes nouvelles. Ton vieux prétend que tu es en sécurité et que l'alchimiste le préviendrait si quelque chose tournait mal.

Je ne pris pas la peine de lui dire que c'était faux puisque Abe ignorait que nous avions désobéi à ses ordres et que nous nous étions réfugiés chez des vampires primitifs.

— Je vais bien, lui assurai-je. Je m'ennuie, surtout. Nous sommes planqués dans un trou perdu. Personne ne viendra nous chercher ici. Ça ne fait pas envie !

En voyant son beau visage exprimer un immense soulagement, je compris à quel point il s'inquiétait pour moi.

— J'en suis ravi. Tu n'as pas la moindre idée de ce qui se passe ici, Rose. Les gardiens ne se contentent pas d'interroger les gens qu'ils soupçonnent de t'avoir aidée à t'évader. Ils élaborent toutes sortes de plans pour te traquer et parlent sans arrêt d'un « escadron de la mort ».

— Eh bien, ils ne me trouveront pas. Je suis dans une région assez reculée.

À vrai dire, on pouvait difficilement faire plus reculé.

— J'aurais aimé pouvoir t'accompagner.

Il semblait toujours inquiet.

— Non, répondis-je en posant un doigt sur ses lèvres. Ne dis pas ça. Tu es bien mieux là où tu es. Je ne voudrais pas qu'on t'associe à moi plus qu'on ne le fait déjà. T'a-t-on interrogé ?

— Oui, et ils n'ont rien pu tirer de moi. J'ai un trop bon alibi. Ils m'ont coincé au moment où nous allions trouver Mikhail parce que nous avons parlé à…

— Je sais. Joe.

La surprise d'Adrian fut de courte durée.

— Tu nous as espionnés, petite dhampir.

— C'était difficile de me retenir.

— Tu sais… Même si j'apprécierais que quelqu'un soit aussitôt au courant si j'avais des ennuis, je suis content de n'être lié à personne. Je n'aimerais pas qu'on vienne fouiller dans ma tête.

— À mon avis, personne n'aurait envie de le faire. La vie d'Adrian Ivashkov est déjà bien assez pénible pour un seul individu, alors pour deux… (Je vis une lueur d'amusement briller dans ses yeux, mais elle disparut dès que je revins aux questions qui nous intéressaient.) Peu importe. J'ai entendu

Lissa… interroger Joe. C'est une affaire sérieuse. Qu'en pense Mikhail ? Si Joe a menti, la moitié des preuves qui m'accusent tombent à l'eau.

Ainsi que l'alibi d'Adrian…

— Sans doute pas la moitié. Il aurait mieux valu que Joe dise que tu étais dans ta chambre au moment du meurtre plutôt que de reconnaître qu'il ne se souvenait de rien… Il aurait aussi mieux valu qu'il ne parle pas sous suggestion. Mikhail ne peut pas consigner officiellement cet aveu, à cause de cela.

Je soupirai. À force de fréquenter des spécialistes de l'esprit, j'avais fini par considérer la suggestion comme quelque chose de normal. J'oubliais facilement que c'était un tabou dans le monde des Moroï et qu'on risquait de sérieux ennuis en s'en servant. D'ailleurs, Lissa ne risquait pas seulement d'avoir des problèmes parce qu'elle avait enfreint la loi en l'employant : elle risquait également d'être accusée d'avoir fait dire à Joe ce qu'elle voulait. Tous les aveux de ce dernier seraient alors considérés comme suspects et personne ne les croirait, d'autant plus qu'ils étaient en ma faveur.

— De plus, si ce que Joe nous a dit venait à s'ébruiter, tout le monde apprendrait quelles absurdités ma mère a commises par amour, ajouta-t-il avec consternation.

— Je suis désolée, répondis-je en le prenant dans mes bras.

Je savais qu'il tenait à sa mère même s'il passait son temps à se plaindre de ses parents. Il avait dû lui être pénible de découvrir qu'elle avait payé Joe pour obtenir un faux témoignage, et je savais qu'il ne s'était pas encore remis de la mort de Tatiana. Tous les hommes qui m'entouraient semblaient condamnés à traverser de dures épreuves, ces derniers temps.

— En tout cas, je suis très contente qu'elle t'ait permis de rester hors de cause.

— C'était stupide de sa part. Elle va avoir de gros ennuis si quelqu'un le découvre.

— Qu'en pense Mikhail ?

— Il va aller trouver Joe et l'interroger lui-même. On verra bien après ça. Pour le moment, nous ne pouvons pas faire grand-chose de cette information. Elle nous est utile, mais elle n'a pas la moindre valeur d'un point de vue juridique.

— Oui, répondis-je en m'efforçant de ne pas céder au découragement. C'est toujours mieux que rien, j'imagine.

Adrian acquiesça puis chassa ses inquiétudes avec son aisance coutumière. Il s'écarta un peu de moi sans me lâcher et esquissa un sourire.

— Jolie robe, au fait.

Ce soudain changement de sujet me désarçonna, alors que j'aurais dû en avoir pris l'habitude à force de le fréquenter. Je suivis son regard et découvris que j'étais vêtue d'une de mes anciennes robes : celle, noire et sexy, que je portais le jour où Victor nous avait jeté un sortilège de luxure, à Dimitri et moi. Puisque Adrian ne l'avait pas choisie, c'était donc mon inconscient qui avait déterminé mon apparence. Je fus assez surprise du résultat.

— Oh !..., balbutiai-je, subitement mal à l'aise sans trop savoir pourquoi. Les vêtements que je porte dans la réalité sont assez mal en point. Je suppose que j'ai voulu compenser.

— Elle te va bien, en tout cas, commenta-t-il en faisant glisser son index le long d'une bretelle. Vraiment bien.

La caresse de son doigt me provoqua un frisson, même si nous rêvions.

— Du calme, Ivashkov ! Nous n'avons pas de temps à perdre à ça.

— Nous dormons. Que pouvons-nous faire d'autre ?

Il étouffa mes protestations par un baiser. Il fit glisser une de ses mains le long de ma cuisse jusqu'au bord de la robe, et il me fallut déployer une grande énergie mentale pour me convaincre qu'il n'allait sûrement pas aider à prouver mon innocence en me déshabillant. Je reculai à contrecœur.

— Nous allons découvrir qui a tué Tatiana, déclarai-je en tâchant de reprendre mon souffle.

— Il n'y a pas de « nous » qui tienne, répondit-il en reprenant à son compte la réplique que j'avais employée devant Victor. Il y a moi, Lissa, Christian et tous nos autres amis marginaux. (Il me caressa les cheveux, m'attira encore contre lui et déposa un léger baiser sur ma joue.) Ne t'en fais pas, petite dhampir. Contente-toi de prendre soin de toi et de rester où tu es.

— Impossible. Ne comprends-tu pas ? Je ne peux pas rester sans rien faire.

Ces mots franchirent mes lèvres avant que je puisse les arrêter. Me plaindre de mon inaction devant Dimitri était une chose, mais je devais absolument faire croire à Adrian et à mes autres amis restés à la Cour que je me tenais à carreau.

— Il le faut. Nous nous occupons de tout.

Je pris soudain conscience qu'il ne comprenait pas à quel point j'avais besoin de me rendre utile. À sa décharge, ses intentions étaient louables. Il estimait très important que je veille sur moi-même et voulait être sûr que je ne courais aucun risque… Mais il ne comprenait pas que rester inactive était un supplice pour moi.

— Nous allons trouver cette personne et l'empêcher d'aller jusqu'au bout de son plan, quel qu'il soit. Ça prendra le temps qu'il faudra, mais nous réglerons ce problème.

— Du temps, murmurai-je contre son torse en renonçant à argumenter.

Essayer de le convaincre que j'avais besoin de les aider ne m'avancerait à rien. D'ailleurs, j'avais désormais ma propre quête. Il y avait tant à faire et nous disposions de si peu de temps. Je laissai mon regard se perdre dans le paysage qu'il avait créé. J'avais tout de suite remarqué les arbres et les fleurs, mais je ne compris qu'à cet instant que nous nous trouvions dans le jardin de l'église… tel qu'il était avant les explosions. La statue de la reine Alexandra se dressait toujours, intacte, ses longs cheveux et son regard bienveillant à jamais figés par la pierre. Pour le moment, l'enquête sur le meurtre de Tatiana était entre les mains de mes amis, et Adrian avait raison sur un point : cela risquait d'être long. Je soupirai.

— Du temps... Il nous en faut plus.

— Quoi ? me demanda Adrian en s'écartant légèrement. Qu'as-tu dit ?

Je le dévisageai en me mordant la lèvre tandis qu'un million d'idées tourbillonnaient dans mon esprit, puis je tournai de nouveau les yeux vers Alexandra et pris ma décision en me demandant si je m'apprêtais à battre mon record en matière de folie. Finalement, je reportai mon attention sur Adrian et pressai sa main.

— J'ai dit que nous avions besoin de plus de temps. Et je sais comment en gagner, mais tu vas devoir faire quelque chose pour moi. Par ailleurs... tu ferais sans doute mieux de ne pas en parler tout de suite à Lissa.

J'eus à peine le temps de donner mes instructions à Adrian – qui fut aussi abasourdi que je m'y attendais – avant que Dimitri me réveille pour que je prenne mon tour de garde. Nous nous relayâmes sans nous dire grand-chose. Il arborait son habituelle expression de type coriace, mais ses traits étaient tirés. Je ne voulais pas lui infliger de nouvelles inquiétudes en lui racontant ma discussion avec Victor et Robert, sans parler de ce que je venais de demander à Adrian. Il serait bien temps de lui faire un résumé un peu plus tard... Dimitri s'endormit facilement, comme à son habitude, et Sydney ne changea même pas de position dans son sommeil. Je lui enviai sa nuit entière mais ne pus m'empêcher de sourire lorsque la pièce devint de plus en plus lumineuse. Nos aventures nocturnes l'avaient contrainte à adopter les horaires des vampires.

Bien sûr, Lissa suivait ces mêmes horaires, ce qui m'empêcha de prendre de ses nouvelles pendant mon tour de garde. Ce fut aussi bien. Je tenais à garder à l'œil l'inquiétante communauté sur laquelle nous étions tombés. Ces Purs n'avaient peut-être pas l'intention de nous dénoncer, mais ils n'étaient pas inoffensifs pour autant. Je n'avais pas non plus oublié les craintes de Sydney concernant une éventuelle visite-surprise des alchimistes.

J'entendis la maisonnée s'éveiller lorsque l'après-midi toucha à sa fin pour le reste du monde. J'effleurai doucement l'épaule de Dimitri, qui se réveilla sur-le-champ.

— Du calme, lui dis-je sans parvenir à réprimer un sourire. Je voulais simplement te réveiller. On dirait que nos amis les ploucs sont en train de se lever.

Cette fois, ma voix réveilla aussi Sydney. Elle se tourna vers nous et plissa les yeux à cause de la lumière qui filtrait à travers les rideaux disjoints de la fenêtre.

— Quelle heure est-il ? demanda-t-elle en s'étirant.

— Je n'en suis pas sûre… (Je n'avais pas de montre.) Sûrement plus de midi. Quinze heures ? Seize heures ?

Elle se redressa presque aussi vite que Dimitri l'avait fait.

— C'est déjà l'après-midi ? (La lumière du jour lui fournit la réponse.) Merde alors ! Vous et vos horaires diaboliques !

— As-tu vraiment dit « merde » ? la taquinai-je. Les alchimistes n'ont-ils pas un règlement qui interdit les gros mots ?

— C'est parfois nécessaire.

Elle se frotta les yeux et regarda la porte. Les légers bruits que j'avais entendus dans la maison s'étaient amplifiés au point de devenir perceptibles par une oreille humaine.

— Je suppose que nous allons avoir besoin d'un plan.

— Nous en avons un, répondis-je. Nous devons retrouver le frère ou la sœur de Lissa.

— Je n'ai pas encore dit que j'étais d'accord, me rappela-t-elle. Et vous vous obstinez à croire qu'il me suffit d'interroger une banque de données comme le pirate informatique d'un film pour obtenir toutes les réponses que vous voulez.

— Eh bien, ça vaut au moins le coup de... (Je pris brusquement conscience d'un problème qui risquait de nous compliquer sérieusement la tâche.) Merde. Ton ordinateur ne fonctionnera jamais ici.

— Il accède à Internet par satellite, mais la batterie risque de nous lâcher. (Elle soupira, se leva et défroissa ses vêtements fripés avec consternation.) J'ai besoin d'un café ou d'une brasserie du même genre.

— Je crois en avoir repéré un dans une grotte au bout du chemin, répliquai-je.

Cela faillit lui arracher un sourire.

— Il doit bien exister une ville dans les environs où je pourrais me servir de mon ordinateur.

— Mais ce n'est sans doute pas une bonne idée d'utiliser la voiture dans cet État, intervint Dimitri. Quelqu'un a peut-être relevé notre numéro d'immatriculation au motel.

— Je sais, répondit-elle d'un ton morose. J'y avais déjà songé.

Des coups frappés à la porte interrompirent nos brillantes machinations. Sarah entrouvrit la porte sans attendre notre réponse, passa la tête par l'entrebâillement et nous offrit un sourire.

— Parfait. Vous êtes tous réveillés. Le petit déjeuner sera bientôt prêt, si vous voulez vous joindre à nous...

Une odeur parfaitement normale d'œufs et de bacon nous parvint. Le pain consommé la veille m'avait permis de tenir la nuit, mais mon estomac réclamait un vrai repas et j'étais prête à courir le risque d'ingurgiter ce que la famille de Raymond avait à nous offrir.

La pièce principale était le théâtre d'une intense activité domestique. Raymond était occupé à faire cuire quelque chose dans la cheminée pendant que Paulette mettait la table. On y avait déjà disposé des œufs brouillés qui semblaient parfaitement ordinaires, ainsi que des tranches de pain. Raymond s'écarta de la cheminée en tenant une grande plaque de métal couverte de bacon croustillant. Un sourire fendit sa barbe lorsqu'il nous aperçut. Plus j'observais ces Purs, plus quelque chose me frappait : ils ne faisaient aucun effort pour dissimuler leurs canines. Dans le monde d'où je venais, on apprenait aux Moroï dès leur plus tendre enfance à parler et à sourire en montrant le moins possible leurs canines, pour le cas où il leur faudrait côtoyer des humains. Cela ne se passait visiblement pas ainsi dans cette communauté.

— Bonjour, nous lança Raymond en faisant doucement glisser les tranches de bacon dans un autre plat posé sur la table. J'espère que vous avez faim.

— C'est du vrai bacon, à votre avis ? demandai-je à Sydney et Dimitri en chuchotant. Ce n'est pas de l'écureuil ou quelque chose de ce genre ?

— Il m'a l'air vrai, répondit Dimitri.

— À moi aussi, ajouta Sydney. Néanmoins, je suis certaine qu'il provient de cochons qu'ils élèvent et non d'un magasin.

L'expression que j'affichai à cette idée fit rire Dimitri.

— La hiérarchie de tes préoccupations ne cessera jamais de m'amuser. La nourriture douteuse t'inquiète visiblement beaucoup plus que les Strigoï.

— Qu'y a-t-il, à propos des Strigoï ?

Joshua et Angeline venaient d'entrer dans la maison, lui avec un bol de mûres à la main, elle en traînant les deux enfants. Ceux-ci mouraient d'envie de ressortir, si j'en jugeais à leur façon de se tortiller et à leur état de saleté. C'était Angeline qui nous avait posé cette question.

Dimitri se chargea de donner le change afin de dissimuler mes appréhensions alimentaires.

— Nous parlions seulement du tableau de chasse de Rose.

Joshua s'arrêta net et me dévisagea en écarquillant ses beaux yeux bleus.

— Tu as tué des Perdus ? je veux dire… des Strigoï ? (J'admirai l'effort qu'il faisait pour employer « nos » termes.) Combien ?

Je haussai les épaules.

— J'ai perdu le compte.

— N'as-tu pas vu ses marques ? le gronda Raymond. Il me semblait bien que les Corrompus n'avaient pas abandonné cette coutume.

— Mes marques ? Oh ! nos tatouages ? Nous en portons toujours.

Je me tournai et soulevai mes cheveux. J'entendis qu'on se rapprochait de moi, puis sentit un doigt effleurer ma peau. Je tressaillis et tournai vivement la tête, ce qui me permit de voir Joshua baisser la main avec un air honteux.

— Désolé, s'excusa-t-il. C'est seulement que je ne les connais pas tous. À vrai dire, je ne connais que les *molnija*. C'est aussi grâce à elles que nous tenons le compte des Strigoï que nous tuons. Tu en as… beaucoup.

— Le tatouage en forme de S allongé n'a de sens que pour eux, expliqua Raymond avec une grimace réprobatrice, qui céda cependant vite la place à l'admiration. L'autre est la *zvezda*.

Cela fit tressaillir Joshua et Angeline et m'arracha un : « La quoi ? »

— La marque des batailles, précisa Dimitri. Il n'y a plus grand monde qui l'appelle encore la *zvezda*. Ça signifie « étoile ».

— Ah ! répondis-je. Ça paraît logique.

De fait, ce tatouage était en forme d'étoile et on l'attribuait à ceux qui avaient participé à des batailles assez importantes pour qu'on perde le compte des Strigoï tués. Après tout, une nuque ne pouvait accueillir qu'un nombre limité de *molnija*…

Joshua me décocha un sourire qui me provoqua quelques palpitations. Le fait d'appartenir à une communauté pseudo-Amish ne l'empêchait pas d'avoir du charme.

— Maintenant je comprends comment tu as pu tuer la reine des Corrompus.

— Je suis sûre qu'elle est fausse, cracha Angeline.

Alors que j'étais sur le point de préciser que je n'avais pas tué la reine, sa remarque m'en détourna.

— Sûrement pas ! Je l'ai gagnée quand des Strigoï ont attaqué notre lycée, et j'en ai tué encore beaucoup d'autres après ça.

— Ce tatouage ne doit pas être si rare, intervint Dimitri. Je suis sûr que vous affrontez les Strigoï de temps à autre.

— Pas vraiment, répondit Joshua, qui ne m'avait pas quittée des yeux. La plupart d'entre nous n'ont jamais combattu, ni même vu de Perdus. Ils s'attaquent peu à nous.

C'était une surprise. J'avais du mal à imaginer une proie plus facile pour des Strigoï qu'un groupe de Moroï, de dhampirs et d'humains vivant au beau milieu de nulle part.

— Pourquoi ? demandai-je.

— Parce que nous savons nous défendre, répondit Raymond en me décochant un clin d'œil.

Je méditai son affirmation énigmatique tandis que sa famille s'installait pour prendre le petit déjeuner. Il me revint à l'esprit que la communauté tout entière s'était montrée hostile à notre arrivée. Un tel comportement suffisait-il à tenir les Strigoï à l'écart ? Ils n'avaient pas peur de grand-chose, mais peut-être évitaient-ils les situations qui leur paraissaient entraîner de trop grands désagréments. Je me demandai ce qu'en pensait Dimitri. Sa propre famille vivait au sein d'une communauté en marge du monde des Moroï, mais leur existence n'avait rien à voir avec celle de nos hôtes.

Ces idées tournoyèrent dans mon esprit tandis que nous mangions et discutions. Les Purs avaient encore beaucoup de questions à poser sur nous et sur Tatiana. Angeline fut la seule à garder le silence. Elle mangea aussi peu que Sydney et m'observa en fronçant les sourcils pendant tout le repas.

— Nous avons besoin de provisions, déclara abruptement Sydney en m'interrompant au milieu d'une histoire effroyable, ce qui ne me dérangea pas mais déçut les autres. Y a-t-il une ville dans les environs où nous pourrions trouver un café ou un restaurant ?

— Eh bien… Il y a Rubysville, à un peu plus d'une heure de route en direction du nord, répondit Paulette. Mais nous avons largement de quoi vous nourrir.

— Il ne s'agit pas de nourriture, m'empressai-je de préciser. La vôtre est excellente. (Je me tournai vers Sydney.) Une heure de route, ce n'est pas si mal.

Elle acquiesça, puis jeta un coup d'œil hésitant à Raymond.

— Serait-il possible de vous emprunter une voiture ? Je… (Les mots qui suivirent lui furent douloureux à prononcer.) Je vous laisserai les clés de la mienne jusqu'à notre retour.

Raymond haussa un sourcil.

— Vous avez une belle voiture.

Sydney haussa les épaules.

— Moins nous la conduirons dans le coin, mieux cela vaudra.

Il nous proposa sa camionnette et nous assura qu'il n'aurait « probablement » pas besoin de se servir de la CR-V. Sydney le remercia d'un sourire pincé, mais j'étais certaine que des images de vampires en train de conduire sa voiture comme des fous lui trottaient dans la tête.

Nous partîmes peu après pour avoir une chance d'être rentrés avant le coucher du soleil. Les gens de la communauté étaient dehors, occupés aux diverses tâches quotidiennes qui remplissaient leur existence. Des enfants étaient assis autour d'un dhampir qui leur lisait un livre, ce qui m'incita à me demander quel genre de système éducatif ils avaient pu mettre en place.

Tous les Purs s'interrompirent pour nous regarder passer avec curiosité. Certains nous offrirent de francs sourires. Je souris en retour mais m'efforçai surtout de regarder droit devant moi. Joshua, qui avait proposé de nous accompagner jusqu'au « parking », s'arrangea pour marcher à côté de moi lorsque nous atteignîmes l'étroit sentier.

— J'espère que vous ne serez pas partis longtemps, me dit-il. J'avais envie de parler plus longuement avec toi.

— Bien sûr, répliquai-je. J'en serais ravie.

Son visage s'illumina et il écarta galamment une branche basse de mon chemin.

— Je pourrais te faire visiter ma grotte.

— Ta... Attends... Quoi ? Je croyais que tu vivais chez ton père.

— Pour le moment. Mais je vais bientôt avoir mon chez-moi. (Il y avait de la fierté dans sa voix.) Ma grotte n'est pas aussi grande que sa maison, bien sûr, mais c'est un début. J'ai presque fini de la nettoyer.

— C'est... génial. Tu me montreras ça quand nous reviendrons.

Cette réponse me vint facilement, mais mon esprit était occupé à intégrer l'idée que son père avait une « grande » maison.

Joshua nous quitta lorsque nous atteignîmes le véhicule de Raymond, une grosse camionnette rouge sur la banquette de laquelle nous tenions à peine tous les trois. Elle me donna l'impression d'avoir beaucoup roulé, ce qui me surprit puisque les Purs semblaient rarement quitter les bois, mais son état de délabrement n'était peut-être que le résultat de longues années d'abandon.

— Tu ne devrais pas lui donner de faux espoirs, déclara Dimitri alors que nous roulions depuis une dizaine de minutes.

À ma grande surprise, Sydney lui avait laissé le volant. Peut-être estimait-elle qu'une camionnette virile exigeait un conducteur viril.

Dès que nous avions démarré, la tâche qui nous incombait était revenue occuper mes pensées : nous devions trouver l'autre Dragomir.

— Pardon ?

— À Joshua. Vous flirtiez.

— Sûrement pas ! Nous bavardions, c'est tout.

— N'es-tu pas censée sortir avec Adrian ?

— Bien sûr que si ! m'écriai-je en lui jetant un regard furieux. (Ses yeux restèrent rivés sur la route.) Et c'est bien pour ça que nous n'étions pas en train de flirter. Comment t'es-tu imaginé une chose pareille ? Joshua ne s'intéresse même pas à moi de cette manière.

— En fait si, intervint Sydney, qui était assise entre nous.

Je la regardai avec incrédulité.

— Comment le sais-tu ? Est-ce qu'il t'a passé un mot en classe, ou quelque chose du genre ?

Elle leva les yeux au ciel.

— Non, mais les habitants de ce campement vous considèrent comme des dieux, Dimitri et toi.

— Ils nous voient comme des étrangers, lui rappelai-je. Des Corrompus.

— Non. Pour eux, vous êtes des tueurs de Strigoï et des renégats qui avez assassiné la reine. Ces gens vous ont peut-être accueillis avec toute la charmante hospitalité méridionale, mais ce sont des sauvages. Ils mettent un point d'honneur à être capables de vaincre n'importe qui au combat, et la plupart d'entre eux sont tellement rustres... Disons seulement que vous deux représentez ce qui leur est arrivé de plus excitant depuis un bon moment.

— Et toi tu n'es pas excitante ? demandai-je.

— Là n'est pas le propos, se défendit-elle, perturbée par ma remarque. Les alchimistes n'ont aucun intérêt à leurs yeux. Nous ne nous battons pas. Ils nous croient faibles.

Je songeai aux regards éblouis que j'avais croisés et dus reconnaître que la plupart des gens que j'avais vus semblaient usés et misérables.

— Les membres de la famille de Raymond ont une certaine allure, lui fis-je remarquer.

Dimitri, qui vit certainement dans mes paroles une preuve de mon intérêt pour Joshua, émit un grognement.

— C'est vrai, répondit Sydney. Sans doute parce que c'est la famille la plus importante de la communauté. Ils mangent mieux et doivent passer moins d'heures à travailler au soleil. Ce genre de choses fait la différence.

Ma relation avec Joshua ne fut plus abordée du reste du trajet. Nous atteignîmes Rubysville dans un délai raisonnable et découvrîmes une ville assez semblable à celle dans laquelle nous avions séjourné. Nous nous arrêtâmes dans ce qui se révéla être l'unique station-service du coin, et Sydney se précipita à l'intérieur pour interroger le propriétaire. Elle revint quelques minutes plus tard pour annoncer qu'il y avait bien une sorte de café où elle pourrait brancher son ordinateur et commencer les recherches.

Elle prit un café et nous nous installâmes à côté d'elle sans rien commander, le petit déjeuner ayant été copieux. Après avoir essuyé quelques regards mauvais de la serveuse, qui semblait nous considérer comme des squatteurs, Dimitri et moi décidâmes d'aller faire un tour. Sydney eut l'air d'apprécier notre départ presque autant que la serveuse. J'eus l'impression qu'elle n'aimait guère nous voir rôder autour d'elle.

Je m'étais beaucoup moqué de l'intérêt de Sydney pour la Virginie-Occidentale, mais je dus reconnaître que le paysage était magnifique. De grands arbres chargés de leur feuillage d'été entouraient la ville comme s'ils l'étreignaient. Les montagnes qui s'élevaient au-delà étaient très différentes de celles au pied desquelles j'avais grandi, à Saint-Vladimir. Elles étaient vallonnées et boisées, alors que la plupart des montagnes qui entouraient Saint-Vladimir étaient arides, déchiquetées, et leurs pics presque toujours enneigés. Ces souvenirs du Montana éveillèrent en moi une étrange nostalgie. Il était tout à fait possible que je n'y retourne jamais. Si je passais le reste de ma vie en fuite, Saint-Vladimir serait le dernier endroit où je pourrais aller. Et si je me faisais arrêter, il était certain que je ne reverrais jamais le Montana.

— Ni aucun autre endroit au monde, murmurai-je malgré moi.

— Quoi ? me demanda Dimitri.

— Je pensais seulement à ce qui arriverait si les gardiens nous retrouvaient. Je ne m'étais jamais rendu compte de tout ce que j'avais envie de voir et de faire dans ma vie. C'est tout cela qui est en jeu désormais, tu comprends ?

Nous nous rabattîmes vers le bas-côté de la route pour laisser passer une camionnette orange qui transportait des enfants rieurs en vacances pour l'été.

— Imaginons que nous n'arrivions jamais à prouver mon innocence ni à retrouver le véritable meurtrier. Quel est le meilleur des scénarios restant ? Celui où je passe ma vie à fuir et à me cacher. Dans ce cas, j'aurais tout intérêt à m'installer définitivement chez les Purs.

— Ça m'étonnerait que tu aies besoin d'en arriver là, répondit Dimitri. Abe et Sydney te trouveront un endroit sûr.

— Existe-t-il un lieu qui le soit vraiment ? D'après Adrian, les gardiens redoublent leurs efforts pour nous retrouver. Les alchimistes les aident, et les autorités humaines aussi, probablement. Peu importe où nous irons, nous courrons toujours le risque de nous faire repérer. Nous devrons alors nous déplacer et ça recommencera indéfiniment.

— Tu seras en vie, me fit-il remarquer. C'est le plus important. Profite de ce que tu as et prends le temps d'apprécier chaque détail de l'endroit où tu te trouves, au lieu de penser à ceux où tu n'es pas.

— Tu as raison, admis-je. (Je m'efforçai de suivre son conseil. Le bleu du ciel me parut gagner en intensité et le chant des oiseaux en volume.) Je suppose que je ne devrais pas me lamenter sur les endroits de rêve que je ne verrai jamais, mais me réjouir plutôt de simplement voir quelque chose... et de ne pas vivre dans une grotte.

Il posa sur moi un regard impénétrable et me sourit.

— Où aimerais-tu aller ?

— Là, tout de suite ?

J'observai les environs pour évaluer les possibilités qu'ils offraient. Il y avait un magasin d'articles de chasse et de pêche, une épicerie et un marchand de glaces à qui nous allions sûrement rendre visite avant de quitter la ville.

— Non. Dans le monde.

Je lui jetai un regard méfiant.

— Sydney risque de nous en vouloir si nous partons pour Istanbul ou une autre destination du même genre.

Il éclata franchement de rire.

— Ce n'est pas ce que j'avais en tête. Allez viens.

Je le suivis en direction du magasin d'articles de chasse et de pêche, puis découvris un petit bâtiment caché derrière. Le regard acéré de Dimitri avait évidemment remarqué ce qui m'avait échappé, sans doute parce que le marchand de glaces avait accaparé toute mon attention. Une plaque annonçait « Bibliothèque publique de Rubysville ».

— Eh ! m'écriai-je. L'un des avantages qu'il y a à être diplômée, c'est qu'on n'est plus obligée de mettre les pieds dans ce genre d'endroit.

— Elle doit être climatisée, me fit-il remarquer.

Je baissai les yeux vers mon haut trempé de sueur et me rendis compte que ma peau avait légèrement rougi. J'avais le teint mat et prenais rarement des coups de soleil, mais cette journée était vraiment torride malgré l'heure tardive.

— Allons-y, déclarai-je.

La bibliothèque était plus petite que celle de Saint-Vladimir, mais il y faisait délicieusement frais. Guidé par un instinct mystérieux ou, plus prosaïquement, sa connaissance du système de classification décimale Dewey, Dimitri m'entraîna vers le rayon dédié aux voyages. Celui-ci ne comptait qu'une dizaine de livres, dont la plupart étaient consacrés à la Virginie-Occidentale. Il fronça les sourcils.

— Ce n'est pas tout à fait ce à quoi je m'attendais.

Il passa les ouvrages en revue deux fois, puis en tira un gros, à la couverture vivement colorée, qui s'intitulait *Les Cent Plus Beaux Endroits à visiter dans le monde*.

Nous nous assîmes en tailleur sur le sol et il me tendit le livre.

— Sûrement pas, camarade, me défendis-je. Je sais que les livres font voyager en imagination, mais je ne suis pas d'humeur à ça aujourd'hui.

— Prends-le, insista-t-il. Ferme les yeux et ouvre-le au hasard.

Cette idée pouvait paraître idiote étant donné tout ce qui nous arrivait actuellement, mais je vis à son expression qu'il était sérieux. Je fis donc ce qu'il me demandait, fermai les yeux et ouvris le livre en plein milieu.

— Mitchell, dans le Dakota du Sud? m'écriai-je. (Je me souvins que j'étais dans une bibliothèque et baissai la voix.) Comment cet endroit peut-il faire partie des cent plus beaux du monde?

Il me sourit encore et je me rendis compte que j'avais oublié à quel point voir cela me manquait.

— Lis.

— « Situé à une heure et demie de route de Sioux Falls, Mitchell abrite le Palais du Maïs. » (Je relevai la tête pour lui jeter un regard incrédule.) Le Palais du Maïs ?

Il se rapprocha de moi pour regarder les photos.

— J'imaginais qu'il serait en écorce de maïs, commenta-t-il.

Les photos montraient un bâtiment qui rappelait ceux de l'Europe de l'Est – ou même de la Russie – avec des tours et des dômes en forme d'oignons.

— Moi aussi. J'aimerais bien y aller, admis-je à contrecœur. Ils doivent avoir de super tee-shirts.

— Et je suis sûr qu'aucun gardien ne songerait à nous y chercher, ajouta-t-il en me jetant un regard narquois.

Je ne fis aucun effort pour réprimer mon éclat de rire tandis que je nous imaginais vivre comme des fugitifs dans le Palais du Maïs jusqu'à la fin de nos jours. Mon hilarité nous valut un regard sévère de la bibliothécaire. Nous recouvrâmes notre calme et Dimitri joua à son tour : San Paolo au Brésil. Je tombai ensuite sur Honolulu, à Hawaii, et nous continuâmes à nous passer le livre. Nous ne tardâmes pas à nous retrouver étendus côte à côte pour poursuivre notre « tour du monde imaginaire » en échangeant nos réactions. Nos bras et nos jambes se frôlaient.

Si quelqu'un m'avait dit quarante-huit heures plus tôt que j'allais me retrouver dans une bibliothèque occupée à feuilleter un guide de voyages en compagnie de Dimitri, je l'aurais accusé de démence. À vrai dire, il me semblait tout aussi insensé que nous fassions quelque chose de parfaitement ordinaire tous les deux ensemble. Depuis notre rencontre, nos vies n'avaient été remplies que de dangers et de secrets, et c'était encore le cas ces derniers temps. Mais ces quelques heures paisibles me donnèrent l'impression que le temps s'était arrêté. Nous étions détendus et amis.

— Florence, en Italie, lus-je. (La page était couverte de photos représentant des arcades et des églises à l'architecture complexe.) Sydney aimerait y aller. En fait, elle aurait aimé y faire ses études. Si Abe avait pu lui arranger ça, je crois qu'elle serait restée à son service jusqu'à la fin de ses jours.

— Elle me paraît déjà bien obéissante, me fit remarquer Dimitri. Je suis sûr qu'Abe la tient à sa merci d'une manière ou d'une autre.

— Il lui a permis de quitter la Russie pour rentrer aux États-Unis.

Il secoua la tête.

— Il doit y avoir autre chose. Les alchimistes se montrent dévoués envers leur ordre et ne nous aiment pas. Sydney le cache bien parce qu'elle a été entraînée à dissimuler ses émotions, mais chaque minute passée chez les Purs est un supplice pour elle. Elle doit avoir une raison plus sérieuse pour nous aider et trahir ainsi ses supérieurs.

Nous nous tûmes pendant quelques instants et nous demandâmes chacun de notre côté quel genre d'arrangement mon père pouvait bien avoir conclu avec elle.

— Mais c'est sans importance. Elle nous aide, c'est tout ce qui compte. Nous devrions d'ailleurs aller la rejoindre.

Je savais qu'il avait raison mais l'idée de quitter la bibliothèque me contrariait. J'avais envie de continuer à jouir de l'illusion de tranquillité et de sécurité qu'elle nous offrait, et aussi à rêver que j'allais peut-être vraiment visiter un jour le Parthénon, ou même le Palais du Maïs. Je lui tendis de nouveau le livre.

— Un dernier.

Il l'ouvrit au hasard et son sourire disparut.

— Saint-Pétersbourg.

Des sentiments contradictoires s'éveillèrent en moi. J'éprouvais de la nostalgie, parce que la ville était belle, mais aussi du chagrin à cause de la mission atroce qui m'avait conduite là-bas.

Dimitri contempla longuement la page d'un air mélancolique et je compris que le discours encourageant qu'il m'avait tenu tout à l'heure ne l'empêchait pas d'éprouver un sentiment comparable à celui qu'avaient éveillé en moi mes souvenirs du Montana : ni lui ni moi ne pouvions plus aller dans les endroits que nous connaissions et aimions.

Je le poussai doucement du coude.

— Tu dois profiter de l'endroit où tu te trouves, tu te souviens ? Au lieu de penser à ceux où tu ne peux pas aller…

Il referma le livre à contrecœur et releva la tête.

— D'où te vient cette sagesse ? me taquina-t-il.

— J'ai eu un bon professeur.

Alors que nous échangions un sourire, une idée me frappa. Je croyais depuis le début qu'il m'avait aidée à m'évader parce que Lissa le lui avait demandé, mais peut-être n'était-ce pas la seule raison.

— Est-ce pour ça que tu t'es enfui avec moi ? Pour voir du pays et découvrir des régions que tu ne connaissais pas ?

Sa surprise fut de courte durée.

— Tu n'as pas besoin de moi pour t'apprendre la sagesse, Rose. Tu te débrouilles très bien toute seule. Oui, c'est l'une des raisons qui m'ont incité à le faire. J'aurais peut-être fini par recouvrer ma place, mais ce n'était pas sûr. Après… Après avoir été un Strigoï… (Il buta un peu sur les mots.) J'ai appris à mieux apprécier l'existence. Ça m'a pris du temps et ce n'est pas encore fini. Nous parlions tout à l'heure de profiter du moment présent au lieu de nous inquiéter de l'avenir, mais moi, c'est mon passé qui me hante. Je revois des visages… Je fais des cauchemars… mais plus je m'éloigne de ce monde de mort, plus j'ai envie de vivre. J'aime l'odeur de ces livres et ton parfum, ainsi que la manière dont le soleil entre par cette fenêtre. J'ai même apprécié le petit déjeuner que nous ont offert les Purs.

— Te voilà devenu poète.

— Non, je commence seulement à comprendre la vie. Je respecte les lois et les coutumes de notre société, mais il n'était pas question que je gâche mon existence en restant enfermé dans une sorte de cellule alors que je venais tout juste de recouvrer ma liberté. Je voulais m'enfuir, moi aussi. Voilà pourquoi je t'ai aidée. Pour ça et…

— Quoi ?

Je scrutai son visage en regrettant qu'il soit si doué pour dissimuler ses émotions. Je le connaissais bien et le comprenais, mais il savait encore me cacher des choses.

Il se redressa en évitant mon regard.

— Peu importe. Allons rejoindre Sydney pour voir si elle a trouvé quelque chose. J'en doute, même si ça m'ennuie de le reconnaître.

— Moi aussi. (Je me levai en même temps que lui en me demandant toujours ce qu'il avait failli dire.) Je suis sûre qu'elle a laissé tomber et a commencé une partie de Démineur.

Nous retournâmes au café en nous arrêtant brièvement pour acheter des glaces que nous eûmes beaucoup de mal à manger en marchant. Même si le soleil avait presque atteint l'horizon et baignait désormais le paysage d'une lumière rouge-orangé, la chaleur était toujours aussi écrasante. *Profites-en, Rose*, m'ordonnai-je. *Les couleurs, le goût du chocolat…* Bien sûr, j'avais toujours adoré le chocolat et je n'avais pas besoin que mes jours soient en danger pour apprécier une glace.

En entrant dans le café, nous trouvâmes Sydney penchée sur son ordinateur à côté duquel étaient posés un pain aux raisins à peine entamé et ce qui devait être sa quatrième tasse de café. Nous nous assîmes à sa table.

— Comment ça s'est… ? Eh ! tu es vraiment en train de jouer au Démineur ! (Je voulus y regarder de plus près mais elle tourna l'ordinateur pour m'empêcher de voir l'écran.) Tu étais censée trouver une piste qui pourrait nous mener à la maîtresse d'Éric !

— C'est fait, se contenta-t-elle de répondre. (Dimitri et moi échangeâmes un regard surpris.) Mais je ne sais pas si cela nous sera très utile.

— Tout peut nous être utile, lui assurai-je. Qu'as-tu trouvé ?

— Après avoir décortiqué les relevés de banque et étudié toutes les transactions – et je peux t'assurer que ça n'a rien eu d'amusant –, j'ai finalement découvert quelque chose. Le compte que mentionnent nos dossiers est récent. Il a été transféré d'une autre banque il y a cinq ans environ. Le compte précédent était également anonyme, mais il mentionnait le nom d'une personne qui devait hériter de cet argent s'il arrivait quelque chose à son titulaire.

J'en perdis le souffle. Les transactions financières m'échappaient complètement, mais nous tenions quelque chose.

— Un vrai nom ?

Sydney acquiesça.

— Sonya Karp.

Chapitre 12

En entendant ce nom, Dimitri et moi nous pétrifiâmes instantanément. Sydney nous observa l'un après l'autre avec un sourire narquois.

— J'imagine que vous savez de qui il s'agit.

— Bien sûr ! m'écriai-je. C'était l'un de mes professeurs. Elle est devenue folle et s'est transformée en Strigoï.

Sydney hocha la tête.

— Je sais.

Mes yeux s'écarquillèrent davantage.

— Ce n'est quand même pas elle qui avait une liaison avec le père de Lissa, dis-moi ?

Mon Dieu ! voilà qui aurait constitué l'un des rebondissements les plus inattendus de la montagne russe qu'était ma vie. Je n'arrivais même pas à imaginer les répercussions que cela pouvait avoir.

— J'en doute, répondit Sydney. Le compte a été ouvert plusieurs années avant qu'elle soit nommée bénéficiaire, ce qui s'est produit le jour de ses dix-huit ans. Si nous supposons que le compte a été ouvert au moment de la naissance du bébé, Sonya était bien trop jeune pour en être la mère. J'imagine que c'est une de ses parentes.

Ma stupeur céda la place à l'excitation, et je vis que Dimitri partageait les mêmes sentiments.

— Vous devez avoir un dossier sur sa famille, intervint-il. Si ce n'est pas le cas, les Moroï en ont sûrement un. A-t-elle des parents proches ? une sœur ?

Sydney secoua la tête.

— Non. Cela nous aurait facilité les choses. Malheureusement, elle n'a que des parents éloignés. Et ils sont nombreux. Son père et sa mère venaient de familles très étendues. Du coup, elle a beaucoup de cousines. Même certaines de ses tantes sont en âge d'avoir été la maîtresse d'Éric.

— Nous pouvons enquêter sur elles, non ? lui demandai-je.

Je sentis l'impatience me gagner. Je ne m'attendais pas à la voir trouver une telle information. Ce n'était qu'un début, bien sûr, mais c'était déjà quelque chose. Si Sonya Karp était une parente de la maîtresse d'Éric, nous pouvions remonter de l'une à l'autre.

— Elles sont nombreuses. (Sydney haussa les épaules.) Nous pouvons enquêter, évidemment. Mais il va nous falloir du temps pour dresser la biographie de chacune, et nous allons avoir du mal à découvrir si l'une d'elles est bien la femme que nous cherchons, surtout si ce secret a été bien caché. Nous ne sommes même pas sûrs que l'une de ces femmes soit au courant.

— Quelqu'un sait qui est notre inconnue, déclara Dimitri d'une voix basse et songeuse. (Sydney et moi le regardâmes avec espoir.) Sonya Karp.

— Sauf que nous ne pouvons pas lui parler ! m'écriai-je en écartant les bras. C'est une cause perdue ! Mikhail Tanner a passé plus d'un an à la chercher sans la trouver. Nous ne réussirons pas là où il a échoué !

Dimitri tourna la tête vers la fenêtre. Son regard était rempli de tristesse et ses pensées s'envolèrent loin de nous pendant quelques instants. Je ne comprenais pas bien ce qui se passait, mais les instants paisibles que nous avions vécus à la bibliothèque, quand il m'avait souri et fait part de son désir d'avoir une vie normale, étaient révolus. Ce n'était pas seulement cela. Le Dimitri avec qui j'avais vécu ces instants avait disparu. Il avait recouvré toute sa dureté et portait de nouveau le poids du monde sur ses épaules. Finalement, il soupira et se tourna vers moi.

— C'est parce que Mikhail ne disposait pas des bonnes relations.

— Mikhail était son petit ami, lui rappelai-je. Il était donc le mieux placé pour avoir les bonnes relations.

Dimitri ne releva pas ma remarque et redevint pensif. Je vis que quelque chose le tourmentait, comme si deux sentiments contraires se livraient bataille dans son esprit. Finalement, il parut prendre une décision.

— Est-ce que ton téléphone capte quelque chose ? demanda-t-il à Sydney.

Elle acquiesça, fouilla dans son sac et lui tendit son portable. Dimitri le contempla un instant comme si le simple fait de le tenir était une vraie torture. Après un nouveau soupir, il se leva et se dirigea vers la porte. Sydney et moi échangeâmes un regard interrogateur et décidâmes de le suivre. Elle dut ramasser son ordinateur et payer, ce qui la ralentit. Je sortis au moment où Dimitri plaçait le téléphone contre son oreille après avoir composé un numéro. Sydney nous rejoignit et la personne qu'il appelait décrocha quelques instants plus tard.

— Boris ? demanda Dimitri.

Je ne compris rien d'autre, puisque Dimitri se mit à parler très vite en russe. J'éprouvai une étrange sensation en l'écoutant. J'étais perdue parce qu'il s'exprimait dans une autre langue... mais ce n'était pas tout. Un frisson me parcourut et une terreur sourde accéléra le rythme de mon cœur. Je reconnaissais cette voix ! C'était à la fois la sienne et celle d'un étranger. C'était la voix froide et cruelle de mes cauchemars.

Dimitri jouait les Strigoï.

À vrai dire, « jouer » est un terme trop doux pour décrire ce qu'il faisait. « Simuler » conviendrait mieux. En tout cas, c'était sacrément convaincant.

Sydney fronça les sourcils, mais pas parce qu'elle ressentait la même chose que moi. Elle ne l'avait pas connu à l'époque où il était un Strigoï et n'avait pas les affreux souvenirs qui hantaient ma mémoire. Le changement d'attitude de Dimitri était évident, mais je compris en observant son visage qu'elle s'efforçait de suivre la conversation. J'avais oublié qu'elle parlait russe.

— Que dit-il ? lui chuchotai-je.

Elle fronça davantage les sourcils, soit à cause de la conversation, soit parce que je la dérangeais.

— J'ai l'impression… qu'il n'a pas parlé à cette personne depuis longtemps. Il l'accuse de s'être laissée aller en son absence. (Elle se tut pour reprendre sa traduction mentale. À un moment de la discussion, Dimitri nous fit sursauter en se mettant à crier.) Il se fâche parce que la personne se permet de remettre en cause son autorité. Je n'en suis pas sûre… mais j'ai l'impression que son interlocuteur s'excuse.

J'avais envie de comprendre chaque mot qu'il prononçait, mais Sydney devait avoir du mal à traduire la conversation en même temps qu'elle l'écoutait. La voix de Dimitri recouvra un volume normal sans rien perdre de son ton menaçant, et je repérai « Sonya Karp » et « Montana » au milieu du déluge de mots.

— Il l'interroge sur Mme Kar… Sonya ? murmurai-je.

Je pouvais bien l'appeler par son prénom puisqu'elle n'était plus mon professeur depuis longtemps.

— Oui, répondit Sydney sans quitter Dimitri des yeux. Il demande… Non : il ordonne à son interlocuteur de retrouver quelqu'un d'autre et de lui demander s'il sait où se cache Sonya. La personne en question… (elle s'interrompit encore pour écouter) a l'air de connaître beaucoup de gens dans la région où Sonya a été vue pour la dernière fois.

Je savais que les « gens » dont il s'agissait étaient des Strigoï. La force et la volonté de Dimitri lui avaient permis d'acquérir rapidement une position influente parmi eux. La plupart des Strigoï étaient solitaires et agissaient rarement en groupe, mais même les plus isolés d'entre eux savaient reconnaître une menace et percevoir lorsque l'un d'eux était plus puissant qu'eux. Comme il l'avait annoncé, Dimitri faisait jouer ses relations. Même si quelques Strigoï avaient entendu parler de sa transformation – et y avaient cru –, leur société était trop mal organisée pour que la nouvelle se soit répandue très rapidement. Dimitri lui-même était obligé de faire appel à des intermédiaires pour mettre la main sur quelqu'un qui savait peut-être où se trouvait Sonya.

Dimitri se fâcha de nouveau et sa voix devint encore plus menaçante, si une telle chose était possible. Je me sentis subitement piégée, et même Sydney eut l'air de prendre peur. Elle déglutit.

— Il dit à son interlocuteur qu'il attend des réponses d'ici à demain soir. Si celui-ci n'a pas d'informations à lui fournir, il le retrouvera pour le tailler en pièces et… (Elle écarquilla les yeux et renonça à traduire le reste.) Sers-toi de ton imagination. C'est horrible.

Je compris à cet instant que j'aimais autant ne pas avoir entendu toute cette conversation en anglais.

Dimitri perdit son expression cruelle dès qu'il eut raccroché et rendu son téléphone à Sydney. Il était redevenu mon Dimitri, Dimitri le dhampir. En proie au désespoir et au dégoût, il s'adossa au mur du café et regarda le ciel. Je savais pourquoi : il essayait de se calmer, de reprendre le contrôle des émotions qui l'assaillaient. Ce qu'il venait de faire allait peut-être nous fournir la piste dont nous avions besoin, mais cela lui avait coûté cher. Mes doigts se crispèrent. J'avais envie de le prendre dans mes bras, ou au moins de lui tapoter l'épaule pour lui faire savoir qu'il n'était pas seul. Mais, presque certaine qu'il n'apprécierait pas, je m'en abstins.

Il finit par baisser les yeux vers nous lorsqu'il eut recouvré son calme, au moins en apparence.

— J'ai chargé quelqu'un de se renseigner sur elle, déclara-t-il d'une voix lasse. Ça ne marchera peut-être pas. Les Strigoï ne sont pas du genre à tenir une base de données. Néanmoins, il leur arrive de se surveiller les uns les autres, ne serait-ce que par prudence. Nous saurons bientôt si ce que je viens de faire a servi à quelque chose.

— Je…, balbutiai-je. Incroyable. Merci.

Je savais qu'il n'attendait pas qu'on le remercie mais il me sembla nécessaire de le faire.

Il hocha la tête.

— Nous ferions mieux de retourner chez les Purs, à moins que cette ville ne vous paraisse sûre.

— Je préférerais rester à l'écart de la civilisation, répondit Sydney en se dirigeant vers la camionnette. Et puis je tiens à récupérer les clés de ma voiture.

Le trajet du retour me parut dix fois plus long que celui de l'aller. Le désespoir de Dimitri occupait tout l'habitacle et m'oppressait. Même Sydney le ressentait. Elle l'avait encore laissé conduire sans que je parvienne à déterminer si c'était une bonne ou une mauvaise idée. Le fait de conduire allait-il le distraire des souvenirs qui le tourmentaient ? Ou son désespoir allait-il le distraire de la route et nous envoyer dans un fossé ?

Heureusement, nous regagnâmes le parking sains et saufs, et y trouvâmes deux Purs qui nous attendaient. C'étaient une Moroï et un humain qui paraissaient aussi féroces l'un que l'autre. Je ne m'étais toujours pas faite à l'idée que ces espèces puissent se battre côte à côte, et ne pus m'empêcher de me demander si ces deux Purs étaient en couple.

De retour au campement, nous trouvâmes le feu de camp allumé et des gens qui mangeaient ou discutaient autour. J'avais appris au petit déjeuner que le feu permettait aux membres de la communauté de tisser des liens, mais que beaucoup de Purs restaient en général chez eux.

Lorsque nous arrivâmes dans la maison de Raymond, seuls Joshua et Sarah étaient là. Sarah faisait la vaisselle et Joshua, assis sur une chaise, semblait bouillir d'impatience. Il bondit sur ses pieds dès qu'il m'aperçut à la porte et me décocha un nouveau sourire radieux.

— Rose ! Tu es rentrée ! On commençait à s'inquiéter. Je veux dire… On n'avait pas peur qu'il vous soit arrivé quelque chose – vous êtes trop forts pour ça – mais on se demandait si vous alliez revenir.

— On ne serait pas partis sans la voiture, lui fit remarquer Sydney en posant les clés de la camionnette sur la table.

Celles de la CR-V s'y trouvaient déjà et elle les ramassa avec un soulagement visible.

Sarah proposa de nous servir des restes, ce que nous refusâmes poliment puisque nous avions fait le plein de chips et autres en-cas à la station-service de Rubysville.

— Eh bien… si vous n'avez pas faim, vous devriez aller rejoindre les autres près du feu, suggéra-t-elle. Jess McHale chantera peut-être si les autres arrivent à la faire boire suffisamment. Qu'elle soit sobre ou ivre, cette femme a la plus belle voix que j'aie jamais entendue.

Je croisai un bref instant les regards de Dimitri et de Sydney. Je dois reconnaître que j'étais curieuse de voir comment ces gens s'amusaient, même si les chansons folkloriques au clair de lune étaient loin d'être mon divertissement préféré. Dimitri ne s'était pas encore remis de son coup de téléphone. J'avais l'impression qu'il aurait préféré s'isoler dans la chambre, mais il répondit par réflexe lorsque Sydney annonça qu'elle allait faire un tour près du feu :

— Moi aussi.

Je compris immédiatement pourquoi. Son passé de Strigoï et la discussion qu'il venait d'avoir avec l'un d'eux le tourmentaient. Il avait envie de rester seul pour essayer de tout oublier, mais c'était Dimitri. Dimitri protégeait ceux qui en avaient besoin. Même si une soirée passée à écouter des chansons près d'un feu n'était pas particulièrement dangereuse, elle présentait quand même quelques risques pour une civile comme Sydney. C'était inacceptable pour lui. De plus, il savait que Sydney se sentirait plus à l'aise si nous étions tous les deux à ses côtés.

Je voulus annoncer que j'allais me joindre à eux, mais Joshua m'en empêcha.

— Veux-tu toujours visiter ma grotte ? Il fait encore jour. Tu y verras mieux que si nous devons nous servir d'une torche.

J'avais oublié ma dernière conversation avec Joshua et fus sur le point de décliner sa proposition, lorsque je perçus un éclat réprobateur dans le regard de Dimitri. Ainsi, il ne voulait pas que j'aille me promener avec un jeune homme séduisant. Se méfiait-il des Purs à juste titre ? Était-il jaloux ? Sans doute pas. Dimitri m'avait fait savoir – à plusieurs reprises – qu'il ne voulait plus sortir avec moi. Il avait même défendu l'honneur d'Adrian, un peu plus tôt. S'agissait-il là d'un comportement possessif d'ex-petit ami ? À Rubysville, j'avais eu l'impression que nous pourrions être amis… mais il n'en était pas question s'il se croyait en droit de régir ma vie amoureuse. Je connaissais des filles dont les ex se comportaient ainsi et je refusais de devenir l'une d'elles. Je tenais à pouvoir fréquenter qui je voulais.

— Bien sûr, répondis-je. (L'expression de Dimitri s'assombrit.) J'en serais ravie.

Joshua et moi quittâmes la maison en abandonnant les autres à leur sort. Je n'ignorais pas que c'était en partie pour prouver mon indépendance que j'avais accepté sa proposition. Dimitri avait beau prétendre que nous étions égaux, il avait pris un bon nombre de décisions sans me consulter depuis mon évasion.

J'appréciais d'avoir la situation en main, pour changer. Et puis Joshua m'était sympathique et j'avais envie d'en savoir plus sur le mode de vie de cette communauté. Sydney devait être contrariée de me voir m'éloigner, mais je savais que Dimitri veillerait sur elle.

Sur le chemin, Joshua et moi croisâmes de nombreux Purs. Comme dans la matinée, je fus encore énormément dévisagée. Au lieu d'emprunter la route qui traversait le campement, Joshua m'entraîna vers la petite montagne. Certes, les Appalaches étaient de taille respectable, mais je ne pouvais m'empêcher de les trouver « petites » après avoir vécu près des montagnes Rocheuses. Je devais être devenue snob en matière de relief.

Cela n'empêchait pas les montagnes de s'étendre à perte de vue et nous nous éloignâmes beaucoup du campement. La forêt devint de plus en plus dense et la lumière se raréfia lorsque le soleil commença à disparaître derrière l'horizon.

— Ma grotte se trouve en périphérie, m'expliqua Joshua d'un air désolé. Nous sommes de plus en plus nombreux et il n'y a plus beaucoup de place en centre-ville. (Je ne pus m'empêcher de trouver le terme de « ville » exagéré mais gardai mes réflexions pour moi. Oui, j'étais assurément snob !) Mais il y a des grottes partout, ce qui nous permet de continuer à vivre ici.

— Sont-elles naturelles ?

— Certaines le sont. D'autres sont d'anciennes mines abandonnées.

— C'est joli, par ici. (J'aimais les arbres à feuilles caduques malgré ma nostalgie du Montana. Leur feuillage n'avait vraiment rien à voir avec les aiguilles des conifères.) Et puis tu ne seras pas dérangé, au moins.

— C'est vrai, répondit-il en souriant. J'avais peur que tu ne trouves le coin… je ne sais pas… trop rustique… ou sauvage. Tu dois penser que nous le sommes tous.

Sa remarque me surprit. Les Purs défendaient si farouchement leur mode de vie que je n'aurais pas cru l'un d'eux capable d'imaginer qu'un étranger puisse le remettre en cause. Je ne pensais pas non plus que le jugement de quelqu'un d'extérieur pouvait avoir la moindre importance pour eux.

— C'est seulement différent… très différent de ce à quoi je suis habituée, répondis-je avec diplomatie.

Une nouvelle vague de nostalgie me submergea lorsque je songeai à tous ces gens et ces lieux dont j'étais désormais séparée : Lissa, Adrian, nos autres amis, la Cour, Saint-Vladimir… Je m'empressai de me ressaisir. Je n'avais pas le temps de me lamenter et je pourrais toujours prendre des nouvelles de Lissa plus tard.

— J'ai visité les villes des humains et d'autres endroits où vivent les Corrompus, reprit Joshua. Je comprends pourquoi tu t'y plais. (Il prit un air timide.) Je n'aurais rien contre le fait d'avoir l'électricité.

— Pourquoi vivez-vous sans ?

— Nous la ferions installer si nous le pouvions. Mais nous sommes trop loin de la civilisation et personne ne sait que nous sommes là. D'après les gens aux Fleurs, ça nous rend moins faciles à localiser.

Il ne m'était pas venu à l'esprit qu'ils n'enduraient peut-être ces conditions de vie que parce que la nécessité de se cacher les y forçait. Je ne pus m'empêcher de me demander jusqu'où s'étendait leur respect des anciennes traditions et où commençait l'influence des alchimistes dans leurs décisions.

— Nous y sommes, annonça Joshua en me tirant de mes réflexions.

Il me montra une ouverture obscure au niveau du sol, tout juste assez grande pour permettre à un adulte de s'y glisser.

— C'est charmant !

J'avais remarqué un peu plus tôt que certaines des grottes étaient situées en hauteur, ce qui forçait leurs occupants à escalader la roche à mains nues ou à utiliser des échelles de corde. Dans ces conditions, un accès facile semblait être un luxe.

Mon compliment surprit Joshua.

— Vraiment ?

— Vraiment.

Finalement, il était trop tard pour que nous visitions sa grotte à la lumière du jour. Joshua s'arrêta le temps d'allumer une torche, puis je le suivis à l'intérieur. Il nous fallut baisser la tête au début, mais le plafond s'éleva bientôt et nous débouchâmes dans un espace circulaire. Le sol était nu et les murs de pierre irréguliers. Il s'agissait d'une grotte naturelle, mais je me rendis compte des efforts qu'on avait déployés pour la rendre habitable. Le sol avait été dégagé et nivelé. Des pierres avaient été entassées dans un coin, sans doute pour faire de la place. Il y avait déjà quelques meubles : une chaise étroite et un matelas qui semblait à peine assez grand pour une personne.

— J'imagine que tu la trouves petite.

C'était vrai, même si sa grotte était plus grande que ma chambre à Saint-Vladimir.

— Oui, mais… quel âge as-tu ?

— Dix-huit ans.

— Comme moi, commentai-je, ce qui sembla lui faire plaisir. Je trouve ça plutôt cool que tu aies ta propre… grotte à dix-huit ans.

Il aurait été plus cool encore qu'il dispose de l'électricité, d'Internet et de l'eau courante, mais il ne me parut pas utile de le mentionner.

Ses yeux bleus se mirent à briller et je ne pus m'empêcher de remarquer qu'ils contrastaient joliment avec sa peau bronzée. Je m'empressai de chasser cette pensée. Je n'étais pas venue là pour me trouver un petit ami. Sauf que j'étais visiblement la seule de nous deux à être dans cet état d'esprit. Joshua s'approcha soudain de moi.

— Tu peux rester si tu veux. Les autres Corrompus ne te trouveront jamais ici. Nous pourrions nous marier, avoir des enfants, nous construire une maison comme celle de mes parents et…

Le mot « marier » me fit reculer vers l'entrée, aussi paniquée que si je m'étais retrouvée en face d'un Strigoï, à ceci près que les apparitions de ceux-ci ne me surprenaient pas.

— Eh ! du calme ! (Non, je n'avais vraiment pas vu venir sa demande en mariage.) Nous venons seulement de nous rencontrer !

Heureusement, il n'essaya plus d'approcher.

— Je sais, mais il arrive que les choses se passent comme ça.

— Quoi ? Que des gens se marient alors qu'ils se connaissent à peine ? lui demandai-je, incrédule.

— Bien sûr. C'est courant. Et je sais déjà que tu me plais, même si nous venons seulement de nous rencontrer. Tu es fascinante, belle et une bonne combattante, de toute évidence. Et tu as une allure… (Il secoua la tête avec une expression admirative.) Je n'ai jamais rien vu de tel.

J'aurais préféré qu'il ne soit pas si mignon et si gentil. J'avais l'impression qu'il m'aurait été plus facile de gérer la déclaration d'amour d'un type repoussant que celle de quelqu'un que j'aimais bien. Je me souvins des paroles de Sydney, sauf que c'était une passion brûlante et non de l'intérêt que je semblais avoir suscité.

— Je t'aime vraiment bien, Joshua… Mais je suis trop jeune pour me marier, m'empressai-je d'ajouter en voyant de l'espoir briller dans ses yeux.

Il fronça les sourcils.

— Tu m'as dit que tu avais dix-huit ans, pourtant.

Soit. Cet argument ne devait pas avoir beaucoup de valeur par ici. J'avais bien vu à quel âge les filles tombaient enceintes dans le village natal de Dimitri. Dans une communauté comme celle-ci, les gens se mariaient sans doute dès l'enfance. Je tentai donc une autre approche :

—Je ne suis même pas sûre d'avoir envie de me marier.

Il ne se laissa pas démonter et hocha la tête pour me donner raison.

—C'est plus prudent. Nous pourrions commencer par vivre ensemble, pour voir si nous nous entendons. (Son expression sérieuse céda la place à un sourire.) Mais j'ai plutôt bon caractère. Je te laisserai gagner toutes nos disputes.

Je ne pus m'empêcher d'éclater de rire.

—Eh bien ! je vais devoir gagner celle-ci et te convaincre que je ne suis prête… pour rien de tout ça. Et puis je suis déjà avec quelqu'un.

—Avec Dimitri ?

—Non. Avec un autre garçon qui vit à la Cour des Corrompus, expliquai-je en arrivant à peine à croire que je prononçais ces mots.

Joshua fronça les sourcils.

—Alors pourquoi n'est-il pas ici pour te protéger ?

—Parce que… ce n'est pas son genre. Et je suis tout à fait capable de veiller sur moi. (Je n'avais jamais aimé entendre insinuer que j'avais besoin de la protection d'un homme.) Et même si je n'avais personne dans ma vie, le fait est que je vais bientôt repartir. Ça ne pourrait pas marcher entre nous.

—Je comprends. (Il prenait assez bien mon refus malgré sa déception.) Tu reviendras peut-être quand ta vie sera plus simple.

Je fus sur le point de lui dire qu'il ne devait pas m'attendre et qu'il valait mieux qu'il épouse quelqu'un d'autre (même si cela me semblait absurde à son âge), mais je me rendis compte que c'était inutile. Joshua se disait sans doute qu'il pouvait épouser quelqu'un d'autre dès maintenant et attendre pour m'ajouter à son harem, comme son père, qui partageait sa vie entre Sarah et Paulette. Je me contentai donc de répondre : « Peut-être. » J'étais impatiente de changer de sujet et me mis en quête de la première diversion venue. Mes yeux tombèrent sur la chaise et je remarquai qu'un motif végétal était sculpté sur les montants du dossier.

— C'est très joli, le complimentai-je.

— Merci, dit-il en s'en approchant.

À mon grand soulagement, il ne revint pas sur le sujet précédent et caressa avec amour les feuilles entrelacées sculptées dans le bois.

— C'est moi qui l'ai fait.

— Vraiment ? m'écriai-je, sincèrement surprise. C'est stupéfiant !

— Si ça te plaît…

Je le vis bouger sa main et craignis qu'il ne m'embrasse ou ne m'enlace, mais il ne fit que la glisser dans la poche de sa chemise pour en tirer un bracelet en bois sculpté. Le motif était une simple torsade, mais le bracelet était si fin et si délicat que c'était un miracle qu'il ne l'ait pas cassé en le travaillant. Le bois avait été poli jusqu'à devenir brillant.

— Tiens ! dit-il en me le tendant.

— C'est pour moi ? lui demandai-je en laissant courir mon doigt sur sa surface douce.

— Si ça te fait plaisir. Je l'ai fabriqué aujourd'hui, pendant que tu étais en ville, pour que tu te souviennes de moi quand tu repartiras.

J'hésitai. Allais-je lui donner de faux espoirs en l'acceptant ? J'estimai que non. Je lui avais clairement signifié ce que je pensais des mariages entre adolescents et il était si nerveux que je ne pouvais supporter l'idée de le blesser. Je le glissai à mon poignet.

— Bien sûr que je me souviendrai de toi. Merci.

À en juger par son air ravi, le fait que je porte son bracelet compensait mon refus de l'épouser. Il me montra quelques autres détails de sa grotte, puis accepta ma proposition de rejoindre les autres près du feu. Nous entendîmes de la musique entre les arbres bien avant d'avoir regagné le campement. Même si le mode de vie de ces gens ne me convenait absolument pas, je le trouvais chaleureux et convivial. Je n'étais jamais allée en colonie de vacances, mais c'était ainsi que je les imaginais.

Sydney et Dimitri étaient assis un peu à l'écart du groupe. Ils étaient attentifs et silencieux, mais toutes les autres personnes qui se trouvaient là bavardaient, chantaient ou frappaient dans leurs mains. Je fus de nouveau surprise de voir avec quelle facilité dhampirs, humains et Moroï se mêlaient les uns aux autres. Il y avait des couples mixtes partout. Un Moroï et une humaine se livraient même sans retenue à une étreinte torride. De temps à autre, quand il lui embrassait le cou, il en profitait pour la mordre et boire un peu de son sang. Je dus détourner les yeux.

Je reportai mon attention sur mes amis. Sydney m'aperçut et parut soulagée. L'expression de Dimitri était indéchiffrable. Comme toujours, les autres ne me quittaient pas du regard. Je fus surprise de découvrir de la jalousie sur le visage de certains « garçons ». Je me pris à espérer qu'ils ne s'imaginaient pas que Joshua et moi avions couché ensemble dans sa grotte. La réputation d'être une fille facile n'était vraiment pas celle que je voulais laisser derrière moi.

— Je dois parler à Sydney, dis-je à Joshua en forçant la voix pour me faire entendre par-dessus le bruit.

J'estimais qu'il valait mieux que je prenne mes distances avec lui afin de ne pas alimenter d'éventuelles rumeurs, et Sydney avait vraiment l'air d'avoir envie que je la rejoigne. Joshua acquiesça et je me détournai de lui. J'avais à peine fait deux pas lorsqu'un poing fendit l'air en direction de mon visage.

Je ne m'y attendais pas et eus tout juste la présence d'esprit de tourner la tête pour recevoir le coup sur la joue au lieu de me faire casser le nez. Dès que je me fus remise de ma surprise, je recouvrai les réflexes acquis au fil de mes longues années d'entraînement. Je m'empressai de faire un pas de côté pour me placer hors de portée de mon assaillant et me mis en garde. La musique et les chants se turent, et je me tournai pour faire face à mon adversaire.

C'était Angeline.

Elle était dans la même position que moi. Elle gardait les poings serrés et les yeux rivés sur moi.

— Bien, dit-elle. Il est temps de voir ce que tu vaux vraiment.

Il était surtout temps que quelqu'un – mettons l'un de ses parents – la ramène chez elle de force et la punisse pour avoir levé la main sur une invitée. À ma grande surprise, personne ne bougea ni ne tenta de s'interposer. Non... Ce n'était pas tout à fait vrai. Une personne avait bondi sur ses pieds : Dimitri, qui avait réagi à l'instant où il m'avait vue en danger. Je m'attendais à le voir entraîner Angeline à l'écart, mais un groupe de Purs s'empressa d'aller le trouver pour lui dire quelque chose que je n'entendis pas. Ils n'essayèrent pas de le retenir physiquement mais leurs paroles l'incitèrent à rester là où il était. Je m'apprêtais à lui demander ce qu'ils lui avaient dit lorsque Angeline repassa à l'offensive. Apparemment, j'allais devoir me débrouiller seule.

Si mon adversaire était petite, même pour une dhampir, elle débordait d'énergie. Elle était rapide, aussi, mais pas assez pour réussir à m'atteindre une deuxième fois. J'esquivai habilement son coup, puis gardai mes distances. Je ne voulais pas attaquer cette fille. Elle était sans doute capable de faire du mal à ses adversaires, mais ses mouvements étaient imprécis, ou plutôt instinctifs. C'était une bagarreuse qui avait participé à de nombreuses rixes mais n'avait pas reçu de véritable formation.

— Es-tu folle ? m'écriai-je en esquivant un nouvel assaut. Arrête ça tout de suite ! Je ne veux pas te faire de mal.

— C'est ça... C'est ce que tu aimerais que tout le monde croie, n'est-ce pas ? Tant que tu ne seras pas obligée de te battre, ils s'imagineront que tes marques sont authentiques.

— Elles le sont !

Elle m'énervait en m'accusant de porter de faux tatouages, mais il n'était pas question que je me laisse entraîner dans cette bagarre ridicule.

— Prouve-le ! répliqua-t-elle en tentant une nouvelle attaque. Prouve que tu es bien celle que tu prétends être !

La nécessité d'esquiver ses coups me donnait l'impression de danser. J'aurais pu jouer à cela toute la nuit, mais j'entendis quelques cris consternés exigeant qu'on « en finisse ».

— Je n'ai rien à prouver.

— Alors tu as menti, répondit-elle, le souffle court. (Elle se fatiguait beaucoup plus vite que moi.) Vous ne faites que mentir, vous autres Corrompus.

— C'est faux !

Pourquoi Dimitri n'intervenait-il pas ? Je l'aperçus du coin de l'œil et découvris avec stupeur qu'il souriait.

Pendant ce temps, Angeline poursuivait sa tirade en essayant de me frapper.

— Vous mentez tous et vous êtes tous faibles. Surtout vos « nobles ». Ce sont les pires de tous.

— Tu ne les connais pas. Tu ne sais rien d'eux.

Elle arrivait encore à parler mais sa frustration grandissait de minute en minute. Si je ne l'avais pas crue capable de me frapper dans le dos, j'aurais choisi la solution élégante en la plantant là.

— J'en sais suffisamment. Je sais qu'ils sont gâtés et égoïstes et n'agissent jamais que dans leur propre intérêt. Ils ne se soucient de personne, tous autant qu'ils sont.

Je partageais le même avis qu'elle sur certains d'entre eux mais n'aimais pas qu'elle généralise.

— Arrête de parler de choses que tu ne connais pas, lui lançai-je. Ils ne sont pas tous comme ça.

— Oh que si ! riposta-t-elle, ravie de m'avoir énervée. J'aimerais qu'ils soient tous morts !

Il n'y avait pas là de quoi me faire passer à l'offensive, mais sa remarque me fit perdre un peu de lucidité, juste assez pour lui permettre de percer ma garde. Je n'aurais jamais laissé une telle chose se produire face à un Strigoï, mais j'avais sous-estimé cette furie. Elle parvint à me donner un coup de pied dans le genou, et ce fut comme si une étincelle avait touché une réserve d'essence. Tout explosa.

Son coup me fit un peu vaciller et elle voulut profiter de son avantage. Mon instinct prit le relais et je ne pus que la frapper avant qu'elle m'atteigne. Les gens commencèrent à s'exciter, ravis qu'on « passe aux choses sérieuses ». Puisque j'étais désormais celle qui attaquais et que je m'efforçais de la maîtriser, nos contacts physiques se multiplièrent. J'étais toujours incontestablement plus forte qu'elle, mais je m'étais mise à sa portée en essayant de l'attraper. Elle me donna quelques coups sans gravité avant que je parvienne à la plaquer au sol. Je m'attendis à ce que notre affrontement s'achève là, mais elle me repoussa avant que j'arrive à l'immobiliser tout à fait. Nous roulâmes l'une sur l'autre et elle tenta de prendre la position dominante. Comme je ne pouvais pas la laisser faire, je lui décochai un coup de poing beaucoup plus puissant que le précédent sur le côté du visage.

Je crus que cela allait mettre un terme au combat. L'impact l'avait projetée un peu plus loin. Alors que je commençais à me relever, cette petite garce me tira par les cheveux pour me ramener vers elle. Je me dégageai en lui abandonnant une poignée de cheveux, puis parvins enfin à l'immobiliser en employant toute ma force et en pesant sur elle de tout mon poids. Ma prise devait être douloureuse, mais je m'en moquais éperdument. C'était elle qui avait commencé. Et puis il ne s'agissait plus seulement de me défendre. Elle avait dépassé les bornes en me tirant les cheveux.

Angeline essaya encore de me repousser mais, lorsqu'il devint clair qu'elle n'y arriverait pas, la foule commença à siffler et à pousser des cris de joie. Quelques instants plus tard, l'hostilité d'Angeline céda la place à la résignation. Je l'observai avec méfiance et hésitai à baisser ma garde.

— Ça va, me dit-elle. Je suis d'accord. Tu peux me lâcher.

— Quoi ? Tu es d'accord pour quoi ? lui demandai-je.

— Je suis d'accord pour que tu épouses mon frère.

Chapitre 13

— Ce n'est pas drôle !

— Tu as raison, reconnut Sydney. Ce n'est pas drôle : c'est hilarant.

Nous étions revenus chez Raymond et jouissions de la relative intimité de notre chambre. Il nous avait fallu un temps fou pour échapper aux festivités, d'autant plus que nous venions de découvrir une terrible coutume des Purs. Du moins était-ce ainsi que, moi, je la jugeais. Lorsque l'un d'eux voulait épouser quelqu'un, les deux futurs mariés potentiels devaient affronter le plus proche parent de leur fiancé qui soit de même sexe qu'eux. Angeline s'était rendu compte que Joshua s'était intéressé à moi dès notre arrivée. En voyant le bracelet qu'il m'avait offert, elle avait cru que nous avions conclu un arrangement. Puisqu'elle était sa sœur, il lui était alors revenu de s'assurer de ma valeur. Elle ne m'aimait pas davantage et se méfiait toujours de moi, mais ma démonstration de force m'avait fait grimper dans son estime et l'avait forcée à consentir à nos « fiançailles ».

Il m'avait alors fallu longuement argumenter pour convaincre tout le monde – y compris Joshua – que je ne m'étais engagée à rien. Dans le cas contraire, Dimitri aurait dû me tenir lieu de « parent » et combattre Joshua.

— Ça suffit, grommelai-je.

Dimitri, appuyé contre un mur les bras croisés, me regardait masser ma pommette meurtrie par Angeline. Même si ce n'était pas la blessure la plus grave de ma vie, j'étais certaine que j'aurais un bleu le lendemain. Dimitri avait le sourire aux lèvres.

— Je t'avais dit de ne pas l'encourager, me répondit-il calmement.

— Peu importe. Tu n'avais pas prévu ça. Tu étais seulement contrarié parce que…

Je m'interrompis net pour ne pas exprimer le fond de ma pensée et l'accuser d'être jaloux, ou possessif, ou peu importait quoi. Je savais seulement que mon comportement amical envers Joshua l'avait agacé et qu'il s'était beaucoup amusé de mon indignation quand Angeline m'avait attaquée. Je me tournai vivement vers Sydney, que ma mésaventure divertissait autant que Dimitri. J'étais même certaine de ne l'avoir jamais vue sourire autant.

— Étais-tu au courant de cette coutume ?

— Non, reconnut-elle. Mais elle ne me surprend pas. Je t'avais dit que c'étaient des sauvages. La plupart des problèmes ordinaires se règlent par des combats de ce genre.

— C'est stupide, répondis-je.

J'avais parfaitement conscience de geindre, mais ne m'en souciais pas. Je me palpai le sommet du crâne en regrettant de ne pas avoir de miroir pour voir si la touffe de cheveux que m'avait arrachée Angeline avait ou non laissé un trou sur mon crâne.

— Cela dit, elle n'est pas mauvaise. Ses mouvements manquent de précision, mais elle est forte. Les Purs sont-ils tous aussi redoutables ? Les Moroï et les humains aussi ?

— À ma connaissance, oui.

Je méditai sa réponse. J'étais toujours contrariée et embarrassée par ce qui venait de se produire, mais je devais reconnaître que les Purs avaient acquis un intérêt nouveau à mes yeux.

Je ne pouvais m'empêcher de trouver ironique qu'un groupe marginal ait l'intelligence d'enseigner l'art du combat à tout le monde alors que ma propre culture prétendument « éclairée » s'y refusait encore.

— Voilà pourquoi les Strigoï les laissent tranquilles, murmurai-je en me souvenant de la remarque que Raymond avait faite au petit déjeuner.

Je ne pris conscience d'avoir prononcé ces mots qu'en voyant s'évanouir le sourire de Dimitri. Il tourna la tête vers la fenêtre avec une expression maussade.

— Je devrais rappeler Boris pour savoir s'il a trouvé quelque chose. (Il se tourna vers Sydney.) Ce ne sera pas long. Inutile que vous m'accompagniez. Peux-tu me prêter ta voiture, puisque je n'ai pas besoin d'aller très loin ?

Elle haussa les épaules et chercha ses clés. Nous avions découvert que le téléphone de Sydney captait un réseau à une dizaine de minutes du village. Dimitri avait raison : il n'était pas utile que nous nous déplacions tous pour un simple appel. Sydney et moi ne courions plus grand risque après mon combat contre Angeline. Personne ne voudrait me provoquer à présent. Cependant je n'aimais pas l'idée que Dimitri se confronte seul à ses mauvais souvenirs.

— Tu devrais l'accompagner, suggérai-je à Sydney en réfléchissant à toute allure. Je dois prendre des nouvelles de Lissa. (Ce n'était pas tout à fait un mensonge. Les aveux de Joe me tracassaient.) En général, je peux rester attentive à ce qui se passe autour de moi, mais j'aimerais autant que tu ne sois pas là, surtout si les alchimistes débarquent.

Ma logique présentait une faille, même si la visite de ses collègues nous aurait bel et bien posé un problème.

— Ça m'étonnerait qu'ils viennent de nuit, me fit-elle remarquer. Mais je ne tiens pas à rester dans le coin si tu as l'intention de te projeter mentalement dans l'espace.

Même si aucune de nous ne mentionna cet argument, j'étais certaine qu'elle n'avait pas envie que quelqu'un d'autre qu'elle conduise sa voiture.

Dimitri jugeait sa présence inutile et le fit savoir, mais j'eus l'impression qu'il ne s'estimait pas en droit de lui donner des ordres autant qu'à moi. Ils décidèrent donc d'y aller ensemble et me laissèrent seule dans la chambre. Je les regardai partir avec mélancolie. Même si Dimitri m'avait agacée par ses moqueries, je m'inquiétais pour lui. J'avais bien vu l'effet que le premier coup de téléphone avait eu sur lui et aurais préféré être là pour le réconforter. Mais comme j'étais certaine qu'il aurait refusé, je considérais la présence de Sydney à ses côtés comme une petite victoire.

Après leur départ, je décidai de prendre effectivement des nouvelles de Lissa. J'avais dit cela pour convaincre Sydney de me laisser, mais, en vérité, cela valait mieux que de ressortir parler aux autres. Je n'avais pas envie de recevoir de nouvelles félicitations, sans compter que Joshua semblait considérer mon « peut-être » et le fait que j'aie accepté son bracelet comme un véritable engagement. Je le trouvais toujours extrêmement mignon mais je ne supportais plus ses regards langoureux.

Je m'assis en tailleur sur le lit d'Angeline et m'ouvris à l'environnement de Lissa. Elle marchait dans les couloirs d'un bâtiment que je ne reconnus pas tout de suite. Quelques instants plus tard, je compris où elle se trouvait. C'était une bâtisse de la Cour qui abritait un grand Spa, un salon de beauté, ainsi que le repaire de Rhonda la gitane. Il me parut étrange que Lissa ait envie de se faire prédire son avenir, mais je compris qu'il s'agissait d'autre chose dès que je vis qui l'accompagnait.

Ses complices habituels, Adrian et Christian, étaient là. Je fus heureuse de voir Adrian, surtout après ma mésaventure avec Joshua. Notre dernière rencontre en rêve avait été trop brève.

Christian tenait la main de Lissa en marchant, et ce contact la rassurait. Il semblait confiant et déterminé, même s'il arborait son habituel sourire narquois. Lissa, en revanche, était nerveuse et se préparait mentalement à quelque chose. Ce qu'elle s'apprêtait à faire lui inspirait de l'appréhension, même si elle estimait que c'était nécessaire.

— Est-ce que c'est là ? demanda-t-elle en s'arrêtant devant une porte.

— Je pense, répondit Christian. La réceptionniste nous a dit que c'était une porte rouge.

Lissa hésita un instant avant de frapper. Pas de réponse. Soit la pièce était vide, soit la personne à l'intérieur refusait de se manifester. La porte s'ouvrit alors que Lissa s'apprêtait à frapper de nouveau. Ambrose apparut devant elle, aussi éblouissant que d'habitude même s'il portait un jean et un tee-shirt bleu tout à fait ordinaires. Les vêtements moulaient si bien son corps que l'on distinguait le contour de chacun de ses muscles. Il donnait l'impression de sortir d'une couverture de magazine.

— Salut, les accueillit-il, visiblement surpris.

— Salut, répondit Lissa. Nous aimerions te parler.

Ambrose inclina légèrement la tête vers l'intérieur de la pièce.

— Je suis occupé pour le moment.

Lissa aperçut derrière lui une table de massage sur laquelle une Moroï était allongée à plat ventre. Une serviette recouvrait la moitié inférieure de son corps mais son dos était nu et recouvert d'huile, qui luisait sous l'éclairage tamisé. Des bougies parfumaient la pièce, et une musique New Age apaisante ajoutait sa touche discrète à l'ambiance.

— Eh bien, commenta Adrian. Tu ne perds pas de temps, dis-moi. Elle n'est enterrée que depuis quelques heures et tu lui as déjà trouvé une remplaçante.

On avait enfin enseveli Tatiana un peu plus tôt dans la journée, juste avant le coucher du soleil, après une cérémonie funèbre beaucoup moins impressionnante que celle prévue à l'origine.

Ambrose jeta un regard hostile à Adrian.

— C'est ma cliente et mon métier. Tu sembles oublier que certains d'entre nous ont besoin de travailler pour vivre.

— S'il te plaît, insista Lissa en se plaçant devant Adrian. Ce ne sera pas long.

Ambrose observa mes amis pendant quelques instants, puis soupira et jeta un coup d'œil par-dessus son épaule.

— Lorraine ? Il faut que je sorte quelques minutes. Je reviens, d'accord ?

— D'accord, répondit la femme en tournant son visage vers lui.

Elle était plus âgée que je ne m'y attendais. Je lui donnai dans les quarante-cinq ans. Bien sûr, une personne qui payait pour un massage pouvait bien s'offrir les services d'un masseur deux fois plus jeune qu'elle.

— Reviens vite.

Il lui décocha un sourire radieux en refermant la porte et le perdit dès qu'il se retrouva seul face à mes amis.

— Très bien. Que se passe-t-il ? Je n'aime pas la tête que vous faites.

Ambrose avait peut-être choisi un mode de vie radicalement différent de celui choisi par la plupart des dhampirs masculins, mais il avait reçu le même entraînement que n'importe quel gardien. Il était observateur et aucune menace potentielle ne lui échappait.

— Nous voulions te parler au sujet de…

Lissa hésita. Parler d'interroger les gens était une chose, le faire effectivement en était une autre.

— … du meurtre de Tatiana.

Ambrose haussa les sourcils.

—Ah ! je vois. Je ne sais pas trop ce que je peux vous dire, excepté que je ne crois pas que Rose l'ait tuée. Je pense que tu es du même avis, malgré ton prétendu revirement. Les gens ne parlent que de ta surprise et de ta déception. Ils te plaignent beaucoup d'avoir été trahie par une « amie » si dangereuse et si malintentionnée.

Lissa se sentit rougir. Elle s'était innocentée en me condamnant publiquement et en reniant notre amitié. Abe et Tasha le lui avaient conseillé et elle leur avait accordé que c'était la meilleure stratégie. Mais elle avait mauvaise conscience, même s'il ne s'agissait que de jouer la comédie. Christian vint à sa rescousse :

—Arrête ça tout de suite. Il ne s'agit pas de ça.

—Alors de quoi s'agit-il ? l'interrogea Ambrose.

Craignant que Christian et Adrian ne contrarient le masseur et ne rendent encore plus difficile d'obtenir des réponses, Lissa reprit les rênes de la discussion :

—D'après Abe Mazur, tu as dit ou fait quelque chose à Rose dans la salle d'audience.

Ambrose prit un air surpris et je dus lui accorder qu'il était bon acteur.

—Fait quelque chose ? Qu'est-ce que ça veut dire ? Mazur croit-il que je l'ai frappée devant tous ces gens, ou quelque chose de ce genre ?

—Je ne sais pas, reconnut Lissa. Il a vu quelque chose, c'est tout.

—Je lui ai souhaité bonne chance, déclara Ambrose, qui avait toujours l'air offensé. Est-ce que ça pose un problème ?

—Non.

Lissa avait tenu à interroger Ambrose avant qu'Abe s'en charge parce qu'elle craignait qu'il n'ait recours à des menaces physiques et verbales. Elle se demandait à présent si elle était vraiment douée pour accomplir ce genre d'exercice.

— Écoute… Nous voulons seulement découvrir le véritable meurtrier de la reine. Vous étiez proches. Si tu sais quelque chose – n'importe quoi – qui peut nous être utile, nous apprécierions ton aide. Nous en avons besoin.

Ambrose les considéra tour à tour avec méfiance, puis comprit soudain de quoi il retournait.

— Vous croyez que c'est moi ! Voilà ce qui se passe ! (Personne ne répondit rien.) Je n'arrive pas à y croire ! J'ai déjà dû supporter les soupçons des gardiens… mais les vôtres ? Je pensais que vous me connaissiez mieux que ça !

— Nous ne te connaissons pas du tout, répondit Adrian avec assurance. Nous savons seulement que tu voyais souvent ma tante. (Il indiqua la porte d'un geste.) Et aussi qu'il ne t'a pas fallu longtemps pour passer à autre chose, de toute évidence.

— As-tu oublié que c'est mon métier ? Je lui fais un massage, c'est tout. Tout n'est pas sordide et dégradant dans ce monde. (Frustré, Ambrose secoua la tête et passa sa main dans ses cheveux bruns.) Ma relation avec Tatiana n'avait rien de dégradant non plus. J'avais de l'affection pour elle. Je ne lui aurais jamais fait de mal.

— Les statistiques n'affirment-elles pas que la plupart des meurtres sont commis par un proche ? demanda Christian.

Lissa jeta des regards sévères à ses deux complices.

— Arrêtez, tous les deux. (Elle se tourna de nouveau vers Ambrose.) Personne ne t'accuse de rien. Mais tu passais beaucoup de temps avec elle. Et Rose m'a dit que le décret abaissant l'âge de service des gardiens t'avait contrarié.

— La première fois que j'en ai entendu parler, c'est vrai, reconnut Ambrose. Mais même alors j'ai assuré à Rose qu'il devait s'agir d'une erreur… qu'il y avait quelque chose que nous ignorions. Tatiana n'aurait jamais mis la vie de ces dhampirs en danger sans une bonne raison.

— Faire bonne impression devant la noblesse terrifiée, par exemple ? intervint Christian.

— Fais attention à ce que tu dis, grommela Adrian.

Lissa n'arrivait pas à déterminer ce qui l'agaçait le plus : la complicité dont les deux garçons faisaient preuve dès qu'il s'agissait d'agresser Ambrose ou leur tendance à se provoquer mutuellement.

— Non ! s'écria le masseur, dont la voix résonna dans l'étroit couloir. Elle n'était pas d'accord avec cette loi. Mais des choses plus graves encore se seraient produites si elle n'avait pas fait passer ce décret. Certaines personnes voulaient – et veulent encore – forcer tous les dhampirs qui ne se battent pas à entrer au service des Moroï. Tatiana a fait voter cette loi pour contrecarrer leurs plans.

Un silence suivit. Je le savais déjà grâce au message de Tatiana, mais c'était une nouvelle déconcertante pour mes amis. Ambrose sentit qu'il gagnait du terrain et poursuivit :

— En réalité, elle était disposée à envisager beaucoup d'autres solutions. Elle voulait étudier les pouvoirs de l'esprit et approuvait l'idée que les Moroï apprennent à se battre.

Cela fit réagir Adrian. Même s'il arborait son habituel sourire moqueur, il ne parvenait pas tout à fait à dissimuler son chagrin. L'enterrement de sa tante, qui ne datait que de quelques heures, l'avait sûrement ébranlé, et il devait être difficile d'entendre quelqu'un d'autre révéler des informations qu'un être cher avait cachées.

— Certes, je ne couchais pas avec elle, contrairement à toi, mais je la connaissais quand même assez bien, dit-il. Or elle ne m'a jamais parlé de tout ça.

— Elle ne l'a jamais mentionné publiquement, ni même devant ses proches, reconnut Ambrose. Très peu de gens étaient au courant. Elle faisait entraîner un groupe de Moroï des deux sexes et de différents âges. Elle voulait savoir s'ils étaient capables d'apprendre à se défendre. Mais, comme elle savait que cela contrarierait beaucoup de gens, elle a exigé le silence du groupe et de son entraîneur.

Adrian ne répondit rien et se replia sur lui-même. Les révélations d'Ambrose étaient plutôt de bonnes nouvelles, mais cela n'empêchait pas Adrian de souffrir à l'idée que sa tante lui ait caché des choses si importantes. Lissa, pour sa part, s'était saisie de la nouvelle avec avidité et en analysait chaque élément.

—Qui sont ces Moroï qu'elle faisait entraîner ? demanda-t-elle à Ambrose.

—Je ne sais pas. Tatiana n'en parlait pas. Je n'ai jamais découvert leur identité, seulement celle du gardien qui les entraînait.

—Et il s'agit de… ? s'impatienta Christian.

—Grant.

Christian et Lissa échangèrent un regard surpris.

—*Mon* Grant ? demanda-t-elle. Celui que Tatiana avait assigné à ma protection ?

Ambrose acquiesça.

—Elle l'avait chargé de te protéger parce qu'elle avait confiance en lui.

Lissa n'ajouta rien, mais ses pensées s'exprimèrent haut et fort. Elle avait été agréablement surprise lorsque Grant et Séréna, les deux gardiens qui nous avaient remplacés, Dimitri et moi, avaient accepté de leur enseigner quelques mouvements défensifs, à Christian et à elle. À l'époque, elle avait seulement cru être tombée sur des gardiens progressistes et ne s'était pas rendu compte qu'elle avait eu affaire à un véritable pionnier en la matière.

Nous étions certaines l'une et l'autre qu'il s'agissait d'une information importante, mais nous n'arrivions pas encore à la relier au reste. Lissa continua à y réfléchir et ne protesta pas quand Christian et Adrian recommencèrent à poser des questions. Quoique toujours offensé par cet interrogatoire,

Ambrose leur répondit avec toute la patience dont il était capable. Il avait un alibi et son affection pour Tatiana n'avait jamais été prise en défaut. Lissa le croyait, même si Christian et Adrian semblaient toujours sceptiques.

— Tout le monde me tombe dessus depuis sa mort, alors que les gardiens ont à peine interrogé Blake.

— Blake ? répéta Lissa.

— Blake Lazar. Quelqu'un d'autre avec qui elle avait...

— ... une liaison ? suggéra Christian en levant les yeux au ciel.

— Lui ? s'écria Adrian avec dégoût. C'est impossible. Elle ne serait jamais tombée si bas.

Lissa passa les Lazar en revue dans sa mémoire sans parvenir à identifier l'individu en question. Ils étaient bien trop nombreux.

— Qui est-ce ? demanda-t-elle.

— Un idiot, répondit Adrian. À côté de lui, je suis un membre éminent de notre société.

Cela fit sourire Ambrose.

— Je suis d'accord. Mais c'est un idiot séduisant et Tatiana aimait ça.

Il y avait de la tendresse dans sa voix quand il prononçait son nom.

— Elle couchait aussi avec lui ? demanda Lissa.

Cet étalage de la vie sexuelle de sa grand-tante fit grimacer Adrian, mais tout un monde de possibilités nouvelles venait de s'ouvrir à eux : si Tatiana avait eu d'autres amants, il y avait d'autres suspects.

— Comment le prenais-tu ?

Le sourire d'Ambrose s'évanouit, et il lui jeta un regard méfiant.

— Je n'étais pas assez jaloux pour la tuer, si c'est ce que tu as en tête. Nous avions une sorte d'arrangement. Nous étions proches ou avions une « liaison » si vous préférez, mais cela ne nous empêchait pas de voir d'autres personnes chacun de notre côté.

— Attends, intervint Christian.

J'eus l'impression qu'il commençait à vraiment s'amuser. Même si le meurtre de Tatiana n'avait rien d'une plaisanterie, il découvrait les éléments d'un véritable feuilleton amoureux.

— Toi aussi, tu avais d'autres liaisons ? Ça devient difficile à suivre.

Pas pour Lissa. Au contraire, il lui apparaissait de plus en plus clairement que le meurtre de Tatiana pouvait être passionnel et non politique. Comme Abe l'avait dit, tous ceux qui avaient eu accès à sa chambre étaient particulièrement suspects. La jalousie d'une femme qui ne supportait plus de partager son amant avec la reine lui semblait désormais le mobile le plus convaincant à ce stade de l'enquête. Encore fallait-il connaître l'identité des femmes concernées.

— Qui ? demanda-t-elle. Avec qui d'autre avais-tu une liaison ?

— Personne qui aurait pu la tuer, répondit sèchement Ambrose. Et je ne vous donnerai aucun nom. J'ai le droit de préserver mon intimité… et la leur.

— Pas si l'une d'elles a tué ma tante par jalousie, grogna Adrian.

Joshua l'avait méprisé parce qu'il n'était pas auprès de moi pour me « protéger ». Pourtant, à cet instant, en défendant l'honneur de sa tante, il me semblait aussi redoutable que n'importe quel gardien ou n'importe quel Pur. Je ne pus m'empêcher de trouver que cela lui donnait du charme.

— Je suis certain qu'aucune d'elles ne l'a tuée, répéta Ambrose. Et je ne pense pas non plus que ce soit Blake, même si je le méprise. Il n'est pas assez intelligent pour avoir prémédité le crime et piégé Rose. (Ambrose fit un geste en direction de la porte. Il avait les mâchoires crispées et son beau visage était tendu.) Écoutez... Je ne sais pas ce que je peux vous dire de plus pour vous convaincre, et il faut que j'y retourne. Je suis désolé si je vous ai semblé de mauvaise volonté, mais ce n'est pas facile pour moi non plus. Je serais ravi que vous trouviez qui lui a fait ça, croyez-moi.

Je lus de la tristesse dans son regard. Il déglutit et baissa les yeux pendant quelques instants, comme s'il ne voulait pas que mes amis voient à quel point il tenait à Tatiana. Lorsqu'il releva la tête, il avait recouvré toute sa détermination.

— Je veux que vous trouviez son assassin et je vous aiderai dans la mesure du possible. Mais je vous assure que vous feriez mieux d'enquêter sur les gens ayant des mobiles politiques et non passionnels.

Lissa avait encore un million de questions à lui poser. Elle était loin d'être aussi convaincue que lui que le meurtre n'avait pas été commis par jalousie. Elle aurait vraiment aimé connaître l'identité de ses maîtresses, mais ne voulait pas insister trop lourdement. Un instant, elle envisagea de l'obliger à répondre par suggestion, comme elle l'avait fait avec Joe. Mais elle se ravisa. Elle ne voulait pas recommencer, surtout avec quelqu'un qu'elle considérait comme un ami... du moins pas encore.

— Très bien, conclut-elle à contrecœur. Merci de ton aide.

Ambrose parut surpris de sa politesse et son expression s'adoucit.

— Je vais voir si je peux trouver quelque chose qui vous soit utile. Ils ont mis ses affaires sous clé et condamné sa chambre, mais j'arriverai peut-être à y entrer quand même. Je vous tiendrai au courant.

Lissa lui en fut sincèrement reconnaissante et le gratifia d'un sourire.

— Merci. Ce serait génial.

La main qu'on posa sur mon bras me ramena dans notre petite chambre miteuse en Virginie-Occidentale. Sydney et Dimitri me regardaient.

— Rose ? murmura Dimitri.

J'eus l'impression que ce n'était pas la première fois qu'il essayait d'attirer mon attention.

— Salut, répondis-je en clignant des yeux pour me rétablir complètement dans cette réalité. Vous êtes de retour. As-tu appelé le Strigoï ?

Même si ce mot ne provoqua aucune réaction visible chez lui, je savais qu'il lui était pénible à entendre.

— Oui. Boris m'a fait profiter de ses relations.

— C'était une conversation démente, ajouta Sydney en croisant les bras sur sa poitrine en un geste protecteur. Une partie était en anglais et c'était encore plus effrayant que la dernière fois.

Je frémis malgré moi et me réjouis de ne pas l'avoir entendue.

— Est-ce que ça a donné quelque chose ?

— Boris m'a livré le nom d'un Strigoï qui connaît Sonya et sait probablement où elle se trouve. En fait, il s'agit de quelqu'un que je connais. Mais l'usage du téléphone a ses limites quand il s'agit de Strigoï. Le seul moyen d'entrer en contact avec cette personne est d'aller la trouver. Boris n'a pu me fournir que son adresse.

— Où est-ce ?

— À Lexington, dans le Kentucky.

— Mon Dieu ! grommelai-je. Pourquoi pas les Bahamas ou le Palais du Maïs ?

Dimitri s'efforça de dissimuler son sourire et je me réjouis d'avoir allégé son humeur, même si c'était à mes dépens.

— En partant maintenant, nous pouvons y être avant le lever du jour, ajouta-t-il.

— C'est une décision difficile à prendre, répliquai-je en observant notre environnement. Nous abandonnerions tout ça pour l'électricité et l'eau courante ?

Ce fut au tour de Sydney d'esquisser un sourire.

— Et il ne serait plus question de demandes en mariage.

— Sans compter que nous aurons probablement des Strigoï à combattre, ajouta Dimitri.

Je bondis sur mes pieds.

— Qu'attendons-nous pour partir ?

Chapitre 14

La nouvelle de notre départ suscita des réactions mitigées chez les Purs. Ils auraient dû se réjouir de voir les étrangers s'en aller, d'autant plus que nous étions avec Sydney. Mais ils me considéraient comme une sorte d'héroïne depuis mon combat avec Angeline, et ils auraient été ravis de me voir entrer dans leur « famille ». Mes prouesses avaient aussi eu pour effet que certaines des femmes avaient commencé à lorgner Dimitri. Je n'avais guère envie de le voir se faire draguer, et moins encore quand je songeais que leurs coutumes m'auraient forcée à affronter toute fiancée potentielle.

Nous nous gardâmes évidemment de livrer aux Purs le détail de nos projets, mais nous précisâmes que nous allions probablement rencontrer des Strigoï, ce qui ne manqua pas de faire de l'effet. Dans l'ensemble, cela suscita de l'excitation et du respect. Notre réputation de féroces guerriers en sortit encore grandie. La réaction d'Angeline, en revanche, me prit complètement de court.

— Emmenez-moi avec vous, demanda-t-elle en m'agrippant le bras alors que nous entrions dans la forêt pour regagner la voiture.

— Désolée, répondis-je, encore un peu mal à l'aise en sa présence à cause de son hostilité passée. C'est quelque chose que nous devons faire seuls.

— Je peux vous aider ! Tu m'as battue, mais tu as vu de quoi j'étais capable. Je suis forte, assez pour tuer un Strigoï.

Angeline ne manquait pas de courage, mais elle n'avait pas la moindre idée de ce à quoi elle serait confrontée si elle en rencontrait un. Les quelques Purs qui portaient des *molnija* parlaient peu de ce qui leur était arrivé. Eux savaient, mais pas Angeline. Elle ne comprenait pas non plus que n'importe lequel des novices de Saint-Vladimir serait sans doute capable de la battre. Elle avait du potentiel, c'était certain, mais il lui restait encore beaucoup à apprendre.

— Tu en serais peut-être capable, dis-je pour ne pas la vexer, mais nous ne pouvons pas t'emmener avec nous.

J'aurais pu lui mentir en lui offrant un vague « peut-être une autre fois », mais je préférai éviter puisque cette stratégie avait conduit Joshua à nous croire fiancés.

Je m'attendis à la voir insister en vantant ses prouesses. Nous avions appris qu'on la considérait comme l'une des meilleures combattantes de sa génération. Sa beauté et sa bravoure lui valaient de nombreux admirateurs. Cela lui était monté à la tête et elle aimait raconter qu'elle était capable de vaincre n'importe qui ou n'importe quoi. De nouveau, elle me rappela Jill. Elle aussi était impatiente de se battre sans vraiment comprendre ce que cela impliquait. Jill était plus calme et plus prudente qu'Angeline, néanmoins, mais celle-ci employa un argument auquel je ne m'attendais pas.

— S'il te plaît… Il ne s'agit pas que des Strigoï ! Je veux voir le monde. Il faut que je découvre autre chose que cet endroit ! (Elle chuchotait pour ne pas être entendue des autres.) Je ne suis allée à Rubysville que deux fois, et tout le monde dit que ce n'est rien comparé aux autres villes…

— C'est vrai, reconnus-je.

À mes yeux, ce n'était même pas une ville.

— S'il te plaît, me supplia-t-elle encore avec un tremblement dans la voix. Emmène-moi.

Elle m'inspira une compassion soudaine. Son frère aussi regrettait de ne pas connaître le monde extérieur, mais c'était sans commune mesure avec l'envie d'Angeline. Il m'avait dit en plaisantant qu'il apprécierait d'avoir l'électricité, mais il semblait se satisfaire de cette existence dépourvue du confort du monde moderne. Angeline était bien plus désespérée. Comme j'étais bien placée pour savoir à quel point il était pénible de se sentir piégée dans sa propre vie, je ne pus m'empêcher de m'attrister par avance de la réponse que je m'apprêtais à lui donner.

— C'est impossible, Angeline. Nous devons agir seuls. Je suis vraiment désolée...

Ses yeux bleus scintillèrent et elle s'enfuit en courant dans les bois pour ne pas pleurer devant moi. J'en fus affreusement peinée et ne cessai plus de penser à elle tandis que nous faisions nos adieux. J'étais si distraite que je laissai même Joshua me prendre dans ses bras pour me dire au revoir.

Ce fut un grand soulagement de reprendre la route. J'étais contente de m'éloigner des Purs et prête à passer à l'action pour aider Lissa. Avant tout, nous devions nous rendre à Lexington. Nous avions six heures de route devant nous. Comme elle le faisait la plupart du temps, Sydney refusa fermement que quelqu'un d'autre qu'elle conduise sa voiture. Dimitri et moi protestâmes vainement avant de renoncer. Si nous devions bientôt affronter des Strigoï, mieux valait sans doute conserver nos forces et profiter du voyage pour nous reposer. Donovan, le Strigoï censé connaître Sonya, ne se trouvait à l'adresse dont nous disposions que durant la nuit. Nous devions donc atteindre Lexington avant le lever du soleil pour qu'il ne nous échappe pas en retournant dans la tanière où il passait ses journées. Cela impliquait aussi que nous allions rencontrer des Strigoï de nuit. Comme il ne risquait pas de nous arriver grand-chose pendant le trajet, surtout après avoir quitté la Virginie-Occidentale, Dimitri et moi décidâmes de somnoler un peu, ce qui nous était d'autant plus nécessaire que nous n'avions dormi que quelques heures chacun la nuit précédente.

Même si j'étais bercée par les mouvements de la voiture, mon sommeil fut agité et discontinu. Après quelques heures, je me résolus donc à entrer dans la sorte de transe qui me permettait de rejoindre Lissa. Je fis bien, puisque je tombai sur l'un des plus grands événements du monde des Moroï. Les nominations des candidats au trône étaient sur le point de commencer. C'était la première étape d'un long parcours, et l'élection d'un nouveau monarque était un événement assez rare pour que tout le monde soit excité. Mes amis et moi ne nous attendions pas à en voir une avant longtemps et les récents événements nous incitaient à nous y intéresser de près. L'avenir des Moroï était en jeu.

Lissa était assise au bord d'une chaise dans l'une des salles de bal de la Cour. C'était une pièce immense au plafond voûté orné de multiples dorures. J'étais déjà entrée dans ce lieu éblouissant et je reconnus donc ses fresques et ses moulures. De grands chandeliers suspendus au plafond éclairaient la pièce. C'était là qu'avait eu lieu le grand buffet des diplômés, au cours duquel les jeunes gardiens s'étaient efforcés de paraître à leur avantage dans l'espoir d'obtenir un bon poste. À l'occasion des nominations, on l'avait transformée en une sorte de salle du Conseil en installant une grande table et douze chaises à l'une de ses extrémités. Le reste de la pièce était occupé par d'innombrables rangées de chaises destinées au public, sauf qu'il y en avait quatre fois plus que lors d'une session ordinaire, et c'était sans doute la raison pour laquelle on avait choisi ce lieu. Il n'y avait plus un siège de libre et les gens continuaient à affluer même s'ils allaient devoir rester debout. Des gardiens inquiets se déplaçaient à travers la foule en s'efforçant de garder l'accès aux portes dégagé et de placer les gens de manière à assurer une sécurité optimale.

Christian était assis entre Lissa et Adrian. Je fus agréablement surprise de voir qu'Eddie et Mia n'étaient pas loin. Mia était une Moroï avec qui nous nous étions liés d'amitié à Saint-Vladimir, et qui était une aussi farouche partisane de l'autodéfense des Moroï que Tasha. Mon père bien-aimé ne se trouvait pas dans les environs. Aucune des personnes présentes ne parlait. Cela aurait été difficile dans un tel vacarme et mes amis étaient trop fascinés par ce qui était sur le point de se passer. Il y avait tant de choses à voir et à vivre… et ils ne s'attendaient pas à se retrouver au milieu d'une foule si nombreuse. Abe leur avait dit que les événements allaient se précipiter après l'enterrement de Tatiana et il ne s'était pas trompé.

— Ne savez-vous pas qui je suis ?

Cette phrase, prononcée d'une voix assez forte pour se détacher – quoique à peine – du brouhaha, attira l'attention de Lissa. Celle-ci se pencha pour observer leur rangée. À quelques sièges d'Adrian, un couple de Moroï avait les yeux levés vers une femme très énervée. Elle avait planté ses poings sur ses hanches. Sa robe en velours rose semblait extravagante à côté des jeans et des tee-shirts du couple. C'était aussi une tenue qu'elle aurait du mal à supporter dès qu'elle sortirait de ce bâtiment climatisé.

Ses traits étaient déformés par la rage.

— Je suis Marcella Badica. (Comme cela ne suscitait aucune réaction de la part du couple, elle jugea bon de préciser.) Je suis la sœur du prince Badica et notre regrettée reine était ma cousine au troisième degré. Il n'y a plus aucun siège libre et quelqu'un comme moi ne peut pas rester debout avec la populace.

L'homme et la femme se regardèrent.

— Alors vous auriez dû arriver plus tôt, madame Badica, répondit l'homme.

Marcella en resta bouche bée d'indignation.

— N'avez-vous pas compris qui j'étais ? Ne savez-vous pas reconnaître ceux qui vous sont supérieurs ? J'insiste pour que vous me cédiez vos sièges.

Le couple resta imperturbable.

— Cette session est ouverte à tous et aucun siège n'est réservé, à ma connaissance, répliqua la femme. Nous n'avons aucune raison de vous céder les nôtres.

Scandalisée, Marcella se tourna vers le gardien qui l'accompagnait. Celui-ci se contenta de hausser les épaules. Son travail ne consistait qu'à la protéger et il n'avait aucune intention de chasser de leurs sièges des gens qui n'avaient enfreint aucune loi. Marcella souffla avec mépris avant de faire volte-face et de s'éloigner à grands pas, sans doute pour aller harceler d'autres pauvres gens.

— Je sens qu'on va bien s'amuser, commenta Adrian.

Lissa esquissa un sourire, puis se tourna pour observer le reste de la salle. Une évidence me frappa aussitôt. Je n'aurais pas su dire qui était qui, mais le public n'était pas composé que de nobles, contrairement à la plupart des sessions du Conseil. L'homme et la femme assis près de mes amis étaient loin d'être les seuls « roturiers » présents dans la salle. La plupart des Moroï ne prenaient jamais la peine de venir à la Cour. Ils étaient trop occupés à tenter de survivre dans le monde extérieur pendant que les nobles se pavanaient à la Cour et édictaient des lois. Mais pas ce jour-là. Un nouveau monarque allait être élu, et cela concernait tous les Moroï.

La bousculade se poursuivit jusqu'à ce qu'un gardien décrète que la salle ne pouvait plus accueillir personne. Ceux qui étaient encore dehors en furent scandalisés, mais leurs protestations furent étouffées par la fermeture des portes. Les onze membres du Conseil prirent place à la grande table quelques minutes plus tard et je fus stupéfaite de voir le père d'Adrian, Nathan Ivashkov, s'asseoir sur la douzième chaise. Le héraut de la Cour hurla pour capter l'attention de la foule. On lui avait confié ce poste à cause de la puissance exceptionnelle de sa voix, mais je m'étais toujours demandé pourquoi on ne se servait tout simplement pas d'un micro dans ce genre de situation. Par respect des traditions, sans doute, et aussi parce que l'acoustique de la salle était excellente.

Nathan prit la parole dès que le public se fut calmé :

— En l'absence de notre reine bien-aimée...

Il marqua une pause et baissa tristement les yeux pour offrir un moment de recueillement avant de poursuivre. S'il s'était agi de n'importe qui d'autre, j'aurais suspecté son chagrin d'être simulé, surtout après l'avoir vu si souvent ramper devant Tatiana. Mais non. Nathan avait éprouvé autant d'affection qu'Adrian pour la reine malgré le mauvais caractère de celle-ci.

— Et à la suite de cette terrible tragédie, je vais présider les épreuves et l'élection à venir.

— Qu'est-ce que je vous avais dit ? murmura Adrian, qui ne débordait pas d'affection pour son père. C'est délectable.

Nathan s'étendit ensuite sur l'importance de l'événement et précisa certains points de la tradition moroï, mais il était évident que le public était aussi impatient que moi de le voir passer aux choses sérieuses : les nominations. Il parut s'en rendre compte, abrégea les formalités et aborda enfin le sujet qui nous intéressait tous.

— Chaque famille a le droit, si elle le souhaite, de désigner un candidat qui subira les épreuves dont tous nos monarques ont triomphé depuis la nuit des temps.

Je ne pus m'empêcher de songer que « la nuit des temps » devait être une exagération audacieuse et invérifiable, mais cela n'avait pas grande importance.

— La seule famille à être exclue de cette procédure est celle des Ivashkov, puisqu'il n'est pas permis que deux monarques issus de la même famille se succèdent. Chaque candidat doit obtenir le soutien de trois Moroï majeurs de sang royal.

Il précisa ensuite ce qui se passerait si une même famille désignait plus d'un candidat, mais tout le monde, moi comprise, savait qu'il n'y avait guère de chances que cela se produise. Chaque famille voulait optimiser ses chances de l'emporter, ce qui impliquait une stratégie cohérente et un candidat unique. Satisfait de s'être fait comprendre, Nathan hocha la tête, puis accompagna sa conclusion d'un geste théâtral.

— Que les nominations commencent !

Rien ne se produisit pendant quelques instants. Cela me rappela un peu le lycée, quand un professeur demandait qui voulait présenter son exposé en premier. Tout le monde semblait attendre que quelqu'un prenne la parole, ce qui finit par arriver.

Un homme que je ne connaissais pas se leva dans le public.

— Je soutiens la princesse Ariana Szelsky.

Tout le monde s'attendait à la candidature d'Ariana, qui, en tant que princesse, siégeait déjà au Conseil. Elle hocha poliment la tête en direction de l'homme. Un autre, qui devait aussi être l'un de ses parents, se leva pour lui offrir son soutien. Le troisième et dernier soutien provint d'un autre Szelsky, que je ne m'attendais pas à voir ici. Il s'agissait du frère d'Ariana, qui voyageait de par le monde et n'était presque jamais à la Cour. C'était aussi le Moroï que protégeait ma mère, aussi en déduisis-je que Janine Hathaway devait se trouver dans la salle. J'aurais aimé que Lissa se retourne pour la repérer mais la procédure retenait toute son attention. Après toutes les épreuves que je venais de traverser, j'avais soudain une envie folle de voir ma mère.

— La candidature de la princesse Ariana Szelsky est validée, déclara Nathan lorsque ses trois soutiens se furent exprimés.

(Il griffonna quelque chose sur une feuille posée devant lui avec affectation.) Poursuivons.

Après cela, les nominations se succédèrent rapidement. La plupart des candidats étaient des princes et des princesses, mais d'autres n'étaient que des membres respectés – et néanmoins éminents – des familles concernées. Le candidat des Ozéra, Ronald, ne siégeait pas au Conseil. Il m'était aussi complètement inconnu.

— Ce n'est pas l'un des candidats « idéaux » de tante Tasha, murmura Christian à Lissa. Mais elle reconnaît que ce n'est pas un parfait crétin.

À vrai dire, je ne savais pas grand-chose non plus des autres candidats. J'avais un *a priori* positif sur certains, comme Ariana Szelsky, et j'en trouvais d'autres consternants. Le dixième candidat fut Rufus Tarus, un cousin de Daniella. Celle-ci, qui appartenait à la famille Tarus avant d'épouser un Ivashkov, parut ravie de voir son cousin parmi les candidats.

— Je ne l'aime pas, commenta Adrian en faisant la grimace. Il passe son temps à me dire que je devrais faire quelque chose d'utile de ma vie.

Nathan inscrivit le nom de Rufus sur sa feuille, puis la roula comme un parchemin. Malgré le respect apparent des anciennes coutumes, j'étais certaine qu'il y avait une secrétaire dans le public qui consignait toute la procédure sur un ordinateur portable.

— Bien, conclut Nathan. Je déclare achevée…

— Je soutiens la princesse Vasilisa Dragomir.

Lissa tourna vivement la tête sur sa gauche et son regard tomba sur un visage familier : celui de Tasha Ozéra. Elle était debout et avait parlé d'une voix forte et pleine d'assurance. Elle parcourut de ses yeux d'un bleu glacial la foule comme si elle mettait quiconque au défi de contester sa démarche.

Le public se figea. On n'entendit plus aucun murmure ni aucun bruit de chaise. Le silence était absolu. À en juger par la grimace qu'il faisait, le candidat des Ozéra était la deuxième personne que Tasha avait le plus surprise en prenant la parole. La première, bien sûr, étant Lissa.

Il fallut un moment à Nathan pour recouvrer l'usage de la parole.

— Ce n'est pas…

Christian se leva à son tour.

— Je soutiens cette nomination.

Adrian fut debout avant même que Christian se soit rassis.

— Je confirme cette nomination.

Tous les regards se braquèrent sur Lissa et ses amis, avant de se tourner les uns après les autres vers Nathan Ivashkov, qui semblait de nouveau rencontrer quelques difficultés à trouver ses mots.

— Cette nomination n'est pas légale, finit-il par balbutier. Malheureusement, l'absence des Dragomir au Conseil les empêche de présenter un candidat.

Tasha, qui ne craignait ni de parler en public ni d'apporter son soutien à des causes désespérées, bondit de nouveau sur ses pieds. À vrai dire, il était évident qu'elle en mourait d'envie. Elle était très douée pour faire des discours et défier le système.

— Il n'est pas nécessaire qu'une famille dispose d'un siège au Conseil pour présenter un candidat au trône, et cette procédure n'exige aucun quorum.

— Cela n'a pas de sens, s'indigna Nathan, ce qui suscita des murmures approbateurs dans la foule.

— Relisez les textes de lois, Nath… pardon… monsieur Ivashkov.

Soudain, mon père se manifesta en se joignant à la conversation avec son tact habituel. Abe était adossé contre le mur près de la porte. Il portait un splendide costume noir et sa cravate était exactement du même vert émeraude que sa chemise. Ma mère se tenait près de lui, un sourire presque imperceptible aux lèvres. Pendant quelques instants, je les observai côte à côte avec fascination : ma mère, la parfaite image d'une gardienne d'exception au comportement irréprochable ; mon père, qui arrivait toujours à ses fins, sans se soucier d'employer les moyens les plus tordus si nécessaire. Non sans un certain malaise, je commençais à comprendre d'où me venait mon étrange personnalité.

— La loi n'exige pas des candidats que leur famille compte au moins deux membres, poursuivit Abe d'un ton jovial. Ils ont seulement besoin d'être soutenus par trois Moroï de sang royal pour être acceptés.

— Ils ne sont même pas de sa famille ! s'écria Nathan en désignant Christian et son têtu de fils d'un geste furieux.

— Ce n'est pas nécessaire, répliqua Abe. Il faut seulement qu'ils appartiennent à une famille royale. C'est bien le cas. Cette candidature est parfaitement légale, à condition que la princesse l'accepte.

Tous les regards se tournèrent vers Lissa comme s'ils découvraient seulement à cet instant sa présence. Mon amie était restée parfaitement immobile depuis que les événements avaient pris cette tournure inattendue. Elle était abasourdie. Son esprit fonctionnait à la fois très vite et au ralenti. D'un côté, elle ne comprenait rien à ce qui lui arrivait ; de l'autre, des dizaines de questions tourbillonnaient dans sa tête.

Que se passait-il ? S'agissait-il d'une plaisanterie ? d'une hallucination causée par l'esprit ? Sombrait-elle finalement dans la folie ? Rêvait-elle ? Était-ce un piège ? Si tel était le cas, pourquoi ses amis s'en rendaient-ils complices ? Pourquoi lui faisaient-ils subir cela ? Et tous ces gens allaient-ils un jour cesser de la dévisager, pour l'amour de Dieu ?

Elle pouvait supporter de se retrouver au centre de l'attention. Tout comme Tasha, on l'avait formée pour ça depuis l'enfance. Elle était également aussi douée que la tante d'Adrian pour s'adresser à une foule et soutenir des opinions audacieuses… à condition d'adhérer à ces opinions et de s'être préparée à les défendre. Or aucune de ces deux conditions n'était remplie dans le cas présent. C'était la dernière chose au monde à laquelle elle s'attendait ou qu'elle souhaitait. Par conséquent, elle n'arrivait ni à se contraindre à réagir, ni même à formuler mentalement une réponse. Elle restait donc immobile et silencieuse, comme en état de choc.

Alors quelque chose la tira de sa stupeur : le contact de la main de Christian. Il la glissa dans la sienne et pressa ses doigts avec douceur. La chaleur et l'énergie qu'il lui communiqua la ramenèrent à la vie. Elle parcourut lentement la salle du regard et soutint ceux qui la dévisageaient. Elle perçut la détermination de Tasha, la ruse d'Abe et jusqu'aux attentes de ma mère. Ce fut ce qui la surprit le plus. Comment Janine Hathaway, qui n'agissait que par devoir et avait un sens de l'humour quasi inexistant, pouvait-elle être mêlée à cela ? Comment tous ses amis pouvaient-ils être mêlés à cela ? N'avaient-ils donc aucune affection pour elle ?

Rose, songea-t-elle. *Comme j'aimerais que tu sois là pour me dire ce que je dois faire.*

Moi aussi. Maudit lien à sens unique.

Elle avait plus confiance en moi qu'en quiconque au monde, mais elle comprit tout à coup qu'elle avait aussi confiance en ces gens – mis à part Abe, peut-être, mais c'était compréhensible. Ils avaient sûrement une bonne raison pour agir ainsi, non ?

Non ?

Alors que tout cela n'avait aucun sens pour elle, Lissa sentit ses jambes se déplier tandis qu'elle se levait de sa chaise. Malgré sa peur et sa confusion, elle s'exprima d'une voix étonnamment claire et assurée :

— J'accepte cette nomination.

Chapitre 15

Je n'aimais pas voir les prédictions de Victor Dashkov se réaliser, mais je dus me rendre à l'évidence : il avait vu juste. Après la déclaration de Lissa, le public, qui avait retenu son souffle jusque-là, s'anima tout à coup. Je ne pus m'empêcher de me demander si le Conseil avait jamais connu une seule séance paisible au cours de son histoire, ou si le hasard voulait que j'assiste toujours aux plus chaotiques. Ce que je voyais à présent me rappelait beaucoup ce qui s'était produit le jour où Tatiana avait fait passer son décret. Les gens criaient, se disputaient, bondissaient de leur chaise. Les gardiens, qui auraient dû être alignés le long des murs, circulaient dans la foule avec des regards inquiets, prêts à intervenir si certains en venaient aux mains.

Le public oublia Lissa aussi vite qu'il avait tourné son attention vers elle. Elle se rassit et Christian lui reprit la main. Elle serra si fort la sienne qu'elle dut lui couper la circulation. Elle semblait toujours aussi hébétée et laissa son regard se perdre dans le vide. Elle ne prêtait pas attention au chaos, mais tout ce que ses yeux et ses oreilles percevaient parvenait jusqu'à moi. Une seule personne s'intéressa à mes amis : Daniella, qui vint vers eux pour reprocher à Adrian d'avoir soutenu quelqu'un qui n'appartenait pas à leur famille. Celui-ci répondit par un haussement d'épaules avec sa désinvolture habituelle. Sachant, comme beaucoup d'entre nous, qu'il était vain d'essayer de raisonner Adrian, sa mère repartit en soupirant.

Dans une salle où chacun cherchait à servir les intérêts de sa propre famille, on aurait pu s'attendre à ce que tout le monde s'oppose à la nomination de Lissa. Mais ce n'était pas le cas, notamment parce que le public n'était pas constitué que de nobles. Comme je m'en étais rendu compte un peu plus tôt, des Moroï roturiers étaient venus de partout pour assister aux événements qui allaient influer sur leur avenir. Or beaucoup d'entre eux s'intéressaient à la princesse Dragomir, la dernière descendante d'une lignée presque éteinte, censée avoir accompli des miracles. Sans pour autant chanter ses louanges, ils prenaient part aux disputes pour soutenir qu'elle avait le droit de représenter sa famille dans cette élection. Je suspectai certains de ses partisans « roturiers » de se réjouir simplement du désarroi de la noblesse. Le jeune couple qui avait subi l'assaut de Mme Badica n'était pas la seule victime de l'arrogance de « ceux qui lui étaient supérieurs ».

Mais quelques nobles défendaient également la candidature de Lissa, ce qui me surprit davantage. Même si leur loyauté allait d'abord à leur famille, tous n'étaient pas des partisans aveugles et égoïstes. Un certain nombre d'entre eux avaient le sens de la justice et estimaient Lissa dans son droit si elle avait la loi de son côté. De plus, beaucoup de nobles aimaient et respectaient mon amie, tout simplement. Malgré la concurrence supplémentaire que cette candidature inattendue impliquait, Ariana était de ceux qui soutenaient Lissa. D'ailleurs, Ariana connaissait bien la loi et elle avait sans doute compris que le vide juridique qui permettait à Lissa de se présenter ne lui permettrait pas pour autant d'être élue. Néanmoins, Ariana soutenait sa candidature avec détermination, ce qui la fit encore grimper dans mon estime, au point que je me mis à espérer la voir monter sur le trône. Elle était juste et intelligente. C'était exactement le genre de reine dont les Moroï avaient besoin.

Bien sûr, Ariana n'était pas la seule à connaître la loi. D'autres comprenaient l'absurdité de ce vide juridique et arguaient qu'il n'y avait aucun intérêt à présenter une candidate pour qui personne ne pourrait voter. Dans des circonstances normales, je leur aurais donné raison. Les disputes continuèrent à faire rage tandis que mes amis restaient calmement assis dans l'œil du cyclone. Finalement, on trancha la question de la manière la plus sensée : par un vote. Comme Lissa n'avait toujours pas le droit de siéger au Conseil, il revint aux onze autres membres de déterminer son avenir. Six d'entre eux approuvèrent sa candidature, ce qui l'officialisa. Elle pourrait donc participer aux épreuves. Je soupçonnai certains de ses partisans de n'avoir voté pour elle que par respect de la loi et non par réelle envie de la voir se présenter.

Beaucoup de Moroï ne voulurent pas se rendre à la décision du Conseil. Ils firent clairement savoir qu'ils n'en resteraient pas là et donnèrent raison à Victor : les disputes feraient encore rage pendant un bon moment, et la situation empirerait si Lissa réussissait les épreuves et allait jusqu'à l'élection. Dans l'immédiat, le public se dispersa avec un soulagement visible, à la fois parce que le vacarme était devenu insupportable et parce que chacun était impatient de répandre cette nouvelle sensationnelle.

Lissa garda le silence lorsque mes amis et elle quittèrent la salle. Elle passa devant les gens stupéfaits avec le calme et la distinction qu'elle aurait eus si elle venait de monter sur le trône. Mais, lorsqu'elle échappa enfin à la foule et se retrouva dans sa chambre avec les autres, tous les sentiments qu'elle avait gardés pour elle explosèrent d'un seul coup.

— Qu'est-ce que c'est que cette histoire de fous ? s'écria-t-elle. Dans quel affreux pétrin m'avez-vous fourrée ?

Les autres membres de la conspiration, Tasha, Abe et ma mère, s'étaient joints à Adrian, Christian et Eddie. La violence de cette réaction les surprit tant de la part de la douce Lissa qu'aucun d'eux ne trouva rien à répondre sur-le-champ. Leur silence l'incita à poursuivre :

— Vous m'avez piégée ! Vous m'avez plongée dans un cauchemar politique ! Vous croyez que cela me fait plaisir ? Vous croyez vraiment que j'ai envie de devenir reine ?

Bien entendu, Abe fut le premier à reprendre ses esprits.

— Ça n'arrivera pas, lui répondit-il d'une voix étonnamment douce et réconfortante. Ceux qui mettent en avant l'autre partie de la loi ont raison : personne ne pourra voter pour toi. Il faudrait que tu aies une famille pour ça.

— Alors à quoi bon ? s'écria-t-elle.

Elle était furieuse et c'était parfaitement légitime. Mais sa colère était avivée par quelque chose de bien pire que la situation elle-même. L'esprit réclamait son dû et la rendait plus irritable qu'elle n'aurait été en temps normal.

— L'intérêt de ta nomination est le chaos qu'elle a provoqué dans la salle du Conseil. Chaque dispute, chaque minute que les gens perdront à ressortir les textes de loi nous donnera davantage de temps pour sauver Rose et découvrir qui a tué Tatiana.

— Le meurtrier doit s'intéresser à l'élection, soit personnellement, soit parce qu'il aimerait voir monter sur le trône quelqu'un qui lui est proche, expliqua Christian. (Il posa sa main sur l'épaule de Lissa qui se dégagea d'un geste brusque.) Plus nous retarderons ses manœuvres, plus nous aurons de temps pour découvrir de qui il s'agit.

Lissa se passa les mains dans ses cheveux longs avec nervosité. Je tentai d'absorber une partie de sa fureur et y parvins un peu, assez pour qu'elle laisse retomber ses bras le long du corps. Néanmoins, elle était toujours extrêmement contrariée.

— Comment vais-je pouvoir enquêter sur le meurtre si je suis occupée à passer ces stupides épreuves ? leur lança-t-elle.

— Tu n'enquêteras pas, lui répondit Abe. Nous nous en chargerons.

Elle écarquilla les yeux.

— Ce n'est pas ce qui était prévu ! Je ne vais pas jouer l'animal de cirque devant les nobles alors que Rose a besoin de moi ! Je veux l'aider !

C'était presque comique. Ni Lissa ni moi ne supportions de nous « tourner les pouces » quand nous pensions que l'autre avait besoin de notre aide. Il nous fallait agir pour arranger les choses.

— Et tu l'aideras, la rassura Christian. (Ses doigts se crispèrent mais il n'essaya pas de la toucher une seconde fois.) Même si ce n'est pas de la façon à laquelle tu pensais, tu l'aideras quand même.

C'était le même argument que tout le monde n'avait cessé d'employer avec moi, et il l'énerva autant qu'il m'avait énervée. Je tirai désespérément sur le flux d'instabilité que l'esprit générait en elle.

Lissa promena son regard accusateur sur le visage de tous ceux qui l'entouraient.

— Qui a eu cette idée ?

Il y eut un silence pesant.

— C'est Rose, finit par répondre Adrian.

Lissa tourna vivement la tête pour le fusiller du regard.

— C'est faux ! Elle ne me ferait jamais une chose pareille !

— Pourtant si, lui assura-t-il. Je lui ai parlé en rêve. C'était son idée et… elle est bonne. (Je fus contrariée que cela ait l'air de le surprendre.) Et puis tu ne lui as pas rendu les choses faciles non plus. D'après elle, la ville où elle se cache est à mourir d'ennui.

— Soit, riposta Lissa en ne relevant pas la partie de sa réponse qui concernait mes plaintes. Admettons que ce soit vrai et que Rose t'ait suggéré cette « brillante » idée. Alors pourquoi personne ici n'a-t-il jugé utile de m'en parler ? Ne vous est-il pas venu à l'esprit que cela m'aurait aidée qu'on me prévienne ?

Là encore, j'eus l'impression de m'entendre me plaindre que personne ne m'ait avertie de mon évasion.

— Pas vraiment, admit Adrian. Nous avons imaginé que tu réagirais exactement de cette manière et que cela t'aurait laissé le temps de refuser ta nomination. Disons qu'on a parié que tu accepterais si tu étais prise de court.

— C'était un peu risqué, non ? leur fit-elle remarquer.

— Mais ça a marché, répondit Tasha sans se soucier de la ménager. Nous savions que tu accepterais pour nous. (Elle lui fit un clin d'œil.) Et même si ça ne changera pas grand-chose, je pense que tu ferais une très bonne reine.

Lissa lui jeta un regard hostile et je tentai de nouveau d'absorber un peu de sa noirceur. Je me concentrai sur les émotions qui l'agitaient et les imaginai en moi. Je ne les assimilai pas toutes, mais cela suffit à la calmer. Un brusque accès de rage m'aveugla pendant quelques instants, mais je parvins à le repousser dans un coin de mon esprit. Lissa se sentit brusquement épuisée, et moi aussi.

— La première épreuve aura lieu demain, déclara-t-elle calmement. Si j'échoue, je serai éliminée et votre plan tombera à l'eau.

Christian tenta encore de passer son bras autour de ses épaules et, cette fois, elle le laissa faire.

— Tu n'échoueras pas.

Lissa n'ajouta rien et je lus du soulagement sur tous les visages. Personne ne s'imaginait un instant que la situation lui plaisait, mais tous semblaient penser qu'elle ne retirerait pas sa candidature, et ils ne pouvaient guère espérer mieux.

Ma mère et Eddie n'avaient pas dit un mot de toute la discussion. En bons gardiens, ils étaient restés à l'arrière-plan pendant que les Moroï réglaient leurs problèmes. Dès que l'orage fut passé, ma mère s'avança.

— Nous allons essayer de faire en sorte que l'un de nous deux soit toujours auprès de toi, annonça-t-elle en faisant un signe de tête en direction d'Eddie.

— Pourquoi ? demanda Lissa, surprise.

— Parce que nous savons qu'il y a quelqu'un à la Cour qui n'hésite pas à tuer pour obtenir ce qu'il veut, expliqua Tasha avant de désigner Eddie et ma mère du menton. Ces deux-là et Mikhail sont les seuls gardiens en qui nous pouvons avoir confiance.

— Vraiment ? s'étonna Abe en lui jetant un regard malicieux. Je suis surpris que tu ne fasses pas entrer ton « ami » gardien dans l'équipe.

— Quel ami ? demanda Christian à qui l'insinuation d'Abe n'avait pas échappé.

Je fus surprise de voir Tasha rougir.

— C'est seulement quelqu'un que je connais...

— Et qui te suit partout avec des yeux de chien battu, insista Abe. Comment s'appelle-t-il, déjà ? Evan ?

— Ethan, rectifia Tasha.

Ma mère, que cette discussion ridicule semblait exaspérer, s'empressa d'y mettre un terme. Cela valait mieux, d'ailleurs, parce que Christian semblait avoir des choses à dire.

— Laisse-la tranquille, ordonna-t-elle à Abe. Nous n'avons pas de temps à perdre avec ça. Ethan est quelqu'un de bien, mais mieux vaut ne pas mettre trop de gens dans la confidence. Puisque Mikhail occupe son poste à plein-temps, Eddie et moi nous chargerons de la sécurité de Lissa.

J'étais d'accord avec tout ce qu'elle venait de dire, mais une évidence me frappa soudain : elle ne pouvait pas avoir intégré l'équipe sans que quelqu'un – Abe, sans doute – l'ait informée de tous les délits qui avaient été commis ces derniers temps. Soit il s'était montré très convaincant, soit elle m'aimait vraiment beaucoup. Je reconnus à contrecœur que les deux possibilités devaient être vraies. Quand les Moroï se trouvaient à la Cour, leurs gardiens n'avaient pas besoin de les accompagner en permanence. Par conséquent, ma mère serait sans doute libre de ses mouvements tant que M. Szelsky ne décidait pas de repartir. Comme Eddie n'avait pas encore de poste, il était aussi disponible qu'elle.

Lissa commençait à parler quand une brusque secousse dans ma propre réalité m'arracha à son esprit.

— Désolée, s'excusa Sydney. (C'était le coup de frein brutal qu'elle venait de donner qui m'avait ramenée dans la voiture.) Ce crétin m'a coupé la route !

Sydney n'y était pour rien, mais cette interruption me mit de mauvaise humeur et j'eus envie de lui crier après. J'inspirai profondément, consciente que je souffrais des effets secondaires de l'esprit et que je ne devais pas les laisser m'entraîner à agir de manière irrationnelle. Comme toujours, cela finirait par passer. Néanmoins, je savais que je ne pourrais pas continuer à absorber la noirceur de Lissa éternellement. Je ne serais pas toujours en mesure de la contrôler.

À présent que j'avais repris mes esprits, je regardai par la vitre pour découvrir notre nouvel environnement. Nous avions quitté la montagne et atteint une zone urbaine. Le trafic n'était pas très dense, puisque c'était encore le milieu de la nuit pour les humains, mais il y avait plus de voitures sur la route que nous n'en avions vu ces deux derniers jours.

— Où sommes-nous ? demandai-je.

— Dans la banlieue de Lexington, répondit Sydney.

Elle s'arrêta à une station-service pour faire le plein et entrer l'adresse de Donovan dans son GPS. L'endroit se trouvait à moins de dix kilomètres.

— C'est un quartier assez malfamé, d'après ce que j'ai entendu dire, précisa Dimitri. Donovan tient un salon de tatouage qui n'ouvre que la nuit. Quelques autres Strigoï travaillent pour lui.

L'endroit est fréquenté par des ados qui font la fête, le genre de personnes dont la disparition n'étonne personne et que les Strigoï adorent.

— La police finira bien par s'apercevoir que tous ceux qui viennent se faire tatouer disparaissent, lui fis-je remarquer.

Dimitri eut un rire amer.

— Le plus « drôle » est qu'ils ne tuent pas tous leurs clients. Ils en tatouent quelques-uns et les laissent repartir. Ils vendent de la drogue, aussi.

Je lui jetai un regard oblique tandis que Sydney rentrait dans la voiture.

— Tu es au courant de beaucoup de choses.

— J'en avais fait ma spécialité, et les Strigoï aussi ont besoin d'un endroit où vivre. J'ai rencontré Donovan une fois et c'est lui qui m'a expliqué tout ça, sauf que j'ignorais où se trouvait son salon jusqu'ici.

— Très bien. Maintenant que nous possédons cette information, comment allons-nous procéder pour l'approcher ?

— Nous l'attirons dehors. Nous lui envoyons un « client » qui lui dira que j'ai besoin de lui parler. Je ne suis pas le genre de personne qu'il peut se permettre de traiter par le mépris. Je ne l'étais pas, du moins… enfin peu importe. Une fois qu'il sera dehors, nous l'entraînerons vers un endroit que nous aurons préalablement choisi.

J'acquiesçai.

— Je me charge de jouer les clientes.

— Non, répondit Dimitri. Tu ne peux pas.

— Pourquoi ? m'écriai-je en me demandant s'il estimait cette mission trop dangereuse pour moi.

— Parce qu'ils sauront que tu es une dhampir dès l'instant où ils te verront. À vrai dire, je pense plutôt qu'ils te sentiront arriver. Les Strigoï n'emploient jamais de dhampirs, seulement des humains.

Un silence inconfortable s'ensuivit.

— Non, déclara finalement Sydney. Il n'est pas question que je fasse ça !

Dimitri secoua la tête.

— Ça ne me plaît pas non plus, mais nous n'avons pas vraiment d'autre choix. Il ne te fera pas de mal s'il croit que tu travailles pour moi.

— Ah oui ? Et que se passera-t-il s'il ne me croit pas ?

— À mon avis, il ne prendra pas de risques. Il te suivra sans doute pour vérifier tes dires, avec l'idée qu'il pourra toujours te tuer plus tard si tu lui as menti.

Cela ne parut guère la rassurer. Elle continua à grommeler.

— Elle ne peut pas y aller, dis-je. Ils verront tout de suite que c'est une alchimiste, et eux non plus ne travaillent pas pour les Strigoï.

Je fus surprise de constater qu'il n'avait pas songé à cet aspect du problème. Il y eut un nouveau silence. Étrangement, ce fut Sydney qui trouva la solution.

— Quand je suis entrée dans la station-service, dit-elle lentement, j'ai remarqué qu'ils vendaient du maquillage. J'imagine que nous pouvons dissimuler mon tatouage sous du fond de teint.

Nous mîmes aussitôt son idée à exécution. Le seul fond de teint que nous trouvâmes n'était pas tout à fait adapté à sa carnation, mais nous en appliquâmes une couche suffisamment épaisse pour dissimuler les fleurs dorées qui couvraient sa joue. Pour plus de sûreté, nous la coiffâmes ensuite de manière que ses cheveux fassent écran. Estimant que nous ne pouvions rien faire de plus, nous repartîmes en direction du salon de Donovan.

Le coin était effectivement malfamé. Nous repérâmes un genre de boîte de nuit à quelques pâtés de maisons du salon de tatouage, mais tout le reste du quartier semblait désert. Je ne me laissai pas leurrer pour autant par la tranquillité apparente des environs. On devait s'y faire agresser à tous les coins de rue, voire pire.

Nous explorâmes la zone jusqu'à ce que Dimitri repère un endroit qui lui semblait répondre à nos besoins : une ruelle située à deux pâtés de maisons du salon de tatouage, et qui longeait un mur de briques d'un côté et une clôture en fil de fer barbelé de l'autre. Dimitri expliqua à Sydney comment attirer le Strigoï jusqu'à nous. Elle écouta attentivement et acquiesça, mais son regard trahissait sa terreur.

— Essaie d'avoir l'air un peu moins impressionnée, lui conseilla-t-il. Les humains qui travaillent pour les Strigoï les vénèrent et n'aspirent qu'à les satisfaire, mais comme ils en voient beaucoup ils sont habitués à se trouver en leur présence. Ils en ont toujours un peu peur, évidemment, mais bien moins que toi à cet instant.

Elle déglutit.

— Je ne peux pas faire autrement.

Je ne pus m'empêcher de compatir. Elle était convaincue que tous les vampires étaient des créatures diaboliques et nous l'envoyions dans un repaire de Strigoï, les pires de tous. Je savais aussi qu'elle n'en avait vu qu'un seul en vie jusqu'à présent. Malgré les conseils de Dimitri, elle n'allait peut-être pas supporter d'en voir d'autres, et elle pouvait tout gâcher si elle restait pétrifiée devant Donovan. Sur une impulsion, je la serrai dans mes bras. À ma grande surprise, elle ne me repoussa pas.

— Tu vas y arriver, lui dis-je. Tu es forte, et ils ont beaucoup trop peur de Dimitri pour te faire du mal. D'accord ?

Sydney inspira profondément plusieurs fois, puis acquiesça. Nous lui offrîmes encore quelques paroles d'encouragements, puis la regardâmes disparaître à l'angle du bâtiment en direction de la rue. Je me tournai vers Dimitri.

— Nous venons peut-être de l'envoyer à l'abattoir.

Il était aussi inquiet que moi.

— Je sais, mais nous ne pouvons plus rien faire pour elle maintenant. Tu ferais mieux de te mettre en position.

Avec son aide, je parvins à me hisser sur le toit du bâtiment, qui n'était pas très haut. Même si ce contact n'eut rien d'intime, je ne pus m'empêcher de ressentir le frisson qui me parcourait toujours quand il me touchait, ni de constater avec quelle facilité nous faisions équipe. Lorsque je fus en place, Dimitri se dirigea de l'autre côté du bâtiment que Sydney venait de contourner et se posta dans l'angle. Alors il ne nous resta plus qu'à attendre.

Ce fut une vraie torture, et pas seulement parce que nous étions sur le point de nous battre. Je ne cessais de penser à ce que nous avions demandé à Sydney de faire. Mon travail consistait à protéger les innocents, et non à les jeter dans la gueule du loup. Et si notre plan échouait ? Plusieurs minutes s'écoulèrent, puis j'entendis un bruit de pas et des murmures, tandis qu'une vague de nausée familière me traversait. Nous avions attiré les Strigoï hors de leur tanière.

Trois d'entre eux apparurent à l'angle du bâtiment, sur les talons de Sydney. Ils s'arrêtèrent aussitôt et j'identifiai Donovan. C'était le plus grand des trois, ce qui révélait qu'il avait été un Moroï avant sa transformation. Sa barbe et ses cheveux bruns me rappelèrent ceux d'Abe. Dimitri m'avait fourni sa description pour que j'essaie de ne pas le tuer. Ses hommes de main, qui le suivaient de près, étaient sur leurs gardes. Tous mes muscles se tendirent et mes doigts se crispèrent autour de mon pieu, que je tenais de la main droite.

— Belikov ? appela sèchement Donovan. Où es-tu ?

— Ici, répondit Dimitri de sa voix froide et terrible de Strigoï.

Il se détacha de l'angle du bâtiment tout en restant dans l'ombre.

Donovan se détendit un peu en le reconnaissant, mais il perçut vite sa véritable apparence malgré l'obscurité. Il se raidit aussitôt, conscient de la menace, même s'il ne la comprenait pas encore et qu'elle bousculait ses certitudes. Au même instant, l'un de ses hommes de main tourna vivement la tête pour scruter les alentours.

— Des dhampirs ! s'écria-t-il.

C'était notre odeur, et non l'apparence de Dimitri, qui nous avait trahis, mais je rendis grâce à Dieu pour le temps qu'ils avaient mis à la percevoir.

Alors je sautai du toit. La distance qui me séparait du sol n'était pas négligeable, mais je ne risquais pas de mourir de cette chute, d'autant moins qu'elle fut amortie par un Strigoï.

Je tombai sur l'un des hommes de main de Donovan et le plaquai au sol. Je visai aussitôt son cœur mais il avait de bons réflexes et j'étais assez légère pour qu'il lui soit facile de me repousser. Comme je m'y attendais, je parvins à garder l'équilibre. Du coin de l'œil, je vis Sydney s'accroupir et s'esquiver discrètement comme nous en étions convenus. Nous voulions qu'elle quitte le champ de bataille le plus vite possible et nous lui avions demandé de retourner à la voiture pour déguerpir immédiatement si les choses tournaient mal.

Évidemment, elles ne se passaient jamais bien quand on avait affaire à des Strigoï. Donovan et son autre acolyte s'étaient jetés sur Dimitri qu'ils avaient identifié comme étant la plus grande menace. Si j'en jugeais par la manière dont il me souriait toutes canines dehors, mon adversaire ne m'estimait pas du tout menaçante. Lorsqu'il se jeta sur moi, j'esquivai son attaque en lui donnant un coup de pied dans le genou au passage. Il ne parut pas le sentir mais perdit l'équilibre. Je tentai encore de le frapper de mon pieu, fus de nouveau repoussée, tombai lourdement et m'écorchai les genoux sur le ciment de la ruelle. Mon jean avait fini par se retrouver dans un état si pitoyable que je m'étais résignée à porter l'un des shorts que Sydney m'avait fournis. Indifférente à la douleur, je me relevai et me précipitai sur mon adversaire avec une rapidité à laquelle il ne s'attendait pas.

Mon pieu l'atteignit au cœur. Le coup ne fut pas aussi puissant que je l'aurais voulu mais il déstabilisa mon ennemi, ce qui m'offrit l'occasion d'enfoncer plus profondément mon pieu et d'achever le Strigoï. J'arrachai mon arme de sa poitrine et me tournai vers les autres sans attendre qu'il s'effondre.

Si je n'avais pas hésité un instant pendant le combat que je venais de mener, ce que je vis alors m'arrêta net. Le visage de Dimitri était… terrifiant… féroce. Il avait la même expression que lorsqu'il m'avait défendue le jour de mon arrestation : son expression de dur à cuire, de dieu de la Guerre, capable de vaincre à lui seul tous les démons de l'enfer. Sauf que sa férocité avait atteint un niveau supérieur. Je compris alors qu'il avait fait de ce combat contre ces Strigoï une affaire personnelle. Il ne s'agissait pas seulement de trouver Sonya et d'aider Lissa. Il cherchait la rédemption et voulait se délivrer de son passé en exterminant les créatures maléfiques qui se trouvaient sur son chemin.

Je me joignis à lui alors qu'il se débarrassait du deuxième homme de main. Il plaqua le Strigoï contre le mur de briques et lui planta son pieu dans le cœur avec bien plus de force que nécessaire. Même si je savais que c'était impossible, je ne pus m'empêcher d'imaginer que son arme avait traversé tout le corps de son ennemi pour aller se planter dans le mur. Dimitri n'aurait pas dû consacrer à ce coup autant d'énergie et d'attention. Il aurait dû agir comme je l'avais fait et se tourner immédiatement vers son autre ennemi. Mais Dimitri était si concentré sur sa victime qu'il ne se rendit pas compte que Donovan essayait de tirer parti de la situation. Heureusement pour lui, je surveillais ses arrières.

Je me jetai de toutes mes forces sur Donovan pour l'écarter de Dimitri. Ce faisant, je vis du coin de l'œil ce dernier arracher son pieu du cœur du Strigoï et plaquer de nouveau le cadavre de son ennemi contre le mur. Pour ma part, j'avais réussi à attirer l'attention de Donovan et avais le plus grand mal à esquiver ses coups sans le tuer.

— Dimitri ! criai-je. Viens m'aider ! J'ai besoin de toi !

Je ne voyais plus ce qu'il faisait, mais il apparut à mes côtés quelques secondes plus tard. Le pieu levé, il se jeta sur Donovan en poussant un cri qui ressemblait presque à un rugissement et le plaqua au sol. Je poussai un soupir de soulagement et m'approchai pour l'aider à neutraliser notre ennemi. Alors je vis Dimitri s'apprêter à planter son pieu dans le cœur du Strigoï.

— Non ! (Je me jetai sur eux et tentai d'immobiliser Donovan tout en repoussant le bras de Dimitri.) Nous avons besoin de lui ! Ne le tue pas !

Son expression ne me permit pas de savoir s'il m'avait entendue. Son regard n'exprimait plus que son désir de tuer Donovan. Sa soif de vengeance avait pris le pas sur tout le reste.

En essayant toujours d'immobiliser le Strigoï d'une main, je giflai Dimitri de l'autre en choisissant la joue que je n'avais pas frappée l'avant-veille. L'adrénaline dut l'empêcher de ressentir la moindre douleur, mais cela attira son attention.

— Ne le tue pas ! répétai-je.

Il finit par comprendre. Malheureusement, notre lutte avait fourni une marge de manœuvre à Donovan. Alors que celui-ci commençait à se dégager, nous nous jetâmes sur lui d'un même mouvement. Cela me rappela l'époque où j'interrogeais des Strigoï en Russie. Nous devions nous y prendre à plusieurs pour neutraliser un seul d'entre eux. Par chance, Dimitri semblait capable de déployer une force surnaturelle.

— Pour les interroger, nous…

Dimitri décida d'employer sa propre méthode sans me laisser le temps de finir ma phrase. Il saisit Donovan par les épaules et le secoua de toutes ses forces, la tête du Strigoï venant heurter violemment le sol à plusieurs reprises.

— Où est Sonya Karp ? rugit Dimitri.

— Je ne…, commença Donovan, mais la patience de Dimitri était à bout et il coupa court aux faux-fuyants du Strigoï.

— Où est-elle ? je sais que tu la connais !

— Je…

— Où est-elle ?

Je découvris alors sur le visage de Donovan quelque chose que je n'avais jamais vu chez un Strigoï : de la peur. J'avais toujours cru que c'était une émotion dont ils étaient tout simplement dépourvus, ou bien, dans le cas contraire, qu'ils ne l'éprouvaient que lorsqu'ils s'affrontaient les uns les autres. Je pensais qu'ils ne s'abaisseraient jamais à craindre d'insignifiants dhampirs.

Mais Donovan était bel et bien terrifié par Dimitri. Et, en toute honnêteté, moi aussi.

Ses yeux aux pupilles cerclées de rouge s'écarquillèrent de désespoir et de terreur. Lorsque Donovan finit par répondre, quelque chose me dit qu'il ne mentait pas. Il était bien trop terrifié pour cela et rien ne l'avait préparé à subir un tel interrogatoire.

— Paris ! s'écria-t-il. Elle est à Paris !

— Mon Dieu ! jurai-je. Nous ne pouvons pas aller en voiture à Paris.

Donovan secoua la tête, autant que cela lui était possible avec Dimitri qui ne cessait de le secouer.

— C'est une petite ville… à une heure d'ici. Il y a un petit lac, où personne ne va jamais. C'est une maison bleue…

Ce n'étaient que de vagues indications. Nous avions besoin d'informations plus précises.

— Donne-nous une adr…

Apparemment, Dimitri ne partageait pas mon besoin d'obtenir des renseignements supplémentaires. Il leva son pieu et le planta dans le cœur de Donovan sans me laisser le temps de finir ma phrase. Le Strigoï poussa un cri à glacer le sang qui mourut avec lui. Je grimaçai. Quelqu'un l'avait forcément entendu. Combien de temps avant que la police débarque ?

Dimitri retira son pieu de la poitrine de Donovan, puis le frappa encore… et encore. Je le regardai pendant quelques instants, paralysée par l'horreur et l'incrédulité. Finalement, je saisis son bras et commençai à le secouer en ayant l'impression que j'aurais obtenu plus de réactions en essayant de secouer le bâtiment qui se trouvait derrière moi.

— Il est mort, Dimitri ! mort ! Arrête, s'il te plaît !

Dimitri avait toujours cette expression terrible, mais le désespoir se mêlait désormais à sa rage, et cette détresse lui soufflait qu'il pourrait effacer tout ce qui avait mal tourné dans sa vie s'il arrivait seulement à faire disparaître Donovan de la surface de la Terre.

Je ne savais pas quoi faire. Nous devions partir et aller chercher Sydney pour qu'elle désintègre les corps. Le temps pressait et je ne faisais que me répéter.

— Il est mort ! Laisse-le ! S'il te plaît… Il est mort !

Alors, sans que je comprenne comment, je parvins à atteindre Dimitri. Ses mouvements ralentirent progressivement, puis cessèrent. Sa main qui tenait le pieu retomba faiblement tandis qu'il regardait fixement ce qui restait de Donovan… et ce n'était pas beau à voir. Sa rage céda tout à fait la place au désespoir.

Je lui tirai doucement le bras.

— C'est fini. Tu en as assez fait.

— Ce n'est pas assez, Roza, murmura-t-il. (Le chagrin que j'entendis dans sa voix me fendit le cœur.) Ce ne sera jamais assez.

— Si, pour le moment.

Je l'attirai vers moi. Il n'essaya pas de résister, il laissa tomber son pieu et enfouit son visage au creux de mon épaule. Je lâchai moi aussi mon arme pour le serrer plus fort. Il m'enlaça à son tour pour s'imprégner du contact d'un autre être vivant, contact dont je savais depuis longtemps qu'il lui était nécessaire.

— Tu es la seule. (Il me serra plus fort.) La seule qui comprenne… La seule qui ait vu ce que j'étais devenu. Je ne pourrai jamais l'expliquer à personne… Tu es la seule. La seule à qui je puisse en parler…

Bouleversée par ce qu'il disait, je fermai les yeux quelques instants. Il avait peut-être prêté un serment d'allégeance à Lissa, mais cela ne signifiait pas qu'il pouvait lui ouvrir pleinement son cœur. Nous avions été en parfaite harmonie pendant si longtemps et nous étions si bien compris l'un l'autre. C'était toujours le cas, même si nous n'étions plus ensemble, même si j'étais avec Adrian. Dimitri avait caché ses émotions et ses sentiments jusqu'au jour où il m'avait rencontrée, et je croyais qu'il s'était de nouveau fermé. Mais il avait toujours confiance en moi, apparemment… assez pour me parler de ce qui le torturait.

J'ouvris les yeux et rencontrai son regard brun empli de sincérité.

— Ça va aller, lui dis-je. Je suis là. Je serai toujours là pour toi.

— Je les revois dans mes rêves, tu sais… Tous les innocents que j'ai tués. (Son regard glissa vers le cadavre de Donovan.) Je ne peux m'empêcher de penser que les cauchemars cesseront si je tue assez de Strigoï… Alors je serai sûr de ne plus être l'un d'entre eux.

J'effleurai son menton pour ramener son visage vers moi et détourner son regard de Donovan.

— Non. Tu dois tuer des Strigoï parce qu'ils sont maléfiques et parce que c'est notre devoir. Pour que les cauchemars cessent, tu dois vivre. C'est le seul moyen. Nous aurions pu mourir cette nuit mais ça n'a pas été le cas. Nous mourrons peut-être demain. Je n'en sais rien. Mais ce qui compte, c'est que nous soyons en vie là maintenant.

Je commençais à raconter n'importe quoi. Je n'avais jamais vu Dimitri si malheureux depuis qu'il était redevenu un dhampir.

Il avait prétendu que le fait d'avoir été un Strigoï avait anéanti ses émotions. C'était faux. Elles étaient toujours là. Je m'en rendais bien compte, à présent. Tout ce qu'il était autrefois existait toujours au fond de lui mais ne rejaillissait que par à-coups, comme durant le moment de rage et de désespoir qu'il venait de traverser. Ou encore comme le jour où il m'avait défendue contre les gardiens venus m'arrêter. L'ancien Dimitri n'était pas mort. Il était seulement enfermé au fond de lui et je ne savais pas comment le libérer. Ce n'était pas ma spécialité. C'était lui qui avait toujours des paroles pleines de sagesse à offrir, pas moi. Mais il m'écoutait à cet instant. Toute son attention était tournée vers moi. Que pouvais-je lui dire ? Comment pouvais-je l'atteindre ?

— Souviens-toi de ce que tu m'as dit tout à l'heure, à Rubysville. C'est par les détails qu'on perçoit la vie. Tu dois réapprendre à apprécier ces détails. C'est le seul moyen de vaincre ce que les Strigoï t'ont fait, le seul moyen de redevenir celui que tu étais. Tu l'as reconnu : tu t'es enfui avec moi pour redécouvrir le monde et sa beauté.

Dimitri voulut encore tourner la tête vers Donovan mais je l'en empêchai.

— Il n'y a rien de beau ici. Seulement la mort...

— Ce n'est vrai que si tu les laisses t'en persuader, répondis-je, désespérée et bien consciente que le temps pressait toujours. Trouve une chose belle... n'importe laquelle... Une chose qui te prouve que tu n'es pas l'un d'eux.

Son regard était revenu se poser sur moi et il m'observait en silence. Je sentis la panique me gagner. Ce que je lui avais dit n'avait eu aucun effet. Je n'y étais pas arrivée. Nous devions partir d'ici même s'il n'était pas parvenu à surmonter sa détresse. Je savais qu'il me suivrait. S'il y avait une chose dont j'étais certaine, c'était bien que son instinct de combattant était intact. Si je lui disais que nous étions en danger, il réagirait immédiatement, même s'il était en proie aux plus grands tourments. Mais ce n'était pas ce que je voulais. Je ne voulais pas qu'il parte d'ici au comble du désespoir. Je voulais qu'il quitte cette ruelle en étant un peu plus proche de l'homme qu'il pouvait être. Je voulais qu'il porte un cauchemar de moins.

Mais c'était au-delà de mes capacités. Je n'étais pas psychanalyste. J'allais faire appel à ses réflexes de soldat et lui dire que nous devions partir lorsqu'il reprit la parole :

— Tes cheveux, murmura-t-il d'une voix à peine audible.

— Quoi ?

Je me demandai un instant s'ils avaient pris feu, ou quelque chose du genre, et touchai une mèche. Non, tout était normal, excepté qu'ils avaient besoin d'un bon coup de brosse. Je les avais attachés avant de me battre. Je ne voulais pas qu'un Strigoï ait l'idée de s'en servir pour m'attraper, comme Angeline l'avait fait, mais beaucoup de mèches s'étaient échappées de ma queue-de-cheval pendant le combat.

— Tes cheveux, répéta Dimitri. (Ses yeux étaient écarquillés et il semblait presque frappé par une révélation.) Tes cheveux sont magnifiques.

Je ne partageais pas son point de vue, du moins tant qu'ils seraient dans cet état. Bien sûr, dans la mesure où nous nous trouvions dans une ruelle remplie de cadavres, la palette de belles choses qui s'offrait à lui était limitée.

— Tu vois ? Tu n'es pas l'un d'eux. Tu trouves quelque chose de beau. Les Strigoï sont insensibles à la beauté. Ils ne connaissent que la mort.

Il caressa d'un geste nerveux et hésitant la mèche que je venais de toucher un instant auparavant.

— Mais est-ce suffisant ?

— Oui, pour le moment. (Je déposai un baiser sur son front et l'aidai à se relever.) Ça suffira pour le moment.

Chapitre 16

Sachant que Sydney avait l'habitude de faire disparaître des cadavres, je fus un peu surprise de voir à quel point notre apparence à l'issue du combat la stupéfia. Mais les corps des Strigoï n'étaient peut-être que des objets à ses yeux. Dimitri et moi étions bien vivants, mais dans un sale état.

—J'espère que vous n'allez pas tacher la voiture, lança-t-elle lorsqu'elle se fut débarrassée des corps et que nous eûmes repris la route.

J'eus l'impression qu'elle essayait de plaisanter pour dissimuler le malaise que lui inspiraient nos vêtements déchirés et ensanglantés.

—Allons-nous à Paris ? demandai-je en me tournant vers Dimitri.

—Paris ? répéta-t-elle, stupéfaite.

—Pas encore, répondit Dimitri en s'enfonçant dans son siège.

Il avait recouvré tout son sang-froid de gardien. Il n'y avait plus trace de la crise qu'il venait de traverser et je n'avais pas l'intention d'en parler devant Sydney. C'était si peu de chose… et si considérable à la fois. Et c'était très intime. À présent, il semblait surtout épuisé.

— Mieux vaut attendre qu'il fasse jour. Il nous fallait trouver Donovan de nuit, mais Sonya doit être chez elle tout le temps si elle a une maison. Nous courrons moins de risques en pleine journée.

— Comment pouvez-vous être sûrs qu'il n'a pas menti ? demanda Sydney.

Elle roulait sans véritable destination et cherchait surtout à nous éloigner du quartier avant que quelqu'un prévienne la police à cause des cris et des bruits de lutte.

Je frissonnai en repensant à la terreur de Donovan.

— Je pense qu'il a dit la vérité, répondis-je.

Sydney ne posa plus de questions, sauf pour nous demander quelle direction prendre. Dimitri suggéra que nous trouvions un hôtel pour pouvoir nous doucher et nous reposer un peu avant de nous atteler à ce qui nous attendait le lendemain. Par chance, Lexington comptait beaucoup plus d'hôtels que la dernière ville où nous nous étions arrêtés. Nous ne descendîmes pas dans un palace, mais dans un grand hôtel moderne, propre et élégant qui faisait partie d'une chaîne. Sydney passa à la réception puis nous fit entrer par une porte latérale afin que nous ne risquions pas d'effrayer d'éventuels clients noctambules.

Sydney n'avait réservé qu'une chambre pourvue de deux lits doubles. Personne n'émit le moindre commentaire, mais j'eus l'impression que nous éprouvions tous le besoin de rester ensemble après nous être confrontés aux Strigoï. Comme Dimitri s'était mis dans un pire état que moi en mutilant Donovan, je l'envoyai se doucher le premier.

— Tu t'en es très bien sortie, dis-je à Sydney pendant que nous l'attendions. (Je m'étais assise sur le sol, qui était beaucoup plus propre que celui de notre dernière chambre, pour ne pas salir un lit.) Ce que tu as fait était très courageux.

Elle me décocha un sourire.

— C'est typique. Tu prends une raclée, tu manques de te faire tuer, et c'est moi que tu félicites ?

— Je fais ça tout le temps, tu sais. Aller dans un repaire de Strigoï toute seule, comme tu l'as fait, ce n'est pas rien. Et puis je n'ai pas vraiment pris une raclée.

Je sous-estimai mes blessures comme Dimitri n'allait pas manquer de le faire. Sydney, qui en avait bien conscience, me jeta un regard oblique. Mes jambes étaient plus écorchées par ma chute sur le ciment que je ne le pensais. Une de mes chevilles avait souffert de mon saut du haut du toit et j'avais des bleus et des entailles un peu partout. Je ne savais même pas d'où venaient la plupart.

Sydney secoua la tête.

— Je ne comprends pas comment vous faites pour ne pas attraper d'infections plus souvent.

Mais nous savions bien pourquoi l'une et l'autre. Les dhampirs, qui avaient hérité des qualités des deux espèces dont ils étaient issus, avaient un excellent système immunitaire. À vrai dire, les Moroï étaient plutôt résistants, eux aussi, même s'il leur arrivait de développer des maladies propres à leur espèce. C'était le cas de Victor. Il avait une maladie dégénérative chronique qui l'avait poussé à séquestrer Lissa pour qu'elle le soigne. Sa magie lui avait rendu la santé pour un temps, mais la maladie recommençait à gagner du terrain.

Je pris une douche après Dimitri, puis Sydney sortit sa trousse de premiers soins et nous força à nous laisser faire. Lorsqu'elle nous estima suffisamment désinfectés et bandés, elle prit son ordinateur portable et afficha une carte de la ville de Paris dans le Kentucky. Nous nous pressâmes autour d'elle pour voir l'écran.

— Il y a beaucoup de ruisseaux et de rivières mais pas grand-chose qui ressemble à un lac, commenta-t-elle en survolant la carte.

— Que penses-tu de cela ? demandai-je en montrant un petit plan d'eau baptisé étang de la Pommeraie.

— Peut-être, répondit Sydney. Ah ! en voilà un autre.

Elle nous montra un plan d'eau un peu plus grand qui s'appelait le lac Martin.

Dimitri s'écarta de l'écran et se frotta les yeux en bâillant.

— Ça semble le plus probable, conclut-il. Si ce n'est pas celui-là, on devrait pouvoir faire assez vite le tour des autres.

— C'est ça le plan ? s'étonna Sydney. Se promener en voiture et chercher une maison bleue ?

J'échangeai un coup d'œil avec Dimitri puis haussai les épaules. Si Sydney avait su faire preuve de bravoure depuis le début de ce voyage, je savais que l'idée qu'elle se faisait d'un « plan » était légèrement différente de la nôtre. Les siens étaient structurés, bien pensés, détaillés et poursuivaient un objectif précis.

— La plupart de nos plans sont encore plus flous, répondis-je finalement.

Le soleil se lèverait environ une heure plus tard. J'étais impatiente de me lancer à la recherche de Sonya, mais Dimitri insista pour que nous dormions jusqu'à midi. Il s'attribua l'un des lits, et Sydney et moi nous partageâmes l'autre. Je ne croyais pas avoir besoin de ces heures de repos, mais mon corps semblait d'un autre avis. Je m'endormis presque aussitôt.

Alors, comme cela m'arrivait souvent ces derniers temps, je fus attirée dans un rêve généré par l'esprit. J'espérai qu'il s'agissait d'Adrian venu poursuivre notre dernière conversation, mais le salon avec la harpe et les fauteuils capitonnés se matérialisa autour de moi. Je fis face aux frères Dashkov en soupirant.

— Génial, leur dis-je. Une nouvelle conférence téléphonique. Il faudrait vraiment que je bloque votre numéro.

Victor s'inclina légèrement pour me saluer.

— C'est toujours un plaisir de te voir, Rose.

Le regard de Robert était perdu dans le vide, comme d'habitude. Il était rassurant de voir que certaines choses ne changeaient jamais en ce bas monde.

— Que voulez-vous ? leur demandai-je.

— Tu le sais très bien. Nous sommes là pour vous aider Vasilisa et toi.

Je n'y crus pas un instant. Victor avait une idée derrière la tête, mais j'espérais réussir à le capturer avant qu'il commette plus de méfaits. Il me regarda avec espoir.

— As-tu déjà trouvé l'autre Dragomir ?

Je lui jetai un regard incrédule.

— Ça ne fait que vingt-quatre heures !

J'eus presque besoin de refaire le calcul tant j'avais l'impression qu'il s'était passé dix ans depuis notre dernière conversation. Mais non. C'était bien la veille que j'avais parlé à Victor.

— Et ? demanda ce dernier.

— Et à quel point nous croyez-vous doués ?

Il y réfléchit un instant.

— Je vous crois assez doués.

— Merci de votre confiance, mais ce n'est pas aussi facile que c'en a l'air. Et si on songe aux efforts qui ont été faits pour que ça reste un secret, ce n'est même pas facile du tout.

— Mais vous avez trouvé quelque chose ? insista Victor.

Je ne répondis rien. Une lueur d'impatience brilla dans ses yeux, et il fit un pas vers moi. Je m'empressai de reculer.

— Vous avez trouvé quelque chose.

— Peut-être.

J'hésitai autant que la veille. Victor, qui était passé maître dans l'art de fomenter des complots et de manipuler les gens, savait-il quelque chose qui pouvait nous être utile ? Il ne m'avait rien livré la fois précédente, mais désormais nous disposions d'informations supplémentaires. Qu'avait-il dit, déjà ? Qu'il pourrait dévider l'écheveau si je lui fournissais un fil ?

— Rose. (Victor me parlait comme à une enfant, sur le même ton qu'il employait pour s'adresser à Robert. Je fronçai les sourcils.) Je te l'ai déjà dit : peu importe que tu aies confiance en moi ou en mes intentions. Nous poursuivons le même but à court terme. Ne laisse pas tes inquiétudes concernant l'avenir tout gâcher.

Le plus amusant était que j'avais appliqué ce principe la majeure partie de ma vie : songer d'abord au présent et agir sans me soucier des conséquences. Or voilà que j'hésitais et voulais prendre le temps de la réflexion avant de me décider. Finalement, je pris le risque de lui révéler ce que nous savions en espérant, une fois encore, qu'il pourrait nous aider.

— Nous pensons que la mère… du frère ou de la sœur de Lissa… est une parente de Sonya Karp. (Victor haussa les sourcils.) Vous la connaissez ?

— Bien sûr. Elle s'est transformée en Strigoï, prétendument parce qu'elle était devenue folle. Mais nous savons l'un et l'autre que c'est un peu plus compliqué que cela.

J'acquiesçai à contrecœur.

— C'était une spécialiste de l'esprit. Personne ne le savait.

Robert tourna la tête si vivement qu'il faillit me faire sursauter.

— Qui est une spécialiste de l'esprit ?

— C'était une spécialiste de l'esprit, répondit Victor en recouvrant instantanément son ton apaisant. Elle s'est transformée en Strigoï pour échapper aux effets secondaires.

Le regard de Robert, qui s'était focalisé sur nous pendant quelques instants, redevint flou.

— Oui… C'est toujours une tentation… Tuer pour vivre, vivre pour tuer… L'immortalité et la délivrance de ses chaînes… Mais quel dommage…

Ce n'étaient que les propos décousus d'un fou, mais ils ressemblaient étrangement à certaines choses qu'Adrian disait parfois. Cela me mit très mal à l'aise. Je me tournai vers Victor en m'efforçant d'oublier la présence de Robert.

— Savez-vous quelque chose sur elle ? Connaissez-vous ses proches ?

Il secoua la tête.

— Sa famille est très étendue.

J'écartai les bras avec exaspération.

— Ne servez-vous donc à rien ? Vous vous donnez l'air de tout savoir, mais vous ne me dites que des choses que nous avons déjà découvertes ! Vous ne nous aidez vraiment pas !

— Il y a bien des manières d'aider, Rose… Avez-vous trouvé Sonya ?

— Oui. (Je rectifiai.) Enfin, pas tout à fait. Nous savons où elle se trouve. Nous irons l'interroger demain.

L'expression de Victor prouvait à quel point cette idée lui semblait ridicule.

— Je suis sûr qu'elle meurt d'envie de vous aider.

Je haussai les épaules.

— Dimitri sait se montrer persuasif.

— C'est ce que j'ai cru comprendre, répondit Victor. Mais Sonya Karp n'est pas une adolescente impressionnable.

Je songeai sérieusement à lui assener un coup de poing, mais Robert n'avait sans doute pas oublié de mettre en place son champ de force. Victor poursuivit sans se soucier de ma colère :

— Dis-moi où vous êtes. Nous allons vous rejoindre.

Je me trouvai confrontée à un nouveau dilemme. Je ne pensais pas que les deux frères puissent faire grand-chose pour nous, mais cette rencontre m'offrirait peut-être une occasion de capturer Victor. Par ailleurs, il n'aurait plus aucune raison de venir perturber mon sommeil si nous nous voyions en chair et en os.

—Nous sommes dans le Kentucky, finis-je par répondre. À Paris, dans le Kentucky.

Je précisai aussi que nous cherchions une maison bleue.

—Nous serons là demain, annonça-t-il.

—C'est donc que vous…

Comme la fois précédente, Robert mit brusquement fin au rêve, ce qui m'interrompit dans ma tirade. Dans quel pétrin venais-je donc de me fourrer? Mais je fus immédiatement entraînée dans un autre rêve, avant d'avoir pu approfondir la question. Mon Dieu! c'était vraiment du déjà-vu. Tout le monde semblait vouloir me parler pendant mon sommeil. Heureusement, comme la fois précédente, mon second visiteur fut Adrian.

Cette fois, il choisit comme décor la salle de bal dans laquelle le Conseil s'était réuni pour la dernière fois. Elle était vide et déserte, et mes pas résonnèrent sur le plancher. Cette salle, si grandiose quand des gens s'y pressaient, avait désormais quelque chose de triste et d'inquiétant.

Adrian, qui se tenait près de l'une des grandes fenêtres en ogive, me décocha l'un de ses sourires espiègles lorsque je le pris dans mes bras. Comparé à la saleté et au sang qui souillaient le monde réel, il me parut immaculé et parfait.

—Tu as réussi, dis-je avant de déposer un rapide baiser sur ses lèvres. Tu as obtenu la nomination de Lissa.

Lors de notre dernier rêve, quand j'avais compris que la suggestion de Victor présentait quelque intérêt, j'avais dû batailler ferme pour en convaincre Adrian… d'autant plus que je n'en étais pas moi-même tout à fait sûre.

—Oui. Il n'a pas été très difficile d'obtenir la complicité des autres.

Il semblait apprécier que je le félicite, mais son expression s'assombrit lorsqu'il y réfléchit davantage.

—Mais ça a beaucoup contrarié Lissa. Elle nous a vraiment fait passer un sale quart d'heure!

— J'ai vu ça. C'est vrai qu'elle était contrariée, mais sa nomination n'était pas seule en cause. Les effets secondaires de l'esprit ont intensifié sa colère. J'en ai absorbé une partie mais… c'était inquiétant.

Je me souvins d'avoir brièvement ressenti sa fureur après l'avoir absorbée. L'esprit ne me faisait pas autant de mal qu'à elle, mais c'était provisoire. Au bout du compte, si j'absorbais trop ses effets secondaires au fil des années, ils finiraient par devenir incontrôlables. Je pris la main d'Adrian et lui jetai le regard le plus implorant dont j'étais capable.

— Tu dois veiller sur elle. Je ferai tout ce que je pourrai, mais tu sais aussi bien que moi que l'inquiétude et la tension aggravent les choses. J'ai peur que son état ne se dégrade de nouveau. Je regrette de ne pas être là pour prendre soin d'elle. S'il te plaît… aide-la.

Il glissa une de mes mèches derrière mon oreille. Ses yeux d'un vert profond trahissaient une grande inquiétude. Je crus d'abord qu'elle concernait Lissa.

— C'est promis, répondit-il. Je ferai ce que je pourrai. Mais, Rose… Crois-tu que ça va m'arriver ? que je vais devenir comme Lissa et les autres ?

Adrian n'avait jamais présenté les mêmes symptômes que Lissa, en grande partie parce qu'il se servait moins de l'esprit qu'elle, mais aussi parce que sa consommation d'alcool lui tenait lieu d'automédication. Sauf que j'ignorais combien de temps cela durerait. À ma connaissance, il n'existait que quelques moyens de retarder les progrès de la folie : l'autodiscipline, les antidépresseurs et le fait d'être lié à quelqu'un qui avait reçu le baiser de l'Ombre. Adrian n'envisageait aucune de ces solutions.

C'était étrange, mais ce moment de vulnérabilité d'Adrian me rappela ce qui venait d'arriver à Dimitri. Ces deux hommes, si forts et si sûrs d'eux chacun à leur manière, avaient l'un et l'autre besoin de mon soutien. *C'est en toi que réside leur force, Rose*, murmura une voix dans ma tête.

Le regard d'Adrian se perdit dans le vide.

— Parfois, il m'arrive de croire que la folie est un problème imaginaire, tu sais… Je ne l'ai jamais ressentie comme les autres… comme Lissa ou ce vieux Vlad. Mais de temps à autre… (Il s'interrompit.) Je ne sais pas… Je la sens toute proche, Rose. J'ai l'impression de marcher au bord d'un précipice et qu'un seul faux pas pourrait m'y faire tomber. Alors je me perdrais à jamais.

Je l'avais déjà entendu dire ce genre de choses, lorsqu'il se lançait dans des digressions qui n'avaient pas vraiment de sens. C'était le seul indice des effets secondaires de l'esprit sur lui. Je ne savais pas qu'il en avait conscience, ni qu'il savait ce que cela signifiait. Son regard revint se poser sur moi.

— Quand je bois, je ne me soucie plus de tout ça. Je n'ai plus peur de devenir fou. Mais alors je me dis… que je le suis peut-être déjà. Peut-être que je suis fou et que personne ne s'en rend compte à cause de mon ivresse.

— Tu n'es pas fou, lui assurai-je en l'attirant vers moi. (J'aimais la chaleur que son corps communiquait au mien.) Ça va aller. Tu es fort.

Il pressa sa joue contre mon front.

— Je ne sais pas. J'ai l'impression que c'est toi, ma force.

C'était gentil et romantique, mais cela me contraria un peu.

— Ce n'est pas vrai, lui dis-je en me demandant comment exprimer ma pensée.

Je savais que l'on pouvait faire beaucoup pour l'être aimé. On pouvait lui donner du courage et le soutenir. Mais on ne pouvait pas tout faire pour lui. On ne pouvait pas résoudre tous ses problèmes.

— Tu dois la chercher en…

La sonnerie du réveil de notre chambre d'hôtel m'arracha au rêve. Je me sentis frustrée, à la fois parce que Adrian me manquait déjà et parce que je n'avais pas eu le temps de lui dire tout ce que j'aurais voulu. Eh bien… Je ne pouvais plus rien pour lui dans l'immédiat. Il ne me restait plus qu'à espérer qu'il se débrouillerait tout seul.

Sydney et moi eûmes du mal à ouvrir les yeux et à nous lever. Il était logique qu'elle soit épuisée, puisque ses horaires de sommeil avaient été complètement bousculés, quand elle n'avait tout simplement pas dû se passer de dormir. Ma fatigue, en revanche, était surtout mentale. Tant de gens avaient besoin de moi et il m'était si difficile de les aider tous.

Naturellement, Dimitri était déjà debout et prêt à partir. Il s'était réveillé avant nous et rien ne laissait deviner qu'il s'était senti si mal la veille. Je compris qu'il mourait d'envie de boire un café mais qu'il avait patiemment attendu notre réveil pour ne pas nous laisser sans défense. Je le chassai de la chambre et le vis revenir vingt minutes plus tard avec du café et une boîte de beignets. Il avait aussi acheté une chaîne d'une solidité à toute épreuve dans une quincaillerie au coin de la rue. Il expliqua qu'elle nous serait utile « quand nous aurions trouvé Sonya », ce qui me mit mal à l'aise. Lorsqu'il revint, Sydney et moi étions prêtes à partir et je décidai de remettre à plus tard les questions qui me taraudaient.

Nous nous mîmes aussitôt en route. Vu l'état de mes jambes, l'idée de remettre un short ne m'avait guère enthousiasmée, mais j'étais trop impatiente de trouver Sonya pour exiger qu'on fasse un détour par un centre commercial.

En revanche, le moment me parut bien choisi pour mettre mes compagnons au parfum.

— Victor Dashkov devrait bientôt nous rejoindre, annonçai-je d'une voix neutre.

Sydney eut le mérite de ne pas quitter la route.

— Quoi ? Le type qui s'est évadé ?

Je compris au regard de Dimitri qu'il était aussi surpris qu'elle, mais il conserva son calme habituel.

— Pourquoi Victor Dashkov nous rejoindrait-il ? demanda-t-il lentement.

— Eh bien… C'est une drôle d'histoire…

Après ce préambule, je leur fis un résumé aussi complet que possible de l'histoire, en commençant par le portrait de Robert Doru et en finissant par le récit des visites que les deux frères m'avaient rendues pendant mon sommeil. Je passai rapidement sur la « mystérieuse » évasion de Victor, quelques semaines plus tôt, mais j'eus l'impression que Dimitri reconstitua la partie manquante, grâce à cette étrange complicité qui nous permettait de toujours deviner les pensées de l'autre. Lissa et moi lui avions dit que nous n'avions pas ménagé notre peine pour découvrir le moyen de lui rendre sa nature de dhampir, mais nous ne lui avions jamais donné les détails de l'aventure, surtout concernant l'évasion de Victor, que nous avions organisée pour qu'il nous aide à trouver son frère.

— Écoutez… Qu'il nous soit utile ou non, ça nous fournira une occasion de le capturer, m'empressai-je d'ajouter. C'est une bonne chose, non ?

— C'est un problème que nous réglerons… plus tard.

Je reconnus le ton de Dimitri. Il l'employait souvent à Saint-Vladimir. En général, il signifiait qu'il avait l'intention de me parler seul à seul dans un avenir proche pour exiger plus de détails.

Tandis que nous roulions en direction de Paris, je découvris que le Kentucky était une assez jolie région, verte et vallonnée. Il n'était pas difficile de comprendre qu'on puisse avoir envie d'habiter une petite maison dans les environs. Je me demandai un instant si c'était pour cette raison que Sonya était venue s'installer là, et je me ressaisis aussitôt. Je venais juste de dire à

Dimitri que les Strigoï étaient incapables de percevoir la beauté. M'étais-je trompée ? Appréciait-elle encore les beaux paysages ?

J'eus ma réponse quand notre GPS nous conduisit au lac Martin. Il n'y avait que quelques maisons éparpillées sur ses rives et une seule était bleue. Sydney s'arrêta à bonne distance de la bâtisse et s'efforça de garer la voiture le plus loin possible de la route. Celle-ci était étroite, avec des bas-côtés herbus, plantés d'arbres. Nous sortîmes tous de la voiture et nous rapprochâmes un peu de la maison, en restant prudents.

— Eh bien. C'est une maison bleue, commenta Sydney avec son pragmatisme habituel. Mais s'agit-il de la sienne ? Je ne vois pas de boîte aux lettres, ni quoi que ce soit de ce genre.

J'observai le jardin plus attentivement. Il y avait des massifs de roses couverts de boutons roses et rouges devant le porche. Des paniers remplis de grosses fleurs blanches dont j'ignorais le nom étaient suspendus au toit et des liserons bleus grimpaient sur un treillage. Je devinais à peine la clôture en bois qui entourait la maison et disparaissait sous des fleurs orange en forme de petite trompette.

Alors une image s'imprima un instant dans mon esprit : je revis Mme Karp arrosant des fleurs en pot dans sa salle de classe ; des fleurs qui poussaient à une allure vertigineuse et atteignaient des tailles invraisemblables. En bonne adolescente qui cherchait surtout à éviter de faire ses devoirs, je ne m'étais guère intéressée à ce phénomène à l'époque. Ce n'avait été que plus tard, lorsque j'avais vu Lissa faire pousser des plantes pour étudier les pouvoirs de l'esprit, que j'avais compris ce que Mme Karp faisait dans sa salle de classe. Aujourd'hui encore, même si elle s'était privée de sa propre magie et vouée au mal, Sonya Karp prenait soin de son jardin.

— Oui, répondis-je. C'est bien sa maison. (Dimitri s'approcha du portail pour mieux l'observer. Je m'apprêtai à le suivre, mais me ravisai.) Que fais-tu ? chuchotai-je. Elle risque de te voir.

Il revint vers moi.

— Ces rideaux sont opaques, expliqua-t-il. Ils empêchent la lumière de passer et elle ne peut donc rien voir. On peut aussi en déduire qu'elle vit au rez-de-chaussée et non dans la cave.

Je suivis le fil de sa pensée.

— C'est une bonne nouvelle pour nous, commentai-je.

Lorsque quelques-uns de mes amis et moi avions été capturés par des Strigoï, l'année précédente, nous nous étions retrouvés enfermés dans une cave. Ce type de lieu non seulement permettait aux Strigoï d'échapper au soleil, mais limitait également le nombre des issues. Il était plus facile pour un Strigoï de piéger sa proie dans une cave. Plus nous avions de portes et de fenêtres à notre disposition, mieux cela valait.

— Je vais voir à quoi ressemble l'autre côté, annonça Dimitri en commençant à contourner la maison.

Je m'empressai de le rattraper et le retins par le bras.

— Laisse-moi faire. Je sentirai la présence d'un Strigoï s'il y en a un. Bien sûr, elle ne risque pas de sortir de là en plein jour... mais on ne sait jamais.

Il hésita. J'eus l'impression qu'il ne m'en croyait pas capable et cela m'énerva.

— D'accord, finit-il par répondre. Sois prudente.

Je compris alors qu'il s'inquiétait seulement pour moi.

Je contournai la maison aussi discrètement que je pus et me rendis vite compte que la clôture allait m'empêcher d'observer correctement l'arrière de la bâtisse. Je craignis d'attirer l'attention de Sonya en l'escaladant et me demandai quoi faire. La solution se présenta sous la forme d'une grosse pierre que je découvris non loin de là. Je la traînai jusqu'à la barrière et grimpai dessus. Elle n'était pas assez haute pour que ma tête dépasse de la clôture, mais je pus m'y hisser à la force des bras sans faire trop de bruit pour jeter un coup d'œil de l'autre côté.

Je crus avoir un aperçu du jardin d'Éden. Les plantes qui poussaient devant n'étaient qu'une entrée en matière. Je découvris d'autres massifs de roses, des magnolias, des pommiers, des iris et d'innombrables autres fleurs dont j'ignorais les noms. Le jardin de Sonya était un paradis multicolore. Je procédai aux repérages qui pouvaient nous être utiles, puis m'empressai d'aller retrouver Dimitri. Sydney était restée près de la voiture.

— Il y a une porte coulissante et deux fenêtres, annonçai-je, avec des rideaux partout. Il y a aussi une chaise longue, une pelle et une brouette.

— Pas de fourche ?

— Malheureusement non. Par contre, il y a une énorme pierre derrière la barrière. Mais on risque d'avoir du mal à la faire passer dans le jardin. Mieux vaut nous en servir pour franchir la clôture, qui n'a pas de porte. Cette maison est une véritable forteresse.

Il hocha la tête pour me signifier qu'il avait saisi et je sus ce que j'avais à faire sans que nous ayons besoin de nous concerter davantage. Nous allâmes chercher la chaîne dans la voiture et la confiâmes à Sydney. Nous lui donnâmes pour consignes de nous attendre dehors et de déguerpir si nous n'étions pas ressortis une demi-heure plus tard. Je détestais dire ce genre de choses – et l'expression de Sydney prouva qu'elle n'aimait pas non plus les entendre – mais c'était nécessaire. Si nous ne neutralisions pas Sonya dans ce laps de temps, nous ne le ferions jamais et ne ressortirions pas vivants de cette maison. Si nous parvenions à l'immobiliser, nous enverrions un signal à Sydney pour qu'elle nous apporte la chaîne.

Les yeux ambrés de Sydney trahirent son angoisse lorsqu'elle nous regarda commencer à contourner la maison. Je faillis la taquiner sur le fait qu'elle s'inquiétait pour des créatures maléfiques de la nuit, mais m'en abstins *in extremis*. Tous les Moroï et les autres dhampirs du monde lui inspiraient peut-être de l'aversion, mais elle avait fini par nous apprécier, Dimitri et moi. Il aurait été déplacé que j'en fasse un sujet de plaisanterie.

Dimitri grimpa sur la pierre et observa le jardin. Il me donna quelques instructions de dernière minute, puis me prit la main pour me faire passer de l'autre côté de la clôture. Sa haute taille facilita la manœuvre et contribua à la rendre aussi discrète que possible, même si elle ne fut pas tout à fait silencieuse. Il me rejoignit peu après en atterrissant à côté de moi avec un bruit sourd.

Après cela, nous courûmes vers la maison sans perdre un instant. Si Sonya nous avait entendus, nous avions intérêt à ne pas perdre de temps. Autant mettre toutes les chances de notre côté. Dimitri ramassa la pelle et frappa violemment la vitre de la porte coulissante à deux reprises, la première à hauteur de ma tête, la deuxième un peu plus bas. La vitre se fendilla à chaque impact. Immédiatement après le second coup, je poussai brutalement la brouette dans la porte. Il aurait été beaucoup plus jouissif de la soulever pour la projeter contre le battant, mais elle était trop lourde. Lorsqu'elle heurta la vitre, la zone fragilisée vola en éclats en dégageant une ouverture assez grande pour que nous passions à travers, même s'il fallut nous pencher pour cela – surtout Dimitri.

Il aurait mieux valu que nous donnions l'assaut simultanément par les deux côtés de la maison, mais Sonya ne risquait pas de s'enfuir par la porte d'entrée. Ma nausée, qui s'était réveillée dès que nous nous étions approchés de la porte, s'intensifia nettement quand nous entrâmes dans le salon. Je n'en tins pas compte comme j'avais appris à le faire et me préparai à la suite. Il nous avait fallu peu de temps pour entrer dans la maison, mais c'était toujours trop pour prendre un Strigoï de vitesse.

Sonya Karp était là, prête à nous recevoir, même si elle faisait tout son possible pour éviter le soleil qui se déversait à présent dans son salon. La première fois que j'avais vu Dimitri en Strigoï, j'étais restée paralysée de stupeur, ce qui lui avait permis de me capturer. Sachant que j'allais éprouver un choc semblable en voyant mon ancien professeur sous cet aspect, je m'y étais préparée mentalement. Mais ce fut quand même un choc. Comme cela avait été le cas pour Dimitri, la créature qui se tenait devant moi ressemblait à Sonya : elle avait ses cheveux roux et ses pommettes hautes. Mais sa beauté était gâtée par les horribles caractéristiques des Strigoï : elle avait la peau d'un blanc maladif, les yeux rouges ainsi que l'expression cruelle propre à tous ces monstres.

Si elle nous reconnut, elle n'en montra aucun signe avant de se jeter sur Dimitri avec un affreux grognement. Les Strigoï avaient souvent pour tactique de s'attaquer d'abord à leur adversaire le plus menaçant et cela me vexait de les voir toujours choisir Dimitri. Celui-ci avait glissé son pieu dans sa ceinture pour garder la pelle à la main. Il était impossible de tuer un Strigoï avec, mais elle pouvait tenir Sonya à distance si on la maniait avec assez de force et d'élan. Dimitri parvint à lui en assener un coup à l'épaule quand elle l'attaqua. Même si Sonya resta debout, elle marqua un temps d'arrêt avant de réessayer. Ils commencèrent à se tourner autour comme des loups sur le point de se sauter à la gorge, tandis qu'elle évaluait ses chances de l'emporter. Avec ou sans la pelle, Sonya pouvait le renverser d'une seule charge grâce à sa force surhumaine.

Tout se déroula en quelques secondes. Comme Sonya ne m'avait pas prise en compte, je me précipitai sur elle, de l'autre côté. Malheureusement, elle me vit approcher du coin de l'œil, réagit aussitôt et me repoussa sans cesser de surveiller Dimitri. Je me pris à regretter de ne pas avoir la pelle, qui m'aurait permis de la frapper par-derrière en restant à distance. Mais je n'avais que mon pieu, que je devais manier avec prudence, puisqu'il pouvait la tuer. Je scrutai rapidement son salon étonnamment normal et n'y découvris aucune arme potentielle.

Elle feinta, manœuvre à laquelle Dimitri se laissa prendre, et bondit pour en tirer profit alors qu'il essayait de se replacer. Sonya le plaqua contre le mur et lui arracha la pelle. Il se débattit pour tenter de lui échapper tandis qu'elle lui saisissait la gorge. Si je l'arrachais à lui, nos deux forces combinées permettraient sans doute à Dimitri de se libérer, mais, comme je voulais qu'on en finisse aussi vite que possible, je décidai de frapper un grand coup.

Je me jetai sur elle le pieu levé et le lui plantai dans l'épaule droite en espérant être assez loin du cœur. La magie dont il était chargé, qui faisait tant de mal aux Strigoï, lui arracha un hurlement. Elle me repoussa avec des gestes frénétiques et une force stupéfiante, même pour un Strigoï. Je partis à la renverse, trébuchai et me cognai la tête contre une table basse. Ma vision s'obscurcit légèrement, mais l'instinct de survie et l'adrénaline me permirent de me relever aussitôt.

Mon attaque offrit à Dimitri la fraction de seconde dont il avait besoin. Il plaqua Sonya au sol, ramassa mon pieu et le pressa contre sa gorge. Celle-ci se mit à hurler en agitant les bras. Sachant à quel point il était difficile d'immobiliser un Strigoï, je me précipitai pour l'aider.

— Va chercher Sydney…, grogna-t-il. La chaîne…

Je lui obéis aussi vite que je pus en voyant des étoiles danser devant mes yeux. Je déverrouillai la porte d'entrée, l'ouvris d'un coup de pied et fis le signal convenu, puis je revins vers Dimitri en courant. Sonya n'allait plus tarder à lui échapper. Je tombai à genoux et prêtai main-forte à Dimitri pour la maintenir au sol. Le regard de Dimitri brillait de nouveau d'une fureur meurtrière qui trahissait son envie de la tuer immédiatement. Néanmoins, j'y vis aussi quelque chose qui m'incita à penser qu'il se maîtrisait mieux et que les mots que j'avais prononcés dans la ruelle ne l'avaient pas été en vain. Je le mis tout de même en garde :

— Nous avons besoin d'elle. Ne l'oublie pas.

Il me répondit par un petit signe de tête alors que Sydney entrait avec la chaîne. Elle écarquilla les yeux en découvrant la scène, mais ne s'arrêta qu'un instant avant d'accourir vers nous. *Nous allons finir par en faire une guerrière*, songeai-je.

Dimitri et moi passâmes à la suite du plan. Nous avions déjà repéré le meilleur endroit où la ligoter : un grand fauteuil inclinable qui occupait un coin de la pièce. Nous la soulevâmes – ce qui était risqué puisqu'elle se débattait toujours violemment – et la jetâmes dans le fauteuil. Dimitri replaça le pieu contre sa gorge et s'efforça de l'immobiliser tandis que je me saisissais de la chaîne.

Je n'avais plus le temps de réfléchir à la meilleure façon de l'attacher. Je me contentai donc d'enrouler la chaîne autour d'elle en commençant par ses jambes et en m'efforçant de lui bloquer les bras le long du corps lorsque j'arrivai à son torse. Dimitri avait heureusement acheté une bonne longueur de chaîne, que j'enroulai ensuite autour du fauteuil en serrant le plus possible pour l'empêcher de bouger.

Quand j'atteignis l'extrémité de la chaîne, Sonya était assez solidement ligotée. Était-elle capable de se libérer ? Certainement ! Mais avec un pieu en argent contre la gorge ? C'était moins évident. Grâce à la combinaison des deux, elle était provisoirement piégée. Nous ne pouvions pas faire mieux.

Dimitri et moi échangeâmes un bref regard qui trahit notre épuisement. J'éprouvais un léger vertige mais me secouai pour le chasser. Notre tâche était loin d'être finie.

— Il est temps de passer à l'interrogatoire, déclarai-je d'un air menaçant.

Chapitre 17

L'interrogatoire se passa assez mal.

Bien sûr, nous multipliâmes les menaces et nous servîmes de nos pieux pour la torturer, mais sans grand résultat. Dimitri était toujours aussi terrifiant devant Sonya, mais il se méfiait de lui-même depuis la crise qu'il avait eue face à Donovan, et prenait garde à ne pas retomber dans sa fureur meurtrière. Si cette modération lui était salutaire sur le long terme, elle ne permettait pas d'arracher des réponses à Sonya. Le manque de précision de notre interrogatoire n'aidait pas non plus. Celui-ci consistait plutôt en une série de questions décousues. Était-elle au courant de l'existence d'un autre Dragomir ? Était-elle une parente de la mère ? Où se trouvaient la mère et l'enfant ? La situation empira encore lorsque Sonya comprit que nous avions trop besoin d'elle pour la tuer, malgré toutes les tortures que nous lui infligions.

Nous commençâmes à fatiguer au bout d'une heure – moi, du moins. Je m'adossai contre le mur près de Sonya. Même si j'avais toujours mon pieu à la main, prêt à servir, je comptais un peu plus sur le mur pour rester debout que je ne l'aurais voulu. Aucun de nous n'avait rien dit depuis quelque temps. Même Sonya avait renoncé à nous lancer ses menaces chargées de haine. Elle se contentait d'attendre et de nous observer en réfléchissant sans doute à la manière dont elle pourrait s'échapper. Elle songeait sûrement que nous nous fatiguerions avant elle. Ce silence était plus terrifiant que toutes les menaces du monde. J'étais habituée aux paroles d'intimidation des Strigoï et ne me serais jamais attendue à ce qu'un simple regard menaçant puisse être si impressionnant.

— Ça va ta tête, Rose ? me demanda Dimitri qui venait de me jeter un coup d'œil.

Je m'étais laissé un peu distraire et mis quelques instants à comprendre qu'il s'adressait à moi.

— Quoi ?

En écartant d'une main les cheveux tombés devant mon visage, je découvris que mes doigts me revenaient couverts de sang, et me rappelai confusément avoir chuté sur la table. Je haussai les épaules en négligeant mes vertiges.

— Ce n'est rien.

Dimitri jeta un bref regard à Sydney.

— Va l'aider à s'allonger et nettoie sa plaie. Ne la laisse pas s'endormir avant qu'on sache s'il ne s'agit pas d'une commotion cérébrale.

— Non, me défendis-je. Je ne peux pas te laisser seul avec elle.

— Ça va aller, répondit-il. Repose-toi pour revenir m'aider tout à l'heure. Tu ne me sers à rien si tu es sur le point de t'évanouir.

Je protestai encore, mais trébuchai lorsque Sydney me prit le bras avec douceur. À ma grande consternation, elle m'entraîna vers la seule chambre de la maison. Je trouvais un peu angoissante l'idée de m'allonger sur le lit d'un Strigoï, même s'il était couvert d'un édredon à fleurs bleues et blanches.

— Mon Dieu, murmurai-je en posant ma tête sur l'oreiller lorsque Sydney eut nettoyé l'entaille que j'avais au front. (Même si je n'avais pas voulu le reconnaître, mon corps appréciait de se reposer.) Je n'arrive pas à me faire à l'idée qu'un Strigoï vive dans un endroit si… normal. Tu tiens le coup ?

— Mieux que vous, répondit Sydney.

Elle croisa les bras sur sa poitrine et agrippa ses bras pour se rassurer tandis qu'elle observait la chambre avec un certain malaise.

— Je ne vous trouve plus aussi maléfiques depuis que je fréquente des Strigoï.

— Cette aventure aura au moins eu un effet positif, commentai-je.

Malgré sa plaisanterie, je savais qu'elle devait être terrifiée. Je commençai à fermer les paupières et me réveillai en sursaut lorsque Sydney me donna un petit coup sur le bras.

— Interdiction de dormir, me gronda-t-elle. Reste réveillée et parle-moi.

— Je n'ai pas de commotion cérébrale, grommelai-je. Mais j'imagine qu'on peut parler de l'interrogatoire de Sonya.

Sydney s'assit au pied du lit en faisant la grimace.

— Sans vouloir vous vexer, je pense qu'elle ne dira rien.

— Elle parlera quand elle aura été privée de sang pendant quelques jours.

Sydney blêmit.

— Quelques jours ?

— Eh bien… Ça prendra le temps que…

Je me figeai soudain en ressentant un déferlement d'émotions à travers le lien. Sydney bondit sur ses pieds et jeta des regards effrayés autour d'elle comme si elle craignait qu'un groupe de Strigoï ne fasse irruption dans la pièce.

— Que se passe-t-il ? s'écria-t-elle.

— Je dois aller retrouver Lissa.

— Tu n'es pas censée dormir.

— Je ne vais pas dormir.

Je quittai la chambre de Sonya et me glissai dans l'univers de Lissa sans attendre la réponse de Sydney. Mon amie se trouvait dans un minibus en compagnie de cinq personnes en qui je reconnus aussitôt d'autres candidats. Le véhicule, qui disposait de huit places assises, était conduit par un gardien. Un autre gardien, installé à l'avant, était tourné vers Lissa et ses compagnons.

— Nous allons vous déposer un par un, chacun à un endroit différent en lisière de forêt, et vous fournir une carte et une boussole. Votre mission consistera à atteindre la destination indiquée sur la carte puis à attendre là jusqu'à la tombée de la nuit, où nous viendrons vous rechercher.

Lissa et ses compagnons s'entre-regardèrent, avant de tourner la tête vers les vitres du véhicule presque d'un même mouvement. Il était presque midi et le soleil brillait de tous ses feux. « Attendre là jusqu'à la tombée de la nuit » ne serait guère agréable, mais ne semblait pas impossible. Elle gratta machinalement un petit pansement qu'elle avait sur le bras, puis se força à arrêter. Je découvris ce dont il s'agissait dans sa mémoire : un petit tatouage presque indiscernable en forme de point. Il était, comme celui de Sydney, composé de sang, de terre et de suggestion. La suggestion était taboue chez les Moroï, mais c'était une situation exceptionnelle. Le sort contenu dans le tatouage empêchait les candidats de révéler la nature des épreuves à ceux qui ne les passaient pas. Il s'agissait de la première épreuve.

— Sur quel genre de terrain nous envoyez-vous ? s'inquiéta Marcus Lazar. Nous n'avons pas tous la même condition physique. Il ne serait pas juste que certains d'entre nous soient avantagés.

Il avait parlé en regardant Lissa.

— Vous allez beaucoup marcher, répondit le gardien, le visage grave. Mais tous les candidats devraient en être capables, quel que soit leur âge. À vrai dire, il me paraît nécessaire qu'un roi ou une reine ait un peu d'endurance. L'âge donne de la sagesse, mais un monarque doit être en bonne santé. Il n'est pas nécessaire que ce soit un athlète, évidemment, s'empressa-t-il d'ajouter en voyant que Marcus s'apprêtait à protester. Mais il n'est pas dans l'intérêt des Moroï d'élire un roi malade qui mourra dans l'année. C'est cruel mais vrai. Si vous ne supportez pas de passer une journée au soleil, vous ne supporterez pas une séance du Conseil. (J'eus l'impression qu'il essayait de plaisanter, mais c'était difficile à dire puisqu'il ne souriait pas.) Cependant, il ne s'agit pas d'une course. Prenez tout le temps dont vous aurez besoin pour atteindre votre destination. Votre carte indiquera aussi l'emplacement de certains objets que nous avons cachés et qui vous rendront les choses moins pénibles, si vous réussissez à déchiffrer les indices.

— Avons-nous le droit de nous servir de la magie ? demanda Ariana Szelsky.

Elle n'était plus toute jeune, elle non plus, mais semblait bien déterminée à accepter ce défi d'endurance.

— Vous en avez le droit, répondit solennellement le gardien.

— Serons-nous en danger ? demanda Ronald Ozéra, un autre candidat. Devons-nous craindre autre chose que le soleil ?

— Vous devrez le découvrir par vous-mêmes, répondit le gardien avec un air mystérieux. Mais vous pourrez arrêter l'épreuve à n'importe quel moment.

Il sortit des téléphones portables d'un sac et en tendit un à chacun avant de distribuer les cartes et les boussoles.

— Il vous suffira d'appeler le numéro que nous avons préenregistré. Nous viendrons alors vous chercher.

Personne n'eut besoin de se faire préciser ce que cela impliquait. Passer cet appel leur permettrait d'échapper à cette longue course d'endurance. Cela signifierait aussi qu'ils auraient échoué à cette épreuve et ne pourraient plus prétendre au trône.

Lissa baissa les yeux vers son téléphone et fut un peu surprise de voir qu'il captait un réseau. Ils avaient quitté la Cour une heure plus tôt et roulaient à présent en pleine campagne. Une ligne d'arbres se dessinant à l'horizon lui fit penser qu'ils approchaient de leur destination.

Il s'agissait donc d'une épreuve d'endurance physique. Ce n'était pas vraiment ce à quoi elle s'attendait. Les épreuves auxquelles étaient soumis les candidats au trône étaient enveloppées de mystère au point d'avoir acquis une réputation presque mystique. Cette première épreuve était étonnamment pratique, mais Lissa, contrairement à Marcus, en comprenait l'intérêt. Il ne s'agissait pas d'une compétition sportive, mais le gardien avait eu raison de souligner qu'un monarque devait être en bonne santé. Lissa retourna la carte pour découvrir la liste des indices et comprit que leur capacité de raisonnement serait elle aussi mise à l'épreuve. Il s'agissait de qualités certes élémentaires, mais essentielles pour gouverner.

Le véhicule les déposa les uns après les autres à différents points de départ. La nervosité de Lissa s'accroissait à chaque arrêt. *Il n'y a pas de quoi avoir peur*, songeait-elle. *Je vais seulement devoir survivre à une journée de soleil.* Elle fut l'avant-dernière à quitter le minibus, juste avant Ariana. Celle-ci posa sa main sur son bras lorsque la porte s'ouvrit.

— Bonne chance, ma chère, lui dit-elle.

Lissa lui répondit par un bref sourire. Elle ne passait ces épreuves que pour servir un autre but. De son point de vue, Ariana était la meilleure candidate au trône et elle souhaita du fond du cœur que celle-ci réussisse ce premier test.

Son malaise s'intensifia dès que le véhicule se fut éloigné. Cette simple épreuve d'endurance lui parut tout à coup beaucoup plus difficile, presque insurmontable. Elle se retrouvait toute seule, ce qui ne lui était pas arrivé souvent. J'avais été à ses côtés la majeure partie de sa vie et ses amis l'avaient soutenue quand je l'avais quittée. À présent, tout se jouait entre la carte, le téléphone et elle. Et le téléphone était son ennemi.

Elle s'approcha de la lisière de la forêt et étudia la carte. Le dessin d'un grand chêne indiquait le point à partir duquel elle était censée se diriger vers le nord-ouest. Lissa examina les arbres qui se trouvaient devant elle : trois érables, un sapin et un chêne. Elle se dirigea vers celui-ci en esquissant un sourire. Si les autres cartes comportaient aussi des points de repère végétaux, les candidats ne sachant pas reconnaître un arbre ou une plante échoueraient à l'épreuve avant même de l'avoir commencée.

La boussole dont elle disposait était un modèle basique. On ne leur avait pas offert le confort d'un GPS. Lissa ne s'était jamais servie d'un instrument de ce genre. Ma part protectrice regretta de ne pouvoir voler à son secours, mais j'avais tort de sous-estimer sa débrouillardise. Lissa était assez intelligente pour en comprendre facilement le fonctionnement. Elle repéra le nord-ouest et entra dans la forêt. Même s'il n'y avait pas de véritable sentier, le sous-bois n'était ni trop broussailleux ni parsemé d'embûches.

Les arbres avaient pour avantage de tamiser les rayons du soleil. Ce n'étaient pas des conditions climatiques idéales pour une Moroï, mais cela valait toujours mieux que d'avoir été lâchée en plein désert. Les oiseaux chantaient et le paysage était vert et luxuriant. Tout en restant vigilante afin de ne pas manquer le point de repère suivant, Lissa essaya de se détendre et de se convaincre qu'elle faisait une simple promenade.

Néanmoins, sa fébrilité rendait l'exercice difficile. C'était désormais à Abe et à ses autres amis qu'il incombait d'enquêter sur le meurtre. Ils dormaient tous, à cette heure, puisque c'était le milieu de la nuit pour les Moroï, mais Lissa ignorait quand elle rentrerait à la Cour et ne pouvait s'empêcher d'estimer que cette épreuve lui faisait perdre son temps. Non : qui lui faisait *gaspiller* son temps. Elle avait fini par se rendre à la logique de ses amis mais cette nomination lui déplaisait toujours. Elle aurait préféré être en mesure de les aider plus concrètement.

Ses ruminations faillirent lui faire rater le point de repère suivant : un arbre mort tombé bien des années plus tôt. Il était couvert de mousse et son bois avait presque entièrement pourri. La carte indiquait par une étoile qu'un objet était caché dans les environs. Lissa retourna la carte et lut :

« Je grandis et rétrécis, je rampe et je cours.
Ma voix tu suivras, même si je suis muet.
D'ici jamais je ne pars mais je suis mon parcours.
Je flotte à travers le ciel et sous terre je disparais.
Dans un coffre je me cache et pourtant je ne possède rien.
Ma pourriture tu rechercheras, car ce sera pour ton bien. »

Hum !

Cette énigme me déconcerta complètement, mais suscita une intense réflexion chez Lissa. Elle la relut plusieurs fois, en analysa chaque mot et étudia la manière dont les vers s'articulaient entre eux. « D'ici jamais je ne pars. » Elle estima devoir commencer par là. Ce qu'elle cherchait était inamovible. Elle observa les environs, songea aux arbres, puis rejeta cette idée. Il était toujours possible de les abattre et de les déplacer. Elle se mit à arpenter la zone en prenant garde à ne pas trop s'éloigner de l'arbre mort. Tout ce qu'elle vit était transitoire. Qu'y avait-il de permanent par ici ?

« Ma voix tu suivras. » Elle s'arrêta, ferma les yeux et s'imprégna des bruits de la forêt. Elle entendait les chants des oiseaux, le bruissement occasionnel du vent dans les branches et…

Elle rouvrit les yeux et se dirigea à grands pas vers sa droite. Elle avait cru percevoir le murmure clapotant d'un cours d'eau. Le bruit s'intensifia. Là : un ruisseau à peine visible coulait entre les arbres. Il semblait même beaucoup trop petit pour le lit qu'il avait creusé.

— Mais je parie que tu « grandis » quand il pleut, murmura-t-elle sans se soucier de s'adresser à un ruisseau.

Elle relut l'énigme et je sentis son esprit vif assembler rapidement les pièces du puzzle. Le ruisseau était permanent, mais « suivait son parcours ». Il changeait de taille. Il avait une voix. Il « courait » lorsqu'il s'enfonçait sous terre et « rampait » quand il rencontrait un obstacle. Son eau « flottait à travers le ciel » en s'évaporant. Elle fronça les sourcils en cherchant toujours à résoudre l'énigme.

— Mais tu ne « pourris » pas.

Lissa observa de nouveau les environs en songeant avec découragement que n'importe quel végétal était susceptible de pourrir. Son regard glissa sur un grand érable, puis revint vivement en arrière. Des champignons marron et blancs poussaient à son pied. Plusieurs d'entre eux avaient viré au noir en pourrissant. Elle se précipita vers l'érable, s'agenouilla et découvrit un petit trou creusé dans le sol. Elle se pencha davantage et vit quelque chose de coloré à l'intérieur : c'était une bretelle de sac violette.

Lissa tira dessus en exultant et se releva. Le sac en toile était bien muni de bretelles, ce qui allait lui permettre de le porter sur l'épaule. Elle l'ouvrit pour découvrir ce qu'il contenait. Les replis du tissu recélaient le plus grand trésor du monde : une bouteille d'eau. Lissa ne sentit qu'à cet instant à quel point elle était déshydratée. Le soleil l'avait exténuée sans qu'elle s'en rende compte. On avait conseillé aux candidats de porter des vêtements confortables et des chaussures solides, mais on leur avait interdit d'emporter quoi que ce soit d'autre. Cette bouteille n'avait pas de prix.

Elle s'assit sur le tronc d'arbre et but une gorgée en prenant garde à ne pas gaspiller son eau. La carte annonçait d'autres

« récompenses », mais elle savait qu'elle ne pourrait pas forcément compter dessus. Après une pause de quelques minutes, elle rangea la bouteille et glissa le petit sac à son épaule. La carte indiquait qu'elle devait à présent se diriger plein ouest.

La chaleur continua à la faire souffrir, ce qui l'obligea à prendre encore quelques petites gorgées d'eau. Elle ne cessait de se répéter qu'il ne s'agissait pas d'une course et qu'elle pouvait prendre son temps. Après avoir dépassé quelques repères supplémentaires, elle comprit que la carte n'avait pas d'échelle précise. Elle ne pouvait donc pas connaître par avance la longueur de chaque tronçon du parcours. Néanmoins, elle fut ravie de parvenir à résoudre toutes les énigmes proposées, même si les récompenses qu'elles lui valurent se révélèrent de plus en plus surprenantes.

L'une d'elles consista en un paquet de brindilles posées sur un rocher. Elle crut d'abord à une erreur, mais il était évident que les brindilles avaient été attachées ensemble par quelqu'un. Elle les glissa dans son sac où elle avait déjà rangé une bâche en plastique vert soigneusement pliée. Elle transpirait désormais à grosses gouttes et elle roula les manches de son chemisier en coton, même si cela ne changea pas grand-chose. Ses pauses se firent de plus en plus fréquentes. Comme elle commençait à risquer de sérieux coups de soleil, elle fut vivement soulagée de trouver une bouteille de crème solaire en résolvant l'énigme suivante.

Après quelques heures de marche dans l'intense chaleur de l'été, l'inconfort et la fatigue de Lissa furent tels qu'ils l'empêchèrent de se soucier plus longtemps de ce qui se passait à la Cour durant son absence. Une seule chose comptait désormais pour elle : arriver au bout de cette épreuve. La carte ne comportait plus que deux repères à atteindre, ce qu'elle prit pour un signe encourageant. Elle allait bientôt rejoindre sa destination finale, où elle n'aurait plus qu'à attendre qu'on vienne la chercher. Une idée lui vint tout à coup. La bâche… Elle songea qu'elle s'en servirait pour s'abriter du soleil au terme de son parcours.

Cette idée lui redonna le moral, tout comme la récompense suivante : une nouvelle bouteille d'eau et un chapeau mou à larges bords qui allait lui permettre de protéger son visage du soleil. Malheureusement, le chemin jusqu'au dernier repère se révéla deux fois plus long qu'elle ne s'y attendait. Lorsqu'elle l'atteignit enfin, elle avait bien plus envie de faire une pause que de résoudre l'énigme et déterrer ce que les gardiens lui avaient laissé.

Toutes mes pensées allaient vers elle. J'aurais tant voulu pouvoir l'aider. C'était à moi qu'il revenait de la protéger. Elle n'aurait pas dû être toute seule. Ou bien si ? Cela faisait-il partie de l'épreuve ? Cette solitude devait être particulièrement éprouvante pour des nobles, qui étaient presque toujours entourés de leurs gardiens. Les Moroï étaient robustes et avaient les sens très affûtés, mais leur constitution supportait mal la chaleur et les longues marches sur des terrains accidentés. J'aurais sans doute pu faire tout le trajet en courant, mais je n'aurais peut-être pas été aussi douée que Lissa pour résoudre les énigmes.

Sa dernière récompense fut un silex et un morceau de métal qui la laissèrent perplexe. Je reconnus immédiatement les objets et l'usage qu'on pouvait en faire, mais ne parvins pas à comprendre pourquoi elle aurait besoin de faire du feu par une telle journée. Lissa haussa les épaules, glissa les outils dans son sac et reprit sa route.

C'est alors qu'il commença soudain à faire froid… vraiment froid.

Comme le soleil brillait toujours, Lissa ne prit pas tout de suite conscience du phénomène. Son cerveau jugeait ce changement de température impossible, mais sa chair de poule et ses claquements de dents l'assuraient du contraire. Elle déroula ses manches et pressa le pas en regrettant que ce froid subit n'ait pas été provoqué par des nuages qui lui auraient au moins épargné la morsure du soleil. Le fait de marcher plus vite l'aida à conserver sa chaleur… jusqu'à ce que la pluie se mette à tomber.

Il se forma d'abord un léger brouillard, qui se mua en bruine, puis en franche averse. Ses vêtements et ses cheveux se retrouvèrent vite détrempés, ce qui lui rendit le froid encore plus difficile à supporter. Pourtant le soleil brillait toujours. Ses rayons irritaient encore la peau sensible de Lissa, mais sans lui offrir la moindre chaleur en compensation.

C'est de la magie, comprit-elle. *Ce changement de temps est provoqué par la magie.* Cela faisait donc partie de l'épreuve. Sans qu'elle comprenne comment, des spécialistes de l'eau et de l'air s'étaient associés pour contrarier cette journée torride. Voilà pourquoi on lui avait fourni une bâche. Elle la protégerait à la fois du soleil et de la pluie. Elle envisagea un instant de la sortir tout de suite pour s'en envelopper, mais préféra attendre d'être arrivée. Sauf qu'elle ignorait quelle distance il lui restait à parcourir avant d'atteindre sa destination. Trente mètres ? Trente kilomètres ? Elle était trempée jusqu'aux os, transie de froid et à bout de forces.

Le téléphone, qu'elle avait glissé dans son sac, lui aurait permis d'en finir immédiatement. On était encore en plein après-midi. L'épreuve ne s'achèverait pas avant plusieurs heures. Il lui suffisait de passer un coup de téléphone pour échapper à cet enfer et reprendre l'enquête à la Cour, ce qui aurait dû être sa priorité. *Non.* Une étincelle de détermination jaillit au fond d'elle. L'enjeu de ce défi n'était plus d'accéder au trône ni de découvrir le meurtrier de Tatiana. C'était une épreuve dont elle voulait triompher pour elle-même. Elle avait toujours mené une existence confortable et laissé aux autres le soin de la protéger. Elle allait supporter cette épreuve et la réussir.

Cette détermination la conduisit à son point d'arrivée, une clairière au cœur de la forêt. Deux des arbres qui la bordaient étaient assez petits et assez proches pour qu'elle espère réussir à se fabriquer un abri décent en tendant la bâche de l'un à l'autre. Elle déplia de ses doigts tremblants et engourdis la feuille de plastique qui, par chance, se révéla beaucoup plus grande qu'elle ne l'avait imaginé. Son moral remonta lorsqu'elle parvint à en faire une sorte d'auvent sous lequel elle s'abrita en se réjouissant d'échapper à la pluie.

Mais cela ne changea rien au fait qu'elle était trempée, tout comme le sol, que la pluie avait rendu boueux. La bâche ne la protégeait pas non plus du froid. Elle éprouva une amertume soudaine en se souvenant que les gardiens avaient autorisé l'usage de la magie. Cela ne lui avait pas paru très utile à ce moment-là, mais elle voyait à présent les avantages dont bénéficiaient les spécialistes de l'eau qui pouvaient contrôler la pluie. À vrai dire, les spécialistes du feu lui semblaient les plus avantagés en ces circonstances. Christian lui manqua subitement. Elle aurait vraiment apprécié la chaleur de sa magie et de ses bras. Dans ce genre de situation, être une spécialiste de l'esprit n'avait vraiment aucun intérêt – sauf peut-être si elle tombait en hypothermie, car elle pourrait alors tenter de se soigner, ce qui ne se révélait jamais aussi efficace que les soins qu'elle prodiguait aux autres. *Non*, trancha-t-elle. C'étaient vraiment les spécialistes de l'eau et du feu qui étaient avantagés dans cette épreuve.

Ce fut à cet instant que l'idée jaillit dans son esprit.

Du feu !

Lissa, qui s'était recroquevillée sur elle-même, se redressa soudain. Sur le coup, elle n'avait pas compris à quoi pouvaient bien servir le silex et le morceau de métal qu'elle avait ramassés, mais de vagues souvenirs relatifs à la façon d'allumer un feu lui revinrent à l'esprit. On ne lui avait jamais appris concrètement comment procéder, mais elle était presque sûre que le fait de frapper la pierre contre le morceau de métal produirait une étincelle. Sauf qu'elle avait besoin de bois sec et que tout ce qui se trouvait autour d'elle était détrempé… mis à part le paquet de brindilles dans son sac. Elle éclata de rire, dénoua la ficelle qui les liait et les posa en un endroit abrité de la pluie. Après les avoir disposées d'une manière qui lui semblait convenable, elle essaya de comprendre comment se servir du briquet à silex. Elle crut se rappeler avoir vu dans des films qu'il suffisait de les frapper l'un contre l'autre. Ce fut donc ce qu'elle fit.

Rien ne se produisit.

Elle essaya encore trois fois, puis l'enthousiasme qu'elle avait éprouvé quelques instants plus tôt céda la place à une frustration qu'aggravaient les effets secondaires de l'esprit. Sa quatrième tentative fit jaillir une étincelle qui mourut tout de suite, mais cela suffit à lui faire comprendre le principe d'utilisation des outils. Elle parvint rapidement à en tirer d'autres étincelles, mais qui n'avaient aucun effet lorsqu'elles atterrissaient sur les brindilles. Le moral de Lissa, véritable montagne russe, repassa sans transition de l'espoir à la déception. *N'abandonne pas*, avais-je envie de lui dire en essayant d'aspirer sa noirceur. *N'abandonne pas.* J'avais aussi envie de lui donner un cours de survie en forêt, mais c'était impossible.

En l'observant, je me rendis compte que j'avais encore une fois trop tendance à sous-estimer son intelligence. Je la savais brillante, mais j'avais toujours imaginé qu'elle se retrouverait démunie dans ce genre de situation. Ce n'était pas le cas. Elle était capable d'adapter son intelligence à des problèmes concrets. Les étincelles qu'elle parvenait à produire étaient trop petites pour que les brindilles prennent feu directement. Il lui fallait trouver quelque chose que les étincelles puissent embraser, afin de créer une flamme qui se communiquerait ensuite aux brindilles. Mais quoi ? Rien dans cette forêt détrempée ne ferait l'affaire, c'était sûr.

Ses yeux tombèrent sur la carte qui dépassait de son sac. Elle n'hésita qu'un instant avant d'en faire des confettis qu'elle entassa sur les brindilles. En théorie, la carte ne lui servait plus à rien puisqu'elle avait atteint sa destination finale. En théorie du moins. Mais il était trop tard pour faire marche arrière et Lissa passa à la suite de son plan. Elle commença par arracher la doublure du sac pour en extraire quelques fibres qu'elle mêla au papier, puis elle reprit le silex et le morceau de métal en main.

L'étincelle qui en jaillit embrasa immédiatement un confetti. Celui-ci produisit une petite flamme orange qui s'éteignit presque aussitôt en laissant échapper un peu de fumée. Elle essaya de nouveau, en se penchant cette fois pour souffler doucement sur le papier lorsque l'étincelle atterrit dessus. Une petite flamme apparut, embrasa un morceau voisin, qui s'éteignit à son tour. Lissa s'arma de courage et fit une nouvelle tentative.

— Allez, grommela-t-elle comme si ces encouragements pouvaient vraiment servir à quelque chose.

Cette fois, le feu prit durablement. La petite flamme grandit peu à peu et consuma tout son papier. Je me mis à prier pour qu'elle atteigne le bois, sans quoi tout était perdu. La flamme grandit encore, devint plus lumineuse… et se répandit le long des brindilles. Lissa souffla doucement pour l'entretenir, et son feu de camp ne tarda pas à atteindre sa pleine puissance.

Bien sûr, il pouvait difficilement suffire à lutter contre le froid mordant, mais cela n'empêcha pas Lissa d'avoir l'impression de tenir le soleil dans ses mains. Elle esquissa un sourire et s'abandonna à une satisfaction mêlée d'orgueil telle qu'elle n'en avait pas ressenti depuis longtemps. À présent qu'elle pouvait enfin se détendre, elle contempla la forêt pluvieuse et aperçut des lueurs colorées au loin. Elle puisa dans sa magie et amplifia sa perception des auras. Il n'y avait pas de doute : c'étaient bien deux auras aux couleurs stables et intenses qu'elle devinait au loin. Bien dissimulés au milieu des arbres, ceux à qui elles appartenaient étaient immobiles et silencieux. Le sourire de Lissa s'épanouit. C'étaient des gardiens, ou peut-être les spécialistes de l'air et de l'eau qui altéraient le climat. Aucun des candidats n'était vraiment seul dans cette forêt. Ronald Ozéra avait eu tort de s'inquiéter, mais il ne pouvait pas le savoir. Elle seule avait les moyens de le comprendre. L'esprit ne lui avait peut-être pas été si inutile durant cette épreuve, finalement.

La pluie se calma un peu et la chaleur du feu la réconforta. Elle ne pouvait pas déterminer l'heure qu'il était en observant le ciel, mais elle savait désormais qu'elle n'aurait aucun mal à attendre la tombée de la nuit et…

— Rose ? (Une voix me tira de l'aventure forestière de Lissa.) Rose… Réveille-toi ou… je ne sais quoi.

Je clignai des yeux et découvris le visage de Sydney à quelques centimètres du mien.

— Quoi ? lui demandai-je. Pourquoi est-ce que tu me déranges ?

Elle tressaillit devant mon agressivité, s'écarta vivement et resta sans voix pendant quelques instants. Le fait d'avoir aspiré la noirceur de Lissa ne m'avait pas affectée sur le moment mais, à présent que j'avais regagné mon corps, je sentais l'irritation et la colère m'envahir. *Il ne s'agit pas de toi ni de Sydney*, me raisonnai-je. *C'est l'esprit. Calme-toi.* J'inspirai profondément. Il n'était pas question que je laisse les effets secondaires de l'esprit me gouverner. J'étais plus forte, du moins je l'espérais.

Tout en essayant de me calmer, j'observai mon environnement et me souvins que je me trouvais dans la chambre de Sonya Karp. Tous mes problèmes me revinrent à l'esprit d'un seul coup. Il y avait une Strigoï ligotée dans la pièce d'à côté, une que nous avions eu beaucoup de mal à maîtriser et qui ne semblait pas disposée à nous donner des réponses avant longtemps.

Je me tournai vers Sydney qui avait toujours l'air effrayée.

— Je suis désolée… Je ne voulais pas te faire peur. Tu m'as surprise, c'est tout.

Elle hésita quelques instants, puis accepta mes excuses d'un hochement de tête. Lorsqu'elle eut perdu son expression apeurée, je vis que quelque chose d'autre la tracassait.

— Que se passe-t-il ? lui demandai-je.

Tant que nous étions en vie et que Sonya restait ligotée, les choses ne pouvaient pas aller si mal, non ?

Sydney s'écarta du lit et croisa les bras sur sa poitrine.

— Victor Dashkov et son frère viennent d'arriver.

Chapitre 18

Je bondis hors du lit et fus soulagée de garder l'équilibre. J'avais toujours mal à la tête, mais mon vertige était passé, ce qui, avec de la chance, signifiait que j'avais échappé à la commotion cérébrale. Je jetai un coup d'œil au réveil de Sonya avant de quitter sa chambre et découvris que j'avais passé plusieurs heures dans l'esprit de Lissa. Je ne m'étais pas rendu compte que son épreuve avait duré si longtemps.

Un spectacle presque comique m'attendait dans le salon. Victor et Robert, en chair et en os, faisaient l'inventaire des lieux. Cette fois, même Robert semblait bien ancré dans la réalité. Seulement, tandis que Victor enregistrait chaque détail avec son habituelle expression calculatrice, l'attention de son frère était concentrée sur Sonya. Dimitri, pour sa part, n'avait pas bougé et pressait toujours son pieu contre la gorge de la Strigoï. Néanmoins, sa posture et son regard vigilant prouvaient qu'il considérait les deux frères comme une nouvelle menace et s'efforçait de mener à bien la tâche impossible de surveiller tout le monde. Il parut soulagé de me voir arriver et de pouvoir compter sur du renfort.

Sonya ne bougeait plus d'un cil, ce qui m'inquiéta beaucoup : pour moi, elle préparait quelque chose. Ses yeux rouges se plissèrent à mon arrivée.

L'atmosphère était tendue et la situation dangereuse, mais une petite part de moi éprouva une satisfaction mesquine lorsque j'observai Victor plus attentivement. Nos rencontres en rêve avaient été mensongères. Tout comme je pouvais modifier mon apparence dans ces rêves, il s'était arrangé pour paraître plus fort et en meilleure santé qu'il ne l'était effectivement. L'âge, la maladie et son existence de fugitif avaient laissé leur empreinte sur lui. Ses yeux étaient cernés et ses cheveux me parurent plus clairsemés qu'un mois auparavant. Il était pâle et épuisé, mais je le savais toujours dangereux.

— Vous avez donc réussi à nous trouver, dis-je en posant mes mains sur mes hanches.

— Il n'y a qu'un seul lac dans cette ville, répondit Victor. Et une seule maison bleue. Ces indications t'ont peut-être posé un problème, mais, en ce qui nous concerne, nous les avons trouvées très claires.

— Puisque vous êtes si intelligent, quel est votre plan ? lui demandai-je.

Je cherchais à gagner du temps tout en me creusant frénétiquement la tête pour échafauder mon propre plan. Je voulais capturer Victor et Robert mais ne savais pas comment m'y prendre. Comme nous devions partager notre attention entre plusieurs ennemis, Dimitri et moi ne pouvions pas unir nos efforts pour nous emparer d'eux. Je me pris à regretter que nous soyons à court de chaîne. Neutraliser physiquement les deux frères ne suffirait pas : nous devrions aussi leur lier les mains pour leur rendre plus difficile de se servir de leurs pouvoirs.

— Puisque tu es si intelligente, je suppose que tu as déjà obtenu l'information dont nous avons besoin, riposta Victor.

— Elle manque un peu de bonne volonté, répondis-je en désignant Sonya.

Le regard de Victor se posa sur elle.

— Sonya Karp… Vous avez beaucoup changé depuis la dernière fois que je vous ai vue.

— Je vais tous vous tuer, grogna-t-elle. Et vous dévorer les uns après les autres. D'habitude, je commence par les humains et me réserve les Moroï pour la fin mais… (son regard furieux se posa sur Dimitri et moi) je crois que je vous tuerai en dernier et ferai durer vos souffrances. (Elle s'interrompit.) C'est vous qui m'avez le plus ennuyée, ajouta-t-elle, ce qui me parut presque amusant.

— Existe-t-il une sorte de camp d'entraînement pour Strigoï où vous apprenez tous les mêmes menaces ? ironisai-je. Je m'étonne de ne pas vous avoir également entendue glousser. (Je me tournai vers Victor.) Vous voyez ? Ce n'est pas si facile. Nous avons tout essayé. Nous l'avons frappée, torturée, Sydney a même lu les noms de toutes ses parentes devant elle. Nous n'avons rien pu en tirer.

Victor observa attentivement Sydney pour la première fois.

— Voici donc votre alchimiste domestique.

Sydney ne broncha pas. Elle devait être terrifiée de se retrouver face à quelqu'un qui était à la fois un vampire et un dangereux criminel, mais elle eut le mérite de soutenir son regard sans ciller.

— Elle est bien jeune…, commenta-t-il. Mais j'aurais dû m'en douter. Sans cela, vous n'auriez jamais réussi à l'entraîner dans votre petite escapade.

— Je suis ici de mon plein gré, répliqua Sydney en conservant une expression calme et assurée. Personne ne m'a entraînée dans quoi que ce soit.

Mentionner le chantage qu'Abe lui avait fait subir n'aurait pas été très pertinent en cet instant.

— Écoutez, si vous vouliez continuer à me torturer avec vos commentaires dépourvus du moindre humour, vous pouviez vous contenter d'envahir mes rêves, grommelai-je. Si vous n'avez rien d'utile à nous offrir, sortez d'ici et laissez-nous attendre que la faim fasse parler Sonya.

Et par « sortir d'ici », j'entendais en réalité « croire naïvement que je vais vous laisser partir pour que je puisse vous assommer en cognant vos têtes l'une contre l'autre et vous livrer aux gardiens ».

— Nous pouvons vous aider, répondit Victor. (Il effleura le bras de son frère qui sursauta et quitta Sonya des yeux pour le regarder.) Vos méthodes étaient vouées à l'échec. Si vous voulez des réponses, il n'existe qu'une seule manière de...

Soudain, Sonya bougea. Dimitri se tenait toujours près d'elle, mais il nous regardait en même temps. Bien entendu, le discours de Victor avait complètement absorbé mon attention. Sonya ne pouvait sans doute pas espérer de situation plus favorable.

Elle se cabra dans le fauteuil avec la force incroyable des Strigoï. Une multitude de tours de chaîne la maintenaient solidement, mais sa puissance et la rapidité de son mouvement lui permirent de briser les anneaux métalliques en deux endroits. La chaîne entravait encore ses mouvements, mais je savais très bien que même un seul maillon cassé aurait suffi pour qu'elle finisse par se dégager. Sa distraction n'empêcha pas Dimitri de bondir sur elle en un instant et j'en fis autant une seconde plus tard. Elle se débattait dans le fauteuil en secouant ses chaînes de toutes ses forces. Si elle parvenait à se libérer, nous étions condamnés à un nouveau combat féroce. Je croisai brièvement le regard de Dimitri et sus que nous pensions la même chose. Avant tout, comment allions-nous faire pour l'immobiliser de nouveau ? Nous pouvions sans doute réutiliser la chaîne, mais cela supposait que nous la déroulions d'abord et recommencions la manœuvre depuis le début, ce qui était une tâche presque impossible. Nous savions aussi que nous ne serions peut-être pas capables de triompher d'elle une seconde fois, et qu'il y avait désormais des civils dans la pièce. Non seulement ils ne pourraient pas se battre, mais Sonya risquait aussi de tirer parti de leur présence.

Nous pouvions seulement essayer de la maintenir en place, ce qui aurait été plus facile sur une surface plane. Ses mouvements désordonnés secouaient le fauteuil et nous avions du mal à trouver une bonne prise. Contrairement à moi, qui l'avais posé en allant m'allonger, Dimitri avait toujours son pieu. Il s'en servit pour l'érafler, ce qui nous donna un léger avantage. Elle poussa un cri de rage. Je m'accrochai à l'espoir qu'elle allait finir par se fatiguer. Mais ce ne serait probablement pas le cas. Nous nous affaiblirions les premiers. Mon mal de tête prouvait que je n'étais pas au mieux de ma forme. Je perçus soudain un mouvement du coin de l'œil et m'en inquiétai aussitôt. Robert Doru fonçait vers nous avec un pieu en argent dans la main. Cette image était si étrange et si inattendue que je ne pensai pas immédiatement à prévenir Dimitri. Lorsque mon esprit engourdi réagit enfin, il était trop tard.

— Non ! hurlai-je en voyant Robert lever le pieu. Ne la tuez pas !

Dimitri se retourna et vit Robert, mais il ne pouvait rien faire. En plaquant Sonya contre le fauteuil, Dimitri et moi offrions au Moroï une occasion rêvée d'atteindre son cœur. Je me demandai désespérément ce que je pouvais faire. Si j'essayais d'arrêter Robert, je lâchais Sonya. Si je ne la lâchais pas, il risquait de réduire à néant notre seule chance de découvrir qui…

Trop tard. Robert frappa Sonya avec une force qui me surprit. Lissa avait eu beaucoup de mal à planter un pieu dans le cœur de Dimitri, et j'avais imaginé que Robert rencontrerait les mêmes difficultés pour exécuter ce geste, puisqu'il était plus âgé et semblait très fragile. Mais non. Il dut s'y prendre à deux mains, mais le pieu s'enfonça profondément dans la poitrine de Sonya et transperça son cœur.

La Strigoï poussa un hurlement. Une lumière aveuglante envahit la pièce en même temps qu'une force invisible me repoussait. Je heurtai un mur et sentis à peine la douleur de l'impact. La petite maison se mit à trembler. Je tentai de m'agripper à quelque chose pour ne pas perdre l'équilibre. Je fermai les yeux et vis danser des étoiles sous mes paupières. Le temps ralentit, tout comme les battements de mon cœur.

Puis tout s'arrêta. Absolument tout: la lumière, les vibrations… Ma respiration redevint normale. Tout était si calme que je crus presque avoir imaginé ce qui venait de se passer.

Je clignai des yeux pour tenter d'y voir quelque chose et d'évaluer la situation, puis me remis maladroitement debout et pris conscience que Dimitri en faisait autant. Lui aussi avait été repoussé par la force invisible, apparemment, mais il semblait s'être retenu à un mur au lieu de l'avoir percuté. Victor se précipita vers Robert, qui gisait sur le sol. Sydney était simplement pétrifiée.

Et Sonya?

— C'est incroyable, murmurai-je.

Sonya était toujours dans le fauteuil et sa position renversée prouvait qu'elle avait été frappée par la même force que le reste d'entre nous. Elle était toujours entravée par la chaîne, mais elle avait cessé de se débattre. Le pieu en argent dont Robert s'était servi était retombé sur ses genoux. Elle parvint à dégager une de ses mains pour effleurer l'arme. Émerveillée, elle écarquilla des yeux d'un bleu azuréen.

Robert avait ramené Sonya Karp à la vie. Elle n'était plus une Strigoï.

Lorsque Lissa avait sauvé Dimitri, j'avais ressenti son pouvoir à travers notre lien et perçu de l'intérieur tous les aspects de cette expérience. Je n'avais fait qu'en être témoin, cette fois, mais c'était tout aussi stupéfiant. À part Victor, qui s'occupait de Robert, nous dévisagions tous Sonya avec la plus grande stupéfaction.

Je cherchai vainement une trace, n'importe laquelle, de son ancienne nature de Strigoï.

Il n'y en avait aucune. Sa peau était pâle, comme celle de tous les Moroï, mais elle avait la chaleur de la vie et une légère coloration, contrairement à celle des Strigoï, qui était complètement dépourvue de pigment. Ses yeux n'étaient rougis qu'à cause des larmes qui lui étaient venues. Ses pupilles n'étaient plus cerclées de rouge et il n'y avait plus la moindre cruauté ni la moindre méchanceté dans son regard. Ce n'étaient pas les yeux de quelqu'un qui venait de menacer de nous tuer. Ils n'exprimaient plus que de la stupeur, de la crainte et de la confusion. Je n'arrivais plus à détourner les miens.

C'était un miracle. Un nouveau miracle. Quand Lissa avait ramené Dimitri à la vie, une part de moi avait cru que je n'assisterais jamais plus à une autre métamorphose de ce genre. Il en allait ainsi des miracles. On n'en voyait jamais plus d'un dans le cours d'une vie. On avait beaucoup parlé d'employer l'esprit pour sauver d'autres Strigoï, mais ce débat avait été oublié lorsque d'autres événements, comme le meurtre de la reine, avaient secoué la Cour. Le nombre limité de spécialistes de l'esprit avait rendu cette idée impopulaire, et tout le monde savait à quel point il était difficile pour un Moroï de planter un pieu dans le cœur d'un Strigoï. Si des gardiens entraînés mouraient en les affrontant, comment un Moroï pourrait-il s'y prendre ? Nous venions de trouver la réponse : il suffisait que le Strigoï soit immobilisé. Avec le soutien de gardiens et en s'y prenant à deux mains, un Moroï pouvait réussir à enfoncer le pieu. Le champ des possibilités qui s'ouvrait à nous me donna le vertige. Robert possédait de grands pouvoirs, mais il était vieux et faible. S'il avait réussi, tous les spécialistes de l'esprit en étaient-ils donc capables ? Il m'avait presque donné l'impression que c'était facile. Adrian en était-il capable ? Lissa pouvait-elle le refaire ?

Un miracle. Sonya Karp était un miracle vivant.

Alors elle se mit à crier.

Cela commença par un gémissement sourd dont le volume sonore augmenta vite. Le bruit me tira de ma stupeur mais je ne sus comment y réagir. Dimitri, lui, savait. Il laissa tomber son pieu et courut vers elle pour la dégager de la chaîne. Elle se débattit à son contact, mais elle n'avait plus la force d'un monstre non-mort assoiffé de vengeance. Ses mouvements n'étaient plus que ceux, désordonnés, d'une personne terrifiée.

J'avais enroulé la chaîne avec application, mais il ne fallut que quelques secondes à Dimitri pour l'en débarrasser. Dès que Sonya se retrouva libre, il s'assit dans le fauteuil, l'attira contre lui et la laissa enfouir son visage au creux de son épaule pour sangloter. Je déglutis. Dimitri aussi avait pleuré après sa transformation. Étrangement, des images de nouveau-nés me vinrent à l'esprit. S'agissait-il d'une réaction naturelle ? Aucun être qui naissait ou, dans ce cas, renaissait dans ce monde ne pouvait-il s'empêcher de pleurer ?

Un mouvement brusque attira mon attention. Sydney, les yeux exorbités, avançait vers Dimitri… pour l'arrêter.

— Mais qu'est-ce que tu fais ? s'écria-t-elle. Ne la relâche pas !

Dimitri ne prêta aucune attention à la jeune femme, que j'attrapai par le bras pour la tirer en arrière.

— Tout va bien, lui dis-je pour la rassurer. (Sydney était l'élément le plus stable de toute cette opération. Je ne pouvais pas la laisser paniquer.) Ce n'est plus une Strigoï. Regarde-la bien. C'est une Moroï.

Sydney secoua lentement la tête.

— C'est impossible. Je l'ai bien vue, tout à l'heure.

— Il est arrivé la même chose à Dimitri. C'est exactement pareil. Tu ne le prends pas pour un Strigoï, n'est-ce pas ? Tu as confiance en lui ?

Je la lâchai. Elle garda une expression méfiante mais resta immobile.

En baissant les yeux vers les deux frères, je m'aperçus qu'ils étaient en plus mauvaise posture que je ne l'avais cru. Robert était aussi pâle qu'un Strigoï. Il avait le regard vide et un filet de bave s'échappait de sa bouche entrouverte. Je dus nuancer l'impression que j'avais eue un peu plus tôt : il n'était peut-être pas aussi facile que cela de ramener un Strigoï à la vie. Robert avait planté le pieu dans le cœur de Sonya comme un professionnel, mais la métamorphose provoquait visiblement quelques effets secondaires. Victor essayait d'aider son frère en lui murmurant des paroles rassurantes et encourageantes. Son visage exprimait de la compassion et de l'inquiétude, ce que je n'avais jamais vu chez lui. Mon cerveau ne parvenait pas à concilier cette image avec celle du scélérat que je voyais en lui. À cet instant, il avait l'air d'une personne normale.

Victor leva les yeux vers moi et esquissa un sourire amer.

— Te voilà à court de remarques spirituelles ? ironisa-t-il. Tu devrais être contente. Nous t'avons donné ce que tu voulais. Tu avais besoin que Sonya Karp te fournisse des réponses ? (Il la désigna du menton.) Va les lui demander. Elles auront coûté cher.

— Non ! s'écria Dimitri.

Il tenait toujours Sonya dans ses bras, mais son expression compatissante avait disparu et il s'était raidi en entendant Victor.

— Êtes-vous fou ? N'avez-vous pas vu ce qui vient de se passer ?

Victor haussa un sourcil.

— Si. Cela ne m'avait pas échappé.

— Elle n'est pas en état de répondre à des questions ! Elle est sous le choc. Laissez-la tranquille !

— Arrêtez de faire comme si elle était la seule à souffrir ici en ce moment, riposta Victor.

Il reporta son attention sur son frère, l'aida à se relever et l'entraîna jusqu'au canapé. Robert l'atteignit péniblement sur des jambes tremblantes et y tomba plus qu'il ne s'y assit. Victor passa un bras autour de ses épaules.

— Ça va aller. Tu vas t'en remettre.

— Vous en êtes sûr ? lui demandai-je d'une voix hésitante.

Robert semblait vraiment mal en point et mon idée de voir les spécialistes de l'esprit sauver des Strigoï me paraissait de moins en moins réaliste.

— Il… l'a déjà fait et s'en est remis, n'est-ce pas ? Et Lissa va bien…

— Robert était beaucoup plus jeune alors, tout comme Lissa l'est aujourd'hui, répondit Victor en massant l'épaule de son frère. Et il ne s'agit pas d'un simple sortilège. Le réaliser une fois est déjà prodigieux, alors deux… Tu connais aussi bien que moi le fonctionnement de l'esprit. Cette prouesse va lui coûter cher, à la fois physiquement et mentalement. Robert a fait un grand sacrifice pour vous.

C'était sans doute vrai.

— Merci, Robert.

Ces mots eurent du mal à franchir mes lèvres et l'intéressé ne parut pas les entendre.

Dimitri se remit debout et souleva Sonya dans ses bras. Elle sanglotait toujours, mais plus calmement.

— Elle a besoin de se reposer, annonça-t-il d'un ton bourru. Croyez-moi, vous n'avez pas la moindre idée de ce qui se passe en elle en ce moment.

— Je te crois, lui dis-je.

— Vous n'êtes que deux idiots ! cracha Victor.

Je fus surprise que le regard furieux de Dimitri ne plaque pas Victor au sol.

— Il n'est pas question de l'interroger tout de suite.

J'acquiesçai d'un hochement de tête, ne voyant pas quoi faire d'autre. Quand Lissa avait ramené Dimitri à la vie, elle avait adopté la même attitude protectrice. Même si ce n'était pas lui qui avait transformé Sonya, il était le seul à savoir ce qu'elle traversait. Je savais qu'il avait eu du mal à s'habituer à sa retransformation et s'était senti perdu pendant quelque temps… sans oublier qu'il était ensuite tombé en dépression.

Il passa devant nous pour porter Sonya jusque dans sa chambre. Sydney les regarda disparaître, se tourna vers le canapé, où Victor réconfortait toujours son frère, puis me dévisagea avec incrédulité.

— J'en avais entendu parler… Mais je n'y avais pas cru.

— Parfois, il m'arrive d'en douter moi-même, lui répondis-je. Ça va à l'encontre de toutes les lois de l'univers.

Je fus surprise de la voir effleurer sa petite croix en or.

— Certaines choses dépassent les lois de l'univers.

Victor, qui semblait rassuré de voir Robert se reposer, quitta le canapé. Il venait peut-être de se produire un miracle, mais c'était toujours un criminel que j'avais l'intention de capturer. Il fit un pas vers moi et parla à voix basse :

— Je suis navré d'interrompre votre discussion métaphysique, mais il faut que tu m'écoutes. Sois prudente, Rose. Très prudente… Beaucoup de choses reposent sur tes épaules, à présent. Ne laisse pas ton loup apprivoisé t'empêcher de découvrir ce que sait Sonya.

— Mais il a raison ! m'écriai-je. Il s'est à peine écoulé cinq minutes depuis sa métamorphose ! Ce qu'elle traverse… et qu'il a traversé, lui aussi… est terrible. Leur existence a été bouleversée. Lui aussi a eu besoin de se reposer et de retrouver ses repères quand on l'a sauvé. Elle nous aidera dès qu'elle se sera un peu remise.

— Tu en es sûre ? me demanda-t-il en plissant les yeux. Crois-tu qu'elle pensera avoir été sauvée ? Tu oublies une chose : Belikov a été transformé en Strigoï contre son gré, mais pas elle.

— Que… Que voulez-vous dire ? Vous croyez qu'elle va essayer de redevenir une Strigoï ?

Il haussa les épaules.

— Je dis simplement que tu ferais bien d'obtenir rapidement les réponses dont tu as besoin… et de ne pas la laisser seule.

Sur ces mots, Victor me tourna le dos pour se diriger vers la cuisine. Il en revint peu après avec un verre d'eau. Robert le but avidement, puis sombra dans un profond sommeil. Je soupirai et m'adossai contre le mur, près de Sydney. J'étais épuisée et souffrais toujours des conséquences de mon combat contre Sonya.

— Et maintenant ? demanda Sydney.

Je secouai la tête.

— Je ne sais pas. On attend, j'imagine.

Dimitri revint peu après et jeta un bref coup d'œil à Robert.

— Elle dort aussi, m'annonça-t-il. La transformation est difficile à supporter.

Il avait une expression tourmentée et je me demandai quels souvenirs le torturaient en ce moment même. Ceux de sa transformation ? Ceux de l'existence qu'il avait menée lorsqu'il était un Strigoï ?

— Je crois que nous ferions mieux de ne pas la laisser seule, répondis-je. (Du coin de l'œil, je vis Victor esquisser un sourire narquois.) Quelqu'un devrait rester auprès d'elle, au cas où elle se réveillerait. Elle risque de ne pas comprendre ce qui se passe…

Dimitri m'observa pendant quelques secondes avant de répondre. Il me connaissait assez bien pour deviner que je lui cachais quelque chose. Par chance, il ne trouva aucune faille dans mon raisonnement.

— Tu as raison. Veux-tu bien veiller sur elle ? demanda-t-il à Sydney.

Je cherchai désespérément quelque chose à répondre. Non. Il ne fallait pas que ce soit Sydney. Si Sonya décidait de s'en prendre à nous, la personne qui veillait sur elle devait être capable de se défendre. Sydney, qui parut comprendre mon problème, m'épargna de mentir à Dimitri – ou de lui avouer mes véritables inquiétudes.

—Elle ne me connaît pas, lui fit-elle remarquer. Cela pourrait lui rendre les choses encore plus difficiles au réveil. Et puis… (elle prit l'expression dégoûtée qui venait si facilement aux alchimistes) je ne me sentirais pas tranquille en compagnie de quelqu'un qui était un monstre il y a encore cinq minutes.

—Ce n'est plus une Strigoï! s'écria Dimitri. Elle est redevenue une Moroï à part entière!

Je fus moi-même un peu effrayée par la dureté de son ton, mais la véhémence de sa réaction ne m'étonna pas vraiment. Il avait eu beaucoup de mal à convaincre les gens qu'il avait changé. Néanmoins, son expression finit par s'adoucir un peu.

—Je sais que c'est difficile à croire, mais elle a vraiment changé.

—Je vais veiller sur elle, suggérai-je.

—Non, répondit Dimitri en secouant la tête. Sydney a raison sur un point: Sonya risque d'être un peu perdue à son réveil. Mieux vaudrait qu'elle se retrouve en face de quelqu'un qui comprend ce qui lui arrive.

Je fus sur le point de faire valoir que j'étais la seule de nous tous que Sonya connaissait, mais j'estimai préférable de rester avec les deux frères. Même s'ils semblaient inoffensifs pour le moment, je n'avais aucune confiance en eux. Apparemment, Dimitri non plus. Il s'avança vers moi et se pencha pour chuchoter à mon oreille.

—Garde un œil sur eux. Robert est hors d'état de nuire pour l'instant, mais il se rétablira peut-être plus vite qu'on ne le croit.

—Je sais.

Alors qu'il commençait à se diriger vers la chambre, il s'arrêta pour se retourner vers moi. Son air autoritaire avait cédé la place à une expression songeuse et émerveillée.

— Rose ?

— Oui ?

— Est-ce que… ? Est-ce qu'il s'est produit les mêmes phénomènes quand Lissa m'a transformé ?

— Plus ou moins.

— Je ne m'en étais pas rendu compte… C'était… (il cherchait ses mots, ce qui lui arrivait rarement) cette lumière qui a envahi la pièce… La manière dont Sonya s'est transformée… Voir ainsi la vie naître de la mort… c'était…

— … magnifique ? lui soufflai-je.

Il acquiesça.

— Cette vie… On ne peut pas… Non : il ne faut pas la gaspiller.

— Non, lui accordai-je. Il ne faut pas.

Je sentis quelque chose changer au fond de lui. C'était infime, comme dans la ruelle, mais je savais qu'une petite partie de son traumatisme venait de guérir.

Il n'ajouta rien et je le regardai disparaître dans le couloir. Comme il n'y avait plus rien à faire, Sydney s'assit en tailleur sur le sol et posa un livre sur ses genoux, mais elle ne l'ouvrit pas et se mit à rêvasser. Victor, de son côté, s'installa dans le fauteuil et en inclina le dossier. Il n'était pas aussi mal en point que Robert, mais la fatigue se lisait aussi sur son visage. Parfait. Mieux valait qu'ils restent hors d'état de nuire le plus longtemps possible. J'allai chercher une chaise dans la cuisine pour surveiller la pièce assise. Tout était paisible.

J'avais l'impression de jouer les baby-sitters, ce qui devait être un peu le cas. Après cette longue journée, la nuit ne tarda pas à tomber et cela m'inquiéta. D'après les éléments dont nous disposions, Sonya avait des amis Strigoï qui pouvaient très bien passer à l'improviste. Le fait que Donovan la connaissait indiquait qu'elle ne vivait pas en ermite. Cela m'incitait à redoubler de vigilance, mais j'étais épuisée. Les deux frères dormaient déjà. Sydney, qui voulait peut-être se réadapter aux horaires des humains, finit par dénicher une couverture et un oreiller pour se fabriquer un lit de camp improvisé sur le sol.

Pour ma part, j'avais adopté à moitié les horaires des humains et à moitié ceux des vampires. Dimitri devait être dans le même cas. À vrai dire, nous avions adopté le rythme d'existence que dictaient les impératifs du moment, et ils ne prévoyaient pas de longues plages de sommeil.

Un frémissement de surprise mêlée d'excitation me parvint à travers le lien. Je ne perçus aucun danger, mais la curiosité m'incita à prendre des nouvelles de Lissa. Je savais mon corps capable de rester vigilant même quand je me glissai dans son esprit et j'avais envie de savoir comment s'était terminée son épreuve.

En beauté, évidemment. Elle regagnait la Cour, épuisée mais fière d'elle. Elle n'était pas la seule. Ses compagnons arboraient la même mine réjouie qu'elle, à l'exception d'Ava Drozdov. C'était la seule à avoir craqué et utilisé le téléphone pour appeler à l'aide. Cela avait surpris Lissa. Vu la manière dont il s'était plaint, Marcus Lazar lui avait paru être le candidat le plus susceptible d'abandonner. Mais non. Malgré son âge, il avait atteint le point d'arrivée et restait donc en course. Ava évita le regard des autres et resta obstinément tournée vers la vitre pendant tout le trajet du retour. Elle garderait sa place au Conseil, mais elle n'avait plus la moindre chance de devenir reine.

Même si elle éprouvait de la compassion, Lissa ne jugea pas utile de trop s'inquiéter pour elle. C'était la raison d'être de ces épreuves, qui visaient à déterminer la valeur des candidats. Et puis elle avait ses propres problèmes. Cette journée en extérieur l'avait forcée à inverser ses horaires habituels. Elle n'aspirait plus qu'à regagner la Cour, retrouver sa chambre et dormir quelques heures. Elle avait besoin de tranquillité.

Au lieu de cela, elle dut faire face à la foule qui l'attendait.

Chapitre 19

Comme les véhicules devaient les déposer dans une partie excentrée de la Cour, Lissa fut surprise de découvrir tant de monde à cet endroit. Les gardiens se déplaçaient entre les Moroï enthousiastes tels des fantômes, exactement comme ils l'avaient fait pendant les nominations, et s'efforçaient de préserver un minimum d'ordre. Mais la foule s'obstinait à bloquer la route des véhicules qui tentaient de regagner les garages, et des visages se collaient aux vitres, chacun essayant d'apercevoir les candidats au trône.

Lissa observa l'attroupement avec stupeur et eut presque peur de quitter le minibus. Ariana lui offrit un sourire réconfortant.

— C'est normal, lui dit-elle. Ils veulent tous savoir qui a réussi l'épreuve et qui a échoué. Surtout eux.

Elle désigna l'avant du véhicule d'un signe de tête. Lissa regarda à travers le pare-brise et découvrit les six autres candidats. Puisque la forêt n'offrait qu'un nombre limité de parcours, les gardiens les avaient séparés en deux groupes. Les autres candidats passeraient la même épreuve le lendemain et désiraient évidemment savoir lesquels de leurs concurrents l'avaient réussie.

Lissa, qui savait combien les nobles étaient attachés à leur dignité et au respect des convenances, fut surprise de les voir au milieu d'une telle agitation. Bien sûr, des Moroï roturiers fraîchement arrivés à la Cour se mêlaient également à eux dans la foule. Tout le monde se bousculait et essayait de voir par-dessus la tête de son voisin pour en apprendre plus sur ce qui s'était passé. Des gens criaient les noms de certains candidats et je ne fus qu'à moitié surprise de ne pas les voir agiter des drapeaux en chantant des hymnes improvisés.

Lorsque Lissa et ses compagnons sortirent du véhicule, ils furent accueillis par une vague d'acclamations qui se répandit à travers la foule. Tout le monde comprit vite qui avait réussi et qui avait échoué. L'excitation générale s'accrut encore. Lissa se sentit perdue. Elle resta figée et jeta des regards inquiets autour d'elle. C'était une chose de discuter rationnellement des avantages de sa candidature avec ses amis, et une bien différente de se retrouver soudain plongée dans la réalité concrète de l'élection.

Jusque-là, elle ne s'était souciée que de quelques problèmes : ma sécurité, l'enquête sur le meurtre et l'épreuve qu'elle venait de passer. Confrontée à cette foule, elle comprit subitement que l'enjeu de l'élection la dépassait. Elle n'en avait jamais mesuré l'importance. Pour ces gens, il ne s'agissait pas d'une plaisanterie. Ce n'était pas une ruse fondée sur un vide juridique qui visait à gagner du temps. L'existence même qu'ils menaient était en jeu. Les Moroï et les dhampirs résidaient dans différents pays, aux lois desquels ils obéissaient, mais ils vivaient également selon les lois de ce gouvernement, basé à la Cour. Ses lois s'appliquaient dans le monde entier, et concernaient chaque dhampir et chaque Moroï qui choisissait de vivre au sein de notre société. Ils avaient leur mot à dire, certes, mais c'était le roi ou la reine qui déterminait leur avenir.

Les gardiens qui canalisaient la foule finirent par autoriser les proches des candidats à les rejoindre. Lissa n'avait personne vers qui se tourner. Contrairement à leurs espérances, Eddie et Janine s'étaient tous deux vu provisoirement confier des tâches qui les empêchaient d'être en permanence à ses côtés. Bien entendu, mon amie n'avait aucun parent qui aurait pu venir la soutenir. Elle dériva au milieu du chaos, en proie à un léger vertige, et toujours abasourdie par l'évidence qui venait de la frapper. Des émotions contradictoires s'agitaient en elle. Le fait de mentir à tout le monde lui donnait mauvaise conscience et elle avait l'impression qu'elle aurait dû renoncer à sa candidature à l'instant même. En même temps, elle éprouvait une envie soudaine de se montrer à la hauteur de cette élection. Elle voulait se présenter aux épreuves la tête haute, même si sa candidature servait une stratégie secrète.

Une main saisit fermement la sienne. C'était celle de Christian.

—Allez, viens ! Sortons de là ! (Il l'entraîna en se frayant un chemin à coups d'épaule entre les curieux.) Eh ! (Il interpella deux gardiens qui se trouvaient un peu à l'écart de la foule.) Ça vous ennuierait de venir aider la princesse à sortir de là ?

C'était la première fois que je le voyais agir comme un Moroï de sang royal et s'appuyer sur l'autorité que lui conférait sa noblesse. J'avais toujours vu Christian comme quelqu'un de cynique et d'agaçant, mais la société moroï lui donnait théoriquement le droit d'exiger qu'on l'appelle « Monsieur Ozéra » depuis sa majorité. Je l'avais oublié, mais pas ces deux gardiens. Ils accoururent auprès de Lissa pour aider Christian à fendre la foule. Les visages autour de Lissa formaient à présent comme une masse confuse et les cris se confondaient en un grondement sourd. Néanmoins, elle entendait parfois distinctement certaines choses : des gens qui criaient son nom ou parlaient du retour du dragon, le symbole des Dragomir. *C'est réel*, ne cessait-elle de se répéter. *C'est réel.*

Les gardiens lui firent rapidement traverser la foule, l'accompagnèrent jusqu'au bâtiment où elle résidait et la quittèrent lorsqu'ils l'estimèrent en sécurité. Elle les remercia poliment de leur aide. Dès que Christian et elle eurent regagné sa chambre, elle se jeta sur le lit, complètement abasourdie.

— Mon Dieu ! s'écria-t-elle. C'était dément !

Christian esquissa un sourire.

— De quoi parles-tu ? De ton comité d'accueil ou de l'épreuve elle-même ? Tu as l'air… Je ne sais même pas à quoi te comparer.

Elle évalua rapidement son état. On leur avait fourni des serviettes pendant le trajet de retour, mais ses vêtements étaient encore humides et s'étaient froissés en commençant à sécher. Son jean et ses chaussures étaient couverts de boue et elle ne voulait même pas imaginer à quoi pouvaient ressembler ses cheveux.

— Oui, nous…

Les mots refusèrent de franchir ses lèvres et Lissa sentit que ce n'était pas une question de volonté.

— Je ne peux pas t'en parler, murmura-t-elle. Ça marche vraiment. Le sort m'en empêche.

— Quel sort ?

Lissa releva sa manche et retira son pansement pour lui montrer le petit tatouage en forme de point qu'on lui avait fait sur le bras.

— C'est un sort de suggestion qui m'empêche de parler des épreuves, lui expliqua-t-elle. Il fonctionne sur le même principe que ceux des alchimistes.

— Ça alors ! s'écria-t-il, sincèrement impressionné. Je n'aurais jamais cru que cela fonctionnerait.

— Je t'assure que c'est efficace. C'est vraiment bizarre. J'ai envie de te parler de l'épreuve, mais… je ne peux pas.

— Ce n'est pas grave, répondit-il en écartant une mèche de cheveux humides de son visage. Tu as réussi. C'est tout ce qui compte. Concentre-toi là-dessus.

— La seule chose qui m'intéresse pour le moment est de prendre une douche, ce qui est assez ironique, puisque je suis trempée.

Mais elle ne bougea pas et laissa son regard se perdre dans le vide.

— Eh ! l'appela Christian avec douceur. Qu'est-ce qui ne va pas ? Est-ce que la foule t'a fait peur ?

Elle se tourna vers lui.

— Non, et c'est bien ce qui me tracasse. Je veux dire… Elle était impressionnante, c'est vrai. Mais elle m'a permis de comprendre… je ne sais pas… que je me suis engagée dans un processus majeur, qui existe depuis…

— … la nuit des temps ? la taquina Christian en citant la phrase absurde de Nathan.

— Presque, répondit-elle en esquissant un sourire fugace. Il ne s'agit pas seulement de tradition, Christian. Cette élection est un élément essentiel de notre société, l'une de ses racines. Nous pouvons parler de changer l'âge d'obtention du diplôme des gardiens, de nous battre ou de ce que nous voulons, mais cette procédure est ancestrale, et d'une portée considérable. Ces gens, là-dehors, ne sont pas tous américains. Ils sont venus de différents pays. Il m'arrive d'oublier que la Cour gouverne tous les Moroï, même si elle est située ici. Ce qui s'y passe a des conséquences dans le monde entier.

— Où veux-tu en venir ? lui demanda-t-il.

Lissa, qui était perdue dans ses pensées, ne pouvait pas voir Christian avec la même objectivité que moi. Il la connaissait bien. Il la comprenait et l'aimait. Ils étaient aussi complices que Dimitri et moi. Mais il arrivait que les pensées de Lissa partent dans une direction à laquelle il ne s'attendait pas. J'étais certaine qu'il n'accepterait jamais de le reconnaître, mais que c'était en partie pour cela qu'il aimait Lissa. Contrairement à moi, que tout le monde savait impétueuse, Lissa semblait toujours parfaitement calme et rationnelle. Pourtant, il lui arrivait de faire des choses complètement inattendues. Ces moments enchantaient Christian, mais l'effrayaient aussi, parfois, parce qu'il ne savait jamais dans quelle mesure l'esprit influait sur les actes de Lissa. À cet instant, il était justement confronté à l'un de ces moments. Il savait que cette élection la stressait et savait aussi, tout comme moi, que cela pouvait avoir de graves conséquences.

— Je vais prendre ces épreuves au sérieux, annonça-t-elle. Ce serait honteux de ne pas le faire. Ça reviendrait à insulter notre société. Je sais bien que mon but est de découvrir qui a piégé Rose mais, en attendant, je vais passer ces épreuves comme quelqu'un qui aurait vraiment l'intention de devenir reine.

Christian hésita avant de répondre, ce qui lui arrivait rarement.

— As-tu envie de devenir reine ?

Cette question tira Lissa de sa rêverie philosophique sur la tradition et l'honneur.

— Non ! Bien sûr que non. J'ai dix-huit ans. Je n'ai même pas le droit de boire de l'alcool.

— Cela ne t'a jamais empêchée de le faire, lui fit-il remarquer en recouvrant la tournure d'esprit que je lui connaissais.

— Je suis sérieuse ! Je veux faire des études. Je veux que Rose revienne. Je ne veux pas gouverner les Moroï.

Les yeux bleus de Christian brillèrent d'un éclat malicieux.

— Tu sais, tante Tasha n'arrête pas de dire en plaisantant que tu ferais une meilleure reine que tous les autres candidats. Sauf qu'il m'arrive d'avoir l'impression qu'elle ne plaisante pas.

Lissa s'allongea sur le dos en grognant.

— Je l'aime beaucoup, mais nous ferions bien de garder un œil sur elle. Si des gens sont capables de changer la loi qui m'empêche d'être élue, ce sont bien ses amis militants et elle.

— Ne t'inquiète pas pour ça. Le problème, avec ses « amis militants », c'est qu'ils contestent tant de choses à la fois qu'ils n'arrivent pas à se mettre d'accord sur une stratégie cohérente. (Christian s'allongea à côté d'elle et l'attira dans ses bras.) Même si mon opinion ne vaut pas grand-chose, je pense aussi que tu ferais une grande reine, princesse Dragomir.

— Tu vas te salir, le mit-elle en garde.

— C'est déjà fait. Oh ! tu parlais de tes vêtements ? (Il la serra plus fort sans se soucier de leur état lamentable.) J'ai passé l'essentiel de mon enfance à me cacher dans un grenier poussiéreux et je ne possédais qu'une chemise. Tu crois vraiment que je m'inquiète pour ce tee-shirt ?

Elle éclata de rire, l'embrassa et s'abandonna au plaisir que lui procuraient ses lèvres en oubliant ses soucis pendant quelques instants. Comme ils étaient sur un lit, je me demandai si le moment n'était pas venu pour moi de m'éclipser. Quelques secondes plus tard, elle s'écarta de lui en poussant un soupir de satisfaction.

— J'ai parfois l'impression d'être amoureuse de toi, tu sais.

— Parfois seulement ? lui demanda-t-il en faisant semblant d'être vexé.

Elle lui ébouriffa les cheveux.

— Tout le temps. Mais je ne voudrais pas que ça te monte à la tête.

— Je te promets que cela ne m'arrivera pas.

Il l'attira de nouveau à lui pour l'embrasser, mais s'interrompit lorsqu'on frappa à la porte. Lissa détourna la tête sans briser leur étreinte.

— Ne réponds pas, suggéra Christian.

Lissa fronça les sourcils et jeta un regard en direction du salon. Elle s'arracha aux bras de Christian et se leva pour se diriger vers la porte. Quand elle s'en fut approchée, elle hocha la tête d'un air entendu.

— C'est Adrian, annonça-t-elle.

— Raison de plus pour ne pas répondre, répliqua Christian.

Lissa l'ignora et ouvrit la porte. De fait, mon petit ami insouciant se tenait dans le couloir.

— Tu ne pouvais pas choisir un plus mauvais moment ! lui lança Christian.

Adrian observa Lissa, puis tourna la tête vers Christian, qui était toujours allongé sur le lit, dans la chambre.

— C'est donc ainsi que vous comptez résoudre le problème du quorum, commenta-t-il. Avec des petits Dragomir… C'est une bonne idée.

Christian quitta le lit à son tour et se dirigea vers eux d'un pas nonchalant.

— C'est exactement ça. Tu interromps d'importantes démarches officielles.

Adrian était habillé avec une simplicité inhabituelle, même si son jean et son tee-shirt noir donnaient sur lui l'impression d'être des vêtements griffés. À vrai dire, ils l'étaient sans doute. Mon Dieu ! Il me manquait terriblement. Ils me manquaient tous.

— Que se passe-t-il ? lui demanda Lissa.

Même si Christian semblait considérer l'arrivée d'Adrian comme une offense personnelle, Lissa savait que celui-ci ne les aurait pas dérangés sans une bonne raison, surtout à une heure si matinale pour les Moroï. Adrian arborait son habituel sourire narquois, mais son aura scintillait d'impatience et d'excitation. Il y avait du nouveau.

— Je le tiens, annonça-t-il. J'ai réussi à le piéger.

— Qui ? demanda Lissa, surprise.

— Cet idiot de Blake Lazar.

— Comment ça, tu as réussi à le piéger ? demanda Christian, qui était aussi perplexe que Lissa. Tu as posé des pièges à ours sur les courts de tennis, ou quelque chose dans le genre ?

— Non, mais j'aurais bien aimé. Il est à *La Flèche enflammée*. Comme je viens de payer une autre tournée, on devrait encore l'y trouver si on se dépêche. Il croit que je suis sorti fumer une cigarette.

À en juger par son haleine, Lissa avait l'impression qu'il en avait effectivement fumé une… et aussi profité de la tournée.

— Tu es déjà dans un bar à cette heure-ci ?

Adrian haussa les épaules.

— Il n'est pas si tôt que ça pour les humains.

— Sauf que tu n'es pas…

— Allez, cousine ! (L'aura d'Adrian n'avait pas la teinte terne qu'elle prenait lorsqu'il était soûl, mais il était certain qu'il avait déjà bu quelques verres.) Si le charmant Ambrose a raison à propos de tante Tatiana, ce type peut nous fournir les noms de femmes potentiellement jalouses.

— Pourquoi ne l'as-tu pas interrogé toi-même ? lui demanda Christian.

— Parce qu'il aurait été malsain que je lui pose des questions sur la vie sexuelle de ma tante, répondit Adrian. Qui plus est, Blake sera ravi de parler à notre charmante princesse ici présente.

Lissa avait vraiment besoin de dormir, mais l'idée de découvrir quelque chose qui puisse m'aider lui redonna des forces.

— D'accord. Mais laisse-moi le temps de me changer et de me donner un coup de brosse.

Elle alla se changer dans la salle de bains et entendit Adrian taquiner Christian.

— Ton tee-shirt est d'une propreté douteuse, tu sais. À mon avis, tu devrais un peu plus te soucier de ton apparence, puisque tu sors avec une princesse.

Un quart d'heure plus tard, les trois comparses traversèrent la Cour en direction d'un bar discret situé dans un des bâtiments administratifs. J'y étais déjà allée et avais trouvé que c'était un emplacement étrange pour un bar. Mais ma récente corvée de classement m'avait fait changer d'avis. Si j'avais dû passer ma vie à faire ce travail, j'aurais sans doute apprécié d'avoir une source d'alcool à proximité.

L'éclairage du lieu était tamisé, à la fois pour le confort des Moroï et pour créer une ambiance agréable. Malgré la plaisanterie d'Adrian, il était effectivement un peu tôt pour les Moroï, et les clients étaient rares. Adrian fit un signe à la barmaid. Il devait s'agir d'une sorte de code, puisque celle-ci se retourna aussitôt pour remplir un verre.

— Eh ! Ivashkov ! Où étais-tu passé ?

Lissa suivit la direction de la voix et finit par repérer un Moroï assis tout seul à une table dans un coin de la salle. Lorsque Adrian les entraîna vers lui, elle découvrit qu'il était jeune – à peu près du même âge qu'Adrian. Il avait des cheveux noirs et bouclés et des yeux d'un vert aussi lumineux que la cravate qu'Abe portait pendant les nominations. C'était comme si quelqu'un avait mélangé les couleurs des yeux d'Adrian et de Christian. Il était mince et aussi musclé qu'un Moroï pouvait l'être. Même si elle avait un petit ami, Lissa ne put s'empêcher d'admirer sa beauté.

— Je suis allé chercher quelqu'un d'agréable à regarder, répondit Adrian en tirant une chaise.

Le Moroï ne remarqua les compagnons d'Adrian qu'à cet instant et bondit sur ses pieds. Il prit la main de Lissa et se pencha pour y déposer un baiser.

— Princesse Dragomir, c'est un honneur de te rencontrer enfin. De loin, je t'ai toujours trouvée magnifique. Mais de près ? Tu es divine.

— Je vous présente Blake Lazar, déclara Adrian avec emphase.

— Je suis ravie de faire ta connaissance, répondit Lissa.

Blake lui décocha un sourire radieux.

— Puis-je t'appeler Vasilisa ?

— Tu peux m'appeler Lissa.

— Tu peux aussi lâcher sa main, ajouta Christian.

Blake dévisagea Christian et parut prendre un immense plaisir à attendre quelques secondes avant de lâcher la main de Lissa.

— Toi aussi, je t'ai vu de loin, Ozéra. Crispin, c'est ça ?

— Christian, rectifia Lissa.

— C'est ça. (Blake tira une chaise à l'intention de Lissa pour continuer à jouer les parfaits gentlemen.) Je t'en prie, joins-toi à nous.

Il ne fit pas preuve du même savoir-vivre vis-à-vis de Christian, qui dut faire le tour de la table pour s'asseoir à côté de Lissa.

— Que veux-tu boire ? C'est moi qui offre.

— Rien, répondit Lissa.

La barmaid s'approcha à cet instant pour apporter la boisson qu'avait commandée Adrian et un autre verre à Blake.

— Il n'est jamais trop tôt. Demande à Ivashkov. Tu bois ton premier verre au saut du lit, n'est-ce pas ?

— Il y a une bouteille de scotch sur ma table de nuit, répondit Adrian d'un ton léger.

Lissa observa son aura. Elle était dorée, comme celle de tous les spécialistes de l'esprit, et un peu ternie par l'alcool. Elle était aussi légèrement teintée de rouge. Il n'était pas tout à fait en colère, mais clairement agacé. Elle se souvint que ni Adrian ni Ambrose n'appréciaient ce Blake.

— Alors, qu'est-ce qui vous amène, Christopher et toi ? demanda Blake.

Il but d'un trait le reste de la boisson ambrée qu'il avait devant lui et s'attaqua au verre suivant.

— Christian, le corrigea Christian.

— Nous parlions de ma tante, tout à l'heure, intervint Adrian.

Il parvint encore à employer le ton d'une conversation légère, mais le fait d'évoquer le meurtre de Tatiana le contrariait visiblement, malgré son désir de prouver mon innocence.

Le sourire de Blake faiblit un peu.

— Comme c'est triste… Pour vous deux. (Il agissait comme si Christian n'existait pas.) Je suis désolé pour Hathaway, aussi, ajouta-t-il à l'intention de Lissa seule. J'ai appris à quel point cette histoire t'avait blessée. Qui aurait pu le prévoir ?

Lissa comprit qu'il parlait de ma prétendue trahison à son égard.

— Eh bien… Je suppose qu'on ne connaît jamais vraiment les gens, répondit-elle avec amertume. Les indices ne manquaient pas, pourtant. Je n'y ai pas fait attention, c'est tout.

— Cela a dû t'affecter, toi aussi, intervint Christian. Nous avons entendu dire que tu étais proche de la reine.

Le sourire radieux de Blake réapparut.

— Oui. Nous nous connaissions assez bien. Elle va me manquer. Les gens la trouvaient peut-être froide, mais, croyez-moi, elle savait prendre du bon temps… (Blake jeta un coup d'œil à Adrian.) Mais tu devais le savoir.

— Pas de la même manière que toi.

Adrian s'interrompit pour boire une gorgée. J'eus l'impression qu'il en avait besoin pour s'empêcher de répondre par une remarque acerbe. À vrai dire, je ne lui en voulus pas. J'admirais même la maîtrise dont il faisait preuve. À sa place, j'aurais balancé mon poing dans la figure de Blake depuis longtemps.

— Ou qu'Ambrose.

Le sourire de Blake céda la place à une franche grimace.

— Lui ? Cette catin rouge ? Il ne méritait pas de se trouver en sa présence. D'ailleurs, je ne comprends pas qu'on l'autorise à rester à la Cour.

— Il pense que c'est toi qui as tué la reine, s'empressa d'ajouter Lissa. Ce qui est absurde, puisque tout prouve que c'est Rose qui l'a fait.

Ce n'était pas vraiment ce qu'Ambrose avait dit, mais elle espérait faire réagir Blake. Ce fut le cas.

— Il pense quoi ? (Oui… Il ne souriait plus du tout, et cela lui faisait perdre beaucoup de son charme.) Ce salaud vous a menti ! J'ai un alibi et il le sait très bien. Il est seulement jaloux parce qu'elle me préférait à lui.

— Alors pourquoi continuait-elle à le voir ? s'étonna Christian avec une expression presque angélique. Ne lui suffisais-tu pas ?

Blake le fusilla du regard, tout en vidant son nouveau verre presque d'un trait. La barmaid apparut comme par magie pour lui en servir un autre. Blake la remercia d'un signe de tête avant de répondre.

— Oh ! je lui suffisais largement ! Je suffirais à une dizaine de femmes, sauf que je n'en fréquentais pas d'autres, contrairement à lui.

Adrian semblait souffrir de plus en plus d'entendre parler de la vie sexuelle de sa tante. Cela ne l'empêcha pas de continuer à jouer son rôle.

— Ambrose voyait d'autres filles ?

— Oui. Sauf que « filles » n'est pas le mot juste. Elles étaient toutes plus âgées que lui et, honnêtement, je pense qu'elles le payaient. Non pas que ta mère ait besoin de payer qui que ce soit…, ajouta Blake. Je veux dire qu'elle est encore très sexy. Mais tu vois bien : il est impossible qu'elle ait fréquenté quelqu'un comme lui autrement qu'en le payant.

Ils semblaient tous avoir du mal à suivre ce que disait Blake. Adrian fut le premier à saisir.

— Qu'est-ce que tu viens de dire ?

— Oh ! (Je ne parvins pas à déterminer si la surprise de Blake était feinte ou sincère.) Je croyais que tu savais, pour Ambrose et ta mère. Enfin… Qui pourrait la blâmer, connaissant ton père ? Entre nous, elle aurait pu trouver mieux.

D'après son ton, Blake avait une idée précise de l'identité du « mieux » auquel Daniella aurait pu prétendre.

Lissa vit l'aura d'Adrian virer au rouge vif.

— Sale fils de pute !

Adrian n'était pas du genre à se battre, mais il y avait une première fois à tout… et Blake venait de sérieusement dépasser les bornes.

— Ma mère ne trompe pas mon père ! Et si elle le faisait, il est certain qu'elle n'aurait pas besoin de payer pour ça !

Blake ne parut guère s'émouvoir de l'indignation d'Adrian, mais il en aurait peut-être été différemment si ce dernier lui avait effectivement mis son poing dans la figure. Lissa posa sa main sur le bras d'Adrian et le pressa doucement.

— Du calme, murmura-t-elle.

Je la sentis essayer de l'apaiser par une légère suggestion. Adrian s'en aperçut aussitôt, lui arracha son bras et lui signifia d'un regard qu'il n'appréciait pas son « aide ».

— Je croyais que tu n'aimais pas ton père, reprit Blake, qui ne semblait vraiment pas comprendre en quoi cette nouvelle pouvait contrarier Adrian. Et puis arrête de t'énerver après moi. Ce n'est pas moi qui couchais avec elle. Je ne fais que te rapporter ce que j'ai entendu. Si tu as envie d'accuser des gens au hasard, prends-en-toi plutôt à quelqu'un comme Ambrose.

Lissa s'empressa de reprendre les choses en main pour empêcher Adrian de réagir.

— Combien d'autres femmes voyait-il ? Sais-tu de qui il s'agit ?

— Trois autres, répondit Blake avant de les énumérer en comptant sur ses doigts. Marta Drozdov et Mirabel Conta. Attendez… Ça ne fait que deux. Ah oui ! en comptant Daniella, ça fait trois. Enfin… quatre, avec la reine. C'est ça : quatre.

Lissa ne se donna pas la peine de corriger le calcul absurde de Blake, mais songea qu'Adrian avait raison de le qualifier d'« idiot ». Marta Drozdov était une noble qui jouissait d'une relative notoriété et s'était piquée de voyager de par le monde sur ses vieux jours. D'après ce que Lissa en savait, elle n'était presque jamais aux États-Unis, et moins encore à la Cour. Elle ne paraissait pas assez concernée par ce qui s'y passait pour avoir tué Tatiana. Quant à Mirabel Conta, elle jouissait elle aussi d'une grande notoriété, mais d'une manière très différente. Elle était connue pour avoir couché avec la moitié des hommes de la Cour, y compris ceux qui étaient mariés. Lissa ne la connaissait pas très bien, mais elle ne semblait pas du genre à s'enticher d'un homme en particulier.

— Le fait qu'il couchait avec d'autres femmes ne lui fournit pas un mobile très plausible pour avoir tué la reine, commenta Lissa.

— C'est vrai, reconnut Blake. Comme je vous l'ai dit, il me paraît évident que c'est Hathaway qui a fait le coup. (Il s'interrompit.) C'est bien dommage, d'ailleurs. Elle est vraiment sexy. Ce corps… Peu importe. Si Ambrose a tué la reine, il l'a fait parce qu'elle me préférait à lui et qu'il était jaloux de moi, sûrement pas à cause des autres femmes qu'il fréquentait.

— Dans ce cas, pourquoi ne s'en serait-il pas simplement pris à toi au lieu d'elle ? intervint Christian. Ça paraît plus logique.

Blake n'eut pas l'occasion de répondre parce que Adrian revint sur le sujet précédent. Ses yeux brillaient de rage.

— Ma mère n'a couché avec personne. Elle ne couche même pas avec mon père.

Blake répondit avec la même imprudence que précédemment :

— Eh ! je les ai vus. Ils n'arrêtaient pas de se bécoter. T'ai-je dit à quel point je la… ?

— Arrête ! l'interrompit Lissa. Ça ne nous aide pas.

Adrian saisit vivement son verre.

— Rien de tout cela ne nous aide ! (De toute évidence, les choses ne se passaient pas comme il l'avait espéré en allant chercher Lissa et Christian.) Et il n'est pas question que j'écoute ces conneries plus longtemps.

Il vida son verre, bondit de sa chaise et jeta de l'argent sur le bar avant de sortir.

— Le pauvre, commenta Blake, qui avait recouvré tout son calme et toute son arrogance. Il aura eu beaucoup de choses à encaisser dernièrement, entre sa tante, sa mère et sa petite amie meurtrière ! Au bout du compte, toutes ces histoires prouvent qu'on ne peut vraiment pas faire confiance aux femmes. (Il décocha un clin d'œil à Lissa.) Tu es l'exception à cette règle, bien sûr…

Lissa éprouvait le même dégoût qu'Adrian. Le visage tendu de Christian, auquel elle jeta un bref regard, prouvait qu'elle n'était pas la seule. Il était vraiment temps qu'ils s'en aillent, avant que quelqu'un se charge d'assommer Blake.

— C'était un plaisir de discuter avec toi, mais nous devons partir, annonça-t-elle.

Blake lui décocha un regard de chien battu.

— Mais tu viens à peine d'arriver ! J'espérais que nous aurions l'occasion d'apprendre à mieux nous connaître. (Ce qu'il entendait par là ne faisait aucun doute.) Oh ! et Kreskin, aussi.

Cette fois, Christian ne se donna même pas la peine de corriger son nom. Il se contenta de prendre la main de Lissa.

— Allons-y.

— Oui, répondit-elle.

Blake haussa les épaules et commanda un autre verre.

— Quand tu auras envie de vivre une grande expérience, viens me trouver.

— J'espère vraiment que c'était à toi qu'il s'adressait et pas à moi, grommela Christian, tandis qu'ils se dirigeaient vers la porte.

— Voilà une expérience que je n'ai aucune envie de vivre, répondit Lissa en faisant la grimace.

Ils quittèrent le bâtiment et Lissa observa les environs au cas où Adrian se serait attardé dans le coin. Non. Il était parti et elle ne pouvait guère lui en vouloir.

— Je comprends maintenant pourquoi Adrian et Ambrose ne l'aiment pas. C'est un tel…

— … crétin ? suggéra Christian.

Ils se tournèrent vers le bâtiment qu'ils venaient de quitter.

— C'est ça.

— Crois-tu qu'il soit le meurtrier ?

— Sincèrement ? Non. (Elle soupira.) Je suis d'accord avec Ambrose. Je ne crois pas Blake assez intelligent pour commettre un meurtre, ni que nous tenions le véritable mobile. Je ne peux pas dire si les gens mentent ou non en observant leur aura, mais je n'ai rien repéré dans la sienne qui m'ait incitée à le croire malhonnête. Tu plaisantais, tout à l'heure, mais si l'un des deux amants de la reine avait voulu commettre un meurtre par jalousie, pourquoi n'aurait-il pas tué l'autre ? Ç'aurait été beaucoup plus simple.

— Ils avaient tous les deux accès à la chambre de Tatiana, lui rappela Christian.

— Je sais. Mais si le sexe et l'amour sont bien les mobiles du crime, la logique voudrait que le meurtrier ait été jaloux de la reine. Autrement dit, qu'il s'agisse d'une femme.

Un silence lourd de sous-entendus s'ensuivit. Ils semblaient l'un comme l'autre refuser de dire tout haut ce qu'ils pensaient sans doute tous les deux. Finalement, Christian se lança le premier :

— Daniella Ivashkov, par exemple ?

Lissa secoua la tête.

— Je n'arrive pas à y croire. Elle n'a vraiment pas l'air d'une meurtrière.

— Les meurtriers n'en ont jamais l'air. C'est comme ça qu'ils s'en sortent.

— Aurais-tu étudié la criminologie dernièrement ?

— Non. (Ils venaient d'atteindre le bâtiment où logeait Lissa. Christian lui ouvrit la porte.) Je me contente de rappeler des faits. Nous savons que la mère d'Adrian n'a jamais aimé Tatiana pour des raisons liées à leurs deux personnalités. Et nous venons de découvrir qu'elles se partageaient un amant.

— Elle a un alibi, répondit-elle d'un ton glacial.

— Tout le monde a un alibi, lui rappela-t-il. Et nous avons découvert que cela pouvait s'acheter. Nous savons même que Daniella en a déjà acheté un.

— Je n'arrive toujours pas à y croire. Pas sans la moindre preuve. Ambrose est persuadé que le mobile est politique et non passionnel.

— Ambrose est sur la liste des suspects, lui aussi.

Ils atteignirent la chambre de Lissa.

— C'est plus compliqué que je ne le croyais, avoua-t-elle.

Christian la prit dans ses bras dès qu'ils furent entrés.

— Je sais. Mais n'oublie pas que nous y travaillons ensemble. Nous allons y arriver. Tu sais… je crois que nous devrions garder certaines choses pour nous. Je m'inquiète peut-être pour rien, mais j'ai l'impression que nous ferions mieux de ne pas dire à Adrian que sa mère avait un excellent mobile pour tuer sa tante.

— Tu crois ?

Elle posa sa tête contre son torse en bâillant.

— Il est temps de faire une sieste, décréta Christian en l'entraînant vers le lit.

— J'ai toujours besoin de prendre une douche.

— Le sommeil d'abord, la douche ensuite. (Il ouvrit les draps.) Je vais dormir avec toi.

— Vraiment dormir ? lui demanda-t-elle sèchement en se glissant dans le lit avec bonheur.

— Oui. Tu en as besoin. (Il la rejoignit dans le lit, se blottit contre elle et posa sa tête sur son épaule.) Bien sûr, après, si tu as envie de te lancer dans d'importantes démarches officielles…

— Je jure de t'envoyer dormir dans le couloir si je t'entends parler de « petits Dragomir ».

Christian s'apprêtait certainement à lui infliger l'une des répliques spirituelles dont il avait le secret, mais de nouveaux coups frappés à la porte l'en empêchèrent.

— Ne réponds pas, cette fois, dit-il en jetant un coup d'œil exaspéré au battant.

Mais Lissa ne put s'empêcher de s'arracher à son étreinte pour se relever.

— Ce n'est pas Adrian.

— Alors ce n'est sans doute pas important.

— Nous ne pouvons pas en être sûrs.

Elle alla ouvrir et tomba nez à nez avec… ma mère.

Janine Hathaway entra dans la chambre aussi naturellement qu'Adrian l'avait fait. Son regard acéré observa chaque détail, à la recherche d'une éventuelle menace.

— Désolée de m'être absentée, dit-elle à Lissa. Eddie et moi voulions nous relayer pour veiller sur toi, mais nous avons été pris tous les deux.

Elle observa le lit défait que Christian n'avait pas quitté mais, fidèle à sa nature, elle en tira une conclusion pragmatique et non romantique.

— J'arrive juste à temps. J'imagine que tu as besoin de dormir pour te remettre de ton épreuve. Ne t'inquiète pas, je vais monter la garde et m'assurer qu'il ne t'arrive rien.

Christian et Lissa échangèrent un regard navré.

— Merci, répondit Lissa.

Chapitre 20

— Tu devrais dormir.

Je sursautai en entendant la voix de Sydney, ce qui me prouva que j'étais effectivement capable de rester vigilante quand je me trouvais dans l'esprit de Lissa. J'avais regagné la réalité du salon de Sonya, plongé dans l'obscurité. À part Sydney, tout était calme et silencieux.

— Tu ressembles à une morte-vivante, reprit-elle. Et je ne dis pas ça à la légère.

— Je dois monter la garde, répondis-je.

— Je vais le faire. Toi, dors.

— Tu n'es pas entraînée à ça, lui fis-je remarquer. Quelque chose pourrait t'échapper.

— Je crois que ça ne m'échappera pas si des Strigoï se mettent à tambouriner à la porte, répliqua-t-elle. Écoute, je sais que vous êtes des durs à cuire, Dimitri et toi. Tu n'as pas besoin de m'en convaincre. Mais j'ai l'impression qu'on est loin d'être tirés d'affaire et je n'ai pas envie de te voir t'évanouir à un moment crucial. Si tu dors maintenant, tu pourras relayer Dimitri tout à l'heure.

Je me rendis à ce dernier argument. Nous allions avoir besoin de nous relayer. Je me glissai donc à contrecœur dans le lit de camp improvisé de Sydney, en lui donnant toutes sortes d'instructions qui l'agacèrent probablement. Je m'endormis presque aussitôt et me réveillai en sursaut en entendant une porte se refermer.

Je me redressai subitement en m'attendant à voir des Strigoï s'engouffrer dans la maison. Au lieu de cela, je découvris que le jour se levait et vis Sydney qui m'observait avec amusement. Robert était assis sur le canapé et se frottait les yeux. Victor avait disparu. Inquiète, je me tournai vers Sydney.

— Il est dans la salle de bains, me dit-elle en se doutant de la question que je m'apprêtais à lui poser.

C'était donc cela qui m'avait réveillée. Je poussai un soupir de soulagement, me levai et fus étonnée de découvrir à quel point ces quelques heures de sommeil m'avaient fait du bien. Il ne me manquait que de la nourriture pour me sentir prête à tout. Puisque Sonya n'en avait pas, évidemment, je me contentai d'aller boire un verre d'eau dans la cuisine. Je m'aperçus alors que les frères Dashkov avaient investi la maison comme s'ils étaient chez eux : leurs manteaux étaient suspendus à une patère et leurs clés de voiture se trouvaient sur le comptoir. Je les ramassai discrètement et appelai Sydney.

Lorsqu'elle me rejoignit dans la cuisine, je les lui donnai en essayant de ne pas les faire cliqueter.

— Tu t'y connais toujours en mécanique automobile ? murmurai-je.

Elle me fit comprendre d'un regard que c'était une question ridicule et insultante.

— Très bien. Peux-tu aller faire quelques courses ? Nous allons avoir besoin de manger. Au passage, tu pourrais peut-être… t'assurer que leur voiture tombe en panne, ou quelque chose comme ça ? Il faudrait qu'elle ne puisse plus bouger d'ici, mais sans que le sabotage soit trop évident. Pas de pneus crevés, si tu vois ce que je veux dire.

Elle glissa les clés dans sa poche.

— Rien de plus facile. Tu as des préférences, pour la nourriture ?

J'y réfléchis un instant.

— Quelque chose de sucré… et du café pour Dimitri.

— Le café allait de soi.

Victor entra dans la cuisine. Son indifférence habituelle m'incita à penser qu'il ne m'avait pas entendue demander à Sydney de saboter sa voiture.

— Sydney va faire des courses, annonçai-je en espérant détourner son attention des clés. Avez-vous besoin de quelque chose ?

— J'apprécierais une source mais, en dehors de ça, Robert a un faible pour les Cheerios. Ceux à la pomme et à la cannelle. (Il sourit à Sydney.) Je ne pensais pas voir un jour une alchimiste jouer les coursiers. C'est charmant.

Sydney ouvrit la bouche, sans doute pour lui décocher une réplique acerbe, et je m'empressai de secouer la tête.

— Vas-y.

Elle quitta la cuisine et Victor ne tarda pas à retourner auprès de Robert. Certaine que les deux frères ne s'enfuiraient pas à pied en pleine journée, je me décidai à aller prendre des nouvelles de Dimitri. Je fus surprise de trouver Sonya réveillée. Tous deux se parlaient à voix basse, assis en tailleur sur le lit. Ses cheveux à elle étaient emmêlés par le sommeil et le combat de la veille, mais son visage ne présentait aucune entaille ni aucun bleu. Il en avait été de même pour Dimitri : sa transformation lui avait permis d'échapper à de terribles brûlures. La magie qui ramenait un Strigoï à la vie guérissait aussi toutes ses blessures. Avec mes jambes écorchées et la commotion cérébrale à laquelle j'avais échappé de justesse, je me pris à regretter qu'on ne m'ait pas ramenée moi aussi à la vie.

Sonya se détourna de Dimitri en m'entendant entrer dans la chambre. Son visage exprima de la peur, puis de l'étonnement lorsqu'elle me reconnut.

— Rose ? dit-elle d'une voix hésitante, comme si elle se demandait si je n'étais pas une hallucination.

Je me forçai à lui sourire.

— Ça fait plaisir de vous revoir, déclarai-je en jugeant préférable de ne pas ajouter : « maintenant que vous ne cherchez plus à me vider de mon sang ».

Elle baissa les yeux vers ses mains et les examina comme si elles étaient des objets magiques et merveilleux. Bien sûr, quand on avait été un monstre, le fait de retrouver ses « anciennes mains » devait avoir quelque chose de merveilleux. Dimitri ne m'avait pas semblé si fragile le lendemain de sa transformation, même s'il était certainement en état de choc. Mais par la suite il était tombé en dépression. Cela allait-il arriver à Sonya ? Ou n'aspirait-elle qu'à redevenir une Strigoï, comme l'avait suggéré Victor ?

Je ne savais pas quoi dire. La situation était si étrange.

— Sydney est allée faire des courses, annonçai-je maladroitement à Dimitri. Elle a aussi monté la garde pour que je puisse dormir la nuit dernière.

— Je sais, répondit-il en esquissant un sourire. Je suis allé vous voir, à un moment.

Embarrassée d'avoir été surprise en état de faiblesse, je me sentis rougir.

— Tu devrais te reposer aussi, lui suggérai-je. Prends ton petit déjeuner et laisse-moi veiller sur tout. Je crois savoir que la voiture de Victor va tomber en panne. Et aussi que Robert adore les Cheerios. Si tu en voulais, tant pis pour toi. Je ne le crois pas du genre à partager.

Son sourire s'élargit. Sonya releva vivement la tête.

— Il y a un autre spécialiste de l'esprit dans la maison, s'écria-t-elle, paniquée. Je le sens. Je me souviens de lui. (Elle nous regarda tour à tour, Dimitri et moi.) Ce n'est pas prudent. Nous sommes dangereux. Vous ne devriez pas rester près de nous.

— Tout va bien, la rassura Dimitri d'une voix infiniment douce.

Il employait rarement ce ton, mais je l'avais déjà entendu. Il s'en était servi pour m'apaiser dans mes moments de grand désespoir.

— Ne t'inquiète pas.

Sonya secoua la tête.

— Non. Tu ne comprends pas. Nous… Nous sommes capables de faire des choses terribles… à nous-même, aux autres… C'est pour cela que je me suis transformée… pour échapper à la folie… Et j'y ai vraiment échappé, sauf que… c'était pire, en un sens. Les choses que j'ai faites…

Voilà qu'elle se laissait ronger par le remords, comme Dimitri.

— Ce n'était pas vous, m'empressai-je de répondre, craignant vaguement que Dimitri ne lui annonce qu'elle ne pouvait pas non plus espérer de rédemption. Quelque chose vous contrôlait et vous poussait à agir.

Elle enfouit son visage dans ses mains.

— Mais je l'ai voulu. Moi. C'était un choix !

— C'était à cause de l'esprit, insistai-je. Ses effets secondaires sont difficiles à combattre. Comme vous l'avez dit, vous faisiez des choses terribles. Vous n'étiez pas lucide. Lissa passe son temps à lutter contre ça, elle aussi.

— Vasilisa ?

Sonya releva la tête et laissa son regard se perdre dans le vide. J'eus l'impression qu'elle fouillait dans sa mémoire. À vrai dire, malgré ses propos décousus, je ne la sentais pas aussi instable qu'elle l'avait été juste avant sa transformation en Strigoï. Nous avions entendu dire que le pouvoir de guérison de l'esprit était capable de lutter contre les symptômes de la folie. En la sauvant, Robert devait l'avoir délivrée d'une partie de sa noirceur… pour le moment du moins.

— Bien sûr, Vasilisa a le même problème… (Elle me jeta un regard paniqué.) L'as-tu aidée ? L'as-tu sortie de là ?

— Oui, répondis-je en essayant de lui parler avec autant de douceur que le faisait Dimitri. (Lissa et moi nous étions enfuies de Saint-Vladimir pendant quelque temps, en partie parce que Sonya m'y avait incitée.) Nous sommes parties, puis revenues, et nous avons réussi à… triompher de ce qui la hantait.

Il ne me parut pas utile de préciser que la chose – ou plutôt la personne – dont Lissa avait été la victime se trouvait actuellement dans le salon de Sonya. Je fis un pas vers elle.

— Et vous pouvez encore aider Lissa. Nous avons besoin de savoir si…

— Non, m'interrompit Dimitri. (Il n'y avait pas la moindre douceur dans le regard qu'il me jeta.) Pas maintenant.

— Mais…

— Pas maintenant.

Je le fusillai du regard mais ne répondis rien. J'étais d'accord pour laisser à Sonya le temps de récupérer, mais nous n'avions pas non plus l'éternité devant nous. Nous étions pressés et nous devions découvrir ce qu'elle savait. J'avais l'impression que Dimitri aurait été capable de nous fournir des informations immédiatement après avoir été sauvé. Bien sûr, il n'était pas instable avant de devenir un Strigoï, ce qui devait lui avoir rendu les choses un peu plus faciles. Néanmoins, nous ne pouvions pas la dorloter dans le Kentucky jusqu'à la fin des temps.

— Est-ce que je peux voir mes fleurs ? demanda Sonya. Voulez-vous bien que je sorte pour voir mes fleurs ?

Dimitri et moi échangeâmes un regard.

— Bien sûr, répondit-il.

Nous nous dirigeâmes tous vers la porte et je ne parvins plus à retenir ma curiosité.

— Pourquoi avez-vous continué à faire pousser des fleurs quand vous étiez… ce que vous étiez ?

Elle s'arrêta.

— J'ai toujours fait pousser des fleurs.

— Je sais. Je m'en souviens. Elles étaient magnifiques. Celles-ci le sont aussi. Est-ce que c'est pour ça… ? Je veux dire : Aviez-vous simplement envie d'avoir un beau jardin même quand vous étiez une Strigoï ?

Ma question parut la déstabiliser.

— Non, finit-elle par dire, alors que j'étais sur le point d'abandonner tout espoir d'obtenir une réponse. Je n'ai jamais pensé à leur beauté. Elles étaient… je ne sais pas… une occupation. J'ai toujours fait pousser des fleurs. J'avais besoin de savoir si j'en étais encore capable. C'était une sorte… de défi que je m'étais lancé, j'imagine.

Je croisai de nouveau le regard de Dimitri. La beauté ne faisait donc pas partie du monde de Sonya, comme je l'avais dit à Dimitri. Les Strigoï étaient connus pour leur arrogance, et elle n'avait continué à faire pousser des fleurs que pour prouver son talent. Par habitude, aussi… Je me souvins d'avoir vu Dimitri lire des romans de western lorsqu'il était un Strigoï. Les gens transformés en Strigoï perdaient tout sens du bien et du mal, mais ils gardaient leurs vieilles habitudes et leurs *hobbies*.

Notre entrée dans le salon interrompit une discussion entre Victor et Robert. Sonya et Robert se dévisagèrent comme si chacun prenait la mesure de l'autre. Victor nous décocha l'un de ses sourires entendus.

— Elle est réveillée. Avez-vous obtenu les informations dont nous avions besoin ?

Dimitri lui décrocha un regard aussi furieux que celui qu'il m'avait destiné quand j'avais essayé d'interroger Sonya.

— Pas encore, répondit-il.

Sonya détourna les yeux de Robert, se dirigea à grands pas vers la baie vitrée qui donnait sur le jardin et s'arrêta en découvrant les mauvais traitements que nous lui avions infligés.

— Vous avez cassé ma porte-fenêtre, constata-t-elle.

— Dommage collatéral, commentai-je.

Du coin de l'œil, je crus voir Dimitri lever les yeux au ciel.

Sonya ouvrit la porte-fenêtre sans avoir besoin de nos conseils et sortit dans le jardin. Elle tressaillit, s'arrêta net et scruta le ciel. Il était d'un bleu immaculé, et le soleil, qui venait de franchir l'horizon, baignait le paysage d'une lumière dorée. Je sortis moi aussi et sentis sa chaleur sur ma peau. La fraîcheur de la nuit s'attardait encore, mais cette journée s'annonçait aussi caniculaire que les précédentes.

Tout le monde finit par la rejoindre, mais Sonya n'y prêta pas attention. Elle leva les bras comme si elle avait pu attraper le soleil et l'attirer à elle.

— C'est magnifique ! (Elle finit par s'arracher à la contemplation du ciel et rencontra mon regard.) N'est-ce pas ? As-tu déjà vu quelque chose de si beau ?

— Magnifique, répétai-je.

Sans savoir pourquoi, je me sentais à la fois heureuse et triste.

Elle fit le tour de son jardin pour en contempler chaque plante et chaque fleur. Elle caressait les pétales de chacune et respirait leur parfum.

— C'est si différent…, ne cessait-elle de répéter pour elle-même. Si différent au soleil… (Certaines fleurs retinrent particulièrement son attention.) Celles-ci ne s'ouvrent pas la nuit ! Vous voyez cela ? Vous voyez leurs couleurs ? Vous sentez leur parfum ?

Ses questions ne s'adressaient à personne en particulier. Nous l'observions tous, comme hypnotisés. Finalement, elle s'installa sur la chaise longue de la terrasse pour s'abandonner à une joyeuse contemplation de son jardin, se laissant submerger par ses sensations et jouissant du sentiment de la beauté dont elle avait été privée tant qu'elle avait été une Strigoï. Quand il devint évident qu'elle resterait là un bon moment, je me tournai vers Dimitri et lui fis part du conseil de Sydney, en lui suggérant d'aller dormir pendant que Sonya se remettait de sa transformation. À ma grande surprise, il accepta.

— C'est une bonne idée. Nous devrons repartir dès que Sonya sera en état de nous parler. (Il esquissa un sourire.) Sydney devient une véritable stratège.

— Eh ! ce n'est pas elle qui commande ! m'insurgeai-je. Ce n'est qu'un soldat !

— Tu as raison, répondit-il en m'effleurant la joue. Excuse-moi, mon capitaine.

— Mon général, le corrigeai-je alors que ce bref contact m'avait fait perdre le souffle.

Avant de rentrer dans la maison, il dit gentiment au revoir à Sonya qui lui répondit par un signe de tête… sauf que j'eus l'impression qu'elle ne l'avait pas entendu. Victor et Robert sortirent deux chaises en bois de la cuisine et s'installèrent à l'ombre. Je choisis un carré d'herbe pour m'y asseoir. Tout le monde se taisait. Si ce n'était pas la situation la plus bizarre que j'aie jamais vécue, elle ne manquait pas d'être étrange.

Sydney revint un peu plus tard avec les provisions et je quittai brièvement les autres pour aller la voir. Les clés de Victor avaient retrouvé leur place sur le comptoir, ce que j'interprétai comme un bon présage. Sydney déballa les courses et me tendit une boîte qui contenait une dizaine de beignets.

— J'espère que ça te suffira, commenta-t-elle.

Je fis la grimace pour lui signifier qu'elle sous-estimait mon appétit, mais pris tout de même la boîte.

— Viens nous rejoindre dehors quand tu auras fini, lui suggérai-je. Ça ressemble à un barbecue entre damnés, sauf qu'il n'y a pas de grillades.

Elle me considéra avec perplexité mais parut comprendre ce que je voulais dire dès qu'elle se retrouva dans le jardin. Robert alla se servir un bol de Cheerios, mais ni Sydney ni Victor ne mangèrent. J'offris un beignet à Sonya et ce fut la première chose qui détourna son attention du jardin. Elle le garda à la main et le tourna dans tous les sens.

— Je ne sais pas si je peux. Je ne sais pas si j'arriverai à le manger.

— Bien sûr que oui, répondis-je en me souvenant comme Dimitri avait regardé la nourriture avec circonspection dans un premier temps. Le glaçage au chocolat, c'est délicieux.

Par prudence, elle en prit une bouchée minuscule et la mâcha un million de fois avant de l'avaler. Alors elle ferma brièvement les yeux et soupira.

— Quelle douceur !

Lentement, elle continua à croquer de toutes petites bouchées. Elle mit une éternité à manger la moitié de son beignet, puis s'arrêta. J'en avais personnellement avalé trois dans le même temps et commençais à ressentir de plus en plus le besoin d'agir. C'était en partie dû à l'irritabilité que je devais aux effets secondaires de l'esprit, et en partie lié à ma perpétuelle impatience d'aider Lissa.

— Sonya, commençai-je avec douceur en sachant parfaitement que Dimitri serait fou de rage lorsqu'il saurait que je n'avais pas respecté ses instructions. Nous voulions vous parler de quelque chose.

— Oui..., répondit-elle sans quitter des yeux les abeilles qui butinaient autour d'un pied de chèvrefeuille.

— L'une de vos parentes... a-t-elle eu un bébé, il y a un certain temps ?

— Bien sûr. (Elle suivit des yeux l'une des abeilles, qui volait du chèvrefeuille à une rose voisine.) Un grand nombre.

— Sois plus précise, Rosemarie, me suggéra Victor.

Je me mordis la lèvre. Je savais que je risquais d'effrayer Sonya – et sans doute Robert aussi – si j'élevais la voix.

— Je parle d'un enfant dont on aurait tenu l'existence secrète, repris-je. Vous avez été désignée comme bénéficiaire d'un compte en banque qui a été ouvert pour subvenir aux besoins du bébé... et qui était alimenté par Éric Dragomir.

Sonya tourna vivement la tête vers moi. Ses yeux bleus n'avaient plus rien de rêveur. Quelques secondes s'écoulèrent avant qu'elle me réponde, ce qu'elle fit d'une voix dure. Même si ce n'était pas sa voix de Strigoï, son ton signifiait clairement qu'elle n'avait pas l'intention d'aborder ce sujet :

— Non. Je ne vois pas de quoi tu parles.

— Elle ment, déclara Robert.

— Pas besoin d'avoir des pouvoirs magiques pour s'en rendre compte, ironisa Sydney.

Je les ignorai l'un et l'autre.

— Sonya, nous savons que vous savez quelque chose et c'est vraiment important que nous retrouvions ce bébé... cet enfant... cette personne. (Nous avions essayé de deviner son âge, mais notre hypothèse ne pouvait être qu'approximative.) Vous vous inquiétiez pour Lissa, tout à l'heure. Vous l'aideriez en nous répondant. Il faut qu'elle le sache. Il faut qu'elle sache qu'elle n'est pas le seul membre de sa famille.

Sonya tourna de nouveau la tête vers les abeilles, mais je savais qu'elles ne captaient plus son attention.

— Je ne sais rien.

Sa voix tremblait et quelque chose me souffla qu'il valait peut-être mieux ne pas insister. Je n'aurais su dire si elle avait peur ou si elle était sur le point de faire une crise de nerfs.

Ce fut Victor qui posa la question suivante :

— Alors pourquoi êtes-vous la bénéficiaire du compte ?

— Je ne sais rien, répéta-t-elle d'une voix glaciale. Rien.

— Cessez de nous mentir, aboya Victor. Vous savez quelque chose et vous allez tout nous dire.

— Eh ! m'écriai-je. Du calme. Je ne vous ai pas donné le droit de l'interroger.

— Tu n'avais pas l'air de savoir t'y prendre.

— Taisez-vous, d'accord ? (Je me tournai vers Sonya en me forçant de nouveau à sourire.) S'il vous plaît, la suppliai-je. Lissa a des ennuis. Ça l'aiderait. Je croyais que vous vouliez l'aider.

— J'ai promis…, répondit Sonya d'une voix à peine audible.

— Promis quoi ?

Patience, patience…, me répétai-je. Je devais rester calme pour ne pas risquer de la faire s'effondrer.

Elle ferma les yeux et agrippa violemment ses cheveux de ses deux mains, comme un enfant s'apprêtant à faire une crise de nerfs.

— Promis de me taire… de n'en parler à personne…

J'avais envie de lui sauter dessus et de la secouer. *Patience, patience… Ne l'énerve pas.*

— Nous ne vous demanderions pas de trahir votre promesse si ce n'était pas important. Peut-être… Peut-être pourriez-vous… contacter cette personne… (à qui avait-elle fait cette promesse ? À la maîtresse d'Éric ?) et lui demander si elle accepterait que vous nous révéliez son secret ?

— Pour l'amour de Dieu ! s'écria Victor d'une voix agacée. Tout cela est ridicule et ne nous mène nulle part. (Il se tourna vers son frère.) Robert ?

Robert, qui n'avait pas fait grand-chose depuis son réveil, se pencha en avant dès que son frère fit appel à lui.

— Sonya ? (Elle tourna vers lui un visage visiblement tourmenté, puis son expression se figea.) Dites-nous ce que nous voulons savoir, reprit Robert. (Sa voix, moins amicale que mielleuse et lénifiante, avait quelque chose d'inquiétant.) Dites-nous qui est cet enfant et où il se trouve. Dites-nous qui est sa mère.

Cette fois, je bondis sur mes pieds. Robert essayait de la forcer à répondre par suggestion. Sonya commença à trembler sans pouvoir détacher son regard du sien. Ses lèvres s'entrouvrirent mais elle n'émit aucun son. Mon esprit s'affola. Nous pouvions obtenir les réponses dont nous avions besoin grâce à la suggestion, mais quelque chose me soufflait que ce serait mal.

Sonya m'épargna d'hésiter davantage. Elle bondit sur ses pieds presque aussi vivement que moi. Elle regardait toujours Robert mais ne semblait plus hypnotisée. Elle avait triomphé de sa suggestion… et elle était furieuse. Son visage, qui trahissait sa peur et sa fragilité quelques instants plus tôt, était déformé par la rage. Je n'avais aucun pouvoir magique, mais j'avais assez fréquenté Lissa pour reconnaître l'esprit quand il se manifestait. Sonya était une bombe sur le point d'exploser.

— Comment osez-vous ? grogna-t-elle. Comment osez-vous employer la suggestion sur moi ?

Alors les plantes grimpantes derrière Robert s'animèrent soudain et se mirent à croître dans des proportions invraisemblables. Leurs vrilles rampèrent vers les pieds de la chaise de Robert, s'y enroulèrent et tirèrent brutalement dessus. Le siège bascula et Robert tomba. Victor se précipita au secours de son frère, mais ce dernier avait déjà pris les choses en main. Il se remit de sa chute avec une rapidité remarquable et plissa les yeux en direction de Sonya. Celle-ci fut violemment propulsée en arrière et vint s'écraser contre la clôture. Les spécialistes de l'air pouvaient réaliser ce genre de prouesses, sauf que ce n'était pas une bourrasque qui avait emporté Sonya, mais le pouvoir de télékinésie que l'esprit conférait à Robert. Un pouvoir qu'il ne possédait donc pas que dans les rêves, mais aussi dans le monde réel. Génial.

J'avais déjà assisté à un duel de spécialistes de l'esprit quand Lissa avait affronté Avery Lazar. Cela avait été un véritable carnage, d'autant plus que le combat ne s'était pas déroulé uniquement dans le monde physique. Avery s'était insinuée dans la tête de Lissa… et dans la mienne par la même occasion. J'ignorais l'étendue exacte des pouvoirs de Robert et de Sonya, mais tout cela ne pouvait que mal finir.

— Dimitri ! hurlai-je en me précipitant vers Sonya.

Je ne savais pas exactement ce que j'allais faire, mais la plaquer au sol me semblait un bon début. D'après mon expérience, les spécialistes de l'esprit avaient besoin d'un contact visuel avec leur cible pour se servir de la suggestion.

De fait, lorsque je parvins à l'immobiliser, elle se débattit faiblement mais chercha surtout à ne pas perdre Robert de vue. Celui-ci se mit à hurler en regardant son propre corps : elle lui avait provoqué une hallucination. Le visage de Robert se durcit. Il savait forcément que ce qu'il voyait n'était pas réel, et il ne lui fallut que quelques instants pour triompher du sort de Sonya comme elle avait triomphé de sa suggestion à lui.

Dimitri surgit de la maison au moment où Robert projetait une chaise vers Sonya par télékinésie. Bien sûr, comme j'étais couchée sur elle, ce fut mon dos que la chaise heurta. Dimitri comprit rapidement ce qui se passait et courut vers Robert pour adopter la même tactique que moi. Victor, croyant peut-être son frère en danger, essaya d'intercepter Dimitri, ce qui était parfaitement vain. Lorsque les plantes grimpantes recommencèrent à ramper vers Robert, je compris qu'immobiliser Sonya ne servait pas à grand-chose.

— Emmène-le à l'intérieur ! criai-je à Dimitri. Éloigne-le d'elle !

Dimitri, qui y avait pensé tout seul, commença à traîner Robert vers la porte-fenêtre. Victor tenta encore de s'interposer, mais Dimitri était assez fort pour contraindre Robert à rentrer dans la maison malgré son intervention. Sonya parut se vider de toute son énergie dès que sa cible eut disparu. Elle cessa de se débattre et se détendit brutalement. Comme j'avais craint qu'elle ne retourne sa rage contre moi, j'en fus soulagée. Je l'aidai à s'asseoir avec méfiance. Elle se laissa faire, aussi molle qu'une poupée de chiffon, et se mit à pleurer au creux de mon épaule. Elle nous faisait une nouvelle crise de nerfs.

Après cela, nous nous efforçâmes de prévenir d'autres bagarres éventuelles. Afin d'isoler les spécialistes de l'esprit l'un de l'autre, Dimitri emmena Robert dans la chambre et le confia à Victor. Comme Robert semblait aussi épuisé que Sonya, Dimitri estima sans danger le fait de laisser les deux frères seuls. Sonya s'effondra sur le canapé. Dimitri et moi essayâmes de la calmer, avant de nous retirer un peu à l'écart, en laissant Sydney tenir la main de la Moroï.

Je lui fis un bref résumé de ce qui s'était passé, qu'il écouta avec une expression de plus en plus incrédule.

— Je t'avais dit que c'était trop tôt ! s'écria-t-il. À quoi pensais-tu ? Elle est trop faible !

— Tu appelles cela faible ? Et je m'en sortais très bien ! Les choses n'ont mal tourné que quand Victor et Robert s'en sont mêlés.

Hors de lui, Dimitri fit un pas vers moi.

— Ils n'auraient jamais dû pouvoir s'en mêler. Mais il a encore fallu que tu sois déraisonnable et que tu agisses sans te soucier des conséquences !

J'en fus scandalisée.

— Eh ! j'essayais de nous faire progresser ! Si c'est se montrer raisonnable que de ne rien faire et de jouer les psychologues, j'aime autant ma déraison. Je n'ai pas peur de me jeter à l'eau !

— Tu ne sais pas de quoi tu parles, grogna-t-il. (Notre duel de volontés nous avait poussés à nous rapprocher l'un de l'autre et il n'y avait presque plus d'espace entre nous.) Ton initiative aurait pu ruiner toutes nos chances de progresser !

— Mon initiative nous a fait progresser ! Nous avons découvert qu'elle est au courant au sujet de l'enfant. Le problème est qu'elle a promis de n'en parler à personne.

— Oui, j'ai promis, murmura Sonya.

Dimitri et moi nous tournâmes vers elle dans un même mouvement et prîmes conscience du fait que Sonya et Sydney assistaient à notre dispute.

— J'ai promis…

Elle parlait d'une toute petite voix et semblait nous supplier. Sydney pressa sa main.

— Nous le savons. Ce n'est pas grave. Il n'y a rien de mal à vouloir tenir ses promesses. Je comprends.

Sonya la regarda avec reconnaissance.

— Merci. Merci.

— Mais je crois savoir que vous vous souciez de Lissa Dragomir, reprit Sydney avec prudence.

— Je ne peux pas…, l'interrompit Sonya en recouvrant son expression craintive.

— Je sais, je sais. Mais il existe peut-être un moyen de l'aider qui ne vous forcerait pas à trahir votre promesse.

Sonya dévisagea Sydney. Dimitri me jeta un regard interrogateur auquel je répondis par un haussement d'épaules avant de dévisager Sydney à mon tour. Si quelqu'un m'avait demandé qui était le plus à même de communiquer avec une folle tout juste sortie de son précédent état de monstre non-mort, Sydney Sage aurait été la dernière réponse qui me serait venue à l'esprit.

— Que… voulez-vous dire ? balbutia Sonya en fronçant les sourcils.

— Eh bien… Qu'avez-vous promis, exactement ? De ne dire à personne qu'Éric Dragomir avait une maîtresse et un enfant illégitime ? (Sonya acquiesça.) Et de ne pas révéler leur identité ? (Elle acquiesça encore. Sydney lui offrit le sourire le plus chaleureux et le plus amical que j'aie jamais vu sur son visage.) Avez-vous promis de ne pas dire où ils se trouvent ? (Sydney se découragea un instant en la voyant acquiescer encore, puis ses yeux se mirent à briller.) Avez-vous promis de ne conduire personne à l'endroit où ils se trouvent ?

Sonya hésita, pesa chaque mot de la question, puis secoua lentement la tête.

— Non.

— Vous pourriez donc… nous conduire jusqu'à eux sans nous dire où ils se trouvent. Ainsi, vous ne trahiriez pas votre promesse.

Je n'avais jamais entendu un raisonnement aussi absurde ni aussi tordu. Je croyais être la seule à en produire de semblables.

— Peut-être…, répondit Sonya avec hésitation.

— Vous ne trahiriez pas votre promesse, répéta Sydney. Et ça aiderait vraiment beaucoup Lissa.

Je fis un pas vers elles.

— Et ça aiderait Mikhail également.

Sonya fut stupéfaite de m'entendre mentionner son ancien amant.

— Mikhail ? Tu le connais ?

— Nous sommes amis. C'est aussi celui de Lissa.

Je faillis lui promettre de la conduire auprès de Mikhail si elle nous aidait à retrouver l'autre Dragomir, mais me souvins que Dimitri s'estimait indigne d'être aimé et je jugeai donc plus prudent d'éviter cette tactique pour le moment. J'ignorais comment Sonya réagirait à la perspective de revoir l'homme qu'elle avait aimé.

— Il voudrait aider Lissa, mais il ne peut pas. Aucun de nous ne le peut. Nous ne possédons pas les informations dont nous aurions besoin.

— Mikhail…

Sonya baissa de nouveau les yeux vers ses mains et des larmes roulèrent sur ses joues.

— Vous ne trahirez pas votre promesse, répéta Sydney d'une voix si persuasive qu'elle aurait pu être celle d'une spécialiste de l'esprit. Contentez-vous de nous conduire jusqu'à eux. C'est ce que Mikhail et Lissa voudraient que vous fassiez. C'est la bonne décision.

Je ne sais quel argument fut le plus efficace : peut-être la mention de Mikhail, ou bien l'idée qu'il s'agissait de « la bonne décision ». Peut-être Sonya aspirait-elle à obtenir la rédemption pour les crimes qu'elle avait commis sous sa forme de Strigoï, comme Dimitri, et peut-être voyait-elle là une occasion de se racheter. Elle releva la tête, déglutit et plongea son regard dans le mien.

— Je vais vous y conduire, murmura-t-elle.

— Nous reprenons la route, conclut Sydney. Préparez vos affaires !

Dimitri et moi nous tenions toujours à quelques centimètres l'un de l'autre, même si notre colère avait commencé à se dissiper. Sydney, qui semblait fière de ce qu'elle venait d'accomplir, continua à essayer d'apaiser Sonya.

Dimitri me regarda avec un petit sourire qui s'effaça lorsqu'il parut prendre conscience de notre proximité. Mais je ne fus pas certaine qu'il s'agissait de cela. Ses expressions étaient difficiles à déchiffrer. Pour ma part, j'étais très consciente du fait que nous étions très proches l'un de l'autre, ce qui m'étourdissait autant que l'odeur de sa peau. Merde. Pourquoi fallait-il que nos disputes augmentent mon attirance pour lui ? Il recouvra son sourire et désigna Sydney du menton.

— Tu t'es trompée : c'est elle, le général.

Je lui rendis son sourire en espérant que mon trouble lui avait échappé.

— Peut-être. Mais ce n'est pas grave : tu peux quand même être colonel.

Il haussa un sourcil.

— Ah oui ? T'es-tu dégradée ? Le colonel est juste en dessous du général. Quel est ton rôle, alors ?

D'un geste triomphal, je tirai de ma poche les clés de la voiture que j'y avais glissées quand nous étions rentrés dans la maison.

— Le chauffeur !

Chapitre 21

Ma tentative de prendre le volant échoua.

Ce ne fut pas non plus le « général » Sydney, à sa plus grande indignation, qui conduisit, même si Dimitri s'efforça de lui expliquer pourquoi.

Tout commença lorsque Victor découvrit que sa voiture n'arrivait pas à démarrer, ce dont il fut vivement contrarié. Il n'accusa personne mais j'eus l'impression que tout le monde – y compris Sonya et Robert – avait deviné que cette panne n'avait rien d'accidentel. Par conséquent, il nous fallut nous entasser dans la CR-V, qui n'était pas conçue pour accueillir tant de passagers. Ce fut pour cette raison que Dimitri proposa une répartition des places originale. L'un des « sièges » se révéla être l'espace destiné aux bagages derrière la banquette arrière. Il était assez grand, mais lorsque Sydney découvrit que ce serait sa place, elle accusa Dimitri de vouloir l'humilier en plus de lui avoir volé ses clés.

Je m'abstins de le lui dire, mais je devais reconnaître que la placer à l'arrière était un bon choix. Dimitri avait réparti les places de manière à minimiser les risques à l'intérieur de la voiture. Dimitri conduirait, Robert occuperait la place du mort et moi, je m'assiérais entre Victor et Sonya sur la banquette arrière. Cela permettrait d'assurer la présence d'un gardien dans chaque rangée du véhicule tout en séparant à la fois les deux frères et les spécialistes de l'esprit. Lorsque je fis remarquer à Dimitri que nous pouvions intervertir nos places tout en conservant le même dispositif, il argua qu'il n'était pas prudent que je conduise puisque je pouvais à tout moment avoir besoin de me glisser dans l'esprit de Lissa. Il avait marqué un point. Quant à Sydney… Puisqu'elle n'était ni une menace ni une force sur laquelle on pouvait compter, elle se trouvait reléguée à l'arrière. Mais si on parlait de poids morts, d'autres personnes étaient concernées.

—Nous devons nous débarrasser de Victor et de Robert dès maintenant, murmurai-je à Dimitri pendant que nous chargions nos maigres bagages et les provisions dans la voiture, réduisant ainsi davantage l'espace de Sydney, à sa grande indignation. Ils ne nous sont plus utiles. Il serait dangereux de les garder avec nous. Il est temps de les livrer aux gardiens.

Les deux frères voulaient nous accompagner pour retrouver l'autre Dragomir. Nous avions accepté, mais pas par bonté d'âme. Nous ne pouvions pas nous permettre de les perdre de vue.

—Je suis d'accord, répondit Dimitri en fronçant légèrement les sourcils. Mais nous n'avons pas la possibilité de le faire. Pas encore. Nous ne pouvons pas les ligoter et les abandonner au bord de la route. Je les crois capables de se libérer et de s'enfuir en stop. Et nous ne pouvons pas non plus les livrer nous-mêmes, pour des raisons évidentes.

Je posai un sac dans le coffre et m'appuyai contre le pare-chocs.

—Sydney pourrait les livrer.

Dimitri acquiesça.

—C'est sans doute la meilleure solution mais je ne veux pas que nous nous séparions d'elle avant d'arriver… là où nous allons. Nous pourrions avoir besoin de son aide.

Je soupirai.

— Alors nous allons devoir les supporter.

— J'en ai peur. (Il me jeta un regard inquiet.) Tu sais, ils risquent d'avoir pas mal de choses à raconter sur nous aux autorités quand nous les leur aurons livrés.

— Oui. (J'avais déjà songé à cet aspect du problème.) Mais il sera toujours temps de nous en inquiéter plus tard... Commençons par régler les problèmes les plus urgents.

À ma grande surprise, Dimitri répondit par un sourire. Je m'attendais à des paroles sages m'invitant à la prudence.

— Ça a toujours été notre stratégie, non ? conclut-il.

Je lui retournai son sourire, mais retrouvai tout mon sérieux dès que nous prîmes la route. Par chance, Victor fut beaucoup moins bavard que d'habitude, sans doute parce que le fait d'être privé de sang commençait à l'affaiblir. Sonya et Robert devaient en souffrir eux aussi. Nous allions bientôt devoir leur trouver une source, mais je ne voyais pas comment résoudre ce problème. J'avais l'impression que Sydney ne s'en était pas encore rendu compte, ce qui valait mieux. Je n'aurais pas aimé être la seule humaine au milieu d'une bande de vampires affamés. À vrai dire, c'était aussi bien qu'elle se retrouve à l'abri de tout le monde dans le coffre.

Sonya ne nous donnait que des indications vagues et ne nous prévenait souvent qu'au tout dernier moment quand il fallait tourner. Nous ne savions ni où nous allions ni le temps que prendrait le trajet. Elle consulta une carte et nous fit prendre la route 75 en direction du nord. Lorsque nous lui demandâmes combien de temps le voyage durerait, elle répondit :

— Pas très longtemps. Quelques heures. Peut-être plus.

Après cette réponse sibylline, elle s'enfonça dans la banquette et ne dit plus rien. Son expression était soucieuse et pensive, et je me mis à essayer d'imaginer ce qu'elle pouvait ressentir. Elle était une Strigoï la veille encore. Avait-elle complètement assimilé ce qui s'était passé ? Voyait-elle les visages de ses victimes, comme Dimitri ? Était-elle torturée par le remords ? Voulait-elle redevenir une Strigoï ?

Je la laissai tranquille. Le moment était mal choisi pour jouer les psychologues. Je m'enfonçai dans la banquette à mon tour et m'armai de patience. Un frémissement de retour à la conscience me parvint à travers le lien et attira mon attention. Lissa venait de se réveiller. Je clignai des yeux et consultai l'horloge du tableau de bord. C'était l'après-midi pour les humains. Les Moroï de la Cour devaient dormir à cette heure, mais quelque chose l'avait réveillée.

Deux gardiens au visage impassible se tenaient devant sa porte.

— Vous devez nous accompagner, lui dit l'un d'eux. C'est l'heure de votre deuxième épreuve.

Lissa en fut très surprise. Elle savait que l'épreuve suivante « approchait », mais n'en avait plus entendu parler depuis son retour de celle d'endurance. Celle-ci s'était déjà déroulée pendant la nuit des Moroï, mais elle en avait au moins été avertie. Eddie, qui avait remplacé ma mère quelques heures plus tôt, montait la garde dans un coin de sa chambre. Christian, toujours couché dans le lit, se redressa en bâillant. Ils n'avaient pas fait l'amour, mais Lissa appréciait de l'avoir auprès d'elle. Il lui avait été plus facile de se blottir contre lui en la présence d'Eddie qu'en celle de ma mère, et je pouvais la comprendre.

— Puis-je me changer ? demanda Lissa.

— Faites vite.

Déconcertée et nerveuse, elle prit les premiers vêtements qui lui tombèrent sous la main et courut dans la salle de bains. Lorsqu'elle en ressortit, Christian avait enfilé son jean et ramassait son tee-shirt. Eddie, de son côté, observait les gardiens. Je n'avais aucun mal à deviner ses pensées, puisque j'aurais eu les mêmes. Cette convocation semblait officielle, mais il ne connaissait pas ces gardiens et n'avait pas entièrement confiance en eux.

— Puis-je l'escorter ? demanda-t-il.

— Seulement jusqu'au lieu de l'épreuve, répondit le second gardien.

— Et moi ? demanda Christian.

— Seulement jusqu'au lieu de l'épreuve.

Cette réponse m'étonna, mais je songeai aussitôt que les candidats au trône devaient souvent se faire accompagner à leurs tests par leur entourage, même s'il s'agissait d'épreuves inattendues organisées en pleine nuit. Cependant celle-là n'était peut-être pas si inattendue que cela. La Cour était presque déserte, mais Lissa croisa plusieurs groupes de Moroï dans les couloirs du vieux bâtiment en brique où les gardiens la conduisirent. On s'était visiblement passé le mot.

Les gens s'écartèrent respectueusement devant elle. Certains, qui devaient soutenir d'autres familles, la regardèrent passer en fronçant les sourcils. Mais beaucoup lui sourirent, car ils se réjouissaient du « retour du dragon ». Quelques-uns allèrent jusqu'à tendre le bras pour l'effleurer, comme pour se porter chance ou s'imprégner de son pouvoir. Cette foule était moins nombreuse que celle qui l'avait accueillie au retour de sa première épreuve. Cela la rassura un peu mais elle n'en fut pas moins déterminée à prendre tout ça au sérieux. Les gens la regardaient avec curiosité et admiration en se demandant sans doute si elle serait la prochaine à les gouverner.

Les gardiens la conduisirent jusqu'à une porte tout au bout d'un couloir. Ni Christian ni Eddie n'eurent besoin qu'on leur précise qu'ils ne pourraient pas aller plus loin. Lissa leur jeta un coup d'œil par-dessus son épaule et puisa des forces dans leurs expressions encourageantes, avant de s'engager à la suite des gardiens de l'autre côté de la porte.

Après l'aventure épique qu'avait été sa première épreuve, Lissa s'attendait à quelque chose de tout aussi intimidant. Mais dans la pièce nue où elle venait d'entrer, elle ne découvrit qu'une vieille Moroï confortablement assise dans un fauteuil, un guéridon devant elle. Ses mains reposaient sur ses genoux et tenaient un objet enveloppé dans du tissu. La vieille dame fredonnait joyeusement. Elle était vraiment très âgée. Les Moroï pouvaient dépasser les cent ans et c'était clairement son cas. Sa peau pâle n'était plus qu'un réseau de rides et ses cheveux gris étaient fins et clairsemés. Elle sourit en voyant apparaître Lissa et lui indiqua d'un signe de tête une chaise vide à côté de laquelle un petit guéridon supportait un pichet d'eau. Le gardien les laissa seules.

Lissa observa la pièce. Elle ne contenait pas d'autres meubles, et une porte toute simple faisait face à celle par laquelle elle était entrée. Elle s'assit et se tourna vers la vieille femme.

— Bonjour, dit-elle avec toute l'assurance dont elle était capable. Je suis Vasilisa Dragomir.

Le sourire de la vieille dame s'élargit, révélant une denture jaunie à laquelle manquait une canine.

— Vous êtes tous si polis dans ta famille, dit-elle d'une voix chevrotante. La plupart des gens qui entrent ici veulent en finir le plus vite possible. Mais je me souviens de ton grand-père. Lui aussi a fait preuve de politesse pendant son épreuve.

— Vous avez connu mon grand-père ? s'écria Lissa.

Il était mort alors qu'elle était toute petite. Mais elle prit soudain conscience de ce qu'impliquaient les paroles de la vieille dame.

— Il a été prétendant au trône ?

La femme acquiesça.

— Il a réussi toutes ses épreuves. Je suis sûre qu'il aurait gagné l'élection s'il n'avait pas retiré sa candidature au dernier moment. Après cela, l'élection s'est jouée dans un mouchoir de poche entre Tatiana Ivashkov et Jacob Tarus. Les Tarus en éprouvent encore de la rancœur.

Lissa n'avait jamais entendu parler de cette histoire.

— Pourquoi mon grand-père a-t-il retiré sa candidature ?

— Parce que ton frère venait de naître. Frederick a préféré se consacrer à sa descendance plutôt qu'au bien de la nation.

Lissa pouvait le comprendre. Combien de Dragomir y avait-il, à cette époque ? Son grand-père, son père, André... et sa mère, qui n'appartenait à la famille que par alliance. Éric Dragomir était enfant unique. Lissa savait peu de choses sur son grand-père, mais elle estima qu'elle aurait fait la même chose à sa place. Elle aussi aurait préféré s'occuper de son fils et de son petit-fils plutôt que d'écouter les discours interminables que Tatiana avait dû supporter.

Après avoir laissé son esprit divaguer, Lissa s'aperçut que la vieille dame l'observait attentivement.

— Est-ce... Est-ce cela, l'épreuve ? demanda-t-elle, comme le silence s'éternisait. S'agit-il d'une sorte d'entretien ?

La vieille dame secoua la tête.

— Non. Il s'agit de ceci.

Elle dévoila l'objet qu'elle tenait entre ses mains. Il s'agissait d'une coupe ou d'un calice – je ne savais pas faire la différence. Mais il était magnifique. Il était en argent et brillait d'un vif éclat. Les rubis dont il était orné scintillèrent lorsque la vieille dame le fit tourner entre ses mains en le contemplant avec tendresse.

— Il a plus de mille ans et il brille toujours.

Elle prit la carafe et emplit le calice d'eau, tandis que Lissa et moi nous efforcions de comprendre ce qu'elle venait de dire. Plus de mille ans ? Nul besoin d'être une experte pour savoir que le métal aurait dû s'être terni après si longtemps. La femme tendit le calice à Lissa.

— Bois. Quand tu voudras que cela s'arrête, tu n'auras qu'à dire « stop ».

Lissa allongea le bras pour le prendre, plus déconcertée que jamais par ces étranges instructions. Qu'était-elle censée arrêter ? De boire ? Elle comprit dès que ses doigts effleurèrent le métal. Enfin, plus ou moins. Elle ressentit un picotement familier.

— Il est enchanté, dit-elle.

La vieille dame acquiesça.

— Il a reçu la magie des quatre éléments grâce à un sort qui s'est perdu au fil des siècles.

On y a aussi insufflé de l'esprit, songea Lissa. On avait dû oublier cette caractéristique aussi et cela lui inspira de la méfiance. Les différents éléments permettaient de fabriquer des amulettes aux effets variés. Comme dans le cas du tatouage qu'on lui avait fait, la magie de la terre servait souvent de support à des sorts de suggestion. La combinaison des quatre éléments dans un pieu en argent ou les protections magiques d'un lieu généraient une puissante source de vie capable de triompher des non-morts. Mais l'esprit… Lissa commençait à comprendre que son élément engendrait une large palette d'effets imprévisibles. L'eau devait activer le sort, mais Lissa avait l'impression que l'esprit en constituait l'élément fondamental. Or il l'effrayait, même si c'était le sien. Le sort qu'on avait insufflé à ce calice était complexe. Il lui était impossible de le comprendre et cela l'inquiétait. La vieille dame la dévisagea sans ciller.

Lissa n'hésita que quelques secondes de plus avant de boire.

Le monde disparut autour d'elle pour réapparaître sous une forme totalement différente. Nous reconnûmes aussitôt un rêve généré par l'esprit.

Elle ne se trouvait plus dans la pièce, mais en plein air. De violentes bourrasques rabattaient ses longs cheveux devant son visage. Elle les écarta du mieux qu'elle put. Il y avait d'autres gens autour d'elle, tous vêtus de noir, et je ne tardai pas à reconnaître l'église de la Cour et son cimetière. Lissa aussi portait du noir sous le long manteau en laine qui la protégeait du froid. Ces gens à ses côtés se recueillaient avec elle autour d'une tombe et la chasuble du prêtre qui officiait était la seule tache de couleur dans cet univers gris.

Lissa avança de quelques pas pour essayer de voir l'inscription sur la pierre tombale. Ce qu'elle lut m'ébranla encore plus qu'elle : « ROSEMARIE HATHAWAY ».

Mon nom était gravé dans la pierre en caractères élégants. Il était surmonté par l'étoile des batailles, qui signifiait qu'on ne pouvait pas dénombrer les Strigoï que j'avais tués. C'était tout moi, ça… Au-dessous se trouvaient trois lignes de texte, une en russe, une en roumain et la dernière en anglais. Je n'eus pas besoin de la traduction anglaise pour savoir ce qui était écrit. Il s'agissait de l'épitaphe officielle des gardiens : « Service éternel ».

Le prêtre célébra le service funèbre habituel et me donna la bénédiction d'une religion à laquelle je n'étais pas certaine d'adhérer. Puisque j'assistais à mes propres funérailles, ce n'était guère qu'un détail. Lorsqu'il eut terminé, Alberta prit la parole. Il était d'usage de rappeler les exploits d'un gardien lors de son enterrement et Alberta ne manquait pas de matière. J'en aurais pleuré si j'avais été là. Elle termina par le récit de ma dernière bataille, au cours de laquelle j'avais perdu la vie en défendant Lissa.

Cela ne me paraissait pas si étrange. Comprenez-moi bien, toute cette situation était absolument insensée. Mais si on admettait que j'étais en train d'assister à mes propres funérailles, il paraissait logique que je sois morte en protégeant Lissa.

Celle-ci prit la chose très différemment. Cette nouvelle la bouleversa. Elle ressentit soudain un terrible vide dans son cœur, comme si on l'avait amputée d'une partie d'elle-même. Même si notre lien était à sens unique, Robert m'avait dit avoir terriblement souffert de la mort de son compagnon de lien. À cet instant, Lissa éprouvait l'atroce douleur et la solitude dont il m'avait parlé. Il lui manquait quelque chose qu'elle n'avait même pas eu conscience de posséder. Ses yeux s'emplirent de larmes.

C'est un rêve, se répétait-elle. *Rien de plus.* Mais elle n'avait jamais été plongée dans un songe de ce genre. Elle ne connaissait que ceux d'Adrian, qui ressemblaient à des coups de téléphone.

Lorsque les gens qui assistaient à mon enterrement se furent dispersés, elle sentit une main se poser sur son épaule. Christian ! Soulagée de le voir, elle se jeta dans ses bras en réprimant ses sanglots. Il lui semblait réel, solide et rassurant.

— Que s'est-il passé ? lui demanda-t-elle. Comment cela a-t-il pu se produire ?

Christian s'écarta d'elle. Je ne l'avais jamais vu si sérieux ni si triste.

— Tu le sais. Ces Strigoï essayaient de te tuer. Elle s'est sacrifiée pour te sauver.

Lissa ne s'en souvenait pas, mais c'était sans importance.

— Je… Je n'arrive pas à y croire !

Sa sensation d'un vide intérieur s'amplifia.

— J'ai une autre mauvaise nouvelle à t'annoncer, avertit Christian.

Elle écarquilla les yeux.

— Comment les choses pourraient-elles aller plus mal ?

— Je m'en vais.

— Tu t'en vas… Comment ça ? Tu quittes la Cour ?

— Oui. Je quitte tout. (Son visage exprima encore plus de tristesse.) Je te quitte, toi.

Elle en resta bouche bée.

— Qu'est-ce… Qu'est-ce qui ne va pas ? Qu'est-ce que j'ai fait ?

— Rien. (Il pressa sa main, puis la lâcha.) Je t'aime et je t'aimerai toujours. Mais tu es la dernière Dragomir. Il y aura toujours quelque chose qui te tiendra éloignée de moi… et je ne ferais que te gêner. Tu dois rebâtir ta lignée. Je ne suis pas l'homme qu'il te faut.

— Bien sûr que si ! Tu es le seul avec qui je veuille bâtir un avenir !

— Tu dis ça maintenant, mais attends de voir. Je ne suis pas le meilleur choix. Tu te souviens de la plaisanterie d'Adrian sur les « petits Dragomir » ? Quand tu seras prête à avoir des enfants, dans quelques années, il t'en faudra beaucoup. Les Dragomir doivent recouvrer leur vitalité. C'est une responsabilité trop lourde pour moi.

— Tu ferais un très bon père, argua-t-elle.

— C'est ça, ricana-t-il. Et je serais un grand atout pour toi. La princesse qui a épousé ce fils de Strigoï !

— Je m'en moque et tu le sais très bien ! (Elle agrippa sa chemise pour le forcer à la regarder.) Je t'aime. Je veux que tu fasses partie de ma vie. Tout cela n'a aucun sens. As-tu peur ? Est-ce que c'est ça ? As-tu peur des responsabilités qu'implique le fait d'entrer dans ma famille ?

Il détourna les yeux.

— Disons seulement que ton nom n'est pas facile à porter.

— Je ne te crois pas ! cria-t-elle en le secouant. Tu n'as peur de rien ! Tu n'as jamais reculé devant rien !

— Pourtant je recule, cette fois. (Il s'écarta doucement d'elle.) Je t'aime de tout mon cœur. Voilà pourquoi je le fais. C'est mieux pour toi.

— Mais tu ne peux pas ! (Lissa lui montra ma tombe, mais il s'éloignait déjà.) Tu ne peux pas me faire ça ! Elle est morte. Si tu me quittes aussi, je n'aurai plus personne !

Mais Christian l'avait bel et bien quittée. Il avait disparu dans le brouillard qui venait de se former. Lissa se retrouva avec ma pierre tombale pour toute compagnie. Alors, pour la première fois de sa vie, elle se sentit absolument seule. Elle avait éprouvé un sentiment de solitude quand sa famille était morte, mais j'avais toujours été là pour la protéger et lui servir de point d'ancrage. Quand Christian était entré dans sa vie, lui aussi l'avait aidée à se sentir moins seule en la comblant de son amour.

Et voilà que nous l'avions quittée à notre tour. Et sa famille était morte. Le vide en elle menaçait de l'aspirer tout entière, et il ne s'agissait pas que de la perte de notre lien. La solitude est une chose terrible. Qui est seul n'a personne auprès de qui se réfugier, personne à qui se confier, ni personne qui se soucie de ce qui lui arrive. Elle avait été seule dans les bois durant la première épreuve, mais cela n'avait rien à voir, rien du tout.

Elle jeta des regards éperdus autour d'elle en regrettant de ne pouvoir s'enfoncer dans ma tombe et mettre un terme à ses souffrances. Non. Une minute. Elle pouvait y mettre un terme. « Tu n'auras qu'à dire "stop" », lui avait expliqué la vieille dame. C'était tout ce qu'elle avait à faire pour que la douleur cesse. C'était un rêve généré par l'esprit, non ? Bien sûr, il était plus réaliste et plus douloureux que tous ceux qu'elle avait faits jusqu'alors, mais tous les rêves avaient une fin. Elle n'avait qu'un mot à prononcer pour que ce cauchemar ne soit plus qu'un mauvais souvenir.

Elle contempla la Cour déserte et faillit prononcer ce fameux mot. Mais... voulait-elle que cela finisse ? Elle s'était juré de se consacrer entièrement à ces épreuves. Allait-elle abandonner à cause d'un rêve ? d'un rêve où elle se retrouvait seule ? Cela semblait si dérisoire. Alors la vérité lui apparut brutalement : *je n'ai jamais été seule*. Elle ignorait si elle supporterait de vivre sans le soutien de personne, mais elle comprit que s'il ne s'agissait pas d'un rêve – et Dieu savait à quel point il lui semblait réel – elle n'aurait jamais le loisir de dire « stop ». Si elle était incapable de supporter cette solitude illusoire, comment ferait-elle si elle y était confrontée dans la réalité ? Malgré sa terreur, elle décida de ne pas reculer. Quelque chose la poussa vers le brouillard, dans lequel elle entra... seule.

La brume aurait dû la conduire dans le jardin de l'église. Au lieu de cela, elle se retrouva en pleine session publique du Conseil. La salle était pleine de Moroï sauf que, contrairement à d'habitude, Lissa ne se trouvait pas parmi eux. Elle occupait le siège des Dragomir à la table du Conseil. Ariana Szelsky était assise sur la chaise du milieu, celle réservée au monarque. *Je suis bien en train de rêver*, songea-t-elle avec amertume. Elle siégeait au Conseil et Ariana était reine. C'était trop beau pour être vrai. La session, aussi houleuse que d'ordinaire, portait sur un sujet familier : le décret abaissant l'âge d'obtention du diplôme de gardien. Certains membres du Conseil soutenaient que c'était immoral. Les autres arguaient que les Strigoï représentaient une trop grande menace pour qu'on puisse s'en dispenser. Les situations désespérées exigeaient des solutions désespérées, disaient-ils.

Ariana se pencha vers Lissa.

— Quelle est la position des Dragomir ?

Ariana n'était ni aussi amicale que dans le minibus, ni aussi hostile que l'avait été Tatiana. Elle était impartiale. C'était une reine qui présidait un Conseil et rassemblait les informations dont elle avait besoin. Tous les regards se braquèrent sur Lissa.

Sans qu'elle sache pourquoi, son cerveau ne semblait plus capable de former la moindre pensée cohérente. Elle avait l'impression d'avoir la langue engourdie. Que pensait-elle ? Quelle était son opinion sur ce décret ? Elle chercha désespérément une réponse.

— Je… Je pense que c'est mal.

Lee Szelsky, qui devait avoir hérité du siège de sa famille après l'élection d'Ariana, ricana avec mépris.

— Pouvez-vous développer, princesse ?

Lissa déglutit.

— Abaisser l'âge d'obtention du diplôme des gardiens n'est pas la bonne manière de nous protéger. Nous devons… Nous devons apprendre à nous défendre, aussi.

Sa réponse fut accueillie par un mépris indigné.

— Et pouvez-vous nous expliquer comment vous comptez réaliser cela ? demanda Howard Zeklos. Que proposez-vous ? Une formation au combat obligatoire pour tous ? Des cours d'arts martiaux dès la maternelle ?

Lissa chercha encore ses mots. Quelles étaient ses suggestions ? Tasha et elle en avaient discuté d'innombrables fois et avaient envisagé la question de la mise en œuvre de l'entraînement des Moroï sous tous ses aspects. Tasha lui avait rabâché ses projets en détail dans l'espoir que Lissa puisse faire entendre sa voix. Et voilà qu'elle représentait sa famille au Conseil. Elle avait l'occasion de changer les choses et d'améliorer la vie des Moroï. Il lui suffisait d'expliquer son point de vue. Tant de gens comptaient sur elle, et tant de gens attendaient d'entendre les mots qui lui tenaient tant à cœur. Mais quels étaient ces mots ? Pourquoi les avait-elle oubliés ? Elle devait avoir trop tardé à répondre, parce que Howard écarta les bras avec une grimace de dégoût.

— Je le savais ! Nous avons été stupides de laisser une petite fille siéger au Conseil. Elle ne sert à rien. Les Dragomir n'existent plus. Ils mourront avec elle et nous devons accepter cette tragédie.

Ils mourront avec elle. Les responsabilités qu'impliquait le fait d'être la dernière représentante de sa lignée avaient écrasé Lissa depuis le jour où un médecin lui avait annoncé que ses parents et son frère étaient morts. Elle était la dernière représentante d'une famille puissante dont étaient issus quelques-uns des plus grands monarques de l'histoire des Moroï. Elle s'était juré d'innombrables fois de se montrer à la hauteur de cet héritage et de restaurer la grandeur de sa famille. Et voilà qu'elle était en train de tout gâcher.

Même Ariana, que Lissa croyait de son côté, avait l'air déçue. Le public commença à la huer et à réclamer qu'on chasse du

Conseil cette enfant qui avait avalé sa langue. Ils lui crièrent de partir, puis, pire encore : « Le dragon est mort ! Le dragon est mort ! »

Lissa voulut de nouveau essayer de s'exprimer, mais quelque chose derrière elle attira son attention vers le mur où étaient suspendus les blasons des douze familles royales. Un homme sorti de nulle part était en train de décrocher celui des Dragomir, qui représentait un dragon et arborait la devise de sa famille en roumain. Lissa sombra dans le désespoir. Les cris de la foule résonnaient de plus en plus fort et son humiliation n'avait plus de bornes. Elle se leva, mourant d'envie de courir se cacher pour échapper à cette disgrâce. Mais ses pieds l'entraînèrent vers le mur aux blasons. Elle arracha celui de sa famille des mains de l'homme avec une force dont elle ne se serait pas crue capable.

— Non ! hurla-t-elle.

Elle se tourna vers le public et leva le blason au-dessus de sa tête, comme si elle mettait quiconque au défi de venir le lui prendre ou de contester la légitimité de sa présence à la table du Conseil.

— C'est à moi ! Vous m'entendez ? C'est à moi !

Lissa ne sut jamais si ces gens l'avaient ou non entendue, parce qu'ils disparurent aussi subitement que le cimetière. Elle se retrouva plongée dans le silence. Elle était dans l'une des salles d'examen de l'infirmerie de Saint-Vladimir. Cette ambiance familière lui parut étrangement réconfortante. Elle reconnut le lavabo et son savon orange, les étagères soigneusement étiquetées, les meubles à tiroirs et même le poster de prévention sur lequel on lisait : « Utilisez des préservatifs ! »

Elle trouva tout aussi réconfortante la présence du docteur Olendzki, le médecin de l'académie. Il n'y avait pas qu'elle dans la pièce. Deux autres personnes entouraient Lissa, qui était assise sur une table d'examen médical : la psychologue de l'académie, qui s'appelait Deirdre… et moi. Je trouvai un peu étrange de me voir là, mais je pouvais admettre presque n'importe quoi depuis que j'avais assisté à mes propres funérailles.

Lissa était en proie à des sentiments chaotiques sur lesquels elle n'avait aucun contrôle. Elle était contente de nous voir, désespérée, perdue, méfiante… Elle n'arrivait plus à saisir une émotion ou une idée précise. C'était très différent de ce qui s'était passé au Conseil, où elle s'était seulement révélée incapable de s'exprimer clairement. Son esprit était alors ordonné, même si elle avait perdu le fil de ses pensées. Cette fois, il n'y avait aucun fil à saisir. C'était le chaos dans son esprit.

— Est-ce que tu comprends ? lui demanda le docteur Olendzki. (Lissa eut l'impression que ce n'était pas la première fois qu'elle lui posait cette question.) La situation échappe à notre contrôle. Les médicaments n'agissent plus.

— Crois-moi, nous ne voulons pas que tu te fasses du mal, mais maintenant que tu es si dangereuse pour les autres, tu dois comprendre que nous sommes obligés de prendre des mesures.

C'était Deirdre qui venait de parler. Je l'avais toujours trouvée arrogante, surtout parce que sa méthode thérapeutique consistait à répondre aux questions par d'autres questions. Mais elle avait perdu son air supérieur et s'exprimait désormais avec une sincérité terrifiante.

Lissa ne comprenait rien à ce qu'on lui disait, mais les mots « te faire du mal » déclenchèrent quelque chose en elle. Elle baissa les yeux vers ses avant-bras. Ils étaient nus et couverts d'entailles. Il lui était arrivé de se scarifier lorsque les effets secondaires de l'esprit pesaient trop lourdement sur elle. C'était la seule échappatoire qu'elle avait trouvée, une forme affreuse de soulagement. Elle observa attentivement les coupures et vit qu'elles étaient plus larges et plus profondes qu'avant, assez pour mettre ses jours en danger. Elle releva la tête.

— À qui ai-je fait du mal ?

— Tu ne t'en souviens pas ? demanda le docteur Olendzki.

Lissa secoua la tête, puis scruta les visages des gens qui l'entouraient à la recherche d'une réponse. Son regard tomba sur moi. J'étais aussi sérieuse et aussi inquiète que Deirdre.

— Ne t'en fais pas, Liss, lui dis-je. Ça va aller.

Je n'en fus pas surprise. C'était évidemment ce que j'aurais dit dans ces circonstances. Je cherchais toujours à rassurer Lissa et à prendre soin d'elle.

— Ça n'a pas d'importance, déclara Deirdre sur un ton qui se voulait rassurant. Ce qui compte, c'est que personne d'autre ne soit blessé. Tu ne veux faire de mal à personne, n'est-ce pas ?

Lissa ne le voulait évidemment pas, mais son esprit embrouillé se concentra sur autre chose.

— Ne me parlez pas comme à une enfant !

Sa voix résonna puissamment dans la pièce.

— Ce n'était pas mon intention, répondit Deirdre, qui faisait preuve d'une infinie patience. Nous voulons seulement t'aider. Nous voulons te savoir en sécurité.

La paranoïa prit le pas sur les autres émotions de Lissa. Elle n'était en sécurité nulle part, elle en était certaine. Mais elle ne savait rien d'autre. Mis à part peut-être quelque chose à propos d'un rêve. Un rêve, un rêve…

— Ils sauront prendre soin de toi à Tarasov, lui assura le docteur Olendzki. Ils veilleront à ce que tu ne manques de rien.

— Tarasov ? m'écriai-je en même temps que Lissa.

Cette Rose-là serra les poings et jeta un regard furieux au médecin, ce qui était exactement la réaction que j'aurais eue dans sa situation.

— Il n'est pas question qu'on l'enferme là-bas ! grognai-je.

— Crois-tu que cela nous fasse plaisir ? demanda Deirdre. (C'était la première fois que je voyais son masque d'impassibilité s'effriter.) Évidemment pas. Mais l'esprit… et ses effets secondaires… ne nous laissent pas le choix.

Des images de notre visite à Tarasov jaillirent de la mémoire de Lissa : les couloirs glaciaux, les gémissements, les cellules minuscules. Elle se rappela être passée devant la porte de la section psychiatrique où d'autres spécialistes de l'esprit étaient enfermés pour toujours.

— Non ! cria-t-elle en sautant de la table. Ne m'envoyez pas à Tarasov !

Elle jeta des regards terrifiés autour d'elle en cherchant un moyen de fuir, mais les deux femmes se tenaient entre la porte et elle. Elle ne pouvait pas s'échapper. Pouvait-elle s'en sortir grâce à la magie ? Il devait bien y avoir une solution. Elle puisa à la source de son pouvoir et chercha quel sort employer.

L'autre Rose lui saisit la main, sans doute parce qu'elle avait senti ce que Lissa s'apprêtait à faire et voulait l'en empêcher.

— Il y a une autre solution, dit-elle au docteur Olendzki et à Deirdre. Je peux la soulager comme Anna soulageait saint Vladimir. Je peux absorber sa noirceur et son instabilité. Lissa redeviendra saine d'esprit, comme avant.

Tout le monde me regarda. Enfin, regarda l'autre moi.

— Mais alors ce sera en toi, n'est-ce pas ? demanda le docteur Olendzki. Ça ne disparaîtra pas.

— Je m'en moque, répondis-je avec entêtement. J'irai à Tarasov. Ne l'envoyez pas là-bas. Je le ferai aussi longtemps qu'elle en aura besoin.

Lissa m'observa en arrivant à peine à y croire, puis la joie envahit son esprit chaotique. *Oui ! Fuir !* Elle n'allait pas devenir folle. Elle ne serait pas enfermée à Tarasov. Mais alors, quelque chose émergea de sa mémoire en lambeaux.

— Anna s'est suicidée, murmura-t-elle.

Son lien avec la réalité était encore extrêmement ténu, mais cette idée tempéra son enthousiasme et calma provisoirement l'affolement de son esprit.

— Elle est devenue folle en aidant saint Vladimir.

Mon autre moi ne parvint pas à soutenir son regard.

— Ce n'est qu'une légende. J'absorberai la noirceur. Envoyez-moi à sa place.

Lissa ne savait pas quoi faire ni quoi penser. Elle ne voulait pas aller à Tarasov. Cette prison lui faisait faire des cauchemars. Et voilà que je lui offrais une chance de fuir, que je proposais de la sauver, comme je l'avais toujours fait… Lissa en avait envie. Elle voulait être sauvée. Elle ne voulait pas devenir folle comme les autres spécialistes de l'esprit. Il lui suffisait d'accepter ce que je lui proposais pour être libre.

En même temps, même à moitié folle, elle se souciait de moi. Je ne m'étais déjà que trop sacrifiée pour elle. Comment pourrait-elle me laisser faire cela ? Quel genre d'amie serait-elle si elle acceptait de me condamner à cette vie ? Tarasov la terrifiait. Passer le reste de sa vie en cage la terrifiait. Mais m'imaginer le faire à sa place la terrifiait encore plus.

Il n'y avait pas de bonne solution. Elle aurait simplement voulu que le problème disparaisse. Peut-être qu'en fermant les yeux… Une minute. Elle recouvra la mémoire. Le rêve. Elle était dans un rêve généré par l'esprit. Il lui suffisait de se réveiller.

« Tu n'auras qu'à dire "stop". »

C'était plus facile, cette fois. Prononcer ce mot était une solution simple et parfaite. Aucune de nous deux n'irait à Tarasov. Alors elle sentit s'alléger la pression qui détraquait son esprit, et ses émotions chaotiques s'apaisèrent un peu. Elle écarquilla les yeux en comprenant que j'avais déjà commencé à aspirer sa noirceur, et en oublia le mot « stop ».

— Non !

Elle puisa dans son pouvoir pour faire obstacle à notre lien et m'empêcher de l'atteindre.

— Que fais-tu ? lui demanda mon autre moi.

— Je te sauve, répondit-elle. Et je me sauve moi-même. (Elle se tourna vers Deirdre et le docteur Olendzki.) Je comprends ce que vous devez faire. Ça va aller. Envoyez-moi à Tarasov. Envoyez-moi dans un endroit où je ne pourrai plus faire de mal à personne.

Tarasov. Un endroit où des créatures de cauchemar incarnées se promenaient dans les couloirs. Elle s'arma de courage lorsque la salle d'examen disparut, et se prépara à affronter la suite du rêve : une cellule froide aux murs de pierre dans lesquels seraient fixées des chaînes et d'où elle entendrait les hurlements des autres détenus.

Mais lorsque son nouvel environnement se matérialisa, ce ne fut pas Tarasov. Il n'y avait qu'une pièce vide, une vieille dame et un calice en argent. Lissa regarda autour d'elle. Son cœur battait à tout rompre et elle avait perdu toute conscience du temps écoulé depuis son arrivée. Ce qu'elle venait de vivre lui avait paru durer une éternité. En même temps, elle avait l'impression d'avoir parlé avec la vieille dame seulement quelques secondes plus tôt.

— Qu'est-ce… que c'était ? demanda-t-elle.

Elle avait la bouche sèche, à présent, et aurait volontiers bu une gorgée d'eau, mais le calice était vide.

— Tes peurs, répondit la vieille dame, dont les yeux pétillaient. Toutes tes peurs, sans exception.

Lissa reposa le calice sur le guéridon d'une main tremblante.

— C'était affreux. C'était l'esprit, mais je n'avais jamais rien expérimenté de ce genre. Il s'est insinué dans ma tête et y a semé le chaos. Tout semblait si réel… Par moments, j'ai cru que ça l'était.

— Mais tu n'as rien fait pour y mettre un terme.

Lissa fronça les sourcils et songea que cela s'était joué à bien peu.

— Non. (La vieille femme se mit à sourire et ne répondit rien.) Est-ce que… c'est fini ? demanda Lissa, un peu perdue. Puis-je partir ?

La vieille dame acquiesça. Lissa se leva et regarda les deux portes, celle par laquelle elle était entrée et celle qui lui faisait face. Encore abasourdie, elle se tourna instinctivement vers la première. Elle n'avait pas vraiment envie de voir les gens qui attendaient dans le couloir, mais elle ferait de son mieux pour se montrer à la hauteur de son rang. De plus, il n'y avait pas grand monde en comparaison de la foule qui l'avait accueillie à son retour de l'épreuve précédente. Elle s'arrêta lorsque la vieille dame reprit la parole en désignant la porte du fond :

— Non. La porte par laquelle tu es entrée est réservée à ceux qui échouent. Tu vas emprunter l'autre.

Lissa se retourna et se dirigea vers la sortie indiquée. Elle semblait donner sur l'extérieur, ce qui était aussi bien. Lissa aurait la paix. Elle eut l'impression qu'elle aurait dû dire quelque chose à la vieille dame mais ne trouva pas quoi. Alors elle se contenta de tourner la poignée et de franchir la porte…

… pour faire face à une foule qui acclamait le retour du dragon.

Chapitre 22

— Tu as l'air folle de joie.

Je clignai des yeux et découvris que le regard de Sonya était rivé sur moi. La voiture fonçait sur la route 75 qui s'étirait à perte de vue. De part et d'autre, le paysage du Midwest défilait en une monotone succession de plaines et d'arbres. Sonya ne semblait plus aussi folle qu'à l'académie ou même dans sa maison. Elle paraissait seulement un peu perdue, ce qui pouvait se comprendre. J'hésitai avant de répondre, puis estimai que je n'avais aucune raison de ne pas le faire :

— Lissa a réussi la deuxième épreuve de l'élection, annonçai-je.

— Évidemment, commenta Victor sans quitter la vitre des yeux.

Son ton signifiait que je lui faisais perdre son temps en parlant d'une chose qu'il considérait d'avance comme acquise.

— Est-ce qu'elle va bien ? s'inquiéta Dimitri. Est-ce qu'elle est blessée ?

À d'autres moments, sa réaction aurait réveillé ma jalousie. Mais je n'y vis que la preuve de notre souci commun de Lissa.

— Elle va bien, répondis-je en me demandant si c'était tout à fait vrai.

Elle était physiquement indemne, mais l'expérience qu'elle venait de vivre devait laisser des cicatrices d'un autre genre. Et ce qu'elle avait découvert en franchissant la deuxième porte l'avait beaucoup surprise. En voyant les gens qui attendaient dans le couloir, elle avait d'abord cru que peu de personnes s'étaient déplacées à une heure si tardive pour voir les candidats. Eh bien, si. Il se trouvait seulement que tout le monde attendait de l'autre côté du bâtiment pour acclamer les vainqueurs. Fidèle à la promesse qu'elle s'était faite, Lissa ne s'était pas laissé impressionner. Elle avait marché la tête haute et souri à ses admirateurs comme si elle portait déjà la couronne.

Je commençais à me sentir épuisée mais le triomphe de Lissa me fit sourire pendant un long moment. Les autoroutes s'étirant à l'infini engendraient une fatigue particulière. Victor avait fermé les yeux et appuyé sa tête contre la vitre. Je ne vis pas Sydney en me retournant, ce qui signifiait qu'elle aussi avait décidé de faire une sieste, ou au moins de s'allonger. Je bâillai en me demandant si je pouvais courir le risque de m'endormir. Dimitri m'avait engagée à le faire lorsque nous avions quitté la maison de Sonya. Il savait que mon corps apprécierait de dormir un peu plus que les quelques heures que Sydney m'avait offertes.

Je calai ma tête contre le dossier de la banquette et m'endormis aussitôt. Mon profond sommeil céda vite la place à un rêve généré par l'esprit qui m'inspira sur le moment autant de panique que de joie. Après avoir assisté à l'épreuve de Lissa, j'éprouvais une méfiance involontaire à l'égard de ces rêves. En même temps, c'était peut-être une occasion de voir Adrian… et ce fut bien le cas.

Sauf que nous nous retrouvâmes dans un décor auquel je ne m'attendais pas : le jardin de Sonya. Je contemplai avec émerveillement le ciel limpide et les fleurs éclatantes, au point que je faillis ne pas voir Adrian. Il portait un pull en cachemire vert foncé qui se détachait à peine du décor mais, à mes yeux, il n'y avait rien de plus beau que lui dans ce jardin.

— Adrian !

Lorsque je courus vers lui, il me souleva de terre sans effort et me fit tournoyer en l'air. Il finit par me reposer, observa ce qui nous entourait et hocha la tête avec approbation.

— Je devrais te laisser choisir le décor plus souvent. Tu as bon goût. Évidemment, nous le savions déjà, puisque tu sors avec moi.

— Comment ça, « me laisser choisir le décor » ? demandai-je en entrelaçant mes doigts derrière sa nuque.

Il haussa les épaules.

— J'ai généré ce rêve quand je t'ai sentie t'endormir, mais je n'étais pas d'humeur à imaginer un décor. Je m'en suis donc remis à ton inconscient. (Il tira sur son pull en cachemire avec contrariété.) Sauf que je ne suis pas habillé comme il convient.

Son pull se mit à briller avant de se transformer en un tee-shirt gris orné d'un motif abstrait sur le devant.

— C'est mieux ?

— Nettement.

Il me gratifia d'un grand sourire et m'embrassa sur le front.

— Tu m'as manqué, petite dhampir. Tu peux nous espionner en permanence grâce à Lissa alors que je dois me contenter de ces rêves. D'ailleurs, je t'avoue que je n'arrive pas à comprendre sur quel horaire tu vis.

Je me rendis compte qu'en « espionnant » Lissa j'en savais plus que lui sur ce qui venait de se passer à la Cour.

— Lissa vient de réussir sa deuxième épreuve, lui annonçai-je.

J'avais raison. Son expression me confirma qu'il n'en savait rien, sans doute parce qu'il dormait.

— Quand ?

— À l'instant. C'était une épreuve terrible, mais elle s'en est sortie.

— Elle doit en être ravie, ironisa-t-il. Mais cela nous donne un peu plus de temps pour prouver ton innocence et te permettre de rentrer, même si je ne sais pas si j'aurais envie de rentrer, à ta place. (Il recommença à observer le jardin.) La Virginie-Occidentale a plus de charme que je ne le croyais.

J'éclatai de rire.

— Ce n'est pas la Virginie-Occidentale, qui n'est pas si mal, d'ailleurs. C'est le jardin de Sonya Karp…

Je me figeai, incapable de croire que je venais de prononcer cette phrase. J'étais si heureuse de le voir, si détendue… que j'avais commis une gaffe. Le visage d'Adrian devint soudain très sérieux.

— As-tu dit Sonya Karp ?

J'envisageai les diverses solutions qui s'offraient à moi. Mentir était la plus simple. Je pouvais toujours prétendre que c'était un endroit que j'avais visité quelques années plus tôt, qu'elle nous avait emmenés dans sa maison pour étudier la botanique sur le terrain. Mais c'était un peu tiré par les cheveux. De plus, j'étais certaine que mon visage trahissait ma culpabilité. J'étais prise en flagrant délit. Un habile mensonge ne suffirait pas à tromper Adrian.

— Oui, répondis-je finalement.

— Sonya Karp est une Strigoï, Rose.

— Plus maintenant.

Adrian soupira.

— Je savais que tu ne resterais pas longtemps loin des ennuis. C'était trop beau pour être vrai. Que s'est-il passé ?

— Eh bien… Robert Doru l'a ramenée à la vie.

— Robert, répéta Adrian avec une moue méprisante. (Les deux spécialistes de l'esprit ne s'étaient guère appréciés.) Et parce que je parie que tu t'es mise dans une situation vraiment « démente » – et tu sais que je n'emploie jamais cet adjectif à la légère –, j'imagine que Victor Dashkov est aussi avec vous.

J'acquiesçai en souhaitant désespérément que quelqu'un dans la voiture me réveille et me délivre de son interrogatoire. Merde. Comment pouvais-je avoir commis une erreur si grossière ?

Adrian me lâcha et se mit à marcher en rond.

— Très bien. Pour résumer : Belikov, l'alchimiste, Sonya Karp, Victor Dashkov, Robert Doru et toi vous promenez tous ensemble en Virginie-Occidentale.

— Non, répondis-je.

— Non ?

— Nous ne sommes pas en Virginie-Occidentale.

— Rose ! (Adrian s'arrêta pour foncer vers moi.) Où es-tu, alors ? Ton vieux, Lissa… tout le monde te croit en sécurité !

— Je le suis, répondis-je avec hauteur. Seulement, je ne suis pas en Virginie-Occidentale.

— Alors où ?

— Je… Je ne peux pas te le dire. (Je fus navrée d'avoir à prononcer ces mots et de voir la peine qu'ils lui causèrent.) En partie pour notre sécurité, et en partie parce que je ne le sais vraiment pas.

Il prit mes mains.

— Tu ne peux pas faire ça, Rose. Tu ne peux pas t'enfuir sur un coup de tête, cette fois. Ne comprends-tu pas ? Ils te tueront s'ils te trouvent.

— Ce n'est pas un coup de tête ! Nous faisons quelque chose d'important, quelque chose qui nous aidera tous.

— Et dont tu ne peux pas me parler, compléta-t-il.

— Il vaut mieux que tu ne sois pas impliqué là-dedans, lui assurai-je en serrant ses doigts. Il vaut mieux que tu ignores les détails.

— D'autant plus que je peux dormir tranquille sachant que tu es entourée par une équipe de choc.

— S'il te plaît, Adrian ! Fais-moi confiance, le suppliai-je. Tu sais que j'ai forcément une bonne raison pour agir ainsi.

Il me lâcha les mains.

—Je crois que tu penses avoir une bonne raison. Sauf que je n'arrive pas à en imaginer une seule qui vaille que tu risques ta vie.

—C'est mon rôle, dis-je en étant moi-même surprise par le sérieux de ma voix. Certaines choses le méritent.

Des points dansèrent soudain devant mes yeux comme si je regardais une télévision mal réglée. Le jardin commença à disparaître.

—Que se passe-t-il ? lui demandai-je.

Il fronça les sourcils.

—Quelqu'un ou quelque chose me réveille. C'est sûrement ma mère qui vient s'assurer pour la centième fois que je vais bien.

Je tendis le bras vers lui, mais il commençait à s'effacer lui aussi.

—Adrian ! N'en parle à personne, je t'en supplie ! à personne !

J'ignorai s'il m'avait entendue, parce que le rêve se dissipa tout à fait. Je me réveillai dans la voiture. Ma première impulsion fut de pousser un juron, mais je le retins pour ne pas trahir la bêtise que je venais de commettre. J'ouvris les yeux et faillis bondir de la banquette en rencontrant le regard insistant de Sonya.

—Tu faisais un rêve généré par l'esprit, dit-elle.

—Comment le savez-vous ?

—Grâce à ton aura.

Je fis la grimace.

—Je trouvais vos histoires d'auras plutôt sympas, mais elles commencent vraiment à m'agacer !

Elle émit un petit rire, le premier depuis son retour à la vie.

—Elles apprennent beaucoup de choses à ceux qui savent les interpréter. Étais-tu avec Vasilisa ?

—Non. Avec mon petit ami. C'est aussi un spécialiste de l'esprit.

Elle écarquilla les yeux.

— Vraiment ? Tu étais avec ton petit ami ?

— Oui, pourquoi ? Quel est le problème ?

Elle fronça les sourcils et parut vraiment perplexe. Quelques secondes plus tard, elle tourna la tête vers l'avant de la voiture où Robert et Dimitri étaient assis, puis m'examina de nouveau d'une manière qui me donna la chair de poule.

— Pour rien… Il n'y a aucun problème.

Cela me fit ricaner.

— Ce n'est vraiment pas l'impression que…

— Là !

Sonya se détourna soudain de moi pour se pencher entre les sièges avant et indiquer l'intersection suivante.

— Prends cette sortie.

Nous l'avions presque dépassée, de sorte que Dimitri dut faire une manœuvre audacieuse – qui me rappela un peu notre course-poursuite en Pennsylvanie – pour ne pas la rater. Nous fûmes violemment secoués et j'entendis Sydney étouffer un cri derrière moi.

— J'apprécierais d'être prévenu un peu plus tôt, la prochaine fois, commenta Dimitri.

Mais Sonya ne l'écoutait pas. Son regard était complètement absorbé par la route sur laquelle nous venions de nous engager. Lorsque nous nous arrêtâmes à un feu rouge, je repérai un panneau accueillant : « Bienvenue à Ann Harbor, Michigan ». L'étincelle de vie que j'avais remarquée chez Sonya quelques instants plus tôt avait disparu. Elle avait recouvré toute sa tension et ses gestes presque mécaniques. Malgré les subtiles négociations de Sydney, ce voyage semblait toujours la mettre mal à l'aise. Elle se voyait encore comme une traîtresse et s'en voulait de nous servir de guide.

— Nous sommes arrivés ? demandai-je avec impatience. Depuis combien de temps roulons-nous ?

Je n'avais pas prêté attention au trajet. J'étais restée éveillée pendant la première partie du voyage, mais ne conservais de la seconde qu'un mélange confus de souvenirs mettant en scène Lissa et Adrian.

— Six heures, répondit Dimitri.

— Tourne à gauche au prochain feu rouge, annonça Sonya. Maintenant, prends à droite à ce carrefour.

La tension monta dans la voiture. Tout le monde était réveillé, à présent, et mon cœur battait de plus en plus vite à mesure que nous nous enfoncions dans une zone pavillonnaire. De quelle maison s'agissait-il ? Étions-nous proches du but ? S'agissait-il d'une de celles-là ? Cette fin de trajet de quelques minutes nous parut durer une éternité et nous poussâmes tous un soupir de soulagement lorsque Sonya tendit le bras.

— Là !

Dimitri se gara dans l'allée d'une jolie maison en brique à la pelouse parfaitement entretenue.

— Savez-vous si votre parente habite toujours ici ? demandai-je.

Sonya me fit comprendre par son silence que nous étions arrivés au bout de ce qu'elle avait accepté de nous révéler. Elle ne nous dirait rien de plus.

Tant pis.

— Je suppose qu'il n'y a qu'une manière de le découvrir, déclarai-je en détachant ma ceinture. On fait comme prévu ?

Dimitri et moi nous étions mis d'accord un peu plus tôt sur la répartition des rôles dans l'hypothèse où Sonya nous conduirait au bon endroit. Comme il n'était pas question de laisser les frères tout seuls dans la voiture, l'un de nous devrait rester pour les surveiller. Nous avions décidé que cette tâche reviendrait à Dimitri pendant que Sydney et moi accompagnerions Sonya chez sa parente, qui ne manquerait sans doute pas d'être surprise par notre visite.

— Oui, répondit Dimitri. Vas-y. Tu as l'air moins menaçante.

— Eh !

Il esquissa un sourire.

— Je n'ai pas dit que tu l'étais…

Mais il n'avait pas tort. Dimitri était une présence intimidante, même lorsqu'il était détendu. Trois femmes risquaient moins d'effrayer le propriétaire des lieux – surtout si la parente de Sonya avait déménagé. D'ailleurs, Sonya nous avait peut-être intentionnellement conduits à la mauvaise maison.

— Sois prudente ! me lança Dimitri quand nous sortîmes de la voiture.

— Toi aussi, répondis-je, ce qui me valut un nouveau sourire, un peu plus grand et un peu plus chaleureux que le précédent.

Les émotions que cela éveilla en moi se dissipèrent dès que Sonya, Sydney et moi commençâmes à nous diriger vers la porte. Mon cœur se serra. Nous y étions. Mais était-ce bien le cas ? Touchions-nous réellement au but de notre périple ? Étions-nous vraiment sur le point de rencontrer l'autre Dragomir, contre toute attente ? Ou se jouait-on de nous depuis le début ?

Je n'étais pas la seule à me sentir nerveuse. Les propres tensions de Sydney et de Sonya étaient palpables. Nous atteignîmes le perron. Je pris une profonde inspiration et appuyai sur le bouton de la sonnette.

Au bout de quelques secondes, un homme ouvrit la porte. C'était un Moroï, ce qui était plutôt bon signe.

Il nous regarda l'une après l'autre en se demandant sans doute ce qu'une Moroï, une dhampir et une humaine pouvaient faire à sa porte. Cela ressemblait au début d'une mauvaise blague.

— Que puis-je faire pour vous ? demanda-t-il.

Je ne sus pas quoi répondre. Nous nous étions concentrés sur l'essentiel : trouver la maîtresse d'Éric et l'enfant né de leur liaison. Je ne m'étais pas vraiment demandé comment j'allais m'y prendre une fois sur place. J'attendis que l'une de mes deux comparses prenne la parole, mais ce fut inutile. L'homme pencha vivement la tête sur le côté, comme soudain frappé par une évidence.

— Sonya ? s'écria-t-il. Est-ce que c'est toi ?

Alors j'entendis la voix d'une jeune femme derrière lui.

— Qui est-ce ?

Quelqu'un se glissa à côté de l'homme, quelqu'un de grand, de mince et que je connaissais. Le souffle coupé, je contemplai des vagues désordonnées de cheveux châtain clair et des yeux d'un vert pâle qui auraient dû éveiller mes soupçons depuis bien longtemps. J'en perdis la voix.

— Rose ! s'écria Jill Mastrano. Qu'est-ce que tu fais là ?

Chapitre 23

Les quelques secondes de silence qui suivirent me parurent durer une éternité. Nous étions tous abasourdis, chacun pour des raisons différentes. Jill, qui avait d'abord pris mon arrivée pour une bonne surprise, perdit peu à peu son sourire en observant le visage des uns et des autres. Finalement, elle eut l'air aussi perplexe que nous.

— Que se passe-t-il ? demanda une nouvelle voix.

Quelques instants plus tard, Emily Mastrano apparut à côté de sa fille. Elle nous regarda avec curiosité, Sydney et moi, puis sursauta en découvrant le troisième membre de notre groupe.

— Sonya !

L'air paniquée, Emily tira vivement Jill derrière elle. Même si elle n'était pas aussi rapide qu'une gardienne, je ne pus m'empêcher d'admirer sa réactivité.

— Emily? ..., demanda Sonya. (Elle avait une toute petite voix et semblait sur le point de s'effondrer.) C'est moi... C'est vraiment moi...

Emily voulut d'abord entraîner l'homme à l'intérieur, mais se figea dès qu'elle eut regardé Sonya un peu plus attentivement. Comme nous tous, elle dut se rendre à l'évidence. Sonya n'avait plus aucun des traits distinctifs des Strigoï... et elle se tenait dehors en plein jour. Emily vacilla et ouvrit la bouche sans parvenir à articuler le moindre mot. Elle finit par se tourner vers moi.

— Rose… Que se passe-t-il ?

Je fus surprise qu'elle me considère comme une personne d'autorité, à la fois parce que nous ne nous étions rencontrées qu'une seule fois et parce que je n'étais pas certaine de pouvoir fournir une réponse précise à sa question.

— Je crois… que vous devriez nous laisser entrer.

Emily reporta son attention sur Sonya. Jill essaya de se glisser sous son bras pour comprendre ce qui justifiait toute cette tension, mais Emily l'en empêcha. Elle n'était pas encore convaincue que sa fille ne courait aucun risque et je pouvais difficilement l'en blâmer. Finalement, elle hocha lentement la tête et s'écarta pour nous laisser entrer.

D'un bref regard, Sydney attira mon attention sur la voiture, dans laquelle Victor, Robert et Dimitri nous attendaient.

— Et eux ? me demanda-t-elle.

J'hésitai. J'aurais préféré avoir Dimitri auprès de moi au moment où je lâcherais la bombe, mais Emily risquait de ne pouvoir supporter un autre choc dans l'immédiat. Les Moroï n'avaient pas besoin de fréquenter l'élite pour savoir qui était Victor Dashkov ni à quoi il ressemblait. Nous nous en étions rendu compte à Las Vegas. Je secouai la tête.

— Ils attendront dehors.

Nous nous installâmes dans le salon et découvrîmes que l'homme qui nous avait ouvert la porte était le mari d'Emily, John Mastrano. Emily tint à nous offrir à boire comme si cette visite était parfaitement ordinaire, mais son expression trahissait sa stupeur. Elle nous tendit des verres d'eau avec des gestes mécaniques, et son visage était aussi pâle que celui d'un Strigoï.

John posa sa main sur celle d'Emily dès qu'elle se fut assise. Il ne cessait de nous jeter des regards méfiants mais il n'était qu'affection et dévouement à l'égard de sa femme.

— Que se passe-t-il ? lui demanda-t-il.

Emily était encore hébétée.

— Je… ne sais pas… Ma cousine est là… mais je ne comprends pas… (Elle nous observa tour à tour, Sydney, Sonya et moi.) Comment est-ce possible ? demanda-t-elle d'une voix tremblante.

— C'est Lissa, n'est-ce pas ? s'écria Jill, qui connaissait sans doute l'histoire tragique de sa parente. (Elle était surprise, ce qui était bien compréhensible, et un peu nerveuse, mais l'excitation commençait à la gagner.) J'ai appris ce qui était arrivé à Dimitri. C'est vrai, n'est-ce pas ? Lissa peut sauver les Strigoï. Elle a sauvé Dimitri et elle… (Jill se tourna vers Sonya et perdit un peu de son enthousiasme. Cela m'incita à me demander ce qu'on avait pu lui raconter sur sa cousine.) Elle t'a sauvée, toi.

— Ce n'est pas Lissa qui l'a fait, précisai-je. C'est… un autre spécialiste de l'esprit.

Le visage de Jill s'illumina.

— Adrian ?

J'avais oublié qu'elle avait le béguin pour lui.

— Non, quelqu'un d'autre, mais peu importe, m'empressai-je d'ajouter. Sonya est redevenue une Moroï. Mais elle est un peu perdue. Elle n'a pas encore retrouvé tous ses repères.

Sonya, qui n'avait pas quitté sa cousine des yeux jusque-là, me décocha un sourire amusé.

— Je n'ai pas besoin que tu t'exprimes en mon nom, Rose.

— Pardon.

Emily se tourna vers Sydney en fronçant les sourcils. Je les avais présentées l'une à l'autre, mais elles n'avaient pas échangé un mot depuis.

— Que fais-tu là ? (Emily n'eut pas besoin de préciser sa pensée. Elle voulait comprendre ce qu'une humaine faisait chez elle.) Es-tu une source ?

—Non ! s'écria Sydney en bondissant du canapé sur lequel elle avait pris place, à côté de moi. (Je ne l'avais jamais vue si scandalisée.) Si j'entends ça encore une fois, je m'en vais immédiatement. Je suis une alchimiste.

Cela ne lui valut que des regards déconcertés et je la forçai à se rasseoir.

—Du calme. On dirait bien qu'ils ne savent pas qui sont les alchimistes.

Je m'en réjouissais en mon for intérieur. Quand j'avais découvert l'existence des alchimistes, j'avais eu l'impression d'être la seule personne au monde à ignorer qui ils étaient. C'était agréable de voir que d'autres gens n'étaient pas au courant.

—Sydney nous aide, expliquai-je pour simplifier.

Quand Emily se tourna de nouveau vers sa cousine, ses yeux bleus brillaient de larmes. C'était l'une des plus belles femmes que j'aie jamais rencontrées. Même les larmes la mettaient en valeur.

—C'est vraiment toi, n'est-ce pas ? Elles t'ont ramenée jusqu'à moi… Mon Dieu… (Emily se leva pour aller serrer sa cousine dans ses bras.) Tu m'as tellement manqué ! Je n'arrive pas à y croire.

J'eus envie de pleurer aussi mais me rappelai avec fermeté que nous avions une mission à accomplir. J'avais bien conscience que la situation était vraiment déstabilisante. Nous avions fait irruption dans la vie des Mastrano pour y semer le chaos, et je m'apprêtais à empirer les choses. Je m'en voulais d'avoir à le faire et regrettais de ne pouvoir leur laisser le temps de se retrouver et de fêter le miracle du retour de Sonya. Mais les événements se précipitaient, à la fois à la Cour et dans ma vie.

—Nous vous l'avons ramenée, mais nous sommes aussi venues vous voir pour une autre raison, finis-je par annoncer.

J'ignore ce que le ton de ma voix révéla, mais Emily se raidit, s'écarta de Sonya et retourna s'asseoir à côté de son mari. À cet instant, j'eus l'impression qu'elle avait deviné la raison de notre présence chez elle. Je lus de la peur dans ses yeux. C'était comme si elle avait passé des années à redouter une visite de ce genre et l'avait imaginée cent fois. Je poursuivis :

— Nous savons, pour Éric Dragomir.

— Non, répondit Emily d'une voix à la fois dure et désespérée.

L'obstination qui se lisait sur son visage était étonnamment semblable à celle de Sonya quand elle avait refusé de nous aider.

— Non. Nous n'allons pas en arriver là.

J'avais su que nous avions frappé à la bonne porte dès que j'avais vu Jill et observé ses yeux. La réponse d'Emily, et surtout le fait qu'elle n'essaie même pas de nier, me le confirmèrent.

— Il le faut, insistai-je. C'est très important.

Emily se tourna vers Sonya.

— Tu avais promis ! Tu avais promis de n'en parler à personne !

— Je ne l'ai pas fait, se défendit Sonya.

Mais son visage exprimait tous les doutes qu'elle avait éprouvés pendant le trajet.

— Elle ne l'a pas fait, confirmai-je en espérant les apaiser l'une et l'autre. C'est difficile à expliquer, mais elle n'a pas trahi sa promesse.

— Non, répéta Emily. C'est impossible. Nous ne pouvons pas en parler.

— Que... Que se passe-t-il ? s'inquiéta John.

Je sentis qu'il commençait à se mettre en colère. Il n'aimait pas voir des étrangères contrarier sa femme.

Je choisis de m'adresser à Emily.

— Nous devons en parler. Je vous en prie. Nous avons besoin de votre aide. Nous avons besoin de son aide, ajoutai-je en montrant Jill.

— Qu'est-ce que ça veut dire ? demanda cette dernière, dont l'enthousiasme avait été nettement refroidi par la réaction de sa mère.

— Il s'agit de ton…

Je m'interrompis. Je m'étais lancée à la recherche du frère ou de la sœur de Lissa – nous savions désormais qu'il s'agissait d'une sœur – sans me soucier des conséquences. J'aurais dû me douter que c'était un secret pour tout le monde, y compris pour l'enfant en question. Je n'avais pas pris conscience du choc que cela risquait de lui causer. Et il ne s'agissait pas d'une inconnue. C'était Jill. Jill, mon amie. La fille que nous considérions tous comme notre petite sœur et que nous avions prise sous notre aile. Qu'étais-je sur le point de lui faire ? Je tournai les yeux vers John et compris que cela pouvait être pire encore. Jill le prenait-elle pour son père ? Cette famille était sur le point de subir un terrible bouleversement, dont je serais responsable.

— Ne fais pas ça ! cria Emily en bondissant sur ses pieds. Allez-vous-en ! Allez-vous-en toutes ! Je ne veux pas de vous ici !

— Madame Mastrano, tentai-je de la raisonner. Vous ne pouvez pas vous voiler la face plus longtemps. Vous devez assumer la vérité.

— Non ! hurla-t-elle en nous montrant la porte. Allez-vous-en ! Allez-vous-en sinon… sinon j'appelle la police ! ou les gardiens !

À présent qu'elle s'était un peu remise de la stupeur qu'elle avait éprouvée à la vue de Sonya, elle fut soudain frappée par l'évidence. Victor n'était pas le seul criminel recherché par les Moroï.

— Tu es une fugitive ! une meurtrière !

— C'est faux ! s'écria Jill. Je t'ai expliqué, maman. Je t'ai dit que c'était forcément une erreur !

— Allez-vous-en, répéta Emily.

— Nous chasser ne changera pas ce qui s'est passé, dis-je en m'efforçant de rester calme.

— Quelqu'un aurait-il la bonté de m'expliquer ce qui se passe ici ? s'écria John, qui avait viré au cramoisi. (Il était fou de rage et sur la défensive.) Si je n'obtiens pas une réponse dans les trente secondes, j'appelle les gardiens et la police.

Je me tournai vers Jill et restai bouche bée. Je ne savais pas comment lui annoncer la nouvelle avec tact. Sydney n'eut pas autant de scrupules.

— Cet homme n'est pas ton père, déclara-t-elle sans prendre de gants et en lui montrant John.

La scène se figea un instant. Jill semblait presque déçue, comme si elle s'était attendue à une nouvelle plus sensationnelle.

— Je le sais. C'est mon beau-père. Mais je le considère comme mon père.

Emily se laissa tomber sur le canapé et enfouit son visage dans ses mains. Elle donnait l'impression d'être en train de pleurer, mais je la croyais capable de bondir sur ses pieds à tout instant pour appeler les autorités. Nous devions en finir au plus vite, même si cela risquait de faire mal.

— Oui. Ce n'est pas ton père biologique, dis-je en plongeant mon regard dans le sien. (*Ses yeux! Pourquoi cela ne m'avait-il jamais frappée?*) Ton père biologique était Éric Dragomir.

Emily poussa un gémissement sourd.

— Non, me supplia-t-elle. Ne fais pas ça!

John en oublia sa colère pour reprendre cet air stupéfait qui semblait très en vogue dans ce salon.

— Quoi?

— C'est… Non. (Jill secoua lentement la tête.) C'est impossible. Mon père n'était… qu'un pauvre type qui nous a abandonnées.

D'une certaine façon, cela ne devait pas être loin de la vérité.

— C'était Éric Dragomir, répétai-je. Tu appartiens à leur famille. Lissa est ta sœur. Tu… (Je m'interrompis et me rendis compte que je n'allais plus jamais regarder Jill de la même manière.) Tu es de sang noble.

Jill était une fille énergique et optimiste, pleine de charme, qui attendait beaucoup du monde qu'elle découvrait avec candeur. Mais son visage était si sérieux à cet instant qu'on lui aurait donné plus que ses quinze ans.

— Non… C'est une mauvaise plaisanterie. Mon père n'était personne. Je ne suis pas… Non. Arrête, Rose.

— Emily !

Je tressaillis en entendant la voix de Sonya. Je ne m'attendais pas à ce qu'elle intervienne. Je fus plus surprise encore par son expression sérieuse, autoritaire, et déterminée. D'après mon estimation, Sonya devait avoir une dizaine d'années de moins qu'Emily, mais son regard donna à notre hôtesse l'air d'être une petite fille prise en faute.

— Il est temps de parler, Emily. Tu dois le lui dire. Pour l'amour de Dieu ! Tu dois le dire à John. Tu ne peux pas garder ça pour toi plus longtemps.

Emily releva la tête et plongea son regard dans celui de Sonya.

— Je ne peux pas. Tu sais bien ce qui se passerait… Je ne peux pas lui faire ça.

— Personne ici ne sait ce qui se passera, répondit Sonya. Mais ce sera pire si la situation échappe à ton contrôle.

Après un long moment, Emily baissa les yeux vers le sol. Son regard infiniment triste me brisa le cœur, et pas seulement le mien d'ailleurs.

— Maman ? s'inquiéta Jill d'une voix tremblante. Que se passe-t-il ? C'est une erreur, n'est-ce pas ?

Emily soupira, puis releva la tête pour regarder sa fille.

— Non. Tu es bien la fille d'Éric Dragomir. Rose a raison. (John émit un petit son étouffé mais laissa sa femme poursuivre. Elle lui reprit la main.) Ce que je vous ai dit à tous les deux est vrai… pour l'essentiel. Nous n'avons eu qu'une brève liaison. Elle n'avait rien de sordide, mais elle n'a pas duré.

(Elle s'interrompit, puis se tourna vers John. Son expression s'adoucit.) Je t'ai dit…

Il hocha la tête.

— Et je t'ai dit que ton passé n'avait pas d'importance à mes yeux. Ça n'a jamais rien changé à mes sentiments pour toi et pour Jill. Mais j'étais loin de me douter…

— Moi aussi, reprit-elle. J'ignorais qui il était quand nous nous sommes rencontrés à Las Vegas. C'était mon premier contrat. Je dansais dans un spectacle, au *Witching Hour*.

J'écarquillai les yeux mais personne ne parut le remarquer. Le *Witching Hour*. Mes amis et moi étions allés dans ce casino quand nous cherchions à rencontrer Robert. Là-bas, au bar, un homme avait plaisanté en racontant que le père de Lissa avait un faible pour les danseuses. Je savais qu'Emily travaillait à présent pour une compagnie de danse de Detroit. C'était pour cette raison qu'elle habitait dans le Michigan. Je n'aurais jamais imaginé qu'elle avait commencé sa carrière à Las Vegas dans un costume à paillettes. Mais pourquoi pas ? Elle avait bien dû débuter quelque part, et sa grande silhouette gracieuse devait facilement s'adapter à tous les styles de danse.

— Il était si gentil… et si triste, poursuivit Emily. Son père venait juste de mourir et il était venu à Las Vegas noyer son chagrin, en quelque sorte. Même si, à l'époque, j'avais senti à quel point ce deuil l'avait anéanti, je ne le comprends vraiment qu'aujourd'hui. Sa famille venait de subir une nouvelle perte. Il restait si peu de Dragomir. (Elle fronça les sourcils, puis haussa les épaules.) C'était un homme bon et je crois qu'il aimait sincèrement sa femme. Mais il était au creux de la vague. Je ne pense pas qu'il se soit servi de moi. Il se souciait de moi, même si j'ai l'impression que nous n'aurions jamais eu cette liaison dans d'autres circonstances. Quoi qu'il en soit, nous nous sommes séparés en bons termes et j'ai continué ma vie… jusqu'à l'arrivée de Jill. J'en ai informé Éric parce que j'estimais important qu'il le sache, mais je lui ai clairement dit que je n'attendais rien de lui. À vrai dire, puisque je n'ignorais plus son identité, je ne voulais pas rester en rapport avec lui. (Elle se tourna vers Jill.) Si je l'avais laissé faire, je pense qu'il t'aurait reconnue et aurait insisté pour occuper une place dans ta vie. Mais je savais à quoi ressemblait son monde. La vie à la Cour n'est faite que d'ambitions politiques, de mensonges et de coups de poignard dans le dos. Finalement, j'ai accepté qu'il me donne de l'argent. Cela me déplaisait en même temps. Je n'aimais pas avoir l'impression de le faire chanter, mais je tenais à t'assurer un avenir.

— Vous n'avez pas l'air de vous servir de cet argent, dis-je sans réfléchir.

Je regrettai d'avoir prononcé ces mots dès qu'ils eurent franchi mes lèvres. Leur maison était très jolie. Elle n'avait rien d'un taudis, mais elle était loin de valoir les sommes qui avaient été versées sur ce fameux compte.

— Je ne m'en sers pas, répondit Emily. Je le ferais si c'était nécessaire, évidemment, mais je le garde pour Jill. Elle en fera ce qu'elle voudra quand elle sera adulte.

— Que veux-tu dire ? lui demanda la jeune fille, abasourdie. De quel genre de sommes parles-tu ?

— Tu es une riche héritière, répondis-je. En plus d'être de sang noble.

— Je ne suis rien de tout ça ! s'écria-t-elle. (Saisie de panique, elle nous jeta des regards éperdus qui me firent penser à une biche aux abois.) C'est une erreur. Vous vous trompez toutes !

Emily se leva, marcha jusqu'au fauteuil dans lequel Jill était assise, s'agenouilla devant sa fille et lui prit la main.

— C'est vrai. Et je suis désolée que tu l'aies découvert de cette manière. Mais ça ne change rien. Notre vie ne va pas changer. Tout va continuer comme avant.

Diverses émotions se succédèrent sur le visage de Jill – surtout de la peur et de la confusion – mais elle se pencha pour cacher son visage au creux de l'épaule de sa mère en signe d'acceptation.

— D'accord.

La scène était attendrissante et j'eus de nouveau envie de pleurer. J'avais eu mon lot de drames familiaux et de problèmes avec mes propres parents. Cette fois encore, j'aurais aimé laisser les Mastrano vivre pleinement cet instant, mais je ne pouvais pas leur offrir ce luxe.

— C'est impossible, intervins-je. Votre vie ne peut pas continuer comme avant. Jill doit aller à la Cour.

Emily s'écarta brusquement de sa fille pour me dévisager. Alors que, quelques secondes plus tôt, elle était accablée de chagrin, son visage n'exprimait plus désormais qu'une intense fureur. Ses yeux bleus étincelaient de rage.

— Non. Elle n'ira pas là-bas. Je m'y oppose.

Jill s'était déjà rendue à la Cour, mais Emily et moi savions bien que je ne parlais pas d'une visite touristique. Jill devait y aller sous sa véritable identité. Enfin, « véritable » n'était peut-être pas le mot juste. Être une enfant illégitime de la noblesse ne faisait pas partie intégrante de sa personnalité, du moins pas encore. Elle était toujours la Jill que je connaissais, mais son nom avait changé. Ce changement devait être rendu officiel et cela risquait de faire du bruit à la Cour.

— Il le faut, insistai-je. La Cour est corrompue et les Dragomir doivent y jouer leur rôle, si l'on veut que les choses s'arrangent. Lissa n'a aucun pouvoir toute seule. Elle a besoin d'un quorum. Tous les autres nobles bafouent ses droits. Et ils veulent faire voter des lois qui vont encore aggraver la situation.

Emily était toujours agenouillée devant le fauteuil de Jill, comme si elle voulait protéger sa fille de mes paroles.

— C'est exactement pour ça que Jill ne doit pas aller là-bas. Voilà pourquoi je n'ai pas laissé Éric la reconnaître. Je ne veux pas qu'elle se retrouve plongée dans cet univers. Cet endroit est néfaste. Le meurtre de Tatiana en est la preuve.

Emily s'interrompit pour me jeter un regard qui me rappela que j'étais la principale suspecte dans cette affaire. Apparemment, nous n'avions pas encore dépassé ce stade.

— Tous les nobles sont vicieux. Je ne veux pas voir Jill devenir comme eux. Je ne la laisserai pas devenir comme eux.

— Tous ne sont pas ainsi, arguai-je. Lissa ne l'est pas. Elle essaie de changer les choses.

Emily esquissa un sourire amer.

— Et qu'est-ce que ses projets de réforme inspirent aux autres, à ton avis ? Je suis certaine que beaucoup de nobles sont ravis de la voir réduite au silence et n'aimeraient pas que sa famille joue de nouveau un rôle dans la vie politique. Je te l'ai dit : Éric était un homme bon. Il m'arrive parfois de me demander si l'accident dans lequel lui et sa famille ont péri en était bien un.

J'en restai bouche bée.

— C'est ridicule…

Mais je n'en étais plus si sûre, tout à coup.

— Vraiment ? ironisa Emily comme si elle avait décelé mon trouble. Que crois-tu que feront ces gens si une autre Dragomir surgit de nulle part ? ceux qui s'opposent à Vasilisa ? Que crois-tu qu'ils feront si une seule personne se dresse entre eux et le pouvoir qu'ils convoitent ?

Ce qu'elle sous-entendait était terrifiant, mais je savais que ce n'était pas absurde. Je tournai les yeux vers Jill et sentis une boule se former au creux de mon estomac. À quoi allais-je l'exposer ? À quoi allais-je exposer la douce et innocente Jill ? Cette fille voulait vivre de grandes aventures mais était encore incapable de parler à un garçon sans rougir. Il y avait autant d'impulsivité juvénile que de dévouement à l'égard de son peuple dans son désir d'apprendre à se battre. En jouant son rôle au sein de la noblesse, elle pourrait aider son peuple, même si ce n'était pas de la manière à laquelle elle s'attendait. Mais cela signifiait également qu'elle se retrouverait confrontée aux traîtrises et à la cruauté de la Cour.

Emily parut prendre mon silence pour une capitulation. Son visage exprima un mélange de triomphe et de soulagement qui s'évanouit instantanément lorsque Jill prit la parole.

— Je vais le faire.

Nous nous tournâmes tous vers elle. Jusque-là, je l'avais considérée comme une victime et n'avais éprouvé que de la compassion pour elle. Alors je fus frappée par son courage et sa détermination. Son visage exprimait encore un peu la stupeur et la peur, mais je ne l'avais jamais vue si inflexible.

— Quoi ? s'écria Emily.

— Je vais le faire, répéta Jill avec plus d'assurance encore. Je vais aider Lissa et… les Dragomir. Je vais accompagner Rose à la Cour.

J'estimai inutile de mentionner qu'il me serait difficile de me rendre à la Cour avant quelque temps. À vrai dire, je ne jouais plus désormais qu'un rôle de spectatrice, et je fus soulagée d'échapper à la fureur d'Emily.

— Il n'en est pas question ! Je ne te laisserai pas y aller.

— C'est à moi d'en décider ! s'écria Jill. Je ne suis plus une enfant.

— Et tu n'es certainement pas une adulte non plus, riposta Emily.

La mère et la fille commencèrent à se disputer et John ne tarda pas à intervenir pour soutenir sa femme. Alors qu'ils étaient tous absorbés par leur différend familial, Sydney se pencha vers moi.

— Je parie que tu ne t'attendais pas à ce que le plus difficile soit d'obtenir que ta « sauveuse » ait le droit de sortir après le couvre-feu, me chuchota-t-elle à l'oreille.

Mais la plaisanterie de Sydney n'en était pas tout à fait une. Nous avions besoin de Jill et je n'avais pas songé à cette complication. Qu'allions-nous faire si Emily refusait de la laisser partir ? Après tout, cela faisait environ quinze ans qu'elle gardait farouchement ce secret. D'un autre côté, je croyais Jill capable de fuguer pour se rendre à la Cour, et je me savais capable de l'y aider.

De nouveau, Sonya intervint sans que je m'y attende :

— Emily, ne m'as-tu pas écoutée ? Cela finira par arriver, que tu le veuilles ou non. Si tu ne laisses pas Jill partir maintenant, elle ira la semaine prochaine, ou dans un an, ou dans cinq. Quoi qu'il en soit, cela se produira.

Emily s'adossa au fauteuil et son visage se décomposa.

— Non. Je ne veux pas…

Le joli visage de Sonya prit une expression amère.

— La vie ne semble pas beaucoup se soucier de ce que nous voulons. Agis maintenant, tant que tu peux encore empêcher que cela tourne au désastre.

— S'il te plaît, maman, la supplia Jill.

Ses yeux du vert de jade des Dragomir étaient emplis d'amour. Je la savais capable de fuguer, mais elle ne voulait en arriver là qu'en toute dernière extrémité.

Emily laissa son regard se perdre dans le vide. Elle semblait vaincue. Même si elle faisait obstacle à mes plans, c'était par amour pour sa fille, parce qu'elle s'inquiétait pour elle. C'étaient sans doute ces qualités qui avaient touché Éric.

— D'accord, finit-elle par répondre avant de pousser un soupir. Je vais laisser Jill y aller, mais je l'accompagne. Il n'est pas question qu'elle se retrouve plongée dans cet enfer sans moi.

— Ni sans moi, ajouta John.

Il ne s'était pas encore tout à fait remis de sa stupeur mais il semblait bien décidé à soutenir sa femme et sa fille adoptive. Jill leur offrit un regard plein de gratitude, et je me pris à regretter de nouveau d'avoir semé le trouble dans une famille si unie. Je n'avais pas prévu qu'Emily et John nous accompagneraient, mais je ne pouvais pas leur en vouloir d'y tenir et ne voyais pas en quoi ils risqueraient de nous gêner. De toute manière, nous avions besoin du témoignage d'Emily.

— Merci, leur dis-je. Merci infiniment.

John se tourna vers moi.

— Il reste un problème que nous n'avons pas encore abordé, déclara-t-il. Celui de la présence d'une criminelle sous notre toit.

— Rose est innocente ! s'écria Jill avec ferveur. On lui a tendu un piège.

— C'est vrai. (J'hésitai un instant avant de poursuivre.) Et ce sont sans doute les gens qui s'opposent à Lissa qui m'ont piégée.

Emily blêmit, mais je voulais me montrer honnête avec elle, même si je confirmais par là ses craintes. Elle inspira profondément.

— Je te crois. Je ne pense pas que tu l'aies tuée. Je ne sais pas pourquoi, mais je te crois innocente. (Cela la fit presque sourire.) Non : je sais pourquoi. C'est à cause de ce que je disais tout à l'heure sur les vipères de la Cour. Ce sont elles qui font ce genre de choses. Pas les gens comme toi.

— Tu en es sûre ? lui demanda John avec méfiance. Cette histoire avec Jill est déjà bien assez compliquée sans que nous hébergions en plus une criminelle.

— J'en suis sûre, répondit Emily. Sonya et Jill ont confiance en Rose, et moi aussi. Vous pouvez toutes rester dormir ici cette nuit. Nous n'allons quand même pas partir sur-le-champ.

J'ouvris la bouche pour lui faire remarquer que c'était tout à fait possible, mais Sydney m'en empêcha en me donnant un coup de coude.

— Merci, madame Mastrano, répondit-elle avec toute sa diplomatie d'alchimiste. Nous vous en sommes reconnaissantes.

Je réprimai un froncement de sourcils. J'étais toujours obsédée par l'urgence de notre situation, mais les Mastrano avaient bien le droit de faire quelques préparatifs. D'ailleurs, mieux valait sans doute voyager de jour. Une estimation rapide me fit conclure que nous pourrions sans doute regagner la Cour en une seule journée. Je répondis à Sydney par un hochement de tête et me résignai à passer la nuit chez les Mastrano.

— Merci, dis-je à mon tour. C'est très gentil à vous.

Les dernières paroles de John me revinrent soudain à l'esprit. *« Cette histoire avec Jill est déjà bien assez compliquée sans que nous hébergions en plus une criminelle. »* J'offris à Emily le sourire le plus rassurant dont j'étais capable.

— Quelques... amis attendent dans la voiture.

Chapitre 24

Après l'hostilité dont ils avaient fait preuve l'un envers l'autre, je fus un peu surprise de voir Sonya et Robert unir leurs forces pour générer une illusion permettant de dissimuler l'identité des frères Dashkov en altérant leur apparence. Nous les présentâmes aussi sous de faux noms, si bien que les Mastrano ne virent en eux que d'autres membres de notre entourage décidément bizarre. Vu le chaos que nous avions déjà semé dans leur vie, deux invités de plus ne faisaient pas une grande différence à leurs yeux.

En parfaite maîtresse de maison, Emily ne se contenta pas de nous préparer à dîner. Elle fit venir une source grâce à une sorte de service de « livraison de sang à domicile ». En général, les Moroï qui vivaient parmi les humains avaient toujours accès à des sources dans les environs. Il s'agissait d'humains le plus souvent, qui bénéficiaient de la protection d'un Moroï, qui gérait leurs services et chez qui se rendaient ses clients. Mais Emily s'était arrangée pour que la source soit conduite à son domicile.

Elle avait agi par politesse, comme elle l'aurait fait pour n'importe lequel de ses invités moroï, même si notre visite était celle qu'elle avait redoutée presque toute sa vie. Elle ignorait à quel point les Moroï qui nous accompagnaient avaient besoin de sang. Il ne me paraissait guère gênant que les deux frères soient affaiblis, mais Sonya devait s'alimenter pour poursuivre sa convalescence.

Elle fut la première à boire lorsque la source et son protecteur arrivèrent. Dimitri et moi étions montés nous cacher à l'étage. Sonya et Robert ne pouvaient générer qu'un nombre limité d'illusions et il était impératif de préserver l'anonymat des deux frères. Altérer notre apparence, à Dimitri et moi, aurait demandé trop d'efforts supplémentaires aux spécialistes de l'esprit, et notre statut d'ennemis publics nous incitait à la prudence.

L'idée de laisser les deux frères sans surveillance nous rendait nerveux, mais ils semblaient avoir trop besoin de sang pour tenter un mauvais coup. Dimitri et moi voulions aussi nous rafraîchir puisque nous n'avions pas eu le temps de nous doucher avant de partir de chez Sonya. Nous tirâmes à pile ou face et je fus la première à passer à la salle de bains. Malheureusement, lorsque j'en ressortis, je découvris en fouillant dans mon sac que j'avais épuisé mon stock de vêtements de rechange « ordinaires » et que seule la robe était encore propre. Je fis la grimace, mais estimai que je pouvais bien la porter une nuit. Après tout, nous n'allions pas faire grand-chose d'autre qu'attendre le départ du lendemain et Emily accepterait peut-être de me laisser faire une lessive d'ici là. Après lui avoir emprunté son sèche-cheveux, je me sentis de nouveau présentable.

Sydney et moi devions nous partager une des chambres d'amis, et les frères Dashkov l'autre. Sonya dormirait dans la chambre de Jill et Dimitri hériterait du canapé. Je ne doutai pas un instant qu'il monterait la garde pendant que la maisonnée serait endormie et que nous nous relaierions. Pour le moment, il était encore sous la douche et je me glissai dans le couloir pour espionner ce qui se passait au rez-de-chaussée. Les Mastrano, Sonya et les deux frères étaient avec la source et son protecteur. Tout semblait se dérouler normalement. Soulagée, je regagnai ma chambre et en profitai pour prendre des nouvelles de Lissa.

Après l'excitation que lui avait procurée son succès à la deuxième épreuve, je l'avais sentie se calmer et en avais déduit qu'elle était retournée se coucher, comme elle en avait grand besoin. Mais non. Elle n'était pas retournée dans sa chambre. Elle s'était rendue chez Adrian en compagnie de Christian et d'Eddie et je compris que c'était elle qui l'avait arraché au rêve que nous avions partagé dans la voiture. Un rapide examen de la mémoire de Lissa me permit de découvrir ce qui s'était passé depuis qu'Adrian m'avait quittée pour tituber jusqu'à sa porte.

— Que se passe-t-il ? leur avait-il demandé en les dévisageant l'un après l'autre. Je faisais un joli rêve.

— J'ai besoin de toi, avait répondu Lissa.

— Les femmes me le disent souvent.

Christian avait fait semblant de vomir mais Eddie avait esquissé un sourire malgré son professionnalisme.

— Je suis sérieuse, avait-elle insisté. Je viens de recevoir un message d'Ambrose. Il prétend avoir quelque chose d'important à nous dire et… je ne sais pas… je ne suis pas encore sûre de comprendre le rôle qu'il joue dans toute cette histoire. J'aimerais avoir ton avis.

— Voilà en revanche quelque chose que je n'entends pas souvent.

— Dépêche-toi de t'habiller et suis-nous, d'accord ? s'était impatienté Christian.

Nous avions été si souvent tirés de notre sommeil dernièrement qu'aucun de nous ne devait avoir fait une nuit complète depuis bien longtemps. Mais Adrian s'était vite habillé. En dépit de ses commentaires désinvoltes, je savais qu'il prenait au sérieux tout ce qui pouvait contribuer à prouver mon innocence. En revanche, je me demandais s'il allait révéler mes activités à quelqu'un, à présent que je lui avais avoué par accident la situation aberrante dans laquelle je m'étais mise.

Mes amis avançaient à grands pas vers le bâtiment où ils s'étaient déjà rendus et dans lequel Ambrose vivait et travaillait. La Cour commençait à se réveiller et il y avait déjà beaucoup de gens dehors, qui cherchaient sans doute à savoir comment la deuxième épreuve s'était passée. Quelques personnes reconnurent Lissa et la saluèrent joyeusement.

— J'ai passé une autre épreuve, la nuit dernière, expliqua-t-elle à Adrian alors qu'elle venait de recevoir des félicitations. Une épreuve surprenante.

Adrian hésita et je m'attendis à l'entendre répondre que je lui avais déjà annoncé la bonne nouvelle. Je m'attendis aussi à ce qu'il lui révèle dans quel endroit surprenant je me trouvais et en compagnie de qui.

— Comment cela s'est-il passé ? lui demanda-t-il à la place.

— J'ai réussi, répondit-elle. C'est tout ce qui compte.

Elle ne lui parla pas de la foule qui l'avait attendue à la sortie : des gens enthousiastes qui soutenaient sa candidature non dans le seul souci de faire respecter la loi, mais parce qu'ils croyaient vraiment en elle. Tasha, Mia et quelques amis de lycée qu'elle ne s'attendait pas à voir en faisaient partie et l'avaient accueillie par de grands sourires. Même Daniella, qui était venue attendre Rufus, l'avait félicitée à contrecœur en ayant l'air un peu surprise de la voir encore dans la course. Tout cela avait semblé irréel à Lissa et elle avait eu hâte de regagner sa chambre.

Malgré ses protestations, Eddie avait été mis à contribution par les autres gardiens pour canaliser la foule. Par conséquent, seuls Christian et Tasha avaient raccompagné Lissa. Enfin, pas tout à fait. Un gardien nommé Ethan Moore, celui à propos de qui Abe avait taquiné Tasha, s'était joint à eux. Abe avait tendance à exagérer, mais ce n'avait pas été le cas concernant Ethan. Il semblait aussi redoutable que n'importe quel gardien, mais son masque de dur à cuire se fissurait chaque fois qu'il regardait Tasha. Il l'adorait. Elle-même semblait avoir un faible pour lui et ils avaient flirté tout en marchant, au grand déplaisir de Christian. J'étais ravie pour la jeune femme. Beaucoup d'hommes devaient se détourner d'elle à cause de ses cicatrices. J'étais contente de savoir que quelqu'un l'appréciait pour sa personnalité, même si Christian ne supportait pas qu'un homme, quel qu'il soit, sorte avec sa tante. À vrai dire, je me réjouissais de le voir si tourmenté. Ça lui faisait du bien.

Ethan et Tasha avaient quitté Lissa à la porte de sa chambre. Quelques minutes plus tard, Eddie l'avait rejointe en maugréant contre les imbéciles qui lui avaient confié une « tâche stupide » alors qu'ils savaient parfaitement qu'il avait mieux à faire. Apparemment, il avait fait un tel scandale que les gardiens avaient fini par le laisser partir, et il avait aussitôt accouru auprès de Lissa. Par chance, il avait regagné sa chambre dix minutes avant qu'elle reçoive le message d'Ambrose. J'étais certaine qu'il aurait paniqué s'il n'avait trouvé personne et aurait cru que des Strigoï l'avaient enlevée.

C'était donc cette suite d'événements qui avait conduit Lissa et les trois garçons à traverser la Cour pour se rendre au mystérieux rendez-vous d'Ambrose.

— Vous êtes en avance, leur fit remarquer celui-ci.

Il leur avait ouvert et les avait fait entrer, avant même que Lissa frappe une seconde fois. Ils se trouvaient dans la chambre d'Ambrose et non dans un salon aménagé pour le confort de sa clientèle. Elle ressemblait à une chambre de dortoir, sauf qu'elle était beaucoup plus jolie que toutes celles que j'avais pu connaître. Comme l'attention de Lissa était concentrée sur Ambrose, elle ne vit pas du coin de l'œil qu'Eddie était en train de scruter la pièce dans ses moindres recoins. J'étais contente qu'il se montre vigilant. Il ne devait se fier ni à Ambrose ni à aucune personne qui n'appartenait pas à notre petit cercle.

— Que se passe-t-il ? demanda Lissa à Ambrose dès qu'il eut refermé la porte. Pourquoi nous as-tu priés de venir en urgence ?

— Parce que je voudrais vous montrer quelque chose. (Il alla chercher la première feuille d'une pile de documents qui se trouvait sur son lit.) Vous vous souvenez que je vous ai dit que les affaires de Tatiana avaient été mises sous scellés ? Eh bien, ils sont en train d'en dresser l'inventaire et de vider ses appartements. (Adrian s'agita avec nervosité, ce dont Lissa ne s'aperçut pas non plus.) Je savais qu'elle cachait certains documents dans un coffre et…

— Et ? s'impatienta Lissa.

— Et je ne voulais pas qu'on les trouve, poursuivit Ambrose. J'ignorais ce qu'ils contenaient, pour la plupart, mais, si elle voulait les garder secrets, j'ai songé qu'il valait mieux qu'ils le restent. Je connaissais la combinaison du coffre. Alors je les ai volés.

Son visage exprimait de la culpabilité, mais il était évident que c'était le vol des documents, et non le meurtre de Tatiana, qui lui inspirait du remords.

Lissa jeta un coup d'œil avide en direction de la pile.

— Et ?

— Et aucun de ces documents n'est susceptible de vous intéresser, excepté peut-être celui-ci.

Il lui tendit la feuille. Christian et Adrian se pressèrent autour d'elle.

« Chère Tatiana,

Les derniers événements m'étonnent, je dois l'avouer. Je croyais que nous étions d'accord sur le fait que la sécurité de notre peuple nécessitait bien davantage qu'un apport de plus jeunes recrues chez les gardiens. Nous avons laissé trop de talents se perdre, surtout parmi les femmes. Si vous assumiez enfin la nécessité de les forcer à jouer leur rôle – et vous savez très bien de quoi je parle –, la puissance des gardiens s'en trouverait démultipliée. Le décret que vous venez de faire passer est absolument inadéquat, surtout à présent que nous savons quel échec a été votre expérience d'"entraînement au combat".

Je ne comprends pas non plus que vous envisagiez de rendre sa liberté à Dimitri Belikov. Je ne sais pas exactement ce qui s'est passé, mais vous ne devez pas vous fier aux apparences. Vous êtes peut-être sur le point de laisser un monstre – ou au minimum un espion – se promener parmi nous. Il faudrait au contraire renforcer les mesures de sécurité le concernant. À vrai dire, votre intérêt pour l'esprit a quelque chose d'inquiétant, et c'est sans doute cela qui nous a plongés dans cette situation catastrophique. Je pense que nous n'avions pas oublié cet élément magique par hasard : nos ancêtres devaient avoir compris ses dangers et l'avoir frappé de tabou. Avery Lazar est la preuve que cela ne peut nous mener nulle part, et votre petit prodige, Vasilisa Dragomir, ne va pas tarder à connaître le même sort qu'elle. En encourageant Vasilisa dans ses égarements, vous allez laisser la lignée des Dragomir connaître une fin dégradante. Au lieu de prendre une place honorable dans notre histoire, cette famille portera pour toujours le stigmate de la folie. En la soutenant, vous faites aussi courir des risques à votre petit-neveu, or ni vous ni moi ne voudrions qu'il lui arrive malheur.

Je regrette d'avoir tant de reproches à vous adresser. Je vous tiens en haute estime et la manière dont vous avez gouverné notre peuple pendant toutes ces années ne m'inspire que du respect. Vous allez bientôt prendre les décisions qui s'imposent, je n'en doute pas, mais je crains que tout le monde ne partage pas la confiance que j'ai en vous. Ces personnes pourraient être tentées de prendre les choses en main, et je redoute les conséquences que cela pourrait avoir. »

La lettre, tapée à la machine, n'était pas signée. Lissa mit un certain temps à en assimiler tous les éléments. La partie concernant la fin dégradante de la lignée des Dragomir lui rappelait beaucoup trop l'une des visions de son épreuve pour ne pas attirer toute son attention.

Ce fut Christian qui lui permit de reprendre pied dans la réalité.

— On dirait bien que Tatiana avait des ennemis. Mais nous l'avions déjà compris, à ce stade de l'enquête.

— Qui a écrit cette lettre ? demanda Adrian, furieux de découvrir que sa tante recevait des menaces à peine voilées.

— Je ne sais pas, répondit Ambrose. Je n'ai trouvé que cela. Elle ignorait peut-être qui en était l'auteur.

Lissa acquiesça.

— C'est vrai que cela ressemble à une lettre anonyme. En même temps, l'auteur donne l'impression de bien connaître Tatiana.

Adrian jeta un regard méfiant à Ambrose.

— Qu'est-ce qui nous prouve que tu ne l'as pas tapée toi-même pour nous lancer sur une fausse piste ?

— Adrian ! le gronda Lissa.

Elle n'osait pas le lui dire, mais elle aurait voulu qu'il observe l'aura d'Ambrose au cas où quelque chose lui échapperait.

— C'est fou ! commenta Christian en tapotant la feuille. Comment veut-il forcer les dhampirs à devenir gardiens ? Qu'est-ce que Tatiana était censée comprendre ?

Je connaissais la réponse grâce au message que Tatiana m'avait adressé : en employant la suggestion.

— Je ne sais pas, murmura Lissa avant de relire la lettre. Et de quelle « expérience » est-il question ? Croyez-vous qu'il s'agisse de la formation que Grant dispensait à certains Moroï ?

— C'est ce que j'ai pensé, répondit Ambrose. Mais je n'en suis pas sûr.

— Est-ce qu'on peut voir le reste ? demanda Adrian en montrant la pile de documents.

Je n'arrivais pas à déterminer si sa suspicion à l'égard d'Ambrose était liée à une méfiance légitime ou si c'était simplement une preuve supplémentaire que le meurtre de sa tante l'avait perturbé.

Ambrose les laissa les consulter, mais Lissa lui donna raison après avoir feuilleté la pile : elle ne contenait rien qui puisse leur être utile. Il s'agissait surtout de documents juridiques et de courrier personnel. Alors Lissa songea, comme je l'avais fait moi-même un peu plus tôt, qu'Ambrose ne leur avait peut-être pas montré tout ce qu'il avait trouvé. Mais, comme rien ne lui permettait de l'en accuser, elle réprima un bâillement, le remercia et le quitta en entraînant les autres.

Elle avait besoin de dormir, mais son esprit ne pouvait s'empêcher de réfléchir à tout ce qu'impliquait cette lettre s'il ne s'agissait pas d'un faux.

— Cette lettre prouve que quelqu'un détestait encore plus Tatiana que Rose, fit remarquer Christian tandis qu'ils ressortaient du bâtiment. D'après tante Tasha, la colère qui s'appuie sur des fondements rationnels est bien plus dangereuse que la rage aveugle.

— Ta tante est une vraie philosophe, ironisa Adrian d'une voix lasse. Malheureusement, nous n'avons découvert que des indices anecdotiques jusqu'ici.

Ambrose avait confié la lettre à Lissa, qui l'avait pliée et glissée dans la poche de son jean.

— Je suis curieuse d'entendre ce que Tasha en dira, et Abe, aussi. (Elle soupira.) Comme je regrette que Grant soit mort. C'était quelqu'un de bien, et il aurait peut-être eu des informations utiles à nous fournir.

Ils atteignirent une porte latérale au rez-de-chaussée, qu'Eddie ouvrit devant eux. Christian se tourna vers Lissa.

— À quel point Grant et Séréna étaient-ils… ?

Eddie passa à l'action une fraction de seconde avant que Lissa comprenne quel était le problème – mais bien sûr, Eddie n'observait son environnement que pour se tenir prêt face à d'éventuels problèmes, justement. Un homme – un Moroï, plus précisément – attendait sous les arbres du carré de verdure qui séparait le bâtiment d'Ambrose de celui d'à côté. Même s'il n'était pas interdit de se promener là, l'endroit était assez distant du chemin pour être presque toujours désert.

L'homme avança et parut surpris de voir Eddie foncer vers lui. Lissa n'était pas en mesure d'analyser la situation aussi précisément que moi. Je déduisis des gestes de l'inconnu qu'il l'avait prise pour cible et qu'il tenait un couteau. La peur figea Lissa, ce qui était la réaction habituelle des gens qui n'étaient pas entraînés à faire face à ce genre de situation. Mais elle revint à la vie quand Christian la tira par le bras et elle s'empressa de reculer avec Adrian et lui.

L'agresseur et Eddie s'affrontèrent au corps à corps pendant un moment, chacun s'efforçant de soumettre l'autre. J'entendis Lissa appeler au secours, mais le combat mobilisait toute mon attention. L'agresseur était fort pour un Moroï mais, si ses mouvements prouvaient qu'il avait appris à se battre, il n'avait pas pour autant la musculature d'un dhampir et sa formation n'avait pas commencé à l'école maternelle.

Eddie parvint évidemment à prendre le dessus et à plaquer son adversaire au sol. Il essaya aussitôt d'immobiliser son bras droit pour écarter le couteau de la scène. Il s'agissait peut-être d'un Moroï, mais il savait s'en servir. Je ne manquai pas de remarquer (et Eddie le vit sans doute aussi) qu'il y avait des cicatrices sur sa main gauche, dont deux doigts étaient tordus. Il devait compter exclusivement sur les réflexes de sa main droite qui tenait l'arme. Même plaqué au sol, il parvint à placer une attaque d'une grande vivacité en visant la gorge d'Eddie sans la moindre hésitation. Mais le dhampir, qui était plus rapide que lui, plaça son bras sur le trajet de la lame et reçut une entaille.

La parade d'Eddie avait offert un peu de marge de manœuvre au Moroï. Celui-ci se cabra et parvint à repousser Eddie.

Sans perdre un instant – il était décidément impressionnant –, il revint à la charge. Il n'y avait aucun doute possible sur les intentions de cet homme : il ne retenait pas ses coups ; il était là pour tuer. Cette lame continuerait à virevolter sous le nez d'Eddie jusqu'à ce qu'elle soit rougie de son sang. Les gardiens apprenaient à neutraliser leurs adversaires pour en faire des prisonniers, mais on nous formait aussi à réagir si les choses allaient trop vite et que notre vie soit en jeu. Dans ce cas, nous devions tout faire pour rester en vie. Eddie était plus rapide que l'homme et obéissait à une consigne qu'on nous répétait depuis l'enfance : vous devez neutraliser à tout prix celui qui cherche à vous tuer. Eddie n'avait ni couteau ni arme à feu. Ce n'était pas permis à la Cour. Lorsque son adversaire l'attaqua pour la deuxième fois en visant encore sa gorge, Eddie fit la seule chose qui pouvait lui sauver la vie à coup sûr : il planta son pieu dans le cœur du Moroï.

Un jour, Dimitri m'avait dit en plaisantant qu'il n'était pas nécessaire d'être un Strigoï pour souffrir, si l'on se faisait enfoncer un pieu dans le cœur. Mais, pour être honnête, on ne faisait pas que souffrir quand une telle chose nous arrivait : on mourait. Tatiana en était la preuve. Le couteau du Moroï atteignit bien la gorge d'Eddie, mais tomba sur le sol avant d'avoir percé sa peau. Les yeux de l'homme s'écarquillèrent de surprise et de douleur, puis perdirent toute expression. Il était mort. Eddie s'accroupit et observa sa victime, furieux à cause de la décharge d'adrénaline suscitée par la fièvre du combat. Lorsque des cris attirèrent son attention, il bondit sur ses pieds, prêt à affronter la menace suivante.

Mais il ne vit qu'un groupe de gardiens qui avaient accouru en entendant l'appel au secours de Lissa. Ils n'observèrent la scène qu'un instant avant d'en tirer les conclusions les plus évidentes et agirent comme leur formation leur imposait de le faire. Ils voyaient un cadavre de Moroï et quelqu'un qui tenait une arme ensanglantée. Ils se jetèrent donc sur Eddie, le plaquèrent contre un mur et lui arrachèrent son pieu. Lissa leur cria qu'ils se trompaient, qu'Eddie venait de lui sauver la vie et…

— Rose !

La voix paniquée de Dimitri me ramena instantanément chez les Mastrano. J'étais assise sur le lit et lui agenouillé devant moi. Il me secouait par les épaules et semblait terrifié.

— Qu'est-ce qui se passe, Rose ? Est-ce que ça va ?

— Non ! (Je le repoussai pour courir vers la porte.) Il faut que je rentre à la Cour ! Tout de suite ! Lissa est en danger. Elle a besoin de moi !

— Rose. Roza ! Calme-toi.

Il me retint par le bras. Je savais qu'il m'était impossible d'échapper à cette poigne. Il me força à me retourner pour soutenir son regard. Ses cheveux étaient encore mouillés et un parfum de savon nous enveloppait.

— Raconte-moi ce qui s'est passé.

Je lui résumai rapidement la scène à laquelle je venais d'assister.

— Quelqu'un a essayé de la tuer, conclus-je. Et je n'étais pas là !

— Mais Eddie était là, répondit calmement Dimitri. Elle va bien. Elle est en vie.

Lorsqu'il me lâcha, je m'appuyai contre le mur sans parvenir à recouvrer mon sang-froid. Mon cœur tambourinait dans ma poitrine et je continuais à paniquer même si mes amis ne couraient plus aucun risque.

— Il va avoir des ennuis. Ces gardiens étaient vraiment…

— Seulement parce qu'ils ne connaissaient pas toute l'histoire. Ils n'ont vu qu'un cadavre et une arme. Les choses s'arrangeront dès qu'ils auront recueilli le témoignage de tout le monde. Eddie a sauvé la vie d'une Moroï. Il a fait son travail.

— Mais il a tué un autre Moroï en le faisant, lui fis-je remarquer. Ce n'est pas ce qu'on attend de nous.

C'était une remarque si évidente qu'elle en était presque stupide, mais Dimitri comprit ce que je voulais dire par là. Le rôle des gardiens consistait à protéger les Moroï. « Ils passent avant tout. » Il était inconcevable qu'un gardien soit amené à en tuer un, mais il était tout autant inconcevable que les Moroï essaient de se tuer les uns les autres.

— C'était une situation exceptionnelle, déclara Dimitri d'une voix assurée.

Je rejetai la tête en arrière.

— Je sais, je sais… C'est seulement que je ne supporte pas l'idée de l'avoir laissée sans défense. Je meurs d'envie de partir la retrouver dès maintenant. (Le lendemain me semblait à des années de distance.) Et si quelqu'un d'autre s'en prenait à elle ?

— Il y a des gens autour d'elle qui se chargeront de la protéger.

Il se rapprocha de moi et je fus surprise de le voir esquisser un sourire dans des circonstances si graves.

— Moi aussi j'ai envie d'être là-bas pour la protéger, crois-moi, mais nous mettrions inutilement notre vie en danger si nous partions maintenant. Attends encore un peu. Attends de risquer ta vie pour quelque chose d'important.

Ma panique reflua un peu.

— Et Jill est importante, n'est-ce pas ?

— Très.

Je me redressai. Une partie de mon cerveau essayait encore de se remettre de l'attaque dont Lissa venait d'être victime tandis que l'autre cherchait à prendre la mesure de ce que nous venions d'accomplir.

— Nous avons réussi, dis-je en sentant un sourire s'épanouir sur mon visage. Contre toute attente, nous avons retrouvé la sœur de Lissa. Comprends-tu ce que cela signifie ? Lissa va pouvoir exercer tous ses droits. Ils ne pourront plus lui refuser l'accès au Conseil. Merde ! Elle pourrait même devenir reine, si elle le voulait. Quant à Jill… (J'hésitai.) Eh bien… Elle vient d'entrer dans une famille royale. Ça ne peut pas être un mal, non ?

— J'imagine que cela dépendra d'elle, répondit Dimitri. Et des conséquences de tout ça. (Je craignis de nouveau d'avoir peut-être gâché la vie de Jill et regardai mes pieds en ayant mauvaise conscience.) Eh ! ça va aller, ajouta-t-il en me prenant le menton pour me forcer à relever la tête. (Son regard était tendre et chaleureux.) Tu as fait ce qu'il fallait. Personne n'aurait tenté de relever un tel défi, excepté Rose Hathaway. Tu t'es lancée à la recherche de Jill sur un coup de dés. Tu as risqué ta vie en désobéissant aux consignes d'Abe… et ça a payé. Ça en valait la peine.

— J'espère qu'Adrian le pensera aussi, songeai-je à voix haute. Il croit que j'ai fait la chose la plus stupide de ma vie en quittant « l'endroit sûr » où nous étions.

Le bras de Dimitri retomba le long de son corps.

— Tu lui as tout raconté ?

— Je ne lui ai pas parlé de Jill. Mais j'ai avoué par accident que nous n'étions plus en Virginie-Occidentale. Il a gardé le secret, m'empressai-je d'ajouter. Il n'en a parlé à personne.

— Je n'ai pas de mal à le croire, répondit-il.

Il n'était plus tout à fait aussi chaleureux qu'il l'avait été quelques instants plus tôt. Ces moments étaient toujours si fugaces.

— Il… semble très loyal envers toi.

— C'est vrai. J'ai entièrement confiance en lui.

— Est-ce qu'il te rend heureuse ?

Sa voix n'était pas vraiment dure, mais chargée d'une telle intensité qu'elle donnait à notre conversation des airs d'interrogatoire de police.

Je songeai aux moments que j'avais passés avec Adrian : les plaisanteries, les fêtes, les jeux, et les baisers, évidemment.

— Oui. Je m'amuse bien avec lui. Je veux dire : il arrive qu'il m'agace, souvent même, mais il ne faut pas se laisser abuser par tous ses vices. C'est quelqu'un de bien.

— Je le sais, répondit Dimitri. Tout le monde ne s'en rend peut-être pas compte, mais moi si. Il se cherche encore, mais il avance. Je m'en suis rendu compte, pendant l'évasion. Et après... (Les mots suivants eurent du mal à franchir ses lèvres.) Après la Sibérie, a-t-il été là pour toi ? T'a-t-il aidée ?

J'acquiesçai, interloquée par le déluge de ces questions, qui en réalité ne servirent qu'à introduire la plus importante de toutes :

— Est-ce que tu l'aimes ?

Seules quelques personnes au monde pouvaient me poser des questions si personnelles sans recevoir un coup de poing en réponse. Dimitri en faisait partie. Il n'y avait aucune barrière entre nous, mais la complexité de notre relation rendait cette conversation surréaliste. Comment pouvais-je décrire les sentiments que j'éprouvais pour Adrian à l'homme que j'avais aimé autrefois ? *À l'homme que tu aimes toujours*, susurra une voix dans ma tête. Peut-être. Sûrement. Je me répétai de nouveau qu'il était normal que j'éprouve des sentiments résiduels à son égard. Ils allaient se dissiper. Ils devaient se dissiper, comme les siens l'avaient fait. Il appartenait au passé. Adrian était mon avenir.

— Oui, répondis-je, sans doute après avoir réfléchi beaucoup plus longtemps que je n'aurais dû. Je... Je l'aime.

— Très bien. J'en suis ravi.

Sauf que Dimitri n'en avait pas du tout l'air. Il tourna la tête vers la fenêtre, le regard vide. Ma perplexité s'accrut. Pourquoi était-il contrarié ? Depuis quelque temps, j'avais remarqué comme un décalage entre ses paroles et son comportement.

— Qu'est-ce qui ne va pas ? lui demandai-je en m'approchant de lui.

— Rien. Je veux simplement être sûr que tu vas bien, que tu es heureuse.

Il se retourna vers moi et se força à sourire. Il ne mentait pas, mais il ne disait pas non plus toute la vérité.

— La situation a beaucoup changé, c'est tout. Cela m'oblige à réviser mon point de vue sur tant de choses. Après Donovan… puis Sonya… C'est bizarre. Je croyais que tout avait changé la nuit où Lissa m'a sauvé. Mais je me trompais. Il ne s'agit pas que de guérir, loin de là… (Il faillit se perdre dans ses pensées mais se ressaisit.) Pas un jour ne s'écoule sans que je redécouvre quelque chose : une émotion que j'avais oubliée, une évidence qui m'avait échappé, une beauté que je ne savais plus voir.

— Eh ! il n'est pas question que mes cheveux dans la ruelle figurent sur cette liste, d'accord ? le taquinai-je. Tu étais en état de choc.

Son sourire devint sincère.

— Non, Roza. Ils étaient magnifiques. Ils le sont encore en ce moment.

— C'est cette robe qui te fait perdre la tête, dis-je en m'efforçant de garder le ton de la plaisanterie alors que son regard m'étourdissait.

Soudain il me dévisagea vraiment, de ses yeux si bruns, pour la première fois depuis qu'il était entré dans la chambre. Son visage exprima une émotion complexe à laquelle j'étais incapable de donner un sens. J'arrivais à en isoler les différents éléments : de la crainte, de l'émerveillement, de la tristesse, des regrets… mais je n'en compris pas la cause.

— Qu'y a-t-il ? lui demandai-je, mal à l'aise. Pourquoi me regardes-tu comme ça ?

Son sourire s'imprégna de tristesse et il secoua la tête.

— Parfois, on est si obsédé par les détails que l'ensemble nous échappe. Ce n'est pas seulement la robe ou tes cheveux…

C'est toi. Tu es magnifique. Tu es si belle qu'il m'est douloureux de te regarder.

J'éprouvai une étrange sensation dans la poitrine sans bien savoir si c'était l'émotion ou l'imminence d'une crise cardiaque. En tout cas, je ne me trouvais plus dans la chambre d'amis des Mastrano. Il avait déjà prononcé ces mots, ou d'autres, très approchants : « Tu es si belle qu'il m'est douloureux de te regarder. » Nous venions de faire l'amour dans une cabane, à Saint-Vladimir, pour la première et dernière fois. Il m'avait aussi un peu regardée de la même manière, quoique avec moins de tristesse. Une chose était certaine : en entendant de nouveau ces mots, je sentis soudain s'ouvrir dans mon cœur une porte que j'avais pris grand soin de maintenir fermée. Il en jaillit toutes les émotions et tous les souvenirs que j'avais refoulés, ainsi que le sentiment de ne faire qu'un que nous avions toujours éprouvé l'un en face de l'autre. L'espace d'un battement de cœur, en le regardant, j'eus l'étrange impression de le connaître depuis toujours, comme si nous étions liés, mais d'une manière différente de celle qui nous unissait Lissa et moi, un lien dont la force nous dépassait.

— Dites-moi, vous deux, est-ce que vous avez… ? Oh ! (Sydney s'arrêta dans l'embrasure de la porte, puis recula.) Désolée… C'est juste que…

Dimitri et moi nous écartâmes aussitôt. J'avais trop chaud et je tremblais de la tête aux pieds. Je ne m'étais pas rendu compte que nous étions si près l'un de l'autre. Je ne me souvenais même pas d'avoir bougé, mais nous avions presque franchi tout l'espace qui nous séparait. Que s'était-il passé ? J'eus l'impression de me réveiller d'une transe ou d'un rêve.

Je déglutis et tentai de forcer mon cœur à ralentir.

— Pas de problème, répondis-je à Sydney. Que se passe-t-il ?

Elle semblait toujours mal à l'aise et elle nous dévisagea à tour de rôle. Elle avait beau ne vivre aucune relation amoureuse, elle avait parfaitement compris ce qu'elle venait d'interrompre. Je fus soulagée qu'il y ait au moins une personne lucide dans la pièce.

— C'est seulement que… je n'avais pas envie de rester seule. Je ne supporte plus d'imaginer ce qui se passe en bas.

Je voulus lui sourire mais mon esprit était encore troublé par l'intense émotion qui m'avait submergée. Pourquoi Dimitri m'avait-il regardée ainsi ? Pourquoi avait-il dit cela ? Il ne pouvait pas vouloir encore de moi. Il avait soutenu le contraire. Il m'avait demandé de le laisser tranquille.

— Tu es la bienvenue. Nous ne faisions… que parler.

Elle n'en crut pas un mot. Je tentai d'y mettre un peu plus de conviction pour sa tranquillité d'esprit et la mienne :

— Nous parlions de Jill. Sachant que nous sommes recherchés, aurais-tu une idée de la manière dont nous pourrions l'introduire à la Cour ?

Si Sydney n'était pas une experte en matière de relations amoureuses, les énigmes, en revanche, étaient son fort. Elle se détendit et se concentra sur le problème que je lui soumettais.

— Eh bien, vous pourriez toujours charger sa mère de…

Un craquement sourd au rez-de-chaussée l'interrompit brutalement. Dimitri et moi nous précipitâmes vers la porte d'un même mouvement, prêts à reprendre Victor et Robert en main, quoi qu'ils aient pu faire. Nous nous arrêtâmes net en haut de l'escalier en entendant plusieurs voix crier que tout le monde devait descendre.

— Des gardiens, murmura Dimitri. Ils ont pris la maison d'assaut.

Chapitre 25

Nous entendions déjà les bruits d'une cavalcade dans la maison et savions que nous n'avions que quelques secondes avant que l'armée qui avait envahi le rez-de-chaussée investisse l'étage. Nous reculâmes tous les trois. À ma grande surprise, Sydney fut la première à réagir.

— Fuyez ! Je vais essayer de les retarder.

Elle ne serait sans doute pas capable de leur barrer la route plus de quelques secondes, mais ce court laps de temps pouvait faire toute la différence. Néanmoins, je n'arrivais pas à me résoudre à l'abandonner. Dimitri n'eut pas mes scrupules.

— Viens ! cria-t-il en me tirant par le bras lorsque des pas résonnèrent dans l'escalier.

Nous courûmes jusqu'à la chambre de Victor et Robert, qui se trouvait au bout du couloir.

— Emmène Jill à la Cour ! criai-je à Sydney juste avant que nous y entrions.

J'ignorais si elle m'avait entendue. À en juger par le bruit, les gardiens l'avaient atteinte. Dimitri ouvrit aussitôt la grande fenêtre de la chambre et me jeta un regard entendu. Comme toujours, nous n'eûmes pas besoin de nous parler.

Il sauta d'abord, certainement pour être le premier à affronter le danger, quel qu'il soit, qui nous attendait en bas.

Je le suivis aussitôt. J'atterris sur le porche, m'y laissai glisser, puis sautai sur le sol. Dimitri me rattrapa par le bras pour stabiliser ma réception, mais trop tard pour m'empêcher de me tordre une cheville, celle-là même qui avait souffert de mon saut quand nous avions attaqué Donovan. La douleur m'arracha une grimace, mais je m'empressai de l'ignorer.

Des silhouettes se détachèrent de chaque tronc d'arbre et de chaque recoin obscur du jardin pour se précipiter vers nous. Évidemment. Les gardiens ne s'étaient pas contentés de défoncer la porte. Ils avaient complètement encerclé la maison. Dimitri et moi nous plaçâmes dos à dos par réflexe pour nous défendre contre nos assaillants. Comme d'habitude, il fut difficile de les neutraliser sans les tuer, mais c'était nécessaire, tant que c'était possible. Je ne voulais pas assassiner des gens de ma propre espèce qui ne faisaient que leur travail en essayant d'appréhender des fugitifs. La robe longue de Sydney n'arrangea pas les choses. Mes jambes ne cessaient de se prendre dans ses plis.

— Les autres seront là dans une minute, grogna Dimitri en envoyant un gardien au tapis. Nous devons bouger ! Là ! Vers cette porte.

Je ne parvins pas à lui répondre mais suivis sa directive. Nous nous frayâmes un chemin vers la porte en question sans cesser de nous défendre. Nous venions à peine de nous débarrasser du groupe qui nous attendait dans le jardin que d'autres gardiens surgirent de la maison. Nous nous glissâmes de l'autre côté de la porte, émergeâmes dans la rue tranquille qui bordait la maison des Mastrano et nous mîmes à courir. Mais il devint vite évident que je ne pouvais pas suivre le rythme de Dimitri. Si mon esprit pouvait négliger la douleur, mon corps n'était pas en mesure de forcer ma cheville à fonctionner correctement.

Dimitri glissa sans perdre un instant son bras autour de ma taille pour soulager ma cheville et m'aider à courir.

Nous quittâmes vite la rue et coupâmes par les jardins, ce qui n'allait pas faciliter la tâche de nos poursuivants, mais qui n'allait pas non plus la leur rendre impossible.

— Nous ne pouvons pas les semer à pied, fis-je remarquer à Dimitri. Je te ralentis. Tu dois…

— Ne dis surtout pas que je dois t'abandonner, m'interrompit-il. Nous faisons équipe.

J'entendis deux petits bruits secs. Un pot de fleurs près duquel nous passions explosa en un nuage de terre sèche et d'argile.

— Ils nous tirent dessus ! m'écriai-je, incrédule. Ils nous tirent vraiment dessus !

On nous avait tant entraînés au combat au corps à corps que je ressentais toujours l'usage des armes à feu comme une tricherie. Mais l'honneur n'était pas une priorité lorsqu'il s'agissait de traquer la meurtrière de la reine et son complice. Seul le résultat comptait.

Une autre balle nous frôla.

— Ils utilisent des silencieux, commenta Dimitri. Ils sont prudents. Ils ne veulent pas que les voisins croient le quartier attaqué. Nous devons nous mettre à couvert, et vite !

Même si nous avions esquivé les balles jusqu'ici, ma cheville n'allait plus tenir très longtemps. Il nous fit encore changer abruptement de direction et nous nous enfonçâmes plus profondément dans les jardins de cette zone pavillonnaire. Je n'avais pas le loisir de regarder derrière nous, mais des cris me prouvèrent que nous n'avions pas encore semé nos poursuivants.

— Là !

Une maison aux fenêtres obscures venait d'apparaître devant nous. Elle avait une terrasse et une grande porte-fenêtre qui me rappelèrent celles de la maison de Sonya. La porte-fenêtre était ouverte, mais sa moustiquaire fermée. Dimitri tira vainement sur la poignée. C'était fermé à clé. Sauf qu'une moustiquaire ne constituait pas un bien grand obstacle pour nous. Pauvre famille trop confiante... Dimitri dégaina son pieu et fendit verticalement la toile. Nous nous empressâmes de nous glisser à l'intérieur. Il me plaqua aussitôt contre le mur, pour nous mettre hors de vue des gardiens. Il posa un doigt sur ses lèvres et resta tout contre moi, ce qui ne manqua pas de me troubler.

Quelques secondes plus tard, des gardiens apparurent dans le jardin. Certains continuèrent à progresser, au cas où nous aurions fait de même, mais d'autres s'attardèrent pour inspecter les recoins pouvant fournir de bonnes cachettes dans le crépuscule grandissant. Je jetai un coup d'œil à la moustiquaire. La déchirure que Dimitri y avait faite était propre, mais nos poursuivants risquaient quand même de la remarquer.

Dimitri s'en rendit compte aussi. Il m'entraîna dans le salon en faisant de son mieux pour nous épargner de passer devant les fenêtres et nous garder ainsi hors de vue. Nous entrâmes dans la cuisine et découvrîmes une porte qui menait au garage, dans lequel nous attendait une Ford Mustang rouge.

— La famille possède deux voitures, murmura Dimitri. C'était bien ce que j'espérais.

— Ou bien ils sont sortis se promener à pied et rentreront dès qu'ils auront remarqué qu'une brigade d'intervention spéciale quadrille leur quartier, chuchotai-je.

— Les gardiens resteront discrets.

Nous commençâmes à fouiller les endroits où il était le plus logique de ranger des clés de voiture. Finalement, je trouvai le trousseau suspendu à un clou sur le côté d'un placard et m'en emparai.

— Je les ai !

J'étais presque certaine que Dimitri m'aurait laissée bondir derrière le volant puisque je tenais les clés, mais ma cheville me força à les lui lancer. L'univers avait un sens de l'humour vraiment tordu.

— Ne risquent-ils pas de nous repérer, là-dedans ? demandai-je tandis que Dimitri ouvrait la porte du garage et s'empressait de reculer. Elle est un peu plus voyante que les voitures qu'on vole d'ordinaire.

Elle était fantastique, aussi. Sydney, qui était une passionnée d'automobiles, l'aurait adorée. Je me mordis la lèvre. J'éprouvais encore du remords de l'avoir laissée derrière nous. Je me ressaisis et tentai d'en faire abstraction.

— C'est vrai, reconnut Dimitri. Mais il y a d'autres voitures dans les rues. Certains gardiens fouillent encore les jardins et d'autres doivent être restés chez les Mastrano. Leurs effectifs sont limités. Ils ne peuvent pas tout surveiller à la fois, même si je leur fais confiance pour essayer.

Je retins mon souffle jusqu'à ce que nous soyons sortis du quartier. À deux reprises, je crus voir une silhouette immobile sur un trottoir, mais Dimitri avait raison : les gardiens ne pouvaient pas contrôler toutes les voitures qui circulaient dans cette banlieue. L'obscurité croissante ne les aidait pas à nous reconnaître.

Dimitri se souvenait du chemin que nous avions emprunté en arrivant, car il nous fit regagner l'autoroute en quelques virages. Je savais que la seule destination qu'il avait à l'esprit était : loin d'ici. Rien n'indiquait que nous avions été suivis et je changeai de position pour étendre ma jambe douloureuse. J'éprouvais le léger vertige qu'on ressent après avoir eu une poussée d'adrénaline.

— Ils nous ont dénoncés, n'est-ce pas ? demandai-je. Victor et Robert ont appelé les gardiens et se sont enfuis. J'aurais dû les surveiller !

— Je ne sais pas, répondit Dimitri. C'est possible. Je suis allé les voir juste avant de te rejoindre et tout semblait normal. Ils ont voulu nous accompagner pour trouver Jill, mais ils devaient se douter que nous les livrerions aux autorités à un moment ou à un autre.

Finalement, ce ne serait guère étonnant qu'ils aient cherché un moyen de nous échapper. Ils ont dû profiter de la présence de la source pour appeler les gardiens et se débarrasser de nous.

— Merde. (Je soupirai puis écartai les cheveux qui retombaient sur mon visage en regrettant de ne pas avoir d'élastique.) Nous aurions dû nous débarrasser d'eux quand nous en avions l'occasion. Que va-t-il se passer, maintenant ?

Dimitri se tut pendant quelques secondes.

— Les Mastrano vont être interrogés… très longuement. À vrai dire, tout le monde va l'être. Ils vont enfermer Sonya le temps de déterminer quelle est sa nature, comme ils l'ont fait avec moi, et Sydney sera remise aux alchimistes.

— Que lui feront-ils ?

— Je n'en sais rien. Mais je parie que ses supérieurs n'apprécieront guère qu'elle ait aidé des vampires fugitifs.

— Merde, répétai-je. (Le monde s'effondrait autour de nous.) Et qu'allons-nous faire, nous ?

— Mettre un peu de distance entre ces gardiens et nous. Nous cacher quelque part. Soigner ta cheville.

— Ça alors, répliquai-je en lui jetant un regard oblique. Tu as déjà tout prévu.

— Pas vraiment, reconnut-il en fronçant légèrement les sourcils. Ça, c'est la partie facile. C'est ce que nous allons faire après qui risque d'être compliqué.

Mon cœur se serra. Il avait raison. Peut-être les Mastrano ne seraient-ils pas arrêtés pour avoir hébergé des criminels, mais il n'y aurait quand même plus personne pour forcer Emily à avouer qui était le père de Jill. Si les gardiens livraient Sydney à son ordre, elle ne pourrait plus nous aider non plus. Je compris subitement que j'allais devoir m'en remettre à quelqu'un d'autre. Dès qu'Adrian reprendrait contact avec moi, je lui raconterais tout afin que mes amis puissent s'occuper de Jill. Nous ne pouvions pas garder ce secret plus longtemps.

Dimitri emprunta la sortie suivante, ce qui me fit regagner le monde réel.

— On descend dans un hôtel ? lui demandai-je.

— Pas tout à fait.

Nous nous trouvions dans une zone commerciale très fréquentée qui ne devait pas être loin d'Ann Harbor, l'une des banlieues de Detroit. Des restaurants et des magasins s'alignaient des deux côtés de la route. Dimitri se gara devant un supermarché ouvert jour et nuit qui se vantait de pouvoir « tout » fournir et ouvrit sa portière.

— Reste ici.

— Mais…

Il me jeta un regard éloquent qui m'incita à baisser les yeux. Notre bataille m'avait laissé plus de bleus et d'égratignures que je ne l'avais cru et ma robe était déchirée. Mon apparence allait attirer l'attention, tout comme ma démarche claudicante. J'acquiesçai et le regardai disparaître.

Je m'occupai en ressassant nos problèmes et en me maudissant de ne pas avoir trouvé un moyen de livrer les deux frères dès que Robert avait sauvé Sonya. Je m'attendais à leur trahison, mais j'avais imaginé qu'ils se serviraient de la magie pour ça. Je n'avais pas songé qu'ils pourraient tout simplement appeler les gardiens.

Dimitri, qui faisait toujours preuve d'efficacité, même en matière de courses, revint peu après avec deux grands sacs dans les bras, plus un en toile et de forme cylindrique, qu'il portait à l'épaule. Il jeta le tout sur la banquette arrière et je me retournai avec curiosité.

— Qu'est-ce que c'est ? demandai-je en examinant celui en toile.

— Une tente.

— Pourquoi nous faut-il… ? (Je m'interrompis pour grogner.) Nous n'allons pas à l'hôtel, alors ?

— Nous serons plus difficiles à repérer dans un camping. La voiture, surtout, sera plus difficile à repérer. Nous ne pouvons pas nous en débarrasser tant que ta cheville est dans cet état.

— Pauvres gens, soupirai-je. J'espère qu'ils sont assurés contre le vol.

Nous regagnâmes l'autoroute, nous éloignâmes de la zone urbaine et ne tardâmes pas à voir apparaître des publicités de campings. Dimitri s'arrêta aux *Pins paisibles*. Il discuta avec l'homme qui tenait la réception et lui tendit des billets. Je compris alors quelle autre raison nous empêchait de descendre dans un hôtel. La plupart exigeaient un paiement par carte de crédit et Sydney avait les nôtres – qui portaient toutes des faux noms, évidemment. Nous ne pouvions plus compter que sur notre argent liquide.

L'employé nous indiqua un chemin gravillonné que nous suivîmes jusqu'à un emplacement situé à l'autre bout du camping. Celui-ci regorgeait de familles en vacances, mais personne ne fit vraiment attention à nous. Dimitri se gara le plus près possible d'un bosquet pour dissimuler la voiture et ses plaques. Malgré mes protestations, il ne me laissa pas l'aider à monter la tente. Il argua qu'il finirait plus vite tout seul et qu'il valait mieux que je ne sollicite pas ma cheville. Je voulus protester encore mais m'en abstins en le voyant commencer à déplier la tente. Je restai bouche bée en constatant la rapidité avec laquelle il assembla les éléments. Il n'eut même pas besoin de lire les instructions et il battit sans doute un record.

La tente était petite et solide. Nous pouvions nous y allonger et nous y asseoir, même s'il devait un peu baisser la tête pour tenir dans cette position. Quand nous fûmes installés à l'intérieur, je découvris le reste de ses achats. Il y avait surtout du matériel de premiers soins, mais je trouvai aussi une lampe torche qu'il alluma.

— Montre-moi ta cheville, m'ordonna-t-il.

J'étendis la jambe et il remonta doucement ma robe jusqu'à mon genou. Je frissonnai, frappée par une violente impression de déjà-vu. Cela m'arrivait souvent, ces derniers temps. Toutes les autres fois où il m'avait soignée me revinrent à l'esprit. Nous aurions très bien pu nous trouver dans le gymnase de Saint-Vladimir. Il testa doucement la mobilité de ma cheville, puis la tapota et la palpa un peu. Ses doigts m'avaient toujours fascinée. Ils étaient aussi bien capables de briser la nuque d'un homme que de soigner une blessure et de glisser avec sensualité sur une peau nue.

— Je crois qu'il n'y a rien de cassé, finit-il par annoncer. (Lorsqu'il écarta ses mains, je pris conscience de la chaleur qui m'avait envahie à leur contact.) C'est une simple foulure.

— Ce sont des choses qui arrivent quand on passe son temps à sauter des toits. (Il m'arrivait souvent de plaisanter pour dissimuler mon embarras.) On ne nous entraîne jamais à accomplir ce genre d'exercice, tu sais.

Il me sourit, prit une bande et l'enroula autour de ma cheville pour l'immobiliser. Après quoi, il tira d'un sac…

— Un sachet de petits pois surgelés ?

Dimitri haussa les épaules et le posa sur ma cheville. Le froid me soulagea instantanément.

— C'est plus facile à acheter qu'un sac de glaçons.

— Tu ne manques pas de ressources, Belikov… Qu'as-tu acheté d'autre ?

Les sacs contenaient encore des couvertures et un peu de nourriture. Je lui décochai un grand sourire en découvrant qu'il m'avait acheté mes chips préférées et une barre au chocolat. J'étais toujours ravie de voir qu'il se souvenait de ces petits détails. Mais je perdis mon sourire lorsqu'un autre problème me vint à l'esprit.

— Tu n'as donc pas acheté de vêtements ?

— Des vêtements ? répéta-t-il comme si c'était un mot qui lui était étranger.

Je lui montrai ma robe déchirée.

— Je ne vais pas pouvoir porter ça très longtemps. Que suis-je censée faire ? Me fabriquer une toge avec une couverture ? C'est tellement masculin, de ne jamais penser à ce genre de choses !

— Je pensais à ta blessure et à notre survie. Les vêtements de rechange sont un luxe, pas une nécessité.

— Pas même ta veste ? lui demandai-je avec un sourire narquois.

Dimitri se figea un instant, puis poussa un juron. Il n'avait pas eu besoin de la porter chez les Mastrano – et j'estimais pour ma part qu'il n'en avait pas non plus besoin dehors – et elle était restée chez eux à cause de notre départ précipité.

— Ne t'en fais pas, camarade, le taquinai-je. Il y en a plein d'autres, là d'où elle vient.

Il étendit les couvertures et s'allongea dessus. Son expression malheureuse était presque comique à voir. Il pouvait supporter les assauts, les balles, les criminels… mais pas de perdre une veste.

— On t'en achètera une autre, ajoutai-je. Tu sais, dès qu'on aura retrouvé Jill, prouvé mon innocence et sauvé le monde.

— Rien que ça ? répliqua-t-il, ce qui nous fit éclater de rire tous les deux.

Mais nous recouvrâmes notre sérieux dès que je m'étendis à côté de lui.

— Qu'allons-nous faire ? lui demandai-je.

Décidément, c'était la question la plus en vogue de la soirée.

— Dormir, répondit-il en éteignant la lampe. Demain, nous essaierons de contacter Abe ou Tasha ou… quelqu'un. Nous laisserons cette personne prendre les choses en main et elle conduira Jill là où elle doit aller.

— J'ai l'impression que nous avons échoué, lui avouai-je d'une toute petite voix qui me surprit moi-même. J'étais si heureuse, là-bas. J'ai cru que nous avions accompli l'impossible, mais c'était un coup d'épée dans l'eau. Tout ce que nous avons fait n'aura servi à rien.

— À rien ? répéta-t-il avec étonnement. Ce que nous avons fait est gigantesque. Tu as retrouvé la sœur de Lissa, l'autre Dragomir. J'ai l'impression que tu ne mesures pas encore l'ampleur de cette action. Nous n'avions presque aucun élément sur lequel nous appuyer, mais tu t'es obstinée et tu as réussi !

— Et j'ai perdu Victor Dashkov... une deuxième fois.

— Eh bien, les hommes comme lui ne restent jamais cachés très longtemps. Ils ont besoin de contrôler le monde qui les entoure. Il finira bien par se montrer. Alors, nous l'attraperons.

Je me remis à sourire même s'il ne pouvait pas me voir dans l'obscurité.

— Dire que je me prenais pour la plus optimiste des deux.

— Il faut croire que c'est contagieux. (Je fus alors surprise de sentir sa main chercher la mienne dans le noir. Nos doigts s'entrelacèrent.) Tu t'en es bien sortie, Roza. Très bien. Dors, maintenant.

Ce fut notre seul contact, mais sa main contenait toute la chaleur du monde. C'était loin d'être un moment parfait, comme celui que nous avions vécu dans la bibliothèque, mais notre intimité et notre complicité étaient plus grandes que jamais. C'était agréable et naturel. Je n'avais pas envie de dormir. Je voulais seulement savourer le plaisir d'être avec lui. Je songeai à Adrian et estimai que je ne le trompais pas. J'appréciais seulement notre proximité à Dimitri et moi.

Néanmoins, il fallait que je dorme. Nous nous étions réparti des tours de garde et Dimitri devait assurer le premier. J'avais l'impression qu'il ne prendrait pas lui-même le risque de dormir lorsque je le relaierais si je n'avais pas fermé l'œil quand j'aurais dû. Je fermai les yeux et ce ne fut pas mon cœur, mais mon esprit qu'il me fallut apaiser. L'obstination avec laquelle je me demandais ce que nous ferions ensuite me donnait l'impression d'être un hamster courant dans sa roue. *Emmène Jill à la Cour. Emmène Jill à la Cour*, me répétais-je. Rien d'autre ne comptait. Nous préviendrions quelqu'un qui se chargerait d'aller chercher Jill. Dimitri et moi ferions profil bas, et les choses finiraient par s'arranger d'elles-mêmes.

— Dieu merci.

Je fis volte-face. Je ne m'étais même pas rendu compte que j'avais glissé dans un rêve généré par l'esprit. Je me trouvais de nouveau dans le jardin de Sonya. Ses couleurs étaient toujours éclatantes et le soleil l'inondait. Elle-même était assise sur une chaise longue et me regardait, pleine d'attente.

— J'avais peur que tu ne veilles toute la nuit pour monter la garde.

— C'est ce que j'aurais fait si ça n'avait tenu qu'à moi, répondis-je en m'avançant vers elle.

Ce n'était pas exactement la personne que je m'attendais à voir, mais au moins c'était le premier contact que j'avais avec le monde extérieur depuis notre fuite. Je portais la robe noir et blanc de Sydney mais elle était propre et intacte, contrairement à son double dans la réalité.

— Dimitri nous croit en lieu sûr, même s'il monte la garde, évidemment.

— Évidemment.

Je vis passer une lueur d'amusement dans son regard.

— Où êtes-vous ? lui demandai-je. Les gardiens vous ont-ils arrêtée ?

— Ils n'ont pas réussi à m'attraper, répondit-elle avec fierté. Tu étais leur priorité et un peu de suggestion a suffi à me rendre invisible. Je me suis enfuie, même si cela m'a brisé le cœur d'abandonner Emily.

Je compatis, tout en restant très heureuse d'apprendre qu'elle avait réussi à s'échapper. Enfin une bonne nouvelle !

— Mais alors, vous pouvez conduire Jill à la Cour. Vous êtes libre.

Sonya me regarda comme si je m'étais exprimée dans une langue étrangère.

— Je ne peux rien faire pour Jill.

Je fronçai les sourcils.

— Les gardiens la surveillent-ils ?

— Rose, répondit Sonya. Jill n'est pas entre les mains des gardiens. Victor et Robert l'ont enlevée.

Chapitre 26

— Quoi ? m'écriai-je. (Les oiseaux du rêve se turent subitement.) Jill est avec eux ? Était-ce pour la kidnapper qu'ils ont appelé les gardiens ?

Sonya resta calme, mais elle fronça légèrement les sourcils.

— Victor et Robert n'ont pas appelé les gardiens. Pourquoi l'auraient-ils fait ?

— Parce que... Parce qu'ils voulaient se débarrasser de Dimitri et moi !

— Peut-être, mais certainement pas pendant qu'ils se trouvaient eux-mêmes dans la maison. Victor est aussi recherché que vous. Il n'a pu s'en sortir que grâce à la magie de Robert.

— Alors qui... ? (Je fus frappée par l'évidence et poussai un grognement.) John et Emily. J'aurais dû me douter que ce ne serait pas si simple. Ils ont trop rapidement accepté d'héberger des fugitifs.

— À vrai dire, je pense que John a pris cette décision tout seul. Emily semblait vraiment croire à ton innocence, même si elle n'aimait pas la raison de ta présence chez elle. Et je pense qu'elle aurait craint d'attirer encore plus l'attention sur Jill en appelant les gardiens. Ça ne m'étonnerait pas que John ne lui en ait même pas parlé. Il croyait certainement bien faire.

— Au lieu de quoi il a perdu sa fille adoptive. Mais pourquoi Victor et Robert l'ont-ils enlevée ? Et comment deux hommes de cet âge ont-ils réussi à forcer une adolescente à les suivre ?

Sonya haussa les épaules.

— Ils doivent être plus forts qu'ils n'en ont l'air et je ne serais pas surprise qu'ils aient employé la suggestion. Quant au pourquoi, c'est difficile à dire… Mais Victor est un manipulateur avide de pouvoir. Disposer de celle dont dépend l'avenir des Dragomir est un atout indéniable.

— Nous ne l'emmènerons jamais à la Cour, me lamentai-je en m'adossant à un tronc d'arbre.

— Il nous suffit de la retrouver, répondit Sonya. Ce que je devrais pouvoir faire dès qu'elle se sera endormie.

— Encore des rêves générés par l'esprit, commentai-je. (Mais mon espoir renaissait.) Vous devriez aller la voir maintenant et essayer de découvrir…

— J'ai essayé. Elle n'est pas endormie. Et je parie qu'ils la maintiennent éveillée, précisément pour m'empêcher de l'atteindre. Pendant ce temps, ils augmentent la distance qui nous sépare d'eux. Mais je vais continuer à essayer.

Ce n'était pas un plan idéal, mais nous ne pouvions rien faire de mieux dans l'immédiat.

— Et qu'est-il arrivé à Sydney et aux Mastrano ?

— On doit être en train de leur poser beaucoup de questions.

Son visage se décomposa. Elle s'en voulait autant d'avoir abandonné sa cousine que je m'en voulais d'avoir abandonné Sydney.

— Ça va aller, la rassurai-je en lui touchant doucement le bras. Ça va bien se passer pour eux. Vous avez eu raison de vous enfuir. Cela va vous permettre d'aider Jill.

Elle hocha la tête.

— Comment allons-nous rester en contact ? Je ne peux pas passer mon temps à attendre que tu t'endormes.

Un silence s'ensuivit. Elle marquait un point.

— Nous pourrions acheter un téléphone tout à l'heure, répondis-je finalement. Dieu sait que nous en avons besoin. Et puis, pourquoi ne viendriez-vous pas nous rejoindre ? Où êtes-vous, d'ailleurs ?

Je me demandai si je ne commettais pas une erreur en l'invitant à nous rejoindre. Dimitri et moi nous étions donné beaucoup de mal pour disparaître et nous avions déjà croisé les gardiens d'un peu trop près à mon goût. En plus des problèmes évidents que notre capture générerait : emprisonnement, exécution, etc., cela nous empêcherait d'aider Lissa. Néanmoins, j'étais presque sûre que Sonya comptait parmi nos alliés et, à ce stade, elle était notre unique lien avec Jill.

J'avais fait le même genre de pari quand j'avais dit à Victor où nous nous trouvions. Il nous avait aidés, mais cela avait eu de lourdes conséquences. Cela ne m'empêcha pas de fournir à Sonya le nom de notre camping et autant d'indications que j'en fus capable. Elle me promit de nous rejoindre – j'ignorais comment elle s'y prendrait, mais je commençais à croire qu'elle ne manquait pas de ressources – et de continuer à essayer d'entrer en contact avec Jill.

— Sonya…

J'hésitais à poursuivre, sachant que j'aurais mieux fait de la laisser dissiper le rêve. Nous avions des problèmes plus graves que ce que je m'apprêtais à lui demander. D'autre part, c'était une question très personnelle.

— Pourquoi avez-vous été troublée, dans la voiture, quand je vous ai dit que j'avais partagé un rêve avec mon petit ami ? Vous aviez l'air surprise.

Elle me dévisagea de ses yeux bleus. Elle m'observa un long moment en me donnant l'impression de voir plus clair en moi que je ne l'aurais voulu. Par moments, je la trouvais moins dangereuse dans ses crises de démence.

— Les auras révèlent beaucoup de choses, Rose. Et je suis très douée pour les interpréter. Bien meilleure que tes amis, sans doute. Un rêve généré par l'esprit enveloppe ton aura d'un voile doré. C'est comme cela que j'ai su. L'aura de chaque personne est unique, mais elle se modifie au gré de ses émotions. Quand les gens sont amoureux, leur aura s'illumine. Pendant ce rêve, la tienne s'est mise à briller, mais pas d'une manière qui m'a permis de deviner qu'il s'agissait de ton petit ami. Bien sûr, toutes les relations sont différentes, et elles évoluent… Ça ne m'aurait pas frappée si…

— Si quoi ?

— Si ton aura n'était pas aussi aveuglante que le soleil quand tu es avec Dimitri. Et c'est la même chose pour lui. (J'en restai bouche bée, ce qui la fit sourire.) Ça te surprend ?

— Je… En fait, nous nous sommes séparés. Nous étions ensemble, mais il n'a plus voulu de moi après sa transformation. Alors je suis passée à autre chose.

« Passer à autre chose » signifiait apparemment lui tenir la main dans le noir et partager des moments passionnés avec lui.

— Voilà pourquoi je sors actuellement avec Adrian. Je suis heureuse avec lui…

J'avais prononcé cette dernière phrase pratiquement sur le ton de la défensive. Qui essayais-je de convaincre ? Elle ou moi ?

— Nos comportements ne reflètent pas toujours nos sentiments, répondit-elle en me rappelant étrangement les propos empreints de sagesse de Dimitri. Ne le prends pas mal, mais tu vas avoir quelques problèmes à résoudre.

Génial. Voilà que je me faisais psychanalyser par une folle.

— Très bien. Admettons que vous ayez vu quelque chose. Je n'ai vraiment renoncé à Dimitri qu'il y a deux semaines. Il est possible que j'éprouve encore des sentiments pour lui.

Possible ? Je me mis à songer à la manière dont sa présence me troublait à chaque instant dans la voiture, à l'harmonie insouciante que nous avions connue dans la bibliothèque, à l'aisance avec laquelle nous collaborions dans l'action. Nous étions aussi déterminés l'un que l'autre et n'avions presque jamais besoin de nous concerter. Et quelques heures plus tôt, dans la chambre d'amis…

Sonya eut l'audace d'éclater de rire.

— Possible ? Après deux semaines seulement ? Rose… Tu es si mûre, dans certains domaines… et si jeune dans d'autres…

Je détestais qu'on me juge d'après mon âge, mais je n'avais pas le temps de me mettre en colère.

— Très bien. Si vous voulez. J'éprouve toujours des sentiments pour lui. Mais ce n'est pas son cas, à lui. Vous n'avez pas vu dans quel état il était, après sa transformation. C'était affreux. Il est devenu dépressif. Il voulait m'éviter à tout prix et disait qu'il ne pourrait plus jamais aimer personne. Il n'a recommencé à se comporter normalement que depuis qu'on s'est lancés dans cette folle cavale.

— Il m'en a parlé, répondit-elle en recouvrant son sérieux. Il m'a parlé de sa dépression et je comprends ce qui le hante. Après avoir été des Strigoï… après avoir fait ce que nous avons fait… nous ne nous estimons plus dignes de vivre. Nous n'avons plus que du remords et le souvenir de toutes ces horreurs à l'esprit.

Elle frémit.

— Vous… Vous ne réagissez pas comme lui. Je veux dire : vous avez l'air très triste, à certains moments, mais à d'autres, c'est comme si rien ne s'était passé. Vous êtes déjà redevenue vous-même, pour l'essentiel. Qu'est-ce qui explique une telle différence ?

— Je me sens coupable, crois-moi. Quand Robert m'a sauvée… (elle prononça son nom avec aigreur) j'ai eu envie de ne plus quitter ma maison et mon lit. Je m'en voulais terriblement de ce que j'avais fait et je regrettais que ce pieu ne m'ait pas tuée, tout simplement. Alors Dimitri m'a parlé. Il m'a expliqué que le sentiment de culpabilité était inévitable, et qu'il prouvait à lui seul que je n'étais plus une Strigoï. Il a ajouté que je ne devais pas le laisser m'empêcher de reprendre goût à la vie, qu'on nous avait donné une deuxième chance, à l'un et à l'autre, et que nous n'avions pas le droit de la gâcher. Il m'a dit qu'il lui avait fallu un long moment pour le comprendre et qu'il ne voulait pas me voir commettre les mêmes erreurs que lui. Il m'a conseillé de me tourner vers la beauté de la vie et vers les gens que j'aimais avant qu'il soit trop tard, même si c'était dur. Et c'est difficile de se délivrer de ce passé. J'ai l'impression de le sentir peser sur moi en permanence. Il m'a juré qu'il ne se laisserait plus dominer par ses souvenirs – ce qui est très noble de sa part, mais ne sera pas facile à réaliser – et qu'il allait faire quelque chose d'utile de sa vie. Il m'a avoué qu'il avait déjà perdu certaines choses à jamais, et que c'était pour cela qu'il refusait de renoncer à celles qui lui restaient.

— Il vous a dit tout ça ? Je… Je ne suis même pas sûre d'en comprendre la moitié.

« Il m'a conseillé de me tourner vers la beauté de la vie et vers les gens que j'aimais avant qu'il soit trop tard. »

— Parfois, je ne le comprenais pas non plus. Je te le répète, c'est plus facile à dire qu'à faire. Quoi qu'il en soit, je pense qu'il m'a aidée à me remettre plus rapidement que si j'avais été livrée à moi-même. Je lui en suis reconnaissante. Quant à toi et ton aura… (Son sourire réapparut.) Tu vas devoir te débrouiller seule. Je ne crois pas vraiment au concept des âmes sœurs. Je trouve ridicule l'idée qu'une seule personne au monde nous soit destinée, et inversement. Que se passe-t-il si notre « âme sœur » habite au Zimbabwe ? et si elle meurt jeune ? L'idée que « deux âmes ne fassent plus qu'une » me paraît tout aussi absurde. Nous devons rester nous-mêmes. En revanche, je crois que des âmes peuvent être en harmonie, en résonance. Je perçois cette résonance dans les auras. Je sais reconnaître l'amour, aussi. Et je vois tout cela dans les deux vôtres. Mais tu es la seule à pouvoir décider de ce que tu feras de cette information... si seulement tu me crois.

— Ça me colle à peine la pression..., grommelai-je.

J'eus l'impression qu'elle était sur le point de mettre un terme au rêve, mais elle plongea son regard dans le mien.

— Mais tu dois faire bien attention, Rose. Vos auras sont en harmonie, mais elles ne sont pas identiques. Son traumatisme a laissé des taches noires sur celle de Dimitri, qui s'effacent un peu plus chaque jour. Toi aussi, tu recèles de la noirceur, mais elle ne s'efface pas.

Je frémis.

— Lissa. C'est la noirceur dont je la délivre, n'est-ce pas ?

— Oui. Je connais mal les liens comme le vôtre, mais ce que tu fais est très dangereux, même si ça l'aide. L'esprit nous détruit, c'est évident, mais j'ai l'impression que nous pouvons un peu mieux le supporter quand c'est notre élément. Je t'accorde que cela ne se voit pas toujours, ajouta-t-elle avec amertume. Mais cette noirceur ne t'était pas destinée et je ne sais pas ce qui se passera si tu en absorbes trop. J'ai peur qu'elle ne s'accumule jusqu'au moment où il ne manquera plus qu'une étincelle pour que tout explose en toi.

— Que se passera-t-il, alors ?

Elle secoua lentement la tête.

— Je ne sais pas.

Le songe s'acheva sur ces mots.

Je plongeai dans un sommeil sans rêves, mais mon corps se réveilla quelques heures plus tard, comme s'il savait que mon tour de garde était venu. Les ténèbres du camping m'environnèrent de nouveau. J'entendis la respiration régulière de Dimitri et sentis sa chaleur. Tout ce que Sonya m'avait dit me revint à l'esprit. Il y avait trop de choses. Je ne savais même pas par où commencer.

Et non, je n'étais pas certaine de la croire après ce que j'avais vu dans le monde réel. « Nos comportements ne reflètent pas toujours nos sentiments. » J'inspirai profondément pour cesser de me comporter comme une gamine bouleversée et redevenir une gardienne.

— Il est temps de dormir, camarade.

— Tu peux dormir plus longtemps, si tu en as besoin, me répondit-il d'une voix douce et basse.

— Non, ça va, lui assurai-je. Et souviens-toi : tu n'es pas…

— Je sais, je sais, pouffa-t-il. Je ne suis pas le général.

Mon Dieu ! nous finissions même les plaisanteries de l'autre ! « Je crois que des âmes peuvent être en harmonie. » Je me rappelai avec sévérité que Sonya ne m'avait pas contactée pour évoquer ma vie sentimentale, et je racontai le reste du rêve à Dimitri pour l'informer de la trahison de John et de l'enlèvement de Jill.

— Ai-je bien fait de dire à Sonya où nous étions ?

Plusieurs secondes s'écoulèrent avant qu'il me réponde.

— Oui. Je t'accorde que nous avons besoin d'aide, et elle peut trouver Jill. Le problème, c'est que Victor et Robert le savent aussi. (Il soupira.) Et tu as raison sur un autre point : je ferais mieux de me reposer vu ce qui nous attend.

Avec son pragmatisme habituel, il conclut la discussion là-dessus. Sa respiration devint vite régulière. Sa facilité à s'endormir m'émerveillait toujours. Bien sûr, on nous y entraînait. Nous devions apprendre à dormir quand c'était possible parce que nous ne pouvions jamais savoir quand nous en aurions de nouveau l'occasion. Je n'avais jamais pris le coup. Je regardai les ténèbres, tous mes sens en alerte pour repérer le moindre signe de danger.

Je n'étais peut-être pas douée pour m'endormir en un instant, mais j'étais parfaitement capable de rester vigilante tout en prenant des nouvelles de Lissa. Jill et notre fuite avaient mobilisé mon attention pendant les dernières heures, mais ce qui se passait à la Cour m'inquiétait toujours. Quelqu'un venait d'essayer de tuer Lissa et les gardiens avaient arrêté Eddie.

En me glissant dans sa tête, je ne fus guère surprise de découvrir tous nos amis réunis. Ils se trouvaient dans une pièce austère et intimidante qui ressemblait à celle où on l'avait interrogée après mon évasion, excepté qu'elle était plus grande. Cela valait mieux, d'ailleurs, puisque beaucoup de gens étaient rassemblés là. Adrian et Christian se trouvaient auprès de Lissa et je n'avais pas besoin de savoir interpréter leurs auras pour me rendre compte qu'ils étaient aussi nerveux qu'elle. Hans, assis derrière un bureau sur lequel il avait posé les mains, fusillait tout le monde du regard. Eddie, dont le visage restait impassible, était assis sur une chaise, entre deux gardiens, de l'autre côté de la pièce. Ceux-ci semblaient prêts à intervenir à tout instant. Je compris qu'ils considéraient Eddie comme une menace, ce qui était ridicule. Malheureusement, Hans semblait du même avis qu'eux.

Il martela du doigt une photographie posée sur son bureau. Lissa s'avança d'un pas et vit qu'il s'agissait d'un cliché de son agresseur, pris après sa mort. Ses yeux étaient clos et sa peau était livide, mais ses traits inexpressifs étaient exposés dans tous leurs détails.

— Tu as tué un Moroï ! s'exclama Hans. (Apparemment, j'étais tombée au beau milieu de la discussion.) Comment se fait-il que tu ne voies pas le problème ? Tu as été formé pour les protéger !

— Et c'est ce que j'ai fait, répondit Eddie. (Il était si calme et si sérieux que la petite part de moi encore capable de faire de l'humour songea qu'il ressemblait à Dimitri en plus jeune.) J'ai protégé la princesse. Qu'est-ce que cela change que son agresseur ait été un Moroï et non un Strigoï ?

— Nous n'avons aucune preuve que cette agression ait bien eu lieu, ni aucun détail la concernant, grogna Hans.

— Vous avez trois témoins ! s'écria Christian. Sous-entendez-vous que nos témoignages n'ont pas de valeur ?

— Je dis que vous êtes ses amis, ce qui rend vos témoignages suspects. J'aurais préféré qu'il y ait un gardien avec vous pour confirmer tout cela.

Ce fut au tour de Lissa de s'énerver.

— C'était bien le cas. Eddie était là.

— Et il n'y avait pas moyen de protéger la princesse sans tuer l'agresseur ? demanda Hans.

Eddie ne répondit pas tout de suite. Je savais qu'il réfléchissait sérieusement à la question et se demandait s'il n'avait pas commis une erreur. Finalement, il secoua la tête.

— Il m'aurait tué si je ne l'avais pas fait.

Hans poussa un soupir et parut épuisé. Comme il m'était facile de lui en vouloir dans cette situation, je tâchai de me souvenir qu'il ne faisait que son travail. Il ramassa la photo.

— Et aucun de vous n'a jamais vu cet homme ?

Lissa observa de nouveau le cliché et réprima un frisson. Non. Elle ne l'avait pas reconnu quand il l'avait attaquée et ne le reconnaissait pas davantage à présent. Il n'avait vraiment rien de remarquable, aucune particularité qui fasse qu'on se souvienne de lui. Alors que nos amis secouaient la tête, Lissa se sentit froncer les sourcils.

— Oui ? demanda Hans, qui le remarqua aussitôt.

— Je ne le connais pas, répondit-elle lentement.

La conversation qu'elle avait eue avec Joe lui revint à l'esprit :

« À quoi ressemblait ce Moroï ? lui avait-elle demandé. *Il ne ressemblait à rien ! Il était parfaitement banal, mis à part sa main. »*

Lissa regarda plus attentivement la photo, sur laquelle on devinait une main couverte de cicatrices et dont deux doigts étaient tordus. J'avais remarqué ce détail pendant le combat. Lissa leva les yeux vers Hans.

— Je ne le connais pas, répéta-t-elle. Mais je crois que je connais une personne qui l'a rencontré. C'est un agent d'entretien. Enfin, un ancien agent d'entretien. Celui qui a témoigné pendant l'audience de Rose. Je crois qu'il a déjà vu ce Moroï et qu'ils ont conclu ensemble une affaire intéressante. Mikhail voulait s'assurer que ce témoin ne quitte pas la Cour.

Adrian semblait contrarié de voir Joe réapparaître, ce qui pouvait se comprendre, puisque l'agent d'entretien risquait de parler de l'alibi que sa mère avait payé.

— Vous allez avoir du mal à le faire parler, commenta-t-il.

Hans plissa les yeux.

— S'il sait quelque chose, il nous le dira. (Il fit un bref signe de tête en direction de la porte et l'un des gardiens qui surveillaient Eddie se dirigea vers elle.) Trouve ce type ! Et fais entrer nos « invités ».

Le gardien acquiesça, puis quitta la pièce.

— Quels invités ? demanda Lissa.

— Eh bien, c'est amusant que vous ayez parlé d'Hathaway… parce qu'on vient justement de la repérer.

Lissa sentit la panique la gagner. *Ils ont retrouvé Rose. Mais comment ?* Abe lui avait assuré que j'étais dans un endroit sûr, en Virginie-Occidentale.

— Belikov et elle ont été repérés dans la banlieue de Detroit, où ils ont enlevé une jeune fille.

— Ils ne… (Elle s'interrompit.) Vous avez dit Detroit ?

Elle fit preuve d'une grande maîtrise d'elle-même en s'interdisant de jeter des regards perplexes à Christian et Adrian.

Hans acquiesça. Il donnait l'impression de simplement leur annoncer la nouvelle, mais je savais qu'il observait avec attention les réactions de mes amis dans l'espoir que l'un d'eux se trahisse.

— D'autres personnes les accompagnaient. Certaines ont pu s'enfuir, mais nous en avons arrêté une.

—Qui ont-ils enlevé ? demanda Christian, sincèrement surpris, puisque lui aussi nous croyait à l'abri.

—Mastrano, répondit Hans. Quelque chose Mastrano.

—Jill Mastrano ? s'écria Lissa.

—La gamine ? demanda Adrian.

Hans ne parut pas comprendre qu'il s'agissait d'un surnom mais n'eut pas le temps de l'interroger, parce que la porte s'ouvrit à cet instant. Trois gardiens entrèrent... avec Sydney.

Chapitre 27

J'en serais restée bouche bée si j'avais été sur place. J'aurais été tout autant stupéfaite de l'apparition de Sydney que de voir un humain fouler le sol de la Cour. En l'occurrence, il s'agissait d'humains au pluriel, puisqu'un homme et une femme l'accompagnaient. L'homme, qui ne devait avoir que quelques années de plus que Sydney, avait les cheveux très bruns et les yeux marron. La femme était plus âgée et semblait aussi aguerrie et aussi endurcie qu'Alberta. Elle avait la peau mate, mais je distinguais parfaitement son tatouage doré, tout comme celui de l'homme. C'étaient tous deux des alchimistes.

Et visiblement ils n'étaient pas ravis de se trouver là. La femme s'efforçait de faire bonne figure, mais les brefs regards qu'elle jetait autour d'elle trahissaient le fait qu'elle aurait préféré se trouver n'importe où ailleurs. Sydney et le jeune homme masquaient moins bien leur peur. Sydney avait beau avoir fini par s'habituer à Dimitri et moi, elle aussi devait avoir l'impression d'être tombée dans un repaire de créatures maléfiques.

Les alchimistes n'étaient pas les seuls à être mal à l'aise. Dès qu'ils furent entrés, les gardiens cessèrent de considérer Eddie comme étant la plus grande menace présente dans la pièce et surveillèrent les humains comme s'ils étaient des Strigoï. Mes amis semblaient plus curieux qu'effrayés. Lissa et moi avions vécu parmi les humains pendant quelque temps, mais Christian et Adrian n'en avaient pas rencontré beaucoup en dehors des sources. Et l'implication des alchimistes ajoutait du mystère à notre histoire.

J'étais très surprise de la vitesse à laquelle Sydney avait été transférée à la Cour. Mais était-ce vraiment si rapide ? Plusieurs heures s'étaient écoulées depuis que nous nous étions enfuis de la maison de Jill. Cela ne suffisait pas pour rouler jusqu'à la Cour, mais sûrement pour la regagner par avion. Sydney ne s'était pas changée depuis que nous l'avions quittée et ses yeux étaient cernés. J'avais l'impression qu'on l'avait interrogée sans interruption depuis son arrestation. Mais pourquoi faire intervenir les alchimistes dans l'enquête sur Eddie et le mystérieux Moroï ? C'étaient deux affaires tout à fait distinctes...

Lissa partageait mon avis.

— Qui sont ces gens ? demanda-t-elle, même si elle avait compris que l'une des deux femmes était Sydney, en se fondant sur la description que je lui en avais faite.

Sydney jeta un bref regard à Lissa et parut deviner aussi son identité.

— Des alchimistes, grommela Hans. Vous connaissez le rôle de cet ordre ?

Lissa et mes amis acquiescèrent.

— Mais qu'ont-ils à voir avec Eddie et l'homme qui m'a attaquée ? s'étonna-t-elle.

— Peut-être quelque chose, peut-être rien. (Hans haussa les épaules.) Mais je sais qu'il se passe des choses étranges, dans lesquelles vous êtes tous impliqués, et je veux comprendre quoi. (Hans désigna Sydney.) Elle se trouvait avec Hathaway, à Detroit. Et j'ai toujours du mal à croire qu'aucun de vous ne le savait.

Adrian croisa les bras et s'appuya contre le mur en jouant l'indifférence à la perfection.

— Vous pouvez croire ce que vous voulez, mais je ne connais aucune de ces personnes. Les alchimistes ne nous haïssent-ils pas ? Pourquoi ceux-là sont-ils ici ?

Ironiquement, Adrian était le seul de mes amis à savoir que je ne me trouvais plus en Virginie-Occidentale, mais rien dans son attitude ne permettait de le deviner.

— Parce que nous avons une meurtrière en fuite et que nous voulions interroger sa complice nous-mêmes, répondit sèchement Hans.

Lissa s'apprêtait à clamer mon innocence mais l'alchimiste plus âgée réagit la première :

— Rien ne prouve que Mlle Sage soit « complice » de votre meurtrière. Et je continue à trouver ridicule que vous ne nous laissiez pas l'interroger et n'attendiez pas que nous vous fournissions nos propres conclusions.

— C'est ce que nous aurions fait dans toute autre situation, mademoiselle Stanton, répliqua Hans. (Ils se toisèrent avec animosité.) Mais nous avons affaire à un problème un peu plus grave que d'habitude. Je vous rappelle que notre reine a été assassinée.

La tension entre les alchimistes et les gardiens s'accrut encore. Je compris soudain que leurs relations de travail n'avaient rien d'harmonieux. Je compris aussi que même si les supérieurs de Sydney pensaient qu'elle avait commis un crime, ils ne l'admettraient jamais devant mon peuple. Hans n'avait donc pas tort de se méfier. Aucun alchimiste ne répondit, et Hans interpréta leur silence comme l'autorisation d'entamer l'interrogatoire de Sydney.

— Connaissez-vous ces trois personnes ? lui demanda-t-il en désignant mes amis. (Sydney secoua la tête.) Avez-vous déjà échangé des informations avec elles ?

— Non.

Il attendit un peu, comme s'il espérait qu'elle modifierait sa réponse, ce qu'elle ne fit pas.

— Alors comment vous êtes-vous retrouvée en compagnie d'Hathaway ?

Elle l'observa craintivement même si je n'aurais su dire s'il lui faisait vraiment peur. Bien sûr, elle ne manquait pas de raisons de s'inquiéter, comme le simple fait qu'elle se trouve là, par exemple, ou le châtiment que les alchimistes risquaient de lui infliger. Et puis il y avait Abe, évidemment. C'était à cause de lui qu'elle se retrouvait impliquée dans cette histoire. Après tout, il lui suffisait de dire qu'il la faisait chanter pour se sortir de ce piège, sauf que cela lui attirerait ses foudres. Sydney déglutit et se força à soutenir le regard de Hans.

— J'ai rencontré Rose en Sibérie.

— Oui, oui, s'impatienta Hans. Mais comment vous êtes-vous retrouvée complice de son évasion ici ?

— Je ne l'ai pas aidée à s'évader ! s'écria Sydney, ce que je supposais n'être qu'à moitié vrai. Elle est entrée en contact avec moi il y a quelques jours pour que je l'aide à se rendre dans une maison près de Detroit. Elle m'a juré qu'elle était innocente et que cela l'aiderait à le prouver.

— Les alchimistes savaient déjà qu'elle était en fuite, lui rappela Hans. Tout le monde avait reçu l'ordre de la rechercher. Pourquoi ne l'avez-vous pas dénoncée ?

— Je n'imaginais pas Rose capable de tuer quelqu'un, mis à part des Strigoï, évidemment. Et je ne considère vraiment pas cela comme des meurtres. (Elle se fendit d'une moue dédaigneuse propre aux alchimistes – très réussie.) Par conséquent, quand elle m'a dit qu'elle était innocente et pouvait le prouver, j'ai décidé de l'aider. Je l'ai conduite là-bas.

— Nous l'avons déjà interrogée là-dessus, intervint Stanton avec agacement. Et nous vous l'avons déjà dit. Ce qu'elle a fait était stupide. Elle a commis une grave erreur de jugement. Mais c'est à nous de régler ce problème. Occupez-vous de votre meurtrière.

Son ton était léger et donnait l'impression qu'ils allaient ramener Sydney à la maison pour la punir comme une petite fille qui aurait fait une bêtise. Je doutais que ce soit si simple.

— Qui l'accompagnait ? demanda Hans sans prêter attention à l'interruption de Stanton.

Sydney accentua encore le dédain de sa moue.

— Il y avait ce type… Dimitri Belikov. Celui que vous prétendez avoir « sauvé ». Je ne connaissais pas les autres. Il y avait deux hommes et une femme. On ne nous a jamais présentés.

C'était un mensonge habile. Le dégoût qu'elle affichait à l'égard de Dimitri détournait l'attention de ce qu'elle pouvait savoir de nos autres complices.

Lissa se pencha impatiemment vers elle.

— Que cherchait-elle à Detroit ? lui demanda-t-elle avant que Hans pose une nouvelle question. Comment espérait-elle prouver son innocence ? Quel est le rapport avec Jill ?

Hans ne parut guère apprécier son intervention, mais Jill et Detroit l'intriguaient aussi. Il se tut donc en espérant sans doute que quelqu'un se trahirait. Mais Sydney continua à jouer la froideur et le mépris.

— Je ne sais pas. Et cette Jill ne semblait rien savoir non plus. Rose disait qu'elle avait besoin de la voir, alors je l'ai aidée.

— Si aveuglément ? s'écria Hans. Vous espérez vraiment me faire croire que vous lui faites confiance à ce point-là ?

— C'est mon… (Sydney se mordit la lèvre avant de prononcer le mot « amie », et recouvra tout son professionnalisme.) Ce qu'elle disait était vraisemblable, et j'ai estimé que les alchimistes gaspillaient leur temps et leurs moyens s'ils vous aidaient à pourchasser la mauvaise personne. J'aurais toujours pu la dénoncer si je m'étais rendu compte qu'elle était coupable.

Et puis j'ai pensé que j'obtiendrais peut-être une promotion si je parvenais à résoudre cette affaire.

C'était un excellent mensonge. Prétendre avoir agi par ambition était une très bonne idée ! Sauf que cela ne semblait pas être l'avis de tout le monde.

Hans secoua la tête.

— Je ne crois aucun d'entre vous.

Le jeune alchimiste fit un pas en avant, ce qui inquiéta tous les gardiens.

— Si elle dit que les choses se sont passées comme ça, c'est qu'elles se sont passées comme ça !

Il était aussi tendu et aussi méfiant que Stanton, mais ce n'était pas tout. Son besoin de protéger Sydney était tout autant personnel que professionnel. Lissa le comprit aussi.

— Du calme, Ian, intervint Stanton, qui n'avait pas quitté Hans des yeux.

Son attitude me rappelait de plus en plus celle d'Alberta. Elle se sentait forcément mal à l'aise dans une pièce emplie de gardiens, mais rien ne permettait de le deviner.

— Peu importe que vous la croyiez ou non. Dans tous les cas, Mlle Sage a répondu à vos questions. Nous en avons terminé.

— Les parents de Jill savent-ils quelque chose ? demanda Lissa.

Elle était toujours abasourdie par ce bouleversement inattendu – et inquiète de me savoir ailleurs que dans ma paisible ville de montagne – mais cette nouvelle piste providentielle l'obsédait. Elle tenait à l'approfondir.

Sydney se tourna vers Lissa et je crus deviner le cheminement de ses pensées. Elle savait à quel point Lissa et moi étions proches et aurait sans doute voulu réconforter mon amie. Mais elle ne pouvait rien dire avec tous ces gens dans la pièce. Elle devait aussi savoir que je n'avais pas encore parlé de Jill à Lissa.

— Non, répondit-elle. Nous sommes allés là-bas, et Rose a dit que Jill devait la suivre. Les Mastrano ne savaient pas pourquoi. Alors Rose… l'a enlevée. Ou bien Jill s'est enfuie avec elle. Je ne sais pas vraiment ce qui s'est passé. C'est devenu le chaos.

Ni les alchimistes ni les gardiens ne doutèrent un instant que j'avais enlevé Jill. J'en déduisis que Sydney et les parents de Jill leur avaient déjà fourni cette version et qu'ils y avaient cru. Elle contenait assez d'éléments exacts pour être plausible et expliquait la disparition de Jill. Elle permettait aussi de passer sous silence le secret des Dragomir, ce dont Emily se réjouissait sûrement.

— Vous voyez ? conclut Stanton. Ce sont exactement les réponses que nous vous avions fournies. Nous devons partir, maintenant.

Elle se tourna vers la porte, mais deux gardiens lui bloquèrent le passage.

— C'est impossible, répondit Hans. C'est très grave. Mlle Sage est peut-être la seule personne à pouvoir nous aider à résoudre un meurtre – un régicide – et à mettre fin à un enlèvement.

Stanton souffla avec mépris. Je me souvins que Sydney m'avait un jour expliqué que les alchimistes trouvaient notre système monarchique ridicule.

— Elle ne semble pas vous être très utile. Mais ne vous inquiétez pas : nous ne la laisserons pas filer. Vous n'aurez qu'à nous appeler si vous avez d'autres questions à lui poser.

— Ce serait inacceptable, riposta Hans. Elle restera ici.

Ian, l'autre alchimiste, se joignit à la discussion en se plaçant instinctivement devant Sydney.

— Nous n'allons pas laisser l'une des nôtres entre vos mains !

J'eus de nouveau la même impression. Il avait le béguin pour elle et en faisait une affaire personnelle. Stanton lui signifia d'un regard qu'elle préférait négocier seule. Il se tut aussitôt.

— Vous pouvez tous rester, si vous voulez, leur concéda Hans. Cela ne change rien pour moi. Nous vous trouverons des chambres.

— Voilà qui est vraiment inacceptable.

À partir de là, Hans et elles se lancèrent dans une violente dispute. Je n'avais pas l'impression qu'ils risquaient d'en venir aux mains, mais les autres gardiens se rapprochèrent par précaution.

Ian jetait des regards affolés à Stanton et Sydney mais il n'intervint pas. À un moment, son regard survola le bureau de Hans et la photographie du mort le frappa. Il écarquilla à peine les yeux et son regard ne s'arrêta qu'un instant dessus, mais Lissa le remarqua.

Elle fit un pas vers Ian et Sydney. L'un des gardiens vit son mouvement, mais ne parut pas la considérer comme une menace, puisqu'il reporta son attention sur Stanton.

— Vous le connaissez, murmura-t-elle pour que sa voix soit couverte par les cris.

À en juger d'après les regards déconcertés de Ian et de Sydney, elle avait même parlé trop bas. Les humains n'avaient pas l'ouïe aussi fine que les Moroï et les dhampirs. Lissa, qui ne voulait pas attirer l'attention, jeta des regards inquiets autour d'elle et éleva légèrement la voix.

— Vous le connaissez. L'homme de la photo.

Ian dévisagea Lissa avec un mélange d'inquiétude et d'émerveillement. Lui aussi sans nul doute affichait d'habitude à l'égard des vampires la même attitude méprisante que tous les alchimistes, mais l'affirmation de Lissa l'avait pris de court. De plus, Lissa était peut-être une créature maléfique de la nuit, mais c'en était une très jolie.

— Ian, insista Sydney en chuchotant. De quoi s'agit-il ?

J'eus l'impression que la pointe d'inquiétude que trahit sa voix joua sans le vouloir sur la corde sensible du jeune homme.

Il ouvrit la bouche pour répondre, mais la « conversation » des autres s'interrompit brutalement. Sydney redevint le centre de l'attention et Ian se détourna de Lissa.

L'accord auquel Hans et Stanton étaient parvenus répondait parfaitement à la définition d'un compromis : il ne satisfaisait aucune des deux parties. Les alchimistes logeraient dans une petite ville, située à trois quarts d'heure de route de la Cour, sous la surveillance de gardiens. À mes yeux, cela ressemblait à une assignation à domicile, et Stanton semblait du même avis. Je pense qu'elle n'avait consenti à cela que parce que cette ville était peuplée d'humains. Avant de les laisser partir, Hans interrogea mes amis une dernière fois en les observant attentivement.

— Et aucun de vous ne connaît cette alchimiste, n'a été en contact avec elle, ni ne savait qu'elle se trouvait avec Hathaway ?

Lissa et les autres nièrent une fois de plus et Hans dut encore accepter leurs réponses à contrecœur. Mais Hans retint Eddie quand tout le monde se dirigea vers la porte.

— Pas toi, Castile ! Tu restes ici tant que nous n'avons pas réglé l'autre problème.

Lissa en eut le souffle coupé.

— Quoi ? Mais il…

— Ne t'en fais pas, l'interrompit Eddie en lui offrant un petit sourire. Ça va aller. Mais fais attention à toi.

Lissa hésita malgré l'insistance avec laquelle Christian tirait sur son bras. Même s'ils avaient tous témoigné que c'était pour la défendre, Eddie avait quand même tué un Moroï. Les gardiens ne pouvaient pas prendre cela à la légère. Ils ne le relâcheraient pas avant d'être absolument convaincus qu'il n'avait pas eu le choix. Lissa comprit à son expression calme et déterminée qu'il était prêt à supporter tout ce qu'on lui ferait subir.

— Merci, lui dit-elle en passant devant lui. Merci de m'avoir sauvée.

Il lui répondit par un bref signe de tête et Lissa sortit dans le couloir… pour tomber sur une autre forme de chaos.

— Où sont-ils ? J'insiste pour que… Ah !

Les gardiens qui escortaient les alchimistes et mes amis vers la sortie croisèrent quelqu'un qui arrivait de l'extérieur et qui les défia du regard : Abe. Il analysa la scène étrange sur laquelle il venait de tomber en un clin d'œil, et laissa son regard glisser sur Sydney ainsi que sur les deux autres alchimistes, comme s'il ne les avait jamais vus de sa vie. Je vis Sydney blêmir, mais personne ne s'en rendit compte. Abe offrit un sourire à Lissa et se faufila entre les gardiens pour la rejoindre.

— Te voilà ! Ta dernière épreuve t'attend.

— Et c'est vous qu'ils ont envoyé la chercher ? s'étonna Christian.

— Disons que je me suis porté volontaire, répondit Abe. J'ai entendu dire qu'il y avait de l'agitation. Un meurtre, des fanatiques religieux humains, des interrogatoires… Toutes ces choses m'intéressent beaucoup, tu sais.

Lissa leva les yeux au ciel mais ne dit pas un mot avant d'être sortie du bâtiment. Les alchimistes et leur escorte imposée partirent dans une direction, Lissa et mes amis dans une autre. Lissa mourait d'envie de jeter un dernier coup d'œil en direction de Ian et de Sydney – et je mourais d'envie qu'elle le fasse, mais elle jugea préférable de s'en abstenir et suivit Abe sans se retourner. C'était d'autant plus prudent de sa part que certains des gardiens ne surveillaient pas que les alchimistes.

Abe perdit son sourire dès que leur groupe se fut assez éloigné des autorités.

— Que s'est-il passé ? s'écria-t-il en se tournant vers mes amis. J'ai entendu des rumeurs plus délirantes les unes que les autres. Quelqu'un m'a même annoncé que tu étais morte !

— Ça a bien failli être le cas, répondit Lissa.

Elle lui raconta l'attaque et lui fit part de ses craintes concernant Eddie.

— Ne t'inquiète pas pour lui, lui conseilla Abe en signifiant d'un geste qu'il n'estimait pas le problème trop grave. Ils n'ont rien contre lui. Au pire, ce sera inscrit dans son dossier.

L'assurance d'Abe soulagea Lissa mais ne me délivra pas de mon remords. Par ma faute, le dossier d'Eddie était déjà bien rempli. Sa réputation, si bonne à l'origine, se ternissait de jour en jour.

— C'était Sydney Sage, lui fit remarquer Lissa. Je les croyais tous en Virginie-Occidentale. Pourquoi n'est-elle plus avec Rose ?

— C'est une excellente question, commenta Abe avec un regard impénétrable.

— Parce qu'ils sont allés enlever Jill Mastrano à Detroit, apparemment, rappela Christian. Ce qui est bizarre, même si ce n'est pas la chose la plus folle à laquelle je m'attendais de la part de Rose.

Je ne manquai pas d'apprécier son soutien.

Abe se fit aussi raconter cette partie de l'histoire, du moins ce que mes amis en savaient – c'est-à-dire pas grand-chose. Il comprit immédiatement qu'il avait été abusé, et la colère qui se peignit sur son visage me prouva qu'il n'aimait pas être tenu à l'écart. *Bienvenue au club, mon vieux*, songeai-je avec une satisfaction mesquine. Je n'avais pas oublié que personne ne m'avait informée du plan d'évasion. Mais ma satisfaction céda vite la place à l'inquiétude. Qu'allait-il arriver à Sydney, à présent qu'Abe avait découvert sa trahison ?

— Cette fille m'a menti, grogna-t-il. Tous les jours dans ses rapports, elle soulignait à quel point la Virginie-Occidentale était tranquille et ennuyeuse. Je me demande même s'ils ont mis les pieds là où ils étaient censés aller. Il faut que je lui parle.

—Bonne chance, commenta Adrian en s'allumant une cigarette. (Le contrat par lequel il s'était engagé à surveiller ses vices pour sortir avec moi n'était apparemment pas valide en mon absence.) Ça m'étonnerait beaucoup que ses petits camarades et les gardiens vous laissent l'approcher.

—Je vais l'approcher, ne t'en fais pas pour ça. Elle possède de nombreuses réponses. Tant mieux pour elle si elle les a cachées aux autres idiots, mais elle parlera devant moi.

Une idée revint soudain à l'esprit de Lissa.

—Vous devez aussi interroger Ian, le garçon. Il connaît l'homme de la photo… je veux dire : le Moroï qu'Eddie a tué.

—Tu en es sûre ? lui demanda Abe.

—Oui, intervint Adrian, à la surprise de tous. Il est certain qu'il a réagi à la vue de cette photo. Tout comme il est certain qu'il a le béguin pour cette Sydney.

—Je m'en suis rendu compte aussi, confirma Lissa.

—Je l'ai trouvée un peu coincée. (Adrian fronça les sourcils.) Mais c'est peut-être ainsi qu'ils les aiment, dans leur ordre.

—Ce béguin pourrait nous être utile, songea Abe à voix haute. Vous ne mesurez pas le pouvoir que vous avez sur nous, vous autres les femmes… Avez-vous observé ce gardien avec qui sort la tante de Christian, Ethan Moore ?

—Oui, grommela Christian. Et je préfère éviter de penser à lui.

—Il faut reconnaître que Tasha est très séduisante, ajouta Adrian.

—Ce n'est pas drôle, insista Christian.

—Ne sois pas si chatouilleux, intervint Abe. Ethan est l'un des gardes du palais. Il était en service la nuit du meurtre. Il pourrait nous être très utile que ta tante l'ait pris dans ses filets.

Christian secoua la tête.

—Tous les gardiens ont déjà été interrogés. Ça n'a aucune importance : Ethan a déjà dit ce qu'il savait.

— Je n'en suis pas si sûr, répondit Abe. Tout n'est pas consigné dans les registres officiels. Je suis certain que les gardes du palais ont des consignes très strictes concernant ce qu'ils ont le droit de révéler et ce qu'ils doivent garder pour eux. Ta tante se montrera peut-être assez charmante pour découvrir quelque chose que nous ignorons. (Abe poussa un soupir. Il semblait toujours vivement contrarié que nous ayons bouleversé son plan soigneusement élaboré.) Si seulement Sydney avait pu se montrer assez charmante pour sortir blanchie de cet interrogatoire, alors j'aurais pu aller l'interroger directement. Maintenant, je vais devoir trouver un moyen de tromper la vigilance des alchimistes et des gardiens pour découvrir où se trouve Rose. Oh ! et tu dois aller passer ton épreuve, princesse.

— Je croyais que ce n'était qu'un prétexte pour arriver jusqu'à moi !

— Non. Tu es vraiment convoquée.

Il lui indiqua l'endroit où elle devait se rendre. Il s'agissait du bâtiment où s'était déroulée l'épreuve précédente.

— Je veux que vous y alliez tous ensemble et que vous demandiez à un gardien de vous raccompagner. Ensuite, ne quitte pas ta chambre avant l'arrivée de Janine ou de Tad. (Tad était l'un de ses hommes de main.) Je ne veux plus d'attaques surprises.

Lissa eut envie de lui répondre qu'il n'était pas question qu'elle se laisse enfermer dans sa chambre, mais elle estima qu'il valait mieux ne pas inquiéter Abe dans l'immédiat. Celui-ci s'éloigna à grands pas, ce qui prouvait son trouble, tandis que les garçons et elle prenaient la direction du bâtiment où se déroulait l'épreuve.

— Ça alors… Il est fou de rage, commenta Adrian.

— Peux-tu le lui reprocher ? répondit Christian. Il vient de perdre son statut de cerveau de l'opération. Son plan brillant est tombé à l'eau et sa fille a disparu alors qu'il la croyait en sécurité.

Adrian préféra ne rien répondre.

— J'espère qu'elle va bien. (Lissa soupira et sentit une boule se former dans son estomac.) Et qu'est-ce que Jill a à voir dans tout cela ?

Personne n'avait de réponse à lui fournir. Lorsqu'ils atteignirent le bâtiment où se déroulait l'épreuve, Lissa découvrit une situation presque identique à celle de la fois précédente : beaucoup de spectateurs occupaient le couloir et des gardiens bloquaient la porte. Ceux qui l'encouragèrent sur son passage étaient plus nombreux que lors de l'épreuve précédente. Certains étaient des Moroï roturiers, d'autres des nobles dont le candidat n'était plus en course. Plusieurs candidats n'avaient pas surmonté leurs peurs et ceux qui les soutenaient avaient transféré leur loyauté sur quelqu'un d'autre.

De nouveau, Lissa pénétra seule dans la pièce. Son cœur s'affola lorsqu'elle y retrouva la même vieille dame. Allait-elle encore devoir supporter de terribles images ? Elle ne vit le calice nulle part, mais cela ne suffit pas à la rassurer. Comme il n'y avait pas non plus de chaise, Lissa se planta devant la vieille dame.

— Bonjour, lui dit-elle respectueusement. C'est un plaisir de vous revoir.

Son interlocutrice lui offrit un grand sourire qui dévoila les trous de sa denture.

— J'en doute, mais tu le dis de manière très convaincante. Tu as un don pour la diplomatie.

— Merci, répondit Lissa sans être tout à fait sûre qu'il s'agissait d'un compliment. Que dois-je faire ?

— Seulement m'écouter. C'est une épreuve facile.

Lissa vit les yeux de la vieille dame pétiller et comprit que cela ne serait certainement pas aussi facile qu'elle le prétendait.

— Je vais te poser une question. Il te suffit d'y répondre correctement pour réussir ta dernière épreuve et atteindre l'étape du vote, ce qui ne manquera pas d'être divertissant.

Lissa eut l'impression que la vieille dame n'avait prononcé ces derniers mots que pour elle-même.

— Très bien, répondit Lissa, nerveuse. Je suis prête.

La vieille dame observa Lissa de la tête aux pieds et parut apprécier ce qu'elle voyait.

— Voici la question : Que doit posséder une reine pour bien gouverner son peuple ?

L'esprit de Lissa se vida pendant quelques instants, puis des mots en jaillirent pêle-mêle : *L'intégrité ? La sagesse ? La santé mentale ?*

— Non, ne réponds pas ! ajouta la vieille dame, qui l'observait toujours. Pas encore. Tu as jusqu'à demain, même heure, pour y réfléchir. Reviens me donner la bonne réponse, et tu auras réussi tes épreuves. Et… (elle lui fit un clin d'œil) il va sans dire que tu ne peux en parler à personne.

Lissa acquiesça et effleura le petit tatouage qu'elle avait sur le bras. Elle ne pourrait recevoir l'aide d'aucun de ses amis. Elle quitta la pièce en ressassant la question. Une interrogation de ce genre avait trop de réponses possibles, songea-t-elle. N'importe quelle vertu…

Un mouvement dans ma réalité m'arracha à son esprit. Je m'attendais à moitié à voir Sonya s'engouffrer sous notre tente… mais non. Ce n'était pas ce qui avait attiré mon attention. C'était un mouvement beaucoup moins brutal, et pourtant infiniment plus puissant.

Dimitri était dans mes bras.

Chapitre 28

J'en perdis le souffle. Nous avions une couverture chacun mais la température avait chuté pendant la nuit, même si nous étions au cœur de l'été. Dimitri avait roulé contre moi dans son sommeil, mélangé nos couvertures sans le vouloir et posé sa tête sur ma poitrine. Son corps chaud et familier était blotti contre le mien et il se colla même encore un peu plus à moi.

Il devait être plus fatigué que je ne le croyais pour se laisser aller ainsi dans son sommeil. Dire que c'était lui qui était censé ne dormir que d'un œil ! Mais il avait baissé sa garde et son corps cherchait inconsciemment... quoi ? De la chaleur ? Moi ? Merde. Pourquoi avait-il fallu que je pose cette question à Sonya ? Pourquoi ne pouvais-je pas me contenter des rôles faciles à vivre de petite amie d'Adrian et d'amie de Dimitri ? À cet instant, je ne les remplissais correctement ni l'un ni l'autre.

J'hésitai, puis bougeai craintivement pour passer un bras autour de lui et l'attirer plus près. Je savais que je risquais de le réveiller et de briser le charme de cet instant magique, mais ce ne fut pas le cas. Dimitri parut même se détendre davantage. Le fait de le tenir dans mes bras réveilla en moi des émotions violentes. Je ressentis pleinement à quel point il m'avait manqué. En même temps, cette étreinte volée apaisait ma douleur, comme si je retrouvais une part de moi dont j'avais été amputée sans même m'en rendre compte. J'avais refoulé cette souffrance jusqu'à ce que les paroles de Sonya viennent remettre en cause ma fragile acceptation de ma nouvelle vie.

J'ignore combien de temps nous restâmes dans cette position. Mais cela dura assez longtemps pour que le soleil commence à traverser la toile de notre tente et m'offre la lumière dont j'avais besoin pour admirer la finesse des traits de Dimitri et la douce teinte de ses cheveux, tandis qu'il reposait contre moi. Je mourais d'envie de les toucher pour voir s'ils étaient comme dans mon souvenir. C'était absurde, évidemment. Ses cheveux ne devaient pas avoir changé. Pourtant, je finis par céder à cette envie et glissai mes doigts dans les mèches échappées de sa queue-de-cheval. Elles étaient soyeuses, et cette simple caresse me fit frissonner… en plus de le réveiller.

Il ouvrit instantanément les yeux. Je m'attendis à le voir s'écarter d'un bond, mais il se contenta d'évaluer la situation et de rester immobile. Je laissai ma main reposer contre sa joue et me remis à lui caresser les cheveux. Nos regards se rivèrent l'un à l'autre, et nous nous communiquâmes bien des choses sans dire un mot. J'en oubliai la tente sous laquelle nous nous trouvions et notre cavale. À cet instant, il n'y avait plus de meurtrier à démasquer ni de traumatisme à surmonter. Plus rien d'autre n'existait que lui, moi, et l'attirance que nous éprouvions l'un pour l'autre depuis si longtemps.

Lorsqu'il bougea, ce ne fut pas pour s'écarter. Il se souleva sur un coude pour me regarder. Nos visages n'étaient plus qu'à quelques centimètres l'un de l'autre et son regard le trahit. Il avait envie de m'embrasser, et j'avais envie qu'il le fasse. Il se pencha vers moi et posa la main sur ma joue. Alors que je m'apprêtais à sentir la caresse de ses lèvres, dont j'avais tant besoin, il se figea. Puis il s'écarta, s'assit, poussa un soupir de frustration et détourna les yeux. Le souffle court, je me redressai moi aussi.

— Qu'est-ce qui ne va pas ? demandai-je.

Il se retourna vers moi.

— Choisis une réponse toi-même. Elles ne manquent pas.

J'effleurai mes lèvres du bout du doigt. Nous étions passés si près…

— Je sais que les choses ont changé. Que tu t'es trompé. Je sais que tu es encore capable d'aimer.

Il avait déjà recouvré son masque lorsqu'il me répondit :

— Il ne s'agit pas d'amour.

Je songeai à la parfaite harmonie qu'il y avait eue entre nous quelques minutes plus tôt, à la façon dont il m'avait regardée et qui m'avait tant troublée. Merde. Sonya prétendait même que nous avions une sorte de lien mystique !

— Alors de quoi s'agit-il ? m'écriai-je.

— Il s'agit de faire ce qui est juste.

— Ce qui est juste ?

À Saint-Vladimir, nous passions notre temps à parler du bien et du mal. J'étais mineure. Il était mon professeur. Nous étions destinés à devenir les gardiens de Lissa et devions lui consacrer toute notre attention. Tous ces arguments nous avaient empêchés d'être ensemble à cette époque, mais ils n'étaient plus valables depuis longtemps.

Je l'aurais interrogé davantage si quelqu'un n'avait pas gratté à notre tente.

Nous nous jetâmes aussitôt sur nos pieux, que nous avions gardés à portée de main. Je ne le fis moi-même que par réflexe, puisque je savais qu'il n'y avait pas de Strigoï devant la tente. Mais dernièrement, les Strigoï étaient devenus le cadet de nos soucis.

— Rose ? Dimitri ? appela une voix à peine audible mais familière.

Je me détendis un peu, ouvris la fermeture Éclair de la tente et découvris Sonya agenouillée devant. Elle ne s'était pas plus changée que nous depuis la veille et ses cheveux roux étaient en bataille. Mais elle semblait avoir échappé à ses poursuivants sans une égratignure. Je m'écartai pour la laisser entrer.

— Vous êtes bien installés, commenta-t-elle en observant l'intérieur de la tente. Vous avez choisi l'emplacement le plus excentré de tout le camping. Il m'a fallu une éternité pour repérer la voiture que tu m'avais décrite.

— Comment êtes-vous venue ? lui demandai-je.

Elle me décocha un clin d'œil.

— Vous n'êtes pas les seuls capables de voler des voitures. Dans mon cas, disons que je sais convaincre leurs propriétaires de me les prêter « de leur plein gré ».

— T'a-t-on suivie ? s'inquiéta Dimitri.

Il avait recouvré tout son professionnalisme. Rien dans son expression ne trahissait ce qui s'était passé quelques instants plus tôt.

— Pas que je sache, répondit-elle en changeant de position pour s'asseoir en tailleur. Deux gardiens m'ont suivie quand j'ai quitté le quartier, mais je les ai vite semés. La plupart semblaient surtout s'intéresser à vous.

— J'imagine, grommelai-je. C'est bien dommage que Victor ait réussi à s'enfuir. Les gardiens auraient peut-être revu l'ordre de leurs priorités s'ils étaient tombés sur lui.

— Il n'a pas tué une reine, répondit tristement Sonya.

Un jour ou l'autre, nous allions devoir lui dire pourquoi Victor était recherché et lui apprendre que c'était lui qu'elle avait senti en train de traquer Lissa à Saint-Vladimir.

— La bonne nouvelle, c'est que je sais où ils se trouvent.

— Où ça ?

Dimitri et moi lui avions posé cette question au même instant, ce qui lui fit esquisser un sourire.

— Dans le Michigan occidental. Ils se sont éloignés de la Cour.

— Merde, grommelai-je.

Dimitri et moi étions partis vers le sud-est après avoir quitté Ann Harbor. Nous avions coupé à travers la banlieue de Detroit, puis étions passés dans l'Ohio. Nous avions choisi la mauvaise direction.

— Avez-vous pu parler à Jill ? Est-ce qu'elle va bien ?

Sonya acquiesça.

— Oui. Elle a peur, mais elle va bien. Elle m'a fourni des indications assez précises pour que je puisse localiser leur motel. Je l'ai retrouvée dans un rêve, il y a environ deux heures. Ils ont dû s'arrêter pour se reposer. Victor ne se sentait pas bien. Ils y sont sans doute encore.

— Alors nous devons nous mettre en route tout de suite, déclara Dimitri en passant instantanément à l'action. Quand ils repartiront, Jill sera réveillée et nous ne pourrons plus la joindre.

Nous démontâmes notre campement en un temps record. Ma cheville me faisait moins souffrir, mais elle était encore un peu raide. Sonya s'aperçut que je boitais et m'arrêta juste avant que je monte dans sa voiture.

— Attends !

Elle s'agenouilla devant moi et observa ma cheville enflée que ma robe déchirée dissimulait mal. Elle inspira profondément et la prit entre ses mains. Je sentis aussitôt une décharge électrique me parcourir la jambe, à laquelle succédèrent des vagues de chaud et de froid. Quand ces sensations se furent dissipées et que Sonya se fut relevée, ma cheville avait recouvré un aspect normal, la douleur avait disparu et je n'avais plus aucune égratignure sur les jambes. L'entaille que j'avais au front devait avoir disparu elle aussi. Il m'était si souvent arrivé de me faire soigner par des spécialistes de l'esprit que j'aurais dû y être habituée, mais cela m'émerveillait encore.

— Merci, balbutiai-je. Mais vous n'auriez pas dû faire ça. Vous n'auriez pas dû vous servir de votre magie.

— Tu as besoin d'être au meilleur de ta forme, répondit-elle. (Elle laissa son regard se perdre entre les arbres.) Quant à la magie, il est difficile d'y échapper.

J'étais bien placée pour le savoir et je m'en voulus qu'elle l'ait employée pour me guérir, car elle avait fragilisé sa santé mentale du même coup. Robert avait un peu soigné son esprit en la sauvant et elle devait en profiter. Mais le temps manquait pour que je lui fasse la leçon, et je compris à l'expression de Dimitri que lui aussi préférait me savoir au mieux de ma forme.

Nous nous dirigeâmes vers l'endroit où se trouvait Jill, d'après Sonya. Cette fois, elle nous fournit des indications aussi précises que possible, et non de vagues directions. Nous fîmes une halte pour nous procurer une nouvelle voiture et une carte. Les indications que Jill avait données nous menèrent à une ville baptisée Sturgis. Même si elle se trouvait dans la partie ouest du Michigan, elle était aussi dans le Sud, c'est-à-dire moins loin que nous ne l'avions craint. Cela n'empêcha pas Dimitri de dépasser largement la vitesse autorisée pendant tout le trajet.

— Là ! s'écria Sonya lorsque nous atteignîmes le centre-ville de Sturgis, qui ne ressemblait pas vraiment à un centre-ville. (Nous nous approchâmes d'un motel modeste situé un peu à l'écart de la rue principale.) Ça correspond à sa description. *Le Motel du Soleil levant*.

Dimitri se gara sur le parking qui se trouvait derrière et nous restâmes tous dans la voiture, les yeux rivés sur le bâtiment qui était loin d'être aussi attrayant que son nom le laissait entendre. Mes compagnons devaient se demander tout comme moi comment nous allions procéder pour retrouver les trois Moroï. Les indications que Jill avait fournies à Sonya nous avaient permis d'arriver là, mais nous ignorions quelle chambre ils occupaient. Peut-être même étaient-ils déjà repartis. Ils avaient forcément loué sous un faux nom. J'étais sur le point de suggérer que nous passions devant toutes les portes dans l'espoir que Sonya sente la présence de Robert, lorsque celle-ci tendit le bras.

— C'est leur voiture. Ils sont encore là.

Il n'y avait pas de doute: c'était la CR-V qui nous avait conduits chez Jill. Quelle ironie! J'avais dérobé les clés du véhicule de Victor, qui m'avait rendu la monnaie de ma pièce en nous volant à son tour notre voiture. Aucun de nous n'avait vraiment pris le temps de se demander à bord de quel véhicule il avait pris la fuite.

— Ils ne sont pas prudents, murmura Dimitri en plissant les yeux. Ils auraient dû en changer.

— C'est la voiture de Sydney, lui rappelai-je. Comme elle n'a pas été techniquement volée, elle n'est pas non plus recherchée par la police. Par ailleurs, quelque chose me dit que Victor et Robert ne sont pas aussi doués que certains pour voler des voitures.

Nous avions abandonné des véhicules volés à travers tout le Midwest.

Dimitri hocha la tête comme si je venais de lui faire un compliment.

— Peu importent les raisons, ça nous rend service.

— Comment allons-nous les trouver? demanda Sonya.

Je fus sur le point de suggérer mon plan fondé sur le repérage des auras, mais j'y renonçai. Robert et Sonya auraient perçu la présence de l'autre au même instant, ce qui nous aurait fait perdre l'effet de surprise. De plus, nous allions sans doute devoir affronter les deux frères. Or une bagarre dans le motel risquait d'attirer l'attention. Ce parking à l'écart de la route était beaucoup plus discret.

— Nous attendons, annonçai-je. Il est déjà surprenant qu'ils se soient arrêtés si longtemps. S'ils ne sont pas complètement stupides, ils vont bientôt repartir.

— Je suis d'accord, déclara Dimitri.

Nos regards se croisèrent. « Des âmes en harmonie. » Le moment où nous avions failli nous embrasser me revint à l'esprit et je m'empressai de détourner les yeux pour ne rien trahir.

— Il est aussi plus facile de se battre sur le parking, car il n'a pas beaucoup d'issues.

C'était vrai. Il était flanqué du motel d'un côté et d'un mur en béton de l'autre, et il n'y avait pas d'autre bâtiment à proximité.

Dimitri déplaça la voiture à l'autre extrémité du parking. L'emplacement qu'il choisit nous permettait de le voir en entier, ainsi que la porte du motel, tout en nous garantissant une certaine discrétion. Nous envisageâmes d'attendre dans la voiture, mais estimâmes que nous aurions une meilleure mobilité dehors. Nous laissâmes Sonya dans le véhicule, puisque ce combat n'était pas le sien.

Tandis que nous attendions derrière la voiture, à l'ombre d'un érable particulièrement feuillu, je pris conscience de notre proximité à Dimitri et moi et ne pus m'empêcher d'admirer sa posture de guerrier. Sa veste lui manquait peut-être, mais je dois admettre que j'appréciais ce que son absence me permettait de voir.

— J'imagine que nous n'allons pas parler de ce qui s'est passé ce matin..., murmurai-je.

Dimitri avait les yeux rivés sur la CR-V, d'une façon si intense qu'on aurait cru qu'il essayait de faire apparaître Jill et les deux frères à l'intérieur de la voiture. Je ne m'y laissai pas prendre : il évitait seulement de croiser mon regard.

— Il n'y a rien à en dire.

— Je savais que tu répondrais ça ! À vrai dire, j'hésitai entre ça et : « Je ne vois pas de quoi tu parles. » (Dimitri soupira.) Sauf qu'il y a des choses à dire, par exemple sur le fait que tu as bien failli m'embrasser et puis, j'aimerais savoir ce que tu voulais dire par « faire ce qui est juste ». (Il ne répondit rien.) Tu as eu envie de m'embrasser ! insistai-je en ayant du mal à ne pas élever la voix. Je l'ai senti.

— Ce n'est pas parce qu'on a envie de faire quelque chose qu'on doit forcément passer à l'acte.

— Ce que je t'ai dit... C'est vrai, n'est-ce pas ? Tu peux encore aimer. Je comprends maintenant que tu ne t'en croyais plus capable, juste après ta transformation. Et c'était sans doute vrai. Mais les choses ont changé. Tu redeviens toi-même.

Dimitri me jeta un regard oblique.

— Oui. Certaines choses ont changé... mais pas d'autres.

— Très bien. Tu tiens à rester énigmatique. Mais cela ne m'explique pas ce que tu voulais dire par « faire ce qui est juste ».

Je sentis la frustration le gagner.

— Rose, j'ai commis beaucoup de mauvaises actions que je ne pourrai jamais réparer et pour lesquelles je n'obtiendrai jamais de pardon. Si je veux vivre de nouveau, je n'ai pas le choix : je dois aller de l'avant, lutter contre le mal et faire ce qui est juste. Or il n'est pas juste de voler la femme d'un homme que j'apprécie et que je respecte. Je vole des voitures. J'entre par effraction dans des maisons. Mais il y a des limites que je refuse de franchir, et peu importe...

L'ouverture de la porte du motel capta immédiatement notre attention. Il n'y avait rien d'étonnant à ce que ma vie sentimentale soit si chaotique si des urgences venaient sans cesse interrompre mes discussions les plus intimes et les plus sérieuses. À vrai dire, c'était sans doute aussi bien, parce que je ne m'attendais vraiment pas à l'entendre prononcer la phrase : « Il n'est pas juste de voler la femme d'un homme que j'apprécie et que je respecte. »

La nouvelle urgence était notre priorité. Victor sortit du motel, suivi de Robert et de Jill qui marchaient côte à côte. Je m'attendais un peu à ce qu'ils l'aient ligotée et fus surprise de la voir les suivre si calmement. Trop calmement, compris-je aussitôt. Ce n'était pas normal. Ses mouvements presque mécaniques prouvaient qu'ils la contraignaient à la docilité.

— Ils emploient la suggestion, commenta Dimitri, qui était parvenu aux mêmes conclusions que moi. Tu te charges de Victor et moi de Robert.

J'acquiesçai.

— Jill s'enfuira dès qu'elle ne sera plus sous leur emprise. Du moins je l'espère.

Je la croyais tout à fait capable de se jeter dans la mêlée, ce qui nous compliquerait les choses. Nous n'allions pas tarder à être fixés.

Par chance, il était encore tôt et les environs étaient déserts. Dimitri et moi bondîmes hors de notre cachette et traversâmes le parking en quelques secondes. Deux dhampirs en pleine forme couraient forcément plus vite que deux vieux Moroï qui ne s'attendaient pas à notre attaque malgré toute leur intelligence.

Du coin de l'œil, je regardai Dimitri se transformer en dieu de la Guerre féroce et indomptable, puis je consacrai toute mon attention à Victor. Je me jetai sur lui de tout mon élan et le plaquai au sol. Sa tête heurta l'asphalte. Je l'immobilisai et lui assenai mon poing dans la figure, ce qui le fit saigner du nez.

— Bien joué, hoqueta-t-il.

— J'en mourais d'envie depuis très longtemps, grognai-je.

Victor esquissa un sourire malgré sa douleur et le sang qui coulait sur son visage.

— Évidemment... Je prenais Belikov pour le plus sauvage de vous deux, mais c'est toi, n'est-ce pas ? Tu n'es qu'une brute incapable de se contrôler ou de réfléchir. Tu ne sais que frapper et tuer.

Je le saisis par la chemise et me penchai au-dessus de lui.

— Quoi ? Ce n'est pas moi qui ai torturé Lissa pour la forcer à m'aider ! Ce n'est pas moi qui ai incité ma fille à se transformer en Strigoï ! Et je suis tout à fait sûre que ce n'est pas moi qui ai employé la suggestion pour enlever une ado de quinze ans !

Je fus écœurée de voir qu'il ne se départait pas de son sourire.

— Elle a de la valeur, Rose. Beaucoup de valeur. Tu ne sais pas à quel point.

— Ce n'est pas un objet que vous pouvez manipuler ! m'écriai-je. C'est… Ah !

Le sol se mit à trembler autour de nous. L'asphalte éclata et se souleva, ce qui permit à Victor de me repousser. Son geste manquait de force et j'aurais facilement recouvré l'équilibre si tout n'avait pas continué à se soulever sous mes pieds, comme agité par des vagues, pour essayer de me faire basculer. Victor se servait de sa magie de la terre pour contrôler le sol à l'endroit où je me tenais. De petits cris de surprise m'apprirent que les autres en ressentaient aussi les effets, mais le sort me visait clairement.

Cependant, utiliser un tel pouvoir avait un prix. Victor était un vieil homme, qui venait tout juste de se cogner la tête contre l'asphalte et de recevoir un coup de poing dans le nez. Son visage trahissait sa douleur et sa fatigue, et son souffle court prouvait qu'il consacrait toute l'énergie qui lui restait à contrôler ce sort, qui était bien plus puissant que tous ceux que j'avais vu d'autres spécialistes de la terre engendrer.

Un bon coup de poing. Il n'en fallait pas plus. Avec un bon uppercut, je pouvais l'assommer et le mettre hors jeu. Sauf que j'étais celle qui était sur le point de se coucher, au sens propre. Malgré tous mes efforts, mon tremblement de terre privé me fit tomber à genoux. Comme je portais toujours cette stupide robe, j'écorchai de nouveau mes jambes fraîchement guéries. Dès que je fus à terre, l'asphalte commença à se soulever autour de moi. Je compris aussitôt que Victor essayait de m'enfermer dans une cage de pierre. Je devais m'en échapper.

— Tous tes muscles ne t'auront servi à rien, ricana Victor, le souffle court et le visage couvert de sueur. Le vrai pouvoir réside dans l'esprit et dans l'intelligence. En contrôlant Jillian, je contrôle Vasilisa, c'est-à-dire les Dragomir et, de là, je contrôlerai bientôt tous les Moroï. Voilà le pouvoir. Voilà la force !

L'essentiel de sa tirade me passa au-dessus de la tête, mais une phrase me frappa : « En contrôlant Jillian, je contrôle Vasilisa. » Je ne pouvais pas le laisser faire du mal à Lissa, ni se servir d'elle. D'ailleurs, je ne pouvais pas non plus le laisser se servir de Jill. Lissa m'avait offert un *chotki*, un objet qui tenait à la fois du bracelet et du rosaire. C'était un bijou que les Dragomir se transmettaient de génération en génération et qu'ils destinaient à ceux qui les protégeaient. J'avais le devoir de protéger tous les Dragomir. La devise ancestrale des gardiens me revint à l'esprit : « Ils passent avant tout. »

Je pris appui sur le sol tremblant et parvins à me relever avec un sens de l'équilibre que je ne croyais pas posséder. Les secousses me faisaient presque danser sur le parking. Mais, en dévisageant Victor, je sentis naître en moi ce contre quoi Sonya m'avait mise en garde. Victor était l'étincelle qui menaçait de faire exploser tous les sentiments négatifs dont j'avais délivré Lissa au fil du temps. Subitement, je vis dans ce seul homme l'incarnation de tous les maux dont j'avais souffert dans ma vie. Était-ce vraiment le cas ? Pas tout à fait. Mais il avait fait du mal à ma meilleure amie et bien failli la tuer. Il nous avait manipulés, Dimitri et moi, ce qui avait encore compliqué notre relation, qui l'était déjà bien assez. À présent, il voulait manipuler quelqu'un d'autre. Où cela s'arrêterait-il donc ? Quand cesserait-il de faire du mal aux gens ? Ma vision s'obscurcit. J'entendis quelqu'un crier mon nom et j'eus l'impression qu'il s'agissait de Sonya. Mais, à cet instant, plus rien n'existait au monde que Victor et la haine qu'il m'inspirait.

La rage et l'adrénaline me firent bondir hors de l'épicentre du tremblement de terre qui cherchait à m'engloutir. Je me jetai de nouveau sur le Moroï, mais ce ne fut pas le sol que nous heurtâmes cette fois. Comme nos positions avaient légèrement changé, je le plaquai contre le mur en béton aussi brutalement que je l'aurais fait avec un Strigoï. Sous le choc, sa tête fut projetée en arrière. J'entendis un craquement bizarre, puis Victor s'effondra sur le sol. Je m'accroupis aussitôt, le saisis par les épaules et me mis à le secouer.

— Debout ! hurlai-je. Relevez-vous pour m'affronter !

Mais j'eus beau crier et le secouer, Victor ne bougea pas.

Je sentis des mains tenter vainement de m'écarter de lui.

— Arrête, Rose ! Arrête !

Mais j'ignorai les mains et la voix, je n'écoutai que ma rage. Je voulais… Non : j'avais besoin d'affronter Victor une bonne fois pour toutes. Soudain, je ressentis une sensation étrange, comme si des doigts me chatouillaient la peau. *Lâche-le.* Je n'en avais aucune envie, mais cela me parut, pendant une fraction de seconde, être une idée raisonnable. Je décrispai légèrement les doigts, ce qui permit aux mains de m'arracher à Victor. Je recouvrai ma lucidité d'un seul coup et compris ce qui venait de se passer. C'était Sonya qui m'avait forcée à lâcher Victor en employant un peu de suggestion. Son pouvoir était si grand qu'elle n'avait même pas eu besoin que je la regarde. Elle m'agrippait toujours, même si elle savait que c'était en vain, puisque j'étais plus forte qu'elle.

— Je dois l'arrêter ! dis-je en lui échappant. Il doit payer pour ce qu'il a fait !

Je recommençai à le secouer.

Sonya abandonna l'idée de me maîtriser physiquement et s'en remit aux mots :

— C'est fait, Rose ! Il est mort. Ne le vois-tu pas ? Victor est mort !

Non, je ne le voyais pas, du moins je ne le vis pas tout de suite. Je ne voyais que mon désir obsessionnel de lui faire payer le mal qu'il avait fait. Mais les mots de Sonya finirent par m'atteindre. En secouant Victor, je le sentis complètement inerte entre mes mains. Puis je remarquai son regard fixe qui ne voyait plus rien. Ma rage incontrôlable se mua en stupeur. Mes doigts se détendirent lorsque je pris conscience de ce qu'elle venait de dire et de ce que je venais de faire.

Alors, le son affreux d'un gémissement sourd m'arracha à ma stupeur. Je jetai un regard inquiet par-dessus mon épaule et vis Dimitri et Robert. Le premier maintenait les bras du second dans le dos sans le moindre effort, ce qui n'empêchait pas le Moroï de se débattre en vain. À quelques pas d'eux, Jill jetait à tout le monde des regards perplexes et terrifiés.

— Victor ! Victor !

Les plaintes de Robert n'eurent pas plus d'effet sur son frère que mes secousses, et se transformèrent vite en sanglots. Je baissai les yeux sur le cadavre étendu à mes pieds en n'arrivant toujours pas à croire ce que je venais de faire. J'avais trouvé la réaction des gardiens disproportionnée quand Eddie avait tué ce Moroï, mais à présent je commençais à les comprendre. Tuer des monstres comme les Strigoï était une chose. Mais un être vivant, quelqu'un qui…

— Éloigne-le d'ici !

Sonya était si près de moi que son cri me fit grimacer. Elle aussi s'était agenouillée auprès de Victor, mais elle venait de bondir sur ses pieds et de se tourner vers Dimitri.

— Entraîne-le à l'écart ! Le plus loin possible !

Dimitri parut surpris, mais elle avait donné cet ordre avec tant d'autorité qu'il obéit aussitôt. Il commença à traîner Robert, puis opta pour la solution plus simple qui consistait à le jeter sur son épaule. Je m'attendis à voir le Moroï protester, mais il ne produisait en réalité plus le moindre son. Il avait les yeux rivés sur le cadavre de Victor, d'une façon si intense que j'eus l'impression que son regard aurait pu transpercer le corps de quelqu'un. Sonya, qui ne devait pas partager ce point de vue fantaisiste, se plaça délibérément entre les deux frères, avant de se laisser retomber sur le sol et de recouvrir le corps de Victor du sien.

— Emmène-le ! répéta-t-elle. Il essaie de ramener Victor à la vie, de lui donner le baiser de l'Ombre !

J'étais toujours aussi perdue et aussi bouleversée par ce que je venais de faire, mais je compris aussitôt le danger. Il ne fallait surtout pas que Robert ressuscite Victor. Les deux frères s'étaient déjà révélés bien assez dangereux sans être unis par un tel lien. Il ne fallait pas que Victor puisse invoquer des fantômes aussi facilement que moi. Il devait rester mort.

— N'a-t-il pas besoin de toucher son cadavre ? m'étonnai-je.

— Pour créer le lien, oui. Mais il déployait tout son pouvoir pour rappeler l'âme de son frère et la maintenir dans ce monde, à sa portée.

Dès que Dimitri et Robert eurent disparu, Sonya me demanda de l'aider à déplacer le corps. Nous avions fait beaucoup trop de bruit et c'était un miracle que personne dans le motel ne soit encore sorti pour voir ce qui se passait. Jill joignit ses efforts aux nôtres et je fis ce qu'on attendait de moi en agissant comme dans un état second. Sonya trouva les clés de la CR-V dans une des poches de Victor et abaissa le dossier de la banquette arrière pour augmenter l'espace destiné aux bagages. Nous y cachâmes le corps, puis nous nous y entassâmes toutes les trois, en baissant la tête pour ne pas être vues. Nous ne tardâmes pas à entendre les voix des premières personnes venues voir ce qui se passait. Je ne sus pas combien de temps elles restèrent sur le parking. Par chance, personne n'inspecta les voitures. À vrai dire, mes pensées n'étaient pas très cohérentes. Je m'étais calmée mais le chaos régnait toujours dans mon esprit. Il ne m'offrait plus rien à quoi j'aurais pu m'agripper. J'avais envie de vomir, mais je me contentai de suivre les ordres de Sonya, de baisser la tête et d'éviter de regarder le cadavre de Victor.

Quand les voix s'éloignèrent, elle nous retint dans la voiture encore un long moment. Finalement, elle poussa un profond soupir et se tourna vers moi.

— Rose ? (Je ne répondis pas aussitôt.) Rose ?

— Oui ? dis-je d'une voix tremblante.

La sienne était douce et apaisante. J'éprouvai de nouveau comme un chatouillement sur la peau et ressentis le besoin de lui faire plaisir.

— Tu dois observer les morts. Ouvre-toi à eux.

Les morts ? Sûrement pas ! Je n'avais peut-être plus aucun contrôle sur mon esprit, mais il me restait assez de bon sens pour savoir que c'était une mauvaise idée.

— Je ne peux pas.

— Si, tu peux, insista-t-elle. Ça t'aidera. S'il te plaît…

Je ne pouvais pas lutter contre sa suggestion. J'étendis le champ de ma perception et abaissai les barrières mentales que j'avais édifiées pour me protéger du monde des morts et des fantômes qui se pressaient en permanence autour de moi.

— Que vois-tu ? demanda Sonya.

— Des fantômes, murmurai-je.

— Victor se trouve-t-il parmi eux ?

Je scrutai les visages qui tourbillonnaient autour de moi en essayant de distinguer leurs traits.

— Non.

— Repousse-les, m'ordonna-t-elle. Redresse tes barrières mentales.

Je voulus lui obéir, mais c'était difficile. Je n'avais pas la volonté nécessaire. Je me sentis encouragée et pris conscience que Sonya employait de nouveau la suggestion. Elle ne pouvait pas faire disparaître les fantômes, mais son soutien et sa détermination me donnèrent la force qui me manquait. Je fis taire les âmes errantes.

— Il est donc parti, conclut-elle. Soit le monde des morts l'a aspiré, soit il erre sous forme de fantôme quelque part ailleurs.

Dans tous les cas, plus rien ne le relie à son corps. Il ne peut plus revenir à la vie. (Elle se tourna vers Jill.) Va chercher Dimitri.

— Je ne sais pas où il est, répondit Jill, surprise.

Sonya esquissa un sourire triste.

— Je suis sûre qu'il n'est pas très loin et qu'il nous observe. Va te promener du côté du motel ou dans la rue. Il te trouvera.

Jill obéit à Sonya sans que celle-ci ait besoin d'avoir recours à la suggestion. J'enfouis mon visage dans mes mains dès qu'elle fut partie.

— Mon Dieu… Je m'en suis défendue pendant tout ce temps, et pourtant c'était vrai : je suis une meurtrière.

— Ce n'est pas le moment de penser à ça.

Sa manière de prendre les choses en main était presque réconfortante. Il était plus facile d'obéir à des ordres que de se débrouiller seule.

— Tu t'occuperas de ta culpabilité plus tard. Pour le moment, nous devons nous débarrasser du corps.

Je baissai les mains et me forçai à regarder Victor. Mon envie de vomir s'accrut et mon esprit s'embrouilla davantage. J'éclatai d'un rire amer.

— Oui. Le corps. Je regrette que Sydney ne soit pas là. Nous n'avons pas de potion magique pour le dissoudre. Le soleil ne le réduira pas en cendres. C'est étrange, n'est-ce pas ? Les Strigoï sont plus difficiles à tuer, mais plus faciles à faire disparaître !

J'éclatai encore de rire, parce que les propos délirants que je tenais avaient quelque chose de familier. Ils me rappelaient Adrian dans ses moments d'égarement… Ou bien Lissa, quand l'esprit l'avait menée au bord de la folie.

— Ça y est, n'est-ce pas ? L'explosion… L'explosion dont vous m'aviez parlé… J'ai délivré Lissa des effets secondaires de l'esprit, mais ils m'ont vaincue… comme ils ont vaincu Anna… comme dans le rêve… Mon Dieu ! C'est le rêve, c'est ça ? Sauf que je ne vais jamais me réveiller…

Sonya me dévisagea, les yeux écarquillés, sans que je parvienne à interpréter son regard. Avait-elle peur ? Se moquait-elle ? S'inquiétait-elle pour moi ? Elle me prit la main.

— Reste avec moi, Rose. Nous allons remettre de l'ordre dans tout cela.

Des coups frappés à la vitre de la voiture nous firent sursauter toutes les deux. Sonya laissa entrer Jill et Dimitri.

— Où est Robert ? demanda Sonya.

Dimitri regarda Victor, puis s'empressa de détourner les yeux.

— Inconscient et caché dans des buissons.

— Génial, commenta Sonya. Tu n'as rien trouvé de mieux à faire que de le laisser tout seul ?

Il haussa les épaules.

— Je me suis dit qu'il valait mieux qu'on ne me voie pas en train de porter un type inconscient. Et à vrai dire, oui : je crois que nous ferions bien de l'abandonner ici. Il finira par se réveiller. Ce n'est pas un fugitif, et sans Victor il n'est peut-être pas inoffensif, mais en tout cas moins dangereux. Nous ne pouvons pas le garder avec nous indéfiniment.

J'éclatai encore de ce rire que j'étais la première à trouver dément et hystérique.

— Il est inconscient. Évidemment… Tu sais faire ça… Tu sais faire ce qu'il faut… contrairement à moi. (Je baissai les yeux vers Victor.) Il m'a traitée de « brute ». Il avait raison. Je suis incapable de réfléchir…

J'enroulai mes bras autour de moi et m'enfonçai les ongles dans la peau au point de me faire saigner. « La douleur physique permet d'échapper à la douleur psychique. » N'était-ce pas ce que Lissa disait toujours ?

Dimitri m'observa, puis se tourna vers Sonya.

— Qu'est-ce qui ne va pas ? lui demanda-t-il.

Je l'avais vu risquer sa vie d'innombrables fois, mais je ne l'avais jamais vu avoir peur.

— C'est l'esprit, lui expliqua Sonya. Elle absorbe ses effets secondaires depuis si longtemps et réussissait à les contrôler jusqu'à maintenant. Mais ils attendaient. Ils attendent toujours…

Sonya fronça légèrement les sourcils, peut-être parce qu'elle venait de se rendre compte qu'elle commençait à parler comme moi. Elle se tourna vers Jill.

— Est-ce que c'est de l'argent ?

Jill baissa les yeux vers son pendentif en forme de cœur.

— Je crois.

— Peux-tu me le prêter ?

Jill ouvrit le fermoir et lui tendit le bijou. Sonya le prit au creux de sa main, ferma les paupières et pinça les lèvres pendant quelques instants. Puis elle rouvrit les yeux et me tendit le pendentif.

— Mets-le.

Je ressentis un picotement dans les doigts dès que je le pris.

— Le cœur… (Je regardai Dimitri en refermant la chaîne derrière ma nuque.) Tu t'en souviens ? « Où se trouve le cœur ? » me demandais-tu. Il est là…

Je me tus. Le monde me parut subitement plus réel et mes pensées recouvrèrent un semblant de rationalité. J'observai mes compagnons – les vivants – et j'eus l'impression de les voir vraiment pour la première fois. J'effleurai le pendentif.

— C'est une amulette de guérison.

Sonya acquiesça.

— Je n'étais pas sûre que cela fonctionnerait sur l'esprit, et son effet n'est pas permanent, mais tu devrais tenir le coup pendant quelque temps grâce à elle et à ta volonté.

Je m'efforçai de ne pas accorder trop d'importance aux mots « pendant quelque temps ». À la place, je tâchai de redonner un sens à mon environnement et au cadavre que j'avais devant moi.

— Qu'est-ce que j'ai fait ? murmurai-je.

Jill passa son bras autour de mes épaules, mais ce fut Dimitri qui me répondit :

— Ce que tu devais faire.

Chapitre 29

Je vécus la suite des événements comme à travers une sorte de brouillard. Sonya avait peut-être neutralisé les effets secondaires de l'esprit, mais cela ne changeait pas grand-chose. J'étais toujours en état de choc et incapable de réfléchir. Ils m'installèrent à l'avant, le plus loin possible de Victor. Dimitri nous conduisit quelque part sans que je fasse vraiment attention au trajet et Sonya et lui se débarrassèrent du corps là-bas. Ils ne m'expliquèrent pas ce qu'ils en avaient fait et se contentèrent de m'annoncer que le problème était « réglé ». Je ne leur demandai aucun détail.

Après cela, nous prîmes la direction de la Cour. Sonya et Dimitri réfléchirent à la meilleure manière de procéder une fois que nous y serions. Comme personne n'avait encore prouvé mon innocence, ils décidèrent que Sonya se chargerait d'escorter Jill. Celle-ci voulut appeler ses parents pour les rassurer mais Dimitri estima que c'était trop risqué. Sonya lui promit d'essayer de joindre Emily dans un rêve, ce qui apaisa un peu Jill.

Je tins le coup pendant le trajet en prenant des nouvelles de Lissa. Me concentrer sur elle me permettait d'échapper à ma culpabilité, à la sensation de vide intérieur et à l'horreur que m'inspirait ce que j'avais fait à Victor. Tant que j'étais dans la tête de Lissa, je n'étais pas moi, et c'était ce que je désirais le plus. Je ne voulais plus être moi.

Mais sa situation à elle n'était pas parfaite non plus. Comme d'habitude, un certain nombre de problèmes la tourmentaient. Elle sentait qu'elle était proche, voire même très proche, de découvrir qui avait tué Tatiana. Elle avait l'impression que la réponse était à portée de main si seulement elle parvenait à étendre un peu plus le bras. Les gardiens avaient arrêté Joe, l'agent d'entretien. Après avoir employé quelques procédés coercitifs qui ne requéraient pas l'usage de la suggestion, ils avaient fini par lui faire avouer qu'il avait bien vu le Moroï à la main déformée, le soir du meurtre, dans le bâtiment où je logeais. Mais les gardiens avaient eu beau le bousculer, Joe n'avait jamais reconnu avoir été payé, ni par l'inconnu ni par Daniella. Il avait admis tout au plus s'être peut-être « un peu trompé » dans ses horaires cette nuit-là. Cela ne suffirait pas à me sauver.

Lissa s'interrogeait aussi sur la lettre qu'Ambrose lui avait confiée et dont l'auteur menaçait Tatiana à mots couverts. Celui-ci s'opposait à son décret parce qu'il considérait la mesure comme insuffisante et condamnait l'intérêt qu'elle portait à l'esprit, ainsi que les entraînements secrets de Moroï qu'elle avait organisés. Même si cette lettre était parfaitement polie, celui qui avait pris la peine de l'écrire en voulait beaucoup à la reine. Cela redonnait du crédit à l'hypothèse du mobile politique.

Bien sûr, les mobiles personnels ne manquaient pas non plus. L'imbroglio sordide dans lequel s'étaient trouvés impliqués la reine, Ambrose, Blake et plusieurs femmes de la Cour forçait à considérer tous les survivants comme de potentiels suspects. La présence de Daniella Ivashkov sur cette liste était un sujet d'inquiétude permanent pour Lissa, qui n'avait pas encore osé en toucher un mot à Adrian. Elle se raccrochait à l'idée que Daniella avait acheté le faux témoignage de Joe pour innocenter Adrian et non pour renforcer ma culpabilité. C'était le Moroï inconnu qui s'était occupé de me priver de tout alibi, grâce au second faux témoignage de Joe.

Si Daniella avait tué Tatiana, songeait Lissa, n'aurait-elle pas payé pour les deux mensonges ?

Enfin, Lissa se tourmentait aussi pour sa dernière épreuve. L'énigme. Cette énigme qui semblait avoir tant de réponses possibles, et en même temps aucune. « Que doit posséder une reine pour bien gouverner son peuple ? » En un sens, cette épreuve était plus difficile que les autres. Les deux premières s'appuyaient en grande partie sur des éléments concrets, alors que celle-ci ne sollicitait que son intelligence. Elle n'avait ni feu à allumer, ni peur à regarder en face.

Elle s'en voulait aussi de consacrer du temps à cette énigme. Il se passait déjà tant de choses. Elle n'avait pas besoin d'une dose de stress supplémentaire. Sa vie aurait été beaucoup plus simple si elle s'était contentée de considérer ces épreuves comme une manière de gagner un sursis. Les gens continuaient à affluer à la Cour, et elle constatait avec incrédulité que ses partisans étaient de plus en plus nombreux. Elle ne pouvait plus aller nulle part sans entendre quelqu'un crier « le Dragon » ou « la nouvelle Alexandra ». Pour finir, la nouvelle de l'attaque dont elle avait été victime s'était répandue et avait fait redoubler d'ardeur ses partisans.

Évidemment, elle avait encore beaucoup d'adversaires. L'argument qu'on lui opposait le plus souvent était le vide juridique sur lequel reposait sa candidature : personne ne pourrait voter pour elle à l'élection. On lui reprochait aussi son âge. Elle était trop jeune, disait-on. Qui voulait voir une enfant monter sur le trône ? Mais ses partisans n'en faisaient aucun cas. Ils ne cessaient de citer l'exemple du règne d'Alexandra et rappelaient les miracles que Lissa avait déjà accomplis. Pour eux, son âge n'avait aucune importance. La monarchie avait besoin de sang neuf, disaient-ils. Ils exigeaient aussi que la loi qui l'empêchait de siéger au Conseil soit abrogée.

Sans surprise, ses adversaires rappelaient aussi qu'elle était liée à la meurtrière de la reine. J'avais cru que notre relation serait son plus grand handicap, mais elle s'était montrée si convaincante quand elle avait prétendu être bouleversée par ma trahison que beaucoup pensaient à présent que son élection pourrait d'une certaine obscure façon compenser mon crime. Elle avait employé un peu de suggestion chaque fois que ce sujet avait été abordé devant elle, si bien que nous étions désormais complètement dissociées l'une de l'autre dans l'esprit de beaucoup de gens.

— J'en ai vraiment assez, avoua-t-elle à Christian alors qu'ils se trouvaient dans sa chambre.

Elle s'y était réfugiée pour être un peu au calme. Elle était allongée sur son lit, blottie dans les bras de Christian, et ma mère montait la garde.

— Cette candidature était une très mauvaise idée.

Christian lui caressa les cheveux.

— C'est faux. D'après Abe, l'élection va être repoussée à cause du chaos que ta nomination a engendré. Et tu peux te plaindre autant que tu veux : je sais que tu es fière d'être arrivée jusque-là.

Il avait raison. L'épreuve du calice avait divisé par deux le nombre des candidats. Il n'en restait plus que cinq en course. Ariana Szelsky en faisait partie, ainsi que Rufus Tarus, le cousin de Daniella. Lissa, Marcus Lazar et Marie Conta étaient les trois autres. Ronald Ozéra avait échoué.

— Je n'ai jamais rien vu de tel, intervint ma mère. Il y a tant de gens qui te soutiennent. Rien n'oblige les membres du Conseil et les autres nobles à changer la loi, mais cette foule est remontée. Et certains nobles savent tout le bénéfice qu'ils auraient à gagner à se faire aimer des Moroï roturiers. Soutenir tes prétentions au trône profiterait sans doute également aux familles les moins en vue. Je crois que la seule chose qui les en empêche est la pensée que tu puisses réellement gagner. Du coup, ils vont tous continuer à se quereller.

Lissa se raidit.

— Il n'est pas vraiment possible que je gagne, n'est-ce pas ? C'est Ariana qui va être élue, non ?

La victoire de Lissa n'avait jamais fait partie de ce plan dément. À présent que les candidats étaient moins nombreux, la pression augmentait et il n'avait jamais été plus important qu'Ariana monte sur le trône. Aux yeux de Lissa, aucun des autres candidats ne pouvait améliorer la vie des Moroï. Il fallait absolument qu'Ariana l'emporte.

— Je le pense. (Il y avait de la fierté dans la voix de ma mère, ce qui pouvait se comprendre, puisqu'elle était très proche des Szelsky.) Comme la plupart des gens le savent, Ariana est brillante et compétente. Elle se montrera plus juste envers les dhampirs que beaucoup d'autres candidats. Elle a déjà parlé d'annuler le décret de Tatiana.

L'idée que le Conseil puisse également voter des lois plus drastiques à l'égard des dhampirs noua l'estomac de Lissa.

— Mon Dieu, j'espère qu'elle va gagner. Il ne faudrait pas que la situation empire.

En entendant frapper à la porte, ma mère reprit instantanément son rôle de gardienne.

— C'est Adrian, annonça Lissa.

— Au moins, il arrive à un meilleur moment que d'habitude, grommela Christian.

De fait, mon petit ami entra dans la pièce. Il émanait de lui l'odeur de fumée et d'alcool qui était redevenue son parfum habituel. Même si ses vices étaient bien le cadet de mes soucis pour le moment, cela me contrariait de voir qu'il avait besoin de ma présence pour les combattre. Cela me rappela le jour où il m'avait dit que j'étais sa force.

— Debout tout le monde ! lança-t-il, visiblement très content de lui. Nous allons rendre visite à quelqu'un.

Lissa se redressa.

— De quoi parles-tu ? lui demanda-t-elle, interloquée.

— Il n'est pas question que je revoie Blake Lazar, l'avertit Christian.

— Et moi pas davantage ! répliqua Adrian. J'ai trouvé mieux. Et plus agréable à regarder. Vous souvenez-vous vous être demandé à quel point Séréna était proche de Grant ? Eh bien, vous allez pouvoir lui poser la question directement. Je l'ai retrouvée. Inutile de me remercier.

Ma mère fronça les sourcils.

— Je croyais qu'on l'avait nommée professeur dans un lycée... sur la côte est, il me semble.

Après une attaque de Strigoï au cours de laquelle Grant et plusieurs autres gardiens avaient trouvé la mort, Séréna avait été retirée du service actif. C'était la seule à avoir survécu.

— C'est bien le cas. Mais puisque ce sont les vacances d'été, ils lui ont demandé de revenir pour aider à canaliser la foule venue assister à l'élection. Elle a été affectée à la surveillance du grand portail.

Lissa et Christian se regardèrent.

— Nous devons lui parler, déclara Lissa avec excitation. Elle connaît peut-être l'identité des Moroï que Grant entraînait en secret.

— Le meurtrier de Tatiana n'est pas forcément l'un d'eux, leur rappela ma mère.

Lissa hocha la tête.

— C'est vrai. Mais ces entraînements ont un lien avec le meurtre si on se fie à la lettre d'Ambrose. Est-elle en service en ce moment ? Au grand portail ?

— Absolument, répondit Adrian. Et je parie que nous n'allons même pas avoir besoin de lui offrir un verre.

— Alors allons-y.

Lissa se leva et ramassa ses chaussures.

— Tu en es sûre ? demanda Christian. Tu sais ce qui t'attend, là-dehors.

Lissa hésita. Il était tard dans la « nuit » pour les Moroï, mais tout le monde n'était pas couché pour autant, surtout près du grand portail, où des gens se pressaient continuellement ces derniers temps pour regarder passer les nouveaux arrivants. Finalement, Lissa estima que prouver mon innocence était plus important que le désagrément d'affronter la foule.

— Oui. Allons-y.

Mes amis et ma mère, qui ouvrait la voie, se dirigèrent vers l'entrée de la Cour.

Le nouveau « portail » d'Abe avait été rebouché. La Cour était entourée d'un grand mur de pierre multicolore qui contribuait à la faire passer pour un lycée réservé à l'élite aux yeux des humains. Le grand portail en fer forgé était ouvert mais un groupe de gardiens empêchait les gens d'entrer. En temps normal, deux gardiens suffisaient à ce poste. Mais le nombre des voitures à contrôler et la foule à surveiller justifiaient cette nette augmentation d'effectif. Des curieux massés des deux côtés de la route regardaient défiler les voitures des visiteurs comme s'il s'agissait de vedettes évoluant sur un tapis rouge un soir de première. Janine connaissait un détour qui permettait d'éviter une partie de la foule… mais pas tout le monde.

— Détends-toi, conseilla Christian à Lissa, alors qu'ils passaient devant un groupe particulièrement bruyant qui l'avait reconnue. Tu es une candidate au trône. Conduis-toi comme telle. C'est parfaitement légitime. Tu es la dernière Dragomir, l'héritière d'une famille royale.

Lissa lui jeta un regard surpris. Elle ne s'attendait pas à entendre tant de détermination dans sa voix, ni tant de sincérité. Elle se redressa, se tourna vers ses admirateurs et leur sourit en les saluant d'un petit geste de la main, ce qui décupla leur enthousiasme. *Tu dois prendre cette élection au sérieux*, se rappela-t-elle. *Ne déshonore pas notre histoire.*

Finalement, il s'avéra plus aisé de traverser la foule pour atteindre le portail que de détourner Séréna de son travail. Elle aidait à contenir le monde, et les gardiens débordés refusaient de se passer d'elle. Mais ma mère eut une brève conversation avec le responsable : elle insista sur l'importance de Lissa et proposa de remplacer Séréna pendant quelques minutes.

Séréna s'était remise depuis longtemps de l'attaque des Strigoï. C'était une jolie blonde de mon âge. La visite de son ancienne protégée la surprit visiblement.

— Princesse, la salua-t-elle en respectant les formes. Que puis-je faire pour vous ?

Lissa entraîna Séréna à l'écart du groupe de gardiens qui interrogeaient les conducteurs des voitures alignées devant le portail.

— Vous pouvez m'appeler Lissa, vous savez. Vous m'avez appris à empaler des coussins, après tout.

Séréna esquissa un sourire.

— La situation a changé. Vous serez peut-être notre prochaine reine.

Lissa fit la grimace.

— Ça m'étonnerait. (*D'autant plus que je ne trouve pas de réponse à cette énigme*, songea-t-elle.) Mais j'ai besoin de votre aide. Vous avez passé beaucoup de temps avec Grant. A-t-il jamais évoqué devant vous des séances d'entraînement dont il se serait chargé à la demande de Tatiana ? S'occupait-il d'entraîner des Moroï au combat en secret ?

L'expression de Séréna lui fournit la réponse.

— Je ne suis pas censée en parler, dit-elle en détournant les yeux. Je ne suis même pas censée être au courant.

Excitée à l'idée de tenir une piste, Lissa lui saisit le bras, ce qui la fit tressaillir.

—Vous devez nous dire ce que vous savez. N'importe quel détail peut nous être utile : qui étaient ses élèves, ce qu'ils pensaient de ces séances, lesquels d'entre eux étaient doués. N'importe quoi.

Séréna blêmit.

—Je ne peux pas, chuchota-t-elle. Tout se déroulait en secret, sur l'ordre de la reine.

—Ma tante est morte, intervint Adrian sans prendre de gants. Et vous avez dit vous-même que vous étiez peut-être en face de la prochaine reine.

Son intervention lui valut un regard furieux de Lissa.

Séréna hésita, puis inspira profondément.

—Je peux essayer d'établir une liste de noms, proposa-t-elle. Mais elle sera sans doute incomplète. Et j'ignore si les participants étaient doués ou non. Je sais seulement que beaucoup d'entre eux détestaient ces séances. Grant avait l'impression que la reine avait fait exprès de choisir les plus récalcitrants.

Lissa lui pressa la main.

—Merci. Merci beaucoup.

Séréna semblait toujours peinée d'avoir trahi ce secret. « Ils passent avant tout » était une devise difficile à mettre en pratique lorsque la loyauté devait être divisée entre plusieurs personnes.

—Je vous ferai parvenir la liste plus tard, conclut-elle. Ils ont besoin de moi ici pour le moment.

Séréna reprit son poste, ce qui permit à ma mère de rejoindre Lissa. Quant à moi, je regagnai ma propre réalité dans la voiture, qui venait de s'arrêter. Je clignai des yeux pour accommoder ma vue et prendre conscience de notre environnement. Un autre hôtel. Nous en avions déjà tant visité que nous aurions mérité de bénéficier de tarifs préférentiels.

—Que se passe-t-il ?

—On s'arrête, annonça Dimitri. Tu as besoin de te reposer.

— Non. Nous devons aller à la Cour. Jill doit y arriver avant l'élection.

Nous nous étions lancés à la recherche de Jill pour permettre à Lissa de siéger au Conseil. En voyant le chaos que mon amie avait provoqué en se présentant à l'élection, nous avions compris que l'apparition miraculeuse d'une autre Dragomir ferait sensation et envenimerait encore davantage la situation. Un test génétique suffirait à lever tous les doutes et permettrait à Lissa de voter, mais l'agitation initiale nous laisserait un peu plus de temps pour démasquer le meurtrier, ce dont nous avions bien besoin. Malgré les nouveaux éléments que mes amis avaient découverts au hasard de leur enquête, nous n'avions encore rien de solide concernant l'identité du véritable coupable.

Dimitri me jeta un regard sévère, comme s'il me défendait par avance de lui mentir.

— Tu étais avec Lissa. L'élection a-t-elle commencé ?

— Non, reconnus-je.

— Alors tu vas te reposer.

— Je vais bien ! m'écriai-je.

Mais ces idiots refusèrent de m'écouter. Nous rencontrâmes quelques difficultés à la réception parce que aucun de nous n'avait de carte de crédit et que l'hôtel n'acceptait pas les cautions en liquide. Sonya employa la suggestion pour faire admettre à l'employé que ce moyen de paiement était autorisé et nous ne tardâmes pas à obtenir deux chambres adjacentes.

— Laisse-nous seuls, murmura Dimitri à Sonya. Je m'en occupe.

— Sois prudent, répondit-elle. Elle est fragile.

— Je vous entends, vous savez ! criai-je.

Sonya prit Jill par le bras et l'entraîna dans l'une des chambres.

— Allez, viens ! On va se commander quelque chose à manger.

Dimitri ouvrit l'autre porte et me jeta un regard impatient. Je le suivis en soupirant, m'assis sur le lit et croisai les bras. Cette chambre était cent fois plus jolie que celle de notre premier hôtel en Virginie-Occidentale.

— Pouvons-nous commander quelque chose à manger nous aussi ? lui demandai-je.

Il tira une chaise près du lit et s'installa en face de moi.

— Nous devons parler de ce qui s'est passé avec Victor.

— Il n'y a rien à en dire, répondis-je tristement.

Le remords que j'avais repoussé durant tout le trajet me submergea tout à coup. Il m'étouffait. Je me sentis soudain encore plus claustrophobe que dans ma cellule. La culpabilité était la pire des prisons.

— Les gens ont raison : je suis vraiment une meurtrière. Peu importe que ma victime soit Victor. Je l'ai tué de sang-froid.

— Je n'appellerais pas cela du sang-froid.

— Bien sûr que non ! m'écriai-je en sentant les larmes me monter aux yeux. Nous étions censés les neutraliser, Robert et lui, pour délivrer Jill. Les neutraliser ! Victor ne me menaçait pas. Mon Dieu, ce n'était qu'un vieil homme !

— Il constituait pourtant une menace. (Comme d'habitude, son calme visait à compenser mon hystérie croissante.) Il se servait de ses pouvoirs.

Je secouai la tête, puis enfouis mon visage dans mes mains.

— Il ne m'aurait pas tuée. Il n'aurait sans doute pas pu continuer très longtemps. Je n'avais qu'à attendre qu'il se fatigue ou m'échapper de son piège. Je m'en suis échappée ! Sauf que je lui ai fracassé la tête contre un mur en béton au lieu de le capturer ! Il ne faisait pas le poids contre moi. C'était un vieil homme. J'ai tué un vieil homme... D'accord, c'était un vieil homme manipulateur et corrompu, mais je ne voulais pas sa mort. Je voulais qu'il retourne en prison. Je voulais qu'il passe le reste de sa vie à méditer sur ses crimes. Pour ça, il aurait fallu qu'il soit encore vivant, Dimitri.

C'était étrange que je voie les choses de cette manière alors que j'avais éprouvé tant de haine pour Victor. Mais cela restait vrai : ce combat n'avait pas été équitable. J'avais agi sans réfléchir. On m'avait surtout appris à me défendre et à tuer des monstres. Je ne m'étais guère souciée de la question de l'honneur jusqu'à présent, mais elle venait soudain de prendre une importance considérable à mes yeux.

— Ce que je viens de faire est déshonorant.

— Sonya m'a expliqué que ce n'était pas ta faute.

Il me parlait toujours d'une voix douce, ce qui me rendait les choses encore plus difficiles. J'aurais préféré qu'il me sermonne à la mesure de la culpabilité que j'éprouvais. C'était à mon professeur sévère que je voulais faire face.

— Les effets secondaires de l'esprit t'ont fait perdre ta lucidité.

— C'était... (Je m'interrompis et m'efforçai de rassembler les souvenirs confus que j'avais de ce combat.) Jusque-là, je n'avais jamais vraiment compris ce que Lissa éprouvait dans ses pires moments. J'ai regardé Victor... et j'ai cru voir en lui la source de tous les malheurs du monde, une source que je devais détruire. C'était un criminel, mais il ne méritait pas ça. Il n'avait pas la moindre chance contre moi.

L'honneur, me répétai-je. *Je viens de perdre mon honneur...*

— Tu n'écoutes pas ce que je te dis, Rose. Ce n'était pas ta faute. L'esprit est un élément puissant que nous connaissons mal. Et nous savons que ses effets secondaires peuvent conduire à commettre des actes terribles. Des actes qu'il n'est pas possible de contrôler.

Je soutins son regard.

— J'aurais dû être plus forte que ces effets secondaires.

Nous y étions. Voilà quelle était la pensée obsédante qui nourrissait ma culpabilité et toutes ces émotions horribles.

— J'aurais dû être plus forte qu'eux. J'ai été faible.

Les paroles rassurantes de Dimitri tardèrent à franchir ses lèvres.

— Tu n'es pas invincible, finit-il par répondre. Personne n'attend ça de toi.

— Si : moi ! Ce que j'ai fait… (je déglutis) est impardonnable.

Ses yeux s'écarquillèrent sous le choc.

— C'est… C'est absurde, Rose. Tu ne peux pas te condamner à cause de quelque chose que tu as fait alors que tu n'étais pas toi-même.

— Ah oui ? Alors pourquoi… ?

Je me tus avant de reprocher à Dimitri de continuer à se torturer lui-même. Car ce n'était plus le cas… J'étais certaine qu'il s'en voulait encore de ce qu'il avait fait quand il était un Strigoï, et Sonya me l'avait confirmé. Mais il avait repris le contrôle de sa vie, petit bout par petit bout, au fil de cette cavale. Sonya me l'avait dit aussi, mais je ne venais vraiment de le comprendre qu'à cet instant.

— Quand ? lui demandai-je. Quand le changement s'est-il produit pour toi ? Quand as-tu compris que tu avais le droit de continuer de vivre malgré ce que tu avais fait ?

— Je n'en suis pas sûr…

Si ma question le surprit, il n'en montra rien. Ses yeux étaient toujours rivés sur moi mais il ne me regardait plus vraiment. Il réfléchissait à ma question.

— Ç'a été progressif. Quand Lissa et Abe sont venus me trouver, j'ai accepté de participer à ton évasion parce que Lissa me le demandait. À force d'y réfléchir, j'ai compris que j'en faisais aussi une affaire personnelle. Je ne supportais pas l'idée de te savoir enfermée dans une cellule, loin du monde. Ce n'était pas juste. Personne ne devrait subir ça. Alors j'ai soudain pris conscience que je le subissais moi-même… de mon plein gré. Ma culpabilité et ma mortification me détournaient du monde. J'étais en train de gâcher la deuxième chance que la vie m'offrait.

J'étais encore ravagée par le chagrin et le remords, mais son récit m'hypnotisa. J'avais rarement eu l'occasion de l'entendre parler ainsi à cœur ouvert.

— Nous en avons déjà discuté, reprit-il. Je t'ai dit que j'essayais de reprendre goût à la vie en appréciant ses petits détails. Chaque jour, je me suis retrouvé un peu plus. Je me suis souvenu que je n'étais pas qu'un combattant. C'est facile de se battre. L'important est de savoir pourquoi on se bat. La nuit où nous avons interrogé Donovan, dans la ruelle… (il frissonna) j'ai manqué de peu de devenir quelqu'un qui ne se battait plus que pour tuer froidement, mais tu m'en as empêché, Rose. Ç'a été le tournant. Tu m'as sauvé, comme Lissa l'avait fait avec le pieu. Alors j'ai compris que je ne pourrais surmonter mon passé de Strigoï qu'en faisant tout pour ne pas leur ressembler. Je devais me tourner vers ce qu'ils méprisent : la beauté, l'amour, l'honneur.

Son discours me rendait schizophrène. Une part de moi était folle de joie et faillit en pleurer. Cela faisait si longtemps que j'espérais l'entendre parler ainsi et le voir sur le point de triompher de ses démons. En même temps, ses paroles inspirantes me faisaient mesurer à quel point j'étais tombée bas. Mon chagrin reprit le dessus et je recommençai à m'apitoyer sur moi-même.

— Alors tu dois me comprendre, répliquai-je avec amertume. Tu viens d'employer le bon mot : l'honneur. Nous savons tous les deux à quel point c'est important, et je viens de perdre le mien. Je l'ai perdu dans ce parking, en tuant un innocent.

— Et j'en ai tué des centaines ! s'insurgea-t-il. Des gens qui étaient bien plus innocents que Victor Dashkov.

— Ce n'est pas la même chose ! Tu ne pouvais pas t'en empêcher ! (La détresse me submergea de nouveau.) Pourquoi faut-il qu'on se répète tant ?

— Parce que ce qu'on dit ne te rentre pas dans le crâne ! Toi non plus tu ne pouvais pas t'en empêcher. (Sa patience avait atteint ses limites.) Sens-toi coupable ! Lamente-toi ! mais n'oublie pas de passer à autre chose quand ce sera fait. Ne laisse pas cet accident te détruire. Pardonne-toi.

Je bondis sur mes pieds, à sa grande surprise, et me penchai jusqu'à m'arrêter à quelques centimètres de son visage.

— Que je me pardonne ? C'est ce que tu veux ? Toi ?

Il semblait avoir perdu sa voix. Ce n'était peut-être pas sans rapport avec notre proximité. Il parvint finalement à hocher la tête.

— Alors explique-moi quelque chose. Tu dis que tu as surmonté ton remords et que tu veux désormais choisir la vie. Soit. Mais t'es-tu vraiment tout pardonné ? Je t'ai dit il y a longtemps que je ne t'en voulais pas de ce qui s'était passé en Sibérie, mais toi ? te l'es-tu pardonné ?

— Je t'ai seulement dit…

— Non. Ce n'est pas pareil. Tu me demandes de me pardonner et de passer à autre chose. Mais tu ne le fais pas toi-même. Tu es un hypocrite, camarade ! Soit nous sommes tous les deux innocents, soit nous sommes tous les deux coupables. Choisis.

Il se leva à son tour et me toisa de toute sa taille.

— Ce n'est pas si simple.

Je croisai les bras et refusai de me laisser intimider.

— Ça l'est, pourtant. Nous sommes pareils. Même Sonya le dit. Nous l'avons toujours été, et maintenant nous réagissons tous les deux de la même façon stupide ! Nous exigeons davantage de nous-mêmes que de n'importe qui d'autre.

Dimitri fronça les sourcils.

— Je… Sonya ? Qu'a-t-elle à voir dans tout cela ?

— Elle a dit que nos auras étaient en harmonie et qu'elles s'illuminaient quand nous étions ensemble. D'après elle, ça veut dire que tu m'aimes encore, que nous sommes faits l'un pour l'autre et... (Je poussai un soupir et me détournai de lui pour marcher vers l'autre bout de la chambre.) Je ne sais pas... Je n'aurais pas dû t'en parler. Je n'aurais pas dû donner du crédit à cette histoire d'aura. Après tout, Sonya est une spécialiste de l'esprit déjà à moitié folle.

Je venais d'atteindre la fenêtre et j'appuyai mon front contre la vitre froide en me demandant ce que je devais faire. *Me pardonner.* En étais-je capable ? J'ignorais où nous nous trouvions, mais la fenêtre donnait sur une petite ville. Je voyais des voitures rouler dans les rues et des gens marcher sur les trottoirs. Chacun vaquait à ses occupations quotidiennes. J'inspirai profondément. L'image du cadavre de Victor dans ce parking allait me hanter encore très longtemps. Même si mes intentions étaient bonnes, j'avais fait une chose horrible. Mais tout le monde avait raison : je n'étais pas moi-même à ce moment-là. Cela changeait-il quelque chose ? Cela ramènerait-il Victor à la vie ? Non. À vrai dire, je ne savais vraiment pas comment j'allais m'y prendre pour oublier cette image et passer à autre chose. Je savais seulement que je devais le faire.

— Le pire serait que je me laisse arrêter par ça, murmurai-je, que je ne fasse plus rien. Le mieux que je puisse faire, c'est survivre. Je dois continuer à me battre et à aider les autres...

— Qu'est-ce que tu dis ? demanda Dimitri.

— Je dis... que je me pardonne. Ça n'arrange pas tout, mais c'est un début. (Je suivis une fêlure de la vitre du bout du doigt.) Qui sait ? Cette crise dans le parking m'aura peut-être permis de me délivrer d'une partie de la noirceur que Sonya voit dans mon aura. Même si toutes ces histoires me laissent sceptique, je dois lui accorder qu'elle avait raison sur un point : il ne manquait plus qu'une étincelle pour que tout explose.

— Elle a aussi raison à propos d'autre chose, ajouta Dimitri après un long silence.

Quelque chose dans sa voix m'incita à me retourner pour lui faire face.

— À propos de quoi ?

— Du fait que je t'aime encore.

Cette phrase fit basculer tout mon univers.

Le temps s'arrêta. Le monde se réduisit aux yeux et à la voix de Dimitri. C'était impossible. Cela ne pouvait pas être réel. J'eus l'impression de rêver et faillis fermer les yeux pour voir si j'allais me réveiller. Non. Si incroyable que cela puisse paraître, ce n'était pas un rêve. C'était bien réel. C'était la vie.

— Depuis... Depuis quand ? finis-je par lui demander.

— Depuis toujours, répondit-il comme si c'était évident. Je l'ai refoulé après ma transformation. Il n'y avait plus de place dans mon cœur que pour le remords. Comme c'était ce que je t'avais fait qui m'en inspirait le plus, je t'ai rejetée. J'ai voulu dresser un mur entre nous pour te protéger. Ça a marché pendant quelque temps, jusqu'à ce que mon cœur finisse par s'ouvrir à d'autres émotions. Alors, tous les sentiments que j'éprouvais pour toi ont rejailli d'un coup. Ils n'avaient pas disparu, mais ils étaient simplement cachés quelque part en moi, attendant que je sois prêt à les redécouvrir. Et puis, de nouveau, ce qui s'est passé dans la ruelle a été un tournant. Quand je t'ai regardée... j'ai vu ta gentillesse, ton espoir, ta foi... Ce sont ces élans qui font ta beauté, et tu es si belle...

— Il ne s'agissait donc pas de mes cheveux, commentai-je en me demandant comment je pouvais plaisanter dans un moment pareil.

— Si, répondit Dimitri avec douceur. Tes cheveux étaient magnifiques aussi. Toute ta personne l'est. Je t'ai trouvée extraordinaire dès notre première rencontre, et tu l'es devenue encore plus par la suite sans que je comprenne comment. Je t'ai toujours vue comme un être débordant d'énergie... une énergie que tu as appris à contrôler. Tu es la femme la plus fascinante que j'aie jamais rencontrée et je suis heureux d'avoir connu l'amour qui nous a réunis. Je regrette de l'avoir perdu. (Il devint pensif.) Je donnerais n'importe quoi pour revenir en arrière et changer les choses. Alors je me jetterais dans tes bras dès mon retour à la vie et je te supplierais de m'accepter dans la tienne. Mais je sais bien que c'est trop tard et je l'assume.

— Pourquoi ? Pourquoi est-ce trop tard ?

Son regard se chargea de tristesse.

— À cause d'Adrian. Parce que tu es passée à autre chose. Non, écoute-moi ! insista-t-il en me voyant sur le point de protester. Tu as eu raison de te tourner vers lui après ce que je t'avais fait. Le plus important pour moi, c'est que tu aies une chance d'être heureuse lorsque nous aurons prouvé ton innocence et fait reconnaître Jill. Tu m'as dit qu'Adrian te rendait heureuse… Tu m'as dit que tu l'aimais.

— Mais… Tu viens de dire que tu m'aimes et que tu voudrais vivre quelque chose avec moi…

Ma réponse me parut maladroite, indigne de sa soudaine éloquence.

— Je t'ai aussi dit qu'il n'était pas question que je vole la femme d'un autre. Tu parlais d'honneur ? C'est le respecter que d'agir ainsi.

J'avançai vers lui et chacun de mes pas augmenta la tension entre nous. Dimitri répétait sans cesse que sa crise dans la ruelle avait constitué un tournant. Or, mon tournant à moi avait lieu à cet instant précis. J'étais sur le point de faire quelque chose qui allait changer ma vie. Depuis une semaine, je m'efforçais de prendre du recul par rapport aux sentiments que j'éprouvais pour Dimitri. Mais avais-je vraiment réussi ? En quoi consistait réellement l'amour ? S'agissait-il de fleurs, de chocolats et de poèmes ? Ou bien d'autre chose ? S'agissait-il d'être capable de finir les plaisanteries de l'autre ? d'avoir une confiance absolue en lui ? de savoir qu'il vous connaissait si bien qu'il comprenait toujours ce qui vous poussait à agir comme vous le faisiez, parce qu'il aurait fait la même chose que vous s'il avait été à votre place?

Depuis une semaine, je prétendais que mon amour pour Dimitri était en train de se faner, alors qu'en réalité il n'avait fait que croître. Je ne m'en étais même pas rendu compte. Nous avions retrouvé notre ancienne complicité et l'avions renforcée. À mes yeux, personne au monde, pas même Lissa, ne comptait plus que Dimitri.

J'étais sincère quand je lui avais dit que j'aimais Adrian. J'avais du mal à imaginer ma vie sans lui. Mais je ne pus m'empêcher de songer à ce que je lui avais dit d'autre chez les Mastrano à propos d'Adrian: «Je m'amuse bien avec lui.» Bien sûr, il est normal de s'amuser avec celui qu'on aime, mais cela ne devrait pas être la première chose qui vienne à l'esprit. J'aurais dû dire: «Nous nous soutenons l'un l'autre»; ou bien: «Il m'incite à m'améliorer»; ou, plus important encore: «Il me comprend parfaitement.»

Mais je n'avais rien dit de tout cela parce que ce n'était pas vrai. Je ne m'étais tournée vers Adrian que par confort. Notre complicité et les moments où il me faisait rire comptaient pour moi. S'il avait été en danger, j'aurais sacrifié ma vie pour le sauver comme j'étais prête à le faire pour Lissa. Mais je ne l'aidais pas à s'améliorer. Il essayait, c'était certain. Il avait envie de devenir quelqu'un de bien, mais la plupart des choses qu'il faisait étaient surtout motivées par son envie d'impressionner les autres, ou de m'impressionner, moi. Ce n'était pas pour lui-même. Cela ne faisait pas de lui quelqu'un de mauvais ou de faible, mais cela faisait de moi sa béquille. J'étais certaine qu'il n'en resterait pas là. Il finirait par se trouver et deviendrait un homme merveilleux. Simplement, il n'en était pas encore à cette étape… Moi si.

Je m'étais plantée devant Dimitri et contemplais ses yeux bruns que j'aimais tant. Je posai mes mains sur son torse et sentis son cœur battre de façon puissante et régulière, et peut-être un peu plus vite que d'habitude. La chaleur de sa peau se communiqua à mes mains. Il saisit mes poignets mais n'essaya pas de me repousser. Son visage reflétait toujours son conflit intérieur, mais j'y devinais aussi son amour pour moi, à présent que je n'en doutais plus. Il m'aimait et me désirait. C'était si évident…

— Tu aurais dû me le dire, lui reprochai-je. Tu aurais dû me le dire il y a longtemps. Je t'aime. Je n'ai jamais cessé de t'aimer. Tu le savais forcément.

Il retint son souffle en entendant les mots « je t'aime » et son conflit intérieur devint une guerre totale.

— Cela n'aurait rien changé puisque tu es avec Adrian.

Ses doigts se crispèrent autour de mes poignets comme s'il était sur le point de me repousser, mais il ne le fit pas.

— Je suis sincère, Rose. Je ne volerai pas la femme d'un autre homme. Maintenant, s'il te plaît, oublie tout ça. Ne nous rends pas les choses encore plus difficiles.

Je ne l'écoutai pas. Il aurait facilement pu se détourner de moi s'il l'avait vraiment voulu. J'écartai les doigts pour mieux couvrir son torse et me nourrir de sa chaleur, qui m'avait tant manqué.

— Je ne lui appartiens pas, murmurai-je en inclinant un peu la tête en arrière pour mieux voir son visage.

Il paraissait si tourmenté. Il lui était si difficile de distinguer le bien du mal. Pour ma part, je me sentais tout simplement… entière contre lui. Sonya pensait qu'il n'était pas possible que deux âmes n'en fassent plus qu'une, mais les nôtres n'étaient pas faites pour être séparées. Elles s'assemblaient comme les pièces d'un puzzle pour former quelque chose qui les dépassait.

— Je n'appartiens à personne. Je fais mes propres choix.

— Et tu as choisi Adrian, s'obstina Dimitri.

— Mais je suis faite pour toi.

Alors nous perdîmes le peu de maîtrise et de raison qui nous restait. Les barrières que nous avions élevées entre nous s'effondrèrent et les sentiments que nous avions refoulés nous submergèrent comme une vague. J'attirai son visage vers moi afin de l'embrasser. Cette fois, il ne chercha pas à éviter ce baiser et je n'y mis pas un terme en lui donnant un coup de poing. Il m'enlaça la taille et me souleva pour me porter jusqu'au lit. Il glissa bientôt l'une de ses mains le long de ma hanche, puis caressa ma cuisse, que ma robe en lambeaux laissait déjà à moitié dénudée.

Tout mon corps s'embrasa. Je sentis renaître tout son désir pour moi, et il me parut même plus fort qu'avant. Il semblait encore plus apprécier l'amour après son passage dans le monde de la mort. Mais ce n'était pas seulement cela : il en avait besoin. Il avait besoin de la vie. Il avait besoin de moi, et ce n'était pas simplement physique. Nos âmes tendaient l'une vers l'autre avec la même violence. Ce que nous vécûmes ensuite alla bien au-delà du plaisir physique… même si le plaisir ne manqua pas.

Faire l'amour avec lui après tant de temps et après tout ce que nous avions subi me donna l'impression de retrouver mon foyer. J'avais découvert ma place dans le monde et celui que je devais avoir à mes côtés. Mon univers et mon cœur avaient volé en éclats quand je l'avais perdu, mais son regard, ses lèvres qui murmuraient mon nom et couraient sur ma peau m'assuraient que tout pouvait redevenir comme avant. Je compris aussi, avec une absolue certitude, que j'avais eu raison d'attendre cet instant pour faire l'amour pour la deuxième fois. Le faire à un autre moment et avec quelqu'un d'autre aurait été une erreur.

Après cela, nous nous blottîmes l'un contre l'autre, les membres entremêlés, comme si nous ne pouvions pas être assez près l'un de l'autre, et comme si cette étroite proximité pouvait abolir la distance que nous avions laissée s'établir entre nous pendant si longtemps.

Je fermai les yeux pour m'abandonner à mes sensations et poussai un soupir rêveur.

—Je suis contente que tu aies craqué. Heureusement que j'ai plus de maîtrise de moi-même que toi.

Son éclat de rire fit vibrer son torse.

—Je me contrôle dix fois mieux que toi, Roza.

J'ouvris les yeux et me tournai pour plonger mon regard dans le sien. Je caressai ses cheveux et lui souris, en ayant la sensation que mon cœur allait enfler jusqu'à m'engloutir tout entière.

—Ah oui ? Ce n'est pas l'impression que j'ai eue.

—Attends la prochaine fois, me menaça-t-il. Je vais te faire des choses qui te feront perdre la tête en quelques secondes.

Cette déclaration exigeait une réponse spirituelle à la Rose Hathaway. Elle affolait mes sens également c'est pourquoi je fus aussi surprise que lui par les mots qui franchirent mes lèvres :

—Il n'y aura peut-être pas de prochaine fois.

Dimitri, qui me caressait l'épaule, se figea.

—Quoi ? Pourquoi ?

—Il nous reste quelques problèmes à régler avant cela.

—Adrian, devina-t-il.

J'acquiesçai.

—Et c'est mon problème. Alors laisse ton honneur en dehors de ça. Je dois lui parler et répondre de ce qui vient de se passer. Et je vais le faire. Quant à toi… (J'eus du mal à croire que j'étais en train de tenir ce discours et que j'étais sincère.) Tu dois encore te pardonner si tu veux que nous vivions quelque chose ensemble.

Sa surprise se mua en tristesse.

—Rose…

—Je suis sérieuse, insistai-je en soutenant son regard. Tu dois te pardonner. Vraiment. Tu es le seul à ne pas l'avoir fait. Si tu en es incapable, tu ne pourras jamais passer à autre chose. Nous ne pourrons jamais passer à autre chose.

Je venais de faire l'un des plus grands paris de ma vie. Autrefois, je me serais jetée à son cou sans me poser de questions. J'aurais négligé nos problèmes et n'aurais songé qu'au plaisir d'être avec lui. À présent… Tout ce que j'avais vécu m'avait changée. Je l'aimais de tout mon cœur et voulais être avec lui. Mais c'était au nom de cet amour que je prenais ce risque. Si nous voulions être ensemble, nous devions faire les choses comme il fallait. Faire l'amour avec lui avait été merveilleux, mais ce n'était pas un remède miracle à tous les maux. Merde. J'étais devenue raisonnable sans m'en rendre compte. Dans tous les cas, j'allais parler à Adrian. Et si Dimitri n'était pas capable de se pardonner, j'en resterais vraiment là. Dans ce cas, j'aurais perdu les deux hommes qui comptaient dans ma vie, mais je préférais être seule et rester fidèle à moi-même que m'engager dans une fausse relation.

— Je ne sais pas, finit par répondre Dimitri. Je ne sais pas si j'en suis capable… si je suis prêt.

— Alors décide-toi, répliquai-je. Je ne te demande pas de me répondre immédiatement, mais il faudra bien que…

J'estimai préférable de ne pas insister. Mieux valait le laisser tranquille pour le moment, même si je savais qu'il mesurait l'importance de ma question et allait y réfléchir. Mais je savais aussi que j'avais raison d'être ferme. Nous ne pourrions pas être heureux ensemble s'il ne l'était pas lui-même. Je compris tout à coup que nos anciens rôles de professeur et d'élève avaient pris fin pour toujours. Désormais, nous étions vraiment des égaux.

Je posai ma tête sur son torse et le sentis se détendre. Nous nous abandonnâmes au plaisir d'être ensemble, même si cela ne pouvait pas durer indéfiniment. Comme Sonya avait dit que nous avions besoin de nous « reposer », j'imaginais que nous avions encore un peu de temps avant de devoir repartir pour la Cour. Blottie dans les bras de Dimitri, je finis par avoir vraiment envie de dormir. Mon combat contre Victor – qui avait eu des conséquences vraiment inattendues – m'avait éreintée. La culpabilité, le désespoir et les effets secondaires de l'esprit avaient aussi largement puisé dans mes forces, même si l'amulette de guérison de Sonya, que je portais encore autour du cou, m'avait aidée à recouvrer mes esprits. J'esquissai un sourire. J'étais aussi épuisée par ce que Dimitri et moi venions de faire, tout simplement. Pour une fois, j'avais employé mon corps pour une activité qui ne risquait pas d'entraîner une grave blessure.

Je sentis les ténèbres m'envelopper aussi chaudement que les bras de Dimitri tandis que je m'endormais. J'aurais mérité que ce soit aussi simple que cela. J'aurais dû pouvoir jouir d'un sommeil bienheureux. Mais, comme d'habitude, je n'eus pas cette chance.

Je me sentis aspirée dans un rêve généré par l'esprit et crus un instant que Robert Doru revenait à moi pour venger la mort de son frère.

Mais non. Au lieu d'un Dashkov vindicatif, je vis des yeux d'un vert d'émeraude.

Adrian.

Chapitre 30

Contrairement à mon habitude, je ne me précipitai pas dans ses bras. Comment aurais-je pu après ce que je venais de faire ? Non. Je ne pouvais plus jouer la comédie. Mon avenir avec Dimitri resterait incertain tant qu'il n'aurait pas répondu à mon ultimatum. En revanche, je savais que je devais quitter Adrian. J'éprouvais encore beaucoup d'affection pour lui et une petite part de moi espérait que nous pourrions rester amis. Sauf que je ne pouvais pas faire comme si de rien n'était après avoir couché avec Dimitri. Il n'y aurait peut-être pas eu mort d'homme, mais cela n'aurait pas été honnête.

En même temps, je pris conscience que ce n'était pas le bon moment pour parler à Adrian. Je ne pouvais quand même pas le quitter dans un rêve. C'était presque aussi insultant qu'une rupture par texto. De plus, j'allais sans doute avoir besoin de son aide. Tant pis pour l'honneur. *Bientôt*, me promis-je. *Je le lui dirai bientôt.*

Il ne parut pas remarquer mon manque d'enthousiasme, mais nota autre chose.

— Ça alors !

Nous nous trouvions dans la bibliothèque de Saint-Vladimir et je lui jetai un regard perplexe par-dessus les tables de travail qui nous séparaient.

— Ça alors quoi ?

— Ton aura est fascinante. Elle brille… Je veux dire : elle brille toujours, mais je ne l'avais jamais vue si lumineuse. Je ne m'y attendais pas, après tout ce qui vient de se passer !

Je m'agitai nerveusement. Si mon aura s'illuminait déjà quand je m'approchais de Dimitri, à quoi ressemblait-elle après avoir fait l'amour avec lui ?

— Et qu'est-ce qui vient de se passer ? lui demandai-je pour changer de sujet.

Il pouffa et s'approcha de moi. Sa main chercha ses cigarettes par réflexe, mais il suspendit son geste et laissa son bras retomber le long de son corps.

— Allons, tout le monde ne parle que de cela. Il paraît que vous avez enlevé la gamine, Belikov et toi. Qu'est-ce que c'est que cette histoire, d'ailleurs ? Vous auriez forcé l'alchimiste à vous aider. C'est la nouvelle la plus sensationnelle qui circule à la Cour. Enfin, quand les gens ne parlent pas de l'élection. La dernière épreuve approche.

— C'est vrai, murmurai-je.

Lissa réfléchissait à son énigme depuis presque vingt-quatre heures. Aux dernières nouvelles, elle n'avait toujours pas trouvé la réponse.

— Que fais-tu endormie en pleine journée, au fait ? me demanda-t-il. Je n'espérais pas vraiment te trouver. J'imaginais que tu avais adopté les horaires des humains.

— La nuit a été longue. On a échappé à un régiment de gardiens, et tout ça.

Adrian me prit la main, fronça légèrement les sourcils en me sentant réticente, mais recouvra vite son sourire habituel.

— À ta place, je me méfierais surtout de ton père. Il est fou de rage depuis qu'il sait que tu n'es pas restée tranquillement cachée. Et aussi parce qu'il n'arrive pas à parler aux alchimistes. Et pourtant il essaie, crois-moi.

Je faillis éclater de rire, sauf que je ne voulais vraiment pas que les choses en arrivent là.

— Il n'est pas tout-puissant, finalement. (Je soupirai.) Pourtant, nous aurions besoin de parler à Sydney… ou plutôt au garçon qui est avec elle. Celui qui sait peut-être quelque chose. (Je me souvins de la surprise de Ian à la vue de la photo.) Il connaît l'homme qui a attaqué Lissa et payé Joe. Nous devons lui mettre la main dessus.

— D'après ce que je sais, les gardiens se contentent de monter la garde autour de l'hôtel, m'expliqua Adrian. Ils ont surtout peur que les alchimistes s'en aillent. Mais ils contrôlent les portes. Ils ne laisseront entrer aucun de nous, ni aucun autre alchimiste. Comme la plupart des clients sont humains, je crois qu'Abe a essayé de se déguiser… et que ça n'a pas marché.

Pauvre Zmey.

— Il connaît pourtant les gardiens. Il aurait dû savoir qu'ils ne laisseraient passer que leurs propres collègues. (Je m'interrompis subitement.) C'est ça…

Adrian m'observa avec méfiance.

— Oh non ! Je connais ce regard. Tu viens encore d'avoir une idée complètement folle.

Je lui pris la main non sous le coup de l'amour, mais de l'impatience.

— Préviens Mikhail et demande-lui de nous retrouver…

Je réfléchis. Comme la ville où l'on retenait les alchimistes était la plus proche de la Cour, j'y étais souvent passée. Je fouillai dans ma mémoire à la recherche d'un détail.

— … au restaurant avec l'enseigne rouge. Il est situé à la périphérie de la ville. Mikhail y organise tout le temps des buffets publicitaires.

— C'est plus facile à dire qu'à faire, petite dhampir. Tous les gardiens de la Cour sont mobilisés pour contenir la foule venue assister à l'élection. Même ta mère n'aurait pas pu rester auprès de Lissa si on n'avait pas essayé de tuer la princesse. Ça m'étonnerait que Mikhail arrive à s'échapper.

— Il trouvera un moyen, lui assurai-je. Dis-lui qu'il est la clé qui nous permettra de démasquer le meurtrier. Il ne manque pas de ressources.

Adrian parut sceptique, mais il lui était très difficile de me refuser quelque chose.

— Quand ?

C'était une bonne question. Il était presque midi et je ne savais pas vraiment où nous nous étions arrêtés. Combien de temps nous fallait-il pour rejoindre la Cour ? À ma connaissance, les candidats qui réussissaient la dernière épreuve faisaient un discours dès le lendemain matin, selon les horaires moroï. L'élection proprement dite devait avoir lieu juste après. Si notre plan fonctionnait, la présence de Lissa retarderait de plusieurs jours la procédure. Mais cela supposait qu'elle réussisse sa dernière épreuve.

— À minuit, répondis-je.

Si je ne me trompais pas, la Cour serait complètement obnubilée par l'élection à cette heure-là, ce qui permettrait à Mikhail de s'éclipser plus facilement. Du moins je l'espérais…

— Tu me promets de le prévenir ?

— Tout ce que tu voudras, m'accorda-t-il en s'inclinant galamment. Mais permets-moi de te dire que je trouve toujours dangereux que tu t'impliques personnellement.

— C'est quelque chose que je dois faire moi-même. Et je ne veux plus me cacher.

Il hocha la tête comme s'il me comprenait, mais je n'en fus pas certaine.

— Merci, lui dis-je. Merci de tout. Maintenant, vas-y !

Il me décocha un sourire.

— Tu ne perds pas de temps pour chasser les garçons de ton lit, dis-moi.

Sa plaisanterie, qui frappait plus juste qu'il ne le pensait, me fit tressaillir.

—Je veux que Mikhail ait le temps de se préparer. Et je veux aussi assister à la dernière épreuve de Lissa.

Adrian recouvra son sérieux.

—Est-ce qu'elle a une chance? Est-ce qu'elle va réussir?

—Je ne sais pas, reconnus-je. C'est une épreuve difficile.

—Très bien. Je vais voir ce que je peux faire. (Il déposa un rapide baiser sur mes lèvres auquel je répondis par réflexe, sans que le cœur y soit.) Et Rose? Je ne plaisantais pas: sois prudente. Tu vas être dangereusement près de la Cour. Sans parler de la bande de gardiens qui te recherchent, et n'hésiteraient peut-être pas à te tuer.

—Je sais, répondis-je en jugeant préférable de ne pas préciser qu'il n'y avait pas de «peut-être».

Sur ces mots, il disparut et je me réveillai. Étrangement, la réalité que je retrouvai me parut plus onirique que ma discussion avec Adrian. Dimitri et moi étions toujours blottis l'un contre l'autre sous les couvertures. Il dormait, avec sur le visage une expression paisible qu'il avait rarement, et souriait presque. J'envisageai un instant de le réveiller pour lui dire que nous devions reprendre la route immédiatement, mais y renonçai avec bonheur après avoir jeté un coup d'œil au réveil. Nous avions encore du temps et l'épreuve de Lissa était imminente. Je devais la rejoindre, en espérant que Sonya nous réveillerait si nous dormions trop longtemps.

Je ne m'étais pas trompée dans l'évaluation du temps. Lissa traversait les pelouses de la Cour en ayant l'air de se rendre à un enterrement. Elle ne voyait ni le soleil, ni les fleurs, ni les oiseaux. Christian, ma mère et Tasha, qui l'accompagnaient, ne parvenaient pas à lui remonter le moral.

—Je n'y arriverai pas, dit-elle en regardant le bâtiment fatidique. Je ne réussirai pas cette épreuve.

Son tatouage l'empêchait d'en dire plus.

— Tu es intelligente, brillante, même ! (Christian la tenait par la taille. La confiance qu'il lui témoignait m'inspira une immense reconnaissance.) Tu vas y arriver.

— Tu ne comprends pas…

Elle soupira. Elle n'avait toujours pas trouvé de réponse à l'énigme, ce qui risquait de contrarier notre plan, mais aussi son désir de prouver sa valeur.

— Il a raison, pour une fois, intervint Tasha sur un ton un peu moqueur. Tu vas y arriver. Tu dois y arriver. Nous comptons tous sur toi.

Au lieu de rassurer Lissa, cela augmenta encore la pression qu'elle sentait peser sur elle. Elle allait échouer, comme pendant le rêve du calice. À ce moment-là non plus, elle n'avait rien trouvé à répondre.

— Lissa !

Ils s'arrêtèrent pour se tourner vers Séréna qui courait dans leur direction. Ses longues jambes athlétiques lui permirent de les rejoindre en quelques instants.

— Bonjour Séréna, la salua Lissa. Nous sommes pressés. L'épreuve…

— Je sais, je sais. (Séréna était écarlate non à cause de sa course, mais parce qu'elle semblait affolée. Elle lui tendit une feuille de papier.) Je vous ai fait cette liste. Voilà tous les noms dont je me souviens.

— Quelle liste ? demanda Tasha.

— La liste des Moroï que la reine faisait entraîner pour voir s'ils étaient capables d'apprendre à se battre.

Tasha écarquilla les yeux de surprise. Ce rebondissement lui avait échappé.

— Tatiana faisait entraîner des Moroï ? Je n'en avais jamais entendu parler.

J'eus l'impression qu'elle regrettait de ne pas avoir été leur professeur.

— Comme la plupart des gens, répondit Lissa en dépliant la feuille. C'était un grand secret.

Tous se pressèrent autour d'elle pour découvrir les noms que Séréna avait soigneusement écrits à la main. Christian poussa un sifflement.

— Tatiana était peut-être ouverte à l'idée que les Moroï apprennent à se défendre, mais pas n'importe lesquels.

— Tu as raison, reconnut Tasha. Tous font partie de l'élite.

Il n'y avait que des membres de la noblesse. Aucun Moroï roturier n'avait participé à l'expérience. C'était la crème de la crème même si, comme Ambrose l'avait dit, Tatiana s'était efforcée de recruter des hommes et des femmes de toutes les tranches d'âge.

— Camille Conta ? s'écria Lissa, stupéfaite. Je ne m'en serais jamais doutée. Elle était nulle en sport.

— Et voici l'une de nos cousines, déclara Christian en leur signalant une Lia Ozéra. (Il leva les yeux vers Tasha, qui ne s'était pas encore remise de sa surprise.) Tu étais au courant ?

— Non. Et je n'aurais pas non plus parié sur elle.

— La moitié des candidats se trouvent sur cette liste, leur fit remarquer Lissa. (Je repérai Rufus Tarus, Ava Drozdov et Ellis Badica.) Quel dommage qu'ils… Oh ! mon Dieu ! La mère d'Adrian ?

De fait, Daniella Ivashkov se trouvait sur cette liste.

— Ça alors, commenta Christian, ce qui exprimait assez bien ma propre réaction. Je suis presque sûr qu'Adrian l'ignore.

— Est-elle favorable à l'idée que les Moroï apprennent à se battre ? demanda ma mère, aussi surprise que les autres.

Lissa secoua la tête.

— Non. À ma connaissance, elle soutient fermement que nous devrions laisser les dhampirs nous défendre.

Aucun de nous ne pouvait imaginer la belle et délicate Daniella Ivashkov au milieu d'un combat.

— Dire qu'elle détestait déjà Tatiana, ironisa Tasha. Je suis sûre que cette idée a dû beaucoup améliorer leur relation. Elles n'arrêtaient pas de se disputer dès qu'elles se croyaient seules.

Son commentaire provoqua un silence gêné.

Lissa se tourna vers Séréna.

— Ces gens voyaient-ils souvent la reine ? Avaient-ils accès à ses appartements ?

— Oui, répondit Séréna avec nervosité. D'après Grant, Tatiana assistait à toutes les séances d'entraînement. Quand il est mort, je crois aussi savoir qu'elle a interrogé chacun des participants personnellement, afin d'évaluer leurs progrès. (Elle s'interrompit.) Il me semble qu'elle avait rendez-vous avec certains d'entre eux le soir de sa mort.

— Avaient-ils appris à se servir d'un pieu ? demanda Lissa.

Séréna fit la grimace.

— Oui. Certains y arrivaient mieux que d'autres.

Lissa consulta de nouveau la liste et fut saisie d'un vertige. Tant de gens avaient eu un mobile et la possibilité d'agir… La réponse se trouvait-elle sur cette feuille de papier ? Avait-elle lu le nom du meurtrier sans le savoir ? Comme Séréna le leur avait dit un peu plus tôt, Tatiana semblait avoir choisi les plus farouches opposants à cette réforme, sans doute afin de déterminer s'ils étaient capables d'apprendre malgré leurs réticences. Avait-elle poussé l'un d'eux au-delà de ses limites ? Un nom en particulier ne cessait de tarauder Lissa.

— Je suis désolée de t'interrompre, mais nous devons y aller, déclara ma mère d'un ton sans appel, qui indiquait qu'elle était repassée en mode gardien. Sans quoi tu vas être en retard.

Lissa se ressaisit, comprit que ma mère avait raison et rangea la feuille dans sa poche. Le moindre retard était éliminatoire. Lissa remercia Séréna et lui répéta qu'elle avait fait ce qu'il fallait, puis mes amis se dirigèrent à grands pas vers le bâtiment où se déroulait l'épreuve.

— Merde, jura Lissa, ce qui lui arrivait rarement. Ça m'étonnerait que la vieille dame se montre indulgente en cas de retard.

— La vieille dame ?

Ma mère éclata de rire, ce qui nous surprit tous. Elle marchait beaucoup plus vite que tout le monde et faisait des efforts visibles pour ne pas trop distancer les autres.

— Celle qui fait passer les épreuves ? Tu ne sais pas qui c'est ?

— Comment le saurais-je ? s'étonna Lissa. J'imaginais qu'on l'avait recrutée spécialement pour ça.

— Sauf qu'il ne s'agit pas de n'importe qui. C'est Ekaterina Zeklos.

— Quoi ?

Lissa faillit s'arrêter mais se souvint qu'ils étaient pressés.

— C'est bien elle qui régnait avant Tatiana, n'est-ce pas ?

— Je croyais qu'elle avait pris sa retraite sur une île quelconque, commenta Christian, tout aussi surpris.

— Je ne suis pas sûre que ce soit dans une île, répondit Tasha, mais elle a effectivement abdiqué quand elle s'est sentie trop âgée pour gouverner. Elle vit dans le luxe et loin des intrigues politiques depuis que Tatiana est montée sur le trône.

Trop âgée pour gouverner ? Tatiana avait régné pendant vingt ans ! Il ne fallait pas s'étonner que ses souvenirs remontent à la nuit des temps.

— Si elle était si heureuse d'échapper aux intrigues politiques, pourquoi est-elle revenue ? s'étonna Lissa.

Ma mère ouvrit la porte du bâtiment et en évalua les menaces potentielles si instinctivement que cela ne l'empêcha pas de poursuivre la conversation.

— Parce que la tradition exige que l'ancien monarque fasse passer leurs épreuves à ceux qui aspirent à lui succéder, quand c'est possible. Cette fois-ci, ça ne l'était clairement pas. Ekaterina est donc revenue de l'endroit où elle s'était retirée pour s'en charger.

Lissa n'en revenait pas d'avoir discuté si librement avec l'avant-dernière reine des Moroï, une souveraine très puissante et très populaire. Des gardiens entraînèrent Lissa vers la salle de l'épreuve dès que son groupe fut entré dans le couloir. À en juger par leurs expressions, ils ne croyaient plus à son arrivée. Quelques spectateurs, à qui elle semblait avoir aussi fait des frayeurs, l'acclamèrent en faisant référence au dragon et en la comparant à Alexandra comme d'habitude. Elle n'eut pas le temps de leur sourire, ni même de dire au revoir à ses amis avant d'être poussée à l'intérieur de la salle. Les gardiens semblèrent soulagés.

La porte se referma derrière elle et Lissa se retrouva de nouveau en face d'Ekaterina Zeklos, qui lui parut encore plus impressionnante que les fois précédentes. L'anxiété de mon amie redoubla. L'ancienne reine esquissa un sourire.

— J'ai eu peur que tu ne viennes pas, dit-elle. Mais j'aurais dû savoir que tu n'étais pas du genre à renoncer.

Encore abasourdie par les découvertes qu'elle venait de faire, Lissa fut tentée de lui parler de la liste de Séréna pour justifier son retard. Mais non. Cela n'intéressait pas Ekaterina et on ne cherchait pas à se justifier devant quelqu'un comme elle. Si on commettait un impair, on s'excusait.

— Je suis désolée, répondit-elle.

— C'est inutile, la rassura Ekaterina. Tu es là, c'est tout ce qui compte. As-tu trouvé la réponse à l'énigme ? Que doit posséder une reine pour bien gouverner son peuple ?

Lissa sentit sa langue s'engourdir. Elle n'avait pas la réponse. Les choses allaient bien se passer comme dans le rêve du calice. L'enquête sur le meurtre de Tatiana lui prenait tant de temps… Pendant un instant, Lissa éprouva de la compassion pour cette reine au caractère ombrageux. Elle avait fait des choix qu'elle croyait être dans l'intérêt des Moroï et en était morte. Lissa éprouva également de la compassion pour Ekaterina. Cette ancienne reine ne s'attendait probablement pas à ce qu'on l'arrache à sa retraite – à son île – pour la replonger dans les intrigues de la Cour. Pourtant, elle était venue parce qu'on avait besoin d'elle.

La réponse lui vint subitement.

— Rien, murmura-t-elle. Une reine ne doit rien posséder pour bien gouverner son peuple, parce qu'elle doit tout lui consacrer, y compris sa vie.

Le grand sourire édenté d'Ekaterina lui confirma que c'était la bonne réponse.

— Félicitations, ma chère. Tu seras candidate à l'élection de demain. J'espère que tu as préparé un discours. Le Conseil t'écoutera dans la matinée.

Lissa vacilla légèrement. Elle ne savait déjà pas quoi dire à cet instant. Comment pourrait-elle faire un discours officiel ? Ekaterina parut sentir son trouble. Son sourire, si malicieux d'ordinaire, se fit rassurant.

— Ça va bien se passer. Tu as triomphé de tout jusqu'ici. Ce discours est la partie la plus facile. Ton père serait fier de toi. Tous tes ancêtres seraient fiers de toi.

Lissa faillit se mettre à pleurer.

— Je n'en suis pas si sûre, répondit-elle en secouant la tête. Nous savons tous que je ne suis pas une vraie candidate. Je faisais seulement… semblant. (Étrangement, cela lui fit du bien de l'avouer à Ekaterina.) C'est Ariana qui mérite de monter sur le trône.

Ekaterina plongea son regard sans âge dans celui de Lissa et perdit son sourire.

— Tu n'es pas au courant, alors. Bien sûr que non. Tout s'est passé si vite.

— Au courant de quoi ?

Ekaterina prit une expression compatissante sans que je comprenne si c'était parce que la nouvelle qu'elle s'apprêtait à délivrer l'attristait ou parce qu'elle anticipait la réaction de Lissa.

— Ariana Szelsky a échoué à cette épreuve. Elle n'a pas réussi à résoudre l'énigme.

— Rose ! Rose !

Dimitri me secouait. Il me fallut quelques secondes pour passer de la peau d'une Lissa en état de choc à celle d'une Rose mal réveillée.

— Nous devons..., commença-t-il.

— Mon Dieu ! l'interrompis-je. Tu ne croiras jamais ce que je viens d'apprendre.

Il se raidit.

— Est-ce que Lissa va bien ?

— Oui, mais...

— Alors nous nous en soucierons plus tard. Pour le moment, nous devons partir.

Je m'aperçus alors qu'il s'était habillé et que j'étais encore nue.

— Que se passe-t-il ?

— Sonya est venue. Ne t'en fais pas ! (Ma grimace terrifiée le fit sourire.) Je me suis habillé avant d'ouvrir et je ne l'ai pas laissée entrer. Mais elle m'a dit que l'employé de la réception l'avait appelée. Notre caution en espèces commence à éveiller des soupçons. Nous devons partir tout de suite.

Minuit. Nous devions retrouver Mikhail à minuit pour découvrir le dernier élément du mystère qui occupait toute notre vie.

— Aucun problème, répondis-je en écartant les couvertures.

Les yeux de Dimitri se promenèrent sur mon corps et je fus surprise par l'admiration et le désir que j'y lus. Même si nous venions de faire l'amour, je m'attendais à ce qu'il ait recouvré tout son détachement de gardien, d'autant plus que nous devions partir vite.

— Est-ce que tu aimes ce que tu vois ? lui demandai-je en répétant une phrase que j'avais prononcée longtemps auparavant, alors qu'il m'avait surprise avec un garçon dans une situation compromettante au lycée.

— Beaucoup, répondit-il.

Son regard était trop intense pour moi. Le cœur affolé, je détournai les yeux et m'habillai.

— N'oublie pas, murmurai-je. N'oublie pas…

Je ne parvins pas à finir ma phrase, mais ce n'était pas nécessaire.

— Je sais, Roza. Je n'ai pas oublié.

J'enfilai mes chaussures en regrettant de ne pas être assez faible pour renoncer à mon ultimatum. Mais je ne pouvais pas. Peu importait tout ce qui s'était passé entre nous, à la fois en paroles et physiquement. Peu importait que nous soyons si proches de réaliser notre conte de fées : nous n'avions aucun avenir si Dimitri n'était pas capable de se pardonner.

Sonya et Jill nous attendaient dans le couloir et j'eus l'impression que Sonya devina immédiatement ce qui s'était passé entre Dimitri et moi. Maudites auras. Mais peut-être n'était-il pas nécessaire de posséder des pouvoirs magiques pour deviner ce genre de choses. L'épanouissement devait encore se lire sur nos visages.

— J'ai besoin que vous fabriquiez une amulette, annonçai-je à Sonya lorsque nous reprîmes la route. Et nous devons nous arrêter à Greenston.

— Greenston ? s'étonna Dimitri. Pour quoi faire ?

— C'est la ville où les gardiens retiennent les alchimistes.

Les pièces du puzzle commençaient à s'assembler dans mon esprit. Qui haïssait Tatiana, à la fois pour sa personnalité et parce qu'elle couchait avec Ambrose ? Qui s'opposait à son idée que les Moroï combattent physiquement les Strigoï ? Qui craignait son intérêt pour l'esprit et les conséquences que cela risquait d'avoir sur les spécialistes de cet élément, comme Adrian, par exemple ? Qui voulait voir une autre famille s'emparer du trône pour soutenir d'autres idées ? Et qui avait intérêt à se débarrasser de moi en me faisant accuser ? Je pris une profonde inspiration. Ce que je m'apprêtais à dire me stupéfiait moi-même.

— C'est la ville où nous allons obtenir la preuve que Daniella Ivashkov a tué Tatiana.

Chapitre 31

Je ne fus pas la seule à parvenir à cette conclusion déroutante. Lorsque la Cour des Moroï se réveilla, quelques heures plus tard, Lissa assembla elle aussi les pièces du puzzle pendant qu'elle se préparait à aller faire son discours. Elle songea à tous les arguments qui m'étaient venus, et à quelques autres en plus. Elle se souvint de l'affolement de Daniella quand elle avait craint qu'Adrian ne soit impliqué par ma faute, ce qui risquait peut-être de compromettre un plan soigneusement prémédité. Daniella m'avait également proposé son cousin avocat, Damon Tarus, comme défenseur. M'aurait-il vraiment aidée ou aurait-il œuvré en sous-main pour me faire condamner ? Peut-être devais-je considérer l'intervention grossière d'Abe comme une bénédiction.

Le cœur de Lissa battait la chamade lorsqu'elle releva ses cheveux en chignon. Elle préférait les porter détachés mais il lui semblait que l'événement requérait une coiffure plus austère. La robe qu'elle avait choisie était en soie mate, de la couleur de l'ivoire, et lui arrivait au genou. Elle avait des manches longues et un élégant drapé. Certains auraient peut-être estimé qu'elle ressemblait un peu trop à une robe de mariée, mais Lissa comprit en contemplant son reflet dans le miroir que cela ne viendrait à l'idée de personne. La princesse était simplement lumineuse, radieuse et majestueuse.

— Je n'arrive pas à y croire, avoua-t-elle en complétant sa tenue par des perles montées en boucles d'oreilles qu'elle avait héritées de sa mère.

Christian et Janine se trouvaient avec elle. Elle leur avait exposé sa théorie en espérant à moitié qu'ils allaient l'accuser d'avoir perdu la tête, ce qu'ils n'avaient pas fait.

— Ça tient debout, répondit Christian qui en avait perdu son ironie habituelle.

— Sauf que nous n'avons pas de preuve, rappela ma mère, qui ne perdait jamais la réalité concrète de vue. Ce n'est qu'un faisceau de présomptions.

— Tante Tasha est allée demander à Ethan si Daniella s'était rendue au palais la nuit du meurtre, annonça Christian avec une légère grimace. (Apparemment, il était encore contrarié de voir sa tante avoir un petit ami.) Son nom n'apparaît pas sur les registres, mais tante Tasha pense qu'on les a peut-être falsifiés.

— Je n'en serais pas surprise, commenta ma mère. Mais la présence de Daniella dans le palais la nuit du meurtre étofferait le dossier sans fournir de véritable preuve.

Elle aurait dû être avocate. Abe et elle auraient ouvert un cabinet ensemble...

— Ils n'ont rien de plus contre Rose ! s'écria Lissa.

— Sauf le pieu, lui rappela Janine. Et les gens auront plus de mal à se contenter de présomptions s'il s'agit de Daniella Ivashkov et non de Rose.

Lissa soupira. Ma mère avait raison, évidemment.

— Si seulement Abe pouvait parler aux alchimistes. Nous devons absolument découvrir ce qu'ils savent.

— Il y arrivera, lui assura ma mère. Ça risque seulement de prendre un peu de temps.

— Mais nous n'en avons pas !

Les événements qui se précipitaient offraient une belle occasion aux effets secondaires de l'esprit de se manifester.

Je m'empressai d'en soulager Lissa. Bien sûr, on aurait pu croire que j'avais retenu la leçon après ce qui s'était passé avec Victor, mais il est difficile de perdre une vieille habitude. « Ils passent avant tout. »

— L'élection va se jouer entre Rufus Tarus et Marie Conta ! Si c'est lui qui gagne, Daniella aura beaucoup d'influence, et nous n'arriverons jamais à prouver l'innocence de Rose.

L'échec d'Ariana à la dernière épreuve avait été une terrible déception pour tout le monde. Cela avait réduit à néant tous les espoirs d'un avenir que Lissa croyait assuré. Sans Ariana, les choses se présentaient nettement moins bien. Même si Lissa n'avait pas beaucoup d'affection pour Marie Conta, c'était à elle qu'allait sa préférence désormais. Malheureusement, les Conta, qui s'étaient éloignés des affaires politiques depuis quelques années, n'avaient que peu de soutiens et d'amis. La balance penchait dangereusement en faveur de Rufus. C'était frustrant. Si nous parvenions à conduire Jill à la Cour dans les temps, Lissa pourrait voter, et une voix supplémentaire ferait une grande différence au sein d'un Conseil de douze personnes.

— Nous en avons, répondit calmement ma mère. La controverse que tu vas provoquer va forcer le Conseil à reporter le vote. Chaque jour que nous pourrons gagner nous offrira une nouvelle chance d'atteindre notre but. Nous n'en sommes plus très loin. Nous allons y arriver.

— Il ne faut pas en parler à Adrian, dit Lissa en se dirigeant vers la porte.

Le moment de son discours était venu.

— Nous sommes tous d'accord là-dessus, répondit Christian qui avait recouvré son sourire narquois.

On aurait pu croire que la majestueuse salle de bal, qu'on avait encore choisie pour ses vastes proportions, accueillait alors un concert de rock. Des gens se battaient pour entrer. D'autres, qui semblaient avoir compris qu'ils n'y arriveraient jamais, s'étaient installés autour du bâtiment comme pour un pique-nique. Quelqu'un avait eu la brillante idée d'installer des haut-parleurs pour que tout le monde entende ce qui se passait à l'intérieur. Des gardiens sillonnaient la foule en essayant de maintenir le calme. Ils durent redoubler leurs efforts à l'arrivée des candidats.

Marie Conta était arrivée juste avant Lissa. Même si elle n'était pas la candidate la plus en vue, la foule s'agita et l'acclama. Les gardiens s'empressèrent de lui ouvrir un passage à travers la foule, en employant la force quand c'était nécessaire. Le fait d'être au centre de tant d'attentions devait avoir quelque chose d'effrayant, mais Marie n'en montra rien. Elle avança la tête haute en souriant à ses adversaires comme à ses partisans. Lissa et moi nous rappelâmes les paroles de Christian : *« Tu es une candidate au trône. Conduis-toi comme telle. C'est parfaitement légitime. Tu es la dernière Dragomir, l'héritière d'une famille royale. »*

Ce fut exactement ce qu'elle fit, mais pas seulement parce que Christian l'y avait exhortée. La gravité de la procédure dans laquelle elle s'était engagée lui apparaissait encore mieux à présent qu'elle avait réussi les trois épreuves. Lissa traversa la foule la tête haute. Même si je ne la voyais pas comme un témoin extérieur, je reconnus sa démarche grâce à ce qu'elle ressentait. Celle-ci était gracieuse, assurée et plut beaucoup à la foule. Je compris alors que la frénésie générale s'expliquait en partie par le fait qu'il y avait peu de nobles dans cette foule. Les gens qui s'étaient rassemblés devant le bâtiment étaient des Moroï roturiers, ceux dont elle avait gagné le cœur.

— L'héritière d'Alexandra !

— Le retour du Dragon !

Certains se contentaient de crier son nom en y ajoutant les épithètes d'héroïnes du folklore russe qui s'appelaient comme elle.

— Vasilisa la Courageuse !

— Vasilisa la Belle !

Je savais que personne ne remarquerait son trac. Elle maîtrisait cet exercice à la perfection. Christian et ma mère, qui marchaient jusque-là à ses côtés, la laissèrent prendre quelques pas d'avance. Sa légitimité et son autorité naturelle étaient indéniables. Lissa avança avec confiance en se répétant qu'elle marchait sur les traces de son grand-père. Elle s'efforça d'adresser à la foule un sourire à la fois digne et sincère, qui dut être à la hauteur de ses espérances, puisque les acclamations redoublèrent. Elle s'arrêta quelques instants pour complimenter un homme qui avait peint un dragon sur une bannière et qui faillit s'évanouir en la voyant s'adresser à lui.

— C'est sans précédent, commenta ma mère lorsqu'ils se retrouvèrent à l'intérieur du bâtiment. Aucune élection n'a tant passionné les foules, et certainement pas la dernière.

— Alors pourquoi celle-ci provoque-t-elle tant d'agitation ? demanda Lissa, qui s'efforçait de reprendre le contrôle de sa respiration.

— À cause de tous ces rebondissements. À cause du meurtre, des limites de la loi, que tu as mises en évidence. Et puis, tu sembles avoir gagné le cœur de tous les Moroï qui sont là-dehors. Celui des dhampirs, aussi. Sais-tu que quelqu'un a affiché un dragon dans une de nos cafétérias ? Je crois même que certains nobles te soutiennent, mais ils ne le font peut-être que pour contrarier d'autres familles avec lesquelles ils sont en lutte. Tu veux que je te dise ? Si c'était tout le peuple qui votait et pas seulement le Conseil, et si tu étais éligible, je pense que c'est toi qui gagnerais.

Lissa fit la grimace, mais répondit à contrecœur :

— Je crois sincèrement que le peuple devrait élire ses dirigeants. Tous les Moroï devraient avoir leur mot à dire, et pas seulement une poignée de privilégiés.

— Fais attention à ce que tu dis, princesse, la taquina Christian en lui prenant le bras. Ce genre de propos pourrait déclencher une autre révolution ! Attendons d'abord que celle-ci soit terminée, d'accord ?

Le public qui s'était entassé dans la salle de bal n'était pas aussi agité que la foule attroupée dehors, mais il s'en fallait de peu. Les gardiens ne s'étaient pas laissé déborder une deuxième fois et maintenaient sévèrement l'ordre depuis le début. Ils n'avaient pas autorisé à entrer une personne de plus que prévu et intervenaient dans toutes les querelles opposant nobles et roturiers. Cette foule était quand même intimidante et Lissa dut se répéter qu'elle m'aidait en jouant ce rôle de prétendante au trône. Pour moi, elle était prête à tout supporter, même les fanfares. Heureusement, on l'entraîna rapidement vers l'avant de la salle, où l'on avait installé pour les candidats trois chaises face au public. Rufus et Marie, déjà assis, parlaient à voix basse à quelques membres de leur famille. Des gardiens se tenaient à proximité, prêts à réagir en cas d'attaque des candidats. Lissa prit place sur la troisième chaise, seule évidemment, mais elle fit signe aux gardiens de laisser passer Tasha lorsque celle-ci s'approcha.

Tasha s'accroupit à côté d'elle.

— J'ai de mauvaises nouvelles, chuchota-t-elle en jetant des regards méfiants à Rufus, qui parlait encore avec quelqu'un. Enfin, ça dépend comment on voit les choses. D'après Ethan, Daniella s'est rendue au palais la nuit du meurtre. Tatiana et elle se sont parlé seule à seule. Ethan ne s'était pas rendu compte que cette visite ne figurait pas sur le registre. Ce n'était pas à lui de le tenir, cette nuit-là. Mais il m'a juré avoir vu Daniella de ses propres yeux.

Lissa grimaça. Elle espérait secrètement s'être trompée. Elle avait même prié pour que la mère d'Adrian soit innocente. Elle hocha brièvement la tête pour remercier Tasha.

— Je suis désolée. Je sais que tu l'aimais bien.

— C'est surtout pour Adrian que je m'inquiète. Je ne sais pas comment il va le prendre.

— Mal, répondit Tasha avec franchise.

Après avoir été confrontée à la transformation des parents de Christian en Strigoï, elle était mieux placée que quiconque pour savoir ce qu'on pouvait ressentir quand on était trahi par ses proches.

— Mais il s'en remettra. Il ne reste plus qu'à rassembler les preuves et nous pourrons faire revenir Dimitri et Rose.

Ces mots redonnèrent du courage et de l'espoir à Lissa.

— Elle me manque tellement, avoua-t-elle. J'aimerais qu'elle soit déjà là.

Tasha lui offrit un sourire compatissant et lui tapota l'épaule.

— Bientôt. Ils seront bientôt là. Pour le moment, contente-toi de surmonter cette nouvelle épreuve. Tu peux y arriver. Tu peux tout changer.

Lissa n'en était pas aussi sûre qu'elle, mais Tasha s'empressa de rejoindre ses « amis militants » et fut remplacée par... Daniella.

Elle était venue apporter son soutien à Rufus. Lissa ne trouva pas le courage de la regarder dans les yeux et se sentit encore plus mal à l'aise lorsque la Moroï lui adressa la parole.

— Je ne comprends toujours pas comment tu t'es retrouvée candidate, ma chère, mais je te souhaite bonne chance.

Son sourire semblait sincère même si elle ne cachait à personne qu'elle soutenait son cousin. Sa bienveillance céda la place à l'inquiétude.

— As-tu vu Adrian ? Je pensais le trouver ici. Et je suis certaine que les gardiens ne l'empêcheraient pas d'entrer.

C'était une excellente question. Lissa ne l'avait pas vu depuis la veille.

— Non. Il a peut-être pris un peu de retard en se séchant les cheveux, ou quelque chose comme ça.

Pourvu qu'il ne se soit pas évanoui dans un coin, songea-t-elle.

Daniella soupira.

— Je l'espère.

Elle quitta Lissa pour aller s'asseoir dans le public. Cette fois encore, c'était le père d'Adrian qui présidait la session. Après quelques faux départs, l'assistance se calma.

— Au cours de la semaine qui vient de s'écouler, commença-t-il en utilisant un micro, de nombreux et valeureux candidats ont passé les épreuves dont il est nécessaire de triompher pour gouverner notre peuple. Voici les trois finalistes : Rufus Tarus, Marie Conta et Vasilisa Dragomir.

Nathan parut contrarié de devoir mentionner Lissa, mais la loi autorisait mon amie à prononcer son discours. Après cela, l'incohérence de la loi la disqualifierait et ce serait le chaos.

— Les trois personnes qui se tiennent devant vous ont prouvé qu'elles avaient l'étoffe d'un monarque. Avant que nous passions au vote, chacune d'elles va prendre la parole pour exposer son programme.

Rufus parla le premier pour dire exactement ce à quoi je m'attendais. Il joua sur les craintes des Moroï, leur promit des mesures de protection radicales dont la plupart impliquaient les dhampirs, mais sur lesquelles il ne s'étendit pas.

— Notre sécurité doit être une priorité absolue ! proclama-t-il. Quel qu'en soit le prix ! Cela sera-t-il difficile ? Oui. Cela exigera-t-il des sacrifices ? Oui. Mais nos enfants ne le méritent-ils pas ? Avons-nous tort de nous inquiéter pour eux ?

Je trouvai mesquin de sa part d'utiliser ainsi les enfants mais, au moins, il laissa les animaux de compagnie en dehors du problème.

Il employa aussi des stratagèmes politiques peu honorables, comme celui consistant à rabaisser ses adversaires. Marie se vit essentiellement reprocher le manque d'investissement de sa famille dans la vie politique, mais Lissa offrit une meilleure cible. Il insista sur son âge, sur les dangers de l'esprit, et argua que sa seule présence ici prouvait son mépris de la loi.

Le discours de Marie fut plus réfléchi et plus détaillé. Elle expliqua ses projets dans différents domaines, et la plupart étaient raisonnables. Je ne fus pas d'accord avec tout ce que j'entendis, mais elle était visiblement compétente et ne s'abaissa pas à dénigrer ses adversaires. Malheureusement, elle était beaucoup moins charismatique que Rufus, et je dus reconnaître à contrecœur que cela pouvait faire une grande différence. Sa conclusion sans éclat résuma aussi bien son discours que sa personnalité.

— Voilà les raisons pour lesquelles je devrais monter sur le trône. J'espère que vous avez apprécié ce discours et que vous voterez pour moi le moment venu. Je vous remercie.

Elle se rassit immédiatement.

Alors ce fut au tour de Lissa de prendre la parole. En se retrouvant devant le micro, elle se revit tout à coup devant le Conseil, dans le rêve du calice, incapable de prononcer un mot. Mais non. C'était la réalité, désormais. Et elle n'échouerait pas. Elle allait mener ce combat jusqu'au bout.

— Nous sommes un peuple en guerre, commença-t-elle d'une voix claire et puissante. Nous sommes attaqués en permanence non seulement par les Strigoï, mais aussi par un autre adversaire invisible : la division. Nous luttons les uns contre les autres. Les familles s'opposent entre elles, tout comme les nobles et les roturiers, les Moroï et les dhampirs. Dans ces conditions, il est normal que les Strigoï se servent dans nos rangs. Eux au moins sont unis par un même but : nous tuer.

Si je m'étais trouvée dans le public, je me serais penchée en avant la bouche ouverte. Mais il ne manqua pas de gens dans la salle pour le faire à ma place. Son discours était explosif, scandaleux et absolument captivant.

— Nous appartenons tous au même peuple, poursuivit-elle. Aussi bien les dhampirs que les Moroï. (Oui, cela provoqua quelques sursauts.) Je sais qu'il est impossible que chacun obtienne tout ce qu'il désire, mais personne n'obtiendra rien si nous n'agissons pas tous ensemble et si nous ne réglons pas nos différends par des compromis, même si cela implique de prendre des décisions difficiles.

Alors, miraculeusement, elle expliqua comment une telle chose était possible. Bien sûr, elle n'avait pas le temps d'aborder en détail tous les problèmes de notre monde, mais elle évoqua les plus graves et parvint à le faire sans trop scandaliser le public. Après tout, elle avait raison de dire que personne ne pouvait obtenir tout ce qu'il voulait. Elle rappela que les dhampirs étaient nos meilleurs combattants et avança qu'ils seraient encore plus puissants s'ils pouvaient s'exprimer davantage. Elle ajouta que les Moroï roturiers devaient eux aussi être mieux représentés, sans pour autant remettre en cause les lignées royales sur lesquelles notre civilisation s'appuyait. Pour finir, elle aborda la question de l'entraînement au combat des Moroï. Elle expliqua qu'il était nécessaire d'envisager cette solution, mais elle se garda de la présenter comme la seule susceptible d'être explorée et précisa que cette formation ne serait pas obligatoire.

Oui, elle donna quelque chose à chacun et le fit avec autant d'élégance que de charisme. C'était le genre de discours qui soulevait les foules.

— Nous avons toujours mêlé l'ancien et le moderne, conclut-elle. Nous avons continué de pratiquer la magie en nous ouvrant à la technologie. Lors de séances comme celle-ci, nous nous servons de parchemins et de ceci. (Elle tapota son micro en souriant à la foule.) Voilà comment nous avons survécu au fil des siècles. Nous avons respecté le passé tout en acceptant pleinement le présent. Nous avons toujours pris le meilleur des deux époques et sommes devenus plus forts grâce à cela. Voilà comment nous avons survécu, et voilà comment nous survivrons à l'avenir !

Son discours fut d'abord suivi d'un silence, puis la foule s'exalta. Un tonnerre d'applaudissements et d'acclamations s'éleva des pelouses, à l'extérieur, pour se propager à l'intérieur de la salle, comme une vague. Des gens dont j'étais certaine qu'ils soutenaient d'autres candidats étaient au bord des larmes. Je n'avais pas oublié que le public dans la salle était presque entièrement constitué de nobles. Lissa elle-même avait envie de pleurer, mais elle garda courageusement la tête haute. Lorsqu'elle finit par s'asseoir et que la foule se fut calmée, Nathan reprit son rôle.

— Bien, dit-il. C'était un très joli discours, que nous avons tous apprécié. Néanmoins, le moment est venu pour le Conseil de procéder à l'élection de notre prochain monarque et seuls deux candidats peuvent légitimement prétendre au trône : Rufus Tarus et Marie Conta.

Deux Moroï, l'un appartenant à la famille Tarus, l'autre à la famille Conta, se levèrent pour rejoindre leur candidat respectif. Le regard de Nathan tomba sur Lissa, qui s'était levée en même temps que les autres mais qui se tenait seule face à la foule.

— D'après nos lois électorales – qui remontent à la nuit des temps –, chaque candidat doit se présenter devant le Conseil accompagné par un membre de sa famille afin de symboliser la puissance et la cohésion de sa lignée. Pouvez-vous faire appel à quelqu'un ?

— Non, monsieur Ivashkov, répondit Lissa sans ciller.

— Alors j'ai peur que vous ne deviez vous arrêter là, princesse Dragomir. (Il esquissa un sourire.) Vous pouvez vous asseoir.

Alors ce fut le chaos.

J'avais souvent entendu l'expression « foule déchaînée », mais ne compris vraiment ce qu'elle signifiait qu'à cet instant. La moitié du temps, je n'arrivais même pas à déterminer qui criait quoi ni contre qui. Les gens se disputaient individuellement ou par groupes. Deux Moroï en jean prenaient à partie tous les gens bien habillés en se fondant sur le principe irrationnel qu'ils étaient forcément nobles, et que tous les nobles étaient opposés à Lissa. Le dévouement qu'ils lui témoignaient était admirable, même s'il était aussi effrayant. Tout un groupe de Tarus faisait face à une bande de Conta. Ils semblaient sur le point de se lancer soit dans un combat de rues, soit dans une chorégraphie de comédie musicale. Leur querelle me parut la plus absurde de toutes, puisque ces deux familles étaient bien les seules à avoir une bonne raison d'être d'accord sur tout.

Cela continua encore et encore. Les gens s'opposaient sur la question de l'éligibilité de Lissa. Certains proposaient de modifier la loi sur-le-champ, d'autres se disputaient sur des problèmes dont je n'avais jamais entendu parler. Je vis des gardiens foncer vers les portes et devinai que ceux qui se trouvaient dehors essayaient d'entrer de force. Ma mère se trouvait parmi eux et je compris tout à coup qu'elle ne s'était pas trompée : le vote n'aurait pas lieu ce jour-là, pas dans une telle anarchie. Le Conseil allait devoir clore la séance et réessayer le lendemain.

Lissa observait la foule dans un état d'hébétude, sans parvenir à suivre ce qui se passait. Alors une idée la frappa et une boule se forma au creux de son estomac. Elle s'était promis depuis le début de respecter la dignité de cette élection. Pourtant, c'était à cause d'elle que tous ces gens avaient perdu la leur. Tout était sa faute. Alors son regard tomba sur une personne qui se tenait assise dans un coin, à l'écart de la tourmente : Ekaterina Zeklos. Leurs regards se croisèrent... et l'ancienne reine lui adressa un clin d'œil.

Considérant que j'en avais assez vu, je quittai l'esprit de Lissa et regagnai notre voiture avec une nouvelle idée en tête. Les paroles de Lissa s'étaient gravées en moi et m'avaient réchauffé le cœur. Même si ce discours n'était qu'un leurre, elle l'avait prononcé avec passion et conviction. Si elle avait pu monter sur le trône, elle n'aurait pas manqué de réaliser son programme à la lettre.

Alors je sus qu'elle allait devenir reine.

À cet instant précis, je pris la ferme décision de faire en sorte que ce miracle advienne. En emmenant Jill à la Cour, nous n'allions pas seulement permettre à Lissa d'occuper le siège de sa famille au Conseil. Nous allions aussi permettre aux Moroï de voter pour elle. Et elle gagnerait.

Bien entendu, je gardai cette idée pour moi.

— Tu as une expression inquiétante, constata Dimitri en me jetant un bref coup d'œil avant de reporter son attention sur la route.

— Quelle expression ? demandai-je innocemment.

— Celle que tu prends quand tu viens d'avoir une idée.

— Je ne viens pas seulement d'avoir une idée : je viens d'avoir une idée géniale.

J'avais l'habitude que ce genre de plaisanterie fasse rire Jill. N'entendant rien, je me tournai vers elle et me rendis compte que bien peu de choses avaient une chance de l'amuser.

— Eh ! ça va ? lui demandai-je.

Elle posa sur moi ses yeux vert de jade.

— Je n'en suis pas sûre. Il s'est produit tant de choses. Et je n'arrive pas bien à imaginer ce qui va se passer ensuite. J'ai l'impression d'être un objet qu'on utilise, un simple pion.

J'éprouvai une pointe de culpabilité. Victor avait passé sa vie à manipuler les gens. Étais-je si différente de lui ? Oui : je me souciais de Jill.

— Tu n'es ni un objet ni un pion, lui assurai-je. Mais tu es très importante. Grâce à toi, beaucoup de bonnes choses vont voir le jour.

— Mais ce ne sera pas si simple, n'est-ce pas ? (Elle parlait avec une sagesse qui n'était pas de son âge.) La situation va encore empirer avant de s'améliorer, je me trompe ?

Je ne pus me résoudre à lui mentir.

— Oui. Mais tu vas bientôt pouvoir parler à ta mère, et, comme je viens de te le dire, plein de bonnes choses vont arriver.

Les gardiens ont l'habitude de dire, lorsqu'ils parlent des Moroï : « Ils passent avant tout. » Ce n'est pas exactement la même chose pour toi, mais en faisant ce que tu t'apprêtes à faire…

Elle esquissa un sourire qui n'avait rien de joyeux.

— Ça va, j'ai compris. C'est un mal pour un bien, c'est cela ?

Sonya avait passé l'essentiel du trajet à fabriquer l'amulette que je lui avais demandée à partir d'un bracelet en argent que nous avions acheté dans une boutique de souvenirs au bord de la route. Il était vraiment laid, mais bien en argent, et c'était tout ce qui comptait. Lorsque nous ne fûmes plus qu'à une demi-heure de Greenston, elle estima avoir fini et me tendit le bijou. Je le glissai à mon poignet et regardai les autres.

— Alors ?

— Je ne vois rien, déclara Sonya, mais c'est normal.

Jill plissa les yeux.

— J'ai l'impression de te voir un peu floue, comme si j'avais besoin de cligner des yeux.

— Même chose pour moi, ajouta Dimitri.

Sonya sembla satisfaite.

— C'est l'effet que l'amulette est censée produire sur les gens qui savent qu'elle la porte. Avec un peu de chance, les gardiens verront un visage très différent du sien.

C'était une variante des amulettes que Lissa avait fabriquées quand nous avions aidé Victor à s'évader de prison. Puisqu'il ne s'agissait que d'altérer légèrement mes traits, et non de me donner l'air d'appartenir à une autre espèce, Sonya n'avait pas eu besoin d'y investir autant de magie. Elle était aussi beaucoup plus expérimentée que Lissa dans ce domaine.

Le restaurant que j'avais choisi comme lieu de rendez-vous avait depuis longtemps fermé ses portes lorsque nous atteignîmes Greenston à onze heures et demie du soir. Même si le parking était presque entièrement plongé dans l'obscurité, je distinguai une voiture dans un coin. Il ne nous restait plus qu'à espérer que ce soit le véhicule de Mikhail, arrivé en avance, et non celui d'un gardien en embuscade.

Nous nous garâmes non loin de là et vîmes Mikhail descendre de la voiture… ainsi qu'Adrian.

Il semblait se réjouir de la surprise qu'il me faisait et me décocha un grand sourire dès qu'il m'aperçut. J'aurais dû me douter, quand je lui avais demandé de prévenir Mikhail, qu'il trouverait forcément un moyen de l'accompagner. Mon cœur se serra. Non. Je n'avais pas le temps de m'occuper de ma vie amoureuse. Pas pour l'instant. Je n'avais même pas encore réfléchi à ce que j'allais dire à Adrian. Par chance, je n'eus pas l'occasion de parler.

Avec l'efficacité caractéristique des gardiens, Mikhail s'était promptement approché de nous, prêt à découvrir la tâche que je lui réservais. Il se pétrifia en voyant Sonya sortir de la voiture. Elle en fit autant. Tous deux restèrent immobiles, les yeux plus écarquillés que je ne le croyais physiquement possible. Alors je compris que pour eux nous avions cessé d'exister, tout comme nos intrigues, nos missions ainsi que l'univers tout entier. À cet instant, il n'y avait plus qu'eux au monde.

Sonya poussa un cri étranglé, puis courut vers lui. Mikhail se remit de sa stupeur juste à temps pour la recevoir dans ses bras. Elle se mit à pleurer et des larmes roulèrent aussi sur les joues de son amant. Il écarta ses cheveux de son visage, puis le prit entre ses mains et plongea son regard dans le sien.

— C'est toi…, répéta-t-il encore et encore. C'est toi…

Sonya essaya de s'essuyer les yeux, mais sans grand résultat.

— Mikhail… Je suis désolée… tellement désolée…

— Ce n'est pas grave. (Il l'embrassa, puis s'écarta juste assez pour pouvoir recommencer à la contempler.) Ce n'est pas grave. La seule chose qui compte, c'est que nous soyons de nouveau réunis.

Sonya en pleura davantage. Elle enfouit son visage au creux de son épaule et il la serra plus fort dans ses bras. Nous en restâmes aussi pétrifié que les deux amants l'étaient quelques instants plus tôt. Leurs retrouvailles me mettaient mal à l'aise. C'était trop intime. Nous n'aurions pas dû en être témoins. En même temps, je ne pouvais m'empêcher de penser que c'était à cela que nous aurions dû ressembler, Dimitri et moi, quand Lissa l'avait ramené à la vie. C'était bien ainsi que j'avais imaginé nos retrouvailles : un moment d'amour, d'acceptation et de pardon.

Je croisai brièvement le regard de Dimitri et eus l'impression étrange qu'il songeait à ce que je lui avais dit : « Tu dois te pardonner. Si tu en es incapable, tu ne pourras jamais passer à autre chose. Nous ne pourrons jamais passer à autre chose. » Je détournai les yeux et observai de nouveau les amants, afin qu'il ne devine pas mon déchirement intérieur. Mon Dieu ! J'avais tellement envie que la vie m'accorde la même chose qu'à eux : un dénouement heureux, le pardon de nos fautes et un avenir radieux.

Jill renifla à côté de moi, et je lui passai un bras autour des épaules pour la réconforter. Ce bruit discret fit reprendre conscience du monde qui l'entourait à Mikhail. Il se tourna vers moi sans lâcher Sonya.

— Merci. Merci pour ça. Je ferai tout ce que tu voudras…

— Arrête ! l'interrompis-je avant de me mettre à sangloter. (Je venais tout juste de réprimer des larmes traîtresses.) Je suis contente de l'avoir fait. D'ailleurs, ce n'est pas vraiment moi…

— Peu importe. (Il baissa les yeux vers Sonya, qui lui souriait à travers ses larmes.) Tu m'as rendu mon univers.

— J'en suis très heureuse pour vous deux, et j'aimerais beaucoup vous laisser profiter de ce moment, mais j'ai un dernier service à te demander.

Sonya et Mikhail échangèrent un regard complice. On n'aurait jamais pu deviner qu'ils avaient été séparés pendant trois ans. Elle hocha la tête, puis il se tourna de nouveau vers moi.

— J'imagine que c'est pour ça qu'il m'a fait venir, commenta-t-il en désignant Adrian d'un signe de tête.

— J'ai besoin que tu m'introduises dans l'hôtel des alchimistes.

Le sourire que Mikhail venait d'esquisser s'effaça aussitôt.

— Rose… Je ne peux pas te faire entrer dans cet hôtel. C'est déjà bien assez dangereux que tu te sois tant rapprochée de la Cour.

— Je serai déguisée, le rassurai-je en tirant le bracelet de ma poche. Ils ne sauront pas que c'est moi. Aurais-tu un bon prétexte pour voir les alchimistes ?

Il garda Sonya dans ses bras, mais son regard se fit songeur.

— On a dû poster des gardiens devant leurs chambres. Nous pourrions peut-être nous faire passer pour la relève.

Dimitri acquiesça.

— Ils risquent d'être un peu surpris si l'heure de votre arrivée diffère trop de celle prévue pour la vraie relève, mais nous pouvons espérer qu'ils mettront un certain temps à réagir, assez pour que vous obteniez l'information qui nous manque. J'imagine que les gardiens craignent plus de laisser filer les alchimistes que de laisser entrer des collègues à eux.

— C'est certain, confirma Mikhail. Alors ce sera rien que toi et moi, Rose ?

— C'est ça. Mieux vaut qu'on soit le moins nombreux possible. On devrait suffire pour interroger Sydney et Ian. J'imagine que vous nous attendez ici, vous autres ?

Sonya déposa un baiser sur la joue de Mikhail.

— Je ne bouge pas.

Adrian venait de nous rejoindre. Il donna un petit coup de poing fraternel dans l'épaule de Jill.

— Je vais rester ici. Tu me raconteras comment tu t'es retrouvée mêlée à cette aventure, la gamine.

Jill parvint à esquisser un sourire. Comme elle avait le béguin pour lui, le fait qu'elle ne vire pas au cramoisi prouvait à quel point elle était inquiète. Dimitri me fit signe de le suivre derrière la voiture, à l'écart des autres.

— C'est dangereux, dit-il d'une voix calme. Si ton amulette cesse de fonctionner, tu ne ressortiras sans doute pas de cet hôtel.

Il n'eut pas besoin d'ajouter « vivante ».

— L'amulette ne lâchera pas. Sonya est douée. Et puis, si on se fait prendre, les gardiens me ramèneront peut-être à la Cour, au lieu de me tuer. Imagine à quel point mon arrestation pourrait retarder l'élection !

— Je ne plaisante pas, Rose.

— Je sais, je sais, répondis-je en lui prenant la main. Ça va être facile. On devrait être ressortis dans moins d'une heure. Mais si ce n'est pas le cas… (Je détestais envisager un dénouement tragique.) Si ce n'est pas le cas, envoie Adrian à la Cour avec Jill et cache-toi quelque part avec Sonya jusqu'à… je ne sais pas quoi.

— Ne t'inquiète pas pour nous. Contente-toi d'être prudente.

Il se pencha pour m'embrasser le front.

— Petite dhampir, es-tu… ?

Adrian contourna la voiture à l'instant précis où Dimitri m'embrassait. Je m'empressai de lui lâcher la main. Aucun de nous ne prononça un mot mais je vis dans les yeux d'Adrian que son univers venait de voler en éclats. Je me sentis plus nauséeuse que si un régiment de Strigoï nous avait encerclés. Je me sentis pire qu'une Strigoï. *L'honneur*, songeai-je. Les gardiens auraient vraiment dû nous enseigner ce que c'était, parce que je ne l'avais pas découvert par moi-même.

— Dépêchons-nous, lança Mikhail en nous rejoignant sans s'apercevoir qu'un drame venait d'éclater à quelques pas de lui.

Sonya vient de me dire que vous aviez une autre affaire urgente à régler à la Cour.

Le cœur serré, je déglutis et détournai les yeux d'Adrian.

— Oui…

— Vas-y, insista Dimitri.

— Souviens-toi que c'est à moi de lui parler, murmurai-je. Pas à toi.

Je suivis Mikhail jusqu'à sa voiture et glissai le bracelet à mon poignet. Juste avant de monter à bord, je jetai un bref coup d'œil derrière moi. Jill et Sonya discutaient ensemble, Dimitri se tenait tout seul et Adrian fumait une cigarette en tournant le dos à tout le monde.

— Je suis nulle, conclus-je avec écœurement alors que Mikhail démarrait la voiture.

C'était court, mais cela résumait assez bien ce que j'éprouvais.

Mikhail ne répondit rien, sans doute parce que c'était sans rapport avec notre mission, ou bien parce qu'il était encore trop absorbé par la renaissance de sa propre vie amoureuse. Le petit veinard.

Nous atteignîmes vite l'hôtel. Des gardiens étaient postés à des endroits discrets pour ne pas attirer l'attention des humains. Ils n'essayèrent pas de nous empêcher d'entrer et l'un d'eux salua même Mikhail d'un signe de tête. Tous me regardèrent comme s'ils ne m'avaient jamais vue. Parfait. La Cour avait convoqué tant de gardiens en urgence que plus personne ne s'étonnait de voir un nouveau visage. Puisque le mien ne ressemblait pas à celui de Rose Hathaway, je ne les intéressais pas.

— Dans quelles chambres se trouvent-ils ? demanda Mikhail au gardien posté près de la réception. Nous prenons la relève.

Mikhail afficha tant d'assurance que le gardien s'y laissa prendre malgré sa surprise.

— Vous n'êtes que deux ? Ils sont quatre, là-haut…

Je fus celle qui nous tira d'affaire sur ce coup-là.

— La situation s'aggrave à la Cour. Ils veulent garder le plus de monde possible sous la main. Du coup, on n'est plus que deux.

— Ça suffit largement, répliqua le gardien. Troisième étage.

— C'était bien répondu, me complimenta Mikhail dans l'ascenseur.

— Ce n'était rien du tout. Je me suis tirée de situations plus périlleuses que celle-là.

Les chambres furent faciles à repérer parce qu'un gardien se tenait devant. *Les autres sont à l'intérieur*, songeai-je en me demandant si cela allait nous poser un problème. Mais Mikhail annonça au gardien que son équipe était rappelée à la Cour avec la même assurance qu'au rez-de-chaussée. Le gardien appela ses collègues. Il en sortit un de chaque chambre, mais ils le firent trop vite pour que nous puissions deviner lesquelles étaient attribuées à qui. Avant de nous quitter, ils nous firent un bref rapport – qui précisait qui logeait où.

Mikhail se tourna vers moi dès qu'ils eurent disparu.

— Sydney, dis-je.

Les gardiens nous avaient confié les clés magnétiques des chambres. Nous fonçâmes dans celle de Sydney. Elle était assise en tailleur sur son lit et lisait un livre avec un air très triste. Elle poussa un soupir d'agacement en nous voyant entrer.

— Qu'y a-t-il encore ?

Je retirai le bracelet pour laisser l'illusion se dissiper.

Sydney n'en resta pas bouche bée et ne haussa même pas un sourcil. Elle se contenta de me jeter un regard désabusé.

— J'aurais dû m'en douter. Es-tu venue me libérer ? demanda-t-elle avec espoir.

— Pas vraiment.

Je n'aimais pas l'idée que Sydney soit punie à cause de moi, mais son évasion ne faisait pas partie du plan pour le moment.

— Nous devons parler à Ian, et il vaudrait sans doute mieux que tu sois là. Il sait quelque chose d'important... Nous devons découvrir quoi.

Cela me valut un haussement de sourcil.

— Ils ne nous laisseront pas nous parler, me fit-elle remarquer en montrant la porte.

— Il n'y a plus personne, là-dehors, répondis-je avec orgueil.

Elle secoua tristement la tête.

— Parfois, tu me fais vraiment peur, Rose. Mais pas seulement pour les raisons que j'avais imaginées au départ. Allons-y. Il est dans la chambre d'à côté, mais vous aurez du mal à le faire parler.

— C'est là que tu interviens, répondis-je alors que nous sortions dans le couloir. (Je remis le bracelet.) Il est fou de toi. Il nous aidera si tu le lui demandes.

Comme je m'en doutais, Sydney n'avait rien remarqué.

— Quoi ? Il n'est pas...

Nous entrâmes dans la chambre de Ian, ce qui empêcha Sydney de finir sa phrase. Il regardait la télévision et bondit sur ses pieds en nous voyant apparaître.

— Sydney ! Est-ce que ça va ?

Je jetai à l'intéressée un regard éloquent.

Elle y répondit par un regard contrit avant de reporter son attention sur Ian.

— Ils ont besoin de ton aide, lui dit-elle. Une information que tu possèdes.

Le regard de Ian se durcit dès qu'il tourna la tête vers nous.

— Nous avons répondu au moins cent fois à vos questions.

— Pas à toutes, répliquai-je. Quand vous êtes allé à la Cour, vous avez vu une photo sur un bureau. Celle d'un homme mort. De qui s'agit-il ?

Ian pinça les lèvres.

— Je l'ignore.

— Je vous ai vu. Nous savons que vous l'avez reconnu, insistai-je. Vous avez eu une réaction en voyant la photo.

— Moi aussi j'ai remarqué que tu avais réagi, intervint Sydney.

— Sydney, se défendit Ian d'un ton plaintif. Nous n'avons plus aucune raison de les aider. C'est déjà bien assez dur de devoir supporter cet hôtel où nous sommes en prison. J'en ai assez de leurs interrogatoires !

Je ne pouvais lui en vouloir, mais nous avions vraiment besoin de découvrir ce qu'il savait. Je jetai un regard suppliant à Sydney pour lui faire comprendre qu'elle était la seule à pouvoir nous sortir de là.

Elle se tourna de nouveau vers Ian.

— Qu'est-ce que c'est que cette histoire ? Quel est ton lien avec l'homme de la photo ? Est-ce qu'il s'est passé quelque chose d'horrible ? S'agit-il d'un secret ?

Il haussa les épaules.

— Non. C'est seulement que je n'ai plus envie de les aider. Et puis ça n'a aucun rapport avec ton affaire.

— Est-ce que tu veux bien leur répondre pour moi ? lui demanda-t-elle avec douceur. Ça pourrait m'épargner de gros ennuis.

Sydney n'était pas une experte en séduction, mais le seul fait qu'elle s'y essaie parut stupéfier Ian. Il hésita pendant quelques secondes, leva les yeux vers nous, la regarda encore, puis céda quand elle se mit à sourire.

— Je vous ai dit la vérité. Je ne connais pas son identité. Je l'ai seulement vu avec une Moroï dans notre bureau de Saint Louis, un jour.

— Une minute ! l'interrompis-je, un peu perdue. Les Moroï vont dans vos bureaux ?

— Parfois, m'expliqua Sydney. Et nous, dans les vôtres. Certaines discussions se tiennent de vive voix. Sauf que nous ne faisons pas de prisonniers, en général.

— J'ai eu l'impression que ce type était son garde du corps, ou quelque chose comme ça, reprit Ian. C'était elle qui avait quelque chose à faire chez nous. Lui la suivait en silence.

— Un garde du corps moroï ?

— Il arrive que ceux qui ne peuvent pas avoir de gardien en emploient, expliqua Mikhail. Abe Mazur en est la preuve. Il possède sa propre armée.

— Je dirais plutôt qu'il s'agit d'une mafia.

Ma plaisanterie ne m'empêchait pas d'être un peu perdue. Même si la plupart des Moroï considéraient avec mépris l'idée d'apprendre à se battre, il leur arrivait d'engager d'autres Moroï pour assurer leur sécurité lorsqu'ils ne pouvaient pas obtenir de gardien... Quelqu'un comme Daniella Ivashkov ne pouvait pas avoir ce problème. J'étais même certaine qu'elle devait disposer de deux gardiens dès qu'elle quittait une zone protégée. Par ailleurs, elle n'avait pas manqué de faire savoir qu'elle était opposée à l'idée que les Moroï se battent. Alors pourquoi se serait-elle déplacée avec un garde du corps moroï plutôt qu'avec des gardiens mieux entraînés ? C'était absurde. D'un autre côté, quelqu'un qui tuait une reine devait probablement agir de façon peu orthodoxe dans bien des domaines. Je n'étais pas forcément en mesure de la comprendre.

— Qui était cette femme ? demandai-je.

— J'ignore également quelle est son identité, répondit Ian. Je les ai seulement croisés alors qu'ils se rendaient quelque part. À un rendez-vous, peut-être.

— Vous souvenez-vous de ce à quoi elle ressemblait ?

Il nous fallait quelque chose. N'importe quoi. Mon plan était en train de s'effondrer, mais nous pouvions encore nous en sortir si Ian était capable d'identifier Daniella.

— Bien sûr ! Difficile de l'oublier !

Le silence qui s'ensuivit m'agaça.

— Alors ? À quoi ressemblait-elle ?

Et il me répondit.

Sauf que sa description ne fut pas du tout celle à laquelle je m'attendais.

Chapitre 32

Sydney et son ami n'apprécièrent pas de ne pas repartir avec nous.

— J'aimerais bien, lui assurai-je, alors que mon esprit ne s'était pas encore remis des révélations de Ian. Mais on a déjà eu du mal à entrer ! Si on ressort avec vous, on va tous se faire prendre. Et puis vous n'en avez plus pour longtemps. Les gardiens n'auront plus besoin de vous dès que la vérité sera connue à la Cour et mon innocence prouvée.

— Ce ne sont pas les gardiens qui m'inquiètent, répliqua Sydney.

Elle avait employé son habituel ton blasé, mais je devinai une peur sincère dans son regard et me demandai à qui elle faisait allusion. Aux alchimistes ? Ou à quelqu'un d'autre ?

— Sydney, commençai-je d'une voix hésitante, alors que je savais que Mikhail et moi devions ressortir au plus vite. Qu'est-ce qu'Abe a fait pour toi ? Il ne peut pas s'agir que d'une mutation.

Sydney esquissa un sourire triste.

— Peu importe, Rose. J'en assumerai les conséquences. Vas-y. Va aider tes amis.

J'aurais voulu lui dire autre chose… et en apprendre davantage. Mais l'expression de Mikhail m'informa qu'il approuvait le choix qu'elle faisait en se taisant. Alors nous quittâmes les alchimistes après de brefs adieux. Lorsque nous rejoignîmes les autres sur le parking, je découvris que la situation n'avait pas beaucoup changé. Dimitri faisait les cent pas, sans doute parce qu'il supportait mal de ne pas avoir participé à l'action. Jill se tenait toujours près de Sonya comme si elle cherchait instinctivement sa protection et Adrian était resté à l'écart de tout le monde. Il nous jeta à peine un regard quand Mikhail se gara.

En revanche, il ne manqua pas de réagir quand nous leur eûmes répété ce que nous venions d'apprendre.

—C'est impossible ! Je ne peux pas le croire ! (Il sortit une cigarette.) Vos copains alchimistes se trompent.

J'avais autant de mal à y croire que lui, mais je ne voyais pas pourquoi Ian nous aurait menti. Et si Adrian était scandalisé par cette nouvelle, comment aurait-il réagi s'il avait su qui était notre précédent suspect ? Je laissai mon regard se perdre dans la nuit en essayant d'accepter la vérité. Je savais désormais qui avait tué Tatiana et m'avait piégée, mais j'avais encore du mal à y croire. Le sentiment de trahison était une chose terrible.

—Les mobiles ne manquent pas, reconnus-je à contrecœur. (Il m'en était venu une dizaine à l'esprit dès que Ian m'avait décrit la femme qu'il avait vue.) Et ils sont politiques. Ambrose ne s'était pas trompé.

—Le témoignage de Ian est une preuve accablante, intervint Dimitri, aussi bouleversé par la nouvelle que nous autres. Mais il reste encore beaucoup de points d'interrogation, beaucoup d'éléments qui ne s'emboîtent pas.

—Oui. (L'un de ces éléments me tracassait particulièrement.) Par exemple : pourquoi est-ce à moi qu'on a fait porter le chapeau ?

Personne n'avait de réponse à me fournir.

—Nous devons repartir pour la Cour, nous rappela finalement Mikhail. Quelqu'un risque de remarquer mon absence.

— Et tu dois faire tes débuts dans le monde, dis-je à Jill en lui décochant un sourire que j'espérais encourageant.

— Je ne sais pas ce qui me paraît le plus fou, entre l'identité du meurtrier et le fait que la gamine soit une Dragomir, commenta Adrian.

Alors qu'il s'était adressé à moi avec froideur, il regardait désormais la jeune fille avec gentillesse. Même si la nouvelle était démente, il avait assez vite accepté l'ascendance de Jill. Il était assez désabusé pour croire à l'infidélité d'Éric, et la couleur si caractéristique des yeux de Jill avait fait le reste. En revanche, j'avais l'impression que les révélations de Ian l'avaient davantage atteint qu'il ne le laissait voir. Il ne devait pas lui être facile de découvrir qu'il connaissait bien la meurtrière de sa tante. Bien sûr, ce qui se passait entre Dimitri et moi ne devait pas l'aider non plus.

À la grande consternation de Mikhail, Sonya proposa de rester là pendant que nous autres nous rendrions à la Cour. Nous ne pouvions pas prendre les deux véhicules et celui de Mikhail ne disposait que de cinq places. Elle se considérait elle-même comme l'élément le moins utile de l'équipe. Ils s'enlacèrent, s'embrassèrent et pleurèrent beaucoup, puis elle lui promit qu'ils se retrouveraient dès que les choses se seraient calmées. J'espérais qu'ils auraient cette chance.

Grâce à l'amulette, je n'aurais pas de mal à franchir le portail. C'était déjà plus délicat pour Jill. Tous les Moroï avaient entendu parler de son enlèvement et nous allions tous nous faire arrêter si un garde la reconnaissait. Néanmoins, nous savions les gardiens débordés et faisions le pari qu'ils ne la remarqueraient pas plus que moi ou Dimitri, à condition que ce dernier soit déguisé, ce que nous ne pouvions faire qu'avec l'aide d'Adrian. Même s'il était moins doué que Sonya pour générer des illusions, il était capable de modifier l'apparence de Dimitri aux yeux des autres au point de le rendre méconnaissable. Il l'avait fait pour Eddie et Mikhail le jour de mon évasion. La question était de savoir s'il accepterait ou non de le faire pour nous. Il n'avait pas dit un mot depuis qu'il nous avait surpris Dimitri et moi derrière la voiture, mais les autres devaient avoir senti la tension qui existait depuis entre nous trois.

— Nous devons aider Lissa, insistai-je face à son silence obstiné. Le temps presse. S'il te plaît… Aide-nous !

J'étais parfaitement capable de le supplier si cela s'avérait nécessaire.

Heureusement, ce ne fut pas le cas. Adrian inspira profondément et ferma les yeux pendant quelques instants. J'étais certaine qu'il regrettait de ne rien avoir sous la main de plus fort que ses cigarettes. Finalement, il acquiesça.

— Allons-y.

Nous donnâmes les clés de l'autre voiture à Sonya, qui nous regarda partir les yeux brillants de larmes. Dimitri, Mikhail et moi passâmes l'essentiel du trajet à récapituler les éléments dont nous disposions. La femme que Ian avait décrite ne pouvait pas avoir fait tout ce que nous imputions au meurtrier.

J'étais assise sur la banquette arrière, entre Adrian et Jill, et m'étais penchée vers l'avant. J'énumérai les indices en comptant sur mes doigts.

— Le mobile ? Oui. La capacité de le faire ? Oui. Le fait d'avoir acheté le faux témoignage de Joe ? Oui. L'accès aux appartements de Tatiana ? (Je fronçai les sourcils. Une découverte que j'avais faite en espionnant Lissa me revint à l'esprit.) Oui.

Cela me valut un regard surpris de Dimitri.

— Vraiment ? C'est une des questions que je n'arrive pas à résoudre.

— Je suis presque sûre de savoir comment elle s'y est prise, répondis-je. En revanche, la lettre anonyme que Tatiana a reçue ne colle pas, ni les efforts qui ont été déployés pour dissimuler l'existence de Jill, ni l'agression dont Lissa a été victime.

Ni la volonté de me piéger.

— Nous avons peut-être affaire à plusieurs personnes, nous fit remarquer Dimitri.

— À une conspiration, tu veux dire ? lui demandai-je, surprise.

Il secoua la tête.

— Non. Je veux dire que quelqu'un d'autre en voulait peut-être à la reine, mais pas assez pour la tuer. Nous avons peut-être affaire à deux personnes qui poursuivaient chacune un objectif distinct et n'étaient sans doute même pas au courant de l'existence l'une de l'autre. Cela embrouillerait nos indices.

Je me tus pour y réfléchir. Cela se tenait et je compris que son « quelqu'un d'autre » désignait Daniella. Nous ne nous étions pas trompés sur les raisons qu'elle avait d'en vouloir à Tatiana : les entraînements secrets, le décret abaissant l'âge du diplôme des gardiens qu'elle ne trouvait pas assez radical, l'intérêt de la reine pour l'esprit… mais cela n'était pas suffisant pour commettre un meurtre. Mme Daniella Ivashkov était peut-être capable d'envoyer une lettre rageuse ou d'acheter un alibi pour innocenter son fils, mais pas de planter un pieu dans une poitrine.

Dans le silence qui s'ensuivit, j'entendis Jill et Adrian discuter à voix basse. Ils s'étaient lancés dans une conversation pendant que nous essayions de déterminer la stratégie de la meurtrière.

— Que dois-je faire ? demanda Jill à Adrian d'une toute petite voix.

Sa réponse fut rapide et pleine d'assurance.

— Comporte-toi comme s'il était légitime que tu sois là. Ne te laisse pas intimider.

— Et Lissa ? Que va-t-elle penser de moi ?

Adrian hésita un instant.

— Ça n'a pas d'importance. Contente-toi de faire ce que je t'ai dit.

Mon cœur se serra quand je l'entendis lui donner ce conseil gentil et franc. Bien sûr, c'était un noceur arrogant et superficiel, mais son cœur, que je venais de briser, était bon. J'étais certaine de ne pas m'être trompée sur son potentiel. Adrian était quelqu'un de bien. Il pouvait accomplir de grandes choses. J'espérais seulement ne pas l'avoir fait régresser. Au moins, je n'avais pas eu à lui annoncer que sa mère était une meurtrière, même si cela ne retirait rien à mes autres torts.

Nous nous tûmes tous lorsque nous approchâmes du portail. Il y avait encore une longue file d'attente et notre nervosité s'accrut à mesure que nous progressions. Je me glissai dans l'esprit de Lissa et compris que nous n'avions rien raté. Le chaos régnait toujours dans la salle de bal. Cependant, l'expression exaspérée de Nathan me donna l'impression qu'il était sur le point de clore la séance et de reporter le vote au lendemain. Je ne parvins pas à déterminer si c'était bon ou mauvais pour nous.

Les gardiens ne manquèrent pas de reconnaître Mikhail. Même s'ils restèrent vigilants, leur première réaction ne fut pas de le soupçonner d'infamie. Mikhail expliqua sans donner de détails qu'on l'avait envoyé chercher des gens. Un gardien se pencha pour nous observer. Son regard glissa sur Dimitri, puis sur moi et enfin sur Jill. La présence à bord d'Adrian, qui était une personnalité, acheva de les rassurer. Les gardiens inspectèrent le coffre par routine, puis nous laissèrent passer.

— Mon Dieu ! Ça a marché, murmurai-je tandis que Mikhail se dirigeait vers le parking réservé aux gardiens.

— Et maintenant ? demanda Jill.

— Maintenant, nous allons rendre ses droits à la famille Dragomir et démasquer une meurtrière, annonçai-je.

— C'est tout ? ricana Adrian.

— J'espère que vous êtes bien conscients que tous les gardiens vont se jeter sur vous dès que les illusions qui vous protègent se dissiperont, intervint Mikhail. Ils vont vous jeter en prison… ou pire.

Dimitri et moi nous regardâmes un instant.

— Nous le savons, répondis-je en essayant de repousser dans un coin de ma mémoire la sensation de claustrophobie que les souvenirs de mon incarcération venaient de raviver en moi. Mais nous n'y resterons pas longtemps, si tout se passe comme prévu. Ils nous libéreront dès qu'ils auront vérifié les informations que nous leur fournirons.

Mon ton était plus optimiste que moi.

Dès que nous fûmes garés, nous nous dirigeâmes vers le bâtiment qui abritait la salle de bal. Il aurait été visible à des kilomètres avec l'immense foule qui se pressait autour. Comme c'était étrange. Il n'y avait pas si longtemps, j'avais fait le même trajet, presque avec les mêmes personnes, pour m'échapper de la Cour. Des illusions nous camouflaient déjà et nous n'aspirions qu'à nous enfuir. À présent, nous étions sur le point de nous jeter dans la gueule du loup. Je m'étais mis en tête que tout se passerait bien si j'arrivais à entrer dans la salle sans être reconnue et à dire ce que je savais. L'amulette de Sonya avait parfaitement fonctionné quand nous avions interrogé les alchimistes. Je n'avais aucune raison de douter de son efficacité, mais je ne pouvais m'empêcher de m'inquiéter. Que se passerait-il si elle cessait d'agir et que nous soyons repérés avant même d'entrer dans le bâtiment ? M'arrêterait-on alors ou me tirerait-on purement et simplement dessus ?

Les portes étaient fermées au public mais les gardiens avaient le droit d'entrer. Une fois encore, Mikhail parvint à les convaincre de nous laisser passer en se servant d'Adrian – qui était toujours aussi renfrogné – comme prétexte. On pouvait difficilement refuser l'entrée au neveu de la reine décédée, et il régnait un tel chaos à l'intérieur que les renforts pour lesquels ils nous prirent, Dimitri et moi, étaient nécessairement les bienvenus. Enfin, Adrian laissa son bras autour des épaules de Jill, ce qui contraignit les gardiens à la laisser entrer elle aussi.

Nous nous glissâmes dans la salle sans que personne nous remarque. J'avais vu les choses dégénérer par les yeux de Lissa, mais se retrouver en personne plongée dans le chaos me parut bien différent. C'était beaucoup plus bruyant et plus étourdissant que ce à quoi je m'attendais. Mes amis et moi échangeâmes des regards perplexes. Je m'étais préparée à me confronter brutalement au public, ce qui n'aurait pas constitué une première pour moi, mais le vacarme était tel que je me sentis dépassée.

— Il faudrait que quelqu'un attire l'attention des gens, commentai-je. Quelqu'un qui ne craigne pas de faire un scandale… en dehors de moi, évidemment.

— Mikhail ! Où étais-tu passé ?

Nous nous tournâmes vers Abe qui venait de se planter devant nous.

— En parlant de scandale, repris-je, voilà exactement celui dont nous avions besoin.

Abe me regarda en plissant les yeux et en fronçant les sourcils. Une illusion générée par l'esprit ne fonctionnait pas sur ceux qui étaient prévenus. Elle était aussi moins efficace quand l'observateur connaissait bien la personne qu'elle dissimulait. Voilà pourquoi Victor m'avait reconnue à Tarasov. Sonya était trop forte pour qu'Abe parvienne à percer son illusion, mais il comprit tout de suite que quelque chose clochait.

— Que se passe-t-il ? s'inquiéta-t-il.

— La routine, vieillard, répondis-je joyeusement. Des prises de risques, des plans insensés. Tu sais bien : le genre de choses dont on s'est fait une spécialité, dans la famille.

Abe plissa de nouveau les yeux, toujours incapable de distinguer mes traits. Il devait me voir complètement floue.

— Rose ? Est-ce que c'est toi ? Où étais-tu ?

— Nous avons besoin d'attirer l'attention du public.

Je ne pus m'empêcher de me demander si ce que je ressentais était le lot habituel des adolescents quand leurs parents les attrapaient en train de faire le mur. Son regard était très réprobateur.

— Nous avons les moyens de régler le problème qui les occupe.

— Disons plutôt que nous avons les moyens d'en poser un autre, intervint Adrian avec mauvaise humeur.

— Je t'ai fait confiance à mon audition, dis-je à Abe. Ne peux-tu me faire confiance maintenant ?

Abe prit un air narquois.

— Tu ne m'as pas fait assez confiance pour rester tranquillement en Virginie-Occidentale, apparemment.

— C'est un détail, répliquai-je. S'il te plaît. C'est vital.

— Et urgent, ajouta Dimitri.

Abe l'observa à son tour.

— Laissez-moi deviner... Il s'agit de Belikov, n'est-ce pas ?

Mon père ne semblait pas en être tout à fait sûr, ce qui prouvait qu'Adrian avait fait du bon travail avec Dimitri. Mais Abe était assez malin pour deviner qui m'accompagnait.

— Nous devons agir vite, papa. Nous savons qui est le meurtrier et nous avons... (comment pouvais-je l'exprimer ?) le moyen de changer la vie de Lissa.

Il était rare que quelque chose prenne Abe de court, mais le fait de l'appeler spontanément « papa » eut cet effet sur lui. Il scruta la salle, repéra quelqu'un et fit un petit signe de tête. Quelques secondes plus tard, ma mère se faufila jusqu'à nous. Génial... Elle accourait quand il sifflait. Je les trouvais affreusement proches ces derniers temps, et me pris à espérer que Lissa reste la seule à hériter d'une petite sœur surprise.

— Qui sont ces gens ? demanda ma mère.

— Devine, lui suggéra Abe en restant impassible. Qui serait assez stupide pour entrer par effraction à la Cour après s'en être évadée ?

Ma mère écarquilla les yeux.

— Comment… ?

— Nous n'avons pas le temps pour ça.

Le regard qu'elle lui jeta signifiait clairement qu'elle n'aimait pas qu'on l'interrompe. J'allais peut-être rester enfant unique, finalement.

— Quelque chose me dit que tous les gardiens qui se trouvent dans cette salle ne vont pas tarder à nous tomber dessus. T'y sens-tu prête ?

Ma pauvre mère, si fervente adepte de la loi, parut très peinée en comprenant ce qu'on lui demandait.

— Oui.

— Moi aussi, déclara Mikhail.

Abe nous observa les uns après les autres.

— Je suppose qu'on pourrait être moins bien équipés.

Il se dirigea vers Nathan Ivashkov qui s'était effondré sur son pupitre, visiblement épuisé, vaincu, et tout à fait incapable de reprendre les choses en main. Les candidats au trône nous regardèrent approcher avec curiosité et je sentis Lissa sursauter à travers notre lien. Les illusions étaient sans effet sur elle. Notre apparition lui coupait le souffle. La surprise, la peur et le soulagement se succédèrent dans son esprit. La confusion aussi évidemment. Elle fut si contente de nous voir qu'elle en oublia l'élection et commença à se lever. Je secouai discrètement la tête pour la supplier de ne pas nous trahir, et elle se rassit après un instant d'hésitation. Elle était inquiète et déconcertée, mais elle avait confiance en moi.

Notre manœuvre ramena Nathan à la vie, et plus encore lorsque Abe le poussa pour s'emparer du micro.

— Eh ! qu'est-ce que… ?

Je m'attendais à ce qu'Abe crie aux gens de se taire ou quelque chose de ce genre, même si Nathan avait employé cette méthode pendant un certain temps sans aucun résultat. Je fus donc aussi surprise que le reste des gens dans la salle lorsqu'il plaça ses doigts sur ses lèvres pour émettre le sifflement le plus perçant que j'aie jamais entendu. Oui. Un sifflement pareil amplifié par le micro me fit mal aux oreilles. Il dut être encore plus pénible à celles des Moroï, et le violent effet Larsen que nous renvoyèrent les haut-parleurs n'arrangea rien.

Le public se calma assez pour qu'il soit possible à Abe de se faire entendre.

— Maintenant que vous avez retrouvé assez de bon sens pour vous taire, nous avons… certaines choses à vous dire.

Il s'était exprimé avec son assurance habituelle et ses airs de maître du monde alors que tout reposait sur sa confiance en moi.

— Dépêchez-vous, chuchota-t-il en nous tendant le micro.

Je le pris et m'éclaircis la voix.

— Nous sommes venus pour vous permettre de clore ce débat une fois pour toutes.

Cela suscita une vague d'agitation et je m'empressai de poursuivre en parlant plus fort avant que l'anarchie reprenne :

— Il n'est pas nécessaire de changer la loi. Vasilisa Dragomir peut siéger au Conseil et être élue reine. Elle n'est pas le seul membre de sa famille. Elle n'est pas la dernière Dragomir.

Des murmures et des chuchotements s'élevèrent de la foule, mais ce fut sans commune mesure avec le vacarme qui précédait. Les Moroï raffolaient des intrigues et voulaient en savoir plus. Du coin de l'œil, je vis des gardiens se rapprocher lentement de nous. Ils se souciaient de la sécurité, non du scandale.

J'invitai Jill à avancer. Elle se figea un instant, puis les conseils qu'Adrian lui avait donnés dans la voiture parurent lui revenir à l'esprit. Elle me rejoignit, le visage si pâle que je craignis de la voir s'évanouir. À vrai dire, j'avais l'impression que j'aurais pu faire de même, tant la tension et la pression étaient écrasantes. Je me ressaisis, car j'étais déjà allée trop loin.

— Je vous présente Jillian Mastrano Dragomir. Elle est la fille illégitime d'Éric Dragomir, mais il s'agit bien sa fille, et elle appartient donc officiellement à sa lignée.

J'étais désolée d'avoir dû employer le terme « illégitime », mais c'était difficile à éviter.

Jill profita du bref silence qui suivit pour se pencher sur le micro.

— Je suis une Dragomir, dit-elle d'une voix assurée malgré le tremblement de ses mains. Notre famille a le quorum requis et ma… sœur peut jouir de tous ses droits.

Alors que je sentais le chaos sur le point d'exploser de nouveau, Abe se glissa entre Jill et moi et m'arracha le micro.

— S'il s'en trouve parmi vous qui doutent de son lignage, nous fournirons bientôt un test ADN pour le prouver.

Son audace força mon admiration. Il n'avait appris cette information que depuis une minute mais soutenait déjà sa véracité comme s'il avait lui-même pratiqué tous les tests nécessaires dans son propre laboratoire. Une fois encore, il avait confiance en moi, sans oublier qu'il devait également voir là une occasion à ne pas laisser passer : mon vieux adorait les intrigues.

La nouvelle produisit la réaction à laquelle je m'attendais. Dès que le public eut assimilé l'information, tout le monde recommença à crier.

— Éric Dragomir n'avait pas d'autre enfant, ni légitime, ni illégitime !

— C'est une mascarade !

— Prouvez-le-nous ! Où sont vos tests ?

— Il faut reconnaître qu'il aimait jouer les jolis cœurs…

— Il a eu une autre fille.

Cette dernière phrase fit taire tout le monde, à la fois par son assurance et parce qu'elle avait été prononcée par Daniella

Ivashkov. Cette dernière s'était levée et sa voix portait assez pour qu'on l'entende sans micro. C'était aussi une personnalité importante dans notre société et beaucoup des nobles qui se trouvaient là étaient presque conditionnés à se taire quand elle parlait. Daniella poursuivit dans le silence restauré :

— Éric Dragomir a eu une fille illégitime avec une femme du nom d'Emily Mastrano, une danseuse, si mes souvenirs sont exacts. Il voulait que cela reste secret, ce qui a exigé de prendre un certain nombre de mesures. Comme il ne pouvait pas se charger de tout lui-même, j'ai fait partie des quelques personnes qui l'ont aidé à cela. (Elle esquissa un sourire amer que je ne lui connaissais pas.) À vrai dire, j'aurais moi aussi préféré que cela reste secret.

Les pièces du puzzle s'emboîtèrent dans mon esprit. Je savais à présent qui avait volé les dossiers des alchimistes et pourquoi.

Je n'eus pas plus besoin du micro qu'elle pour lui répondre :

— Assez pour faire disparaître certains documents.

— Oui, répondit Daniella en m'adressant son étrange sourire.

— Parce qu'il y avait plus de chances qu'on se désintéresse de l'esprit si la lignée des Dragomir s'éteignait. Alors Adrian aurait été en sécurité. Son élément attirait trop l'attention, et trop vite. Vous avez voulu détruire les preuves de l'ascendance de Jill pour nuire à la crédibilité de Lissa.

L'expression de Daniella me confirma que j'avais vu juste. J'aurais dû en rester là, mais ma curiosité m'en empêcha.

— Alors pourquoi le reconnaître maintenant ?

Daniella haussa les épaules.

— Parce que vous avez raison : il suffira d'un test ADN pour que la vérité éclate au grand jour.

Ceux qui prenaient tout ce qu'elle disait pour parole d'Évangile poussèrent des cris de stupeur, tandis que ceux qui refusaient d'y croire fronçaient les sourcils. Daniella, même si elle regrettait visiblement que la vérité ait été révélée, semblait déjà s'y être résignée. Mais elle se mit alors à m'observer plus attentivement et cessa de sourire.

— Ce que j'aimerais connaître, en revanche, c'est votre identité.

Une bonne partie du public semblait partager sa curiosité. J'hésitai. L'amulette de Sonya m'avait permis de bien m'en sortir jusque-là. Nous avions réussi à obtenir une fragile acceptation de l'ascendance de Jill. Si je laissais les choses suivre leur cours, et si Lissa remportait l'élection, comme je le souhaitais désormais, j'aurais la reine en personne comme avocate pour aider à m'innocenter.

Mais en contemplant cette foule composée de gens que je connaissais et respectais, mais qui m'avaient pourtant condamnée sans hésitation, je sentis ma colère se réveiller. Je ne me souciai pas de savoir si elle était ou non provoquée par les effets secondaires de l'esprit. La facilité avec laquelle ils m'avaient accusée et jetée en prison me scandalisait toujours. Je ne voulais pas attendre que cette affaire se règle discrètement dans un bureau. Je voulais faire face à mes accusateurs et leur faire savoir que j'étais innocente… au moins du meurtre de la reine.

Alors je battis mon record en matière de prise de risques en arrachant le bracelet de Sonya de mon poignet.

— Je suis Rose Hathaway.

Chapitre 33

Les hurlements du public me confirmèrent que l'illusion avait cessé d'agir.

Plusieurs regards s'arrêtèrent aussi sur Dimitri. Puisque je m'étais dévoilée, il n'avait pas jugé utile de continuer à se dissimuler. Comme nous nous y attendions, les gardiens qui s'étaient peu à peu rapprochés se précipitèrent vers nous, revolver au poing. Je continuais à estimer que c'était de la triche. Heureusement, ma mère et Mikhail se mirent vite en garde pour barrer la route de nos assaillants et les dissuader de se servir de leurs armes.

— Ne bouge pas, chuchotai-je à Dimitri que je sentais sur le point de se joindre à eux.

Il était vital que nous restions parfaitement immobiles pour ne pas être perçus comme une menace. J'allai même jusqu'à lever les mains, et Dimitri m'imita à contrecœur.

— Attendez ! Écoutez-nous d'abord, s'il vous plaît.

Les gardiens qui nous encerclaient n'avaient laissé aucun espace entre eux par lequel nous aurions pu nous enfuir. J'avais la nette impression que seule la présence de Mikhail et de ma mère les empêchait de nous tirer dessus sans sommation. Les gardiens préféraient éviter d'affronter d'autres gardiens tant que c'était possible. Mais neutraliser deux adversaires n'était pas très difficile et ils n'allaient pas attendre éternellement. Alors Jill et Abe vinrent se placer près de nous pour constituer un rempart de plus. Je vis l'un des gardiens grimacer. Les civils compliquaient les choses. Même si Adrian n'avait pas bougé, il constituait lui aussi un obstacle du seul fait de sa présence dans les environs.

— Vous pourrez nous traîner dehors tout à l'heure, dis-je. Nous n'essaierons pas de résister. Mais laissez-nous parler d'abord. Nous savons qui a tué la reine.

— Nous aussi, répondit l'un des gardiens. Maintenant, que tous les autres reculent ! Avant que quelqu'un soit blessé. Ce sont de dangereux fugitifs.

— Vous devez les laisser parler, intervint Abe. Ils peuvent prouver ce qu'ils avancent.

Une fois encore, il soutenait avec confiance une manœuvre dont il ignorait tout. Il s'en remettait à moi… et commençait à me plaire. Je regrettai que notre preuve ne soit pas aussi solide que je l'avais espéré, mais ce n'était, là encore, qu'un détail.

— Laissez-les parler.

Cette phrase avait été prononcée par une nouvelle voix – mais une voix que je connaissais par cœur. Lissa venait d'apparaître dans le cercle des gardiens. Comme ces derniers craignaient surtout que nous ne cherchions à fuir, elle avait pu se glisser discrètement entre deux d'entre eux, dont l'un l'avait aussitôt rattrapée par le bras.

— Ils sont venus de loin jusqu'ici. Ils avaient raison à propos… de Jill.

Ce n'était pas facile pour elle de parler en restant impassible alors qu'elle n'avait pas encore intégré tout ce qui venait de se passer. L'imminence de ma mort était sans doute la seule chose qui pouvait la tirer de la stupeur qui l'avait frappée quand elle avait appris qu'elle avait une sœur. Elle aussi faisait preuve d'une grande confiance en moi.

— Vous les tenez. Ils ne peuvent aller nulle part. Laissez-les parler. Je peux également fournir des preuves pour appuyer ce qu'ils diront.

— Laisse tomber, Liss, chuchotai-je.

Lissa croyait encore à la culpabilité de Daniella et n'allait pas aimer ce qu'elle s'apprêtait à entendre. Elle me jeta un regard surpris mais ne protesta pas.

— Laissons-les parler, ordonna l'un des gardiens – et pas n'importe lequel, puisqu'il s'agissait de Hans. J'aimerais vraiment savoir ce qui a pu les inciter à revenir après une évasion si spectaculaire. (Hans prenait-il vraiment notre défense ?) Mais je suis sûr que vous comprendrez tous les deux que nous devions vous neutraliser avant de vous laisser faire votre grande révélation.

Je me tournai vers Dimitri, qui me regardait déjà. Nous savions l'un et l'autre ce que nous risquions en acceptant. Honnêtement, ce n'était pas le pire des scénarios que nous avions envisagés.

— D'accord, répondit Dimitri avant de s'adresser à nos nobles défenseurs. Laissez-les passer.

Ma mère et nos autres complices ne réagirent pas aussitôt.

— Allez-y, insistai-je. Je n'aimerais pas vous avoir comme voisins de cellule.

Je crus que ces adorables idiots n'allaient pas m'écouter, mais Mikhail s'écarta le premier, puis les autres l'imitèrent presque tous en même temps. Les gardiens se saisirent d'eux en un instant et les entraînèrent à l'écart. Dimitri et moi restâmes immobiles tandis que quatre gardiens approchaient, deux pour chacun de nous. Adrian avait reculé avec les autres, mais Lissa se tenait toujours à quelques pas et s'en remettait entièrement à moi.

— Finissons-en, ordonna Hans en agrippant fermement mon bras droit.

Je soutins le regard de Lissa en me détestant par avance pour ce que je m'apprêtais à dire. Mais non. Ce n'était pas pour elle que je m'inquiétais le plus. Je tournai la tête vers le public et repérai Christian, qui observait la scène avec passion, comme c'était bien compréhensible. Je dus détourner les yeux et me forçai à ne plus voir la foule que comme une masse confuse de visages non identifiables.

— Je n'ai pas tué Tatiana Ivashkov. (Cela me valut des grognements sceptiques.) Je ne l'aimais pas, mais je ne l'ai pas tuée. (Je me tournai vers Hans.) Vous avez interrogé l'agent d'entretien qui a témoigné que je ne me trouvais pas dans ma chambre à l'heure du meurtre, n'est-ce pas ? Et il vous a bien dit que l'agresseur de Lissa était le même homme qui l'avait payé pour mentir sur l'heure où il m'avait vue ?

Mikhail m'avait appris que les gardiens avaient fini par faire avouer à Joe qu'il avait reçu de l'argent du mystérieux Moroï de la photo en échange de ce faux témoignage. Hans fronça les sourcils, hésita, puis hocha la tête pour m'inciter à poursuivre.

— Cet homme était un parfait inconnu pour les gardiens, mais les alchimistes le connaissaient. Ils l'ont vu dans l'une de leurs agences servir de garde du corps à quelqu'un. (Mes yeux tombèrent sur Ethan Moore, qui se trouvait près d'une porte parmi d'autres gardiens.) C'était le garde du corps de quelqu'un qu'on a laissé entrer dans les appartements de Tatiana la nuit du crime : Tasha Ozéra.

Cette fois, le public n'eut pas le temps de protester, car Tasha s'en chargea elle-même. Elle était assise à côté de Christian et elle bondit sur ses pieds.

— Mais qu'est-ce que tu racontes, Rose ? s'écria-t-elle. Tu es devenue folle ?

Je m'étais sentie triompher lorsque j'avais livré mon identité à la foule pour réclamer justice. À présent, je n'éprouvais plus que de la tristesse en soutenant le regard de quelqu'un en qui j'avais toujours eu confiance et qui jouait la surprise à la perfection.

— Je t'assure que je le préférerais, mais c'est vrai. Nous le savons toutes les deux. C'est toi qui as tué Tatiana.

Tasha parut encore plus incrédule, voire même légèrement furieuse, tout en se donnant l'air de vouloir encore me laisser le bénéfice du doute.

— Je n'ai jamais cru que tu étais coupable et je t'ai défendue. Pourquoi me fais-tu ça ? Parce qu'il y a eu des Strigoï dans ma famille ? Je te croyais au-dessus de ce genre de préjugés !

Je déglutis. Depuis le début, je croyais que le plus difficile serait de découvrir le meurtrier. Mais ce n'était rien comparé au fait de dévoiler la vérité au grand jour.

— Ce que je dis n'a rien à voir avec les Strigoï et je regrette presque qu'il ne s'agisse pas de cela. Tu haïssais Tatiana à cause de son décret et parce qu'elle refusait de laisser les Moroï se battre.

Une image me revint à l'esprit : Tasha avait été stupéfaite quand mes amis lui avaient parlé des entraînements secrets. Je comprenais à présent qu'elle s'en était peut-être alors voulu d'avoir mal jugé la reine.

La foule était abasourdie et fascinée, mais une personne se ressaisit. C'était un Ozéra que je ne connaissais pas, mais qui semblait avoir le sens de la famille. Il se leva et croisa ses bras sur sa poitrine.

— La moitié de la Cour en voulait à Tatiana à cause de cette loi, vous y comprise.

— Je n'ai pas demandé à mon garde du corps de corrompre un témoin ou d'attaquer Lis… la princesse Dragomir. Et n'essaie pas de prétendre que tu ne connais pas cet homme ! avertis-je Tasha. C'était ton garde du corps. On vous a vus ensemble.

La description de Ian ne laissait aucune place au doute : la femme qu'il avait vue à Saint Louis avait de longs cheveux noirs, des yeux bleu pâle et des cicatrices sur un côté du visage.

— Rose, je n'arrive pas à y croire, mais si James – c'était le nom de ce Moroï – a bien fait ce que tu prétends, il a agi seul. Il a toujours eu des idées radicales. Je le savais quand je l'ai engagé… mais je ne le croyais pas capable de tuer.

Elle jeta des regards autour d'elle à la recherche d'une autorité quelconque et finit par s'adresser au Conseil :

— J'ai toujours cru à l'innocence de Rose et je serais ravie d'aider à le prouver. Si c'est vraiment James le coupable, je vous dirai tout ce que je sais sur lui.

C'était si simple. Le mystérieux Moroï – James – la suivait partout, et s'était même retrouvé seul dans des situations compromettantes quand il avait acheté le faux témoignage de Joe et attaqué Lissa. Je pouvais sauver Tasha en faisant porter le chapeau à James. Il était déjà mort, de toute manière. Tasha et moi pourrions rester amies. Elle avait agi pour défendre ses idées. Qu'y avait-il de mal à cela ?

Christian se leva à son tour et me regarda comme une étrangère.

— Comment peux-tu porter une telle accusation, Rose ? Tu la connais. Tu sais qu'elle ne ferait jamais une chose pareille. Arrête de faire ton intéressante et essayons de comprendre comment ce James a pu tuer la reine.

C'est si simple. Il suffit de faire porter le chapeau au mort.

— James n'a pas pu tuer Tatiana, répondis-je. Il avait une main difforme, or un Moroï ne peut se servir d'un pieu qu'avec ses deux mains. J'ai déjà eu l'occasion de vérifier ce fait à deux reprises. Et je parie qu'il suffirait d'interroger Ethan Moore…

Mes yeux tombèrent sur le gardien en question, qui était devenu blanc comme un linge. Il savait sans doute se battre et tuer sans aucune hésitation. Mais être le centre de l'attention de toute une foule ? S'imaginer interrogé par ses collègues ? J'eus l'impression qu'il était sur le point de s'effondrer. C'était sans doute à cause de cette faiblesse que Tasha avait réussi à le manipuler.

— James ne se trouvait pas au palais quand Tatiana s'est fait tuer, n'est-ce pas ? Et je pense que Daniella Ivashkov n'était pas là non plus, malgré ce qui a été rapporté à la princesse Dragomir tout à l'heure. Mais Tasha, elle, s'y trouvait. Elle est entrée dans les appartements de la reine… et vous ne l'avez pas inscrite sur le registre.

Ethan semblait ne plus aspirer qu'à s'enfuir, mais ses chances d'y arriver valaient celles de Dimitri et les miennes. Il secoua lentement la tête.

— Tasha n'est pas une meurtrière.

Ce n'était pas exactement la confirmation que j'espérais, mais on s'en rapprochait. Les gardiens le feraient parler.

— Rose ! (Christian était fou de rage, à présent. Son regard indigné me fit encore plus de peine que l'expression de Tasha.) Arrête !

Lissa avança de quelques pas hésitants. Notre lien me révéla qu'elle refusait elle aussi de croire ce qu'elle entendait, mais qu'elle avait toujours confiance en moi. Elle songeait à une solution très discutable.

— Je sais que c'est mal, mais nous pourrions nous servir de la suggestion.

— N'y pense même pas ! s'écria Tasha en se tournant vers elle. Reste en dehors de ça ! C'est ton avenir qui est en jeu ici. Un avenir qui pourrait te faire entrer dans l'histoire et apporter à notre peuple ce dont il a besoin.

— Un avenir que tu espérais contrôler, compris-je. Lissa partage beaucoup de tes idées, et tu croyais pouvoir lui imposer les autres. Et ce d'autant plus facilement qu'elle sort avec ton neveu. Voilà pourquoi tu tenais tant à ce qu'on modifie la loi électorale. Tu voulais qu'elle monte sur le trône.

Christian voulut avancer vers moi mais Tasha le retint en posant sa main sur son épaule. Cela ne l'empêcha pas de s'exprimer :

— C'est absurde ! Si elle voulait que Lissa monte sur le trône, pourquoi aurait-elle demandé à ce James de l'attaquer ?

C'était un mystère pour moi aussi, l'une des pièces manquantes de mon puzzle. Mais Dimitri, lui, avait compris. Il s'approcha de moi en surveillant ses deux gardes du corps du coin de l'œil.

— Parce que personne n'était censé mourir. (L'excellente acoustique de la salle mit sa voix grave en valeur. Il n'eut pas besoin de micro pour accabler Tasha.) Tu ne t'attendais pas à ce qu'un gardien l'accompagne. (Il avait raison : Eddie avait été bizarrement retenu par les gardiens, cette nuit-là, et il avait bien failli ne pas revenir à temps pour escorter Lissa auprès d'Ambrose.) James devait avoir pour consigne de simuler une attaque et de s'enfuir, afin d'inciter les gens à plaindre et à soutenir Vasilisa. Cela a fonctionné, d'ailleurs. Le prix de la manœuvre a seulement été plus élevé que prévu.

Le visage de Tasha prit une expression que je ne parvins pas à analyser aussitôt. Mes accusations l'avaient offensée, mais celles de Dimitri eurent un autre effet sur elle. Tasha semblait sincèrement blessée… effondrée, même. J'avais déjà vu cette expression… sur le visage d'Adrian deux heures plus tôt.

— Pas toi, Dimka, balbutia-t-elle.

À travers les yeux de Lissa, je vis son aura briller un peu plus tandis qu'elle regardait Dimitri. Alors je compris ce que Sonya avait essayé de m'expliquer concernant le rapport entre nos affections et nos auras.

— Voilà pourquoi j'ai porté le chapeau, murmurai-je tout bas.

Seuls Dimitri et nos gardes m'entendirent.

— Quoi ? me demanda Dimitri.

Je secouai la tête. Tasha n'avait jamais cessé d'aimer Dimitri. J'avais découvert ce qu'elle éprouvait pour lui l'année précédente, lorsqu'elle lui avait proposé de fonder une famille avec elle – une chance que peu d'hommes dhampirs se voyaient offrir. Lorsqu'il avait refusé, j'avais cru qu'elle s'était résignée à n'être que son amie. Mais ce n'était pas le cas. Quand Lissa avait révélé à Hans que Dimitri et moi étions amoureux l'un de l'autre, je m'étais rendu compte que Tasha le savait déjà. Mais depuis combien de temps ? Je n'en avais pas la moindre idée. Mais une chose était sûre : elle le savait déjà avant de tuer Tatiana. En me piégeant, elle échappait aux soupçons et retrouvait une chance de gagner le cœur de Dimitri.

Il me parut inutile d'exposer les raisons personnelles pour lesquelles elle avait détourné les soupçons sur moi. Seul le meurtre de Tatiana importait vraiment. Je me tournai vers Hans.

— Vous pouvez nous arrêter. Nous ne résisterons pas, je vous l'assure. Mais ne pensez-vous pas avoir assez d'éléments pour les arrêter aussi, Ethan et elle ?

L'expression de Hans était indéchiffrable. Je lui inspirais des sentiments contradictoires depuis notre première rencontre. Certains jours, il me voyait comme un fauteur de troubles sans avenir ; d'autres, comme quelqu'un ayant le potentiel d'un véritable commandant de troupes. Il avait cru à ma culpabilité, mais m'avait quand même laissée m'adresser à la foule. Cependant, il n'aimait pas énormément mes amis. Qu'allait-il faire ?

Il se détourna de moi pour faire signe à plusieurs gardiens postés dans la salle.

— Arrêtez Mme Ozéra. Et Moore. Nous allons les interroger.

Comme Tasha se trouvait au milieu du public, le fait que quatre gardiens convergent vers elle provoqua un léger mouvement de panique. Les gardiens évitèrent autant que possible de faire du mal aux gens, mais ils furent bien obligés de les bousculer pour passer. Je fus d'abord aussi surprise que tout le monde de voir Tasha se défendre avec férocité, puis me rappelai qu'elle s'était entraînée à combattre. Même si elle n'était pas aussi forte que les gardiens, ceux-ci allaient avoir du mal à la neutraliser. Elle était capable de donner des coups de pied et des coups de poing – ainsi que de planter un pieu dans le cœur d'une reine – et parvint même à assommer l'un de ses adversaires.

Je compris tout à coup qu'elle risquait bien de tenter de se frayer un chemin jusqu'à la sortie à coups de poing même si c'était absolument impossible. Il y avait trop de monde et trop d'agitation. D'autres gardiens convergèrent vers elle tandis que des Moroï terrifiés tentaient de s'éloigner de la scène. Ces déplacements contraires créèrent une grande confusion dans le public. Alors une détonation retentit dans la salle. Les gardiens continuèrent à avancer mais la plupart des Moroï se jetèrent à plat ventre. Tasha tenait un revolver qu'elle avait dû prendre au gardien qu'elle avait assommé. De sa main libre, elle attrapa le Moroï le plus proche… qui n'était autre que Mia Rinaldi, qui s'était assise près de Christian. J'eus l'impression que Tasha ne l'avait même pas reconnue.

— Que plus personne ne bouge ! hurla Tasha aux gardiens en posant le canon de l'arme sur la tempe de Mia.

Mon cœur manqua un battement. Comment en étions-nous arrivés là ? Je n'avais rien vu venir. Le but que je m'étais fixé était simple : démasquer Tasha, la faire arrêter et rien d'autre.

Les gardiens se figèrent, moins pour lui obéir que pour évaluer la situation. Tasha en profita pour commencer à se diriger très lentement vers une porte en entraînant Mia avec elle. La foule et les chaises gênaient considérablement sa progression. Cela donna le temps aux gardiens de résoudre le dilemme qui les paralysait. « Ils passent avant tout. » La vie de Mia, une Moroï, était en jeu. Les gardiens ne voulaient pas qu'elle se fasse tuer, mais ils ne pouvaient pas non plus laisser une Moroï armée qui savait se battre se perdre dans la nature.

Sauf que Tasha n'était pas la seule Moroï à savoir se battre. Elle n'aurait pas pu choisir plus mal son otage et la lueur qui brillait dans les yeux de Mia m'assurait qu'elle n'avait pas l'intention de se laisser faire. Lissa s'en rendit compte aussi. L'une d'elles allait se faire tuer, peut-être les deux, et elle ne pouvait pas l'accepter. Il lui suffisait de croiser le regard de Tasha pour la forcer à se rendre grâce à la suggestion.

Non, songeai-je. Je refusais qu'une autre de mes amies soit impliquée dans cette histoire.

Lissa et moi sentîmes au même instant que Mia était sur le point d'essayer d'échapper à Tasha. Lissa comprit qu'elle devait agir immédiatement. Je le perçus grâce à notre lien. Celui-ci me livra ses pensées, l'instant où elle prit sa décision et jusqu'à la manière dont son corps se tendit pour avancer vers Tasha et attirer son attention. Tout m'apparut avec une précision absolue, comme si son corps était le mien, et je sus ce que Lissa allait faire avant même qu'elle le sache elle-même.

— Tasha, s'il te plaît...

Lissa s'interrompit et bondit en avant lorsque Mia assena un coup de pied à Tasha et parvint à se dégager. Tasha fut surprise sur deux côtés à la fois, mais elle avait toujours son arme. Puisque Mia lui avait échappé et que tout arrivait si vite, elle tira sur la première cible qu'elle vit venir vers elle... sauf qu'il ne s'agissait pas d'un gardien. C'était une mince silhouette vêtue de blanc qui venait de lui crier quelque chose.

Ou plutôt : cela aurait dû. Comme je viens de le dire, je savais exactement ce que Lissa allait faire. J'employai les précieuses secondes qui me restaient avant qu'elle agisse à m'arracher à mes gardes pour me jeter devant Lissa. Quelqu'un en fit autant, mais c'était trop tard. Tasha avait déjà tiré. Je ressentis un impact brûlant en pleine poitrine, puis plus rien d'autre qu'une douleur si intense qu'elle dépassait l'entendement.

Je me sentis tomber dans les bras de Lissa qui cria quelque chose sans que je comprenne si c'était à moi qu'elle s'adressait ou à quelqu'un d'autre. La panique fut telle dans la salle que je ne compris pas ce qui était arrivé à Tasha. Il n'y avait plus que moi et la douleur à laquelle mon esprit s'efforçait d'échapper. L'univers tout autour sombra peu à peu dans le silence. Lissa se pencha au-dessus de moi en criant quelque chose que je n'entendis pas. Elle était magnifique, immaculée et auréolée de lumière... mais les ténèbres s'approchaient derrière elle. Et ces ténèbres étaient peuplées de visages... ceux des fantômes qui m'accompagnaient toujours. Ils s'approchèrent encore en prenant de la consistance et m'invitèrent à les rejoindre.

Un revolver. J'allais mourir par balle. C'était presque comique. *Tricheurs*, songeai-je. J'avais passé ma vie à m'entraîner au combat au corps à corps, à apprendre à éviter des canines meurtrières et des mains assez puissantes pour me briser la nuque. Un revolver ! C'était si... facile. Devais-je le prendre comme une insulte ? Je n'en savais rien. Cela comptait-il ? Je n'en savais rien non plus. Je ne savais qu'une seule chose : j'allais mourir.

Ma vision s'obscurcit, les fantômes se rapprochèrent encore et je crus entendre Robert me murmurer à l'oreille : « Le royaume des morts ne te laissera pas lui échapper deux fois ! »

Juste avant que les ténèbres emportent tout, je vis le visage de Dimitri apparaître à côté de celui de Lissa. J'eus envie de sourire. Si les deux personnes qui comptaient le plus pour moi allaient bien, je pouvais quitter ce monde en paix. Les morts pouvaient me reprendre. J'avais rempli mon rôle. J'avais protégé Lissa, comme j'avais toujours juré de le faire, et j'étais tombée au combat. J'avais échappé à une mort planifiée.

Les yeux de Lissa s'emplirent de larmes. J'espérais que les miens exprimaient tout l'amour que j'avais pour elle. J'employai ma dernière étincelle de vie à essayer de parler pour dire à Dimitri que je l'aimais aussi et lui rappeler que c'était désormais à lui de la protéger. J'échouai sans doute à me faire comprendre et laissai la devise des gardiens occuper ma dernière pensée.

« Ils passent avant tout. »

Chapitre 34

Je ne me réveillai pas dans le royaume des morts.

Je ne me réveillai même pas dans un hôpital ou un centre médical quelconque, ce qui m'était arrivé un bon nombre de fois, croyez-moi. Non, je me réveillai dans une chambre immense et luxueuse aux meubles dorés à l'or fin. Étais-je au paradis ? Ce que j'avais fait de ma vie rendait cette hypothèse peu probable. Le lit à baldaquin dans lequel je me trouvais avait un édredon en velours rouge et or tellement épais qu'il aurait pu servir de matelas. Des bougies posées sur une petite table à l'autre bout de la chambre projetaient une lumière vacillante et répandaient dans l'air un parfum de jasmin. Je n'avais pas la moindre idée de l'endroit où je me trouvais ni de la manière dont j'avais pu y atterrir, mais je me souvenais parfaitement de la douleur et des ténèbres, ce qui m'incita à me contenter provisoirement du seul fait de respirer.

— La Belle au bois dormant s'est réveillée.

Cette voix… En m'enveloppant, cette voix douce comme le miel et chargée d'un léger accent me fit prendre conscience de l'impossible vérité : j'étais vivante. J'étais vivante… et Dimitri était auprès de moi.

Je ne le voyais pas, mais je sentis un sourire s'épanouir sur mes lèvres.

— Me sers-tu d'infirmière ?

Je l'entendis se lever d'un fauteuil et marcher vers moi. Lorsqu'il apparut dans mon champ de vision, je me rappelai soudain à quel point il était grand. Il baissa les yeux vers moi en m'offrant l'un de ses rares sourires parfaitement épanouis. Il s'était lavé et changé depuis la dernière fois que je l'avais vu. Aucune mèche ne s'échappait de sa queue-de-cheval mais il ne s'était pas rasé depuis un jour ou deux. Il m'empêcha de me redresser lorsque je voulus le faire.

— Non. Tu dois rester allongée.

La douleur que je ressentis dans la poitrine lui donna raison. Mon esprit s'était peut-être réveillé, mais mon corps était à bout de forces. Je ne savais pas combien de temps s'était écoulé depuis que Tasha m'avait tiré dessus, mais j'avais l'impression que je venais de livrer une bataille non contre un Strigoï, mais contre moi-même. Une bataille pour rester en vie.

— Alors approche-toi, lui ordonnai-je. J'ai envie de te voir.

Il réfléchit un instant puis retira ses chaussures. Je me tournai sur le côté, ce qui m'arracha une grimace, et parvins à lui faire un peu de place au bord du lit. Il s'allongea à côté de moi. Nous nous regardâmes longuement, tandis que nos têtes reposaient sur le même oreiller, séparées de quelques centimètres seulement l'une de l'autre.

— C'est mieux ?

— Nettement.

De ses longs doigts fins, il écarta une mèche de cheveux de mon visage afin de me caresser la joue.

— Comment te sens-tu ?

— J'ai faim.

Il se mit à rire doucement, puis fit glisser sa main le long de mon dos jusqu'à mes reins, et m'étreignit précautionneusement.

— Évidemment. Je crois qu'on n'a réussi à te faire avaler que du potage, depuis que tu n'es plus alimentée par perfusion. Je suis sûr que tu es en hypoglycémie.

Je grimaçai. Je n'aimais pas les tubes et les aiguilles – à l'exception des aiguilles des tatoueurs, qui n'avaient rien à voir – et me réjouis de ne pas m'être réveillée avant qu'on me les retire.

— Combien de temps suis-je restée inconsciente ?

— Quelques jours.

— Quelques jours… (Je frissonnai. Pensant que j'avais froid, Dimitri tira la couverture sur mon épaule.) Je n'aurais pas dû survivre, murmurai-je.

Ces balles m'avaient touchée trop profondément, trop près du cœur. L'avaient-elles atteint ? Je posai ma main sur ma poitrine sans parvenir à déterminer l'endroit exact des impacts. J'avais mal partout.

— Mon Dieu. Lissa m'a guérie, c'est ça ?

Elle avait dû employer beaucoup de magie. Elle avait eu tort. Elle ne pouvait pas se le permettre. Sauf que… pourquoi avais-je encore mal, dans ce cas ? J'aurais dû me sentir en pleine forme, si elle m'avait guérie.

— Non. Elle ne t'a pas guérie.

— Non ?

Je fronçai les sourcils sans comprendre. Comment avais-je survécu, alors ? Une réponse surprenante me vint à l'esprit.

— Adrian, alors ? Pourtant… après ce que je lui ai fait… Il n'a quand même pas… ?

— Quoi ? Tu crois qu'il t'aurait laissée mourir ?

Je ne répondis pas. On avait peut-être extrait les balles que j'avais reçues, mais le fait de penser à lui réveilla une douleur métaphorique dans mon cœur.

— Malgré ce qu'il éprouve… (Dimitri hésita. C'était un sujet délicat, après tout.) Il ne t'aurait pas laissée mourir. Il voulait te guérir, mais ne l'a pas fait lui non plus.

Je m'en voulus d'avoir suspecté Adrian de mesquinerie. Dimitri avait raison. Il ne m'aurait pas abandonnée par dépit. Mais je commençais à être à court d'idées.

—Alors qui ? Sonya ?

—Personne, répondit-il simplement. Ou plutôt, toi.

—Moi ?

—Il arrive que les gens guérissent sans l'aide de la magie, Rose. (J'entendis de l'amusement dans sa voix même si son visage resta impassible.) Et tes blessures étaient très graves. Tout le monde a pensé que tu allais mourir. On t'a opérée, puis on s'est contenté d'attendre.

—Mais pourquoi… ? (Je perçus toute l'arrogance de ma question avant même de la poser.) Pourquoi Adrian et Lissa ne m'ont-ils pas guérie ?

—Ils en avaient envie, crois-moi. Mais il y a eu un tel chaos tout de suite après… Les gardiens ont tout bouclé. Adrian et Lissa ont tous les deux été conduits à l'abri sous haute protection avant de pouvoir agir. Les gardiens ont refusé de les laisser s'approcher de toi tant qu'ils te prenaient encore pour une meurtrière. Ils voulaient d'abord être sûrs de la culpabilité de Tasha, même si sa réaction ne laissait guère de place au doute.

Il me fallut un moment pour accepter l'idée que la médecine et la vitalité de mon corps avaient suffi à me guérir. J'étais trop habituée à ce qu'on utilise l'esprit. Cela me semblait impossible. Tandis que j'essayais de l'admettre, quelque chose d'autre me frappa dans ce que Dimitri venait de dire.

—Est-ce que Tasha est encore en vie ?

Son expression s'assombrit encore.

—Oui. Ils l'ont capturée juste après qu'elle t'a tiré dessus, avant que quelqu'un d'autre soit blessé. Elle est en prison et les gardiens ont découvert de nouvelles preuves contre elle.

—La dénoncer comme meurtrière a été l'une des choses les plus dures que j'aie faites dans ma vie. Il est beaucoup plus facile d'affronter des Strigoï.

—Je sais. Cela a été dur pour moi aussi : dur à voir et dur à croire.

En voyant son regard devenir flou, je me souvins qu'il la connaissait déjà bien avant de me rencontrer.

— Mais elle a fait ses propres choix. Toutes les charges qui pesaient sur toi ont été abandonnées. Tu es une femme libre, et même plus que cela : une héroïne. Abe raconte à tout le monde que c'est grâce à lui.

Cela me fit sourire.

— Évidemment. J'imagine que je devrais bientôt recevoir la facture de ses honoraires.

Je me laissai étourdir par la joie et la surprise. *Une femme libre !* Les accusations dont j'étais victime et la menace de la peine capitale m'avaient oppressée pendant si longtemps… J'avais l'impression que cela avait duré des années, et voilà qu'il n'en restait plus rien.

Dimitri éclata de rire et j'eus envie que ce moment de douceur et d'abandon dure jusqu'à la fin de nos jours. Enfin, peut-être pas exactement ce moment. J'aurais pu me passer de la douleur et des bandages qui m'étouffaient. Dimitri et moi avions eu si peu l'occasion de nous détendre ensemble et de nous avouer sans retenue que nous étions amoureux l'un de l'autre. Les choses commençaient seulement à s'arranger entre nous, et cela avait failli être trop tard. C'était peut-être quand même le cas.

— Et maintenant ? lui demandai-je.

— Je ne sais pas. (Il pressa sa joue contre mon front.) Je suis si heureux que tu sois en vie… J'ai déjà failli te perdre tant de fois… Quand je t'ai vue à terre, au milieu du chaos… je me suis senti désespéré. J'ai compris que tu avais raison. La culpabilité nous fait gâcher notre vie. Quand tu m'as regardé, tout à la fin… j'ai su. J'ai su que tu m'aimais.

— Tu en doutais ?

J'avais eu l'intention de plaisanter, mais je m'entendis poser cette question sur un ton offensé. Je l'étais peut-être un peu, en fait. Je lui avais dit que je l'aimais d'innombrables fois.

—Non. Ce que je veux dire, c'est que j'ai compris à ce moment-là que tu ne faisais pas que m'aimer. J'ai compris que tu m'avais réellement pardonné.

—Je n'avais rien à te pardonner, vraiment.

Je me répétais là encore.

—J'ai toujours cru le contraire. (Il s'écarta pour me regarder.) C'était cela qui me retenait. Peu importe ce que tu disais, je n'arrivais pas à y croire. Je n'arrivais pas à croire que tu pouvais me pardonner ce que je t'avais fait en Sibérie, et aussi après ma transformation. Je croyais que tu te mentais à toi-même.

—Je t'accorde que ça n'aurait pas été une grande première, mais ce n'était pas le cas cette fois.

—Je sais. Et quand j'ai eu cette révélation, quand j'ai compris que tu m'avais pardonné et que tu m'aimais vraiment, j'ai été capable de me pardonner aussi. Le fardeau que je portais, le passé qui m'obsédait... ont disparu. J'ai eu l'impression...

—D'être libre ? De voler ?

—Oui, sauf que c'était trop tard. Ça va te paraître idiot, mais pendant que toutes ces pensées m'assaillaient, je croyais voir la mort tendre la main vers toi et je ne pouvais rien faire. J'étais incapable de t'aider.

—Pourtant tu l'as fait, répondis-je. Ton visage à côté de celui de Lissa a été la dernière image que j'ai vue avant de perdre conscience. (Sans compter les fantômes, mais j'avais l'impression que je gâcherais ce moment romantique si je les mentionnais.) Je ne sais pas comment j'ai survécu à cette blessure, mais je suis presque sûre que votre amour à tous les deux m'a donné la force de lutter. Je devais vous retrouver. Dieu seul sait les ennuis que vous risquiez de vous attirer si je n'étais plus là.

Ne sachant pas quoi répondre, Dimitri approcha ses lèvres des miennes. Nous nous embrassâmes d'abord avec une douceur qui triompha de toutes les douleurs que je pouvais ressentir. Nous venions à peine de gagner en intensité lorsqu'il s'écarta.

— Qu'y a-t-il ? m'insurgeai-je.

— Tu es encore en convalescence, me sermonna-t-il. Tu crois peut-être que tout est revenu à la normale, mais ce n'est pas le cas.

— Mais c'est normal pour moi ! Et je pensais que toute cette liberté, cette découverte de nous-mêmes, cette expression de notre amour mettraient définitivement un terme à tes leçons de sagesse et à tes stupides conseils pratiques.

Cela me valut un franc sourire.

— Ne rêve pas, Roza. C'est à prendre ou à laisser.

Je l'embrassai.

— Si ça me permet de t'avoir avec, je prends.

J'avais envie de recommencer à l'embrasser pour lui montrer lequel de nous deux se maîtrisait le mieux, mais cette maudite réalité me rappela à elle.

— Dimitri… sans rire… que va-t-il nous arriver ?

— Nous allons vivre, me répondit-il sans hésiter. Tout continue et nous allons continuer aussi. Nous sommes des gardiens. Nous allons protéger notre monde et peut-être même le changer.

— Sans pression aucune, ironisai-je. Mais que veux-tu dire par : « Nous sommes des gardiens » ? J'étais presque sûre que nous avions échoué dans cette carrière.

Il prit mon visage entre ses mains et j'eus l'impression qu'il allait recommencer à m'embrasser. Je l'espérais.

— On nous a rendu notre statut de gardiens dès qu'on nous a eu innocentés.

— Même à toi ? m'étonnai-je. On ne te prend plus pour un Strigoï ? (Il secoua la tête.) Ah ! Même si je suis contente d'avoir été lavée de tout soupçon, classer des dossiers en ta compagnie n'était pas l'idée que je me faisais de l'avenir idéal.

Dimitri s'approcha. Un secret faisait briller ses yeux.

— J'ai mieux : tu es la gardienne de Lissa.

— Quoi ? (Je faillis m'écarter de lui.) C'est impossible ! Ils n'accepteront jamais…

— Ils l'ont fait. Comme elle aura d'autres gardiens, ils ont dû se dire qu'elle ne courait aucun risque avec toi tant qu'il y aurait quelqu'un pour te surveiller, me taquina-t-il.

— Tu n'es pas… ? (Ma gorge se serra lorsqu'un problème qui nous avait longuement tourmentés me revint à l'esprit.) Tu n'es pas l'un des autres gardiens de Lissa, j'espère ?

Nous n'avions jamais cessé de craindre que notre amour ne génère un conflit d'intérêts. Je voulais l'avoir auprès de moi pour toujours. Mais comment pourrions-nous protéger Lissa et faire passer sa sécurité avant tout si nous passions notre temps à nous inquiéter l'un pour l'autre ? Notre passé revenait nous torturer…

— Non. On m'a chargé de la protection de quelqu'un d'autre.

— Oh !

J'avais beau savoir que c'était la meilleure solution, je ne pus m'empêcher d'en être un peu triste.

— Je suis le gardien de Christian.

Cette fois, je me redressai au mépris des ordres du médecin. Le mouvement tira sur mes points de suture mais je ne prêtai pas attention à ce brusque inconfort.

— Mais, c'est presque la même chose !

Dimitri se redressa aussi et parut se délecter de ma stupeur, ce que je ne manquai pas de trouver cruel puisque je venais de frôler la mort.

— Plus ou moins. Mais ils ne seront pas ensemble en permanence, surtout quand elle ira à Lehigh. Il ne compte pas s'y inscrire. Mais ils se rendront visite régulièrement, ce qui nous permettra d'en faire autant. C'est un bon compromis. Et puis… (il recouvra son sérieux) je crois que tu as prouvé à tout le monde que Lissa était ta priorité.

Je secouai la tête.

— Sauf que personne ne t'a tiré dessus. C'était seulement elle qui était visée.

J'avais répondu sur le ton de la plaisanterie, mais je ne pus m'empêcher de me poser sérieusement la question : que ferais-je s'ils étaient tous les deux en danger ? *Fais-lui confiance*, me souffla une voix dans ma tête. *Fais-lui confiance pour veiller sur lui-même. Il fera la même chose pour toi.* En regardant Dimitri, je me rappelai tout à coup avoir vu une ombre du coin de l'œil dans la salle de bal.

— Tu m'as suivie quand je me suis jetée devant Lissa, n'est-ce pas ? Qui voulais-tu protéger ? Elle ou moi ?

Il m'observa pendant de longues secondes. Il aurait pu me mentir. Il aurait pu me fournir une réponse facile en me disant qu'il comptait nous écarter toutes les deux de la trajectoire des balles. Après tout, je ne me souvenais plus si cela lui aurait été ou non possible. Mais Dimitri ne mentait jamais.

— Je ne sais pas, Roza. Je ne sais pas.

Je soupirai.

— Ce ne sera pas facile.

— Ça ne l'est jamais, répondit-il en m'attirant dans ses bras.

Je posai ma tête sur son torse et fermai les yeux. Non, ce ne serait pas facile. Mais cela en valait la peine si cela nous permettait d'être ensemble.

Nous restâmes dans cette position un long moment, jusqu'à ce qu'on frappe discrètement à la porte entrebâillée. Lissa apparut dans l'embrasure.

— Je suis désolée, dit-elle, le visage rayonnant. Vous auriez dû mettre un écriteau sur la porte. Je ne pouvais pas savoir que cela devenait chaud.

— C'était inévitable, répondis-je joyeusement en serrant la main de Dimitri. Ça devient toujours chaud quand il est dans les parages.

Dimitri parut scandalisé. Il s'était toujours livré sans retenue lorsque nous étions au lit, mais sa discrétion naturelle l'incitait à se montrer très réservé sur le sujet en public. Ce que je venais de faire était cruel, mais je ne pus m'empêcher d'éclater de rire et de l'embrasser sur la joue.

— On va bien s'amuser maintenant que tout le monde est au courant !

— C'est cela… Ton père m'a jeté un regard très « amusé » l'autre jour.

Il échangea avec Lissa un rapide coup d'œil entendu, quitta le lit, puis se pencha pour m'embrasser sur le front.

— Je ferais mieux de m'en aller et vous laisser bavarder.

— Tu vas revenir ? lui demandai-je alors qu'il se dirigeait vers la porte.

Il s'arrêta et me sourit. Alors ses yeux bruns répondirent à ma question et à bien d'autres encore.

— Évidemment.

Lissa prit sa place et s'assit au bord du lit. Craignant sans doute de me faire mal, elle me serra timidement dans ses bras. Puis elle me reprocha de m'être redressée, mais je ne m'en souciai pas. J'étais folle de joie. J'étais si contente qu'elle aille bien, si soulagée et…

Je me rendis soudain compte que je n'avais pas la moindre idée de ce qu'elle ressentait.

Notre lien avait disparu. Et ce n'était pas parce qu'elle avait dressé une barrière entre nous, comme elle l'avait fait avant notre évasion. Il n'y avait simplement plus rien. J'étais parfaitement seule avec moi-même, comme je l'avais été quelques années plus tôt. J'écarquillai les yeux, ce qui la fit éclater de rire.

— Je me demandais à quel moment tu t'en rendrais compte.

— Comment… ? Comment est-ce possible ? (J'étais abasourdie. Le lien. Notre lien avait disparu. J'avais l'impression qu'on venait de m'amputer d'un bras.) Et comment le sais-tu ?

Elle fronça les sourcils.

— Je m'en suis doutée instinctivement et Adrian me l'a confirmé. Nos auras ne sont plus liées l'une à l'autre.

— Mais comment cela a-t-il pu se produire ?

J'étais désemparée. Notre lien ne pouvait pas avoir disparu… C'était impossible.

— Je ne suis pas sûre d'avoir tout compris, reconnut-elle en fronçant davantage les sourcils. J'en ai beaucoup discuté avec Sonya et Adrian. D'après nous, seul l'esprit te reliait à notre monde depuis que je t'avais ramenée à la vie. Mais tu as failli mourir une deuxième fois. Tu es peut-être même vraiment morte pendant quelques secondes. Quoi qu'il en soit, tu t'es battue pour revenir, seule, sans l'aide de l'esprit. Du coup… (Elle haussa les épaules.) Comme je te l'ai dit : ce ne sont que des hypothèses. Mais Sonya pense que tu as réussi à te libérer de l'esprit en t'arrachant à la mort par tes propres moyens. Et, en te libérant de l'esprit, tu t'es également libérée de moi. Tu n'as plus besoin d'être liée à quelqu'un pour faire partie des vivants.

C'était dément, impossible.

— Tu dis que je me suis arrachée à la mort mais je ne suis pas immortelle, ou quelque chose de ce genre ?

Elle recommença à rire.

— Non. Nous en sommes sûrs. Sonya nous l'a bien expliqué : tout ce qui est vivant finit par mourir, et tant que tu posséderas une aura, tu seras vivante. Les Strigoï sont immortels, mais pas vivants. Ils n'ont donc pas d'aura. Par conséquent…

Le monde autour de moi se mit à tournoyer.

— Je te crois sur parole, mais je pense que je ferais bien de m'allonger.

— Bonne idée.

Je m'étendis doucement sur le dos. Cherchant désespérément à oublier un instant cette nouvelle incroyable que je ne parvenais pas à intégrer, j'observai mon environnement. Cette chambre luxueuse était encore plus grande que je ne l'avais cru tout d'abord. D'autres pièces, qui semblaient se succéder à l'infini, venaient dans son prolongement. C'était une suite, ou peut-être un appartement. Je devinai un salon meublé d'un canapé en cuir et d'une télévision à écran plat.

— Où sommes-nous ? demandai-je.

— Au palais.

— Au *palais* ? Comment avons-nous atterri là ?

— À ton avis ? me demanda-t-elle sèchement.

— Je...

Je restai sans voix pendant quelques secondes. Je n'avais pas besoin de notre lien pour deviner ce qui s'était passé. Une autre impossibilité s'était produite pendant que j'étais inconsciente.

— Merde. L'élection a eu lieu, n'est-ce pas ? Et comme Jill permettait à ta famille d'atteindre le quorum, c'est toi qu'ils ont élue reine.

Elle secoua la tête et faillit se remettre à rire.

— « Merde » ne résume pas ce que cela m'a inspiré, Rose. Te rends-tu compte de ce que tu as fait ?

Elle avait l'air inquiète, stressée et complètement dépassée par la situation. Je voulus garder mon sérieux et me montrer réconfortante ; mais je sentis un sourire idiot s'épanouir sur mon visage. Elle poussa un grognement.

— Tu es contente de toi !

— Tu es faite pour ça, Liss ! Tu étais la meilleure des candidates !

— Rose ! Ma candidature était censée n'être qu'une diversion. Je n'ai que dix-huit ans !

— Alexandra n'était guère plus âgée que toi.

Lissa secoua la tête avec exaspération.

— Si tu savais comme j'en ai marre d'entendre parler d'elle ! Elle a vécu il y a des siècles, tu sais. Les gens mouraient vers la trentaine à cette époque, ce qui faisait d'elle une femme d'âge mûr.

Je pris sa main.

— Tu vas très bien t'en sortir. Ton âge n'a aucune importance. Et puis, tu ne seras pas seule lorsqu'il faudra décider d'une réunion ou analyser des textes de loi, tu sais. Je ne veux pas dire par là que je t'aiderai à gouverner : je suis sûre d'en être incapable. Mais il y a d'autres personnes intelligentes autour de toi. Ariana a échoué à la dernière épreuve, mais tu sais qu'elle t'aidera si tu le lui demandes. Elle siège toujours au Conseil, et il y a sûrement d'autres gens sur qui tu peux compter. Il suffit de les trouver. J'ai confiance en toi.

Lissa soupira et baissa la tête. Ses cheveux tombèrent devant son visage comme un rideau.

— Je sais. Une part de moi est follement excitée, comme si on venait de me donner les moyens de rendre son honneur à ma famille. Je crois que c'est cette idée qui m'a permis d'échapper à la dépression. Je ne voulais pas devenir reine mais, s'il le faut, je vais essayer de faire les choses correctement. J'ai l'impression… d'avoir le monde entre mes mains et de pouvoir faire beaucoup de bien. Mais je suis aussi terrifiée quand je pense aux erreurs que je pourrais commettre. (Elle releva la tête.) Et il n'est pas question que j'abandonne les autres aspects de ma vie. Je vais sans doute être la première reine à aller à l'université.

— Génial, commentai-je. Tu pourras présider le Conseil par SMS depuis le campus. Et peut-être charger des gens de faire tes devoirs.

Cela ne semblait pas l'amuser autant que moi.

— À propos de ma famille, Rose, depuis combien de temps étais-tu au courant pour Jill ?

Merde. Il fallait bien que nous abordions ce sujet à un moment ou à un autre. Je détournai les yeux.

— Pas très longtemps. Nous ne voulions pas t'inquiéter avec ça tant que nous n'étions pas sûrs que c'était vrai, m'empressai-je d'ajouter.

— Je n'arrive pas à y croire… (Elle secoua la tête.) Je n'arrive vraiment pas à y croire.

À présent que notre lien avait disparu, je devais me fier à son ton pour la comprendre. C'était très étrange. J'avais l'impression d'avoir perdu l'ouïe ou la vue.

— Est-ce que ça te contrarie ?

— Évidemment ! Ça te surprend ?

— Je pensais que tu serais contente…

— Contente de découvrir que mon père trompait ma mère ? Contente d'avoir une sœur que je connais à peine ? J'ai essayé de lui parler mais… (Elle soupira encore.) C'est tellement bizarre, presque davantage que d'être subitement devenue reine. Je ne sais pas ce que je dois faire. Je ne sais pas quoi penser de mon père. Et je ne sais vraiment pas quoi faire d'elle !

— Aime-les tous les deux, lui suggérai-je avec douceur. Ils sont ta famille. Jill est une fille bien, tu sais. Apprends à la connaître. Réjouis-toi.

— Je ne sais pas si j'en serai capable. Je t'ai toujours vue comme une sœur et je crois que je n'y arriverai pas avec elle. (Elle laissa son regard se perdre dans le vide.) Et puis j'ai cru pendant si longtemps qu'il y avait quelque chose entre Christian et elle…

— De toutes les raisons que tu as de t'inquiéter, c'est celle que tu peux laisser tomber en premier, parce que c'est faux. (Mais son commentaire avait attiré mon attention sur quelque chose de plus triste et de plus sérieux.) Comment va Christian ?

Elle posa sur moi un regard chargé de douleur.

— C'est difficile pour lui. Pour moi aussi. Il rend visite à Tasha. Son crime lui fait horreur mais elle fait toujours partie de sa famille. Cette situation le fait souffrir et il essaie de le cacher. Tu le connais.

— Oui.

Christian avait passé une bonne partie de sa vie à dissimuler ses idées noires sous les sarcasmes. Il était passé maître dans l'art de cacher ses sentiments aux autres.

— Je sais qu'il finira par aller mieux, avec le temps, reprit Lissa. J'espère surtout qu'il me sera possible de le soutenir autant qu'il en aura besoin. Il se passe tant de choses : la fac, l'élection… et l'esprit qui est toujours là, toujours, faisant pression sur moi et m'étouffant…

J'éprouvai une inquiétude soudaine qui se mua en panique. Ce que je craignais tout à coup était bien pire que de ne pas savoir où elle était ou ce qu'elle ressentait. L'esprit… L'esprit me terrifiait tout à coup, parce que je ne pouvais plus l'affronter à sa place.

— La noirceur… Je ne peux plus l'absorber. Qu'allons-nous faire ?

Elle esquissa un sourire amer.

— Que vais-je faire, moi ? tu veux dire. C'est mon problème, maintenant, Rose. Et il aurait toujours dû en être ainsi.

— Non… Tu ne peux pas. Saint Vladimir…

— Je ne suis pas saint Vladimir. Et tu ne peux pas me protéger de tout.

Je secouai la tête.

— Non. Je ne peux pas te laisser combattre l'esprit toute seule.

— Je ne suis pas tout à fait seule. J'en ai parlé avec Sonya. Elle est vraiment très douée pour fabriquer des amulettes de guérison, et elle pense que nous arriverons à maintenir l'équilibre.

— Oksana disait la même chose, me rappelai-je.

Mais cela ne me rassura pas beaucoup.

— Et puis il y a toujours les antidépresseurs. Je n'aime pas en prendre, mais je suis reine, maintenant. J'ai des responsabilités. Je ferai tout ce qui sera nécessaire. Une reine doit se donner entièrement à son peuple, tu te souviens ?

— Je suppose. (Mais je ne pouvais m'empêcher d'avoir peur et de me sentir inutile.) Je m'inquiète seulement pour toi. Je ne sais plus comment t'aider.

— Je te l'ai dit : tu n'as pas à le faire. Je vais me charger de protéger mon esprit. Toi, tu te contenteras de protéger mon corps, puisque c'est ton travail désormais. Et Dimitri ne sera pas loin. Tout ira bien.

La conversation que je venais d'avoir avec Dimitri me revint à l'esprit. *« Qui voulais-tu protéger ? Elle ou moi ? »*

Je lui offris le sourire le plus encourageant dont j'étais capable.

— Oui. Tout ira bien.

Elle pressa ma main.

— Je suis contente que tu sois revenue parmi nous, Rose. Avec ou sans lien, je te considérerai toujours comme une partie de moi. Et, sincèrement, je suis contente que tu n'aies plus accès à ma vie sexuelle.

— On est deux.

J'éclatai de rire. Plus de lien. Plus d'attachement magique entre nous. Cela allait être si étrange. Mais en avions-nous vraiment besoin ? Dans la vie réelle, les gens tissaient des liens d'une autre nature : des liens d'amour et de loyauté. Nous allions surmonter cette perte.

— Je serai toujours là pour toi, tu sais, quoi que tu puisses me demander.

— Je sais. Et, à ce propos, j'ai quelque chose à te demander.

— Je t'écoute.

Chapitre 35

J'aurais préféré que Lissa me « demande » d'affronter une armée de Strigoï. Cela m'aurait moins gênée que le service que j'étais désormais censée lui rendre : superviser la discussion qu'elle devait avoir avec Jill concernant son couronnement. Lissa voulait que je la soutienne et que je serve de médiatrice. Comme j'avais encore du mal à marcher, nous reportâmes le rendez-vous au lendemain, ce qui parut la soulager.

Jill nous attendait dans une petite pièce que je n'aurais jamais pensé revoir un jour : le boudoir dans lequel Tatiana m'avait reproché d'avoir des vues sur Adrian. À l'époque, cela m'avait d'autant plus déstabilisée qu'il ne s'était encore rien passé entre Adrian et moi. À présent, après tout ce que nous avions vécu, cela me semblait seulement étrange et déroutant. Je ne savais toujours pas ce qui était arrivé à Adrian depuis l'arrestation de Tasha.

En entrant dans ce boudoir, je me sentis aussi terriblement seule. Non, perdue, plutôt vulnérable. Jill était assise dans un fauteuil, les mains sur les genoux. Elle regardait droit devant elle avec une expression indéchiffrable. Lissa, à côté de moi, restait tout aussi impassible. Elle se sentait… Voilà quel était mon problème. Je n'en savais rien. Je veux dire : je voyais bien qu'elle était mal à l'aise, mais je n'avais plus accès à ses pensées pour étayer cette impression. Je n'avais plus aucun détail. Je dus encore me rappeler que tout le monde vivait ainsi. Chacun devait se débrouiller seul. Les gens devaient gérer les situations étranges sans l'aide d'une clairvoyance magique pour savoir ce que pensaient les autres. Je compris soudain à quel point j'avais cru notre lien indestructible.

En tout cas, j'étais certaine d'une chose : Lissa et Jill se faisaient mutuellement peur. Mais l'une et l'autre avaient confiance en moi, et c'était la raison de ma présence ici.

— Salut, Jill ! lui lançai-je avec le sourire. Comment ça va ?

Notre entrée l'arracha aux pensées qui l'occupaient et la fit bondir de son fauteuil. Cela me parut tout d'abord étrange, puis je compris : Lissa. On se levait en présence d'une reine.

— C'est bon, lui dit Lissa en butant un peu sur ses mots. Tu peux t'asseoir.

Elle s'installa en face de Jill, dans le plus grand fauteuil du boudoir, celui que Tatiana avait l'habitude d'occuper.

Jill hésita un instant, puis se tourna vers moi. Je dus lui paraître encourageante, puisqu'elle reprit place dans son fauteuil. Je m'assis à côté de Lissa et grimaçai en sentant un élancement dans la poitrine. Jill s'inquiéta pour moi, ce qui lui permit d'oublier Lissa pendant quelques instants.

— Ça va ? Comment te sens-tu ? Est-il même raisonnable que tu sois debout ?

Je fus heureuse de retrouver son adorable tendance à parler à tort et à travers.

— Je vais très bien, lui mentis-je. Je suis flambant neuve.

— Je me suis inquiétée. Quand j'ai vu ce qui s'est passé… Je veux dire… Il y avait tellement de sang… et de cris… et les gens disaient que tu ne t'en sortirais pas… (Elle fronça les sourcils.) Je ne sais pas… C'était vraiment terrifiant. Je suis contente que tu ailles bien.

Je continuai à sourire en espérant la rassurer. Un silence s'ensuivit et la tension s'accrut. C'était Lissa, l'experte en politique, celle qui savait toujours trouver les mots justes pour tout arranger. Et j'étais celle qui se chargeait de prendre la parole dans les situations difficiles pour dire ce que personne n'avait envie d'entendre. La situation présente semblait exiger ses talents diplomatiques, or c'était à moi que ce rôle incombait.

— Jill, commençai-je. Nous aimerions savoir si tu accepterais de participer à la cérémonie du couronnement.

Jill jeta un bref coup d'œil à Lissa, qui était toujours aussi impassible, puis son regard revint se poser sur moi.

— Qu'entendez-vous par « participer », au juste ? Que devrai-je faire ?

— Rien de bien difficile, lui assurai-je. Il s'agit de formalités, de rituels qui doivent être accomplis par un membre de la famille, un peu comme ce que tu as fait lors de l'élection.

Je n'y avais pas assisté mais, d'après ce qu'on m'avait raconté, Jill n'avait eu qu'à se tenir derrière Lissa pour symboliser la puissance de leur famille. Comment pouvait-on accorder tant d'importance à si peu de chose ?

— Il s'agira surtout de te montrer en faisant bonne figure.

— Eh bien, j'ai fait ça presque toute la semaine, déclara Jill d'un air songeur.

— Et moi, j'ai fait ça presque toute ma vie, intervint Lissa.

Jill tressaillit. De nouveau, je me sentis perdue sans le lien. Le ton de Lissa ne m'avait pas permis de comprendre ce qu'elle entendait exactement par là. S'agissait-il d'un défi afin de faire sentir à Jill que son expérience n'était rien en comparaison de la sienne ? ou éprouvait-elle, au contraire, de la compassion pour la jeune fille et son manque d'expérience ?

— Tu vas t'y habituer avec le temps, repris-je.

Jill secoua la tête et esquissa un sourire amer.

— Je n'en suis pas sûre.

Je ne l'étais pas, moi non plus. Je ne savais pas comment il était possible de gérer la situation dans laquelle elle venait de tomber. Je me creusai la tête à la recherche d'autres platitudes réconfortantes, mais Lissa prit enfin le relais :

— Je sais que cette situation doit t'être inconfortable, dit-elle en plongeant avec détermination son regard dans celui de Jill. (Je me rendis compte que seuls leurs yeux étaient semblables. Jill avait les traits d'une future Emily, alors que Lissa ressemblait à la fois à ses deux parents.) Elle m'est inconfortable, à moi aussi. Je ne sais pas ce que je dois faire.

— Que veux-tu ? lui demanda doucement Jill.

Je compris quelle était la question sous-jacente : Jill cherchait à savoir si Lissa voulait d'elle. Lissa avait été bouleversée par la mort de son frère, mais une demi-sœur surprise ne pouvait remplacer André. Je m'efforçai d'imaginer ce que j'aurais éprouvé à la place de l'une et de l'autre, et n'y parvins pas.

— Je ne sais pas, reconnut Lissa. Je ne sais pas ce que je veux.

Jill acquiesça et baissa les yeux, mais j'aperçus un instant ce que cette réponse lui inspirait : de la déception. Pourtant, elle n'était pas complètement imprévisible.

Jill posa la meilleure question possible à cet instant :

— Veux-tu… ? Veux-tu que je participe à la cérémonie ?

Sa question résonna dans le silence pendant quelques instants. Elle était excellente. C'était la raison de cette rencontre, mais que voulait vraiment Lissa ? Je l'observai sans parvenir à le deviner. Voulait-elle simplement respecter le protocole et faire jouer à Jill le rôle auquel la noblesse s'attendait ? Si tel était le cas, Jill n'avait rien d'autre à faire que paraître.

— Oui, finit par répondre Lissa.

Je reconnus la sincérité de son ton et en fus soulagée. Lissa ne voulait pas seulement que Jill joue un rôle de figuration. Elle voulait l'intégrer à sa vie, sauf que cela allait être difficile. Mais c'était déjà un début, et Jill parut s'en rendre compte.

— Très bien. Alors dis-moi ce que je dois faire.

Je songeai soudain que la naïveté et la nervosité de Jill étaient trompeuses. Elles dissimulaient un courage et une assurance qui s'affirmeraient certainement à l'avenir. C'était vraiment une Dragomir.

Lissa parut soulagée et j'eus l'impression que cela n'avait rien à voir avec la cérémonie. C'était parce qu'elle venait de faire un progrès, si infime soit-il, dans sa relation avec sa sœur.

— Je vais demander à quelqu'un de tout t'expliquer. À vrai dire, je ne suis pas sûre de bien le savoir moi-même. Mais Rose a raison : ce ne sera pas difficile. (Jill se contenta d'acquiescer.) Merci. (Lissa se leva, et Jill et moi l'imitâmes aussitôt.) Je… t'en suis très reconnaissante.

Nous traversâmes un nouveau moment de gêne. Les sœurs auraient peut-être dû l'employer à se prendre dans les bras l'une de l'autre, mais aucune des deux n'y était encore prête, même si elles semblaient satisfaites des progrès accomplis. Quand Lissa regardait Jill, elle voyait encore son père avec une autre femme. Quand Jill regardait Lissa, elle voyait sa propre vie complètement bouleversée. Après avoir mené une existence discrète et paisible, elle allait devoir supporter que tout le monde épie ses moindres gestes. Je ne pouvais pas changer son avenir, mais je pouvais la prendre dans mes bras, ce que je fis au mépris de mes points de suture.

— Merci, insistai-je. Tout va bien se passer, tu verras.

Jill acquiesça encore, puis nous retint alors que Lissa et moi nous dirigions vers la porte.

— Eh ! que va-t-il se passer après le couronnement ? Pour moi ? Pour nous ?

C'était encore une bonne question. Je jetai un coup d'œil à Lissa qui se tourna vers Jill mais évita son regard.

— Nous allons apprendre à nous connaître. Les choses vont s'arranger.

Le sourire qui apparut sur les lèvres de Jill fut sincère, petit, mais sincère. Il exprimait de l'espoir et du soulagement.

— D'accord, répondit-elle. J'en serai ravie.

Pour ma part, je réprimai un froncement de sourcils. Je pouvais me passer du lien, visiblement, puisque j'étais absolument certaine que Lissa ne lui disait pas tout. Que lui cachait-elle ? Lissa voulait vraiment que la situation s'arrange entre elles, même si elle ne savait pas comme s'y prendre pour obtenir ce résultat. Mais il y avait un petit quelque chose que Lissa nous cachait à toutes les deux. Et j'avais l'impression que ce petit quelque chose l'empêchait de croire à ses propres paroles.

Une phrase que Victor Dashkov avait prononcée devant moi surgit de ma mémoire : *« Si elle a un peu de bon sens, Vasilisa l'enverra quelque part. »*

Je ne compris pas pourquoi cela me revenait à cet instant, mais je ne pus m'empêcher de frissonner. Les deux sœurs firent l'effort de se sourire et je m'empressai d'en faire autant pour dissimuler mes inquiétudes. Après cela, Lissa et moi regagnâmes directement ma chambre. Ma petite sortie m'avait plus fatiguée que je ne m'y attendais et j'avais hâte de m'allonger, même si cela me contrariait de l'admettre.

Arrivées à la porte, je n'avais toujours pas réussi à me décider : devais-je interroger immédiatement Lissa sur Jill ou attendre de prendre l'avis de Dimitri ? Mais je n'eus pas besoin de trancher, puisque nous tombâmes sur un visiteur inattendu : Adrian.

Il était assis sur mon lit, la tête renversée en arrière, et semblait complètement absorbé dans la contemplation du plafond. Sauf que je savais très bien qu'il nous avait senties approcher… au moins Lissa.

Nous nous arrêtâmes dans l'embrasure de la porte et il finit par tourner la tête vers nous. Il avait l'air de ne pas avoir dormi depuis un bon moment. Il avait les yeux cernés et la fatigue durcissait les traits de son beau visage. Je n'aurais su dire s'il s'agissait d'une lassitude physique ou mentale. En tout cas, son sourire désinvolte n'avait pas changé.

— Votre Majesté, dit-il avec emphase.

— Arrête ! aboya-t-elle. Tu sais que j'ai horreur de ça.

— Justement, répliqua-t-il.

Lissa esquissa un sourire, puis me jeta un coup d'œil et recouvra son sérieux. Elle paraissait avoir compris que l'heure n'était pas à la plaisanterie.

— Il se trouve... que j'ai des choses à faire, déclara-t-elle, mal à l'aise au point d'en perdre toute sa majesté.

Je me rendis compte qu'elle était sur le point de fuir. Je l'avais accompagnée à sa réunion de famille et elle allait me planter là ! Mais c'était peut-être aussi bien. La discussion dans laquelle Adrian allait m'entraîner était inévitable, et entièrement ma faute. Comme je l'avais dit à Dimitri, je devais régler ce problème seule.

— J'en suis sûre, ironisai-je.

Lissa hésita et parut sur le point de changer d'avis. Elle s'en voulait, s'inquiétait pour moi et voulait me soutenir.

— Ça va aller, Liss, insistai-je en lui effleurant le bras. Tu peux partir.

Elle me pressa la main, me souhaita bonne chance d'un regard, puis salua Adrian et nous quitta en refermant la porte derrière elle.

Désormais, tout allait se jouer entre lui et moi.

Il resta sur mon lit et m'observa attentivement. Il affichait toujours le sourire désinvolte qu'il avait adressé à Lissa. Je ne m'y laissai pas prendre et ne fis aucun effort en retour pour dissimuler mes sentiments. Comme cela me fatiguait de rester debout, je m'installai dans un fauteuil voisin en me demandant avec nervosité ce que j'allais pouvoir lui dire.

— Adrian...

—Commençons plutôt par là, petite dhampir, me coupa-t-il d'une voix aimable : se passait-il déjà quelque chose avant votre départ de la Cour ?

Il me fallut un moment pour comprendre qu'il voulait savoir si Dimitri et moi nous étions remis ensemble avant mon arrestation. Je secouai lentement la tête.

—Non. J'étais avec toi. Rien qu'avec toi.

Même si mes émotions étaient confuses à cette époque, mes intentions étaient claires.

—C'est déjà cela.

Il perdit un peu de son amabilité et je sentis une légère odeur d'alcool et de tabac parvenir jusqu'à moi.

—Je préfère que vous ayez renoué dans la fièvre de votre combat, de votre quête ou je ne sais quoi... Je n'aurais pas aimé l'idée que tu m'aies trompé juste sous mon nez.

Je secouai la tête plus énergiquement.

—Non, je t'assure ! Je ne t'ai pas... Il ne se passait rien, à ce moment-là. Il ne s'est rien passé avant...

J'hésitai sur la manière de poursuivre.

—... plus tard ? suggéra-t-il. Ce qui rend cela légitime ?

—Non ! Bien sûr que non. Je...

Merde. J'avais été en dessous de tout. Ce n'était pas parce que je n'avais pas trompé Adrian à la Cour que je ne l'avais pas trompé du tout. J'avais beau retourner le problème dans tous les sens, une chose était certaine : on trompait son petit ami si on couchait avec un autre homme dans une chambre d'hôtel, et peu importait que cet autre homme soit l'amour de notre vie.

—Je suis désolée. (Cette phrase me parut la plus simple et la plus appropriée.) Je suis vraiment désolée. Je n'aurais pas dû le faire, et je ne voulais pas que les choses se passent ainsi. Je croyais sincèrement que tout était fini entre nous. J'étais avec toi et je voulais que cela continue. Mais alors j'ai compris...

—Non ! Arrête...

Adrian avait levé la main pour me faire taire. Sa voix était tendue et son attitude désinvolte de moins en moins convaincante.

— Je ne tiens vraiment pas à entendre ton récit de la grande révélation que vous avez eue, grâce à laquelle vous avez compris que vous étiez faits l'un pour l'autre ou je ne sais quoi.

Puisque c'était précisément la révélation que j'avais eue, je jugeai bon de me taire.

Adrian se passa la main dans les cheveux.

— C'est ma faute. C'était là. Je l'ai vu des dizaines de fois. Y en a-t-il une seule qui m'ait échappé ? Je le savais. Ça n'arrêtait pas de se reproduire. Tu me répétais que tout était fini entre vous et je te croyais… même si mes yeux me disaient le contraire… même si mon cœur me disait le contraire… C'est ma faute.

Je reconnus ces propos décousus, légèrement délirants. Ils n'étaient pas dus à la nervosité, comme dans le cas de Jill, mais à son instabilité mentale. Je ne pus les entendre sans me demander à quel point il était proche de la folie, et je compris que ma conduite avait sans doute aggravé son état. J'eus envie de m'approcher de lui mais jugeai plus prudent de rester où j'étais.

— Adrian, je…

— Je t'aime ! hurla-t-il en bondissant sur ses pieds avec une vivacité à laquelle je ne m'attendais pas. Je t'aime et tu m'as détruit ! Tu m'as arraché le cœur pour le lacérer ! J'aurais préféré que tu y enfonces un pieu !

L'altération de ses traits me surprit aussi. Sa voix résonnait dans la chambre. Elle était chargée de tant de chagrin et de colère… Ce n'était pas l'Adrian que je connaissais. Il avança vers moi, la main posée sur son cœur.

— Je t'aime ! Et tu t'es servie de moi pendant tout ce temps.

— Non ! C'est faux !

Je n'avais pas peur d'Adrian, mais ses émotions étaient si intenses que je m'enfonçai malgré moi dans mon fauteuil.

— Je ne me suis pas servie de toi. Je t'aimais. Je t'aime encore, mais…

Il prit un air dégoûté.

— Allons, Rose…

— Je suis sincère ! Je t'aime.

Malgré ma douleur, je me levai aussi pour m'efforcer de le regarder dans les yeux.

— Et je t'aimerai toujours. Mais je crois que nous ne sommes pas faits pour être ensemble.

— C'est un vulgaire baratin de rupture et tu le sais aussi bien que moi.

Il n'avait pas tort, mais je me mis à songer à ce que j'éprouvais auprès de Dimitri, à notre complicité, à la manière dont il semblait toujours deviner ce que je ressentais… Je ne mentais pas : j'aimais Adrian. C'était un garçon merveilleux, malgré tous ses défauts. Mais qui n'en avait pas ? Nous nous amusions bien ensemble et nous tenions l'un à l'autre, mais nous n'étions pas aussi bien assortis que Dimitri et moi.

— Je ne suis pas celle qu'il te faut, dis-je faiblement.

— Parce que tu es avec quelqu'un d'autre ?

— Non, Adrian. Parce que… je…

Je m'en sortais très mal. Je ne savais pas comment lui expliquer ce que je ressentais, ni comment lui dire qu'on pouvait se soucier de quelqu'un et apprécier de passer du temps avec lui sans être faite pour lui.

— Je ne t'apporte pas l'équilibre dont tu aurais besoin.

— Qu'est-ce que c'est censé vouloir dire ?

Mon cœur se serra. Je m'en voulais terriblement du mal que je lui avais fait, mais c'était la vérité.

— Cette seule question le prouve. Quand tu rencontreras la bonne personne, tu le sauras.

Je jugeai inutile d'ajouter que son histoire personnelle m'incitait à penser qu'il connaîtrait sans doute un certain nombre de faux départs avant de trouver la bonne personne.

— Et je sais que ça ressemble à un autre baratin de rupture, mais j'aimerais vraiment qu'on puisse rester amis.

Il me dévisagea pendant de longues secondes puis éclata d'un rire dans lequel je ne perçus pas le moindre amusement.

— Tu sais ce qui est vraiment génial ? C'est que tu es sérieuse ! Regarde-toi ! (Il fit un geste vers mon visage, comme si j'avais vraiment pu m'observer moi-même.) Tu crois vraiment que les choses sont aussi simples, que je vais pouvoir rester là, à te regarder couler des jours heureux et obtenir tout ce que tu veux dans ta vie merveilleuse ?

— Merveilleuse ? (La colère se fit une place entre ma mauvaise conscience et ma compassion.) Elle en est loin. As-tu la moindre idée des épreuves que j'ai traversées depuis un an ?

J'avais vu Mason mourir, combattu pendant l'attaque de Saint-Vladimir, été retenue captive par des Strigoï en Russie et vécu en cavale parce qu'on m'accusait de meurtre...

— Et pourtant te voilà, triomphante après toutes tes épreuves ! Tu es revenue d'entre les morts et tu as réussi à te délivrer du lien. Lissa est devenue reine. Tu as fini par obtenir l'homme que tu voulais et plus rien ne t'empêche d'être heureuse jusqu'à la fin des temps.

Je lui tournai le dos et m'éloignai de lui.

— Que veux-tu que je te dise, Adrian ? Je peux m'excuser indéfiniment, mais je ne peux rien faire d'autre. Je n'ai jamais eu l'intention de te faire du mal ; je ne le répéterai jamais assez. Mais espères-tu vraiment que je me désole du reste ? Devrais-je regretter de ne plus être soupçonnée de meurtre ?

— Non. Je n'ai pas envie de te voir souffrir... beaucoup. Mais la prochaine fois que tu te retrouveras dans un lit avec

Belikov, j'aimerais que tu prennes quelques instants pour te souvenir que tout le monde ne s'en est pas sorti aussi bien que toi.

Je me retournai pour lui faire face.

— Adrian, je…

— Je ne parle pas que de moi, petite dhampir, s'empressa-t-il d'ajouter. Ta guerre contre l'univers a fait beaucoup de dommages collatéraux. Je suis l'une de tes victimes, c'est évident. Mais que penses-tu de Jill ? Que va-t-il lui arriver maintenant que tu l'as livrée aux loups de la noblesse ? Et Eddie ? As-tu pensé à lui ? Et où se trouve donc ton alchimiste ?

Chacun de ses mots m'atteignit en plein cœur et me fit plus de mal que les balles de Tasha. Le fait qu'il se soit servi du prénom de Jill au lieu de l'appeler « la gamine » était un raffinement de cruauté. À vrai dire, j'étais déjà ravagée par la culpabilité à cause d'elle. Quant aux autres, leur destin était un mystère pour moi. J'avais entendu des rumeurs au sujet d'Eddie, mais ne l'avais pas revu depuis mon retour. Il n'avait pas été poursuivi pour la mort de James, finalement, mais le fait qu'il ait tué un Moroï – alors que beaucoup pensaient encore qu'il aurait pu le neutraliser – pèserait lourd dans son dossier. Ses autres insubordinations, toutes de mon fait, allaient encore lui compliquer les choses, même si, en définitive, elles avaient toutes servi de justes causes. Même en tant que reine, Lissa ne pouvait pas tout régler. Les gardiens travaillaient au service des Moroï, mais ces derniers avaient pris l'habitude de les laisser régler leurs problèmes entre eux. Eddie n'avait été ni renvoyé ni emprisonné… mais quel poste allait-on lui confier ? C'était difficile à dire.

Quant à Sydney… son destin était un plus grand mystère encore. « Où est ton alchimiste ? » Les activités de cette société me dépassaient et se déroulaient loin de mon monde. Je me rappelai son visage, à l'hôtel, la dernière fois que je l'avais vue. Il était déterminé mais triste. Je savais que les gardiens avaient rendu leur liberté aux alchimistes, mais l'expression qu'elle avait eue alors prouvait qu'elle s'attendait à d'autres ennuis.

Et Victor Dashkov ? Quelle était sa place dans tout cela ? Je ne le savais pas vraiment. Les crimes qu'il avait commis ne changeaient rien au fait qu'il avait souffert de mes actes, et je porterais la responsabilité de sa mort toute ma vie.

Des dommages collatéraux. J'avais entraîné beaucoup de gens dans ma chute, même si je ne l'avais pas toujours fait exprès. Mais à force de ressasser les paroles d'Adrian, l'une d'elles me frappa.

— Une victime, murmurai-je. Voilà la différence qu'il y a entre nous.

— Quoi ?

Il m'avait observée attentivement pendant que je méditais sur le destin de mes amis, mais je venais de le surprendre.

— De quoi parles-tu ?

— Tu as dit que tu étais l'une de mes victimes. Voilà pourquoi nous ne sommes pas faits l'un pour l'autre. Malgré tout ce qui m'est arrivé, je ne me suis jamais considérée comme une victime. Une victime est impuissante. Elle n'agit pas. J'ai toujours essayé de me battre pour moi-même et pour les autres, à n'importe quel prix.

Je n'avais jamais vu Adrian si scandalisé.

— C'est comme cela que tu me vois ? Tu me crois paresseux ? faible ?

Pas vraiment, mais quelque chose me disait qu'après notre conversation il s'empresserait de chercher du réconfort auprès de ses cigarettes, de l'alcool, et peut-être de la première compagnie féminine qu'il trouverait.

— Non, répondis-je. Je pense que tu es quelqu'un de merveilleux. Je te crois fort. Mais je pense que tu n'en as pas encore conscience, ou que tu ne sais pas encore comment utiliser cette force.

Je me retins d'ajouter que je n'étais pas celle qui pouvait le lui apprendre.

— Ça, je ne m'y attendais vraiment pas, déclara-t-il en se dirigeant vers la porte. Tu détruis ma vie, et tu te permets de me donner des leçons de philosophie.

Je m'en voulais terriblement, et ce fut l'un de ces moments où je regrettai de ne pas savoir tenir ma langue. J'avais accompli de grands progrès en matière de maîtrise de moi-même, mais il m'en restait encore beaucoup à faire.

— Je te dis seulement la vérité. Tu vaux mieux que ce que tu t'apprêtes à faire…

Adrian s'arrêta, la main sur la poignée de la porte, pour me décocher un sourire triste.

— Rose, je suis un fumeur et un alcoolique qui n'a aucun sens de l'effort et qui va probablement devenir fou. Je ne suis pas comme toi. Je ne suis pas un héros.

— Pas encore.

Il ricana, secoua la tête, ouvrit la porte et me jeta un dernier coup d'œil par-dessus son épaule avant de partir.

— Au fait, notre contrat est caduc.

J'eus l'impression de recevoir une gifle. Alors ce fut l'un de ces rares moments où Rose Hathaway resta sans voix. Je ne trouvai ni remarque spirituelle, ni explication confuse, ni parole profonde à lui offrir.

Adrian s'en alla. Et je me demandai si je le reverrais un jour.

Chapitre 36

J'avais souvent rêvé de me réveiller auprès de Dimitri d'une manière banale et douce. Et ce ne serait pas parce que nous nous efforcerions de rattraper un peu de sommeil avant notre prochain combat, ni parce que nous sortirions d'une nuit d'amour que nous devions dissimuler aux autres à cause des complications potentielles, mais parce que nous nous réveillerions simplement ensemble, dans les bras l'un de l'autre, et que ce serait le début d'une agréable matinée.

Ce jour-là était arrivé.

— Es-tu réveillé depuis longtemps ? lui demandai-je d'une voix ensommeillée.

Ma tête était posée sur son torse et je m'étais blottie contre lui le plus possible. Mes blessures guérissaient rapidement mais exigeaient encore des soins. Nous venions de découvrir des manières créatives de nous en occuper pendant la nuit. À présent, le soleil inondait la chambre d'une lumière dorée.

Il posa sur moi le regard calme et sérieux de ses yeux bruns, dans les profondeurs desquels il était si facile de se perdre.

— Un certain temps, reconnut-il avant de tourner la tête vers la fenêtre ensoleillée. Je crois que je suis encore réglé sur les horaires des humains, ou bien que mon corps a envie d'être réveillé quand le soleil est là. Je suis toujours émerveillé de le voir.

— Tu aurais dû te lever, répondis-je en réprimant un bâillement.

— Je ne voulais pas te déranger.

Je laissai courir mes doigts sur son torse et poussai un soupir béat.

— Ce moment est parfait, commentai-je. Est-ce que ce sera pareil tous les jours ?

Dimitri caressa ma joue, puis me souleva le menton.

— Pas tous les jours, mais la plupart.

Nos lèvres se rencontrèrent. Alors le feu qui se mit à brûler en moi me fit oublier toute la lumière et toute la chaleur de la chambre.

— Je me trompais, annonçai-je lorsque nous eûmes interrompu ce long baiser langoureux. C'est ce moment qui est parfait.

Il esquissa un sourire, ce qui lui arrivait de plus en plus souvent depuis quelque temps. Les choses changeraient sans doute dès que nous aurions repris nos places dans le monde. Même si nous étions ensemble désormais, le gardien en lui serait toujours là, vigilant et prêt à agir. Mais pas à cet instant.

— Qu'est-ce qui ne va pas ?

Sa question me fit prendre conscience que je fronçais les sourcils. Je m'efforçai de laisser mon visage se détendre. La requête d'Adrian, qui voulait que je songe à tous ceux qui n'avaient pas ma chance quand je me retrouverais dans les bras de Dimitri, m'était revenue à l'esprit malgré moi.

— Crois-tu que je gâche la vie des gens qui m'entourent ? lui demandai-je.

— Quoi ? Bien sûr que non ! (Il en perdit le sourire.) D'où sors-tu cette idée ?

Je haussai les épaules.

— C'est seulement qu'il y a encore beaucoup de gens qui sont loin d'avoir trouvé le bonheur… parmi mes amis, je veux dire…

— C'est vrai, reconnut-il. Et laisse-moi deviner : tu aimerais pouvoir résoudre les problèmes de tout le monde. (Je ne répondis pas et le laissai m'embrasser de nouveau.) Roza… C'est normal de vouloir aider les gens qu'on aime, mais tu ne peux pas tout résoudre.

— C'est mon rôle ! répondis-je avec un peu de mauvaise humeur. Je protège les gens.

— Je sais. Et c'est l'une des raisons pour lesquelles je t'aime. Mais la seule personne que tu doives te soucier de protéger pour le moment, c'est Lissa.

Je m'étirai contre lui, ce qui me permit de constater que ma convalescence progressait bien. Mon corps serait bientôt capable de se livrer à toutes sortes d'exercices.

— J'imagine que nous ne pouvons pas rester au lit toute la journée ? lui demandai-je avec une pointe d'espoir.

— J'ai peur que non.

Il caressa du bout des doigts la courbe de ma hanche. J'avais l'impression qu'il ne se lasserait jamais de contempler mon corps.

— Ils passent avant tout.

J'approchai mes lèvres des siennes.

— Mais pas tout de suite.

— Non, reconnut-il en glissant sa main derrière ma nuque pour m'attirer plus près. Pas tout de suite.

C'était le premier couronnement auquel j'assistais, et j'espérais bien que ce serait aussi le dernier. Je ne voulais pas connaître d'autre reine que celle-là.

Étrangement, le couronnement constituait une sorte de pendant inversé des funérailles de Tatiana. Que disait-on, déjà ? « La reine est morte, vive la reine ! »

La coutume voulait que le futur monarque passe le début de cette journée à l'église, sans doute pour demander à Dieu de lui donner force et sagesse, et tout ce qui s'ensuit. Comment procédait-on quand le monarque était athée ? On lui demandait sans doute de faire semblant. Mais je savais que ce n'était pas un problème pour Lissa, qui était sincèrement croyante. Elle pria sans doute vraiment que Dieu lui accorde de bien remplir son rôle en tant que reine.

Après cela, Lissa et une immense procession retraversèrent la Cour en direction du palais, où le couronnement devait avoir lieu. Elle était entourée de représentants de toutes les familles royales, ainsi que de musiciens qui jouaient des airs beaucoup plus joyeux qu'à l'enterrement de Tatiana. Ses gardiens, qui constituaient maintenant un véritable bataillon, marchaient à ses côtés. Je me trouvais parmi eux, vêtue d'un magnifique costume noir et blanc dont le col rouge indiquait que j'appartenais à la garde royale. C'était l'une des différences les plus notables entre le couronnement de Lissa et les funérailles de Tatiana : Tatiana était morte et ses gardiens ne l'avaient accompagnée que parce qu'ils faisaient partie du spectacle. Lissa était en revanche bien vivante mais, même si elle avait été élue de façon parfaitement légale, elle avait encore des ennemis. Mes collègues et moi étions donc sur nos gardes.

Certes, la manière dont les gens l'acclamaient rendait difficile de croire qu'elle avait besoin d'une telle protection. Tous ceux qui étaient venus assister aux épreuves étaient restés pour le couronnement et d'autres étaient venus spécialement pour cela. Je n'étais pas sûre qu'il se soit déjà trouvé tant de Moroï rassemblés au même endroit dans toute notre histoire.

Après avoir suivi un long et sinueux parcours, Lissa regagna le palais et attendit dans une petite antichambre adjacente à la salle du trône. Cette dernière servait rarement, puisque la plupart des affaires de la Cour se réglaient dans des locaux beaucoup plus modernes, mais les Moroï aimaient faire honneur à leurs traditions de temps à autre, par exemple lorsqu'ils couronnaient une nouvelle reine. La salle du trône n'était pas assez grande pour contenir tous ceux qui assistaient à l'événement, ni même le cortège tout entier. Mais les membres du Conseil, l'élite de la noblesse et les gens que Lissa avait personnellement invités se trouvaient là.

Je m'étais postée un peu à l'écart et profitais du spectacle. Comme Lissa n'avait pas encore fait sa grande entrée, on entendait un bourdonnement de conversations. La salle avait été redécorée dans les tons vert et or en quelques jours, puisque la coutume exigeait que la salle du trône affiche les couleurs de la famille régnante. On accédait au trône, placé contre le mur du fond, par une volée de marches. Le bois dans lequel il était sculpté n'était plus identifiable, et je savais que les monarques moroï l'utilisaient depuis des siècles. Les gens prenaient place à l'endroit qu'on leur avait soigneusement attribué pour la cérémonie. En attendant l'arrivée de Lissa, je me mis à observer l'un des nouveaux chandeliers en admirant le réalisme de ses « bougies ». Je les savais électriques, mais l'artisan qui les avait fabriquées s'était surpassé. Une technologie masquée sous une apparence ancienne : c'était un exemple parfait de l'association du passé et de la modernité, si chère aux Moroï. Un petit coup de coude dans les côtes détourna mon attention.

— Tiens donc : ne seraient-ce pas les deux personnes qui ont pris la responsabilité de lâcher Rose Hathaway dans le monde ? Vous allez devoir répondre de beaucoup de choses.

Mes parents se tenaient devant moi dans leurs accoutrements typiques et farouchement contrastés. Ma mère portait le même uniforme que moi, qui se composait d'une veste noire, d'un pantalon noir et d'une chemise blanche. Quant à Abe... eh bien, c'était tout Abe. Il portait une chemise noire sous un costume noir à fines rayures, ainsi qu'une cravate à motif cachemire jaune citron. Un mouchoir assorti dépassait de la poche de sa veste. En plus de ses anneaux d'oreilles et de ses chaînes en or, un chapeau en feutre noir venait parachever cet accoutrement excentrique. J'imaginais qu'il avait voulu sortir le grand jeu pour l'occasion. Au moins, ce n'était pas un chapeau de pirate.

— Ne te décharge pas de tes fautes sur nous, répondit ma mère. Ce n'est pas nous qui avons fait sauter la moitié de la Cour, volé une dizaine de voitures, démasqué une meurtrière en pleine foule et fait couronner une adolescente.

— À ceci près que c'est bien moi qui ai fait sauter la moitié de la Cour, précisa Abe.

Ma mère ne prêta pas attention à sa remarque. Je vis son expression se radoucir, tandis qu'elle m'observait de ses yeux perçants de gardienne.

— Sérieusement… Comment te sens-tu ? (Depuis mon réveil, nous ne nous étions vus que brièvement pour prendre des nouvelles les uns des autres.) Tu es déjà restée trop longtemps debout, aujourd'hui. Et j'ai dit à Hans qu'il était trop tôt pour te faire reprendre du service.

Elle ne m'avait jamais témoigné tant d'amour maternel.

— Je vais mieux. Beaucoup mieux. Je pourrais reprendre du service dès maintenant.

— Il n'en est pas question, répondit-elle sur le ton qu'elle aurait employé pour donner des ordres à un bataillon de gardiens.

— Arrête de la couver, Janine.

— Mais je ne la couve pas ! Je m'inquiète pour elle, c'est tout. Et puis tu vas en faire une enfant gâtée, si tu continues.

Je les observai avec fascination sans parvenir à déterminer si j'assistais à une dispute ou à des préliminaires amoureux. Aucune des deux hypothèses ne m'enthousiasmait.

— Ça va, ça va. Calmez-vous ! J'ai survécu, d'accord ? C'est le principal.

— C'est vrai, reconnut Abe.

Il me paraissait bien paternel, tout à coup, ce qui m'inquiéta encore plus que le comportement de ma mère.

— Et je suis fier de toi, malgré toutes tes atteintes à la propriété d'autrui et toutes les lois que tu as violées.

Même s'il prétendait le contraire, je le suspectais d'être fier de moi à cause même de ces délits. Je sortis de mes réflexions cyniques lorsque ma mère abonda dans son sens.

— Moi aussi, je suis fière de toi. Tes méthodes n'étaient peut-être pas idéales, mais tu as accompli une grande chose… plusieurs, même. Tu as trouvé à la fois la meurtrière et Jill.

Je ne pus m'empêcher de remarquer son usage prudent du terme « meurtrière ». Apparemment, nous avions tous du mal à accepter qu'il s'agissait de Tasha.

— Beaucoup de choses vont changer grâce à Jill.

Nous nous tournâmes vers le trône. Ekaterina se tenait sur l'un des côtés. Elle avait entre les mains le livre sur lequel les monarques moroï prêtaient serment. L'autre côté du trône était réservé aux parents du monarque. Il ne s'y trouvait qu'une personne : Jill. On l'avait admirablement arrangée. Ses cheveux bouclés étaient relevés en une coiffure compliquée, et elle portait une robe fourreau en satin qui lui arrivait au genou et dont l'encolure exposait légèrement ses épaules. La coupe de la robe mettait sa fine silhouette en valeur et sa couleur vert foncé lui allait très bien. Elle se tenait bien droite, le menton relevé, mais sa solitude rendait sa nervosité encore plus visible.

Je me tournai vers Abe, qui me jeta un regard interrogateur. Bien des questions me hantaient et il était l'un des rares de qui je pouvais espérer obtenir des réponses fiables. Mais par quelle question commencer ? J'avais l'impression d'être en face d'un génie de la lampe, qui n'allait m'accorder qu'un nombre limité de souhaits.

— Que va-t-il arriver à Jill ? lui demandai-je finalement. Va-t-elle simplement retourner au lycée ? Va-t-on lui apprendre à devenir une princesse ?

Comme Lissa ne pouvait pas être à la fois reine et princesse, son titre passerait au plus âgé des autres membres de sa famille.

Abe ne répondit pas aussitôt.

— Tant que Lissa n'aura pas changé cette loi électorale – et j'espère bien qu'elle ne tardera pas à le faire –, elle aura besoin de Jill pour occuper le trône. S'il arrive quelque chose à sa sœur, elle perdra la couronne. Que ferais-tu, à sa place ?

— J'enverrai Jill en lieu sûr.

— Tu as ta réponse.

— Elle est un peu floue, lui fis-je remarquer. Il y a toutes sortes d'endroits « sûrs ».

— Ibrahim, intervint ma mère. Ça suffit. Ce n'est ni le moment ni l'endroit.

Abe soutint mon regard encore quelques instants avant de nous offrir un sourire aimable.

— Bien sûr. C'est une réunion de famille, une fête. D'ailleurs regarde : son nouveau membre nous rejoint.

Dimitri, qui portait le même costume noir et blanc que ma mère et moi, vint se placer à côté de moi en prenant bien garde à ne pas m'effleurer.

— Monsieur Mazur, gardienne Hathaway, les salua-t-il en s'inclinant poliment.

Dimitri avait sept ans de plus que moi. Pourtant, à cet instant, devant mes parents, il ressemblait à un garçon de seize ans venu me chercher pour un premier rendez-vous.

— Belikov ! s'écria Abe en lui serrant la main. Cela fait un certain temps que j'espérais te croiser. J'aimerais que nous apprenions à mieux nous connaître. Nous devrions prendre un moment pour discuter de la vie, de l'amour et de toutes ces choses... Aimes-tu chasser ? Je te trouve des allures de chasseur. Nous pourrions chasser ensemble, un de ces jours. Je connais un endroit qui regorge de gibier, très loin du monde. Nous pourrions vivre une journée formidable. Il y a des tas de choses que j'aimerais te demander. Et des tas de choses que j'aimerais te dire, aussi.

Je jetai un regard paniqué à ma mère pour la supplier d'intervenir. Abe avait aussi longuement parlé à Adrian, quand nous sortions ensemble. Il lui avait expliqué de façon horrible et crue ce qu'il risquait s'il ne traitait pas sa fille comme il l'espérait. Je n'avais aucune envie qu'Abe entraîne Dimitri dans les bois, surtout s'ils emportaient des armes à feu.

— En fait, je serais ravie de vous accompagner, déclara ma mère. Moi aussi, j'ai beaucoup de questions à te poser, en particulier sur la période où vous étiez ensemble à Saint-Vladimir…

— N'êtes-vous pas censés vous placer quelque part, tous les deux ? m'empressai-je de leur demander. La cérémonie va bientôt commencer.

Et c'était vrai. Presque tout le monde était installé et la foule se calmait.

— Bien sûr, répondit Abe. (À ma grande surprise, il m'embrassa sur le front avant de s'écarter.) Je suis content que tu sois de retour. (Il se tourna vers Dimitri et lui décocha un clin d'œil.) Nous nous reverrons bientôt, pour avoir cette petite conversation.

— Fuis, lui conseillai-je dès qu'ils furent partis. Si tu t'échappes maintenant, ils ne s'en rendront peut-être pas compte. Retourne en Sibérie.

— Tu sais, je suis à peu près sûr qu'Abe s'en rendrait compte. Ne t'inquiète pas, Roza. Ils ne me font pas peur. Je supporterai bravement tout ce qu'ils me feront subir pour oser être avec toi. Ça en vaut la peine.

— Tu es vraiment l'homme le plus courageux que je connaisse.

Il esquissa un sourire, puis tourna la tête vers des gens qui s'agitaient à la porte.

— On dirait qu'elle est prête, murmura-t-il.

— J'espère que je le suis aussi, chuchotai-je en retour.

Un héraut sonna le début de la cérémonie en grande pompe. Un silence absolu s'ensuivit. On n'entendait même plus une respiration.

— La princesse Vasilisa Sabina Rhéa Dragomir.

Lissa fit son entrée. Même si je l'avais vue moins d'une demi-heure plus tôt, son apparition me coupa le souffle. Elle portait une robe stricte mais avait encore choisi de se passer de manches. La couturière en avait certainement fait une attaque. La robe descendait jusqu'au sol et ses couches de soie et de mousseline ondulèrent autour des jambes de Lissa lorsqu'elle s'avança. Le tissu était exactement du même vert de jade que ses yeux, et les émeraudes cousues sur l'encolure de son bustier donnaient l'illusion d'une parure. D'autres émeraudes ornaient la ceinture de la robe et les bracelets qui complétaient sa tenue. Lissa avait gardé ses cheveux détachés, mais ils avaient été brossés à la perfection et semblaient l'auréoler.

Les cheveux noirs et le costume sombre de Christian, qui marchait à côté d'elle, contrastaient vivement avec sa blondeur et son éclat. Il avait fallu changer la coutume, puisque Lissa aurait normalement dû être accompagnée par un membre de sa famille. Malheureusement, elle n'en avait plus d'autre sous la main. Je dus reconnaître que Christian avait de l'allure. Malgré les tourments que lui causait le crime de Tasha, il rayonnait de fierté et d'amour pour Lissa. « M. Ozéra ». J'avais l'impression que ce nom prendrait de plus en plus d'importance dans les années à venir. Il escorta Lissa jusqu'au pied du trône, puis alla rejoindre la délégation de sa famille.

— Agenouille-toi, ordonna Ekaterina en montrant à Lissa le coussin en satin qu'on avait disposé au pied des marches.

Lissa hésita une fraction de seconde, ce que je fus la seule à remarquer. Je la connaissais si bien que j'étais encore capable de déceler ce genre de chose sans notre lien. Elle avait jeté un bref regard à Jill. Son expression n'avait pas changé et il me sembla étrange de ne pas savoir ce qu'elle ressentait. Je ne pus que déduire des hypothèses fondées sur ce que je savais d'elle : elle devait être en proie au doute et à la confusion.

Mais son hésitation ne dura qu'un instant. La robe de Lissa s'étala élégamment autour d'elle lorsqu'elle s'agenouilla. Ekaterina m'avait paru vieille et fragile dans la salle où elle avait soumis les candidats à leurs épreuves. Mais, en voyant sa façon de se tenir là, avec dans les mains le livre qui servait à couronner les monarques depuis la nuit des temps, je sentis qu'il y avait encore de la force en elle.

Le livre était en roumain, mais Ekaterina le traduisit sans effort au fil de sa lecture à voix haute. Elle commença par un discours sur les vertus et le dévouement qu'on attendait d'un monarque, puis passa aux serments que devait faire Lissa.

« Serviras-tu ton peuple ? »

« Protégeras-tu ton peuple ? »

« Feras-tu preuve de justice ? »

Il y en avait douze en tout et Lissa dut pour chacun répéter trois fois : « Je le jure » – en anglais, en russe et en roumain. Je ne m'étais toujours pas habituée à ne plus avoir la confirmation de ce qu'elle éprouvait grâce à notre lien, mais je lus la sincérité sur son visage. Lorsque ce fut terminé, Ekaterina invita Jill à les rejoindre. Quelqu'un lui avait confié la couronne depuis la dernière fois que mes yeux s'étaient posés sur elle. La couronne avait été spécialement fabriquée pour Lissa. Son filigrane mêlait l'or jaune et l'or blanc, et elle était constellée de diamants et d'émeraudes. Elle complétait magnifiquement sa tenue… tout comme Jill, remarquai-je avec surprise.

La tradition exigeait que le monarque soit couronné par un membre de sa famille et la coutume avait été respectée cette fois, grâce à la jeune fille. Elle posa le bijou éblouissant sur la tête de sa sœur avec des mains tremblantes et croisa brièvement son regard. Cela provoqua chez Lissa le même trouble que celui que j'avais perçu chez elle quelques instants plus tôt, mais cela ne dura pas, car Jill s'écarta vite et la cérémonie se poursuivit.

— Relève-toi, ordonna Ekaterina en tendant sa main à Lissa. Plus jamais tu ne t'agenouilleras devant quelqu'un. (Elle se tourna vers la foule sans lâcher la main de Lissa.) Voici la reine Vasilisa Sabina Rhéa Dragomir, première du nom, annonça-t-elle d'une voix étonnamment puissante pour un corps si frêle.

À l'exception d'Ekaterina, tous ceux qui se trouvaient dans la salle tombèrent à genoux et baissèrent la tête. Lissa n'attendit que quelques secondes avant d'ordonner: « Relevez-vous! » On m'avait expliqué que la durée de cette partie de la cérémonie était laissée à la discrétion du monarque, et que certains avaient apprécié de voir leurs sujets agenouillés pendant très longtemps.

Puis le couronnement fut officialisé par écrit. Pour l'essentiel, Lissa attesta par sa signature qu'elle venait de devenir reine tandis qu'Ekaterina et deux autres personnes validaient l'acte en tant que témoins. Ce document fut établi en trois exemplaires sur le parchemin filigrané que les Moroï affectionnaient tant. Une quatrième copie, sur une simple feuille blanche, était destinée aux alchimistes.

Lorsque ce fut terminé, Lissa alla prendre place sur le trône et je sus que la vision impressionnante de sa montée des marches resterait gravée dans ma mémoire. Les acclamations s'élevèrent aussitôt dans la salle. Même les gardiens, si impassibles d'ordinaire, se joignirent aux applaudissements. Lissa sourit à tous en ne montrant rien de la nervosité qu'elle devait ressentir.

Elle scruta la salle et son sourire s'épanouit dès qu'elle repéra Christian. Son regard se posa ensuite sur moi. Si le sourire qu'elle avait réservé à Christian était affectueux, une pointe d'amusement se mêlait à celui qu'elle m'adressa. Je lui rendis son sourire en me demandant ce qu'elle m'aurait dit si elle avait pu me parler.

— Qu'y a-t-il de si drôle ? demanda Dimitri en me jetant un coup d'œil amusé.

— Je me demandais seulement ce que Lissa m'aurait dit si nous avions encore le lien.

Il enfreignit gravement le protocole des gardiens en me prenant la main pour m'attirer dans ses bras.

— Et ?

— Et je pense qu'elle m'aurait demandé : « Dans quoi nous sommes-nous embarquées ? »

— Et quelle aurait été ta réponse ?

Grâce à sa chaleur et à son amour, j'eus de nouveau l'impression d'être entière. J'avais retrouvé la pièce qui manquait à mon univers, l'âme qui complétait la mienne, l'homme de ma vie, mon égal. Mais ce n'était pas tout : j'avais aussi retrouvé ma vie – ma propre vie. Je protégerais et servirais Lissa, mais j'étais redevenue moi-même.

— Je ne sais pas, répondis-je en posant ma tête contre son torse. Mais ça devrait aller.

TOUTE L'ACTUALITÉ

CASTELMORE

SE TROUVE SUR :

www.castelmore.fr

Les nouveautés, les couvertures, les biographies des auteurs et des illustrateurs, des interviews, un blog et bien d'autres surprises !

Des dossiers pédagogiques réalisés pour les enseignants sont disponibles en téléchargement gratuit (format pdf) pour certains titres du catalogue.

Pour les lecteurs aux canines pointues,
rendez-vous sur :

www.vampire-academy.fr

pré-publication, widgets, goodies, interviews vidéo de l'auteur de la série ***Vampire Academy***.

Pour toute demande d'information, vous pouvez nous écrire :

CASTELMORE
60-62, rue d'Hauteville
75010 Paris
E-mail : info@castelmore.fr

AUBIN IMPRIMEUR

Achevé d'imprimer en août 2013
N° d'impression 1307.0060
Dépôt légal, septembre 2013
Imprimé en France
36231086-1